Kera Jung

The Unforgivable Words

Teil Zwei

A.P.P.

The Unforgivable Words / Teil Zwei
Deutsche Erstausgabe Oktober 2014
© Kera Jung
Kera.Jung@gmx.de
https://www.facebook.com/pages/Kera–Jung/107377139457014
Alle Rechte vorbehalten!
Nachdruck, auch auszugsweise, nur mit schriftlicher Genehmigung
der Autorin. Personen und Handlungen sind frei erfunden. Etwaige
Ähnlichkeiten mit real existierenden Menschen sind rein zufällig
und nicht beabsichtigt.
Umschlaggestaltung: Sophie Candice
Umschlagillustration/Foto: Sophie Candice
Unter Verwendung eines Motivs von fotolia.de
Lektorat: Belle Molina;
Korrektorat: Belle Molina; Sylvia Mross
Satz Ebook: Sophie Candice
Satz Print: Sophie Candice

Erschienen im **A.P.P.-Verlag**
Peter Neuhäußer
Gemeindegässle 05
89150 Laichingen

ISBN e-book Mobi: 978-3-945164-76-1
ISBN e-book: 978-3-945164-77-8
ISBN Print: 978-3-945164-78-5

*Dieser Roman wurde unter Berücksichtigung der **neuen** deutschen
Rechtschreibung verfasst, lektoriert und korrigiert.*

Für Nina
Du hast sie zusammengebracht und mir damit ein paar
unvergessliche Stunden beschert.

Schicksalsstunden (1)

Miami

Bis vor wenigen Monaten hätte Aurora nie geglaubt, in dieser besonderen Disziplin so gut zu werden, doch sie konnte die eindeutigen Zeichen sogar bestens ignorieren.

Über einen langen Zeitraum.

Dabei hatte sie es doch bereits am Tag ihres Einzugs in dieses riesige Haus gewusst, nicht wahr? Sobald Edward ihr die Gattinnengruft zuwies, ahnte sie, dass sich die Dinge ganz und gar nicht wie erhofft entwickelten.

Es handelt sich um diese Art von Wegsperrdomizil, wie sie in vielen Häusern ihrer Gesellschaftsschicht existieren. Zumindest in den älteren Exemplaren, was ihr Elternhaus mit einschließt. Auch ihre Mom war lange vor ihrer Hochzeit in jenes Appartement gezogen, das bereits seit Urzeiten für die aktuellen Ehefrauen vorgesehen ist.

Doch Aurora hatte gehofft – vielleicht sogar erwartet –, dass es bei Edward anders werden würde. Er gilt als Rebell, hält sich nie an die Regeln und frönt einem erschreckend unorthodoxen Lebensstil. Zumindest ist das die Meinung in jedem angesagten Bridgeclub der Stadt – wenn nicht des gesamten Staates. Tatsächlich ist er so etwas wie Auroras Pendant, weshalb sie überzeugt war, dass Edward seine Frau niemals so *halten* würde, wie es ihnen die Vorfahren vorlebten.

Die Enttäuschung war groß und sie musste hart daran schlucken, während sie schnell dahinterkam, dass sie vieles nicht gewusst hatte, als sie auf Edwards Angebot einging. Nach reiflicher Überlegung entschied sie trotzdem, es mit ihm zu wagen.

Er liebte sie nicht, noch nicht, weshalb es doch eher nachvollziehbar war, dass sie zunächst in diesem verhassten Trakt wohnen würde. Sobald sich seine Gefühle in die erhoffte Richtung entwickelt haben würden, wäre das nur noch eine schaurige Erinnerung, die sie irgendwann mit einem halben Lächeln begleiten würde.

Dass er sie eines Tages lieben würde, stand für Aurora beinahe fest. Bald würde er sie mit diesem besonderen Blick betrachten, den er momentan nur für dieses Mädchen übrig hatte ...

* * *

Anthonia.

Ja, es war ein Schock, als Aurora die unverkennbaren Indizien des Geheimnisses der beiden ausmachte. Er wurde größer, als sie sah, wie Edward für das kleine Ding empfindet, und beinahe unerträglich, als sie erkannte, dass ihr Verlobter nichts von alledem wusste, es nicht einmal *ahnte!*

Bei jedem anderen Mann undenkbar – bei Edward nur Ausdruck für seinen so schwierigen Charakter.

Zunächst glaubte sie dennoch an einen dummen Irrtum ihrerseits, denn es war doch viel zu offensichtlich, als dass es ihm entgangen sein könnte. Aber als sie mit ihm sprach und mit seiner Ahnungslosigkeit konfrontiert wurde, begriff Aurora endlich, dass Edward beschlossen hatte, blind zu sein.

Blind in allen Belangen, die dieses so gewöhnliche Mädchen betreffen. Daher war er der folgenden Situation bedauernswert hilflos ausgeliefert, während Aurora vor einer der schwierigsten Entscheidungen ihres Lebens stand. Denn plötzlich lag die gesamte Verantwortung bei ihr.

Bis zu diesem Zeitpunkt hatte sie sich für einen fairen Menschen gehalten, und die einzig faire Reaktion an dieser Stelle wäre gewesen, Edward über die Realitäten aufzuklären und mit den Konsequenzen zu leben – egal, wie die aussehen würden.

Doch Aurora schenkte ihm keinen reinen Wein ein, informierte ihn nicht nüchtern über den Zustand des Mädchens, rüttelte ihn *nicht* aus dem selbst gewählten Koma und zwang ihn damit zum Handeln.

Dies war kein reiflich überlegter Entschluss, ein Schachzug, wie er vielleicht von ihren vielen Freundinnen erfolgt wäre, aus dem Kalkül heraus, sich den Mann zu sichern, den sie an ihrer Seite auserkoren hatte.

Nichts dergleichen traf zu.

Als Edward so ahnungslos und niedergeschlagen vor ihr stand, handelte sie spontan und rein emotional. Das Herz einer Frau geht nun einmal nicht fair mit ihrer Erzrivalin um.

Stattdessen erkannte sie ihre Chance und nutzte sie.

Dabei hatten ihre Ängste vor dem Scheitern nichts mit Cliff, dessen unmöglichen Vater oder ihrem eigenen zu tun. Damals liebte sie Edward noch nicht; dies zu behaupten, wäre *tatsächlich* lächerlich, allerdings wusste sie bereits zu diesem Zeitpunkt, dass sie ihn lieben *würde*.

Viel fehlte ohnehin nicht.

Schon immer hatte sie bewundernd zu dem zehn Jahre älteren Jungen aufgesehen. Damals, als sie noch ein Mädchen war und ihre Väter häufig miteinander Golf spielten, sahen sie sich öfter. Edward war der erste Mann, den Aurora anhimmelte, und er blieb der einzige; keinem war es je wieder gelungen, sie derart zu faszinieren und in seinen Bann zu ziehen. Deshalb hatte sie sich überhaupt auf dieses Arrangement eingelassen, obwohl sie doch irgendwann – noch als rebellischer Teenager – geschworen hatte, sich niemals für diesen Jahrmarkt herzugeben, den die Eltern ihres Kreises mit ihren Kindern seit Jahrzehnten abhalten. Sie würde sich nicht verkaufen lassen.

Sie nicht!

Nun, das hatte sie auch nicht. Edward war ein Entschluss des Herzens, mit einem gehörigen Schuss Eigennutz, Realismus und Berechnung versehen – sicher! Doch in welcher Beziehung läuft es anders?

Ihre Rechnung ging auf. Jeder Punkt davon – bis auf einen: dem entscheidenden.

Es dauerte keinen Monat, bis das Stadium des Verliebtseins in Liebe gemündet war, womit sie endlich auch eine Entschuldigung für ihr Schweigen hatte.

Auroras Gewissen war deshalb nämlich nicht unbedingt leichter geworden. Auch wenn sie sich endlos vorbetete, dass es die Entscheidung des Mädchens war, ihn im Unklaren zu lassen. Diese Tony hatte schließlich eine Wahl, Aurora konnte sich dem nur unterordnen.

Und ganz ehrlich, hätten diese beiden Menschen denn zusammengepasst? Dieses gewöhnliche Mädchen und dieser so schwierige Mann? War Aurora an seiner Seite nicht die bedeutend passendere Partnerin, hatte sie nicht viel größere Chancen, ihn glücklich und zufrieden zu machen, und vor allem, mit seinen Eigenheiten zurande zu kommen?

Romantische Beziehungen existieren für Edward nicht – das ist eine der unverrückbaren Tatsachen, mit denen sich die Frau an seiner Seite nun einmal abfinden muss.

Was Aurora auch tat. Sie verlangte keineswegs, *die Worte* von ihm zu hören, sondern wollte es nur in seinen Augen sehen.

Genau dies gelang ihr aber nie – bis heute nicht. Obwohl sie so gut miteinander auskommen, obwohl sie wie geschaffen füreinander scheinen und obwohl es nie einen ernsthaften Streit gegeben hat. Diskussionen – ja, verbissene Auseinandersetzungen – nein.

Die Liebe will sich trotz allem nicht bei ihm einstellen.

Nach einigen Monaten senkte Aurora ihre Erwartungen; einstweilen wäre sie schon zufrieden gewesen, wenn er sie in *sein* Bett gebeten hätte. Doch dies traf nie ein und so fand sie sich auch damit ab.

Vorerst, wenngleich ihn seine regelmäßige Ablehnung auf ihren Vorschlag tief verletzte.

Aurora ertrug sogar diesen kleinen, unmöglichen Jungen.

Anfänglich konnte sie ihn durchaus verstehen, doch je länger sie sich seine Geschmacklosigkeiten bieten lassen musste, desto gereizter wurde sie. Edward unternahm keine Anstalten, dagegen einzuschreiten, sondern sah in grenzenloser Genügsamkeit dabei zu, wie das kleine Monster pausenlos auf sie losging.

Aurora – die zwar viel Geduld besitzt, jedoch keine

unbegrenzte – entwickelte nach und nach eine ernste Abneigung gegen den rotzfrechen Bengel. Nicht nur, weil er sie so herabwürdigend behandelt, sondern auch, weil sie weiß, was er damit erreichen will. Möglicherweise konnte sie sich mit dieser im Grunde unerträglichen Situation nur deshalb so lange abfinden, weil sie lange Zeit glaubte, er kämpfe auf verlorenem Posten. Eigentlich sah alles recht gut aus – abgesehen von dem Jungen. Was den betrifft, erkannte Aurora bald, dass sie ziemlich viel von einem Biest hat. Je mehr der sich darüber ärgerte, desto öfter sprach sie ihn an und drängte ihm eine Unterhaltung auf. Einfach nur so zum Spaß.

Doch dann – das war, als sich diese Anthonia doch wieder meldete – entwickelten sich die Dinge in die falsche Richtung.

Zunächst glaubte sie an eine Täuschung.

Es geschah nicht häufig, und da sie nicht sicher sein konnte, entschied sie, es zu ignorieren. Die Entwicklung kam schleichend, lief nicht über Wochen, sondern eher Monate. Doch mit der Zeit häuften sich derartige Vorfälle.

Anfänglich seufzte er es manchmal, wenn sie miteinander schliefen, dann, da lebten sie bereits seit über eineinhalb Jahren in einem Haus, sagte er es deutlich, wenn auch verhalten. Selbst das konnte Aurora verkraften, wenn auch mit Mühe. Gut, er dachte manchmal an eine andere, womit er sich in bester Gesellschaft befand. Männer arbeiten nun einmal mit ihren Fantasien, und es dauerte eben doch länger, bevor er das Mädchen endgültig vergessen konnte. Es war kein Kompliment, aber es gab Schlimmeres.

Jedenfalls redete Aurora sich das tapfer ein.

Bis es gestern Nacht zum Eklat kam, der sogar eine doppelte Ohrfeige beinhaltete.

Sie harmonieren in allen Lebenslagen perfekt miteinander – somit auch im Bett. Nie zuvor hat Aurora den Sex besser und erfüllender erlebt, daher wäre sie nie auf die Idee gekommen, dass Edward ihr etwas vorenthält.

Doch gestern ... das war ... *überirdisch*. Noch nie hat sie ihn so gesehen, derart losgelöst, leidenschaftlich und mitreißend.

Als sie in seinen Armen lag und eindeutig geliebt wurde, nicht nur sehr guten Sex hatte, *glaubte* sie daran, dass alles gut werden würde, da war sie glücklich.

Bis zum Schluss – *genau* bis dahin.

Diesmal erfolgte es nicht leise, verhalten, sodass man es unter Sinnestäuschung verbuchen kann, wenn man zu feige ist, sich der Realität zu stellen.

Stattdessen fiel sein »Tony!« laut, hingerissen und untypisch emotional aus.

In dieser Sekunde, noch während der gigantischste Orgasmus sie flutete und drohte, sie weit über alle Grenzen des bisher Möglichen mit sich zu reißen, wusste Aurora, dass sie verloren hat.

Sie ist die Verliererin im Kampf gegen eine Frau, die seit mehr als zwei Jahren nur noch eine Erinnerung darstellt.

Die Everglades

Während Edward schläft, sucht ihn ein höchst seltsamer Traum heim.

Ihm ist, als befände er sich in einem Urwald, in dem die bizarrsten Vögel ihr Lied singen. Der modrige, jedoch nicht unangenehme Geruch stehenden Wassers steigt ihm in die Nase und er versucht gierig, die saubere, unbelastete Luft einzuatmen.

Genau hier beginnen seine Probleme, denn das will nicht funktionieren. Mit jedem Atemzug stechen eintausend Messer auf seine Brust ein. Eilig hält er die Luft an und die Klingen verschwinden. Als es sich nicht mehr vermeiden lässt, unternimmt er den nächsten Versuch, atmet diesmal sehr flach und vorsichtig, und umgehend sind die Messer zurück, aber es schmerzt nicht mehr ganz so mörderisch.

Das wäre also geklärt – irgendwie zumindest.

Zweites Resümee: Er ist wach, demnach handelt es sich um die Realität.

Als Nächstes macht sich sein Kopf bemerkbar, der offenbar kurz vor dem Zerbersten steht. Als er blinzeln will, lässt sich sein linkes Lid nicht heben; es scheint verklebt. Mit Blut, schätzt er, woran er momentan nichts ändern kann. Zunächst ist dringend angezeigt, dahinter zu gelangen, wo er ist und vor allem *warum*. Derzeit tappt er diesbezüglich komplett im Dunkeln.

Was genau geschehen ist, geht ihm nach einigen Minuten angestrengten Grübelns auf.

Der Jet ... Der Absturz ... Die Grüne, endlose, feuchte Weite unter ihm ...

Womit er auch den zunehmend aufdringlichen Lärm dieser exotischen Vögel einordnen kann. Er ist mitten in den Everglades abgestürzt – das ist schlecht.

Aber ... er lebt noch – womit demnach noch lange nicht alles verloren ist. Man muss die Dinge ja immer von der positiven Seite aus betrachten.

Letzteres stellt sich kurz darauf als weniger einfach heraus, denn da reißt Edward in einem Gewaltakt die Augen auf.

Es benötigt auch nur ein paar Minuten, bevor er nicht mehr alles verschwommen sieht und das demolierte Cockpit seines Jets vor sich deutlich ausmachen kann. Demoliert, ja, aber es existieren keine Glas- oder Plastiksplitter; wenigstens die Sicherheitsverglasung hat gehalten, was der Hersteller verspricht.

Keine Schnittverletzungen.

Eine weitere Ewigkeit später hat er sich erfolgreich dazu überredet, sich aufzurichten. Als die Messer in seiner Brust schlagartig zu stumpfen Äxten mutieren, kann er sein Stöhnen nicht verhindern. Allerdings hält sich seine Scham deshalb in Grenzen; schwerlich vorstellbar, dass ihn hier jemand hört.

Nach ein paar schmerzhaften Minuten gelingt es ihm, aufzustehen, zum Notausgang des Jets zu wanken und die Tür zu öffnen. Einige mörderische Atemzüge später versinkt er knöcheltief im Morast, und erst jetzt geht Edward langsam auf, dass er noch lange nicht überlebt hat.

Stirnrunzelnd, an den unvorstellbaren Kopfschmerzen vorbei, versucht er sich zu entsinnen, wo er sich befand, als der Jet schlappmachte.

Über den Everglades – sicher.

Aber *wo*?

Die Koordinaten waren bei seinem Notruf nicht von Bedeutung gewesen, denn der Transponder hat alle erforderlichen Informationen gesendet. Edward war mit anderen Dingen beschäftigt, als sich über seinen genauen Standort zu informieren. Mit dem Überleben zum Beispiel.

Everglades ...

Alles hängt von der Frage ab, wo genau er heruntergekommen ist.

In diesem Areal existieren unzählige Wanderrouten; einige Farmer bauen hier sogar Reis an, glaubt er sich zu erinnern. Alles, was mit Tourismus oder Landwirtschaft zu tun hat, befindet sich nicht sehr weit von Miami oder den umliegenden Städten und Gemeinden entfernt.

Doch daneben gibt es auch ihn: den unberührten Urwald. Sollte es ihn in diesen Teil der Everglades verschlagen haben, ist er geliefert ...

Missmutig sitzt Edward auf einem umgestürzten Baumstamm und mustert dessen noch stehende Brüder, die einen recht mitgenommenen Eindruck machen, nachdem der Jet eine Schneise in ihre Behausung gerissen hat.

Die Everglades bestehen zu neunundneunzig Prozent aus Sumpf. Selbst die Inseln, die er von oben sah, sind im Grunde nichts weiter, als mit Gras bewachsenes Wasser. Allerdings existiert auch jenes eine Prozent in den höheren Lagen, wo der Boden von etwas festerer Beschaffenheit ist, sodass Bäume mit ihren langen Wurzeln Halt fassen können.

Die höheren Lagen jedoch, nun ... die befinden sich genau in der Mitte des gesamten Gebiets.

Und das ist sogar verdammt groß.

Nein, offenbar hat er noch lange nicht überlebt.

* * *

Nach einer Weile kann Edward etwas befreiter atmen, auch wenn keines der Messer Anstalten erkennen lässt, sich aus seinem Körper zurückzuziehen.

Mit beängstigenden Mühen schleppt er sich zum riesigen Rumpf des Jets, wo sich der Kerosintank befindet. Zwar hat er nichts Verdächtiges gerochen, will jedoch trotzdem auf Nummer sicher gehen.

Kein Leck, jedenfalls kann er visuell keines ausmachen.

Als Nächstes begutachtet er den Verursacher für das Desaster: die Heckflosse.

Nun, zumindest die Stelle, wo sie sein sollte, denn viel kann er nicht entdecken. Ihm offenbaren sich gähnende Leere und ein verkohlter, scharfkantiger Metallkrater, von dem noch immer schwarzer Rauch aufsteigt.

Illusionen – welcher Art auch immer – lässt er außen vor und stellt sich sofort der einzig logischen Erklärung: Er wurde Opfer eines Anschlages. Also haben sie ihn am Ende doch erwischt.

Die Fakten sprechen für sich: keine vorherige Fehlermeldung, keine Havarie, nur dieser gewaltige Ruck, der ihm beinahe den Brustkorb zertrümmert hat. Er schätzt, ohne die Kopfhörer wäre auch die dazugehörige Detonation nicht an ihm vorbeigegangen.

Ihr Schweine, zu früh gefreut. Noch lebe ich!, denkt er grimmig und schleppt sich zurück zum Jeteingang, wo er zu warten beschließt.

Etwas anderes bleibt ihm wohl kaum übrig.

Miami

Damals, als Carlos die Kleine in einer Nacht und Nebelaktion vom Gelände ließ, wollte er Edward mit Gewalt die Augen öffnen.

Eine in der Basis hervorragende Idee, die jedoch in der Praxis leider nicht aufging.

Dabei hat Carlos sich eingebildet, dass es diesmal anders verlaufen wird. Spätestens seit diesem Kerl, den Edward zusammengeschlagen hat, war er davon sogar überzeugt. Übrigens eine Angelegenheit, aus der Edward noch lange nicht raus ist.

Der Knabe ist nicht nur ein Hundesohn, die Elternhunde sind auch relativ bekannt.

Zumindest ist der Vater ein ziemlich erfolgreicher New Yorker Anwalt, der etwas gereizt auf die Nachricht reagierte, dass sein Sohn eine Zeit lang nur noch einem Stück rohem Fleisch glich, das durch den Wolf gejagt wurde. Der Krankenhausaufenthalt war lang, und danach trat der Sohn des Anwalthundes eine ausgedehnte Reha an, in der Hoffnung, die linke Hand irgendwann noch mal bewegen zu können. Mit dem linken Auge hingegen sah es eher schlecht aus. Das würde wohl nie wieder kleine Mädchen suchen, damit dessen Besitzer sie dann überfallen konnte.

Edwards Reaktion fiel wie üblich aus: Er übergab den Fall seinen Anwälten und verschwendete keinen weiteren Gedanken an die Geschichte. Für ihn persönlich war die Sache gelaufen; der Kerl hatte nur bekommen, was er verdiente.

Carlos kann ihn verstehen, wäre es seine Frau gewesen, er hätte nicht anders reagiert ...

Und dann versaute der Idiot es!

In seiner grenzenlosen Naivität hatte Carlos angenommen, Edward würde Himmel und Hölle in Bewegung setzen, um nach ihr suchen, nachdem sie ihn verlassen hatte.

Ein weiterer grandioser Plan ... der nur leider wieder nicht aufging.

Was soll Carlos davon halten? Ehrlich, wie kann man nur so dämlich sein? Eine Weile tappte er tatsächlich im Dunkeln, bis ihm klar wurde, dass Edward es nicht *wusste*. Dass ihm das Ausmaß dieser Geschichte, die er aus Gründen, die nur dieser Mann kennen kann, aus seinem Leben verbannt hat, unbekannt ist.

Ab diesem Moment kämpfte Carlos mit seinem Gewissen. Nur zu gern hätte er Edward reinen Wein eingeschenkt, befand sich jedoch genau zwischen den Stühlen. Die Kleine hat eine Entscheidung getroffen, war gegangen, und vertraute ihm. Carlos ist kein Mann, der so etwas missbraucht oder nicht zu würdigen weiß.

Denn Fakt ist, ihm war zu jedem Zeitpunkt bekannt, wo sie sich aufhält.

Kein Mann, nein, auch heute noch nicht. Stattdessen wohnt

sie mit ihrer Freundin in West Palm Beach. Bereits Wochen vor ihrem endgültigen Verschwinden hatte Anthonia sich nicht mehr in die Uni fahren lassen, stattdessen kutschierte er sie in der Gegend umher, war dabei, als sie ein Appartement anmietete, nach Arbeit suchte, mit anderen Worten: ihren Weggang vorbereitete.

Unzählige Male war er kurz davor, Edward einzuweihen, entschied sich jedoch im letzten Moment, manchmal in der sprichwörtlich *letzten Sekunde*, dagegen.

Das sollen sie mal schön unter sich abmachen.

Schließlich ist er alles, aber unter Garantie kein Kuppler!

Die Everglades

Inzwischen dämmert es und Edward hat sich mehr schlecht als recht zurück in den Jet gekämpft. Licht funktioniert keines – alles, was Strom produziert, einschließlich der Notgeneratoren, ist ausgefallen.

Aus der kleinen Bordküche entnimmt er ein in Folie verpacktes Sandwich und legt sich auf eine der gepolsterten Sitzreihen. Erst jetzt wird ihm bewusst, wie extrem seine Brust schmerzt; das kann unmöglich nur von einer gequetschten Lunge stammen. Wahrscheinlich haben auch ein paar Rippen dran glauben müssen, der Aufprall war hart. Doch ansonsten geht es ihm erstaunlich gut, wenn man von den Kopfschmerzen einmal absieht.

Verursacher ist eine eher leichte Platzwunde, wie er im Spiegel auf der Toilette gesehen hat. Schmerzhaft, aber nicht gefährlich.

Mühsam holt er aus seiner Hemdtasche die Handys. Er hat immer zwei dabei. Eines ist sein Privathandy, das andere ...

Edward verzieht das Gesicht, lässt es aber schnell wieder, weil selbst das recht unangenehm ist.

In Ordnung, es ist im Grunde nur eine weitere Albernheit, derer er sich innerhalb der letzten Jahre schuldig gemacht hat. Nachdem Tony verschwand, barg er das bewusste Handy wieder aus dem Schrank, in der Hoffnung, sie würde ihn vielleicht anrufen.

Hat sie nicht, bloß Matty.

Dennoch konnte er sich nicht davon trennen, sondern tauschte es irgendwann sogar gegen ein moderneres Gerät aus, als dessen extrem herabgesetzte Halbwertzeit den Zenit überschritten hatte. Sehr häufig dachte er nicht daran, trug es dennoch bei sich und lud es in schöner Regelmäßigkeit auf. Man kann schließlich nie wissen.

Nun, *hier* schon.

Denn weder das eine noch das andere hat auch nur den geringsten Empfang, was keine große Überraschung ist.

Sorgfältig verstaut er die beiden Telefone wieder in seiner Hemdtasche und versucht, ein wenig zu schlafen.

Miami

Matty will weg!

Abhauen und sich zu Tony durchschlagen, so ungefähr sieht sein Plan aus, der über viele Wochen gereift ist. Eines steht für ihn felsenfest: Er hasst es hier, und das bereits seit sehr, sehr langer Zeit.

Seitdem er aus der Schule gekommen ist, sitzt er mit *ihr* auf der Terrasse und überlegt, wie er sich am besten aus dem Staub machen kann. Onkel Edward hat gesagt, er würde am Abend wieder zu Hause sein, was Matty ihm allerdings nicht abgenommen hat. Stattdessen ist er sogar davon überzeugt, dass der sich nie wieder blicken lassen wird.

Und außerdem: Selbst wenn er doch noch mal zurückkehrt, ändert das gar nichts! *Sie* ist ihm doch viel wichtiger! Dem dürfte nicht mal auffallen, wenn Matty nicht mehr da ist, vielleicht ist er sogar froh! Dann kann er wenigstens mit *ihr* allein sein.

Also, Matty weiß, wann er überflüssig ist, das muss ihm keiner sagen. Genau so ist es bei Tony auch gelaufen. Erst war alles gut und dann wurde sie hinausgeekelt; bei ihm hat es nur ein bisschen länger gedauert, bis er es begriffen hat.

Onkel Edward wird schon sehen, was er davon hat, wenn alle weg sind. Er wird schon sehen, wenn er heult, und das wird er – auch davon ist der kleine Junge überzeugt. Denn tief in seinem Innern glaubt er sehr wohl daran, dass seinem heimlichen Idol viel an ihm liegt.

Dennoch! Matty jedenfalls ist fertig mit ihm!

Als er auch die letzten Zweifel überwunden hat, seinen Plan heute endlich durchzuziehen, geht er in sein Zimmer und packt ein paar Sachen für seine Abreise ein. Was er braucht, weiß er nicht genau, weshalb er wahllos in seinen Rucksack stopft, was ihm unter die Hände kommt, bis nichts mehr hineinpasst. Obenauf legt er das Foto seiner Tante und deren Buch. Nach kurzer Überlegung und ein wenig widerwillig landet auch noch der I-Pod, den sein Onkel ihm zum Geburtstag schenkte, in der Tasche.

Dann wartet er darauf, dass es endlich dunkel wird.

Ein Klopfen an der Tür lässt ihn nach gefühlten Stunden auffahren; seine Hoffnung währt jedoch nicht lange. *Sie* ist es. Warum lässt sie ihn nicht einfach in Ruhe?

»Matty? Mrs. Knight ist zurück und hat ein schnelles Dinner zubereitet. Kommst du?«

Als er nicht antwortet, sie nicht einmal ansieht, seufzt sie. »Meinst du nicht, dass es langsam genügt?«

Matty schweigt nur noch beharrlicher.

»Offensichtlich nicht«, bemerkt sie nach einer Weile und verschwindet.

Matty atmet auf. Die ist er schon mal los.

Draußen dämmert es endlich, demnach wird es nicht mehr lange dauern. Inzwischen ist er jedoch schlauer und legt sich trotzdem ins Bett. Die Decke zieht er bis zum Hals, damit der nächste Störenfried nicht sieht, dass er keinen Pyjama trägt.

Als Mrs. Knight kurz darauf sein Zimmer betritt, ein Tablett mit ein paar Sandwiches auf den Tisch stellt, an sein Bett schleicht und nach ihm schaut, kneift er schnell die Augen zusammen und tut, als würde er schlafen. Er spürt ihre Hand auf seiner Stirn und hört, wie sie kurz darauf wieder den Raum verlässt.

Kaum ist die Tür geschlossen, steht er, greift seinen Rucksack, wickelt nach kurzer Überlegung noch ein paar Sandwiches in eine Serviette und packt sie ein.

Bis West Palm Beach ist es ganz schön weit, mindestens zehn Meilen oder so. Vielleicht ist es besser, wenn er ein bisschen Verpflegung dabei hat, falls er unterwegs Hunger bekommt.

Er wartet noch, bis die Dunkelheit ganz hereingebrochen ist, dann tappt er auf Zehenspitzen aus dem Zimmer und kurz darauf aus dem Haus.

Die Everglades

Edward schreckt auf.

Einen Moment lang weiß er nicht, was ihn geweckt hat, bis er stöhnend den Arm um sich schlingt. Die Anzahl der Messer hat sich mindestens verdoppelt, weshalb er sich eilig auf eine flache Atmung beschränkt. Seinem Kopf geht es auch nicht besser.

Nach einer Weile erhebt er sich mühsam und kramt aus der Notfallapotheke ein Röhrchen Aspirin heraus. Demerol wäre besser gewesen, doch die wird er hier wohl nicht finden. Sicherheitshalber schluckt er drei Pillen ohne Wasser und versucht dann, wieder einzuschlafen.

Schlaf heilt alles, das hat er bereits als Kind gelernt. *Wenn es dir beschissen geht, schlafe, am Morgen wird alles besser sein.*

Doch aus dem ersehnten Gesundungsschlummer wird nichts. Nachdem er gefühlte Ewigkeiten in die Dunkelheit gestarrt hat und sich dabei alle Mühe gab, nicht an die Schmerzen zu denken, tut er das, was jeder jämmerliche Idiot in seiner Situation tun würde.

Aus seiner Brieftasche zieht er die beiden Fotos und verschwendet jede Menge Akkuleistung für seine Handylampe, um sie ansehen zu können ...

Es hilft tatsächlich. Nach einer Weile, mit Tonys und Mattys Bild vor Augen, gelingt es ihm, einzuschlafen.

Trotz der Schmerzen – das Aspirin zeigt keine Wirkung – und trotz der beunruhigenden Geräuschkulisse vor dem Jet.

Miami

Aurora warf alle Vorsicht in den Wind und wagte einen letzten und gleichzeitig den entscheidenden Vorstoß.

Sie stellte ihn zur Rede.

Eine Antwort erhielt sie natürlich nicht, doch er versprach wenigstens, die Angelegenheit mit ihr auszudiskutieren, was mehr war, als sie insgeheim erwartet hatte. Auch wenn sich Aurora keiner Illusion hingibt, dass sie vermutlich morgen um diese Zeit nicht mehr hier sein wird.

Nein, sie hat sich nicht von ihm verabschiedet. Jede von ihr offenbarte Emotion wäre ein Fehler; ihre Darbietung am vergangenen Abend war bereits dumm genug. Der angerichtete Schaden ist noch gar nicht absehbar, denn sie hat Schwäche offenbart.

Edward ist ein komplizierter Mann; Gefühle erachtet er als Bedrohung, mit der er in die Enge getrieben wird. Will sie ihn für sich gewinnen, darf sie ihm nicht zeigen, was sie empfindet. Die Ironie hierbei entgeht ihr nicht, und Aurora kann nicht verhindern, dass ihr Selbstbewusstsein einen gehörigen Dämpfer erleidet.

Schließlich genießt sie seit über zwei Jahre alle Vorteile. Er ist bei ihr, während diese Anthonia meilenweit entfernt lebt und nicht den geringsten Einfluss auf ihn ausüben kann. Trotzdem ist es Aurora nicht gelungen, diesen Mann an sich zu binden und jeden Gedanken an dieses Mädchen mit ihrer Liebe und Ausstrahlung zu töten.

Das ist herb.

Sollte die Aussprache nicht das erhoffte Ergebnis bringen, wird sie diesem unsäglichen Drama ein Ende bereiten. Es ist an der Zeit; in Wahrheit hätte sie nie so lange bleiben dürfen. Nun ja, schon ihre erste Nacht, nachdem sie sah, aus welchem Grund Edward sie zu sich geholt hat, war wohl zu viel. Denn ihre damalige Entscheidung erweist sich gerade als größter Fehler ihres Lebens. Jedenfalls, wenn Edward die Konsequenz zieht, mit der sie rechnet.

Doch andererseits: Sie liebt ihn, und zu dieser tiefen Emotion gehören selten Rationalität und Vernunft. Aurora, deren Dasein bisher weitestgehend von Rationalität und Vernunft bestimmt wurde, genießt diesen Fauxpas sogar. Endlich einmal etwas, das zeigt, dass sie lebt und nicht nur vegetiert.

Sie hat hoch gepokert und wie in jedem Spiel damit eine Niederlage riskiert, auch wenn die Chancen am Anfang so gut standen.

Hat sie ihn tatsächlich verloren, wird sie es mit Stolz hinnehmen; so, wie sie am Ende alles mit Würde trägt.

* * *

Am Nachmittag beaufsichtigt sie den Jungen, der sie, wie immer, komplett ignoriert. Doch heute ärgert sie sich nicht über dessen unmögliches Benehmen, denn so kann sie wenigstens ungehindert ihren Grübeleien nachgehen.

Als er den Raum verlässt, hält sie ihn nicht zurück; mit diesem Thema wird sie sich auseinandersetzen, wenn es an der Zeit ist. Sollte Edward sie wirklich heiraten und damit zur Mutter des Jungen machen, wird sie auch diese Rolle ausfüllen. Ob dem das nun gefällt oder nicht.

Daher nimmt sie einsam ihr Dinner ein und fragt sich dabei leicht trocken, ob dies ihr letztes Abendmahl ist. Die Henkersmahlzeit, sozusagen.

Draußen setzt die Dämmerung ein, die schnell zur finsteren Nacht werden wird. Es ist erst Januar und die Tage noch sehr kurz, auch wenn die Temperaturen keine Wünsche offen lassen.

Schließlich, als jedes Protokoll bedient ist, sie ihren Rundgang durch das Haus absolviert hat, der wie üblich keine Auffälligkeiten ergeben hat, und ein letztes Mal aus dem Fenster einen Blick auf die sterbende Sonne geworfen hat, sitzt Aurora im Sessel und wartet auf Edwards Rückkehr.

Die Everglades

Unzählige Male schreckt Edward in dieser Nacht hoch.

Er kann sich nicht entscheiden, was der größte Verursacher dafür ist: die knarrenden Geräusche im Wrack des Jets, die Rufe der wilden Tiere davor, die Schmerzen, die sich bald auf den gesamten Körper ausdehnen, oder auch die Tatsache, dass es so verdammt kalt ist.

Viel kälter, als er es für möglich gehalten hätte.

Er könnte aufstehen und sich etwas zum Zudecken suchen, doch das wäre zu anstrengend. Außerdem müsste er dafür die endlich gefundene erträgliche Schlafposition aufgeben.

Vielleicht liegt es aber auch daran, dass er die ganze Zeit lauscht, selbst im Halbschlaf. Permanent lauert er auf signifikante Geräusche, die nach Zivilisation klingen.

Ein Helikopter, ein Flugzeug, ein Motorboot, Rufe – irgendein Zeichen, dass man nach ihm sucht.

Doch in dieser Nacht hört Edward viel, allerdings nichts, was darauf schließen lässt, dass er bald aus seinem grünen Gefängnis befreit werden wird.

Miami

Nein, ein Kuppler ist er nicht, weshalb Carlos die Schnauze hielt und in aller Gemütsruhe dabei zusah, wie Edward auf dieselbe fiel.

Man muss kein sonderlich guter Rechner sein, um zu wissen, wann sie wieder auf der Bildfläche erschien. Als Anthonia im Januar aus der Versenkung auftauchte, dachte er, dass damit dieses grausame, unerträglich peinliche Drama sein fulminantes Ende nehmen würde.

Fehlanzeige.

Edward kümmerte sich nicht und sie reagierte nicht. Das Einzige, was sie eines Tages einmal in dieser Hinsicht von sich gab, war ein leises und schnell gewispertes »Danke!«.

Den beiden ist wohl tatsächlich nicht zu helfen, denn nach jedem Wochenende stehen eintausend Fragen in Edwards Gesicht, von denen er niemals auch nur eine stellt. Nach einer Weile war Carlos sogar froh darüber, denn er hätte nicht gewusst, was er antworten soll.

Allerdings fühlt er sich mit jedem neuen Monat, der ins Land geht, ein wenig schlechter und kommt sich vor wie der mieseste Verräter. Als die Zeit ereignislos verstrich, begann er den Tag zu fürchten, an dem Edward hinter die Wahrheit gelangen würde.

Sich auszumalen, was genau dann geschehen könnte, unterlässt er strikt, schon, weil es um seine Fantasie nie besonders gut bestellt war. Eines jedoch steht fest: Erfreulich wird es bestimmt nicht.

Es gehört zu Carlos' Gewohnheiten, bei Einsetzen der Dunkelheit noch einmal das Gelände abzulaufen. Die Ereignisse in den vergangenen Jahren ließen ihn übervorsichtig werden.

Juan und Dean sind auf dem Weg zum Flughafen, um den Chef nach Hause zu eskortieren. Längst diskutiert der nicht mehr über derartige Maßnahmen; auch Edward hat begriffen, dass die Zeiten der wenigen Freiheiten, die er sich früher entgegen aller Ratschläge herausnahm, endgültig vorbei sind.

Der praktische Sicherheitchef und heimliches Mädchen für alles befindet sich noch im vorderen Bereich des Geländes, ungefähr einhundert Yards vom Tor entfernt, als er plötzlich eine Bewegung am Zaun wahrnimmt.

An dessen *Innenseite!*

Das gesamte Grundstück ist gut ausgeleuchtet, doch der Eindringling hat eine der wenigen Stellen gewählt, die das Licht nicht erreicht, scheint aber keine Ahnung von den Bewegungsmeldern zu haben, die überall installiert wurden. Genau in diesem Moment wird in der Zentrale neben dem Tor die Hölle ausbrechen.

Mit gerunzelter Stirn und verschränkten Armen beobachtet Carlos das Schauspiel für eine Weile, bis er erkennt, dass der Einbrecher in Wahrheit ein *Ausbrecher* ist.

Ein ziemlich kleiner übrigens.

Auch das noch ...

Irgendwann tritt er zu dem Jungen, der sich nach Kräften bemüht, die glatten, eisernen zwei Meter fünfzig hohen Zaunstäbe zu erklimmen. Was sich als äußerst schwieriges Unterfangen erweist, er rutscht nämlich immer wieder herunter.

»Leiter gefällig?«

Matty erstarrt.

Carlos zieht ihn die wenigen Zentimeter, die er glücklich bewältigt hat, zurück, stellt ihn auf die Füße und betrachtet den

Bengel, der den Kopf entschlossen gesenkt hält.

»Abhauen ist Scheiße, Matty. Du riskierst bei deiner Tante und deinem Onkel maximal einen Herzinfarkt.«

Matty schweigt, doch bevor Carlos weiter an seiner neuesten Aufgabe arbeiten kann: ihn zum Bleiben zu überreden, summt sein Handy.

»Entwarnung, es ist nur ...« Er verstummt und lauscht. »Wann war das?«, hört er sich wie aus beachtlicher Entfernung fragen. »Wo? Ich bin in zehn Minuten da!«

Er beendet das Gespräch. »Matty, wir müssen zu deiner ...« Der Kopf des Jungen fährt hoch, und trotz der angespannten Situation gelingt es Carlos noch, diplomatisch umzuschwenken. »... Miss Montgomery. Sofort!« Bevor das Kind antworten kann, hat er es sich bereits unter den Arm geklemmt und läuft zum Tor. Dort steht sein Jeep.

Damit werden sie bedeutend schneller sein.

Die Everglades

Nach einer mehr oder weniger schlaflosen Nacht erwartet Edward am Morgen der nächste Schicksalsschlag.

Da immer noch keine Rettung eingetroffen ist, begibt er sich auf die Suche nach dem Transponder und stellt kurz darauf fest, dass der tot ist.

Wie lange? Nun, das ist nicht nur eine gute, sondern in Wahrheit die *entscheidende* Frage. Sollte er bereits durch die Explosion beschädigt worden sein, harrt Edward hier vergebens aus. Sie werden seine genauen Koordinaten nicht kennen, daher wahllos mit der Suche beginnen, und sich bei seinem Glück für das entgegengesetzte Ende entscheiden.

Seine Vorräte sind begrenzt; noch hat er die Wahl, aber in ein paar Tagen wird es anders aussehen. Demnach muss er etwas unternehmen, und zwar sofort.

Sobald Edward zu dieser Schlussfolgerung gelangt ist, scheint jede weitere Verzögerung reine Zeitverschwendung.

So schnell, wie es in seiner körperlichen Verfassung möglich ist, sucht er alles zusammen, was auf dem bevorstehenden Marsch vielleicht von Nutzen sein könnte. Er findet die obligatorische Notfallverpflegung, zwei Wärmefolien und legt das Aspirinröhrchen dazu. Dann holt er die verbliebenen sechs Sandwiches und zehn Wasserflaschen aus dem Kühlschrank, stellt jedoch nach kurzer Überlegung fünf davon wieder zurück.

Was auch immer er mitnimmt, er muss es tragen. Mit einem lädierten Brustkorb, einer gequetschten Lunge und einer möglichen Gehirnerschütterung sollte er daher das Gewicht so gering wie möglich halten.

Das Ganze wickelt er in eines seiner Hemden zu einem Bündel zusammen, das er sich über die Schultern bindet.

Zuletzt schreibt er eine Nachricht, falls wider Erwarten doch noch jemand eintrifft:

20. Januar, 6:00 am, Südosten

Dann verlässt er zum letzten Mal den Jet.

Als er ihm einen letzten Blick zuwirft, sieht er, dass der Bauch im Vergleich zum gestrigen Abend ein gutes Stück tiefer im Morast liegt. Daher das ständige Knarren und Ächzen. Es ist nur eine Frage der Zeit, bevor ihn der hungrige Boden komplett verschlungen haben wird. Das bestärkt Edward noch in seinem Entschluss, nicht länger warten zu dürfen.

Als er losmarschiert, orientiert er sich an der Sonne, die inzwischen vollständig aufgegangen ist, und hält sich immer in Richtung Südosten, während er durch den knöcheltiefen Morast watet und dabei die Schmerzen in seiner Brust verbissen ignoriert.

Miami

Als sich die Tür öffnet, blickt Aurora erwartungsvoll auf, doch anstatt Edward tritt Carlos ein, der Matty vor sich herschiebt, wie sie verwirrt bemerkt. Noch perplexer wird sie, als sie sieht, dass der Junge angezogen ist.

»Matty hier war noch ein wenig spazieren«, informiert er sie ohne jede Betonung und an den Jungen gewandt: »Ich denke, du gehst jetzt ins Bett.«

Noch bevor sie oder der Bengel irgendetwas zu der Unterhaltung beitragen können, hat er ihn durch die Tür geschoben, vor der Mrs. Knight ihn in Empfang nimmt.

Spätestens, als Carlos sorgfältig die Tür schließt, weiß Aurora, dass etwas geschehen ist. Es liegt an der bestimmenden Art des Mannes und dessen Ton, der keinen Widerspruch duldet.

Langsam erhebt sie sich.

»Edward ist mit dem Jet abgestürzt«, erklärt er knapp. »Irgendwo über den Everglades. Genauere Informationen sind derzeit nicht verfügbar. Sobald ich Näheres in Erfahrung bringen kann, informiere ich Sie. Matty weiß noch nichts; es wäre klug, es so lange wie möglich dabei zu belassen. Ich weiß nicht, wie er ...«

Er verstummt, mustert sie mit deutlicher Ungeduld, und sobald sie nickt, geht er ohne ein weiteres Wort.

Das *Edward* setzt Aurora mehr zu als die übrigen Worte.

Carlos hätte nie diese vertrauliche Bezeichnung in ihrer Gegenwart verwendet, doch die Katastrophe ließ ihn alle Etikette vergessen.

Noch im Versuch inbegriffen, die Ausmaße zu erfassen, verändert Aurora sich bereits auf interessante Weise.

Eben noch war sie die unglücklich verliebte, innerlich verzweifelte Frau, die mehr oder weniger gefasst ihrer baldigen Entlobung entgegensah.

Jetzt ist sie Aurora Montgomery. Fähig, alle Emotionen rücksichtslos beiseitezuschieben und sich auf *ihren* Part in der gesamten Angelegenheit zu konzentrieren.

Verunglückt ein x-beliebiger Mensch, ist es seinen Angehörigen erlaubt, zu verzweifeln, vor Sorge hysterisch zu werden, die Nerven zu verlieren, zu weinen – oder wie auch sonst man seinen Ängsten in einer derartigen Situation Ausdruck verleiht.

Verunglückt ein Mann wie Edward, dann bleibt dafür schlicht und ergreifend keine Gelegenheit. Oberstes Gesetz ist es, Haltung zu wahren. Egal, ob man nun die Ehefrau oder *nur* die Verlobte ist.

Aurora wahrt Haltung – umfassend.

Nach erstaunlich kurzer Zeit hält sie ihr Mobiltelefon in der Hand und setzt sich mit dem Leiter der Pressestelle in Verbindung ...

Die Everglades

Moskitos!

Hier wimmelt es nur so davon. Jetzt, als er ihnen längst schutzlos ausgeliefert ist, fällt es Edward auch endlich ein: Davor warnt jeder drittklassige Reiseratgeber, der zu einem Ausflug in die wunderbaren Everglades einlädt:

Schützen Sie sich vor Moskitos!

Je höher die Sonne steigt, desto gemeiner werden die Viecher. Was sich zunächst als unangenehm erwies, wird bald zu einem ernsthaften Problem, denn die Stiche jucken mörderisch und entzünden sich rasch. Als Edward eine Pause einlegt, schneidet er in seiner Verzweiflung die großen Beulen, von denen viele bereits eitrig sind, mit seinem Taschenmesser auf.

Das ist im Ansatz keine schlechte Idee, erweist sich jedoch in zweiter Instanz als eher dummes Manöver. Denn jetzt kann der Staub von den riesigen Sumpfgrasstauden ungehindert in die offenen Wunden treten und sie entzünden sich sogar noch schneller. Doch wenn Edward sich zwischen Brennen und Jucken entscheiden muss, dann wählt er das Brennen.

Riesengras!

Das ist die zweite vernichtende Erfahrung, die er machen muss.

Er besitzt keine Machete, um das Zeug von seinen Augen fernzuhalten, daneben steht jetzt fest, dass er sich eindeutig in dem Teil der Everglades befindet, der zum Nationalpark gehört. Hier wurde alles noch naturbelassen. Das riesige Gras, das anscheinend die Hauptvegetation darstellt, peitscht ihm pausenlos ins Gesicht und zerschneidet es innerhalb weniger Minuten. Mit dem Brennen kann er leben, es gibt bedeutend Schlimmeres, doch mit der Zeit wird es wirklich lästig.

Dass Edward sich tatsächlich in einem ewigen Sumpf befindet, erkennt er spätestens, als er die kleine, eher trockene Insel verlässt, auf der er mit dem Jet gestrandet ist. Für das verhältnismäßig kurze Stück braucht er peinlich lange. Das Atmen fällt ihm schwer, sein Kopf dröhnt und die Sonne macht ihm zunehmend zu schaffen. Doch schließlich steht er im hüfttiefen Wasser und begreift ein wenig entmutigt, dass seine Schwierigkeiten gerade erst beginnen.

Jetzt *sieht* er nämlich die in der Hitze dösenden Alligatoren – sie sind wohl keine Legende – und irgendwie muss er an ihnen vorbei ...

Nach längerem Suchen findet er immer einen Uferabschnitt, an dem keines der Biester lauert, meistens jedenfalls. Auch der einen oder anderen riesigen Schlange ist er inzwischen schon begegnet.

Einziger Vorteil ist, dass es von einer Riesengrasinsel zur nächsten nie sehr weit ist. In diesem Teil der Everglades sind die Flusskanäle nicht besonders breit und wurden auch nicht künstlich angepasst. Leider stellt er bald fest, dass es sich unvorstellbar anstrengend ausmacht, durch einen Fluss zu waten, dessen Grund aus schmierigem Morast besteht.

Bereits bei der dritten Flussüberquerung bringt er nicht mehr die Kraft auf, seinen rechten Fuß mit genügend Energie zu heben, weshalb er mit seinem Schuh steckenbleibt und zum ersten Mal in das eisige Wasser fällt.

Aus den Augenwinkeln beobachtet er, wie Anton – so hat er den größten Alligator in Sichtweite getauft – träge den Kopf hebt.

»Nichts passiert«, murmelt Edward, nachdem er sich wieder aufgerichtet hat und behutsam seinen Fuß aus dem Schuh zieht. Den kann er wohl vergessen, doch das ist momentan garantiert sein kleinstes Problem. Denn jetzt gilt es, so schnell wie möglich ans nächste Ufer zu gelangen, sofern man den Dschungel aus Riesengras so bezeichnen will.

»Überhaupt nichts passiert«, wispert er dabei vor sich hin. »Ich bin gar nicht hier. Alles nur Einbildung ...«

Die nächste Schwierigkeit lauert bereits; in Wahrheit scheint sich alles gegen ihn verschworen zu haben. Aber das ist ja nichts Neues.

Denn Anton und seine Freunde wohnen genau hier: im dichten, undurchdringlichen Riesengras. Die erste Gelegenheit an *Land* zu kommen, lässt Edward nach kurzer Inaugenscheinnahme daher außer Acht und stakst mühsam einige Meter weiter zur nächsten, wo glücklicherweise keine Riesenechse döst.

Dort schleppt er sich erschöpft durch den Sumpf, hofft auf eine etwas trockenere Stelle, findet diese sogar nach einigen Hundert Yards, lässt sich fallen und schließt die Augen. Völlig außer Atem kann er sich nicht mehr darauf konzentrieren, vorsichtig Luft zu holen, und wird deshalb momentan sogar von dreitausend Messern gefoltert.

Bei jedem Atemzug.

Verdammt!

Nach einer Weile funktioniert es etwas besser und Edward kann sich mutig dem neuesten Desaster stellen.

Er besitzt nur noch einen Schuh, was bedeutet, er ist faktisch barfuß. Wenigstens trifft das wenige Sekunden später zu, als er auch den zweiten Schuh ausgezogen und wütend in das ewige Grün geschleudert hat. Ein dumpfes Platschen signalisiert, dass er irgendwo im Sumpfgras gelandet ist, wo er ab sofort wohl irgendeiner Froschfamilie als neues Zuhause dienen wird.

Fein!

Edward hat sich ja schon immer für den Erhalt aussterbender Arten engagiert, oder seine Mutter, irgendein Familienmitglied war es auf jeden Fall.

Das unfreiwillige Bad hat seine Verpflegung gefährlich in Mitleidenschaft gezogen. Die Sandwiches sind nass, doch er wirft sie trotzdem nicht weg; man kann nie wissen. Glücklicherweise besteht die Aspirinflasche aus wasserbeständigem Plastik. Er schluckt drei gegen die wahnsinnigen Schmerzen in seiner Brust und dankt dabei der Pharmaindustrie für ihre Hartnäckigkeit, mit der sie an der Umweltverschmutzung festhält.

Die Notfallverpflegung ist in Plastik eingeschweißt, daher blieb wenigstens die unversehrt. Behutsam nimmt er einen Schluck aus einer der jetzt nassen Wasserflaschen und wartet darauf, dass er wieder zu Kräften kommt.

Momentan hat er nämlich keine mehr ...

Miami

Bis zwei Uhr nachts funktioniert die Geheimhaltung, dann trifft die geballte Kavallerie ein und droht, das Tor zu stürmen.

Erst, als Carlos sich ihnen stellt und in zehn Kameras verkündet, dass sie die Teile wieder ausschalten dürfen, weil er kein Sprecher Capwells sei und es noch keine Informationen über dessen Verbleib gäbe, werden sie etwas ruhiger. Allerdings gehen sie nicht mehr, aber das hat er auch nicht erwartet. Derartige Invasionen sind unvermeidbar und keineswegs von besonderer Bedeutung.

Carlos hat ganz andere Probleme.

Er muss eine Suchmannschaft zusammenstellen; den staatlichen Rettungskräften traut er nicht im Geringsten über den Weg. Am liebsten würde er alles stehen und liegen lassen und sofort persönlich mit der Suche beginnen, sieht aber ein, dass er in einer derartigen Lage das Anwesen nicht im Stich lassen darf.

Krisen sind die beste Gelegenheit für Anschläge; meist sind die Menschen in solchen Situationen konfus und die Sicherheitsvorkehrungen weisen aufgrund der kurzfristigen Überforderung akute Lücken auf. Kurzfristig genügt jedoch in den allermeisten Fällen bereits. Deshalb muss er dafür sorgen, dass hier alles unter Kontrolle bleibt.

Nicht einmal um den Jungen kann er sich kümmern, obwohl er keine Ahnung hat, ob Aurora weiß, was droht. Das bereitet ihm zunehmend Kopfzerbrechen, bis ihm Mrs. Knight in den Sinn kommt und er wenigstens diesbezüglich beruhigt ist. Die Frau wird wissen, wann es an der Zeit ist, einzugreifen.

Außerdem überlegt er, wie er Anthonia informieren soll, denn die hat schließlich ein Recht, von dem Unglück zu erfahren.

Leider besitzt er nicht einmal eine Telefonnummer und sieht faktisch keine Möglichkeit, sie kurzfristig zu kontaktieren. Hat denn keiner der beiden daran gedacht, dass es manchmal Notfälle im Leben gibt, die lächerlichen Stolz mit einem Schlag gegenstandslos machen?

All das lässt ihn zunehmend gereizter werden, weshalb er am Morgen vom ewigen Brüllen ins Telefon heiser ist.

Diese Idioten, die staatlichen sowie die Suchmannschaft, die Harper hysterisch wie immer zusammengestellt hat, weigern sich kategorisch, bereits in der Nacht mit der Arbeit zu beginnen. Angeblich habe das in der Dunkelheit keinen Zweck, weshalb man bis zum Morgengrauen abwarten wolle.

Versager!

Carlos, inzwischen leicht übernächtigt und daher etwas unkontrolliert, droht das nächste Mal zu detonieren, als er den Aufruhr vor dem Tor bemerkt. Gerade überlegt er, wie er Edward überzeugen kann, Selbstschussanlagen zu installieren – sollte der überhaupt noch leben, heißt das –, da macht er in der Menschenmasse einen kleinen, ihm sogar ausnehmend vertrauten Honda aus. Schlagartig verschwindet wenigstens sein größter Groll und er stürzt aus der Tür.

Verdammt, er wusste, dass sie kommen würde! Womit nebenbei auch das Matty-Problem aus der Welt sein dürfte. Wenig später ertönt sein rauer Ruf: »Macht das Tor auf!«

Und während seinem Befehl Folge geleistet wird, wirft er geistesabwesend einen Blick auf seine Uhr. Es ist kurz nach neun am Morgen und Edward gilt jetzt seit knapp fünfzehn Stunden offiziell als vermisst.

Die Everglades

Bei seiner zehnten oder elften lebensgefährlichen Flussüberquerung geht es schief.

Edward sieht, wie Anton fünf oder sechs, er hat irgendwann aufgehört zu zählen, sich gemächlich in seine Richtung aufmacht und verliert die Nerven.

Hastig – zu hastig – watet er weiter und verfängt sich in der nächsten Sekunde in einer der Schlingpflanzen, die überall am Flussgrund lauern.

Nach flüchtigem Kampf gibt er auf, wissend, dass sich auf diese Art die Schlinge nur noch fester zieht. Anton und ihn trennen vielleicht noch zehn Meter, als Edward hastig sein Messer aus der Hosentasche zieht und beginnt, die fleischigen Ranken zu bearbeiten, die seinen Fuß einschnüren. Da sieht er, dass Anton Nummer zwei sich gerade auf den Weg zu ihm macht, und zwar von der gegenüberliegenden Seite seines hungrigen Kameraden.

Da soll noch mal einer sagen, die Viecher seien blöd, denn ganz unvermutet sitzt Edward derart in der Klemme, dass er bereits zum zweiten Mal an diesem Tag droht, umfassend die Nerven zu verlieren.

Immer hektischer hackt er unter Wasser auf die Pflanze ein und spürt kaum, dass er dabei auch einige Male versehentlich seinen Fuß trifft. Das ist nebensächlich, denn wenn er nicht bald hier verschwindet, sind ein paar oberflächliche Kratzer nur der Anschnitt, der Anton und Konsorten das Zubeißen vereinfacht.

Währenddessen macht sich Anton drei erst bereit – er hebt langsam den Kopf und sieht zu ihm hinüber – und dann auf den Weg. Was bedeutet, Edward kann sich nur noch in eine Richtung zurückziehen, und das ist unglücklicherweise genau die, in der die nächste Grasinsel am weitesten entfernt liegt.

Was immer er bisher glaubte, er wird eines Besseren belehrt, denn Alligatoren sind sogar verdammt schnell, wenn zum Lunch geläutet wird. Anton eins und zwei sind bereits so nah, dass er ihnen in die Echsenaugen blicken kann. Bevor Edward jedoch völlig verzweifeln und sich dem Tod ergeben kann, kommt ihm der rettende Gedanke.

Er fetzt sein Hemdbündel herunter, zerrt eine der Signalfackeln aus dem Überlebenspaket und reißt an der Zündschnur. Rot flammt die bengalische Flamme auf, die Edward mit wildem Gebrüll vor den Viechern hin und her schwenkt.

Die zeigen nicht etwa Panik, kommen aber auch nicht näher.

Offenbar empfinden sie das Schauspiel anscheinend als merkwürdig, denn sie glotzen ihn verwirrt an, und Edward gelingt es mit etwas Mühe, sich an das rettende Grasufer zu flüchten.

Das Riesengras, das ihm das Gesicht zerschneidet, ist ihm egal. Seine Füße kann er ohnehin nicht mehr lokalisieren; selbst die Messerstiche in seiner Brust sind plötzlich nicht mehr von Bedeutung. Auch bei seiner Brülleinlage von eben hat er sie nicht gespürt.

Erst, als er weit genug auf dem sumpfigen Boden entlanggekrochen ist, um garantiert außer Reichweite aller Antons zu sein, lässt er sich kraftlos auf den schlammigen Boden sinken.

Gerettet!

Edward schließt die Augen und denkt für eine ganze Weile nichts, weshalb ihm erst geraume Zeit später aufgeht, dass er in seiner Panik nicht mehr an das Hemdbündel gedacht hat. Das schwimmt im Fluss, während der Inhalt gerade zu Fischfutter, Alligatorenfutter oder beidem verkommt.

Nun, womit es das wohl ist ...

Das Ende.

+ + +

Schicksalsstunden (2)

Miami

Das Risiko ist Aurora sogar bestens bekannt, als sie am nächsten Morgen Matty aufsucht.

Seit zwei Uhr nachts kommt es in den News, der Junge wird zwangsläufig davon erfahren, und wenn sie die Wahl hat, informiert lieber sie ihn, bevor er es aus dem Fernsehen erfährt oder noch schlimmer in irgendeinem schmierigen Revolverblatt darüber liest.

Sie hat Carlos nicht gefragt, wo der den Jungen gestern Nacht auflas; es ist nicht sehr schwer, auf die Antwort zu kommen. Außerdem ist seine vereitelte Flucht nebensächlich geworden, selbst ihr Kleinkrieg besitzt keine Bedeutung mehr. Alles hat sich plötzlich geändert, und ob er will oder nicht, jetzt sitzen sie in einem Boot und müssen zusammenhalten.

Denn sie haben nur noch sich.

* * *

Als sie sich an sein Bett setzt, schläft der Kleine noch, und so nimmt sie behutsam seine Hand und wartet.

Es dauert nicht lange, dann schlägt er die Augen auf, und bevor in ihnen der übliche Hass aufblitzen kann, kommt Aurora ihm zuvor.

»Du musst mir jetzt zuhören, Matty«, beginnt sie so vorsichtig, wie es bei dieser Hiobsbotschaft überhaupt möglich ist. »Dein Onkel hatte gestern Abend auf dem Heimflug einen Unfall. Wir wissen noch nichts Genaues, aber ich bin fest davon überzeugt, dass es ihm gut geht. Er ist ein ausgezeichneter Pilot und er wird mit der Situation ...«

Sie verstummt.

Seit einer Stunde hat sie ergebnislos versucht, sich seine Reaktion vorzustellen. Die unendliche Trauer, die Tränen, das Schreien, seinen Asthmaanfall, der unter Garantie nicht ausbleiben wird. Mrs. Knight steht – weinend – vor der Tür, das Handy in der Hand, und wartet auf ihr Zeichen, den Arzt anzurufen. Doch nichts hätte sie auf diese Ergebenheit vorbereiten können. Er fragt nicht und es kommen keine Tränen, stattdessen offenbart das kleine Gesicht genau eine Information:

Ich wusste es!

Die Everglades

Es dämmert bereits und Edward unternimmt immer noch keine Anstalten, sich zu erheben. Der Sinn erschließt sich ihm momentan einfach nicht.

Selbst wenn man nach ihm sucht, kann er sich nicht bemerkbar machen. Nicht einmal ein Feuerzeug befindet sich in seinem Besitz, wenngleich die Idee, es in diesem Urwald hin und her zu schwenken und zu hoffen, damit gesehen zu werden, ohnehin recht naiv anmutet. Wann das Spiel gelaufen ist, kann er durchaus erkennen und offenbar ist es höchste Zeit, die Niederlage einzugestehen.

Daher bleibt er liegen und denkt nichts, viel zu erschöpft, um sich noch den Kopf darüber zu zerbrechen, dass er sich gerade der größten aller Sünden schuldig macht:

Kapitulation.

Nach einer Weile treffen jedoch mehrere Faktoren aufeinander, die seine Lebensgeister ein wenig zurückholen:

Er kommt zu Atem, und mit der Sonne verschwindet auch die Wärme. Je mehr die Dunkelheit zunimmt, desto unangenehmer wird es. Sehen kann er nicht mehr, *was* all die fremdartigen Geräusche um ihn herum erzeugt. Hier, in der Mitte der Insel, lauert kein Alligator, aber es gibt noch genügend anderes Getier, dem er nicht unbedingt zu nahe kommen will.

Dieser Gedanke reißt ihn aus seiner ergebenen Lethargie; eilig setzt er sich auf und blickt angestrengt in die Dunkelheit. An Schlaf ist nicht mehr zu denken. Nicht in der ewigen Feuchtigkeit und mit dieser Geräuschkulisse. An Weitergehen allerdings auch nicht, denn der Mond ist noch nicht aufgegangen und die Sonne verschwunden.

Keine Orientierungsmöglichkeit.

Also bleibt Edward, wo er ist, und fixiert angestrengt die Finsternis, bereit, seine Wanderung am Morgen fortzusetzen, obwohl er realistisch betrachtet, chancenlos ist.

Dass er noch mit vierzig sterben wird, trifft ihn einigermaßen überraschend. Vorsichtig lauscht er in sich hinein, sucht nach Niedergeschlagenheit und findet nicht viel davon.

Möglicherweise liegt es an der Kälte und daran, dass die Schmerzen in seiner Brust immer weiter zunehmen, anstatt irgendwann einmal abzuklingen.

Außerdem sind seine Sachen nass; die letzte Badeeinlage kam zu spät, der Sonne blieb nicht mehr genügend Zeit, um ihn zu trocknen, bis sie sich für diesen Tag verabschiedete. Womit selbst der Kältetod nicht unbedingt ausgeschlossen ist, denn wenn er am Morgen zu unterkühlt ist, könnte das bereits das Ende sein. Und so macht Edward sich leicht resigniert an die nun wohl fällige Abrechnung.

Was hat er erreicht? Nicht viel, wenn man es genau nimmt, allerdings hat er es auch nie darauf angelegt.

Was bereut er von dem, was er in seinem Leben nicht getan hat?

Dass er keine eigenen Kinder hat.

Diese Erkenntnis stellt sich beinahe sofort ein. Er hätte nie geglaubt, sich einmal so nach eigenem Nachwuchs zu sehnen, doch seitdem Matty Teil seines Lebens ist, weiß er, dass Kinder das einzig Erstrebenswerte für einen Mann sind. Diese kleinen Menschen sind so ehrlich, kompromisslos und so verloren in der Welt, wenn man sie allein lässt. Sie verdienen die Zuwendung, die sie brauchen.

Zweites, recht verwandtes Vergehen:

Er hat Matty nicht adoptiert! Immer schob er es vor sich her und jetzt ist es dazu wohl zu spät. Aber vielleicht wird ja Tony. ..

Um ein Vielfaches resignierter als zuvor verdreht Edward die Augen. Lange hat es ja nicht gebraucht, um an diesen Punkt zu gelangen.

Anthonia.

Das ist dann wohl die dritte Angelegenheit, auf die er nicht unbedingt stolz sein kann.

Dieses graue Gesicht – er kann es nicht vergessen, seit jenem Tag verfolgt es ihn beinahe unentwegt. Jedes Mal, wenn er daran denkt, will er zu ihr gehen und es wiedergutmachen. Es ist nicht der Schritt, den er bereut, sondern die Art, wie er es tat. Tony wird es längst verwunden haben; zwei Jahre sind im Leben eines jungen Menschen eine lange Zeit. Sie wird einen Mann haben, vielleicht sogar verheiratet sein ...

Der nächste Auslöser, und diesmal wehrt er sich nicht, er ist ohnehin schon tot, warum sich jetzt noch etwas vormachen? Zum ersten Mal stellt Edward sich aufrichtig seinen Gefühlen.

Allen!

Wie gern wäre er der Einzige geblieben, und er hätte nie erwartet, heute noch ebenso zu empfinden. Irgendetwas an ihr hat ihn verhext. Ähnlich lief es bei Matty; dessen Einfluss auf ihn ist geradezu unheimlich. Denn kaum schließt er die Augen, hört er es wieder:

›*Ich hasse dich!*‹

Der Gedanke, dass dies ihre letzte Begegnung gewesen sein soll, setzt ihm äußerst zu. Er will nicht, dass Matty ihn verabscheut, vielleicht sogar glaubt, Edward habe vor ihn zu verletzen oder noch schlimmer: dass er ihn nicht will! Und er ahnt, dass der Junge genau das annimmt.

Um wenigstens das richtigstellen zu können, hätte er alles gegeben, aber dafür ist es wohl auch zu spät.

Mühsam legt er sich auf die Seite und zieht die durchweichte Brieftasche aus seiner Hosentasche. Kurz darauf hält er die feuchten Fotos in der Hand, die glücklicherweise nicht umfassend ruiniert sind. Selbst in der zunehmenden Dunkelheit kann er noch die Umrisse darauf erkennen.

Sie sind es – diese beiden. Es ist wohl an der Zeit, sich das endlich einzugestehen. Lange genug hat er sich dagegen gewehrt und Aurora damit vermutlich sehr unglücklich gemacht.

Während er die dunklen Schatten auf dem feuchten Papier anstarrt, bauen sich ihre Bilder in seinem Kopf auf und er macht sich daran, sich von ihnen zu verabschieden. Es ist nicht kitschig, nichts, wofür er sich hassen muss, sollte die Geschichte wider Erwarten anders ausgehen und er überleben.

Dies sind die beiden Menschen, die ihm im Leben etwas bedeuten. Egal, wie weit er noch kommen wird, er will das jetzt ein für alle Mal für sich klären. Adoption hin oder her, Matty ist sein Sohn und wird es immer bleiben, ganz gleich, was das Gesetz dazu sagt.

Längst ist er in seinem Testament als Haupterbe begünstigt, und auch wenn er das ohnehin nach Edwards derzeitiger Familiensituation gewesen wäre, hat Edward es amtlich gemacht. Allerdings weiß er nicht, ob er dem Kleinen damit einen Gefallen tut. Dies beschreibt gleichzeitig die älteste Sorge, die ihn heimsucht, seitdem er für das Kind verantwortlich ist. Unzählige Male hat er überlegt, ob er bei Tony vielleicht besser aufgehoben wäre. Warum hat er nie versucht, diese besondere Angelegenheit zu klären?

Der blanke Egoismus, dafür entschuldigt er sich nun bei Matty. Er hätte uneigennütziger sein müssen.

Endlich kann Edward sich eingestehen, wie gern er mit Anthonia zusammen gewesen wäre und dass er sie nicht vergessen kann.

Vorbei ist dieses alberne Gewäsch über Hexerei und Macht, denn ausschließlich er ist dafür verantwortlich. Nicht sie, nicht das Schicksal, Magie oder Niedertracht schlechthin. Ganz allein er hat dafür gesorgt. Egal, wie sehr er sich bemühte und versuchte, sich selbst zu manipulieren, er *wollte* sie nicht vergessen. Je mehr er sich dazu zwang, desto entschlossener weigerte sich ein Teil von ihm, dem nachzugeben. Tatsächlich torpedierte er seine eigenen Manipulationen. Mit dem Foto, das er ständig bei sich trägt – nachts lag es auf dem kleinen Tisch neben seinem Bett. Ständig schleppt er das Handy mit sich umher, und *ja, verdammt!*, er ignorierte es keineswegs.

Stattdessen vergewisserte er sich täglich, ob nicht vielleicht doch ein Anruf eingegangen war, eine Nachricht, irgendwas.

Über dreißig Monate lang.

Das kann man nicht unbedingt aktive Arbeit am Vergessen nennen. Im Grunde hat er genau das Gegenteil getan.

Er ...

Edward seufzt. Sie wird niemals erfahren, was es ihn gekostet hat, sich von ihr fernzuhalten, obwohl sie doch so nah ist, beinahe zum Greifen. Drei Anrufe, vielleicht vier, und er hätte ganz genau gewusst, wo sie ist, wäre zu ihr gefahren und hätte ... hätte ...

Versonnen blickt er auf ihre dunklen Umrisse und sieht sie augenblicklich wieder vor sich. Dieser wundervolle, einzigartige Körper, die Lippen, die ihn niemals wirklich loslassen; ihre Brüste, die perfekter nicht gemalt werden können; die schlanken, so sanften Finger auf seiner Haut und diese unendlich erwartungsvolle, heiße und so süß duftende Feuchtigkeit, in der er beinahe vergaß, wer er ist.

Es handelte sich mit Abstand um die bedeutungsvollste Nacht seines Lebens. Nicht der Sex – nein, da hat er ganz andere Erlebnisse hinter sich, nicht zuletzt mit Aurora. Es war die Atmosphäre, das Gefühl, das Richtige zu tun, sich *wohlzufühlen*.

Er kann es nicht vergessen und ist endlich bereit, einzuräumen, dass er das auch gar nicht will!

* * *

Der schrille Schrei eines Nachtvogels lässt ihn auffahren und schlagartig wird ihm bewusst, was er gerade tut.

Am Ende ist er doch wieder dort gelandet, oder? Diese verdammte Inkonsequenz; wird er das denn nie lassen?

Inzwischen ist der Mond aufgegangen; hell hebt er sich vom wolkenlosen, schwarzen Himmel ab, und Edward beschließt weiterzugehen, denn dieses nutzlose Herumsitzen ist keineswegs hilfreich.

Derzeit atmet er noch, irgendwie, und irgendwie kann er auch noch laufen, weshalb Edward vermutet, dass der Tod noch eine ganze Weile auf sich warten lassen wird. So schnell stirbt es sich nicht, auch nicht, wenn man plötzlich keine Verpflegung mehr hat.

Mühsam erhebt er sich, obwohl er im Ignorieren der Schmerzen in der Brust, seinen Füßen und dem Brennen seiner Haut inzwischen Meister ist. Tragen muss er nichts mehr, womit es doch sogar etwas Positives an der miesen Gesamtsituation zu verzeichnen gibt. Wer hätte das gedacht?

Und dann läuft er los.

Immer Richtung Südosten.

Nur wenige Minuten später befindet sich Edward wieder einmal auf der Flucht.

Diese Frau ist nicht annähernd anwesend und dennoch flieht er vor ihr – bis hierhin entspricht das durchaus der Normalität. Nur leider funktioniert es diesmal nicht, wie üblich. Es gibt keinen Raum, den er verlassen kann, um sich ihr zu entziehen; keine Ablenkung, mit der er sich beschäftigen kann, womit sie aus seinen Gedanken verschwindet; keine Aurora, mit der er schlafen kann, um die Erinnerungen an diese eine Nacht für die nächsten Minuten erfolgreich zu verbannen.

Hier gibt es nur Edward und seinen Kopf, in dem Tony sich als verdammt hartnäckig erweist. Egal, wie schnell er geht, sie folgt ihm ohne die geringste Mühe.

Nun, von *schnell* kann keine Rede sein, denn trotz des Mondlichtes sieht er nicht besonders viel. In Wahrheit stolpert er mehr, als dass er läuft. Außerdem hat er jetzt – in der Dunkelheit – überhaupt keine Chance mehr, dem Riesengras auszuweichen.

Bald jedoch ist er so in Gedanken versunken, dass ihm nicht einmal mehr auffällt, wenn er wieder einmal in die Knie gegangen ist, weil er eine Unebenheit im nassen Boden zu spät oder überhaupt nicht erspäht hat.

Wenn er damals doch nur anders reagiert hätte!

Ja, *nur wie denn?* Vor allem: *Was denn dann?* Damit wären die Probleme doch nicht aus der Welt gewesen!

Es gibt nun einmal keinen Weg! Deshalb hat er Aurora überhaupt geholt! Es ist doch nicht so, als hätte er darum gebettelt! Schon vergessen?

Offensichtlich!

Wütend fetzt er mit der Faust ein Grasbüschel beiseite, findet sich kurz darauf im Morast wieder, weil sein nächster Schritt in einer unsichtbaren Vertiefung gelandet ist, und knurrt ungehalten, während er mühevoll wieder aufsteht.

Warum hat er nicht mit ihr gesprochen, ihr erklärt, wie die Dinge liegen, und dann versucht, sie behutsam in seine Kreise einzuführen? Sie ist nicht dumm, Tony hätte es vielleicht geschafft ...

Stöhnend verdreht er die Augen.

Ja, aber das Ergebnis wäre dann nicht mehr Tony gewesen! Er hätte sie *umerzogen,* und genau das wollte er doch vermeiden.

Er will Tony! Und mit der *GIBT es keinen Weg!* Nicht mal den winzigsten Trampelpfad.

Vielleicht hätte er...

Unwirsch schüttelt Edward den Kopf!

Hat er es denn immer noch nicht kapiert – nach so langer Zeit, endlosen Grübeleien, die immer wieder in der gleichen Sackgasse endeten?

ES GIBT KEINEN WEG, VERDAMMT!

Es wird nie einen geben!

Miami

Für Carlos macht sich Anthonias Erscheinen wie ein Omen aus. Denn wenn es ihm gelingt, Edward zu finden, wird endlich alles klargehen.

Gleichzeitig – und er ist sich nicht zu schade, sich das einzugestehen – wird er eine riesige Schuld, die seit mehr als zwei Jahren auf ihm lastet, endlich von sich schieben können.

Dies ist der Aufhänger, die Gelegenheit, die keiner der beiden ungenutzt verstreichen lassen wird. So blöd sind nicht mal die. Jetzt muss er den Trottel nur noch aufspüren, um ihn überhaupt in die Verlegenheit zu bringen, etwas zu unternehmen.

Inzwischen hängt Carlos beinahe ohne Unterbrechung am Telefon und treibt die Suchmannschaften an. Dabei ist ihm egal, wen er gerade am Hörer hat. Ob nun seine Leute oder die des Katastrophenschutzes, alle scheinen ohne seine Navigation grausam hilflos zu sein.

Sein erster Plan, Edward über das GPS orten zu lassen, schlug leider fehl, denn es erfolgte keine frohe Botschaft seitens Harper. Anscheinend ist der Akku von Edwards Handys restlos ausgepowert oder es wurde beim Absturz beschädigt.

Nun, das ist Pech, doch niemand hat behauptet, dass es einfach werden würde.

Carlos ist dafür verantwortlich, dass sich die Suchmannschaften in vier Gruppen aufteilen und sich systematisch aus allen Himmelsrichtungen vorarbeiten. Er sorgt auch dafür, dass sie früh genug ausgewechselt werden. Was nützen ihm Helfer, die so übermüdet sind, dass sie in der Dämmerung oder finsterster Nacht irgendetwas übersehen? Möglicherweise den entscheidenden Hinweis?

Ja, auch die Nachtruhe hat Carlos außer Kraft gesetzt. Seine Argumentation hierbei ist einfach: Niemand weiß, in welchem Zustand der Jet heruntergekommen ist, weshalb sie mit allem rechnen müssen. Auch damit, dass Edward bei dem Absturz schwer verletzt wurde. Für eine Unterbrechung fehlt ihnen daher schlicht und ergreifend die Zeit!

Carlos muss ihn lebend finden, nichts anderes ist für ihn akzeptabel.

Doch sie gehen konsequent leer aus. Kein Transpondersignal kann zu Rate gezogen werden; das hat bereits versagt, als Edward den Notruf absetzte. Die einzig gute Nachricht überhaupt ist, dass man auch keine Rauchschwaden entdeckt. Und wenn ein paar tausend Liter Kerosin erst mal brennen, hören die nicht so schnell wieder damit auf.

Carlos, der inzwischen seit mehr als dreißig Stunden nicht mehr geschlafen hat, spürt, wie er langsam die Nerven verliert, und ruft sich daher vermehrt zur Ordnung. Oberstes Gebot ist es, die Ruhe zu wahren! Es genügt bereits, dass alle anderen wie aufgeschreckte Hühner umherrennen.

Eilig stürzt er die nächste Tasse Kaffee herunter, um der Müdigkeit das nächste Schnippchen zu schlagen, und konzentriert sich auf den kleinen Laptop vor sich. Von hier aus wacht er darüber, dass nicht der kleinste Fleck übersehen wird.

Nebenbei schwört er, bei allem, was ihm heilig ist: Wenn Edward zurückkehrt und sich die Dinge nicht von selbst einrenken, wird er ihm die Wahrheit sagen.

Egal, was das in der Konsequenz bedeutet.

Die Everglades

Floridas Nächte sind im Januar verdammt kalt.

Edward hätte nie für möglich gehalten, einmal derart zu frieren. Noch vor wenigen Stunden war er davon überzeugt, abgehärtet zu sein, nur um jetzt einzusehen, dass er sich grandios überschätzt hat.

Irgendwann erreicht er das Ende seiner derzeitigen Grasinsel, doch auch wenn eigentlich bereits tot, ist er trotzdem noch lange nicht lebensmüde. So lange Dunkelheit herrscht, kann er unmöglich versuchen, an das andere Ufer zu gelangen, das sich in einigen Metern dunkel abzeichnet. Daher bleibt ihm nichts anderes, als die nächste Rast einzulegen. Im Grunde ist er nicht böse darüber, denn seine Kräfte sind bereits wieder aufgezehrt. Nebenbei bemerkt hätte Edward auch seine Konstitution nie derart jämmerlich eingeschätzt.

Er sucht sich ein halbwegs trockenes Plätzchen – eine ziemlich überflüssige Aktion, denn er ist ohnehin triefend nass, aber es ist wohl der Gedanke, der zählt. Dann versucht er, ein wenig zu dösen, doch das will nicht funktionieren. Jedes noch so winzige Geräusch lässt ihn wieder auffahren, und seine Brust richtet inzwischen einen Wettkampf im Messerstechen aus, wobei ein möglicher Gewinner nicht auszumachen ist, anscheinend liegen alle viertausend Teilnehmer gleichauf.

Die Schnitte – besonders die im Gesicht – brennen mörderisch, und, so nebensächlich das auch klingt und womöglich auch ist: Er hat Hunger.

Aber über allem steht diese mörderische Kälte, die ihm

unvorstellbar zusetzt. Er beginnt, auf den Morgen zu hoffen, denn dann wird die Sonne wiederkehren.

Sonne!

Edward ist bislang auch nicht bekannt gewesen, wie sehr er sie mag.

* * *

Er muss tatsächlich irgendwann eingeschlafen sein, denn als er aufschreckt, dämmert es bereits.

Leider ist ihm so kalt wie zuvor, denn die Sonne lässt immer noch auf sich warten, und als er aufstehen will, sinkt er mit einem dumpfen Stöhnen wieder in die Knie. Stirnrunzelnd begutachtet er den Schnitt an seinem Fuß, den er sich mit dem Messer zugefügt hat.

Natürlich!

In dieser Brühe hat der sich entzündet, und so wie es aussieht, befindet sich inzwischen jede Menge Eiter darin. Wie man in einer solchen Situation reagiert, hat Edward längst begriffen.

Er nimmt sein Messer, fletscht die Zähne und öffnet dann behutsam die Wunde. Der Schmerz lässt augenblicklich nach, und ihm bleibt nur zu hoffen, dass die Infektion sich nicht ausbreitet.

Kaum gedacht, verzieht er das Gesicht.

Und wenn schon!

Im Grunde ist es gleich, woran er krepiert: Hunger, Durst, irgendwelche tödlichen Infektionen ... was ihn darauf bringt, dass er Durst verspürt.

Bisher hat sich Edward nie sonderlich für die Everglades interessiert, dennoch glaubt er zu wissen, dass Miami und alle Ortschaften in unmittelbarer Umgebung von hier ihr Trinkwasser beziehen. Weshalb ihn ein fast heimatliches Gefühl beschleicht, als er am Ufer im Morast in die Knie geht und sich jede Menge des eisigen Wassers ins Gesicht schüttet.

Schlagartig ist er wach. So sehr, dass er auch gleich wieder den verdammten Hunger wahrnimmt. Der hat sich seit gestern Nacht noch einmal verdoppelt, doch in dieser Hinsicht kann er keine Abhilfe schaffen.

Nahrung gibt es hier nicht, und so verzweifelt, dass er sich über rohen Fisch hermacht, ist er noch nicht.

Das *noch* stimmt ihn nachdenklich, er will besser nicht darüber grübeln, wie lange es wohl braucht, bevor ihm egal ist, *was* er isst, Hauptsache, er bekommt irgendetwas in den Magen. Das beunruhigt ihn seltsamerweise mehr als die Vorstellung, an einer schleichenden Entzündung zu sterben.

Er will sich nicht so gehen lassen. Wie auch immer dieses Abenteuer endet, Edward ist entschlossen, es so würdevoll wie möglich über die Bühne zu bringen.

* * *

Irgendwann entscheidet er, weiterzugehen.

Auch wenn er zunehmend Schwierigkeiten hat, überhaupt einen Fuß vor den anderen zu setzen. Zu den Schmerzen in seiner Brust gesellen sich jetzt auch noch die an seinem Fuß. Er will bereits ernsthaft den Mut verlieren, als ihm aufgeht, dass seine Kopfschmerzen dafür verschwunden sind. Ein Schmerz wurde gegen den anderen ausgetauscht, allerdings kann er sich derzeit nicht entscheiden, ob das gut oder schlecht ist. Denn jetzt gelingt es ihm zwar, problemlos zu denken, dafür vermag er nur noch äußerst beschwerlich zu laufen.

Seufzend drosselt er das Tempo nochmals, legt immer häufiger Rast ein und versucht, seine verbliebenen Kräfte bestmöglich zu schonen.

Als die Sonne endlich am Horizont auftaucht, atmet er auf. Eine Stunde später werden ihre Strahlen sogar warm, und er spürt, wie seine Kleidung endlich zu trocknen beginnt. Doch lange kann er sich darüber nicht freuen, denn er strauchelt immer öffter, fällt vermehrt, und bei den Flussüberquerungen wird er ohnehin wieder nass. Aber ihm ist wenigstens nicht mehr so verdammt kalt.

Gegen Mittag realisiert er, dass er nur noch vereinzelt Alligatoren sieht. Offenbar hat er deren Hoheitsgebiet weitestgehend hinter sich gelassen. Dafür stolpert er jetzt über die eine oder andere Riesenschlange, doch mit dieser Gefahr kann er viel einfacher umgehen.

Außerdem scheinen sie sich für ihn nicht sonderlich zu interessieren. Einige Male schlängelt sich eines der meterlangen Exemplare an ihm vorbei. Edward bleibt stehen, lässt sie passieren und kommt sich dabei vor wie an der irrsten Kreuzung, die er jemals gesehen hat.

Doch während all dem: dem mühsamen Marsch, den sich häufenden Verschnaufpausen, den Flussüberquerungen, die er bald wegen des eiskalten Wassers fürchten lernt, hämmert ein Satz unentwegt in seinem Kopf.

Es geht nun einmal nicht! Es geht nicht! Es geht ...

Sie verfolgt ihn immer noch, hat offenbar nicht die Absicht, endlich Ruhe zu geben und Edward kann nicht begreifen, weshalb er genau jetzt diese alte, längst beendete Diskussion wieder aufleben lässt.

Es ist vorbei! Selbst wenn es einen Weg gegeben hätte – den es nicht gibt –, diese Erkenntnis würde ihm nicht mehr helfen, denn er kommt zu spät! Nicht einmal Tony wird nach so langer Zeit noch Interesse an ihm haben, und außerdem ist er tot!

Schon vergessen?

»Scheiße!«, knurrt er, als er zum dritten oder vierten Mal über seine eigenen Füße gestolpert und im Morast gelandet ist.

Es ist alles scheiße! Er droht zu krepieren, hat augenscheinlich keine Chance zu überleben, und trotzdem fällt ihm nichts Besseres ein, als darüber nachzudenken, ob vielleicht irgendein dummes Weib mit Tony nicht einverstanden sein könnte! Oder, dass sie nicht Französisch spricht! Dass sie sechzehn Jahre jünger als er ist! Dass sie Hemden und Jeans trägt – was übrigens *verdammt süß ist* –, anstatt irgendwelche Designerkleider! Dass sie an *ihm* zerbrechen könnte!

Wie dämlich kann er denn nur sein?

Verdammt!

Miami

Über zwei Stunden zeigt Matty nicht die geringste Reaktion.

Schweigend zieht er sich an, nimmt ebenso wortlos die Information entgegen, dass er nicht in die Schule gehen wird, und begleitet Aurora stumm, jedoch widerstandslos, nach unten.

Nur das Frühstück lehnt er mit einem entschiedenen Kopfschütteln ab. Immer noch kommen keine Tränen; mit keiner Regung lässt er sich anmerken, welche Katastrophe gerade über ihn hereingebrochen ist.

Aurora weiß, wie sehr er seinen Onkel liebt – ja, beinahe vergöttert –, und sie macht sich zunehmend Sorgen. Wenn er nicht bald irgendeine Reaktion zeigt, wird sie den Doktor rufen müssen – bevor die Dinge eskalieren und es dafür zu spät ist.

* * *

Ein Doktor muss nicht gerufen werden. Als sie durch das große Wohnzimmerfenster den kleinen Wagen vorfahren sehen, erwacht Matty aus seiner Starre und ist, bevor Aurora reagieren kann, aus dem Raum gestürzt. Zweifelnd sieht sie ihm nach, dann erhebt sie sich und folgt eher widerwillig, denn sie weiß sogar ganz genau, wer soeben eingetroffen ist.

Die Zeit ist auch an Anthonia nicht spurlos vorbeigegangen, sie wirkt um ein Vielfaches gereifter; alles Mädchenhafte, das damals noch so offensichtlich war, scheint verschwunden. Ihre Reaktion fällt gefasst aus, als sich zuerst Mrs. Knight – aha, sie also auch – und dann Matty in ihre Arme werfen.

Während bei dem Jungen endlich die Tränen fließen, beschwört Aurora sich, Haltung zu bewahren, egal, wie schwer es ihr fällt. Erstaunt registriert sie kurz darauf, dass sie sogar unvorstellbar große Schwierigkeiten damit hat.

Angst und Trauer im Gesicht der jungen Frau sind ehrlich, bestechend und kompromisslos. Sie sorgen dafür, dass Aurora die Realität für keine Sekunde ignorieren kann, selbst, wenn sie gewollt hätte. Nicht nur Edward kann nicht vergessen; diese Anthonia auch nicht. Tante und Neffe gehören zusammen; das Bild der beiden wirkt so natürlich, und der Junge ist plötzlich ein ganz anderer. Bei ihr kann er weinen, kann sich in ihre Arme flüchten, ein Kind sein.

Kind!

Das nächste so schmerzende Stichwort. Was tut sie – Aurora – überhaupt hier? Wo hat sie sich nur hineingedrängt? Ihre Anwesenheit ist *falsch!*

Als sie bereits im Wohnzimmer sitzen, kann sie endlich den ersten Schock überwinden. Unmerklich strafft sich ihr Rücken und ihr Kinn hebt sich ein wenig.

Nichts von diesem Drama geht auf ihr Konto. Sie wurde ebenso ungebeten in diese Situation geworfen wie die junge Frau und das Kind, das jetzt in deren Armen auf der Couch sitzt.

Auch sie liebt Edward und steht unsägliche Ängste um ihn aus. *Sie* verbrachte die vergangenen dreißig Monate an seiner Seite, womit sie sich das Recht verdient hat, um ihn zu bangen. Wenigstens das.

Ihn jetzt einfach aufzugeben, ist unmöglich, und wenn es noch so fair und rational wäre.

Auch sie braucht ihn, verflucht, und sie wird nicht vorzeitig das Feld räumen, sondern diesen Kampf bis zum Ende durchstehen. Obwohl sie bereits weiß, dass er verloren ist. Doch Aurora hat nicht die Absicht, bereits auf der Zielgeraden befindlich, doch noch frühzeitig auszusteigen. Diesen Weg wird sie bis zum Ende gehen.

Kluge, weise Worte, deren Wirkung jedoch ausbleibt. Denn während Aurora kerzengerade in ihrem Sessel sitzt und ihr nicht die geringste Regung anzumerken ist, verliert sie zum ersten Mal in ihrem Leben komplett die Fassung.

Die Everglades

Weit gelangt Edward an diesem Tag nicht. Der Hunger setzt ihm immer mehr zu, doch das ist nicht das Grauenvollste. Selbst sein Fuß, der immer noch wie die Hölle schmerzt, ist erträglich.

Brust oder Lunge, möglicherweise beides, lassen jeden Schritt zu einer Folter verkommen. Das Atmen fällt ihm immer schwerer, und obwohl er bereits seit knapp zwei Tagen nicht mehr tief Luft geholt hat, macht sich erst jetzt die permanente Kurzatmigkeit bemerkbar.

Es ist unfair, denn seinem Kopf geht es besser und auch sein Fuß scheint sich zu erholen. Trotz der Beschwerden weiß er, dass es besser wird, denn es handelt sich um *heilenden* Schmerz, nicht den wütenden einer infektiösen Wunde. Anscheinend war das Aufschneiden diesmal die richtige Entscheidung. Doch der Zustand seiner Lunge verschlechtert sich spürbar, weshalb ihm nichts anderes übrig bleibt, als alle dreißig Minuten eine Pause einzulegen.

All diese Probleme und wachsenden Schwierigkeiten spielen in seinem Denken allerdings nur eine eher untergeordnete Rolle. Vorrangig beschäftigt er sich mit einem ganz anderen Thema. Immer noch.

Tony ... natürlich.

Er war ein Feigling! Warum nur hat es diesen Ausflug in die Everglades benötigt, um das endlich zu erkennen? Inzwischen würde Edward alles darum geben, die Uhr zurückdrehen zu können. Ja, viele Dinge trennen sie, doch die sind überwindbar, wenn man nur will! Er ist die Angelegenheit nur immer von der falschen Seite angegangen.

Nicht Tony muss sich anpassen, sondern er muss eine Basis dafür schaffen, dass sie in seiner Welt nicht untergeht. Aus eigener Kraft wird ihr das nicht gelingen, weshalb er eben für die erforderlichen Grundlagen zu sorgen hat, sofern er will, dass sie so bleibt, wie sie ist. Warum ist er auf diese so einfache Lösung nicht schon viel früher gekommen?

Stattdessen hat er ein Szenario erschaffen, das an Dämlichkeit nicht zu überbieten ist, und hielt dann auch noch verbissen daran fest. Wer hindert ihn denn daran, zu tun, was er will? Niemand!

Hat er sich jemals den sogenannten *Regeln* unterworfen?

Nie!

Seit wann schert ihn die Meinung dieser idiotischen *Gesellschaft*? Überhaupt nicht! Sollen sie sich die Mäuler zerreißen; ihm ist es egal!

Edward seufzt.

Dennoch: Auch diese ausnehmend brillante Erkenntnis trifft leider zu spät ein. Erleuchtungen hin oder her, warum setzt er sich plötzlich *mit längst Vergangenem* auseinander? Um ehrlich zu sein, hat er nicht den geringsten Schimmer.

Mit tief gefurchter Stirn kämpft er sich auf die Füße und stolpert weiter.

* * *

Er wird zu ihr gehen!

Edward ist stehen geblieben, seine blutigen Hände ballen sich zu Fäusten.

Und wenn er dafür in die Hölle kommt, *er wird zu ihr gehen!* Sollte er diesen Todesmarsch überstehen, wird er es wagen. Ist sie nicht mehr allein, dann ...

Er schluckt.

... dann wird er es akzeptieren und auf Nimmerwiedersehen aus ihrem Leben verschwinden.

Aber wenn ...

Wenn!

Ausdruckslos starrt er vor sich hin, besinnt sich schließlich und schüttelt unwirsch den Kopf. Längst macht sich wieder sein Zorn bemerkbar. Ha! Vor einer halben Stunde war er *sicher*, dass sie nicht mehr allein ist, was noch immer eine sehr logische Schlussfolgerung darstellt, die keineswegs an Brisanz verloren hat, weil sich die Welt plötzlich anders dreht. Wie kommt er dazu, sich diesen lächerlichen Träumen hinzugeben? Das ist so dämlich, wie faktisch jede seiner Reaktionen, die mit dieser Frau im Zusammenhang stehen.

Er hat es versaut, Chance verpasst, setzen!

Niemand hat ihn gezwungen, sie aus dem Haus zu drängen! Niemand hielt ihn davon ab, viel früher nach ihr zu suchen. Nicht einmal Mattys Besuche nahm er zum Anlass, um mit ihr Kontakt aufzunehmen. Sie sind eine Familie und das hat ihm nicht als Grund genügt.

Also, was will er?

* * *

Gegen Abend kann Edward trotz anhaltender Tony-Kontroverse nicht mehr ignorieren, dass ihm das Atmen immer schwerer fällt.

Längst handelt es sich nicht mehr um Messerstiche, stattdessen scheint das Innere seiner Brust um ein Vielfaches fester zu sein. Erst glaubte er an eine Einbildung, richtete sich mehrmals auf und dehnte den Rücken, nur um sich so schnell wie möglich wieder in die bewährte nach vorn gebückte Haltung zurückzubegeben.

Egal, was es ist – es ist nicht gut.

Seine Kräfte sind bereits lange vor Einbruch der Dämmerung aufgezehrt. Deshalb sucht er abermals einen halbwegs trockenen und vor allem schlangenfreien Platz und bereitet sich auf die kommende Nacht vor. Was bedeutet, er trinkt ein wenig Wasser und setzt sich.

Nach der Stolperarie in der Finsternis hat er beschlossen, die kommende Nacht, wenn möglich, ohne Wanderung zu überstehen. Auch wenn es schwer werden dürfte, im Dunkeln auszuharren.

Und das wird es.

In der vergangenen Nacht glaubte er zu frieren, doch das ist nichts im Vergleich zu dieser. Das Wetter scheint sich geändert zu haben, denn die Temperaturen fallen um mindestens fünf Grad mehr.

Edward friert.

Er friert wie noch nie zuvor in seinem Leben. Seine Kleidung, die schon seit Ewigkeiten nicht mehr trocknen will, klebt ihm am Körper und sorgt dafür, dass er noch ein wenig mehr schlottert.

Schon immer war ihm bekannt, dass Kälte zermürben kann und manchmal sogar schmerzt. Doch erst jetzt kommt er hinter die wahre Bedeutung dieser so einfach formulierten Behauptung. Auch wenn keine Minusgrade herrschen und man nicht über einem längeren Zeitpunkt eisigem Wasser ausgesetzt ist: Ständige, fortwährende Kälte, die in die letzte Pore kriecht und sich anschickt, nie wieder zu verschwinden, ist reine Folter.

In der Zwischenzeit würde Edward für ein Paar warme Socken und ein Sweatshirt *morden.* Doch es gelingt ihm noch einmal, sich abzulenken, und er lächelt sogar ein wenig, als ihre Bilder vor ihm auftauchen.

Tony und Matty.

Gott, was würde er darum geben, könnte er jetzt bei ihnen sein.

Miami

Am Morgen des zweiten Tages wird endlich das Wrack gefunden.

Edward nicht.

Doch er lebt, das steht jetzt fest, und Carlos darf hoffen, dass seine Verletzungen nicht schwer sind. Denn sein Freund war geistesgegenwärtig genug, eine Nachricht zu hinterlassen, und laut dieser ist er bereits seit gestern Morgen unterwegs. Nach Südosten – in Richtung Miami!

Fantastisch!

Womit bewiesen wäre, dass Edward ohne Kompass navigieren kann ... und dass er ein Idiot ist!

Warum ist er nicht beim Jet geblieben? Alles wäre längst ausgestanden, doch jetzt beginnt die Suche von vorn, und niemand kann dafür garantieren, dass er seinen Spaziergang unbeschadet übersteht.

Die Everglades sind tückisch, und mag Edward auch noch so viel Erfahrung mit dem Fliegen haben, im Umgang mit Alligatoren, Schlangen und Sumpfvegetation ist er eher unbedarft.

Carlos – der es in der vergangenen Nacht auf zwei Stunden Schlaf gebracht hat – würgt entschlossen den Zorn zurück und informiert Aurora über die neuesten Entwicklungen. Es gelingt ihm sogar, es heiter zu verpacken, obwohl er seinen Bericht, wäre es nach ihm gegangen, noch viel unterhaltsamer gestaltet hätte:

Hey, gute Nachricht! Er hat den Absturz überlebt; das Schlimmste ist überstanden. Wir müssen ihn jetzt nur noch irgendwo innerhalb von ein paar hundert Meilen aufstöbern, aber das ist das geringste Problem! Er hat ja die NOTFALLAUSRÜSTUNG dabei und damit ist er aber so was von für den Notfall ausgerüstet!

Ganze FÜNF TAGE kann er damit überstehen! Ja, ist das nicht toll? Wäre natürlich nett gewesen, wenn der Idiot mal SEIN HANDY VOR DER ZERSTÖRUNG BEWAHRT HÄTTE! Aber was soll's, dann suchen wir ihn eben so! Darauf sind wir sozusagen spezialisiert!

Alles läuft prächtig!

Nach erfolgtem Anruf macht er sich daran, die Suchmannschaften aufzustocken, und dann unaufhörlich die Männer anzutreiben, denn die Zeit drängt. Doch mit jeder Stunde, die Edward nicht gefunden wird, sinkt sein Mut und steigt sein Zorn.

Als die ersten Untersuchungsberichte vom Jetwrack eintrudeln, geht es ihm auch nicht sonderlich besser. Es zu bergen wird Wochen in Anspruch nehmen; eines lässt sich jedoch bereits nach erster Begutachtung feststellen, zumindest berichtet dies der Experte der Versicherungsgesellschaft: Die Absturzursache ist auf einen Sprengstoffanschlag zurückzuführen.

Carlos, der sich ohnehin nicht bester Stimmung erfreut, lässt binnen einer halben Stunde das gesamte Personal des kleinen Privatflughafens in Phoenix von den Cops festsetzen.

Das Schwein wird er hochnehmen, und wenn es das Letzte ist, was er tut!

Die Everglades

In der Dämmerung des dritten Morgens schreckt Edward unvermittelt auf. Hinter ihm liegt die längste Nacht seines Lebens, in der sich jede Sekunde zu einer scheinbaren Ewigkeit ausgedehnt hat.

Erst nach einer Weile bemerkt er, dass er zittert. Ach so, kalt ist ihm übrigens auch.

Mehrfach schüttelt er den Kopf, um diese ewige Benommenheit loszuwerden, was leider nicht funktionieren will, denn seine Sicht klärt sich keineswegs.

Die Schmerzen in seiner Brust übertrumpfen jedoch alles andere, zeitweise sogar die unglaubliche Kälte. Er weiß nicht mehr, ob es Messerstiche sind, die ihn da foltern, und das längst nicht mehr nur, wenn er so dämlich ist, zu atmen, sondern inzwischen immer.

Der erste Gedanke, der sich durch den Schmerzschleier rettet, ist, dass er unbedingt weiterlaufen muss. Wenn er hier bleibt, ist er verloren. Okay, das ist er so oder so, aber er kann sich dunkel an sein Vorhaben entsinnen, in Würde unterzugehen.

Und ›in Würde‹ bedeutet *nicht*, wie der letzte Versager liegen zu bleiben.

Daher schleppt er sich an das Ufer. Die Riesenschlange, die ihm auf dem Weg dorthin begegnet, lässt er nicht mehr artig passieren, sondern steigt einfach über sie hinweg. Sollte sie ihn anfallen, wäre das auch eine Art des würdevollen Todes, schätzt er.

Sie tötet ihn nicht, womit Edward erneut die Gelegenheit bekommt, das reine und klare Wasser der Everglades zu trinken. Darauf hätte er auch gern verzichtet.

Dann, eher aus Pflichtgefühl als aus wirklicher Überzeugung, läuft er weiter.

Es gleicht mehr einem Stolpern als allem anderen, denn da er nicht mehr klar sehen kann, gelingt es ihm auch nicht, Hindernisse rechtzeitig zu erkennen und ihnen auszuweichen.

Als er nach einer halben Stunde das erste Mal schlappmachen will, versucht er sich zu motivieren. Er denkt an Tony, an Matty, eine Decke, ein Steak ...

Die ersten drei Dinge funktionieren, das Steak ist ihm egal, denn sein Hunger ist verschwunden, was man wohl durchaus als Verbesserung der allgemeinen Lage betrachten kann. Es geht also bergauf!

Fein!

* * *

Gegen Nachmittag will nichts mehr helfen.

Kein Gedanke an Tony oder Matty; nun, die Decke hätte er gern genommen, wäre sie zu ihm gekommen. Doch er hat keine Kraft mehr, nach ihr zu suchen.

Kurzum: jetzt ist er wirklich am Ende und nun dürfte wohl nur noch das Sterben folgen.

Nein, Edward ist nicht wütend. Dann kratzt er eben ab, momentan erscheint es ihm nicht als die schlechteste Lösung. Ja, er müsste kämpfen, aufbegehren, sich mit allen Kräften gegen den Tod sträuben, doch dazu verspürt er nicht die geringste Lust. Oh, der alte Jayden wird wahrscheinlich toben, wenn er ihn von oben so sieht. Wie ein Baby liegt er am Boden und tut nichts, anstatt sich am eigenen Kragen aus dem Dreck zu ziehen und *weiterzumachen.*

Doch Edward will nicht mehr kämpfen, und offenbar wird sein Dad früh genug Gelegenheit bekommen, ihn für sein Versagen gehörig den Marsch zu blasen. Ab einem bestimmten Punkt ist es einfacher und insgesamt ratsamer, das Sterben zu akzeptieren, als sich dagegen zu wehren.

Solange er im schlammigen Morast liegt und die Augen geschlossen hält, schmerzt seine Lunge nicht so unerträglich und ihm ist auch nicht mehr schwindelig. Hervorragend, denn so gelingt es ihm, *sie* sich in aller Ruhe und bis ins letzte Detail auszumalen.

Selten hat seine Fantasie so hervorragend funktioniert wie heute. Er sieht Tony genau vor sich, am Tage ihres Kennenlernens, mit dem weit ausgeschnittenen Herrenhemd, diesen seltsamen Lippen, mit denen sie ihn um den Verstand bringt, und ihrem verdammt frechen Mund.

Wie er allein den vermisst!

Edward schlägt die Augen auf, und alles, was ihn empfängt, ist dichter, dunkler Nebel. Logisch, es ist ja Nacht.

Das ist so witzig! Da hat er endlich erkannt, dass er nicht ohne sie leben will, und wird es ihr nie sagen können. Nun, vielleicht ist es besser so, denn Edward kann sich nicht vorstellen, dass sie darauf Wert legen würde. Aber inzwischen hätte er alles getan, um noch einmal mit ihr sprechen zu können.

Nur das … wirklich, nur das …

Irgendwann fallen seine Lider zu. Edward wäre verwundert – hätte er noch über so etwas wie Aufnahmefähigkeit verfügt –, doch in dieser Nacht schläft er, ohne einmal aufzuwachen. Und obwohl er vor Kälte anhaltend zittert, lächelt er. Denn er träumt.

Von ihr.

Miami

Auroras innerer Kampf währte zwei Stunden, dann hat sie mit sich ausgemacht, was auszumachen ist.

Jetzt ist sie ruhig und behält die Kontrolle über die Lage, egal, wie anstrengend sich dies auch erweist.

Gegen Mittag meldet sich Carlos und teilt ihr mit, dass das Wrack entdeckt worden sei. Ohne Edward. Was er ihr verheimlicht, hört sie heraus. Abgesehen von dem Wissen, dass Edward den Absturz überlebt hat, ändert das nicht viel, denn sie haben ihn noch nicht gefunden. Dafür ist ein großer Vorteil bei ihrer Suche plötzlich abhandengekommen: ein riesiges, silbernes Flugzeugwrack, das auch von einem Helikopter aus gesichtet werden kann.

Einen Mann wird man auf diese Art nicht finden.

Prompt versucht Aurora, Carlos' Trick bei Anthonia und Matty anzuwenden und kann zumindest ein Remis verbuchen. Bei Matty leuchten die Augen auf, bei Anthonia verdüstern sie sich umgehend wieder. Auch sie hat erkannt, dass sich die Probleme im Grunde nur verstärkt haben.

Aurora hält sich nicht lange mit ihren düsteren Vorahnungen auf, sondern füttert endlich die atemlos gespannte Pressestelle mit der neuesten Information. Keine zehn Minuten später dürfen sie die Nachricht in den NEWS verfolgen.

Die Leute arbeiteten schnell, das muss man ihnen lassen.

Als die Stunden vergehen und nichts geschieht, beginnt Aurora, sich mit der Möglichkeit auseinanderzusetzen, dass Edward nicht zurückkehrt. Es ist unmöglich, der Gedanke an sich so abwegig, dass sie sich zunächst weigert, dies überhaupt in Erwägung zu ziehen.

Doch sobald sie die kühle Logikerin in sich auf den Plan ruft und die Chancen gegenüberstellt, muss sie einsehen, welche Wahrscheinlichkeit die größere ist.

Und so versucht sie, sich von ihm zu verabschieden, was ihr auch gelingt, zumindest glaubt sie tapfer daran.

Einige Stunden sitzt sie aufrecht in ihrem Sessel, während Anthonia auf der Couch anscheinend die gleichen Überlegungen bewegt. Nur Matty entgeht, dass sich zwei Frauen gerade nach Kräften bemühen, mit einer möglichen Realität zurechtzukommen, die doch im Grunde unvorstellbar ist.

Doch als es dämmert – zum dritten Mal, seitdem sie weiß, dass Edward verunglückt ist –, strauchelt Aurora. Auf Wahrscheinlichkeiten hat sie nie viel gegeben. Nach allen gängigen würde Anthonia jetzt nicht hier sitzen und Aurora die letzten Stunden in diesem Haus zubringen.

Daher wirft sie alles über Bord, all die Logik und die Vernunft, lässt nur sich und ihre Liebe zu ihm übrig und beginnt stumm zu beten:

Bitte, lieber Gott, lass ihn überleben. Ich dürfte nicht hier sein, und ich schwöre, ich werde gehen, sobald ich weiß, dass es ihm gut geht. Aber lass ihn leben! Das ist alles, worum ich dich bitte. Dann verschwinde ich.

Bitte!

Die Everglades

Als Edward erwacht, herrscht finstere Nacht.

Hunger verspürt er keinen, jedenfalls findet er nichts Entsprechendes, als er in sich hineinlauscht. Durst ist auch keiner vorhanden, aber irgendetwas stimmt mit seinem Fuß nicht.

Als er nicht ausmachen kann, was genau ihn stört, besinnt er sich auf sein größtes Problem. Ihm ist so unvorstellbar kalt.

Er würde alles für eine kleine Decke geben oder einen Pullover. Oh, die Wärmefolien; er wäre der glücklichste Mensch der Welt, hätte er jetzt diese so lieblich schimmernden, folienartigen Gebilde und könnte sich damit bedecken. Kurzfristig überlegt er sogar, zu diesem Flussabschnitt zurückzugehen und sie aus dem Wasser zu bergen, verwirft diese Idee jedoch wieder. Nicht, weil er sich inzwischen zwei Tagesmärsche von dieser Stelle entfernt hat, sondern weil er dazu aufstehen müsste, und das kann er nicht.

Dann ruft sich der Fuß in Erinnerung, an dem nach wie vor etwas absolut nicht stimmt. Diesmal versucht Edward angestrengt, sich darauf zu konzentrieren, und als er endlich erfasst, *was* genau da ist, setzt er sich blitzartig auf. Noch vor wenigen Sekunden hätte er geschworen, das unter keinen Umständen mehr zustande zu bringen.

Es ist eine Schlange, kein riesiges Exemplar, sondern ein kleines, eher unscheinbares, weshalb Edward davon überzeugt ist, dass es sich um ein giftiges handelt. Sie hat sich um seinen Fuß gewunden und bereitet sich mit Sicherheit gerade auf den Biss vor. Ihr bleicher Körper hebt sich so deutlich vom dunklen Boden ab, dass selbst Edward sie trotz eingeschränkter Sehfähigkeit mühelos ausmachen kann.

Mit einem angewiderten Schrei, der eher an ein Mädchen erinnert als an einen ausgewachsenen Mann, zieht er sein Messer aus der Tasche und sticht auf das absolut harmlose Reptil ein. Mit jedem Mal atmet er lauter und bebender aus, bis es eher einem Schluchzen gleicht; dass er tatsächlich nur die Schlange trifft, ist fast ein Wunder.

Erst als er sicher sein kann, das Tier zu Hackfleisch verarbeitet zu haben, legt er sich schwer atmend – *unglaublich schwer atmend* – zurück.

Seine Brust steht in Flammen, sein Rücken auch, daher schließt er eilig die Augen, bereit, dem Schmerz im Schlaf zu entfliehen. Doch bevor der ihn wirklich mit in das Reich der Träume nehmen kann, fliegen seine Lider abermals auf und offenbaren starre, entschlossene und äußerst eisige Augen.

Plötzlich weiß er, dass er sterben wird, sollte er jetzt einschlafen. Und diese Gewissheit, dieses ultimative Bewusstsein, dass es dann vorbei ist, rüttelt ihn ein letztes Mal auf. Noch ist er nicht bereit, aufzugeben, und er weiß sogar ganz genau, warum nicht.

Edward will zu Tony und Matty.

Müde blickt er zum Himmel, mustert die Sterne, orientiert sich am Stand des Mondes. Und mit den letzten Kräften, die er noch finden kann, steht er auf und wankt weiter.

Weiter ...

Miami

Der vierte Tag bricht heran und es gibt keine neue Nachricht über Edwards Verbleib.

Apropos Nachricht:

In den News läutet man langsam den Abgesang ein. Immer öfter werden die entsprechenden Trailer eingespielt: Edwards Leben und Schaffen, die Stationen seines doch so kurzen Daseins, die Erinnerungen, die er hinterlässt, selbstverständlich die Lücke, und natürlich darf sein Vater nicht fehlen. Alle zehn Sekunden wird das Label der Holding eingeblendet; die Schweine machen daraus eine gottverdammte Publicityshow! Und genau die veranlasst Carlos zu einem äußerst geharnischten Anruf bei Aurora.

»Entweder Sie sorgen dafür, dass das sofort aufhört oder ich übernehme das!«, schnauzt er in den Hörer und registriert erst dann etwas verdutzt, dass sie das Telefonat bereits beendet hat.

Seine Männer gehen ihm inzwischen größtenteils aus dem Weg und sprechen ihn nur noch an, wenn es unvermeidbar ist. Vermutlich hat er in den letzten Tagen das eine oder andere Mal *etwas* gereizt reagiert – was vielleicht am mangelnden Schlaf liegt. Seit Edwards Absturz bringt er es auf weniger als acht Stunden.

Trotzdem geht ihm das Gehabe seiner Leute zunehmend auf den Geist und er ignoriert sie deshalb – wenn möglich. Stattdessen beaufsichtigt er die Arbeit der Suchmannschaften auf seinem Laptop. GPS sei Dank – auch wenn die hirnrissigen Satellitentelefone immer mal wieder ausfallen. Manchmal funktionieren sie jedoch, und sobald das der Fall ist, nutzt er die Gelegenheit gnadenlos aus.

Es ist mal wieder so weit. Glücklich hat er den Führer der Gruppe zwei an den Hörer bekommen.

»Auf dem Zettel steht SÜDOSTEN! Erklären Sie mir, was Sie im Norden ... DER MANN IST PILOT! Glauben Sie nicht, dass der weiß, in welche Richtung er zu gehen hat?«

Schließlich sinkt er atemlos in seinen Stuhl und reibt sich

erschöpft die Augen.

Die Everglades

Bis zum Einsetzen der Dämmerung hält Edward durch, dann stößt er auf eine Stelle, wo das Gras nicht ganz so hoch gewachsen ist und setzt sich. Jedenfalls hat er das vor, doch kaum berührt er den feuchten Boden, kippt er bereits zur Seite.

Es ist ihm egal. Nur ein paar Minuten Ruhe.

Ein paar Minuten ...

Sehen ist nicht mehr möglich, was ihm bereits vor einiger Zeit aufgefallen ist. Alles um ihn herum verschwimmt zunehmend und wird zu einer einheitlichen, nebelartigen Brühe. Atmen funktioniert auch nicht mehr, selbst wenn er wollte, glaubt er nicht, dass er noch etwas tiefer Luft holen kann.

Und seine Beine? Er hat nicht die geringste Ahnung, wo die geblieben sind.

Als er aufwacht, steht die Sonne in ihrem Zenit.

Mittag! Eilig lehnt er sein Gesicht gen Himmel, um jeden wärmenden Strahl aufzunehmen, der sich in seine Nähe wagt. Eine Weile liegt er da und denkt an nichts, doch dann fallen ihm Tony und Matty ein und er stöhnt. Noch gibt er nicht auf, schon vergessen? Er lauscht in sich hinein und nickt schließlich müde.

Nein, immer noch nicht. Seltsam, gestern um die gleiche Zeit hätte er geschworen, dass es längst vorbei ist. Vielleicht behält Jayden am Ende mit seinen ewigen Durchhalteparolen doch recht. Offensichtlich kann man jede Menge Kräfte mobilisieren, wenn man nur will.

Edward will, denn noch immer hat er die Hoffnung nicht aufgegeben, die beiden wiederzusehen. Beim dritten Versuch gelingt es ihm sogar, sich erst aufzurichten und dann auf die wunden Füße zu stellen.

Auch wenn er nichts mehr sehen kann, den Stand der Sonne macht er durch den Nebel dennoch aus. Trotzdem: Als er schließlich weiterwankt, weiß er bereits nicht mehr, warum oder wohin ...

Sehr lange hält er sich nicht auf den Beinen, aber ihm ist inzwischen wieder eingefallen, *warum* er nicht kapitulieren will, weshalb er selbst, als er der Länge nach hinschlägt, nicht bereit ist, endlich klein beizugeben.

»Noch nicht!«, wispert er. »Ich bin noch nicht am Ende!« Leise beginnt er zu lachen, stellt das aber schnell wieder ein, weil ihm die Luft dazu fehlt. Mühsam richtet er sich auf und versucht, vorwärtszukommen. Dass er das inzwischen mit der Unterstützung von Beinen und Armen tut, entgeht seiner herabgesenkten Aufmerksamkeit.

»Ich komme! Lasst mich nur diesen verdammten Dschungel hinter mich bringen, und dann, *dann* ...«

Miami

Krampfhaft hält Carlos sich an dem Hörer fest; mittlerweile bringt er nur noch ein heiseres Wispern zustande.

»Wie? Was soll diese beknackte Frage? Das sagte ich bereits vor VIER TAGEN! ALS ALLERERSTES, SIE ARSCH! UND DARAUF KOMMEN SIE JETZT? DER MANN IST SEIT SECHSUNDNEUNZIG STUNDEN ...« Er kann doch noch brüllen, stellt er gerade fest, leider ist dafür keine Zeit, ermorden wird er Harper später. »Dann tun Sie wenigstens jetzt, was Sie können. SOFORT!«

Juan und Dean mustern ihn fragend, doch Carlos schüttelt den Kopf. Irgendwann, wenn Edward sicher und wohlbehalten hier ist, wird er ihnen erklären, was geschehen ist. Momentan befindet der sich immer noch in den Everglades; niemand weiß, ob er noch lebt. Niemand ahnt, ob sein Handy noch angestellt ist. Er kann derzeit unmöglich berichten, dass Harpers Idiotie Edward möglicherweise das Leben gekostet hat ...

Die Everglades

»Sir!«

Irgendwer tätschelt anhaltend Edwards Wange, was den zunehmend nervt. Knurrend versucht er, ihn wegzuschlagen.

»Sir, hören Sie mich?«

Wieder ist da dieses Tätscheln, und Edward hat die Schnauze voll! Er will schlafen, sie sollen ihn in Ruhe lassen, verdammt!

»Sir, antworten Sie mir!«

Widerwillig schlägt er die Augen auf und macht über sich ein unscharfes Gesicht aus. »Was wollen Sie?«, stößt er hervor.

»Sie sind wach! Wunderbar! Wie ist doch gleich Ihr Name?«

»Das Gleiche könnte ich Sie fragen!«, grollt Edward, der momentan nicht den geringsten Schimmer hat, was los ist. Er weiß nur, dass er schlafen will, denn er fühlt sich so schlecht, dass nur noch Schlaf helfen kann. Brust und Rücken brüllen inzwischen vor Schmerzen und jeden Atemzug, den er notgedrungen nehmen muss, fürchtet er ein wenig mehr. Warum lässt der Kerl ihn nicht in Ruhe?

»Oh, *mein* Name ist Baxter. Ich bin Arzt und wir haben Sie gerade aufgelesen.«

Wovon spricht der Mann? Obwohl er nicht wirklich Lust dazu verspürt, lauscht Edward etwas aufmerksamer.

»Ich muss wissen, wie es Ihnen geht. Sie sind ein wenig – mitgenommen. Können Sie sich noch an meinen Namen erinn...«

»Baxter«, knurrt Edward. Hält der Typ ihn für einen Idioten?

Das Grinsen des Nebelgesichtes über ihn scheint breiter zu werden, was zu der begeisterten Stimme passt, die kurz darauf ertönt. »Wundervoll! Und können Sie sich auch aufsetzen?«

Anstatt zu antworten, erbringt Edward den Beweis und liegt zwei Sekunden später wieder, mit einem unfreiwilligen Stöhnen. Kann er wohl nicht.

Baxter – der Idiot – nickt wissend. »Das dachte ich mir. Ich werde Sie jetzt transportfähig machen und dann schaffen wir Sie in die Klinik.«

Edward hört ihm längst nicht mehr zu. Widerstandslos lässt er sich in eine Decke wickeln und beißt die Zähne zusammen, um nicht noch einen Laut von sich zu geben, als sie ihn auf die Trage verfrachten.

Erst jetzt wird ihm das Chaos bewusst, das plötzlich in seinem sonst so ruhigen und menschenleeren Urwald herrscht.

Da sind grelle Scheinwerfer und jede Menge Leute stürzen panisch umher. Er ist doch allein, weshalb gebärden die sich, als hätten sie nicht *eine*, sondern *einhundert* Personen gefunden?

Was soll das Theater?

Wenig später wird er in einen kleinen Kahn geschleppt, der augenblicklich losfährt.

Angestrengt versucht Edward, an den Schmerzen und der Umnebelung vorbei, zu denken, was ihm nicht gelingen will. Deshalb bemerkt er erst nach einer Weile, dass er trotz der wärmenden Decken immer noch zittert. So extrem, dass selbst seine Zähne unkontrolliert aufeinander schlagen. Er hat das bereits einmal erlebt, allerdings nicht bei sich selbst.

Tony!

Ja, ihr Schock damals, doch vermutlich trifft diese Diagnose auf ihn weniger zu. Die ewig nassen Klamotten, *daher* ist ihm so kalt! Außerdem scheint es bereits wieder dunkel zu sein.

Floridas Nächte sind im Januar verdammt kalt, das weiß er inzwischen genau ...

Es vergeht eine weitere geraume Weile, bis ihm aufgeht, dass er tatsächlich gerettet ist.

Er wird leben!

Eine überraschende und dennoch positive Entwicklung, ohne Frage. Sein Versprechen jedoch hat Edward keineswegs vergessen; es erfreut sich nach wie vor großer Aktualität, und ihm ist sogar ganz genau bekannt, was nun zu tun ist.

* * *

Ungeduld

Es ist dunkel geworden.

Anthonia und Matty schlafen auf der Couch, wie innerhalb der letzten beiden Tage üblich. Irgendwann gab Anthonia es auf, den Jungen ins Bett zu bringen, vielleicht fehlt ihr dazu auch mittlerweile die Kraft.

Aurora sitzt wie bereits seit vier Sonnenaufgängen im Sessel und versucht nach wie vor, sich mit der Tatsache auseinanderzusetzen, dass Edward tot ist.

Noch immer gelingt es ihr nicht, obwohl es so gewiss ist, dass nur noch die entscheidende Nachricht über das Auffinden seiner Leiche auf sich warten lässt.

Seitdem die Meldung von seinem Absturz kam, hat sie nur hin und wieder einige Stunden auf dem Polstermöbel gedöst, was ihr allerdings nicht anzusehen ist, denn sie frischt in regelmäßigen Abständen Make-up und Frisur auf. Das ist überhaupt das Wichtigste: Haltung bewahren um jeden Preis, und immer makellos aussehen!

Zum unzähligen Mal lässt sie ihr jüngstes Gespräch mit Edward Revue passieren, bei dem sie Dinge sagte, vor allem auf eine Art, die sie gern ungeschehen gemacht hätte.

Es ist so niederschmetternd, dass exakt dies tatsächlich ihre letzte verbale Botschaft an ihn gewesen sein soll. So viele Monate gab es nie ein böses Wort zwischen ihnen, doch genau nach dem ersten Eklat muss er sterben und ihr damit die Möglichkeit rauben, es aus der Welt zu schaffen.

Diese besondere Unfairness des Lebens ist nicht neu. Überall auf dem Planeten gehen Leute im Streit auseinander, unbedeutende Auseinandersetzungen, nichts Wichtiges, nichts von Gehalt. Anders als es bei Edward und ihr war, denn mögen ihre Worte unangebracht gewesen sein, der Anlass war keine Bagatelle.

Dennoch bereute sie es, sobald sich die Tür hinter ihm geschlossen hatte, und tröstete sich, wie es die Menschen eben tun:

Das war unnötig, aber sobald wir uns wiedersehen, werde ich mich entschuldigen und die Angelegenheit relativieren, und dann werden wir uns vernünftig verhalten! Erwachsen! So wie immer.

Nur, dass man manchmal keine zweite Chance bekommt, weil das Schicksal vorher gnadenlos zuschlägt. Offenbar ist Aurora soeben Opfer dieses ewigen Fluchs der Menschheit geworden ...

Mechanisch zieht sie den Clip ab und hält das summende Handy ans Ohr, ohne zuvor auf das Display zu sehen. Plötzlich lebt in ihr die unerschütterliche Gewissheit, dass dies der entscheidende Anruf ist. So oder so, jetzt schließt sich der Kreis.

Bevor sie sich meldet, senkt sie die Lider über müde Augen.

Auf dem Weg nach Miami

Eine ganze Weile sonnt sich Edward ausschließlich in dem Gefühl, am Leben zu sein, auch wenn es ihm keinen Deut besser geht. Weder haben die Schmerzen plötzlich nachgelassen noch kann er mit einem Mal deutlich sehen oder schlottert wenigstens nicht länger entwürdigend vor sich hin.

Das Dröhnen der kleinen, mit Propellern angetriebenen Kähne, die seinen – der ebenfalls nicht viel größer ist – eskortieren, durchschneidet die ewige Stille des Urwalds, was das einzige Geräusch darstellt. Selbst die Gespräche der Männer, die wohl seine Retter darstellen, sind verstummt, während Edward versucht, sich auf das Kommende zu konzentrieren. Er wird sich verarzten lassen und nach Hause fahren. Matty und Aurora werden dort sein. Und dann ...

Aurora!

Nein, auch sie ist ihm nicht gänzlich entfallen, und ihm ist sehr bewusst, was zu tun ist, sobald sie sich sehen. Doch auch sie wartet auf ihn, genau wie der kleine Junge, an dem er so viel gutzumachen hat.

Vielleicht wäre es ratsam, ihnen mitzuteilen, dass er noch lebt ...

Gedacht – getan. Mühsam zieht er die beiden Handys aus seiner Hemdtasche. Bei seinem befindet sich der Akku in den letzten Zügen, Folge seiner Leuchteinlage, und es zeigt nicht den geringsten Empfang an. Doch beim Tony-Handy liegen die Dinge anders, ein winziger Balken macht sich auf dem Display bemerkbar.

Einen Versuch ist es demnach wert.

* * *

Aurora meldet sich erst, nachdem bereits etliche Male der leise Rufton erklungen ist.

»Ja?«

Mit einem Mal ist Edward von Stummheit geschlagen. Was bitte soll er sagen? Als die Stille peinlich wird, entscheidet er sich für das Naheliegendste.

»Ich bin es.« Jede Reaktion bleibt aus, am anderen Ende herrscht beharrliches Schweigen. »Aurora?«

Noch einmal vergeht eine Ewigkeit, bevor ihre vertraute und etwas dunkle Stimme ertönt. *»Geht es dir gut?«*

Sein Grinsen verschwindet so schnell, wie es sich auf seinem Gesicht ausgebreitet hat. Mittlerweile tut selbst das weh. »Glänzend.«

»Ich bin froh«, wispert sie nach einem weiteren Äon.

Er kann – *will* – ihr nicht geben, was sie braucht, und erkennt erst jetzt, dass er eine Person in seinen glorreichen Zukunftsplanungen bisher außen vor gelassen hat. Das ist nicht sonderlich fair. »Schlechten Menschen geht es immer gut. Demnach ist es keine große Überraschung.« Als sie nicht antwortet, beeilt Edward sich, das Schweigen zu beenden, bevor es sich wieder zwischen sie legen kann. »Wie geht es Matty?«

»Er schläft auf der Couch.« Nach einem Zögern: *»Anthonia ist bei ihm ...«*

Edward schließt die Augen, während in seinem Kopf ein ausgewachsener Hurrican tobt.

Sie ist da, in MEINEM Haus. Und ich bin HIER! Irgendwo im NICHTS.

Nun versteht er, weshalb Aurora sich so fremd verhält, begreift es in aller Deutlichkeit und jeder Hinsicht, und versucht angestrengt, seine Erleichterung zu verbergen, gelassen zu bleiben und gleichzeitig an die Informationen zu gelangen, die er so dringend benötigt.

Wie soll er die Frage formulieren, ohne sofort aufzufliegen?

Bereits wieder kurz vor dem Verzweifeln, ruft er sich in Erinnerung, dass er soeben dem Tod entronnen ist. Die unbequeme Pritsche, auf die er gebettet wurde, erscheint ihm wie das weicheste Himmelbett, und das Einzige, was ihn überhaupt stört, ist, dass er nur mit einer schäbigen Wolldecke versorgt wurde. Er hätte gern zwanzig von der Sorte genommen.

Nie zuvor in seinem Leben ging es ihm so schlecht, kaum dass er überhaupt etwas erkennt; sein Kopf weigert sich zunehmend, einen zusammenhängenden Gedanken zu formulieren, während sein Körper langsam innerlich verbrennt. Verwunderlich, dass er nicht inzwischen verkohlt ist. Jeder Zentimeter seiner Haut ist entzündet – jedenfalls fühlt es sich so an –, doch all das ist nebensächlich, denn er hat überlebt!

Und trotz der Schmerzen will er nur eines: zu *ihr*!

Taktieren?

Nicht heute und nicht jetzt. »Wann kam sie?«

»Am Morgen nach deinem Absturz.«

Während er versucht, diese spezielle Information zu verarbeiten, holt er ein wenig zu tief Luft und stöhnt.

»Edward?«, ruft sie hörbar alarmiert.

»Ich beeile mich«, stößt er hervor.

»Ja.«

Mit Ausnahme des flüchtigen Ausrutschers klingt sie gefasst wie immer. Darüber hinaus gibt es nichts zu sagen, denn Edward hat bedeutend wichtigere Dinge zu tun. Daher beendet er das Gespräch und sieht zu den Umrissen Baxters, der ihn offenbar nicht aus den Augen gelassen hat. Angestrengt versucht Edward, dessen Gesicht auszumachen, und scheitert jämmerlich. Alles, was mehr als wenige Zentimeter von ihm entfernt ist, befindet sich im tiefsten Nebel, der sich immer mehr zu verdichten scheint. Er blinzelt, tut so, als sähe er den Arzt direkt an und fragt so fest wie möglich: »Okay, wie sieht es aus?«

Baxter hebt die Schultern. »Sie haben hohes Fieber, sind gefährlich ausgetrocknet ... wussten Sie nicht, dass Sie das Flusswasser bedenkenlos trinken können?«

Als Edward das Gesicht verzieht, grinst der Arzt, jedenfalls liegt der Eindruck nahe.

»Etwas zum Essen wäre nicht schlecht.« Er sieht sich zu den Männern um, die schweigend auf ihren Plätzen sitzen. »Hat irgendwer vielleicht ein Sandwich dabei, oder irgendwas?« Als niemand antwortet, widmet er sich bedauernd dem Patienten. »Dies ist nur ein kleines Rettungsboot. Der Fluss ist in dieser Gegend sehr seicht, mit dem Schiff der Rettungswacht wären wir gestrandet. Sobald wir am Helikopter angelangt sind, fliegen wir in die Klinik und dort bekommen Sie etwas zum Essen und etwas Heißes zu trinken.« Endlich besinnt er sich auf Edwards Frage. »Vor einer gründlichen Untersuchung kann ich nicht viel zu Ihrem Zustand sagen. Sie haben etliche Schnittverletzungen, einige davon sehen nicht gut aus. Als Nächstes das hohe Fieber, Sie werden sich entweder eine Infektion zugezogen haben oder Kälte und Nässe haben ...«

Edwards erhobener Finger bringt ihn zum Schweigen. »Fein. Also nichts Weltbewegendes. Dann öffnen Sie mal Ihre Tasche und verpassen mir irgendetwas, das mich auf die Beine befördert. Ich weiß, von der Sorte haben Sie jede Menge auf Lager.«

Anstatt mit der Suche zu beginnen, lacht Baxter arrogant.

»Mr. Capwell«, meint er bewundernswert geduldig, als würde er sich mit einem geistig unterbelichteten Kind unterhalten. »Sie beruhigen sich jetzt erst einmal, und dann fliegen wir Sie in aller Gemütlichkeit in die Klinik, wo wir Sie gründlich durchchecken werden. Nebenbei bemerkt, Ihre Atmung hört sich gar nicht gut an und das Fieber ist grenzwertig. Sie bleiben ein paar Tage bei uns, wir päppeln sie auf und dann ...«

Mühsam richtet Edward sich auf – allein, dass es ihm gelingt, erfüllt ihn mit jeder Menge Stolz. »Ich glaube, Sie haben mich nicht verstanden!« Sein Zorn lässt ihn allen Schmerz vergessen – selbst die Tatsache, dass er den Kerl in Wahrheit nicht einmal erkennt. »Für derartigen Müll fehlt mir die Zeit! Entweder Sie verabreichen mir jetzt einige von Ihren Wundermitteln oder ich suche mir einen Arzt, der sich nicht so dämlich anstellt!«

* * *

Es kostet ihn jede Menge Diskussionen, Geknurre und was er sonst noch an Drohgebärden aufbieten kann, doch am Ende resigniert der edle Doktor. Und der *hat* ein paar Wundermittelchen auf Lager! Ha!

Nach drei Spritzen und einer halben Stunde ist der Schüttelfrost verschwunden und die Schmerzen in seiner Brust haben sich weit in den Hintergrund zurückgezogen. Edward kann wieder sehen! Sein Kopf ist fast klar und er fühlt sich ... *gelöst*.

Alles erscheint ihm plötzlich wie ein Kinderspiel, worüber macht er sich überhaupt Sorgen? Er geht jetzt nach Hause, sagt Tony, dass er sie nicht mehr fortlassen wird, klärt noch schnell die Angelegenheit mit Mattys Adoption. Ach so, einen Hochzeitstermin will er. Augenblicklich! Zur Not fährt er morgen mit Tony nach Vegas. *Fährt!* Vom Fliegen ist er erst einmal gründlich geheilt.

Wie steht Tony denn zu eigenen Kindern? Das muss er unbedingt noch in Erfahrung bringen und sie gegebenenfalls umstimmen. Was keine größere Herausforderung sein wird, schließlich liebt sie Matty, da dürfte eines mehr oder weniger gar nicht auffallen. Nebenbei wird er Aurora noch schnell erklären, dass er ein riesiger Versager ist, aber nichts dafür kann. Alles easy!

Während der Arzt unaufhörlich erzählt, wälzt Edward ganz andere Probleme. Beispielsweise, wie lange denn dieses verdammte Boot benötigt, um ihn zurück in die Zivilisation zu bringen!

»... Aber das ändert überhaupt nichts an Ihrer Verfassung,

Mr. Capwell!« Ungläubig blickt Edward auf. Das ist ja wirklich der Brüller! Der Kerl ist fähig zu *knurren*! Irrsinnig komisch!

Erst jetzt erkennt er, dass der Mann noch relativ jung ist, wahrscheinlich ein Assistenzarzt. Die werden ja immer für derartige Rettungseinsätze eingeteilt. Was will der eigentlich? Noch dazu, wo es ihm inzwischen *blendend* geht, was ihm unmöglich entgangen sein kann.

Nun, das ist es anscheinend doch, denn Mr. Assistenzarzt ist noch lange nicht fertig mit seiner Litanei.

»Es nützt wohl nichts, wenn ich Ihnen sage, dass Sie akut mit Ihrer Gesundheit spielen?«

Edward zuckt gelassen mit den Schultern, eher nicht, nein.

»Die Wirkung hält ungefähr zwölf Stunden an, dann kehren alle Symptome zurück – erfahrungsgemäß sogar akuter als zuvor. Ich habe Ihnen zwar ein Antibiotikum gespritzt, doch bevor ich nicht weiß, was das Fieber verursacht, kann ich es nicht gezielt ...«

»Ich werde morgen meinen Arzt konsultieren«, versichert Edward eilig und freut sich nebenher unglaublich darüber, dass er stehen kann. Hat er nämlich soeben ausprobiert, nur, um von irgendeinem dieser Spielverderber sofort wieder hingesetzt zu werden. Erst beim zweiten Hinsehen identifiziert er ihn als Harper. Ach, der ist *auch* hier? Das findet Edward irre witzig. Der Sesselfurzer auf Urwaldeinsatz! Breit grinst er ihn an und wendet sich wieder dem Medizinmann zu. Seine Augen sind groß.

»Wie lange dauert es denn nun noch?«

Miami

Drei Stunden lang dauert Carlos´ Selbstkasteiung, bis der erlösende Anruf erfolgt. Nach Ablauf einer Stunde hat er eingesehen, dass *er* in Wahrheit der Schuldige ist.

Da sitzt er an diesem Scheißlaptop und überwacht via *GPS!* die Suchaktion, doch auf die Idee, sich die verdammten Daten zu besorgen, um Edwards Handy zu orten, ist er nicht gekommen.

Die liegen unter sicherem Verschluss, was bei Personen wie Edward der Normalität entspricht.

Nicht auszudenken, sollten die *falschen* Leute jede seiner Bewegungen orten können. Carlos nahm in seiner grenzenlosen Naivität an, Harpers erste Amtshandlung sei gewesen, sich den verdammten Zugangscode aus dem dazugehörigen Safe in der Holding zu besorgen und abzuklären, ob Edwards Handy ein Signal sendet. SO HATTEN SIE ES BESPROCHEN!

Nur ist Harper ein unfähiger Idiot, was seit Jahren bekannt ist; niemand stellte es jemals infrage. Allgemein kann man nur nicht verstehen, weshalb Edward ihn nicht längst in die Wüste geschickt hat.

Kurzum: Carlos hätte sich davon überzeugen müssen, dass Harper alles tut, was möglich *und* unmöglich ist, und das bedeutet nun einmal, zuallererst, das GPS zurate zu ziehen. Er tat es nicht und *deshalb* wäre Edward beinahe gestorben ...

Daher fallen Carlos gefühlte dreitausend Steine von der Seele, als ihn die Nachricht von Edwards Auffinden erreicht. Erst nach wenigen Minuten, die er still vor sich hin meditiert und dem lieben Gott ein oder zwei (tausend) Dankesgebete gesandt hat, teilt er die neueste Entwicklung den Männern mit.

Die sich unmittelbar anschließende Jubelfeier lenkt Carlos noch einmal für einige Minuten ab, und als ihm schließlich seine Schandtat bewusst wird, reißt er entsetzt das Handy aus der Tasche, um auch die drei Frauen und den Jungen zu erlösen.

Dies auch zu tun, gelingt jedoch nicht, denn bevor er die Nummer wählen kann, summt sein Handy. Der Anrufer ist ihm unbekannt, doch das ist in den letzten Tagen häufiger geschehen.

»*Howdy!*«, tönt ihm eine begeisterte Stimme entgegen, die Carlos entfernt bekannt vorkommt.

»Selber ...«, erwidert er vorsichtig.

»*Wann holst du mich ab?*«

»Edward ...?«

»*Sicher! Was dachtest du? Anton?*« Das bellende Gelächter am anderen Ende verstummt, sobald es eingesetzt hat, und der fremde Typ mit Edwards Stimme holt mit deutlichen Schwierigkeiten Luft, bevor er fortfährt. Nach wie vor total begeistert. »*Also, wann kommst du? Ich muss dringend nach Hause!*«

»Wie fühlst du dich?« Carlos ist immer noch nicht sicher, was er davon halten soll.

»Mir geht's großartig!« Das klingt leicht entnervt, überzeugt Carlos jedoch, wirklich mit Edward Capwell zu sprechen und keinem schlechten Imitator. *»Aber das war nicht die Frage! Ich bin momentan noch in diesem seltsamen Schiffbootkeineahnung, wir dürften in ... Moment!«*

Die Stimme hat sich entfernt und im nächsten Augenblick hört Carlos ihn rufen. *»Hey! Du! Jaaa! Duuuuu! Wie lange braucht der Kahn denn noch?«*

Schock! Edward muss einen riesigen Schock erlitten haben. Angespannt lauscht er, bis die Stimme wieder direkt mit ihm spricht. *»Dreißig Minuten. Maximum. Holst du mich?«* Das klingt verdächtig nach Bettelei.

»Sicher, sag mir wo ...« Bevor er den Satz zu Ende bringen kann, meldet sich jemand anderes – und der hat ihm gerade noch gefehlt. *»Harper hier! Wir werden ...«*

Carlos erspart sich jede Bemerkung, während der Versager ihm mitteilt, wo er Edward in Empfang nehmen kann. Auch wenn es schwerfällt.

Sobald wie möglich beendet er das Gespräch, winkt Juan und Dean, die immer noch am Feiern sind, zu sich und geht, um den Wagen zu holen.

* * *

Nachdem Edward sich so seltsam aufgeführt hat, weiß Carlos nicht, was er erwartet, als sie eineinhalb Stunden später in der kleinen Ortschaft direkt an den Everglades vorfahren.

Es dauert eine Weile, bevor er ihn in dem Gewimmel aus Rettungskräften finden kann, und der Anblick ernüchtert ihn umfassend.

Was dort zusammengekauert in einer etwas ruhigeren Ecke auf einem Stuhl sitzt, hat nicht mehr viel Ähnlichkeit mit dem Edward, den er kennt.

Das meiste ist unter einer grauen Militärwolldecke verborgen, doch es genügt, um sich ein recht präzises Bild zu machen.

Das Gesicht ist weitestgehend zerschnitten, wenigstens der Teil, der nicht vom dunklen Bart versteckt wird. Das Haar – sonst so ordentlich – steht wirr nach allen Seiten ab und unter der Decke lugen nackte, Blut verkrustete Füße hervor. Jedes Mal, wenn er Luft holt, spannt er sich unwillkürlich an; das ist ihm bereits in Fleisch und Blut übergegangen, denn sehr beeindruckt wirkt er nicht. Überhaupt macht Edward einen äußerst aufgeräumten Eindruck.

Obwohl er augenscheinlich erschöpft, verletzt und müde ist, beobachtet er das Treiben um sich herum mit breitem Lächeln. Immer wieder irrt sein Blick suchend über die Menschenmenge.

Suchend und wartend.

Sicher. Howdy-Edward will ja nach Hause.

Bevor Carlos zu ihm eilen kann, tritt ein junger Kerl mit Nickelbrille auf ihn zu. »Sind Sie der ›gute, alte Kumpel Carlos‹?«, erkundigt er sich vorsichtig.

»Ich denke schon ...«

»Mein Name ist Doktor Baxter, ich habe Mr. Capwells Erstversorgung vorgenommen. Darf ich Sie für einen Moment sprechen?«

Ihm entgeht offenbar, dass er das bereits tut. Carlos nickt müde. »Sicher.«

»Ich fasse mich kurz. Mr. Capwell verzichtet, entgegen meines ausdrücklichen Rates, auf ärztliche Behandlung. Ich halte das für grob fahrlässig, aber er ist wach und ansprechbar, daher sind mir die Hände gebunden. Er hat etliche Verletzungen davongetragen; leider ist es mir nicht möglich, sie zu spezifizieren. Ich schätze, dass mir die Hälfte nicht bekannt ist. Offensichtlich litt er an starken Schmerzen und hohem Fieber, als wir ihn auffanden. Auf jeden Fall ist seine Lunge in Mitleidenschaft gezogen. Er könnte Ihnen ein wenig ... nun, seltsam vorkommen, denn ich habe ihm auf seinen Wunsch hin einige Medikamente verabreicht. Unter anderem ein starkes Opiat ...«

Daher die irre Begeisterung – also kein Schock.

Eindringlich mustert ihn der Doktor. »Er muss dringend in ärztliche Behandlung. Die Wirkung dürfte morgen früh abklingen und dann werden schlagartig das Fieber und die Schmerzen zurückkehren. Diese übertriebene Euphorie hält nicht sehr lange an. Das müsste sich in ein/zwei Stunden wieder gelegt haben, da kann ich Sie beruhigen.« Sein Grinsen mutet etwas erschöpft an, doch dann runzelt er die Stirn. »Wenn diese unnatürliche Ausgelassenheit abebbt, könnte er etwas deprimiert wirken, schließlich hat er keinen Spaziergang hinter sich. Das Beste ist, wenn er sofort ins Bett geht; dort ist er meiner Ansicht nach momentan sowieso am besten aufgehoben.«

»Ist das alles?«

Als der Arzt nickt, bedankt sich Carlos artig. Dann holt er tief Luft und versucht, sein übermüdetes Nervenkostüm auf den begeisterten Edward einzustellen, bevor er sich aufmacht, um ihn in Empfang zu nehmen.

* * *

Es läuft ganz gut, Edward begrüßt ihn mit überschwänglicher Freude und klopft ihm einige Male freundschaftlich auf die Schulter, lässt sich jedoch widerstandslos von ihm zum Wagen führen, in dem Juan und Dean warten. Nur beim Einsteigen kommt es zu einer kurzen Verzögerung.

Bereits halb im Maybach verschwunden, richtet Edward sich plötzlich auf, wendet sich um und schwingt eine verschorfte Hand in Richtung Sumpf: »SEE YOU LATER, ALLIGATOR!«

Carlos schiebt ihn in den Wagen »Ja, ja, after a while, crocodile!«, was Edward offensichtlich zum Schießen findet, dessen brüllendes Gelächter setzt nämlich wieder ein. Flüchtig, dann ringt er nach Luft und lässt es bleiben, wofür Carlos äußerst dankbar ist.

Während der Fahrt schwatzt Edward vor sich hin, erzählt irgendwelche seltsamen Geschichten von *Antons*, die ihn zum Lunch einladen wollten, wobei er den Hauptgang mimen sollte. Weshalb ihm die ›miesen kleinen Bastarde‹ von allen Seiten gleichzeitig auflauerten.

Nebenbei erwähnt er ausschlagendes Riesengras, ›Schlangenverkehrsschwerpunkte‹ und ›nachts feige aus dem Hinterhalt angreifende, gemeingefährliche Giftnattern.‹

Doch mit der Zeit wird er immer wortkarger, verstummt schließlich vollständig und starrt nachdenklich vor sich hin. Eher beiläufig fällt sein Blick auf Juan und Dean, die schweigend im vorderen Teil des Wagens sitzen. Eine Weile fixiert er argwöhnisch deren Hinterköpfe, dann senkt er den eigenen und wendet sein Gesicht in Carlos' Richtung.

»Sie ist da«, murmelt er.

Carlos nickt.

»Ich muss ...« Desorientiert reibt er sich die Stirn und blickt dann wieder nach vorn. »Geht das vielleicht auch ein bisschen schneller?«

Es klingt nicht sehr laut und lässt Carlos hoffen, dass die Wirkung der Drogen langsam nachlässt. Anscheinend ist Edward endlich zum richtigen Ergebnis gelangt, denn der Mann kann es überhaupt nicht abwarten, nach Hause zu kommen.

Er wird die Dinge scharf im Auge behalten und eingreifen, sollten sie sich wieder in die falsche Richtung entwickeln.

Auch Carlos hat sein Versprechen nicht vergessen.

Im Haus der Capwells ...

Aurora sitzt in der Dunkelheit und starrt blicklos vor sich hin. Edwards Anruf liegt mehr als drei Stunden zurück, sein Eintreffen wird demnach nicht mehr lange auf sich warten lassen. Carlos hat sie kontaktiert, bevor er losfuhr, um ihn zu holen, und selbst das ist bereits zweieinhalb Stunden her.

Die Uhr tickt. Mit jeder vergehenden Minute nähert sie sich mehr der Stunde Null.

Inzwischen befindet sie sich nicht mehr nur auf der Zielgeraden, sondern bereits innerhalb der letzten fünf Yards. Sie will ihn sehen, sehnt den Augenblick herbei, in dem er durch die Tür kommt, und fürchtet ihn gleichzeitig. Auch Aurora ist übermüdet und erschöpft, nicht nur alle übrigen Beteiligten.

In einem derartigen Zustand neigt man zu unkontrollierten, spontanen, irrwitzigen Reaktionen und Handlungen. Carlos ist das beste Beispiel. Irgendwann hatte sie sich angewöhnt, das jeweilige Gespräch mit ihm zu beenden, wenn er wieder einmal zu anmaßend wurde. Keineswegs nahm sie ihm seine Rüpeleien übel, wusste sie doch um die Sorgen, die er ausstand, und dass er – wie sie – in den letzten Tagen nur äußerst unregelmäßig geschlafen hat.

Doch Carlos ist offiziell nur ein kleiner Angestellter, der darf die Nerven verlieren; Aurora besitzt diesen Freifahrtschein leider nicht.

Als dann schließlich Scheinwerfer das Gelände erhellen und kurz darauf die Haustür klappt, strafft sie sich innerlich und beschwört sich ein letztes Mal, das Ganze zu einem würdigen Abschluss zu bringen.

Das ist sie schuldig. Sich, ihm, allen

* * *

Edward sieht sie nicht. Als er kurz darauf eintritt, fixiert er ausschließlich die Couch und scheint nichts von seiner Umgebung wahrzunehmen. Schon gar nicht die schweigende Frau im Sessel, die ihn beobachtet und dabei mit dem Entsetzen kämpft.

Mit raschen, lautlosen Schritten durchquert er den Raum und bleibt erst direkt vor dem Sofa stehen.

Zunächst glaubt Aurora, dass dieser besondere, liebevolle Blick beiden gilt. Junge und Frau. Doch als unvermittelt seine Hand vorschnellt und direkt über ihrem Gesicht verharrt, wird sie auch dieser letzten Illusion beraubt. Nach flüchtigem Zögern streicht er mit unendlicher Behutsamkeit über Anthonias Wange. Und Aurora, die starke, beherrschte Aurora, verliert doch noch die Nerven.

»Wie lebst du eigentlich damit, Edward?«

+ + +

Edward ist erstarrt, benötigt jedoch nur einen winzigen Moment, um sich zu fangen und der Realität zu stellen.

Gut, warum nicht sofort? Ist es nicht sogar die richtige, die korrekte Reihenfolge? Erst das Alte zu beenden, ehe man sich dem Neuen widmet, ist einer seiner unumstößlichsten Grundsätze.

Langsam richtet er sich auf und wendet sich zu ihr um.

»Sollten wir das nicht besser draußen besprechen?«

Sie nickt, und ihm entgeht nicht, dass sie flüchtig strauchelt, bevor sie in kerzengerader Haltung zur Tür läuft.

Behutsam!, beschwört er sich. *Geh es behutsam an. Wenigstens das hat sie verdient! Vergiss es nicht!*

* * *

Edward vergisst es nicht. Auch wenn er vor Ungeduld beinahe platzt, denn er will um jeden Preis zu *ihr.* Doch er beherrscht sich mühsam, indem er sich wiederholt daran erinnert, dass er Aurora diese Aussprache schuldig ist.

Dummerweise ist ihm Aurora total egal. Ohne jede Frage unfair und charakterlos, sogar undankbar, aber das ist die Wahrheit. Nur weil er weiß, *wie* niederträchtig seine Gedanken sind, gelingt es ihm schließlich, vorübergehend seine vordringlichsten Wünsche beiseitezuschieben. Stattdessen konzentriert er sich auf die Frau, mit der er innerhalb der letzten zweieinhalb Jahre sehr häufig das Bett geteilt hat.

Als sie im Salon stehen, deutet er zu einem der Stühle, doch sie schüttelt entschieden den Kopf.

»Nein!«

Eingehend betrachtet sie ihn, und Edward nutzt die Gelegenheit, das Gleiche zu tun. Aurora wirkt, als sei sie eben im Begriff, einen ausgedehnten Einkaufsbummel zu unternehmen. Perfekt wie immer. Nichts deutet darauf hin, dass in den vergangenen Tagen etwas Außergewöhnliches geschehen ist. Abgesehen vielleicht von den winzigen dunklen Schatten unter ihren Augen, die selbst das Make-up nicht ganz kaschieren kann. Er ist froh über deren Existenz.

»Es war knapp.« Das ist keine Frage.

Edward grinst schief. »Ich lebe noch.«

»Ja ...« Ihr Räuspern klingt etwas angestrengt. »Ich habe nur gewartet, um es dir persönlich mitzuteilen; das gebietet wohl der Anstand. Ich werde gehen. Das hätte ich bereits vor zweieinhalb Jahren tun sollen.«

»Das siehst du falsch! Du warst ...« Er beißt sich auf die Lippe, zuckt zusammen, weil das schmerzt, und unternimmt einen zweiten Anlauf. »Du bist ...«

Ihr leises Lachen fällt äußerst bitter aus – findet Edward, dem die gesamte Situation zunehmend auf den Geist geht.

»Was? Ein Ablenkungsmanöver? Ein schlechter Versuch, der dummerweise missglückte? Ein Experiment? Wie willst du es denn gern bezeichnen?«

»Du warst nichts von dem, was du mir gerade andichtst...«

»Und wieder lügst du«, unterbricht sie ihn kühl. »Denkst du nicht, du solltest dich endlich der Wahrheit stellen? Der Zeitpunkt wäre gut, um die Dinge genauestens zu überdenken. Ich habe es innerhalb der letzten Tage getan und bin zu einigen erstaunlichen Fazits gelangt. Es befreit den Kopf von Träumen und Flausen; ich kann es dir nur empfehlen.«

Edward weiß nicht, was er darauf antworten soll, denn exakt das *hat* er getan, mit dem entsprechenden Ergebnis. Das ist ja der Grund, weshalb er keine Zeit hat, verdammt! *Kann* sie das Ganze nicht ein wenig schneller über die Bühne bringen?

Aurora wartet, doch als er keine Anstalten macht, etwas zu sagen, fährt sie fort – besonnen wie immer. Bewundernswert, denn Edwards Beherrschung wird gerade einer äußerst harten Prüfung unterzogen.

»Ich hätte nicht bleiben dürfen. Nicht, nachdem ich erkannte, dass du mir deine Beweggründe für unser Arrangement nicht in aller Ehrlichkeit offenbart hattest. Ich kann mich nicht einmal hinter Unwissenheit verstecken, denn das war ich nicht.« Ausgiebig mustert sie sein Gesicht, dem seine Ungeduld hoffentlich nicht anzusehen ist, dann schüttelt sie den Kopf.

»Nein! Ich verurteile dich nicht, weil du mich benutzt hast. Machen wir uns nichts vor, meine Motive waren ähnlicher Natur. Aber du nanntest mir nicht die Fakten und nahmst mir somit die Möglichkeit, frei zu wählen. Wie ich reagiert hätte, wären mir die genauen Umstände bekannt gewesen, ist mir nicht bekannt. Ich will nicht behaupten, dass ich dann nicht auf dein Angebot eingegangen wäre. Das wäre billig, und ich denke ...« Sie seufzt. »Ich denke, dass es wohl nicht den Realitäten entspricht. Doch ich hatte ein Recht, vorher zu erfahren, worauf ich ...«

Edwards erhobener Finger bringt sie zum Verstummen. »Ich hielt es damals für das Beste, dir die Dinge nicht in jedem Detail zu offenbaren, aber ich habe dich nicht belogen. Es war der Ausrutscher, den ich dir damals beschrieb. Es war ...«

»Edward!« Es kommt nicht laut, nur sehr bestimmt. »Du belügst dich selbst!« Wieder bedenkt sie ihn mit diesem ungläubigen Blick. »Das war es immer, oder? Diese Lügen sind nur Ergebnis deiner Selbsttäuschung.«

Keine Ahnung ... möglich, dass es sich so verhält, nur hat Edward derzeit nicht die geringste Lust auf eine langwierige Analyse der vergangenen Monate. Können sie das nicht auf später verschieben? Dann wird er sich opfern, damit sie ihm fünf Stunden lang auseinandernehmen kann, was für ein Versager er ist.

Erneut beschwört er sich zur Geduld und es gelingt, wofür er tatsächlich einen Orden verdient. Auch für seine undurchdringliche Miene – die ist doch undurchdringlich, oder?

Anscheinend, denn Aurora lässt ihn nicht aus den Augen und droht trotzdem nicht zu explodieren. Stattdessen steht sie plötzlich noch etwas gerader und hebt entschlossen das Kinn.

»Nun, das ist kein Fehler, der nicht korrigiert werden kann. Ich werde umgehend ausziehen und alles Erforderliche in die Wege leiten.«

»Niemand verlangt von dir, dass du mitten in der Nacht ...«

»Doch!«, unterbricht sie ihn bestimmt. »*Ich* verlange es! Wenigstens das bin ich mir schuldig.«

»Das muss ich dann wohl akzeptieren«, erwidert er knapp. »Selbstverständlich werde ich alle Forderungen, die aus der Nichteinhaltung ...«

»Nein!« Ihre Miene ist kühl, fast herablassend. »Das werde ich zu verhindern wissen. Die Meinung meines Vaters oder irgendwelcher Anwälte ist in diesem Fall von äußerst untergeordneter Bedeutung. Dies ist eine Angelegenheit zwischen dir und mir, und es wäre ...« Sie runzelt die Stirn. »Es wäre nicht richtig. Ich möchte nicht, dass es ein geschäftliches Ende nimmt. Denn ich ...«

Unvermutet ist sie ihm sehr nah; Wehmut hat von ihrem

Gesicht Besitz ergriffen, als sie behutsam seine zerschnittene, dunkle Wange streichelt. »Ich war nie aus diesen nüchternen Gründen bei dir, Edward.«

»Ich weiß«, entgegnet er ruhig.

»Mehr kann ich wohl nicht verlangen.« Schwach lächelnd weicht sie einen Schritt zurück und mustert ihn aufmerksam, bevor sie ein letztes Mal nickt. »Lebe wohl, Edward«

Damit geht sie – wie immer mit hoch erhobenem Kopf, geradem Rücken und gemessenem Gang. Wieder ganz ihr beherrschtes, ewig ruhiges Selbst.

Edward war dafür noch nie so dankbar.

* * *

Er sieht ihr nach, bis sie auf der Treppe und gleichzeitig aus seinem Leben verschwunden ist, und erst dann besinnt er sich.

Innerhalb von fünf Sekunden ist Aurora, seine Schuld, die Gewissensbisse, selbst die vergangenen dreißig Monate vollständig aus seinem Bewusstsein getilgt. Einzig Erleichterung macht sich in ihm breit.

Sie ist fort, was bedeutet, der Weg zu Tony steht ihm offen, und das ist alles, was er will: Tony und Matty.

Entschlossen dreht er sich um und strebt ins Wohnzimmer, stoppt jedoch nach wenigen Metern abrupt. Denn irgendwann innerhalb der letzten Minuten muss Anthonia aufgewacht sein. Sie hat sich halb aufgerichtet und sieht ihm mit unergründlichem Blick entgegen, während Edward dazu verdammt ist, sie anzustarren.

Es mag dunkel im Raum sein, doch der Mond spendet ausreichend Licht, um die vielen Details zu offenbaren, die er so lange vermisst hat und an denen er sich daher nicht sattsehen kann.

Was ist ein Foto, das man nur mit folternden Gewissensbissen betrachtet und sich den Anblick öfter in letzter Sekunde verbietet, als dass man wirklich den Mut aufbringt, es sich heimlich, wie ein ungezogenes Kind, verstohlen vor dem Einschlafen anzusehen? Was ist das im Vergleich zur Realität?

Sie ist wunderbar! Verschlafen, ein wenig verwirrt, mit zerzaustem Haar, das viel länger als in seiner Erinnerung ausfällt. Dieses Bild, mit Matty im Arm, ist an Perfektion nicht zu überbieten.

Hingerissen starrt er auf diese seltsamen Lippen und erinnert sich daran, wie sie sich anfühlen. Er will unbedingt zu ihr, weiß aber, dass dies nicht so einfach funktionieren wird. Trotzdem muss er sich mühsam beherrschen, um nicht aus der Rolle zu fallen.

Denn da existiert neuerdings so eine verrückte Stimme, die ihm bereits den gesamten Abend zusetzt. Die wispert eindringlich, er solle seine Zweifel über Bord werfen und zu ihr gehen, schließlich handelt es sich um *Tony!*

Tony wird genau wissen, dass alles, was er vorher von sich gab oder tat, ein riesiger Irrtum war.

Glücklicherweise setzt sich am Ende seine Vernunft durch, weshalb Edward bleibt, wo er ist. Irgendetwas sollte er nun wohl sagen, ihm fällt nur partout nicht ein, was. Obendrein ist auch noch seine Stimme verschwunden und der Hals wie zugeschnürt. Plötzlich ist er davon überzeugt, das Falsche von sich zu geben und es damit wieder zu versauen. Bei ihrem letzten Treffen konfrontierte er sie mit Auroras Existenz und warf sie damit faktisch aus dem Haus. Erst jetzt wird ihm klar, dass sie es so aufgefasst haben muss.

Er ist so ein verdammter Idiot!

Kaum ist ihm dieser Fehler endlich aufgegangen, will er ihn auch schon aus der Welt schaffen. Dabei kann er nicht einmal benennen, *was* genau damals in seiner Absicht lag. Er hat nicht den geringsten Schimmer, erinnert sich nicht mehr an die abwegigen Gedankengänge, die er sich als Logik verkauft hat. Edward will zu ihr gehen, sie umarmen und ihr sagen, dass es ihm leidtut.

Genau! Das ist die beste Lösung!

Doch bevor er seinen brillanten Plan in die Tat umsetzen kann, beginnt Tony, aus nicht nachvollziehbaren Gründen, an Mattys Schulter zu rütteln. Das alles, während sie ihn unverwandt ansieht, als wäre er ein Geist. Hastig legt er seinen Finger an die

Lippen und schüttelt energisch den Kopf, doch es ist bereits zu spät. Obwohl sie ihre sinnfreien Weckversuche sofort einstellt, ist Matty wach.

Der braucht nicht lange, um die Situation zu erfassen, dann springt er von der Couch und stürzt sich mit wildem Gebrüll auf Edward. Hart trifft sein Kopf auf dessen Brust, als er in die großen Arme sinkt, und Edward befürchtet für einen winzigen Moment, selbst in Gebrüll auszubrechen.

In schmerzerfülltes.

Das kann er verhindern – aber es wird knapp, denn am liebsten wäre er in die Knie gegangen. Offenbar wirken die Wundermittel des Doktors nicht bei unvermuteten Angriffen von kleinen, sehr harten Jungenköpfen. Er wird besser aufpassen müssen.

Andere Dinge sind jedoch bedeutend wichtiger. Beispielsweise dass Matty sich *freut*, ihn zu sehen, demnach ist er nicht mehr sauer. Die Erleichterung darüber lässt Edward für einige, wenige Sekunden sogar Tonys Anwesenheit vergessen. Dankbar und ehrlich gerührt drückt er den winzigen Kerl an sich.

Wenigstens bei ihm hat er nicht alles verdorben.

Und bei Tony?

Dieser Gedanke lässt ihn hastig aufsehen. Ihre Augen sind vor Entsetzen geweitet, was Edward einigermaßen verwirrt, bis ihm einfällt, dass er wohl nicht sehr ansprechend aussieht. Sein Mund verzieht sich zu einem Grinsen, und als sie die Augen verdreht, weiß er, dass noch nicht alles verloren ist.

Ruhe ist geboten, er muss die Angelegenheit systematisch angehen. Solange Matty bei ihnen ist, kann er nicht offen mit ihr sprechen.

»Ich denke ...«, beginnt er und räuspert sich, weil seine Stimme recht dünn klingt. »Ich denke, wir gehen erst einmal in die Küche. Vielleicht wollt ihr etwas trinken?«

Trinken!

Kaum hat er das Wort gesagt, wird ihm bewusst, wie unendlich durstig er ist. Diesmal fällt sein Schlucken noch angestrengter aus, denn plötzlich würde er für eine Tasse Everglades-Leitungswasser sterben.

Doch nach flüchtiger Überlegung schüttelt er sich innerlich. NEIN!

Ab sofort nimmt er sein Wasser nur noch aus Flaschen!

* * *

In der Küche empfängt sie eine heulende Mrs. Knight, die ihm schluchzend beteuert, sie habe *gefühlt!*, dass er noch lebt. Ihr Herz habe es ihr immer und immer wieder versichert.

Aurora muss sie geweckt haben; Edward ist noch nicht sicher, ob er dafür dankbar ist.

Kurz darauf stehen drei Tassen Tee auf dem Tisch. Edward kann sich erfolgreich aus Mattys Armen lösen und so setzen, dass er Tony nicht unbedingt ansehen muss. Er weiß nicht, ob er andernfalls nicht etwas Unangebrachtes sagen würde. So unangebracht, wie es im Beisein von Mrs. Knight und Matty nur sein kann.

Edwards Anekdoten scheinen bei seinem Neffen gut anzukommen; nie hätte er geglaubt, jemals auf so ausufernde Weise kompletten Bullshit von sich geben zu können. Erst, als die Frage nach den Alligatoren erfolgt, strauchelt er. Die Erinnerung an diese Bestien ist keine, die er sich für besondere Stunden bewahren will.

Daher schwenkt er schnell auf die vermeintlich mörderischen Riesenschlangen um. Das ist sicherer und Matty ist es anscheinend egal, von welchen tödlichen Reptilien er berichtet. Hauptsache, Edward ist der Held.

»... dann umschlingen sie ihn mit ihrem schleimigen Körper und warten, bis er keine Kraft mehr hat. Wenn er bereits völlig erschöpft ist und sich nicht mehr wehren kann, aber noch bei vollem Bewusstsein ist, fressen sie ihn. Langsam ... in einem Stück. Das dauert manchmal tagelang, und wenn er in ihrem Magen angelangt ist, beginnen die Magensäfte damit, ihn nach und nach zu zers...«

»Edward!«

Die Stimme vernichtet all seine guten Vorsätze mit einem Brachialschlag. Er verstummt und sieht in leicht erschrockene, übernächtigte grüne Augen.

Gott, er hat sie so unglaublich vermisst, und sie ist so verdammt hübsch! So verändert und trotzdem die Gleiche. Diese Distanz zu ihr macht ihn halb wahnsinnig, nur mit Mühe kann er sich davon abhalten, nicht aus der Rolle zu fallen und sie an sich zu ziehen. Zur Not auch quer über den Tisch.

Faktisch hat er sich noch nie derart nach Tony gesehnt wie in diesem Moment, wo sie nur wenige Zentimeter von ihm entfernt ist. Und das nach ganzen dreißig Monaten, in denen er sie kein einziges Mal sah und beinahe ständig glaubte, es nicht mehr auszuhalten, soll tatsächlich was heißen! Wenigstens bringt er ein Grinsen zustande; Tonys Räuspern klingt etwas heiser und sie senkt eilig den Blick, ehe wieder diese wundervolle Stimme den Raum flutet. »Du solltest ihm nicht solche Horrorgeschichten erzählen.« Definitiv ein Vorwurf, aber so hört es sich nicht an, doch dann mustert sie ihn wieder – mit denkbarer Entschlossenheit, aber keineswegs ablehnend.

Edward atmet auf.

Insgesamt findet er die gesamte Situation sogar witzig, weil sie so utopisch und gleichzeitig so liebenswert normal ist. Er genießt alles: Tonys tadelnden Blick, die versteckte Zuneigung in ihren Augen, die sie versucht, vor ihm zu verbergen (*Yeah!*); Mattys empörtes Schnauben, weil sein Onkel nicht mehr spricht; sogar die verdammten Teetassen, obwohl er das Zeug hasst und im Moment liebend gern eine Zweiliterflasche Mineralwasser geleert hätte. Durst löschen aufgeweichte Kräuterblätter keineswegs, jedenfalls nicht seinen.

Der anheimelnden Atmosphäre kann sich selbst Mrs. Knight nicht entziehen. Die steht am Küchentresen und beobachtet die drei am Tisch mit einem *zufriedenen!* Lächeln.

Jetzt muss er seine Stimme nicht erst krampfhaft suchen, dennoch gibt er vor, ernsthaft zu überlegen, bevor er nickt. »Deine Tante hat recht; im Dunkeln sollte man nichts über die grauenvolle Realität des Dschungels erfahren. Wir holen das morgen früh nach.«

»Aber wie bist du zurückgekommen?« Trotzig mustert Matty ihn und Edward muss sich das Lachen verbeißen.

Der Junge weiß, dass Edward ihn loswerden will – was er gern zugibt, nur sind seine Absichten keinesfalls niederträchtig oder wider Mattys Interessen. Im Gegenteil, er hat vor, diese mit Umsicht zu vertreten. Doch Matty – sonst so intuitiv – bemerkt davon offenbar nichts.

Trotzdem bringt Edward es nicht übers Herz, deutlicher zu werden, sondern geht innerlich seufzend wieder zu seinem Abenteuerroman über, auch wenn der schon wieder eine Richtung einschlägt, die ihm nicht unbedingt gefällt. Viel zu groß ist die Gefahr, am Ende doch bei der Wahrheit zu landen, und grausamer als die kann keine Horrorgeschichte ausfallen.

»Irgendwann, da war ich bereits so weit, mich endgültig in Tarzan umtaufen zu lassen, tauchte ein Motorboot auf. Ich war gerade dabei, mir einen Fisch zu angeln, was übrigens eine ziemlich heikle Angelegenheit ist. Du hast ja nicht die geringste Ahnung, diese riesigen Alligatoren! Die lauern ...«

Wieder ertönt die leise, klare, verdammt entschlossene und resolute Stimme. Allein dafür hätte er Tony küssen können, für den Inhalt ihrer Worte gleich noch einmal, ... und einfach weil sie hier ist.

»Ich denke, du solltest jetzt ins Bett gehen, Matty!«

Der Kleine scheint von der neuen energischen Art seiner Tante auch total eingenommen zu sein, denn er lässt sich ohne Diskussion von ihr abführen. Nachdem er sich von Edward für die Nacht verabschiedet hat und sich versichern ließ, dass der morgen seinen Bericht fortsetzen wird, versteht sich.

In allen Einzelheiten! Ohne etwas zu verschweigen.

Als sich die Tür hinter ihnen geschlossen hat, lächelt Edward ironisch.

Sicher. In allen Einzelheiten ...

Am Ziel?

Kaum sind sie allein, bricht Mrs. Knight erneut in Tränen aus.

Edward mag die ihm treu ergebene Person und ist sogar imstande, sich auszumalen, welche Ängste auch sie um ihn ausgestanden haben muss. Doch momentan hat er für die Sorgen und Nöte der kleinen Frau keinen Nerv.

Daher erklärt er ihr so behutsam wie möglich, es sei wohl das Beste, wenn auch sie jetzt ins Bett gehe. Mit gesenktem Kopf räumt sie Mattys Tasse ab und wünscht ihm mit leiser, belegter Stimme eine gute Nacht.

Mehr als auf ein Nicken bringt er nicht.

* * *

Als sie endlich gegangen ist, atmet er auf – vorsichtig, denn das Luftholen funktioniert immer noch nicht besonders. Jetzt gilt es, sich auf das einzig Wichtige zu konzentrieren:

Tony.

Nur erweist sich gerade das als jene Herausforderung, die er meint, nicht mehr bewältigen zu können, denn urplötzlich bricht sie über ihn herein:

Müdigkeit.

Sie kommt nicht langsam, wie er es gewohnt ist, stattdessen überfällt sie ihn gemein und hinterhältig wie die Moskitos im Sumpf der Everglades. Eben noch war er so wach, als hätte er fünf Liter Kaffee bei Starbucks konsumiert (ohne Alkoholzusatz), und im nächsten Moment ist ihm, als hätte ihm jemand einen Hammer vor die Stirn geschlagen.

In Wahrheit hätte er liebend gern seinen Kopf auf den Tisch gelegt und geschlafen, davon überzeugt, dies seit mindestens drei Jahren nicht mehr getan zu haben. Allerdings gibt es da schon die eine oder andere Bedingung.

Er will Tony und daneben unbedingt sein so weiches und bequemes Bett – oh, und wie weich und bequem das ist! Dann will er das Mädchen in den Arm nehmen, sie unter seine wahnsinnig warme und weiche Decke ziehen, das Gesicht in ihrem plötzlich so verlockend langem Haar vergraben und schlafen.

Schlafen!

Aber um auch nur in die Nähe dieses siebten Himmels zu gelangen, muss er erst einmal die Verhältnisse dafür schaffen, und ihm ist nicht bekannt, wie er eine weitere Diskussion á la Aurora überstehen soll.

Kann sich nicht eine Zeitblase auftun, in der sie für die nächsten ... achtundvierzig Stunden verschwinden? Danach wird er alles klären und jede Strafe, mit der Tony für ihn aufwartet, wie ein Mann akzeptieren.

Nun ja, kann sie offensichtlich nicht.

* * *

Irgendwann taucht ihre schlanke Gestalt in der Tür auf, und erst jetzt bemerkt er, dass ihr Outfit innerhalb der vergangenen Monate einigen Veränderungen unterworfen war. Jeans und Stiefel sind nicht verschwunden, auch das Hemd existiert noch. Doch der Stil ist ein anderer.

Die Hose ist nicht mehr hauteng geschnitten, die Schuhe nicht länger ausgetreten und das Hemd keines für Herren. Stattdessen trägt sie eine hübsche, einfarbige, durchaus auf Figur geschnittene Damenbluse. All das registriert er und ist daneben amüsiert, dass ihm in Wahrheit furchtbar egal ist, was sie anhat. Ginge es nach ihm, könnte sie sogar ganz auf die Kleidung verzichten ...

Sie räuspert sich. »Ich bin froh, dass es dir gut geht.«

Edward wählt die sicherste aller Reaktionen und schweigt, weshalb sie nach einer Weile den nächsten Versuch startet. Alles, ohne ihn direkt anzusehen. »Ich wäre nicht gekommen, wenn ...«

Als sie den Satz nicht beendet, versucht er, ihre Mimik zu entschlüsseln und scheitert wie üblich. Sie betrachtet ihn auf so eigentümliche Weise, dass er nicht den geringsten Schimmer hat, was er davon halten soll. Und als Tony dann fortfährt, vollbringt ihr Tonfall etwas, was weder dem Dschungel noch diesen verdammten Schlangen und den Alligatoren gelungen ist: Edward stellen sich die Nackenhaare auf.

»Matty schläft. Es geht ihm gut. Ich denke, es ist das Beste, wenn ich jetzt ...«

Was? Wie in Trance hebt sich seine abwehrende Hand.

Zeit gewinnen! Du musst irgendwie Zeit gewinnen. Egal wie, Hauptsache, du hältst sie hier. IRGENDWIE! Mach schon, du Arsch!

Er tut, was er kann. »Warte! Findest du nicht, dass du mir nach so langer Zeit wenigstens noch einen zweiten Tee schuldig bist?«

»Tee?«, schnaubt sie und klingt dabei so verdammt nach Tony, dass er schlucken muss. »Du hasst das Zeug!«

Mist, das hat sie nicht vergessen! Eingehend untersucht Edward den Inhalt seiner Tasse und fahndet nach einem Argument, das weder fragwürdig noch leicht durchschaubar ist. Ansonsten wird sie gehen und er ist momentan nicht so schnell zu Fuß. Die wilde Verfolgungsjagd dürfte sie gewinnen und dann ist sie weg und er wird...

Mach schon!

Abrupt hebt er den Kopf und zwingt sich, in ihr liebliches Gesicht zu sehen. »Gut, dann eben ... was weiß ich? Einen Kaffee?«

Doch er findet nur Sorge in ihrer Miene, was nicht unbedingt das ist, was er erreichen will.

»Es ist nach zehn; ich glaube, das wäre unangebracht«, wird er von Oberlehrerin Anthonia Benett mit dem besorgten Blick informiert.

Fein. »Whisky?«

»Trinke ich nicht.«

»Gin?«

»Über den bin ich seit Jahren hinweg.«

»Okay ... Milch!«

Das kann nicht einmal dieser neue Moralapostel abschlagen. Milch ist gut, nahrhaft, gesund, und überhaupt ...

Offenbar hat er sie erfolgreich verwirrt, denn diesmal hat Tony nicht sofort das nächste Gegenargument parat. Stattdessen betrachtet sie ihn und Edward erwidert mutig ihren Blick. Dies erweist sich als richtige Entscheidung, denn endlich setzt sie sich doch wieder zu ihm und neigt den Kopf zur Seite. »Was willst du wirklich?«

Widerwillig muss Edward lachen. Wenn sie ihn *so* ansieht, dann werden seine Wünsche erfahrungsgemäß auf einen Punkt reduziert…

Sie!

Spätestens damit hat sie ihn stets vollständig entwaffnet, warum sollte das mit einem Mal anders sein? Müde schüttelt er den Kopf. »Keine Ahnung. Nur, dass du nicht gleich wieder verschwindest.« Als sie nichts erwidert, aber auch nicht flieht, lässt er seit langer Zeit wieder einmal nur sich selbst sprechen. »Du hast mir gefehlt.«

Augenblicklich verschließt sich ihre Miene; sie beißt sich auf die Unterlippe und mustert ihn argwöhnisch. »Warum hast du dich nicht erst behandeln lassen?«

»Weswegen?«

Edward folgt ihrem bedeutungsvoll/anklagenden Blick und betrachtet einen tatsächlich süßen Kratzer auf seinem Unterarm. Belustigt lacht er auf. »*Deshalb?* Das ist nichts, ehrlich. Nichts!«

Das Teil ist nicht einmal *vorhanden*! Allerdings wird sie das wohl erst erkennen, wenn sie den Rest gesehen hat.

»Aber du solltest wenigstens duschen!«

»Warum? Stört dich meine Aufmachung?«

Stöhnend verdreht sie die Augen. »Nein! Ich meinte doch nur, dass eventuell Schmutz in die Wunden gelangt sein könnte und dass …«

Das war es dann wohl. Um sich zu retten, hätte sie nicht ohne Vorwarnung so verdammt Tony sein dürfen. Nun ist es zu spät und Edward sind plötzlich alle Konsequenzen egal.

Sein Angriff erfolgt so schnell, dass sie keine Chance hat, zu reagieren. Innerhalb von Sekunden hat er sie an sich gezogen, seine Hände berühren ihre glatte Haut, er inhaliert tief ihren Duft, fühlt sich sofort berauscht – wie seit Jahren nicht mehr – und muss sich zusammenreißen, um nicht noch offensiver vorzugehen. Denn es genügt nicht …

Erst, als er ihre Lippen fast berührt, entschließt er sich, wenigstens noch eine Erklärung für sein Verhalten abzugeben. »Ein Kuss, Tony … Der steht mir als Überlebender einer Katastrophe zu. Aurora ist gegangen.«

Ihre Erwiderung wartet er nicht ab, ignoriert seine Wunden, einschließlich der wie Hölle schmerzenden Lippen, und küsst sie stattdessen.

Endlich!

Eine Rückkehr in den Himmel, aus dem er seit zwei Jahren ausgestoßen war. Seine rissigen, spröden Lippen treffen auf seidige, so unvergleichliche, und wenig später erobert er den süßesten, verheißungsvollsten Mund, dem er jemals auf diese Art nahegekommen ist.

Einige Male glaubt er, sie würde sich zur Wehr setzen, doch ihre Darbietung fällt nie sehr überzeugend aus. Seine Finger ertasten langes, seidiges Haar. Allein dafür – *nur dafür* – würde er sie auf der Stelle heiraten. Und als sie ihre Arme um seinen Hals legt, weiß Edward endlich, dass er sie tatsächlich noch nicht verloren hat. Nun gestattet er sich seine Umgebung zu vergessen, die Müdigkeit, die Schmerzen, die sich langsam, noch wie entfernte Echos, wieder bemerkbar machen, selbst ihr leichtes Aufbegehren, das hin und wieder neu aufflammt. Ihn stört lediglich, dass sie nach wie vor zu fern ist.

Kurz darauf steht er, zieht sie mit sich – an sich –, küsst sie wie wahnsinnig, als könne er damit die vergangenen Monate ausradieren.

Und irgendwann fühlt es sich sogar so an …

* * *

»Halt!«

Noch bevor ihr Protest tatsächlich in sein Bewusstsein vordringen kann, sind ihre Lippen bereits verschwunden. Hastig hält er sie fest, bevor sie Anstalten machen kann, sich auch noch aus seinen Armen zu winden.

Tony kämpft nicht gegen ihn, mustert ihn aber wieder argwöhnisch. Also – Stimmungsschwankung ist eine glatte Untertreibung!

»Was ist mit Aurora?«

Edward seufzt. »Weg.«

»Wohin?«

»Weiß nicht.« Er ist eher damit beschäftigt, irgendwie ihren Mund zu erreichen, als dieses Thema zu diskutieren.

Doch Tony boykottiert seine Anstrengungen, legt ihren Kopf in den Nacken und betrachtet ihn aufmerksam. »Aber warum?«

Okay, so einfach wird es wohl doch nicht; nun, es kommt nicht überraschend. Schließlich hat er es ja mit Tony zu tun. Tony, die immer alles ganz genau wissen muss, und die wohl während der vergangenen dreißig Monate ihrer Trennung zur Oberlehrerin im Fach Anstand, Moral und Ethik avanciert ist.

Was echt nervt! Hatten sie sich nicht darauf geeinigt, dieses ganze Aussprachetheater *morgen* stattfinden zu lassen? Warum muss sie die Spielregeln jetzt missachten?

»Weil ...« Behutsam nähert er seine Lippen wieder ihrem Mund. »Sie unsere Beziehung als beendet betrachtet.« Während Edward spricht, umfasst er ihr Gesicht, als wolle er dafür sorgen, dass sie nicht doch noch geht. »Sie hat nur noch auf meine Rückkehr gewartet, um es mir persönlich mitzuteilen ...«

Damit will er sie wieder an sich ziehen, doch sie packt seine Unterarme und hält ihn zurück.

»Edward, ich ...« In ihren Augen findet sich deutliche Abwehr und Edward – verzweifelt, wie er ist – setzt alles auf eine Karte und wächst über sich hinaus. Verbissen ignoriert er ihre Befreiungsversuche und holt tief Luft – so tief, wie möglich. »Bitte, Tony. Kannst du verstehen ...«

Oh, spätestens dafür wird er unter Garantie in der Hölle landen, doch selbst das ist ihm derzeit egal.

»Verstehst du mich, wenn ich sage, dass ich dich brauche?«

Es funktioniert! Verdammt, es funktioniert tatsächlich, denn sofort verschwindet der Widerstand und der Druck ihrer Hände wird weniger, auch wenn sie ihn nicht loslässt. Während er ihren inneren Kampf beobachtet, weiß Edward bereits lange vor ihr, dass er gewonnen hat. Andernfalls hätte sie sich auf diese Edward-Kontroverse erst gar nicht eingelassen. Was das betrifft, ist er inzwischen Experte.

Als auch Tony endlich hinter die Realitäten gekommen ist, umarmt er sie lächelnd, und diesmal erwidert sie seine Zärtlichkeit. Kein Überfall, dem sie sich ergibt, stattdessen beantwortet sie bereitwillig seinen Kuss und seine Liebkosungen.

Und für eine Ewigkeit existieren nur sie, er und Dinge, auf die sie so lange verzichten mussten, ohne die leiseste Chance auf Vergessen. Dies ist übrigens sein letzter klarer Gedanke, bevor Edward sich ganz dem unvergleichlichen Augenblick hingibt:

Sie hat nichts vergessen! Verdammt!

* * *

Ewigkeiten später, die Edward wie drei Sekunden erscheinen, ist es wieder Tony, die den Kuss beendet.

Er unterdrückt ein resigniertes Seufzen, als sie seine Hand nimmt, die sich irgendwann um ihre Hüften gelegt hat. Doch wenigstens ist sie atemlos, die Wangen rot und ihre Augen glänzen. »Komm, du musst erst einmal unter die Dusche!«

Nichts liegt ihm ferner, denn ehrlich, Edward hat in den vergangenen Tagen oft genug geduscht! Würde ihn nicht wundern, wenn sich zwischen seinen Füßen Schwimmhäute gebildet hätten. Angewidert verzieht er das Gesicht. »Tony, ich ...«

Ein gebieterischer Finger verschließt seine Lippen und sie betrachtet ihn mit zur Seite geneigtem Kopf. Das kleine Biest! Edward ist nicht sicher, ob dies keine Absicht ist, denn nachdem sie ihn einmal umfassend entwaffnet hat, kommt diese boshafte Gouvernante wieder zum Vorschein. Und die befiehlt. »Dusche!«

Womit sich sein letzter Widerstand in Wohlgefallen auflöst. Da ist wieder dieses Gefühl, das ihn am heutigen Abend schon einmal beschlichen hat: Es ist so göttlich normal.

Wie vorherbestimmt. Als existiere ein höheres Gesetz, das bereits vor Urzeiten geschrieben wurde:

Tony + Matty + Edward = Familie!

Also, sein Neffe hätte das sofort bestätigt, und Edward wäre nicht im Traum eingefallen, es einmal zu genießen, von einer Frau herumkommandiert zu werden, doch es gefällt ihm über alle Maßen. Er mag es, ihr die Zügel zu überlassen und davon überzeugt zu sein, dass sie schon wissen wird, was zu tun ist. Denn davon hat er momentan nicht den geringsten Schimmer ...

An der Hand führt sie ihn ins Bad – was okay ist, doch dann bricht sie zum zweiten Mal die Regeln, weshalb er doch wieder einschreiten muss.

Nachdem sie eine Weile ergebnislos versucht hat, ihre Hand aus seiner zu entfernen, verlegt sie sich aufs Verhandeln. »Edward, ich geh nur ...«

Ha! Nein, so dämlich ist nicht einmal er! »Nein!«

Sie hält inne und betrachtet ihn aufmerksam, wobei Edward ums Verrecken nicht wissen will, was genau sie findet. Doch worum es sich auch handelt, es bringt sie zum Aufgeben, demnach ist es das wert, selbst, wenn er sich damit wiederholt zum Volltrottel macht.

Anthonia bleibt.

Das Hemdausziehen gestaltet sich alles andere als nett, obwohl Tony den aktiven Part übernimmt, was an sich eine durchaus bemerkenswerte Erfahrung ist. Doch bald hat Edward den Eindruck, der Stoff wäre mit ihm verwachsen, denn sie muss es wortwörtlich aus seiner Haut lösen. Wann immer sich sein Zusammenzucken trotz größter Anstrengung nicht verhindern lässt, könnte er sich dafür ohrfeigen.

Tony stöhnt jedes Mal auf, und Edward sieht sie lieber nicht an, denn auf ihr Entsetzen kann er ebenfalls dankend verzichten. Das ist ganz eng verwandt mit Mitleid, was noch unerträglicher ist als Angst und Sorge.

Irgendwann muss sie zwangsläufig die Überreste des Hemdes komplett entfernen, und auch wenn er glaubt, darauf vorbereitet zu sein, versagt er auf ganzer Linie. Eine ungeschickte Bewegung genügt und schon flammt der grausame Schmerz wieder auf, als wäre er nie verschwunden gewesen. Leider verläuft sein Zähnezusammenbeißen nicht ganz tonlos.

Sofort erstarrt sie. »Was ...?« Und als würde das nicht genügen, kommt es noch besser. »Edward! Was ist *das*?«

Das klingt derart entsetzt, dass er unwillkürlich an sich hinabsieht.

Oh!

Jetzt begreift er, weshalb er die eine oder andere Schwierigkeit mit dem Atmen hat. Seine Brust sah definitiv schon mal besser aus, und wenn ihn nicht alles täuscht, sind ein paar Rippen recht deformiert. Wenigstens ist damit geklärt, was die Schmerzen verursacht; nicht einmal so weit hat es dieser idiotische Arzt gebracht!

Baker wird ihm schon etwas geben, ansonsten ist es doch halb so wild! »Ich hab einen Flugzeugabsturz hinter mir, schon vergessen?« Er grinst. »Dabei kommt es unweigerlich irgendwann zum Aufprall.«

»Hör zu, das ist *nicht witzig!*«, donnert Gouvernante Tony. »Du hättest nicht herkommen dürfen!«

Das ist witzig!

»Das muss untersucht werden. Behandelt. Geröntgt, was weiß ich?«

Das ist sogar noch lustiger, oder auch nicht, denn sie hat keine Ahnung, was sie da sagt! Entschieden schüttelt er den Kopf. »Muss es nicht. Mir geht es gut.«

»Edward ...«

Bevor sie sich in ihr stetig zunehmendes Entsetzen hineinsteigern kann, nimmt er ihr Gesicht zwischen seine Hände und mustert sie eindringlich. *»Es ist gut!«*

Diesmal will sie sich nicht auf sein Abwiegeln einlassen, sondern wirkt sogar äußerst streitlustig. Doch er behauptet sich, senkt nicht den Blick, lässt zum ersten Mal am heutigen Abend wieder seine Dominanz sprechen.

Wenigstens die funktioniert wie üblich. Irgendwann seufzt sie resigniert und zieht das Hemd endgültig über seinen Rücken. Diesmal gelingt es ihm, keinen Laut von sich zu geben. Seine triumphierende Miene bedenkt sie mit einem Augenverdrehen, was er schon wieder irre komisch findet.

Kurz darauf wird es sogar rührend, denn als sie sich seiner Hose widmet, ist plötzlich seine kleine Tony zurück. Verlegen, gehemmt und so unendlich süß.

Augenblicklich könnte er sie wieder küssen.

Zu sehen, wie sie peinlich berührt, ungelenk und so unerfahren – Ha! – an seinem Hosenknopf nestelt, vergegenwärtigt ihm, was für ein gottverdammter Glückspilz er ist. Unverdient, natürlich, aber scheiß drauf!

Als sie ihm die Reste seiner Hose ausgezogen hat und verzweifelt seine Boxershorts betrachtet – mit rot glühenden Ohren –, beschließt er, sie zu erlösen. Behutsam hebt er ihr Kinn und mustert sie forschend.

Ja ... jetzt sieht er es, denn sie ist nicht verschwunden. Egal, was sie in den vergangenen zwei Jahren erlebt hat, es konnte *seine* Tony nicht vernichten. Ihre cremefarbenen Wangen sind rot geflutet, die Augen glänzen, der Mund steht noch immer auf dem Kopf und sie ist insgesamt ... *Tony.*

»Verdammt, ich hätte nie gedacht, mich mal derart über deine Verlegenheit zu freuen.« Sie wird noch roter, doch das ignoriert er; die Atmosphäre hat sich innerhalb der letzten Sekunden für ihn verändert. Mit einem Mal fühlt er sich auserwählt, obwohl er es nicht mit Bestimmtheit wissen kann, denn sie muss nicht zwangsläufig allein geblieben sein, um sich ihre Naivität zu bewahren. Aber dass sie in dieser Hinsicht noch so ist wie früher, hinterlässt einen bittersüßen Beigeschmack.

Unerwartet denkt er an ihre Worte ...

»Ich tat es, weil ich dich liebe. Und auch, wenn du das nicht akzeptieren willst, wird es dabei bleiben ...«

Edward hat keineswegs die Absicht, über die Begrifflichkeit *Liebe* zu diskutieren, denn die ist nach wie vor eine geballte Ladung Illusion und Utopie. Dennoch stellt dieses Wort unter Frauen die gängige Art dar, tiefe Empfindungen auszudrücken, und offenbar hat sie sich darin nicht getäuscht.

»Wenn du mir versprichst, hier stehen zu bleiben, übernehme ich den Rest.« Während sie beharrlich vor sich hinstarrt, dabei jeden Blick auf seinen nackten Körper meidet, er sich so rasch, wie es sein Zustand zulässt, auszieht und dann unter die Dusche tritt, gesteht er sich widerwillig ein, dass er offenbar sogar verdammtes Glück hat.

Unverdient. Er hat es nicht vergessen.

* * *

Wieder versagt Edward in letzter Sekunde, obwohl er es inzwischen doch besser wissen müsste. Kaum rieselt das lauwarme, durchaus behagliche Wasser auf seinen Körper, erkennt er, dass er sie überhaupt nicht sehen kann.

Woher weiß er denn, dass sie nicht die erstbeste Gelegenheit ergreift, um zu türmen? Das war schließlich ihr ursprünglicher Plan und Tony ist dafür berühmt, nur den besten Zeitpunkt abzuwarten, um sich dann in aller Frechheit aus dem Staub zu machen. Nein, er kann das Risiko nicht eingehen, sondern muss sofort eingreifen, ehe es zu spät ist!

Anstatt alles, den Umständen angepasst, langsam und bedächtig zu verrichten, verliert er nach dieser Überlegung die Nerven und will sich plötzlich beeilen, weshalb seine Bewegung zu unkoordiniert und ruckartig ausfällt. Diesmal kann er den Aufschrei nicht verhindern. Halt suchend stützt er sich an der Duschwand ab, um nicht am Ende doch in die Knie zu gehen. Er versucht, so flach wie möglich zu atmen, und hofft, dass die Schmerzen noch einmal verschwinden werden. Und zwar, *bevor* er krepiert ist.

»Edward!« Die Duschkabinentür wird aufgerissen und er mit der entsetzten Tony konfrontiert. »Was ist?«

Brillant! Energisch schüttelt er den Kopf. »Nichts!«

Was sie ihm natürlich nicht abnimmt, stattdessen zieht sie sich die Schuhe aus und als die Jeans ohne Unterbrechung folgt, beginnt Edward zu hoffen. Vergebens, wie sich wenig später herausstellt, denn von ihrer übrigen Kleidung trennt sie sich leider nicht, ehe sie zu ihm in die Dusche tritt.

Trotz der wahnsinnigen Schmerzen in seiner Brust muss er grinsen. »Ich gebe ja zu, dass da Bikinis existierten, die meiner Ansicht nach für die Öffentlichkeit etwas zu knapp ausfielen. Aber deshalb musst du ja nicht auf Baden in voller Montur umstei...«

»Klappe halten!«

Sie wirkt so aufgebracht, dass Edward beschließt, besser nichts mehr zu sagen. Hat er nicht ohnehin entschieden, ihr die Zügel in die Hand zu geben? *Einen* Vorteil kann er an der veränderten Situation nicht ignorieren: Jetzt ist sie bei ihm, und ihm würde garantiert auffallen, würde sie plötzlich verschwinden wollen. Außerdem graust ihm inzwischen davor, sich zu bewegen. Selbst ein Armheben genügt bereits, um seinen Körper erneut zum Brennen zu bringen. Da er neuerdings unter die Schwächlinge gegangen ist, kann er allein die Vorstellung nicht mehr ertragen.

Er hat genug von Schmerzen, was auch auf das Duschen und das Stehen zutrifft. Edward ist am Ende. Dieser letzte Beinaheunfall hat ihm die verbliebenen Kräfte geraubt; er sehnt sich danach, sich endlich hinzulegen, mit Tony bei sich – das ist ganz wichtig –, und dann zu schlafen.

Schlafen!

Doch er beherrscht sich ein allerletztes Mal und lässt sich behutsam mit dem Wasser abbrausen, dabei hält er sich aufrecht, obwohl er glaubt, seine Knie würden jeden Moment nachgeben. Denn er kann sich nicht daran erinnern, wann er zuletzt von jemandem umsorgt wurde. Das muss an die dreißig Jahre zurückliegen.

Und verdammt soll er sein – schon wieder! Aber es ist ein unsagbar tröstendes Gefühl.

* * *

Als sie ihn umdreht, um seine Rückseite abzuduschen, ist er froh, denn ihm sind weder die Tränen in ihren Augen entgangen noch das Mitleid, das er immer noch nicht will und mittlerweile sogar fürchten gelernt hat. Irgendwann schließt er die Lider, und erst, als er ihre Finger auf seiner Haut spürt, zuckt er zusammen. Nicht weil es wehtut, sondern weil er nicht darauf vorbereitet war.

Kein Wort fällt, auch nicht, als Tony das Wasser schließlich abstellt. Ohne zu protestieren lässt er sich aus der Kabine helfen und das Handtuch um die Schultern schlingen, bringt ihn das doch einen gewaltigen Schritt näher zu seinem Bett.

Inzwischen kehren die Erinnerungen an die vergangenen vier Tage mit Macht zurück, als hätten sie nur auf seine herabgesetzten Barrieren gelauert. Kaum bemerkt er, dass Tony einen Arm um ihn legt und ihn zum Bett führt. Vielleicht, weil er so ausgelaugt und müde ist. Todmüde, um genau zu sein – auch wenn dieses Wortspiel im Licht seiner jüngsten Erfahrungen etwas geschmacklos wirkt.

Sobald er auf der wahnsinnig bequemen Matratze liegt, spürt er, wie der Schlaf ihn übermannt. Als würden eiserne Gewichte an seinen Lidern ziehen und nicht eher aufgeben, bis er sie erfolgreich gesenkt hat. Mit letzter Kraft zwingt er sich, zu warten, bis Tony wieder bei ihm ist.

Kein Risiko eingehen – er hat es nicht vergessen.

Ihre Schritte erzählen ihm, dass sie vor seinem Bett steht, doch er ist nicht mehr fähig, sie anzusehen, um zu erkunden, *was* genau sie tut. Und sobald sie sich neben ihn setzt, weiß Edward, dass er jetzt schlafen darf.

Schlafen ...

* * *

Von Alligatoren und Micky Mäusen

Schlafen.

Edward ist durchaus bewusst, dass er träumt. Lebhafte Albträume mit der Realität zu verwechseln, hat er sich bereits vor Jahrzehnten abgewöhnt. Doch bei diesem existieren so realistische Elemente, dass er zeitweilig nicht mehr sicher ist. Besonders, als Tony beginnt, in die Handlung einzugreifen ...

Zuvor muss er sich einer Armee aus Alligatoren und Riesenschlangen stellen. Diese widerlichen Bastarde entsenden ihre Aufklärer zuerst ins Feld – winzige, hinterhältige und hochgiftige Nattern. Die Kettenhemden ihrer mittelalterlichen Rüstungen sind aus giftigem Riesengras gefertigt, dessen scharfe Spitzen wie eiserne Stacheln in alle Richtungen abstehen.

Alles, was Edward zu seiner Verteidigung hat, ist sein kleines Schweizer Taschenmesser, dennoch liefert er sich einen heroischen Kampf. Die Hälfte der Reptilienarmee erledigt er allein mit der *Nagelfeile!* Damit haben die Schweine nicht gerechnet!

Aber egal, wie viele er tötet, es werden immer mehr, denn wie bei einer Hydra scheinen für jeden Toten zwei neue Soldaten nachzurücken. Sie kriechen aus allen Löchern, umzingeln ihn und treiben ihn in die Enge.

Zuerst glaubt Edward, sie wollen ihn nur fressen, was sich jedoch schnell als Irrtum erweist. Irgendwann kann er gegen die wachsende Übermacht nichts mehr ausrichten und gerät schließlich in deren schuppige Klauen. Sie werfen ihn in einen Käfig aus Riesengras, der von einem riesigen Moskitoschwarm bewacht wird, und wollen ihn dort zwingen, literweise Flusswasser zu trinken.

Edward weiß, wie gut das Zeug schmeckt, und er leidet unter mörderischem Durst. Doch er ist argwöhnisch und rechnet mit Gift, irgendwelchen bewusstseinsverändernden Drogen, mit denen sie ihn benebeln oder vielleicht sogar töten wollen. Tagelang weigert er sich, auch nur den winzigsten Schluck zu trinken, was ihm enorme Schwierigkeiten bereitet. Denn in der ewigen Hitze des Dschungels schwillt seine Zunge schon bald auf die doppelte Größe an und klebt schmerzhaft an seinem Gaumen. Das Atmen fällt ihm schwer, weil sie seine Luftröhre versperrt, und er kann nicht mehr sprechen. Seine Lippen werden wund und platzen auf; alles, was er sieht, scheint sich in einem dichten Nebel zu bewegen, und es dauert nicht lange, bis die ersten Halluzinationen einsetzen.

Doch mit unmenschlichem Willen widersteht er. Edward trotzt seinen Feinden sogar dann noch, als sie ihm direkt vor seinem Riesenkäfig demonstrieren, wie sich diese Riesenschlangen wirklich ernähren. Die töten ihre Opfer nicht erst, sondern verschlingen sie bei vollem Bewusstsein – mit den Füßen zuerst. Tagelang muss Edward zusehen, wie sein Sicherheitschef Harper langsam verdaut wird – während dessen Kopf immer noch an der Luft ist und er ihn hysterisch anfleht, ihm doch endlich den Gnadenschuss zu verpassen. Aber Edward bleibt hart, außerdem besitzt er ohnehin keinen Revolver.

Er hat alles ertragen: das Wasser, die Moskitos, die menschenfressenden Würgeschlangen, selbst die Giftnattern. Doch irgendwann erscheint einer der größten Alligatoren, der sich als *General Anton* vorstellt, und setzt sich auf seine Brust.

Diesem unglaublichen Druck, der Atemnot und den zunehmenden Schmerzen ist Edward nicht gewachsen. Es zermürbt seinen Willen und sorgt dafür, dass er langsam den Mut verliert. Doch als er glaubt, es für keine Sekunde länger aushalten zu können, kommt sie ...

Anthonia.

Er hat keine Ahnung, wie sie es anstellt, doch schlagartig sind alle Reptilien verschwunden. Das muss mit dieser ganz besonderen Magie zusammenhängen, die nur sie besitzt. Dann vernimmt er ihre sanfte Stimme an seinem Ohr. »Edward ...«

Als sie will, dass er sich auf die Seite legt, diskutiert er erst gar nicht. Mit Tony ist nicht zu spaßen, und er will nicht, dass sie wütend wird. Edward hat nicht vergessen, dass er an ihr noch das eine oder andere wiedergutzumachen hat.

Seine Kooperation scheint sie tatsächlich milde zu stimmen, denn er darf sie umarmen, küssen und vor allem kann er ihr endlich alles sagen:

Wie sehr sie ihm gefehlt hat und dass er sie nie wieder gehen lassen wird. Er erzählt ihr, wie leid ihm die Geschichte mit Aurora tut und beichtet ihr sogar, dass er immer an sie gedacht hat. Auch wenn ihm dieser Teil sogar im Traum enorme Überwindung kostet.

Sie versteht ihn und vergibt, fast hat er den Eindruck, als hätten die vergangenen Monate niemals stattgefunden, denn Tony ist wie immer, als wäre die Zeit spurlos an ihr vorbeigegangen.

Das fasziniert ihn.

Kurz darauf grinst der Teil von ihm, der weiß, dass er sich innerhalb eines recht konfusen Traumes befindet, denn alles wirkt so unvorstellbar einfach.

Alligatoren verschwinden per Handschlag, Riesenschlangen spucken idiotische, halb verdaute Sicherheitschefs wieder aus, die wie neu aussehen, und Tony konfrontiert ihn nicht mit dem leisesten Vorwurf.

Stattdessen liegt sie in seinem Bett, betrachtet ihn aufmerksam, lässt sich von ihm liebkosen und nimmt die grauenvollsten Geständnisse mit einer Gelassenheit auf, als würde er sie gerade über die allgemeine Wetterlage informieren.

Es ist wirklich gut, doch selbst im Traum traut Edward dem Frieden nicht ganz, denn der fällt nach der grausamen Schlacht für seinen Geschmack ein wenig zu idyllisch aus.

Und er soll recht behalten, denn urplötzlich ist der Riesenalligatorengeneral zurück.

Wieder setzt er sich auf seine Brust und diesmal ist er so schwer, dass Edward schlagartig keine Luft mehr bekommt. Die Dornen seiner Riesengrasrüstung bestehen offenbar tatsächlich aus Eisen, deren Spitzen an tausend Stellen gleichzeitig seine

Lunge durchbohren. Und Edward, der bisher so grandios widerstanden hat, läuft tatsächlich Gefahr, die Beherrschung zu verlieren.

Zunächst gelingt es ihm dennoch, ruhig zu bleiben. Er ist zwar ein Idiot, aber Tony wird kommen und ihn retten, die ist nämlich zwischenzeitlich verschwunden.

Doch warum sollte sie ihn diesmal im Stich lassen?

Nur, sie *kommt* nicht, obwohl er geduldig und ohne jedes Lamento wartet.

Je länger das Vieh auf ihm sitzt und er nicht mehr atmen kann, desto panischer wird er. Irgendwann, als er tatsächlich zu ersticken glaubt, verliert er doch endlich die Nerven. »Verschwinde!«, brüllt er das Reptil auf seiner Brust an.

Er hätte nie gedacht, dass diese Monstren grinsen können. Nun, General Anton kann. Der grinst nicht nur, sondern er beginnt sogar, mit ihm zu plaudern.

»Du glaubst, du hast gewonnen? Was bist du für ein Schmock! Sie ist längst über alle Berge und wird nie wiederkommen. Du bist ganz allein, Edward. Hast du das immer noch nicht begriffen?«

»Du lügst!« Ein Vorteil des Träumens ist, dass er aus Leibeskräften schreien kann, obwohl ihm dazu längst die erforderliche Luft fehlt.

»Ach ja?«, wispert der sprechende Riesenalligator. »Wo ist sie denn? Hast du tatsächlich geglaubt, sie würde dir diese miese Nummer jemals verzeihen? Den gesamten Scheiß hast du dir doch selbst zuzuschreiben! Es gibt Dinge, die kann man nicht vergeben, selbst deine Tony nicht, und die ist, unter uns gesagt, ein bisschen dämlich! Mann, sieh es endlich ein! Sie kommt nicht zurück, das hatte sie nie vor! Würde mich nicht wundern, wenn sie längst verheiratet ist! Sie dachte, du wärst krepiert, nur deshalb war sie hier! Wegen Matty, doch nicht *deinetwegen!*« Spöttisch mustert er ihn. »Ehrlich, du hast doch nicht wirklich etwas anderes angenommen, oder?«

»Du lügst!«

Als das riesige, sprechende Reptil ihn nur weiter angrinst, wird Edward tatsächlich wütend.

»DU LÜGST!«

+ + +

Carlos hat geschlafen wie ein Toter.

Edward ist gerettet und Anthonia bei ihm, was bedeutet, er kann sich eine Auszeit gönnen. Allerdings heißt das nicht, dass er sich nicht pünktlich um sieben Uhr am nächsten Morgen wieder bei seinen Männern einfindet. Während er seinen Kaffee trinkt, freut er sich über die Ruhe, die endlich eingekehrt ist. Selbst die Reporter vor dem Tor vereinzeln sich zusehends. Dies wird nach dem vergangenen Sturm der erste ruhige Tag werden, und er hat vor, ihn restlos zu genießen.

Dean sitzt mit ihm an dem kleinen Tisch und trinkt noch ein Bier, bevor er sich zum Schlafen verabschiedet. Er hat mit Juan die Nachtschicht versehen. »Miss Montgomery ist noch gestern Abend gefahren«, meint er schließlich.

Carlos stutzt, dann nickt er. »Das war zu erwarten.«

Nachdenklich genießt Dean sein Bier, bis er erneut aufsieht. »Die Kleine ist auch wieder verschwunden.«

»Miss Benett?« Als das stumm bejaht wird, stöhnt Carlos. Dann hat der Trottel es doch wieder versaut. So ein Idiot! »Wann war das?«

»Gegen sechs, heute Morgen.«

Das passt zwar nicht ganz in Carlos' Vorstellungen, *wie* genau der Trottel es mal wieder so genial versaut hat, doch im Grunde ist die Art und Weise egal, das Ergebnis bleibt dasselbe: Carlos ist am Arsch.

Er ist kein Egoist, aber er würde dennoch gern darauf verzichten, seinen ältesten Freund und nicht zuletzt auch den Job zu verlieren. Erfährt sein Amigo nämlich, dass Carlos ihn jahrelang hintergangen hat, ist es Essig mit Edward und Carlos.

In Gedanken hat er alle Alternativen eintausend Mal durchdacht, hat sich jede mögliche und unmögliche Rechtfertigung überlegt, und gelangte immer zum gleichen Schluss:

Für Edward wird sein Schweigen den größtmöglichen Verrat bedeuten. Carlos kann es ihm nicht einmal verdenken, vermutlich würde er ähnlich reagieren. Schon deshalb hat er darauf gehofft, dass die beiden es allein schaffen würden ...

Nun gut ... da muss er dann wohl durch. Was er sich geschworen hat, wird er auch halten, doch der Preis ist überraschend hart.

Edward ist nicht der einfachste Mensch und garantiert nicht der dankbarste Freund. Doch Carlos mag ihn nun mal und hat mit den Jahren gelernt, diese seltsame, emotionslose Maske zielsicher zu durchschauen. In den letzten Jahren verbrachten sie viele gemeinsame amüsante Stunden. Ihm gefällt an Edward, dass der nicht abhebt, sondern trotz des Reichtums relativ normal ist, wenn auch ein Opfer des Luxus´ und der eigentümlichen Lebensgewohnheiten, mit denen er nun einmal aufgewachsen ist.

So etwas bleibt nicht aus. Seine Ansichten sind manchmal tatsächlich gewöhnungsbedürftig, doch wenn man die Ursache kennt, ist es nicht mehr schwer, sich damit zu arrangieren. Wie er wirklich ist, wenn er mal er selbst sein darf, hat er ja erst gestern gezeigt. Und völlig enthemmt wirkt der Mann ganz lustig. Nun gut, ein bisschen zu euphorisch, aber wenn die Dosierung der Drogen etwas modifiziert wird, man ihn sozusagen *einstellt*, kann aus dem Kerl doch noch ein richtiger Witzbold werden.

Die Wirkung der Medikamente wird auch nicht mehr lange anhalten. Carlos schätzt, dass Baker gleich am Morgen erscheinen wird. Der Plan lautet, erst zu Edward zu gehen, wenn der seine frische Dröhnung verabreicht bekommen hat; alles andere wäre tödlich. Es ist ja schon nicht einfach, mit einem gesunden Edward zu diskutieren, besonders über *dieses* Thema. Aber mit einem, der Schmerzen leidet, nein, das muss er sich nicht antun.

Durchaus möglich, dass Edward die Nachricht, dass Carlos ihn verraten und verkauft hat, in seiner Howdy-Stimmung sogar gelassen nimmt.

Einen Versuch ist es zumindest wert.

Gegen Mittag beginnt Carlos, sich zu wundern.

Bisher hat sich der Arzt nicht blicken lassen, demnach spielt Edward mal wieder den Helden. Es ist seine Entscheidung, hilft Carlos jedoch nicht bei seinen Beichtplänen weiter.

Als nach eins immer noch kein Wagen vorgefahren ist, ruft er im Haupthaus an. Mrs. Knight versichert ihm, dass Edward schläft und alles in Ordnung sei.

Um halb drei bittet er Mrs. Knight, sicherheitshalber nach ihrem Chef zu sehen. Die weigert sich empört, denn niemand wagt sich jemals in Edwards *Gemächer.* Darauf steht die Todesstrafe, weshalb die Haushälterin eher sterben würde, als sein Schlafzimmer zu betreten, solange er dort *weilt.*

Gut, dann eben nicht. War ja auch nur so ein Gedanke.

Um halb vier wird Carlos allmählich unruhig, obwohl er zunächst nicht unbedingt weiß, weshalb. Edward ist schließlich erwachsen und in der Lage, auf sich aufzupassen.

Dass genau *dies* eine eklatante Fehleinschätzung ist, geht Carlos gegen halb fünf auf. Da ist er in Gedanken nochmals das Gespräch mit dem jungen Rettungsarzt durchgegangen. Schmerzen – ja, die hat er erwähnt.

Aber war da nicht auch die Rede von Fieber?

Fieber?

* * *

Ja, genau das.

Auf den nächsten fruchtlosen Anruf bei Mrs. Knight verzichtet Carlos, stattdessen hastet er zum Jeep, rast zum Haus und stürzt durch die Tür. Für den verheulten Matty hat er keinen Nerv und Mrs. Knights hysterische Einwände sind ihm scheißegal. »Baker anrufen!«, herrscht er sie an, bevor er in Edwards Schlafzimmer stürzt.

»Schnell!«, brüllt er kurz darauf.

+ + +

General Anton verschwindet nicht.

Hartnäckig hockt er auf seiner Brust und grinst ihn an.

Doch das Gewicht und die Dornen der Rüstung sind längst nicht mehr Edwards einziges Problem. Inzwischen leidet er unter derart mörderischem Durst, dass er auch mit wachsender Begeisterung das Flusswasser getrunken hätte, Gift hin oder her,

Verdursten ist auch kein sehr anheimelnder Tod. Dieser Alligator grinst nur, anstatt noch einmal auf diese spezielle Folter zurückzugreifen. »Du hattest deine Chance, Cowboy!«

Es dauert nicht lange und das Theater beginnt von vorn:

Die trockene, aufgequollene Zunge versperrt Edwards Atemwege, was allerdings eher nebensächlich ist, denn er kann sowieso nicht atmen. Aber da sind auch seine Lippen, die sich wie ausgedörrt anfühlen; das Kratzen im Hals wird mit jeder Sekunde stärker und außerdem ist ihm heiß!

So unvorstellbar heiß!

Von Beherrschung kann keine Rede mehr sein, inzwischen ist Edward egal, dass er sich möglicherweise *etwas* würdelos verhält. Er muss unbedingt etwas trinken und er will aus dieser Sauna raus!

Sagen kann er es nicht, weil seine fette Zunge arbeitsunfähig ist, und er bezweifelt, dass es den Alligator interessiert hätte.

Von Halluzinationen weiß er nichts, obwohl ihm irgendein Stimmchen wispert, dass in Wahrheit überhaupt kein Alligator auf seiner Brust sitzt. Dies ist ein verdammter Traum, und in dem ist doch wohl alles möglich, oder?

Darüber hinaus wird der General sogar verdammt realistisch, als er unvermittelt zum Angriff übergeht. Bisher saß er nur auf seiner Brust und bewegte sich hin und wieder genüsslich, damit auch noch die letzten Dornen seiner Rüstung ihre Chance bekamen. Doch plötzlich packt er ihn mit seinen eisigen Pranken und versucht, ihn fortzuschleifen.

Wahrscheinlich zur Futterstelle.

Edward hat bestimmt nicht vor, sich widerstandslos zu Alligatorenfutter degradieren zu lassen. Daher wehrt er sich mit aller Kraft, die er finden kann. Er schlägt um sich, tritt nach ihm, obwohl sich bei jeder Bewegung diese verdammten Dornen noch tiefer in seine Lunge bohren.

Das Vieh hält störrisch dagegen, jedoch hat Edward den Eindruck, dies mit zunehmenden Schwierigkeiten. Je heftiger er sich wehrt, desto erfolgreicher wird er auch. Bis der Alligator brüllt.

»EDWARD, REISS DICH ZUSAMMEN, VERDAMMT!«

Ha! Das Vieh hat sich als Carlos getarnt!

Edward würde ihm gern mitteilen, dass dazu mehr notwendig ist als eine miese Stimmenimitation. Um das erfolgreich zu bewerkstelligen, müsste er auch seine Riesengrasrüstung und den Echsenpanzer darunter ablegen.

Panisch wird er erst, als er seine Kräfte erlahmen spürt und erkennt, dass er diesen Kampf nicht ewig durchstehen wird. Verliert er jedoch, mimt er den Fraß für all die niedlichen Echsensoldaten.

Das endgültige Ermatten setzt schnell ein und Edward resigniert.

Ziellos schlägt er um sich und murmelt ...

+ + +

»Verschwinde!«

Carlos hätte nie geglaubt, sich mal einen Kampf mit Edward zu liefern, um ihn in kaltes Wasser setzen zu können. Gerade während der letzten Tage hat er sich einen ganz anderen Grund für eine bald stattfindende Schlägerei zwischen ihnen ausgemalt. Doch Bakers Anweisung war eindeutig:

»Schaffen Sie ihn sofort in eine Wanne mit kaltem Wasser! Aber kein eisiges, um Himmels willen!«

Das hört sich einfach an, ist es aber nicht, denn Edward will in keine Wanne. In seinem Fieberwahn wehrt er sich mit einer Vehemenz, als drohe ihm die Kreuzigung.

Carlos könnte ihn bändigen, schließlich befindet sich Edward nicht gerade in körperlicher Bestform. Allerdings würde das ein gewisses Maß an Gewalt erfordern, und die wagt er nicht, einzusetzen. Nicht, nachdem er einen Blick auf Edwards nackte Brust geworfen hat. Er kann jetzt schon kaum atmen, was absolut nichts mit dem Fieber zu tun hat.

Am Ende stellt sich genau diese Kurzatmigkeit als größter Verbündeter heraus, denn bald ist auch noch der letzte Funke Kampfgeist verschwunden. Als Carlos ihn ins Bad trägt, hat er für die heulende Mrs. Knight in der Tür nur einen vernichtenden Blick übrig, obwohl er nur zu gut weiß, dass es seine Schuld ist.

Mal wieder.

Kalt!

Oh Gott, ist das kalt!

Schon bereut Edward, um das Flusswasser gebettelt zu haben. Aber er konnte doch nicht ahnen, dass die ihn gleich *hineinwerfen* würden, verdammt! Als er auch noch zu schlottern beginnt, ärgert er sich mal wieder maßlos.

Gibt es denn nur Extreme?

Entweder ihm ist so heiß, dass er glaubt, zu verglühen oder er friert sich die Seele aus dem Leib.

Doch als er Wasser auf seinem Gesicht spürt, besonders auf den Lippen, macht er sich eilig daran, auch noch den letzten Tropfen davon in den Mund zu bekommen, bevor er verdampft ist. Sein Gesicht ist immer noch ziemlich erhitzt und der Durst mörderisch.

»Edward, willst du etwas trinken?«

* * *

In Ordnung, dies ist wohl kein Traum.

Hätte ihm auch früher auffallen können, denn obwohl er sich einen Kampf über drei Runden ohne Tabus mit einem Riesenalligator geliefert hat, ist der immer noch nicht von seiner Brust verschwunden.

Doch Edward ist flexibel und versucht bereits, sich mit der veränderten Realität auseinanderzusetzen. Carlos ist da, demnach ist das Flusswasser ...?

Ja, was ist es?

Aber halt! Das ist nicht die korrekte Frage! Im Grunde ist ihm egal, was für Wasser ihn da gerade zu Eis verwandelt, denn etwas anderes rückt mit jeder Sekunde, in der er weiß, dass er nicht schläft, in den Vordergrund.

Mühsam – äußerst mühsam, sogar – schlägt er die Augen auf, kann nur leider selbst nach heftigem Blinzeln kaum etwas ausmachen. Der Nebel ist zurückgekehrt und diesmal als wahre Waschküche. So konzentriert wie möglich widmet er sich der nebelhaften Gestalt, die über ihn gebeugt ist und die er mit etwas Mühe als Carlos identifiziert.

»Wo ...«

Das wollte Edward sagen, nur bringt er keinen Ton zustande, was seine Wut bis ins Unermessliche schürt. Er muss das jetzt wissen, verdammt!

Erneut berührt Wasser sein Gesicht, und wieder sorgt er dafür, dass so viel wie möglich davon in seinem Mund landet. Der Wunsch nach Antwort auf *die Frage* wird derweil immer akuter.

Bevor er jedoch den Effekt testen kann, vernimmt er eine weitere männliche Stimme und weiß umgehend, dass er vorerst verloren hat.

Baker ...

* * *

Edward hätte dessen Erscheinen verfluchen sollen, weil der Arzt ihn davon abhält, sich auf das Wesentliche zu konzentrieren ...

Die Frage.

Nur ist er dazu nicht mehr imstande. Der Ursprung des Eiswassers klärt sich schnell, nachdem der Doktor ihm noch an Ort und Stelle zwei Spritzen verabreicht und Edward wieder etwas klarer sehen kann. Aus irgendwelchen Gründen hat man nicht nur beschlossen, dass er dringend ein Bad benötigt, sondern auch, ihm ein *kaltes* zu verpassen.

Bastarde!

Diese Folter hält allerdings nicht mehr lange an, denn als er Baker und Carlos deutlich vor sich ausmacht, darf er die Frosthölle schon wieder verlassen.

Fein ...

Während der Arzt ihn untersucht und Edward alles gibt, um wenigstens nicht zu laut zu jammern, wird er immer klarer im Kopf. Gleichzeitig verschwinden die vordringlichsten Schmerzen, der Spritze sei Dank. Doch das losgelöste Gefühl von gestern will sich nicht wieder einstellen.

Zunehmen beherrscht ihn *die Frage,* und er lauscht angestrengt, obwohl er weiß, dass er ihre Stimme nicht vernehmen wird. Die einzig vorhandene Erklärung dafür ist so deprimierend, dass er sich eine Zeit lang erfolgreich weigert, sie als Gewissheit zu akzeptieren. Sehr lange gelingt ihm seine gewollte Realitätsflucht jedoch nicht.

Dann hat der General also die Wahrheit gesagt? Sie ist fort, hat ihn verlassen?

Bakers Vortrag ist ihm egal. Nur am Rande hört er etwas von »Rippenbrüchen« – das wusste er bereits. Die »gestauchte Lunge« hat er sich auch selbst zusammengereimt, die »Rippenfellentzündung« hingegen ist neu. Und die »Entzündung durch den permanenten Druck der Knochen auf seinen Lungenflügel« ist zwar naheliegend, allein kam er aber trotzdem nicht darauf. Er empfängt seinen Brustverband und zwei weitere Spritzen, ohne auch nur annähernd so etwas wie Dankbarkeit zu verspüren. Die Schmerzen sind ihm inzwischen egal.

Eher beiläufig lehnt Edward die obligatorische Frage nach einer Einweisung in die Klinik ab. Baker macht sich nicht die Mühe, zu diskutieren, er kennt ihn schon länger. Dann versorgt er noch die zahlreichen Schnittwunden – was Edward bereits nervt –, und endlich verschwindet er. Mit der Drohung, am Morgen wiederzukommen. Edward kann nicht einmal dafür dankbar sein.

Angespannt starrt er zur Tür und wartet auf Carlos, damit er endlich die inzwischen gefürchtete Antwort auf *die Frage* erhält.

+ + +

»... Wie Sie das anstellen, ist mir gleich, aber Sie sorgen dafür, dass der Mann im Bett bleibt. Er darf nicht aufstehen, haben Sie mich verstanden?« Streng mustert Baker Carlos über seinen Brillenrand hinweg.

Der steht mit verschränkten Armen vor ihm und hätte dem alten Heini gern ganz genau gesagt, was er verstanden hat. Wie er Edward hier festnageln soll, ist ihm nämlich schleierhaft, denn was kommen wird, sobald er sich dem Verhör stellt, ist klar.

Die Reaktion auf Carlos´ Antwort auch. Wie soll er ihn im Bett halten, wenn Edward entschlossen ist, sofort nach West Palm Beach aufzubrechen? Carlos ist kein Feigling, und selbst wenn sich all seine düsteren Vorahnungen bewahrheiten, würde er deshalb nicht in letzter Sekunde kneifen.

Doch Edwards Gesundheit ist etwas anderes.

Dennoch fällt er seine Entscheidung nicht leichtfertig, denn ein Teil von ihm will endlich reinen Tisch machen. Andererseits verspürt er durchaus Erleichterung, rettet dies doch ungefähr alles, was ihm im Leben etwas bedeutet. Zumindest vorläufig.

Auch wenn er deshalb nicht unbedingt stolz auf sich ist.

+ + +

Eine gefühlte Ewigkeit später bequemt Carlos sich endlich zu erscheinen. Inzwischen ist Edward etwas ungehalten. »Wo ist Tony?«

In aller Gemütsruhe durchquert Carlos den Raum und bleibt schließlich vor dem Bett stehen. »Matty fragt ständig nach dir. Wenn es dir halbwegs gut geht, würde ich ihn gern rufen.«

»Mir geht's blendend, schick ihn rein ... STEHEN BLEIBEN!«

Carlos, der bereits kehrtgemacht hat, erstarrt und seufzt. »Okay ...« Damit wendet er sich um und blickt in Edwards verkniffenes Gesicht. »Sie ist heute früh gefahren.«

Obwohl er es doch gewusst hat, trifft diese Nachricht Edward unglaublich hart, und er braucht tatsächlich einen Moment, um sie zu verarbeiten. Das Denken fällt ihm ohnehin nicht gerade leicht.

»Wir fahren sofort los!«, bestimmt er schließlich.

»Wohin?« Carlos mustert ihn interessiert. »Zum Motel? Dort wird sie nicht sein, vermute ich.«

Edward schließt die Augen. Verdammt! Das hat er tatsächlich nicht bedacht.

»Du willst zu ihr, das verstehe ich. Na ja, irgendwie, mit viel Mühe und Fantasie ...«

Sofort fixiert Edward ihn wütend, und wie immer bleibt Carlos recht unbeeindruckt, der Kretin.

»Vorschlag: Ich klemme mich dahinter und ermittle ihre genaue Adresse. Du wartest bis morgen ...«

Edwards Auffahren gerät zum Fiasko auf ganzer Linie, denn er sinkt sofort wieder stöhnend in sein Kissen. Carlos nickt. »Eben! Niemandem ist geholfen, wenn du jetzt durchdrehst und irgendetwas Unüberlegtes tust. Du weißt doch nicht einmal, wo sie ist! Hattest du vor, an jeder Tür in West Palm Beach zu klopfen? Gib mir eine Nacht, und ich schwöre, ich liefere dir ihre Adresse. Lass Baker noch einmal nach dir sehen, dir eine neue Ladung von diesen geilen Spritzen verpassen und dann fahren wir zu ihr. Sei vernünftig.«

So sehr Edward auch nach einer Alternative sucht, er findet keine, weshalb ihm nichts anderes übrig bleibt, als sich geschlagen zu geben.

Zähneknirschend.

* * *

Obwohl es bereits früher Abend ist, wie Edward mit Schrecken feststellt, zieht sich die Nacht wie Kaugummi in die Länge. Vor lauter Ungeduld wird er rücksichtslos, bricht die Regeln und missachtet jeden Sinn von Anstand und Moral. Denn mittlerweile ist er verzweifelt genug, sich Matty mit ins Boot zu holen.

Carlos kann Tonys Anschrift ermitteln – so weit, so gut –, doch Informationen darüber hinaus wird er Edward in der kurzen Zeit nicht liefern können. Es existiert nur eine Person, die dazu eventuell in der Lage ist.

Als Carlos geht, ruft er ihm nach: »Schick Matty zu mir!«

Es dauert keine Minute, dann steht der Kleine vor ihm. Edward hat ihn noch nie so niedergeschlagen gesehen. Alle Sorgen der Welt scheinen sich auf seinem Gesicht zu einer Party eingefunden zu haben. Erst jetzt wird ihm klar, dass er hier nicht der einzige Verlassene ist. Und so vergisst er vorerst seine Ungeduld und umarmt ihn, was augenblicklich die befürchteten Tränen auf den Plan ruft.

Nach einer Weile schiebt er Matty zurück und betrachtet ihn ernst. »Es geht mir wieder gut; ich hatte nur vergessen, den Doktor zu holen, damit er mir neue Medizin gibt.«

Das erscheint Matty logisch, ohne Medizin geht es einem schlecht, mit ist alles gut. Er nickt zögernd.

Edward lächelt flüchtig. »Setz dich zu mir!«

Noch während der Kleine gehorcht, wirft Edward alle Vorsicht in den Wind. »Aurora ist gestern ausgezogen. Sie meinte, sie wolle sich nicht länger ... einmischen.« Matty mustert ihn verwirrt. »In unsere Familie«, hilft Edward. Nach kurzer Überlegung verdüstert sich die Miene des Kleinen.

»Ich weiß ... ich ...« Edward stöhnt. »... Ich hätte mich damals anders verhalten müssen. Was ich tat, war ... *idiotisch!* Auch Erwachsene begehen Fehler. Riesige.«

Der Junge erwidert nichts, betrachtet ihn nur äußerst aufmerksam. Edward beißt sich auf die wunden Lippen und genießt den Schmerz. Er hätte nie geglaubt, dass ihm eine Beichte vor einem Achtjährigen derart zusetzen könnte.

»Hilfst du mir, sie zurückzuholen?«

Matty versteht es goldrichtig; Aurora scheint aus seinem Gedächtnis ebenso schnell verschwunden zu sein wie aus Edwards.

»Ja.«

Edward überlegt. »Hat deine Tante ... hat sie jemals erwähnt, dass sie ... vielleicht ... dass vielleicht jemand ... also, es wäre doch gut möglich, dass sie in der Zwischenzeit einen ...«

Wieder ist Matty trotz Gestammels im Bilde. »Nein!«

»Woher weißt du das so genau?«

»Weil ich sie gefragt habe.« Sein Ton impliziert: *Das hatten wir doch bereits vor Ewigkeiten geklärt!*

Langsam nickt Edward, überlegt und sieht dann auf. »Und du bist dir sicher, dass sie dir die Wahrheit ...«

»Ja.«

Okay, Matty hat Tony also überzeugt. Edward nicht, denn er kann sich durchaus vorstellen, dass sie den Jungen schonen wollte. Daher geht er zur nächsten Frage über, aber die zu äußern, fällt ihm sogar noch schwerer. »Hat sie ... hat sie manchmal nach mir gefragt?«

Mattys Kopf bewegt sich einmal nach links und einmal nach rechts. Verdammt!

»Du weißt nicht zufällig, wo sie wohnt?«

»Nein.«

Schweigend mustern sie sich. »Das wird wohl nicht so

einfach werden, oder?« Er erntet einen bedeutungsvollen Blick aus Kinderaugen. »Da werde ich mich anstrengen müssen?« Keine Reaktion, abgesehen von der altklugen visuellen Botschaft. Edward verbeißt sich ein Lächeln. »Du meinst, sie ist ziemlich böse auf mich?«

Der Kleine zuckt mit den Schultern und Edward verdreht die Augen. »Deine Meinung, ich will nur *deine Meinung* erfahren. Glaubst du das?«

Ausgiebig denkt der Kleine darüber nach. »Nein, sie ist nicht böse.«

»Aber?«

»Sie ist ...« Jetzt beißt sich der Junge auf die Lippen. »Sie ist ... sehr traurig«, wispert er, und als sich seine Augen wieder mit Tränen füllen, umarmt Edward ihn schnell.

»Ich weiß. Und das tut mir unendlich leid.«

* * *

Auch wenn Edward, schon durch die Medikamente bedingt, ausufernd müde ist, kann er nicht schlafen. Stattdessen zweifelt er in den nächsten Stunden noch einmal an allem und stellt alles infrage, was bisher als längst feststehend galt. Selbst seinen Wunsch, bei ihr zu sein, und zwar um jeden Preis.

Er ahnt, dass er zu Kreuze kriechen muss, wenn er sie zurückgewinnen will, und ist plötzlich nicht mehr sicher, ob er auch dazu bereit ist. Will er diesen Weg tatsächlich bis zum Ende gehen? Auch wenn er Dinge tun müssen wird, die gegen seine Natur sind? Und zwar nicht nur, um sie von der Ehrlichkeit seiner Absichten und seiner aufrichtigen Reue zu überzeugen. Sollten sich seine Bemühungen als erfolgreich erweisen, wird jeder weitere Schritt einer ins Ungewisse sein. Und das möglicherweise für immer. Meint er es ehrlich? Bereut er, dass er sich damals gegen sie entschied? Sind all die vielen Gründe wirklich zu einer Nebensächlichkeit verkommen?

Mit einem Mal weiß Edward nichts mehr, und er liebäugelt sogar mit dem Gedanken, dass er sich in einer Ausnahmesituation Dinge vorgemacht hat, die sich jetzt, in der nicht mehr lebensbedrohlichen Realität, als Irrtum herausstellen.

Doch über allem steht seine Enttäuschung. Diese totale Niedergeschlagenheit und das Gefühl des Verrats, weil sie gegangen ist. Ohne ein Wort, ohne eine Nachricht, ohne *irgendetwas*.

Eine Zeit lang sieht es so aus, als würde er wieder zu seiner Haltung zurückkehren, die er während der letzten Jahre an den Tag legte: Anthonia ignorieren.

Das ist mit Abstand die einfachste Lösung.

Und es dauert lange – in Wahrheit graut bereits der Morgen –, bis er endlich weiß, dass er etwas anderes will.

Anfänglich hat er keine Ahnung, wie er herausfinden soll, was das ist und vor allem, wie viel er dafür tun würde. Das ist das wahre Problem – erkennt er nach einigen Stunden, in denen die Schmerzen in seiner Brust wieder zunehmen.

Sicher mag er Tony, doch wie sehr kann er sich um sie bemühen? Wie weit ist er bereit für sie zu gehen?

Am Ende, als er schon recht wütend ist, weil er zu keinem akzeptablen, weil überzeugenden, Schluss kommt, entscheidet er sich für ein Frage-Antwort-Spiel. Das entbehrt mit Sicherheit nicht einer gewissen Infantilität, doch glücklicherweise ist er allein, weshalb niemand jemals von seinem Ausrutscher erfahren wird.

Sobald Edward die Augen schließt, ist sie da. Eine Symbiose aus der alten Tony und der neuen.

Langes Haar, grüne Augen, dieser seltsame Mund, hohe Wangenknochen, ein Hemd, das nun doch zu einer Frau gehört, schlank, aber nicht mehr dürr. Braune Haut, ganz ohne Make-up. Die vorwurfsvolle, leise, doch melodische Stimme. Eine schmale, jedoch nicht kleine Hand in seiner. Und der frische, natürliche Duft ...

Gleiches versucht er mit Aurora. Auch sie taucht sofort auf, doch er sieht sie nicht wirklich. Nur gewisse Details von ihr ...

Die gefasste Miene, die ruhige, gelassene Stimme.

Er geht sogar noch ein Stück weiter und stellt sich Cloe vor. In diesem Fall erscheint nur blondes Haar, und er spürt ihren talentierten Mund auf seinem Körper.

Ein Punkt für Tony.

Kaum hat er das Prinzip verinnerlicht, erfolgen die Fragen Schlag auf Schlag und er zwingt sich zu spontanen Antworten. Keine Zeit für logische Überlegungen, schließlich will er dahinter gelangen, was er fühlt, wenn er alle Logik außen vor lässt.

<u>Sex mit:</u>
Tony,
Aurora,
<u>Cloe.</u>
Verdammt, und *was* für ein Punkt für Tony!

<u>Unterhaltungswert von:</u>
Tony,
Aurora,
<u>Cloe.</u>
Punkt für Tony.

<u>Kleidungsstil von:</u>
Tony,
Aurora,
<u>Cloe.</u>
Edward grinst. Nun ja, also, wenn es um seine persönliche Meinung geht, was wohl an dem ist:
Punkt für Tony.

<u>Attraktivität von:</u>
Tony,
Aurora,
<u>Cloe.</u>
Punkt für Tony und ein Zusatzpunkt wegen des Haars ... und der Lippen ... und ...

Unwirsch runzelt Edward die Stirn. *Ernsthaft!* Das ist kein Spiel, verdammt! Er muss unbedingt herausfinden, was er will! Wenn es in die Richtung abdriftet, wie es momentan den Anschein hat, dann wird es ihn einiges kosten, um dorthin zu gelangen. *Einiges!* Zum Trottel machen ist da noch das Geringste. Außerdem sind die Konsequenzen für die Zukunft noch gar nicht absehbar!

Edward konzentriert sich stärker und schlägt jetzt auch unbequemere Pfade ein.

<u>Kinder von:</u>
Tony,
Aurora,
<u>Cloe.</u>
Punkt für Tony.

<u>Potenzielle Mom von Matty:</u>
Tony.
<u>Au – Schwachsinn!</u>
Punkt für Tony.

<u>Sehnsucht nach:</u>
Tony,
Aurora,
<u>Cl... *das* ist wohl ein schlechter Scherz!</u>
Punkt für Tony.

Abermals legt sich seine Stirn in Falten.

Er trickst! Denn es existieren auch andere Fragen und bei denen fällt die Antwort nicht ganz so einfach und zwangsläufig aus. Wieder schwört er sich auf Spontaneität ein, auch wenn das Ergebnis vielleicht nicht wie erhofft sein wird.

<u>Bildungsgrad:</u>
Tony,
Aurora,
<u>Cloe.</u>
Punkt für Aurora.

<u>Erziehung, gesellschaftliche Anerkennung, Auftreten bei Events, anderen Anlässen, selbst Treffen mit Geschäftspartnern?</u>
Tony,
Aurora,
<u>Cloe.</u>
Punkt für Aurora.

Wer passt am besten zu ihm? Wenn man alles zusammennimmt: das Aussehen, auch die Abstammung, der Altersunterschied, das Auftreten, der Charakter – WER?

Tony,

Aurora,

Cloe.

Punkt für Aurora

Resigniert seufzt er auf.

Es ist hoffnungslos, denn damit hat er all seine Überlegungen, die ihn letztendlich bei Aurora stranden ließen, als nach wie vor aktuell bestätigt.

Und es war eine gute Zeit, nein, auch jetzt sieht er das keineswegs anders, wenngleich er diese bemerkenswerte Frau, die zwei Jahre lang an seiner Seite weilte, für keine Sekunde vermisst. Zumindest nicht auf die Weise, die er empfinden sollte.

Er hat ihr niemals romantische Gefühle entgegengebracht und war trotzdem … zufrieden … oder so etwas in der Art. So zufrieden, wie ein Mann nur sein kann, der auf das, was er am meisten begehrt, verzichten muss.

Ist sein Schicksal tatsächlich besiegelt? Es scheint fast so …

Für eine Viertelstunde wälzt Edward sich in diesem niederschmetternden Resümee, bevor sich seine Stirn erneut in tiefe Falten legt.

Moment! Worum geht es hier gleich noch mal? Hat er nicht zwischenzeitlich das Ziel dieser sinnfreien Aktion aus den Augen verloren? Er will herausfinden, wie viel Tony ihm bedeutet und nicht die alten Diskussionen wieder aufleben lassen. *Natürlich* ist Aurora in den letzten drei Disziplinen die ungeschlagene Siegerin. Nicht zuletzt nach diesen Gesichtspunkten hat er sie ausgewählt.

Aber das hat absolut nichts mit seinen ganz privaten Wünschen zu tun!

Im Grunde sind doch nur zwei Fragen von Belang, und die können nicht innerhalb eines Wettkampfes entschieden werden, weil es keine personellen Alternativen gibt.

Ein Leben ohne Tony?

Eingehend überdenkt Edward die vergangenen zwei Jahre. Egal, was er sich eingeredet hat, er *war* nicht zufrieden und sie *hat* ihm gefehlt. Was auch immer er unternahm, und das war für seine Verhältnisse eine ganze Menge, er konnte sie nicht vergessen.

Ein Leben ohne sie, nach gestern Abend?

Seine Vorstellungskraft reicht nicht aus, um sich auszumalen, wie es wäre, sie für die nächsten zwei Jahre nicht sehen zu können.

Das ist ein eindeutiger Punkt für Tony.

Nun zur zweiten, relevanten Frage und damit dem Ursprung dieses entwürdigenden Spiels: Was ist er bereit, zu tun, um sie zu erobern?

Diesmal lässt Edward sich Zeit; er überdenkt diesen Punkt sehr sorgfältig, sucht nach Dingen, die er ablehnen würde, egal, wie sehr er sie will, fahndet nach Grenzen, Gründen, aufzugeben und es so zu belassen, wie es ist.

Am Ende – da ist der Morgen bereits herangebrochen – hat er endlich die Antwort gefunden:

Alles!

Punkt für Tony.

And the Winner is ...?

* * *

Edwards Geduld wird abermals auf eine harte Probe gestellt.

Zunächst einmal trifft dieser Arzt erst nach zehn ein, was sogar doppelt nervt:

Zum einen will Edward angesichts seiner neuesten, so fundamentalen Erkenntnisse wirklich dringend zu Tony, und außerdem sind die Schmerzen und damit seine Atemnot zurück. Er hat keine Lust, nach Luft ringend vor ihr zu stehen und ihr zu erklären, dass sie jetzt bitte nach Hause kommen soll. Schließlich gilt es, dies mit einem gewissen Stil über die Bühne zu bringen.

Als Baker ihm endlich die ersehnten Spritzen verabreicht hat, offenbart der ihm, dass er wohl in den nächsten zwei Wochen diese strenge Bettruhe beibehalten müsse. Das beendet Edwards

Erfolgsserie in Sachen Beherrschung schlagartig. »Sie machen Witze!«, knurrt er.

Bedauernd schüttelt Baker den Kopf. »Ich habe nicht die Absicht, Sie zu unterhalten, Mr. Capwell. Mit solchen Lungengeschichten ist nicht zu spaßen. Andernfalls setzen Sie akut Ihre Gesundheit aufs Spiel. Ich will das nicht dramatisieren und zu einer lebensbedroh...«

»Dann lassen Sie es!«

»Auch auf die Gefahr hin, dass ich Sie mit meiner Frage langweile, Mr. Capwell. Hatten Sie denn irgendetwas Bestimmtes vor?«

Edward verzieht das Gesicht. »Ich bin ein vielbeschäftigter Mann, mein Terminkalender ist immer randvoll. Derartige Ausfälle kann ich mir nicht leisten! Also sehen Sie zu, dass Sie mich augenblicklich auf die Beine bekommen!«

Ganz so einfach läuft die gesamte Angelegenheit natürlich nicht.

Baker erachtet Edwards Pläne für den Tag alles andere als erheiternd. Der Patient wider Willen muss irgendwann grob werden, damit er ihn für den Ausflug entsprechend präpariert. Am Ende siegt wie immer der Geldbeutel, obwohl Edward den Arzt noch nie so zornig erlebt hat.

Als er endlich mit Carlos im Maybach sitzt, atmet er erleichtert auf.

Seine Diskussionen und wütenden Blicke bleiben hier jedoch eher ergebnislos, aber immerhin erreicht er, dass Juan und Dean wenigstens in einem der Vans folgen und nicht bei ihnen mitfahren.

Kaum hat Edward den Wagen auf die Straße gelenkt, blickt er zu seinem Freund.

»Wo?«

»West Palm Beach in einer der billigeren Gegenden. Sie bewohnt dort ein Appartement.«

Edward nickt, konzentriert sich ausschließlich auf den Verkehr, und für eine ganze Stunde gelingt es ihm, nichts zu denken. Erst, als sie die Stadtgrenze passieren, beginnt er sich zu fragen, was er überhaupt sagen will.

Matty hat beim Abschied keinen Ton verloren; die üblichen Diskussionen, wenn Edward ihn verlässt, wurden ersatzlos gestrichen. Da war nur dieser beschwörende Blick, der unterstreicht, was Edward längst wusste: Er kämpft nicht nur für sich, weshalb er die Angelegenheit so angehen muss, dass sie auch funktioniert. Womit er auch schon bei seinen vorrangigsten Problemen angelangt ist, denn er weiß keineswegs, wie ...

»Sie lebt nicht allein.«

Augenblicklich steht Edward auf der Bremse.

Nachdem das Quietschen der Reifen verklungen ist, sich das Hupen der etwas überraschten Führer der anderen Fahrzeuge gelegt hat und der Wagen glücklich ausgerollt ist, starrt er Carlos an.

»Wer ist der Kerl?«

Carlos verdreht die Augen. »Du solltest dringend mal über deinen ewigen Pessimismus nachdenken ... Und über deine Eifersucht.«

Edward hat keinen Sinn für Carlos´ seltsamen Humor. Drohend fixiert er ihn. »Pack endlich aus!«

»Sie wohnt mit einer Freundin zusammen.«

»Name!«

Aus seiner Tasche extrahiert Carlos einen Zettel und wirft einen flüchtigen Blick darauf. »Gedney, Su...«

Edward stöhnt leise auf. »Was für eine Überraschung.«

Damit lenkt er den Maybach wieder in den fließenden Verkehr.

Susan ...

Sicher, wer auch sonst? Edward kann sich vorstellen, dass die noch zu einem Problem werden wird. Er hatte bei seinem Besuch in New York nicht den Eindruck, als wäre das Mädchen sonderlich von ihm begeistert. Was durchaus auf Gegenseitigkeit beruht.

Nun, damit wird er dealen, wenn es so weit ist.

* * *

Billige Gegend ist ein Kompliment.

Düster blickt Edward an den Mansardenhäusern hinauf, die

dringend einen neuen Anstrich benötigen.

So viel dazu – Anthonia ist es in den vergangenen zwei Jahren mit Sicherheit nicht gut ergangen.

Entschlossen sieht er zu Carlos, der sich bereits abschnallt.

»Ich gehe allein!«

Nach intensiver Musterung seines Gesichts, beäugt Carlos die enge Straße, die mit parkenden Wagen hoffnungslos verstopft ist. »Okay.« Das klingt, als sei er mit Edwards Absichten alles andere als glücklich, doch sein Chef hört ihn längst nicht mehr, denn er steht bereits auf dem unebenen Asphalt.

Mit zielgerichteten Schritten durchschreitet Edward wenig später den dunklen Hausflur und macht sich ohne Federlesen an den Treppenaufstieg. Er hat nicht die Absicht, zuvor noch Mußeminuten einzulegen.

Was er sagen soll, weiß er sowieso nicht; blamabel wird es daher unter Garantie. Außerdem: Seit wann verhält sich Tony, wie er es erwartet?

Niemals, weshalb jede Planung ohnehin Makulatur wäre.

Sie wohnen in der zweiten Etage; die Tür ist in dem gleichen widerlichen Einheitsgrau gehalten, wie der gesamte Hausflur. Edwards Aufmerksamkeit wird jedoch von einem älteren Typ im Blaumann in Beschlag genommen, der ihn neugierig mustert.

»Wer sind Sie?«, herrscht Edward ihn an, noch bevor er ganz die letzte Stufe verlassen hat.

Der Alte runzelt seine zerfurchte Stirn. »Was geht Sie das an?«

Mit Mühe würgt Edward die erste Erwiderung herunter, die ihm in den Sinn kommt und nickt in Richtung Appartementtür. »Sie wollen zu Miss Benett?«

»Eher zu Miss Gedney.«

»Wie auch immer. Mit Sicherheit können Sie Ihren Besuch doch ein wenig verschieben.« Edward versucht sich in einem freundlichen Grinsen, das offenbar auf ganzer Linie misslingt, denn der Alte mustert ihn plötzlich feindselig. »Kann ich nicht! Was geht Sie das überhaupt ...«

Er verstummt und betrachtet mit großen Augen den Fünfziger, der vor seiner Nase aufgetaucht ist, und grinst. »Da fällt mir ein, ich müsste vorher dringend zur alten Mrs. Cortney. Die Heizung leckt!«

Damit nimmt er zunächst den Schein, dann seine Tasche, in der irgendwelche Metallgegenstände klirren, und verschwindet.

Finster blickt Edward ihm nach, wartet, bis sich die Schritte deutlich entfernt haben, und klopft schließlich. Nur *zweimal*, er will nicht, dass Tony zu früh Bescheid weiß.

Soll sie ruhig von dem Alten in dem Blaumann ausgehen ...

* * *

Keine zehn Sekunden später wird die Tür aufgerissen und Edward unterdrückt ein entnervtes Stöhnen. Vor ihm steht, in alter Frische und noch ebenso dämlich: Susan.

Die hat wie üblich nichts Besseres zu tun, als ihn anzustarren, als wäre er einem billigen Horrorstreifen entsprungen. Doch er wartet relativ geduldig, denn das Verhalten ist bei der Person Programm.

Irgendwann bringt sie sogar so etwas wie eine Begrüßung á la Gedney zustande. »Oh Scheiße, Mann!«

Was Edward mit einem ernsten Nicken honoriert. »Du hast ja keine Ahnung!«

Möglicherweise in der Hoffnung, er würde schon wieder verschwinden, wenn sie die Übung nur intensiv genug absolviert, starrt sie ihn weiter an. Bis Edward mutig beschließt, die Meditation zu unterbrechen. »Wo ist Tony?«

»Arbeiten!«, lautet die prompte Antwort.

»Fein. Wo tut sie das?«

Die Blondine grinst. »Sorry, darf ich nicht sagen.«

»Meinst du nicht, dass ich auch ohne deine Hilfe dahinterkomme? Dauert nur ein wenig länger.«

Diese Bemerkung bringt ihm ein lässiges Schulterzucken ein. Gedney hat sich erfolgreich gefangen und bedient jetzt das Protokoll – so viel hätte auch ein Blinder erkannt. »Tu dir keinen Zwang an.« Ihre Augen blitzen herausfordernd.

Und wenn du mich folterst, vierteilst und danach den

Wölfen zum Fraß vorwirfst, ICH WERDE SCHWEIGEN!

Für diesen Bullshit fehlt ihm nur leider die erforderliche Geduld. »Wann kommt sie nach Hause?«

Ein störrisches Schulterzucken ist die Antwort.

Mühsam beherrscht Edward sich, um ihr die benötigten Informationen nicht mit Gewalt zu entlocken. Ihr dämlich-herausfordernder Blick macht die Dinge auch nicht unbedingt besser. Mit jeder Sekunde wird der Blick feindseliger und er wütender. Bevor er sie jedoch nach allen Regeln der Kunst Maß nehmen kann, geschieht etwas Unerwartetes und verändert gleichzeitig die gesamte Situation.

»Moooooommyyyyyyy!«

Der Besitzer dieser Micky-Maus-Stimme erobert wohl gerade den Flur des Appartements, den Edward aufgrund der vorherrschenden Dunkelheit nicht einsehen kann. Außerdem wird ihm die Sicht durch Susan weitestgehend versperrt.

Fragend mustert er die junge Frau, doch außer einem Stöhnen erhält er keine Erklärung für diese seltsame und überraschende Unterbrechung.

Kurz darauf entpuppt sich die hohe Stimme als kleine Micky Maus – die Größe zumindest stimmt in etwa. Edward sieht kleine Arme, die Susans Bein umklammern, und blickt kurz darauf in große, blaue Kulleraugen. Beides gehört zu einem winzigen Mädchen, das neugierig zu ihm aufblickt.

Gut beschützt von seiner ... Mom? Edward ist ein Fremder, da muss man erst einmal vorsichtig sein – selbstverständlich. Verwundert betrachtet er das schwarze, lockige Haar von Micky Maus. Ihre Haut ist sehr dunkel, wie von der Sonne gebräunt, ganz unüblich zu anderen Babys, die er bereits gesehen hat.

Darüber hinaus ist sie ... *süß!*

Unvorstellbar süß sogar, und keineswegs ängstlich. Furchtlos blickt sie zu ihm auf und studiert ihn aufmerksam. Die kleine Stupsnase ist ein wenig kraus und ihre Lippen zu einem offenen Lächeln verzogen.

... Hierbei handelt es sich übrigens um äußerst seltsame Lippen.

... Auf ein derartiges Phänomen stößt man sehr selten, denn sie wirken leicht deformiert, weil die untere bedeutend kleiner ist als ...

Nein!

Mühsam schluckt Edward und kann gerade noch verhindern, sich Halt suchend an der Wand abzustützen.

Nein!

Fassungslos starrt er auf die Lippen, das Haar, die Augen und weigert sich hartnäckig, zu glauben, was er dort sieht.

NEIN!

Ohhhh, doch!

Der Boden unter seinen Füßen wankt erst grausam, bis er schließlich komplett verschwindet. Das geschieht nicht etwa abrupt, sondern langsam, Stück für Stück, ganz an seine mit einem Mal degenerierte Gehirntätigkeit angepasst.

Er braucht erstaunlich lange, um einen vernünftigen Gedanken zu formulieren, doch am Ende ist kein Fundament zurückgeblieben, nichts, worauf er noch stehen könnte.

Im freien Fall stürzt Edward ins Bodenlose.

Er denkt an ihre gemeinsame – Anthonias *erste* – Nacht!

Danach wurde sie immer hübscher, Edward, oder? Weil all das Kantige verschwand, weil sie voller wurde, nicht wahr, Edward? Was schrieb sie in ihrem Abschiedsbrief, Edward? Komm, gib dir Mühe, du hast ihn an die tausend Mal gelesen ...

›... Sobald ich mich eingerichtet habe, werde ich mit dir ein Besuchsrecht für Matty vereinbaren.

Ich hoffe, dass er es diesmal nicht ganz so tragisch nimmt. Ich sprach mit ihm, bevor ich ging, erklärte ihm die Situation, und er schien es zu verstehen.

Sollte es anders sein, tut es mir unendlich leid.

Doch mir bleibt keine andere Wahl ...‹

Nein, eine andere Wahl hatte sie wohl tatsächlich nicht. Andernfalls wäre selbst dem größten Idioten aufgegangen, was sie verbarg, nicht wahr, Edward?

Äußerst lange Einrichtungszeit, so ganz OHNE GELD, für dieses SCHÄBIGE Appartement, oder, Edward?

Was sagst du dazu, Edward?

Und Aurora? Ohhh, sie wirkte schon ein wenig verwundert, als du so gar keine Anstalten machtest, Anthonia zu sehen, oder? Ja, Aurora wusste es. Wer denn noch alles?

Abgesehen von dir, Edward?

Übelkeit steigt in ihm auf, doch er kämpft dagegen an, versucht, sich nur auf die großen blauen Augen zu konzentrieren, die ihn fortwährend fixieren, wobei er sich zu einer ruhigen Atmung zwingt.

Die Gedanken kommen immer schneller, barbarischer, grausamer, rücksichtsloser, vernichtender.

Vor seinen Augen läuft jeder Moment der vergangenen zwei Jahre ab. Verschenkte, unnütze, verspielte Zeit, denn sie hat es ihm nicht gesagt!

WARUM?

Anthonia!

* * *

Mitten in seiner zunehmenden Konfusion ertönt Susans verhaltenes Räuspern. »Ja, also, wie gesagt ...«

Wie in Trance hebt er einen Finger und bringt sie damit zum Schweigen, bevor er in die Knie geht und das kleine Mädchen mit zur Seite geneigtem Kopf betrachtet, das ihn unverwandt anblickt.

Es ist mit Abstand das hübscheste Kind, das er jemals sah. Noch perfekter ist wohl unmöglich.

Sie besitzt sein Haar und seine Augen, dazu die süßeste Nase und Tonys Lippen. Die pausbäckigen Wangen sind von einem gesunden Rosé und die Händchen so unvorstellbar winzig. Genau wie die Füßchen, die in unförmigen Lederschuhen stecken. Dazu trägt sie ein blau geblümtes Stoffkleidchen und ihre kurzen, drallen Beinchen sind von einer Wollstrumpfhose bedeckt.

Behutsam, um sie nicht zu verschrecken, reicht er ihr seine Hand, und als sie ihr Köpfchen ebenfalls zur Seite neigt und ihn aufmerksam betrachtet, kämpft Edward zum ersten Mal seit fünfunddreißig Jahren mit den Tränen.

Noch nie ist ihm etwas Wundervolleres begegnet, und gleichzeitig fühlte er sich noch nie so verloren. Sein gesamtes Dasein, alles, was ihn ausmacht und worauf er teilweise sogar stolz ist, gerät plötzlich zur Farce.

Denn wenn ein derartiges Wunder existiert, ohne dass er davon weiß, dann ist sein Leben nichts wert, dann hat er das Wichtigste verpasst.

Das Einzige!

Warum? Anthonia, warum hast du das getan?

Fast wäre er zusammengezuckt, als sich plötzlich eine winzige Hand in seine große legt.

Sie ist klein, weich und ... *klebrig!*

Instinktiv erwidert er ihr offenes Lächeln und hört seine fremde, raue Stimme. »Wie heißt du, Sweety?«

Ein strahlendes Lächeln ist die Antwort, bevor wieder jene hohe Micky-Maus-Stimme ertönt, die für Edward das süßeste Geräusch bedeutet, das er jemals vernommen hat.

»Jade!«

* * *

Herbe Niederlagen

Jade!

Nichts erscheint Edward wirklich, nur die kleine, klebrige Hand in seiner ist Beweis, dass er sich in keinem neuen Fieberwahn befindet.

Benommen betrachtet er das arglos lächelnde Gesicht und versucht, zu sich zu kommen. Wenigstens so weit, dass er wieder bedingt handlungsfähig ist.

Alles hat sich verändert; der Grund, weshalb er hier ist, existiert nicht länger. Er weiß nicht mehr, wer jene Frau namens Anthonia ist oder dass sie ihm möglicherweise etwas bedeutet. Sie ist nur noch die Mutter seiner Tochter, die ihm sein Kind vorenthalten hat.

Sein ... *Gegner*; ob sie auch sein Feind ist, wird sich bald herausstellen, doch zunächst weist alles darauf hin.

Mit Gegnern zu taktieren, Feinde zu vernichten, das ist für Edward ein altes Lied. Er muss dringend vergessen, dass sich hinter der Frau, aus der plötzlich eine hasserfüllte, rachsüchtige Person geworden ist, immer noch Tony verbirgt.

Zwei Dinge!, hämmert er sich in den Kopf. *ZWEI DINGE, der belämmerte Rest kommt später!*.

Er muss mit Anthonia sprechen.

Und er will seine Tochter!

* * *

Irgendwann zwingt Edward sich, den Blick von Jade *(Jade!)* zu nehmen und stattdessen zu Susan aufzusehen.

Auch die hat sich verändert, denn jetzt ist sie keine dümmliche New Yorker Blondine mehr; nebensächlich bis hin zur Bedeutungslosigkeit. Nun ist sie die Komplizin, Mitwisserin, Verschwörerin, und ... sie kennt seine Tochter, möglicherweise seit deren Geburt.

Sie kümmert sich um sie, versorgt sie, wenn Tony nicht da ist – womit sie mit einem Mal eine komplizierte Person verkörpert, mit der er sich taktisch klug auseinandersetzen muss.

»Wo ist Tony?«

»Arbeiten, das sagte ich bereits.«

»Wann kommt sie?«

»Noch nicht.«

Langsam schließt Edward die Augen. Er ist nicht wütend oder droht, die junge Frau unvermittelt anzufallen. Ihn nervt nur ihre mangelnde Kooperationsbereitschaft, denn sie bedeutet, dass er bereits jetzt taktieren muss. Kluges Handeln, Abwägen, *Denken* lenkt ihn jedoch von den derzeit relevanten Faktoren dieser aberwitzigen Situation ab.

Noch immer hält er eine winzige, klebrige Hand in seiner, und Edward will unter allen Umständen vermeiden, dass das Erste, was seine Tochter von ihrem Dad kennenlernt, dessen unnachgiebige, kompromisslose Haltung ist. Deshalb beschwört er sich, behutsam zu agieren.

Als er spricht, klingt er friedlich, so, wie es sein muss, denn Klein Micky Maus lässt ihn nicht aus den Augen.

»Susan, ich werde nicht gehen, bevor ich mit ihr gesprochen habe. Was bedeutet, du wirst mich vorher nicht los. Also noch einmal und ganz langsam: Wann. Kommt. Anthonia. Nach. Hause?«

* * *

Ihr Blick ist argwöhnisch, sie weiß nicht, wie sie sich verhalten soll.

Während er auf ihre Erwiderung wartet, wirbeln die verstörenden Fragen und Erkenntnisse fröhlich weiter vor sich hin. Nur eine winzige Etage tiefer in seinem Unterbewusstsein ist *alles* noch vorhanden:

Warum, Anthonia?

Jade!

Eine Tochter, Edward, du Idiot! Du hast eine süße kleine Tochter!

(Gott, die Augen, hast du ihre Augen gesehen?)

Allein!

(Und die kleine Nase? Hast du die gesehen?)

Anstatt es dir zu sagen, bekam sie die Kleine lieber allein, Edward! Mutterseelenallein!

(Wann ist ihr Geburtstag?)

Deine Tochter lebt *hier*!

(Wie kam sie zur Welt; WO kam sie zur Welt? Warum hast du mich nicht gerufen, Tony? ... Tony?)

Hier!

(Und der kleine Mund, hast du dir den kleinen Mund angesehen?)

Sie hat keinen Daddy; sie weiß nichts von dir oder wer du bist; für sie bist du ein Niemand! Weil Anthonia es vorzog, diese Geschichte ohne dein Wissen durchzuziehen.

(Sie hat keine Angst vor dir. Hast du das gemerkt? Obwohl sie dich überhaupt nicht kennt. Vielleicht fühlt *sie ja, dass du für sie etwas Besonderes bist.)*

Ohne *dich!*

(Wie sie wohl duftet?)

Ohne Matty!

(Ist sie so leicht, wie sie aussieht? Kann man sie hochnehmen?)

Mit *Susan!*

(Was geschieht denn, wenn ich sie jetzt hochnehme?)

Warum, Anthonia?

(Ich will sie nur ein Mal im Arm halten, dann ist es gut. Nur ein Mal!)

V.E.R.D.A.M.M.T., ANTHONIA!

* * *

Edward gelingt das scheinbar Unmögliche; er ignoriert all diese verstörenden Gedanken, blickt Susan unverwandt in die Augen, beobachtet ihren inneren Kampf, und ist dabei, als sie schließlich resigniert. Was ihn keineswegs frohlocken lässt.

Da ist nichts, denn dies beschreibt lediglich den Auftakt zu jeder Menge grausamer Komplikationen und – und das fürchtet er bedeutend mehr – zu einer Ansammlung unschöner

Auseinandersetzungen und Konsequenzen, die ihn möglicherweise mehr kosten werden, als er zu zahlen bereit ist. Auch wenn er das momentan vielleicht anders sieht.

Schließlich – als die unbedeutende Kapitulation perfekt ist – seufzt Susan. »Komm rein!«

Kurz darauf ist er erst die klebrige Hand und dann seine gesamte Tochter los. Susan nimmt sie auf den Arm und verschwindet in dem dunklen Flur, der kleine Micky Mäuse ausspuckt.

Edward steht, bevor er darüber nachgedacht hat, womit Susan sich gerade zum Rattenfänger gemausert hat. Wohin seine kleine Maus auch immer geht, er wird folgen.

Behutsam schließt er die Tür von innen und betritt wenig später ein kleines Wohnzimmer, nimmt sich aber nicht die Zeit, sich mit den näheren Gegebenheiten auseinanderzusetzen.

»Setz dich!«

Ohne zu registrieren, worauf, nimmt er Platz.

Sein faszinierter Blick liegt ausschließlich auf dem Baby, das ihn seinerseits nicht aus den Augen lässt. Irgendwann stellt Susan sie wieder auf den Boden, und Edward kann sich nicht sattsehen an dem Watschelgang der kleinen Micky Maus, mit dem sie zielstrebig aus dem Zimmer verschwindet.

Erst jetzt geht ihm Susans fragende Miene auf. »Wie bitte?«, erkundigt er sich höflich.

Sie verdreht die Augen und führt ihre Hand zum Mund. »Du wollen trinken?«

Susan bleibt anscheinend Susan, egal, wie sehr sich die Situation ändert oder wie gefährlich sie mit einem Mal geworden ist. »Nein, danke«, erwidert er steif.

Sie lehnt sich zurück, betrachtet ihn argwöhnisch und mit deutlicher Geringschätzung, was ihm Gelegenheit verschafft, sich mit der Unterhändlerin der Verschwörerin auseinanderzusetzen.

Es handelt sich um eine durchaus hübsche Frau. Edward weiß, dass Tony und sie gleichaltrig sind; die beiden kennen sich bereits seit ihrer Kindheit. Blondes, glattes, langes Haar, das nicht gefärbt ist, liegt auf ihren Schultern. Sie ist groß und schlank, noch größer als Tony, im Grunde ihr Positiv, wenn man nur von dem Schwarz/Weiß-Faktor ausgeht.

Hier haben sich zwei gegensätzliche Menschen gefunden, zumindest was ihr Aussehen betrifft. Charakter und Mentalität jedoch scheinen gleich, denn beide haben in diesem perfiden Spiel ihren aktiven Platz.

Wann haben sie beschlossen, sich gegen ihn zu verschwören? Und wann genau entschieden sie, dass man Edward Capwell mit allen Mitteln von seiner Tochter fernhalten muss?

Dass Auroras Auftauchen der Grund für Anthonias Verschwinden war, kann er getrost vergessen. Viel wahrscheinlicher ist, dass der heimliche Auszug und Auroras Auftauchen nur rein zufällig auf den gleichen Tag fielen.

Dieser aufgesetzt wissende Blick, diese Arroganz in ihrem Auftreten ... Mit jeder Geste sendet Susan eindeutige Signale:

Mir machst du nichts vor! Ich kenne dich, Capwell! Du Schwein!

Sie hat nicht den geringsten Schimmer, wen sie vor sich hat. Doch sie *glaubt* fest daran. Dabei ist ihm ihre Abneigung egal; zum ersten Mal ist Edward für die vergangenen fünf Tage dankbar. Wäre er nicht abgestürzt und tagelang durch den Dschungel geirrt, hätte er vielleicht niemals von der Existenz seiner Tochter erfahren. Oder er hätte sie kennengelernt, wenn sie bereits die Highschool abgeschlossen und als Verkäuferin in einem Drugstore gearbeitet hätte.

Deshalb ist Anthonia auch so schnell wieder verschwunden; langsam erkennt er die Zusammenhänge, denn zunächst wollte ihm nicht in den Kopf, weshalb sie nicht wenigstens eine Nachricht hinterließ. Es ist sonst nicht ihre Art, einfach so zu gehen. Dies war ein Mitleids-Intermezzo für den armen Mann, der gerade eine Katastrophe hinter sich gebracht hatte. Möglicherweise konnte sie es gar nicht erwarten, endlich wieder zu gehen.

Je länger Edward sich die Faktoren vor Augen führt, desto schlüssiger wird alles. Nach und nach gelangt er hinter die Lösungen der vielen, vielen Fragezeichen, die seit gestern in seinem Schädel existieren.

Und jede Antwort holt ihn ein wenig mehr in die Realität zurück und verdeutlicht ihm seine grenzenlose Dummheit.

Und *wie* richtig der General gelegen hat!

Bevor er allerdings mit seinem höchst angebrachten Verhör beginnen kann, meldet Susan sich zu Wort. Ihr Blick ist noch etwas verächtlicher geworden und sie gibt sich nicht mehr die geringste Mühe, ihre Abneigung zu tarnen. Das ist gut. Edward bevorzugt klare Verhältnisse.

»Ich schätze, Tony wird nicht glücklich sein, dich hier zu sehen.«

Das ist keine große Überraschung.

»Sie wird ausrasten!« Ihre Miene wird lauernd. »Sie wird alles stehen und liegen lassen und abhauen!«

Oh, *das* ist der Plan? Nun, dann haben sie die Rechnung ohne ihn gemacht. Er kann den beiden nur empfehlen, ihn so schnell wie möglich in ihre Überlegungen mit einzubeziehen, andernfalls sind die Chancen nicht schlecht, dass das Erwachen überraschend grausam wird.

Doch Edward bleibt nach außen hin gelassen. »Ich versichere dir, sie wird nicht verschwinden, denn das werde ich zu verhindern wissen!«

Susans Augen werden groß; das Monster reagiert ganz nach Plan. Inzwischen genießt Edward sogar, der Teufel in persona zu verkörpern. Ihr Lachen gerät ein wenig zu schrill, um den gewünschten Effekt zu erzielen, daran muss sie noch etwas arbeiten.

»Das ist alles, was du zu bieten hast, ja? Du willst es wie üblich auf deine Art lösen? Wie hattest du dir das gedacht? Willst du sie kidnappen oder hast du nur vor, ihr die Kleine wegzunehmen?« Ihre Hände, eben noch lässig auf den Oberschenkeln, bilden Fäuste, und plötzlich springt sie auf. »Das kannst du ja gern versuchen, du arroganter Arsch! Ehrlich, ich hab schon vieles erlebt, aber das ...«

Geduldig lauscht Edward dem geballten Bullshit, den sie mit zunehmender Hysterie von sich gibt. Ja, nicht? Genau so haben sie sich das vorgestellt; wer ist er, das Protokoll nicht anständig zu bedienen?

»Ich hatte keine Ahnung von ihrer Existenz«, erinnert er sie ruhig.

Diese Wahrheit scheint ihr nicht zu gefallen, wütend tippt sie sich mit dem Finger an die Stirn. »Mann! Sie war im fünften Monat, als sie ging! Und *das* ist dir nicht aufgefallen?«

Er ist kein Experte für Schwangerschaften! Hilfreich wäre es gewesen, hätte Tony ihm wenigstens einen Tipp gegeben. Eine Erwiderung wird nicht erwartet, Susan ist ganz in ihrem Element.

Die Situation trifft sie vielleicht unerwartet, ihr flammendes Plädoyer jedoch kommt nicht von ungefähr. Das ist lange vorbereitet und einstudiert.

Theatralisch landet ihre Hand auf der Stirn, die Augen sind groß, und die Worte klingen mit jedem neuen schneidender, herausfordernder und lauter. »Ach, das hatte ich ja ganz vergessen! Musste es ja, weil du mehr damit BESCHÄFTIGT WARST, IRGENDWELCHE WEIBER ANZUSCHLEPPEN UND IHR DAMIT AUCH NOCH DEN REST ZU GEBEN!«

Sie weiß von Aurora, sicher. Es passt hervorragend ins Gesamtbild:

Das Schwein schwängert das unschuldige Mädchen in seiner ersten Nacht, setzt ihm dann eine andere Frau vor, behandelt es wie Abfall, den Dreck unter seinen Schuhsohlen ...

Das ist besser als in jeder billigen Soap-Opera!

»Ich wusste es nicht!«, erwidert er eisig. »Tony zog es offensichtlich vor, mich im Unklaren zu lassen. Wenn du tatsächlich annimmst, ich hätte freiwillig auf mein Kind verzichtet, dann bist du noch dümmer, als ich bisher dachte. Verschone mich mit deinen schwachsinnigen Anschuldigungen!«

Anstatt weiter ungehemmt die Hysterie neben ihren aufgestauten Ärger und Hass auf ihn herauszulassen, verstummt sie unvermittelt und setzt sich wieder. Offenbar leidet sie an der Tony-Krankheit, nach der keine Reaktion auch nur einen rudimentären Sinn ergibt.

Stumm fixiert sie ihn, als versuche sie, auch noch den letzten Funken Niedertracht in seinem Gesicht auszumachen, und nach einer Weile nickt sie zufrieden.

»Es ist so, oder? Dein Kind! Nicht Tony. Es geht nur um dein Kind.« Sie neigt den Kopf zur Seite. »Wie hättest du reagiert, wenn du damals von dem Baby erfahren hättest?«

Edward hat keineswegs die Absicht, mit *ihr* diese Angelegenheit zu diskutieren. Sie ist die falsche Person, das beweist allein die Haarfarbe.

Susan setzt unbekümmert ihr hirnrissiges Gewäsch fort. »Ich sag dir mal, wie ich das sehe.«

Edward hätte gern verzichtet.

»Tony stimmt mir da nicht unbedingt zu, aber meine Meinung steht fest und ich könnte schwören, dass ich richtig liege. Du hättest natürlich zu deiner Verpflichtung gestanden – ganz klar. Wie das im Einzelnen ausgesehen hätte? Da kann ich nur spekulieren ... Hättest du sie geheiratet?«

Gott, was für ein Scherz! Glaubt sie, er wäre dazu verpflichtet, meint sie das wirklich? Dann hat sie nicht den geringsten Schimmer, wie Derartiges in seinen Kreisen geregelt wird! Die Unterbrechung wird erzwungen und damit ist der Fall erledigt! Es gibt genügend Mittel und Wege, um am Ende auch die abgebrühteste und unkooperativste Frau zu überzeugen.

Sie wissen *nichts*!

Susans arrogante, ihm scheinbar haushoch überlegene Haltung und der Ton sagen alles. Dabei macht sie sich so peinlich lächerlich! Die gesamte Situation ist kindisch, unter seiner Würde.

Reine Zeitverschwendung!

»Und damit hätte Tony doch genau das erreicht, was du ihr von Anfang an unterstellt hast. Sie hätte einem Capwell erfolgreich ein Kind untergejubelt!«

Das wird immer besser! Plötzlich weiß Edward nicht mehr, wie lange er das noch aushalten wird, ohne diese dumme Person ganz genau darüber aufzuklären, *wer* ihm *was* unterjubelt, und was den Unterschied zwischen einem gewollten und einem ungewollten Kind *in seiner Welt* ausmacht!

Das lässt sich mit einem Satz erläutern: Das eine darf leben und das andere nicht. Jade *hätte* gelebt. Er hätte die beiden auf Händen getragen, was jedoch noch lange nicht bedeutet, dass

Tony sich jemals in der Position befand, ihm *irgendetwas unterzujubeln!*

VERDAMMT!

* * *

Susans Lächeln wirkt bitter, auch wenn Edward findet, dass er in Anbetracht der Gesamtlage der Einzige ist, der das Recht auf ein wenig Verbitterung hat. Geringfügig.

»Tony wollte nichts davon.«

Wenn er auch nichts über die Frau weiß, die sich gerade ungewollt als Mutter seines einzigen Kindes geoutet hat, *das* weiß er: Sein Geld war für sie nie von Interesse.

»Sie wollte nicht die Mutter des Thronfolgers sein – oder der Thronfolgerin. Du sagtest ihr, dass du keine Beziehung mit ihr führen willst, deshalb gab es für sie keine Alternative. Besonders nicht, nachdem du mit deinem neuesten Tausendschönchen daherkamst!«

Nichts von dem, was sie sagt, ergibt für Edward auch nur den geringsten Sinn. Denn er hat Tony gegenüber zu keinem Zeitpunkt verlauten lassen, dass er sie nicht wolle. Das wäre eine Lüge gewesen, und vor denen hat er Anthonia immer bewahrt. Stattdessen sagte er ihr, dass es nicht fair wäre, weil sie nicht zusammenpassen. Er nannte ihr all die Gründe, die am Ende dazu führten, dass er jetzt hier sitzt. Aber dass er sie nicht wolle? Nein!

»Sie wollte von dir geliebt werden, Edward.«

Für einen endlos anmutenden Moment herrscht nur ein hallendes Klingeln in seinen Ohren und der gesamte chaotische Wirrwarr in seinem Hirn steht still. Dann wirft Edward unvermutet den Kopf zurück und lacht, was ganz bestimmt die denkbar falscheste Reaktion ist, aber hat er sich gerade nicht unter Kontrolle.

Was für ein Schwachsinn, was für ein *Müll!* Gottverdammter Bullshit, schlimmer hat er ihn selten gehört und grauenvoller wurde er nur sehr, sehr selten an ihn herangetragen. Noch während er lacht, übernimmt in ihm die Wut und gleichzeitig die Resignation.

Er hat es mit Kleinkindern zu tun, die dem großen Wolf den Krieg erklärt haben. Romantische, naive, dümmliche Mädchen, die nichts vom Leben wissen.

Gott steh ihnen bei!

Verdammt, er hätte Anthonia alles gegeben:

Schutz, ein Heim, Sicherheit, eine Zukunft, nicht zuletzt Zuneigung. Doch mit Liebe, nein, damit kann er leider nicht dienen. Es ist dieser verdammte Kitsch, der die Situation, die sich bisher in eine durchaus versöhnliche Richtung entwickelte, schlagartig zerstört. Und der Beweis, dass seine damalige Entscheidung richtig war.

Je länger Edward darüber nachdenkt, je klarer wird, wie absurd sich die Realität gestaltet, desto lauter muss er lachen.

Es ist so ausweglos!

* * *

Möglicherweise ist nur eine Person in der Lage, den bittersten Lachanfall seines Lebens aufzuhalten. Und genau die wackelt soeben wieder in den Raum.

Micky Maus.

Sobald er sie bemerkt, verstummt Edward schlagartig, während die Kleine, ihn neugierig musternd, zielstrebig auf ihn zugeht. Erst jetzt sieht er, dass sie ihren Rock als Schürze für etliche bunte Würfel benutzt. Und er kann gerade noch rechtzeitig seine Knie zusammennehmen, bevor Jade sie in seinen Schoß purzeln lässt. Verwundert betrachtet er erst die Bausteine, dann die großen Kulleraugen, denn er weiß nicht genau, was sie von ihm erwartet, aber er vermutet, dass es ein Spiel ist.

Wie zur Bestätigung greift sie einen der grünen Holzklötze, der sich in ihrer Hand überdimensional groß ausmacht, stellt ihn auf den Tisch und betrachtet ihn bedeutungsvoll. Zögernd nimmt Edward einen roten und stellt ihn auf den grünen.

Als ihm ein glucksendes Lachen antwortet, muss er lächeln.

Okay ...

Jade wählt einen blauen Würfel, er einen gelben. Das sind alle verfügbaren Farben, und Jade, die nicht nur süß, sondern natürlich auch hochintelligent ist, beginnt wieder mit einem grünen.

Würfel um Würfel wächst der Turm, und die Kleine irrt sich kein einziges Mal, obwohl ihr Edward ab dem sechsten Stein ein wenig helfen muss. Da droht das wacklige Gebilde umzustürzen, sobald man ihm zu nahe kommt. Edward sorgt dafür, dass dies nicht geschieht, und erntet dafür ein neues Lächeln. Sie ist wunderbar!

Und als sein Blick auf die winzigen Fingernägel an den winzigen *(klebrigen!)* Fingern fällt, erkennt er die Form sofort.

Kinder ähneln ihren Eltern. Das ist Gesetz und ihm daher durchaus bekannt. Doch Edward hat wirklich noch nie darüber nachgedacht, wie es sich wohl anfühlen muss, eine Person zu kennen, die eine Miniaturausgabe von sich selbst ist…

… und von seiner dummen *(so unglaublich dummen!)* Mutter. Seine Finger, mit seinen Fingernägeln in der Miniaturausgabe, stellen den nächsten Würfel (gelb) auf den blauen und dann betrachten ihn seine Augen (nur bedeutend hübscher!) auffordernd.

Nach dem zweiten gelben Stein ist Schluss.

Jade hat keine Chance, noch einen weiteren Würfel ihrem architektonisch brillanten Gebilde hinzuzufügen. Edward denkt nicht nach, als er sie auf seinen Schoß hebt.

(Sie ist leicht, wie eine Feder, wow!)

Erst, als sie bereits auf seinem Knie sitzt, wird ihm seine spontane und so unüberlegte, gefährliche Handlung bewusst. Aber Jade scheint keine Schwierigkeiten mit seiner Nähe zu haben. Die nutzt nur die neu gewonnene Höhe, um einen neuen Würfel hinzuzufügen. Grün.

Edward kontert mit einem roten und mustert sie herausfordernd. Es ist nur noch ein einziger Stein übrig. Ein grüner und der ist nicht *dran!*

Jade löst das Desaster mit bestechender Logik.

(Seine Tochter!)

Mit bewundernswerter Unbefangenheit bringt sie ihr erstes gemeinsames Bauwerk zum Einstürzen, grinst ihn an, als die Steine polternd auf der Tischplatte landen, und beginnt das Spiel von vorn.

Mit einem grünen Stein.

Clever!

Seine Tochter!

Sie bringen es auf einen weiteren Turm, der recht einsturzgefährdet wirkt, doch dann hat Jade keine Lust mehr zum Bauen. Stattdessen lehnt sie ihren Kopf an seine Schulter und betrachtet ihn stumm.

Sofort ist Edward gebannt, dieses Wesen scheint auch über eine Art Magie zu verfügen. Genetisch bedingt, vermutlich, der Verdacht liegt jedenfalls nahe.

Der kleine Körper in seinen Armen, die Bereitwilligkeit, mit der sie sich von ihm halten lässt, das wache Interesse, mit dem sie ihn ansieht ...

Sie ist ein echtes Wunder!

Bedächtig lehnt er seine Lippen an ihre Stirn, nimmt den bestechenden Babygeruch in sich auf, und wieder wird ihm erst viel zu spät bewusst, was er getan hat. Erschrocken weicht er zurück, doch Jade zeigt nicht das geringste Zeichen von Schrecken oder Ablehnung und Edward beginnt zu ahnen, dass das auch nicht eintreten wird.

Er hat bereits gewonnen; als hätte sie auf ihn gewartet. Vielleicht spürt seine Tochter die Verbindung zwischen ihnen, so wie er sie fühlen kann. Keine Umwege, um ans Ziel zu kommen, keine Ausflüchte, keine Weigerungen und keine Zweifel.

Dass es seine Tochter ist, hat Edward augenblicklich gewusst.

Unter seine Verbitterung und Wut über die Ausweglosigkeit der gesamten Situation mischt sich zum ersten Mal so etwas wie Freude. Egal, was geschehen ist oder noch geschehen wird, er freut sich, dass sie da ist. Und er würde nicht wollen, dass es anders ist. Sie ist eine Überraschung, die er unglaublich gern nimmt. Wenn Anthonia ihn nur lässt.

Er hofft, dass sie es tut und er seine Interessen nicht mit Gewalt durchsetzen muss. Denn er fühlt, dass er alles – wirklich *alles* – tun wird, um Jade ein echter Vater sein zu dürfen.

Behutsam lässt er einen Finger über ihre Wange gleiten.

Faszinierend, wie weich ihre Haut ist und wie warm – immer noch neu. Noch faszinierender, dass sie stillhält.

Ihr Blick liegt auf ihm, und sie macht keine Anstalten, sich abzuwenden.

Eine kleine Stirn – noch ganz ohne Furchen, große, blaue Augen mit Lidern, an denen dichte, schwarze Wimpern haften. Eine kleine Stupsnase, niedliche Pausbäckchen und dieser süße Mund.

Edward hätte nie gedacht, dass eine Mischung aus Tony und ihm so hübsch ausfallen könnte.

Doch was sieht Jade?

Kennen Kinder in diesem Alter bereits ihr Spiegelbild? Können sie Ähnlichkeiten herstellen oder handelt es sich nur wieder um dieses seltsame Gefühl oder vielleicht um Faszination, weil er fremd ist?

Als sie unvermutet ihren Mund weit aufreißt und herzhaft gähnt, muss Edward sich tatsächlich ein lautes Lachen verbeißen.

Sie ist herrlich! Er ahnt, dass er Stunden damit zubringen könnte, nur ihre Mimik zu beobachten. Kurz darauf schließen sich die Augen zum ersten Mal; sie reißt sie sofort wieder auf, doch das scheint ihr bereits unendlich viel Mühe zu bereiten.

Als Edward behutsam seine Finger über ihre Lider gleiten lässt, fallen sie wieder zu und nur wenig später registriert er fassungslos, dass sie tatsächlich schläft.

Benommen betrachtet er das friedliche, schlafende Gesicht *seiner Tochter.* Bislang ist das noch immer nicht ganz zu ihm durchgedrungen.

Vater war er bereits zuvor; doch es gibt einen Unterschied, der Dad seines Neffen zu sein oder plötzlich eine kleine Tochter zu haben.

Es ist ein ganz besonderes Gefühl, das man wahrscheinlich nur empfindet, wenn man plötzlich für etwas die Verantwortung trägt, das man selbst geschaffen hat.

Zumindest zum Teil.

Unbeschreiblich ...

* * *

Irgendwann wird ihm bewusst, dass er nicht allein ist. Mit einiger Mühe reißt er den Blick von der schlafenden Schönheit in seinem Armen und sieht zu Susan auf. Erstaunlicherweise ist deren Ablehnung verschwunden und sie seufzt resigniert. »Das wird nicht einfach werden.«

Damit sagt sie ihm nichts Neues. Edward nickt.

»Sie misstraut dir, glaubt, du willst sie ihr wegnehmen.«

FEIN! Seltsam, Edward kann sich nicht entsinnen, Anthonia jemals etwas *weggenommen* zu haben! Im Gegensatz zu ihr. Schon komisch, wie unbedacht sie von sich auf andere schließt … und ziemlich billig.

Seit zwei Jahren wohnt Matty alle vierzehn Tage in *einem Motel!*

Meint Tony ernsthaft, dass Edward dieses Arrangement sonderlich gutheißt oder dass er sich bei dem Gedanken wohlfühlt? Glaubt sie nicht, dass er ihr das Besuchsrecht, auf das sie faktisch nicht das leiseste Anrecht hat, nicht schon längst ersatzlos gestrichen hätte, wäre er so, wie sie es ihm unterstellt?

»Wir müssen uns eine Taktik überlegen …«

Wir! Schon versiegt sein tobender Zorn ein wenig, denn sie hat *das* Wort gesagt, das er momentan so dringend braucht.

Im Augenblick ist ihm egal, wer es ausspricht; natürlich hätte er es lieber von Anthonia gehört, doch ein *wir* – selbst von Susan – impliziert, dass er nicht mehr auf der gegnerischen Seite steht.

Bevor er jedoch aufatmen kann – was ihm übrigens zunehmend schwerfällt, weil die Wirkung der Spritzen nachlässt und der Lachflash sein Übriges dazu beigetragen hat –, kommt ihm etwas zuvor. Es ist ein alt bekanntes Gefühl. Eines, das ihn noch nie betrogen hat.

Er wird beobachtet.

Korrekt!

Als er zur Seite sieht, entdeckt er ein bleiches Gesicht, das so entsetzt und gleichzeitig derart wütend wirkt, dass er das Denken vorübergehend einstellt.

Anthonias Aufmerksamkeit gilt ausschließlich ihm und seiner schlafenden Tochter.

»So?«, haucht sie nach einer Weile rau. »Was für eine Taktik müsst ihr euch denn genau überlegen?«

* * *

Möglicherweise sollte er dazu etwas anmerken, doch so weit kommt es nicht. Ehe Edward sich versieht, ist Tony bei ihm, wobei ihre Miene vermuten lässt, dass sie soeben ein gefährliches Monster zur Strecke bringen will. Dann entreißt sie ihm mit einer Rücksichtslosigkeit, die ihm die Stimme verschlägt, seine Tochter.

Niemand behandelt so sein Kind, und ihr übertriebenes Zurückweichen gibt Edward noch den Rest. Mit der Kleinen eher schlecht als recht im Arm stürzt sie zur Tür, wo sie sich hastig vergewissert, dass ihr Fluchtweg nicht versperrt ist, bevor sie ihn wieder ansieht.

An Jade ist das nicht unbemerkt vorbeigegangen, denn die protestiert lautstark gegen diese Behandlung. Sichtlich durcheinander, verängstigt und erschrocken. Mit jeder Sekunde, die sie wacher wird, brüllt sie lauter und wehrt sich heftiger, bis alles auf einen schnellen Sieg hindeutet. Sieg bedeutet in diesem Fall, dass sie zu Boden stürzt.

Kopfüber.

Eilig schätzt Edward die Entfernung zwischen sich und Anthonia ab. Zwei Meter.

Das ist unter Umständen zu viel, denn Anthonia ist von Sinnen. Nicht *wie*, sondern tatsächlich durchgedreht, daher erkennt sie die Gefahr nicht. Edward ist überzeugt, dass sie momentan nichts und niemanden erkennt.

Abgesehen von ihm.

Ohne darauf zu achten, klemmt sie sich das kreischende Bündel unter den Arm und brüllt ihn dabei an. »Du bekommst sie *niemals!*«

Edward hat nur Augen für das Kind.

»DAS KANNST DU VERGESSEN!«

Neben ihrem Geschrei kämpft sie mit ihrer Tochter, deren Gebrüll auch nicht von schlechten Eltern ist. Ha! Ganz bestimmt nicht.

»Und wenn du mit deinen Scheißanwälten kommst, hau ich ab! Du findest mich nie! DAS SCHWÖRE ICH!«

Jade schreit lauter, strampelt stärker, und Edward sucht verzweifelt nach einer Möglichkeit, das Baby in Sicherheit zu bringen. Als Anthonia zum ersten Mal droht, sie tatsächlich zu verlieren, greift er ein.

»Susan, schaff Jade hinaus!«

Das wird Tony endgültig detonieren lassen, doch er sieht keinen anderen Weg und außerdem explodiert sie doch schon! Mehr ist wohl nicht einmal bei ihr möglich.

Dies stellt sich kurz darauf als äußerst naive Fehleinschätzung heraus.

Während Susan versucht, ihr das Kind abzunehmen, bleibt Anthonia vorübergehend die Luft weg. Nach einigen erfolglosen Ansätzen findet sie genug, um weiter zu schreien.

»Was? Was fällt dir ein, irgendwelche Anweisungen zu geben? Du hast hier nichts zu melden, kapiert? NICHTS! HAU ENDLICH AB!«

Susans Bemühungen sind im ersten Anlauf erfolglos geblieben. Anthonia reißt das kreischende Kind mit dem hochroten Kopf zur Seite und flüchtet sich in die nächste Ecke. Edward gibt der Blondine zehn Sekunden, bevor *er* dem ein Ende setzen wird.

Die hat die stumme Drohung offensichtlich vernommen, denn mit einem Ruck zieht sie ihrer Freundin und Mitverschwörerin das tobende und um sich schlagende Bündel, das vor wenigen Sekunden noch ein friedlich schlafendes Kind war, aus den Armen und verschwindet mit ihm im Nebenzimmer.

* * *

Erst als die Tür geschlossen ist, sieht Edward zu der tobsüchtigen Frau, die einmal Tony war.

Sie steht in ihrer Fensterecke und fixiert ihn mit großen, argwöhnischen Augen.

Definitiv durchgedreht.

Beide lauschen Jades Schreien, die nur sehr langsam abebben, während in Edward Zorn, Enttäuschung, Verbitterung und ... dieser verzweifelte Versuch wüten, sich aus dem Kopf zu schlagen, dass sich in dieser ihm so fremden Person Tony verbirgt. Es gibt sie noch. Bestechender und atemberaubender als jemals zuvor, vor wenigen Tagen durfte er sich davon persönlich überzeugen.

Da ist dieser Teil in ihm – momentan ist er nicht sehr groß –, der auf sie zugehen will, um sie daran zu erinnern, wer sie sind. Eltern einer wunderbaren Tochter, deren Entstehung er in all den Monaten nicht vergessen konnte.

Es ist gut! Jade ist *gut!* Warum sieht sie das nicht?

Das Bewusstsein, dass er das nicht sagen *kann*, macht ihn nur noch verbitterter. Und ihm geht auf, dass sie mit ihrem Schweigen weitaus mehr zerstört hat, als sie ahnt.

Nun, zumindest der letzte Gedanke ist albern, denn offenbar gibt es nur noch bei ihm überhaupt die Möglichkeit; bei ihr liegt längst alles in Trümmern. Länger, als er nach gestern angenommen hätte.

So ist es doch, oder?

Die wachsende Panik in ihren Augen kann er mittlerweile verstehen, doch da ist auch dieser abgrundtiefe Hass, und der trifft ihn tief, denn er hat ihn nicht verdient, und nach ihrem ersten Aufeinandertreffen ist er für Edward auch gänzlich unverständlich.

Ewigkeiten starren sie sich an, bis er schließlich das Schweigen bricht – einer von ihnen muss es ja tun. »Warum hast du es mir nicht gesagt?«

Zunächst signalisiert sie reine Ungläubigkeit, bevor sie einfach die Augen schließt. Seine Verwirrung darüber lichtet sich, sobald er sich auf die Tony-Krankheit besinnt und Edward fährt fort. »Ich hatte ein Recht, es zu erfahren. Sie ist meine Tochter! Wie kannst du vor dir selbst verantworten, mir so lange mein Kind vorzuenthalten?«

Zähne pressen sich in eine Unterlippe, die kleiner ist als die obere. »Das ... dazu hattest du nicht das Recht!«

Ihm entgeht nicht, dass sich Anthonias Fäuste immer deutlicher ballen, dass ihre Zähne sich tief in diese seltsame Lippe graben ... Und mit einem Mal will er, dass sie verliert.

Was immer sie ihm unbeherrscht zu sagen hat, wird die Fronten klären, denn dann dürfte sie unter Garantie ehrlich sein.

Scheiß auf Taktieren und den ganzen Schrott, er will endlich erfahren, warum sie das getan hat!

Nonverbale Kommunikation steht heute offenbar auf der Tagesordnung, denn auch Tony scheint sein stummes Flehen vernommen zu haben. Ihre Augen fliegen auf, gleichzeitig stürzt sie durch den Raum, direkt auf ihn zu, und für einen winzigen Moment glaubt er, sie wolle ihn angreifen.

Doch ihre Nasenspitze stoppt wenige Zentimeter vor seiner. »So, dazu hatte ich kein Recht, nein? Fein, ich muss natürlich in Kauf nehmen, dass du mir den Gnadenfick verpasst, um die Sache *in Ordnung* zu bringen ...«

Was?

»... Ich habe auch zu akzeptieren, dass ich dir einen Scheiß bedeute ...«

Schlag auf Schlag kommen die Worte, und mit jedem wird sie lauter. Längst kann Edward nicht mehr denken, es gelingt ihm gerade noch so, ihr zu *lauschen.* Das ist schon mühselig genug.

»... Ich muss Aurora hinnehmen, ich habe alles hinzunehmen. Aber ich habe natürlich nicht das Recht, dem großen Edward Capwell das Kind vorzuenthalten, damit er sie dann in sein Riesenscheißkotzhaus entführen kann! Und wenn ich ganz viel Glück habe – aber auch nur dann –, darf ich sie vielleicht ab und an mal sehen. Wahrscheinlich alle zwei Wochen für ein Wochenende. Ansonsten verfrachtet er sie zu der ach so geilen und vor allem *fähigen* Nanny! Die kann ja alles viel besser als ich. Jade bekommt garantiert mindestens fünf Privatlehrer und mit zwei zum ersten Mal Ballettunterricht. Nur ihre Mutter bekommt sie nicht, aber was macht das schon? Das ist sowieso nur eine billige Schlampe. Scheiße, *Hure,* sollte ich wohl sagen. Besser sie sehen sich nicht allzu häufig, könnte ja sonst noch abfärben ...«

Es ist *nicht* die Wahrheit, die aus Anthonia spricht; sie will ihn verletzen und sie will ihn treffen, Realitäten sind hierbei nebensächlich. Sie hätte sich *alles* in Form gelegt, solange es sich dazu eignet, es gegen ihn zu verwenden. Hass und brutaler

146

Mutwille liefern sich in ihrem Gesicht einen ausgewogenen Kampf.

Vor mehr als zwei Jahren versuchte Edward, die Konsequenzen abzuschätzen. Was würde geschehen, wenn er sich von ihr abwandte und die soeben begonnene Beziehung nicht fortführte? Auf vieles ist er gekommen, dass er sie verletzen würde, zum Beispiel, dass sie leiden würde ... Doch egal, was er sich damals ausgemalt hat, *das* sah er nicht voraus!

Diese Frau ist so tief verletzt, wie er es bisher nicht für möglich gehalten hätte. So tief, dass er wohl chancenlos ist. Sie wird ihm niemals verzeihen und niemals vergessen, egal, was er versucht. Anthonia wird alles tun, um sich zu rächen, und sie ist sich nicht zu schade, ihre gemeinsame Tochter dafür zu missbrauchen. Das hat sie bereits getan, und Edward ahnt, dass die vergangenen zwei Jahre nur der Auftakt waren.

Es gibt faktisch nichts, was er noch unternehmen kann, nichts, um es wiedergutzumachen. Sie so verbittert zu sehen, so unglücklich, ist ein Schock.

Ist es nicht genau das, was er verhindern wollte?

Wäre das alles gewesen, hätte er diese Wohnung verlassen, seine Anwälte eingeschaltet und sich ihr niemals wieder genähert. Allerdings existiert noch ein dritter und vierter Faktor in ihrem Gesicht. Beide versucht sie vor ihm zu verbergen und bei beiden scheitert sie auf ganzer Linie. Der dritte ist ihre grenzenlose, panische Angst vor ihm.

Die Zeiten der Selbsttäuschung sind vorbei, es ist ausschließlich Angst vor *ihm*.

Ja, sie weiß, dass er seine Anwälte in die Spur schicken wird. Nur nicht, um seine Tochter sehen und für sie sorgen zu dürfen – so, wie es sein Ziel ist. Anthonia glaubt, er wolle sie ihr rauben, sie seinerseits als Waffe benutzen.

Diesbezüglich *kann* er sie vom Gegenteil überzeugen, und das wird er. Dann wäre da noch der vierte Faktor, er glitzert in ihren Augen, auch wenn sie sich verbissen gegen die Tränen wehrt. Jade – so heißt seine Micky Maus, richtig? Die Verwandtschaft zu seinem zweiten Vornamen – Jayden – herzustellen, ist weder schwer noch zu weit hergeholt.

Tony war bei ihrem Wiedersehen echt, sie hat nicht gespielt, er sich nicht getäuscht, und der General ist ein Idiot. Denn sie hat ihn nicht vergessen. Der Name seiner Tochter, die Tony von vor zwei Tagen und ihre Tränen erzählen es ihm.

Als sie wieder spricht, bebt ihre Stimme, doch das ändert nichts an ihrer Entschlossenheit, mit der sie ihm begegnet.

»Du wirst sie nie wieder sehen. *Niemals!* Dafür werde ich sorgen! Und wenn es das Letzte ist, was ich tue. Niemals! NIEMALS! MERK DIR DAS!«

Nun flammt Edwards Zorn doch noch auf, denn er lässt sich nicht drohen, schon gar nicht mit seiner Tochter. Auch nicht von Anthonia.

Edward weiß, dass er gehen muss. Schnell sogar, bevor die Dinge eskalieren, und er ist vernünftig genug, seinen Verstand den Vorrang vor seinen Gefühlen zu geben. Als er aufsteht, weicht sie vor ihm zurück, was er mit eiserner Beherrschung ignoriert.

»Es bringt nichts, die Angelegenheit jetzt zu diskutieren«, sagt er. »Du bist zu ... aufgebracht. Ich bitte dich, nicht die Stadt zu verlassen, denn ich will lediglich, dass wir das klären. Und zwar so, dass jeder Beteiligte zu seinem Recht kommt.«

Bevor sie antworten kann, ist er mit einem Nicken im Nebenraum verschwunden.

Geflohen – wie üblich.

* * *

Susan und Jade blicken bei seinem Eintreten auf.

Jade wirkt verheult, und als sie erkennt, wer gekommen ist, füllen sich ihre Augen mit neuen Tränen. Susan ist bleich, doch als Edward zu ihr tritt und sie fragend ansieht, seufzt sie ergeben und gibt ihm die Kleine.

Der winzige Kopf ist schwitzig und ihr Atem geht schnell und bebend, doch sie legt ihre Ärmchen um seinen Hals und lehnt ihre Stirn an seine Wange. Nur vereinzelt hört er ihr Schniefen. »Es wird alles gut werden«, murmelt er, weil er nicht weiß, was er sonst sagen soll. »Mommy ist ... traurig. Aber es wird alles gut werden. Okay?«

Es dauert eine Weile, doch dann bewegt sich ihr Kopf in einem stummen Ja.

Edward mustert Susan. »Ich werde nichts von dem tun, was ihr mir andichtet«, informiert er sie kühl. »Ich habe nur die Absicht, meiner Pflicht als Vater nachzukommen. Besser spät als nie«, fügt er ein wenig bitter hinzu. »Wenn du mich deshalb verurteilen willst, dann tu dir keinen Zwang an. Meine Ansicht wird das nicht ändern.«

Sie schweigt.

Er küsst Jades Stirn und gibt sie Susan zurück, wobei er deren Aufatmen mit einem spöttischen Lächeln begleitet. An der Tür zum Flur wendet er sich noch einmal um.

»Wenn etwas ist... mit Jade oder Tony ... du weißt, wie du mich erreichen kannst.«

Sobald sie genickt hat, geht er, ohne noch einen Blick auf Jade zu werfen.

Er hätte für nichts garantieren können.

+ + +

Der Verräter in den eigenen Reihen ...

Einige Minuten zuvor ...

Carlos sitzt im Maybach und wartet mit wachsender Unruhe darauf, dass etwas geschieht.

Was das sein soll, ist ihm absolut schleierhaft, aber irgendwas muss ja nun passieren. Nicht zu wissen, was das sein wird, macht ihn überaus nervös. Edward ist seit über dreißig Minuten dort oben, sie also anwesend, und die Bombe längst hochgegangen.

Dass bisher nichts zu ihm nach Draußen gedrungen ist, beunruhigt ihn mehr als lautes Gebrüll oder ein wutentbrannter Edward, der aus der Haustür stürzt und ihn sofort zum Kampf auf Leben und Tod herausfordert – *irgendetwas!*

Aber nichts? Das stimmt ihn äußerst nachdenklich.

Besorgt blickt er die Straße entlang. Vielleicht hätte er ihn vorbereiten sollen?

Ach, äh, Edward, wenn du jetzt gleich zu Anthonia hinaufgehst. Kleiner Tipp: halte den Blick mal immer schön auf Meterhöhe. Wäre möglich, dass du etwas Interessantes entdeckst?

So in etwa?

Oh Mann, ohhhh Mann-oh-Mann!

Warum hat er sich keinen Urlaub genommen, sein letzter liegt gute fünf Jahre zurück? Dies wäre ein hervorragender Zeitpunkt gewesen, für ein paar Tage zu verschwinden, bis sich die ersten Wogen geglättet haben. Wie das genau vonstattengehen soll, ist ihm ebenfalls unbekannt, aber irgendwie müssen sie sich ja jetzt einigen. Jede weitere Funkstille ist unmöglich.

Nicht mal bei den beiden Oberidioten.

Am anderen Ende der kleinen Straße biegt eine Gestalt um die Ecke.

Eine Frau.

Brünett.

Jung.

Anthonia!

Scheiße!

Womit sie überhaupt noch nichts von ihrem Glück weiß. Zumindest ist diese Vermutung naheliegend, sofern ihre Freundin sie nicht telefonisch informiert hat. So, wie Carlos seinen Boss kennt, wird der einen Warnanruf zu verhindern wissen. Sie hat das Kind nicht bei sich, demnach ist es oben und Edward schwelgt inzwischen in Vaterfreuden.

Oh-Mann-oh-Mann-oh-Mann!

Ihr Schritt fällt beschwingt und arglos aus – ganz ohne Eile. Nein, Anthonia ist ganz bestimmt nicht auf dem neuesten Stand.

Nun, jetzt scheint ihr wohl etwas zu dämmern, denn sie ist stehen geblieben und fixiert den Maybach wie eine Halluzination. Als sie langsam ihren Weg fortsetzt, wirkt sie alles andere als glücklich. Von beschwingtem und arglosem Schritt kann keine Rede mehr sein und ihr Gesicht ist blutleer.

Carlos wartet noch einen Moment, dann steigt er aus und geht auf sie zu. In ihren Augen steht die stumme Frage, auf die sie die Antwort doch bereits kennt.

»Er ist oben«, sagt er trotzdem.

»Wie lange?«

»Eine Dreiviertelstunde.«

Ihre Miene wird eisig und ist mit grenzenloser Entschlossenheit untermalt. »Gut!«

Bevor sie losstürzen kann, hält Carlos sie an ihrer Jacke zurück. »Anthonia ...«

Zum ersten Mal benutzt er ihren Vornamen, was seine Wirkung nicht verfehlt. Wenigstens läuft sie nicht einfach weiter, doch sie scheint zunehmend panisch und blickt immer wieder auf seine Hand, mit der er sie am Gehen hindert.

Carlos stöhnt. Warum er? Genau genommen geht es ihn doch gar nichts an! Nun, offensichtlich schon ...

»Wäre es nicht klüger, erst einmal durchzuatmen, zu überlegen und sich ihm dann zu stellen?«

Ungläubig starrt sie ihn an. »Durchatmen? Überlegen? Warum? Um ihm noch mehr Zeit zu geben, sein Scheißspiel durchzuziehen? Nein!«

Schon will sie wieder losstürzen, doch er hält sie erneut zurück. »Warte!«

Jetzt wehrt sie sich tatsächlich. »NEIN!«

Doch Carlos nimmt sie an den Schultern und zwingt sie, ihn anzusehen. Immer wieder huscht ihr Blick an der Häuserzeile hinauf, als befürchte sie, dass sich ein Fenster öffnen und jemand das Ende der Welt verkünden könnte. Oder noch schlimmer: dass Edward hinter einer der Gardinen auftaucht.

»Ich weiß, dass er ein Idiot ist«, sagt Carlos eilig. »Aber er ist nicht boshaft oder rücksichtslos. Nicht bei dir.« Verächtlich schnaubt sie auf, doch er lässt sie nicht los. »Er hat viel durchgemacht, und damit meine ich nicht nur in den letzten Tagen ...«

»Ach, ehrlich?« Trocken lacht sie auf. »Sorry, aber mir fehlt momentan die Zeit, ihn zu bemitleiden ...«

»Das verlangt ja auch niemand! Ich will doch nur, dass du ihm eine Chance gibst.«

Tony stöhnt. »Das geht nicht! Außerdem bezweifle ich, dass er noch ›eine Chance‹ will. Deshalb muss ich ...« Wieder beginnt sie, sich gegen seinen Griff zu wehren, er hält unerbittlich dagegen.

»Warum glaubst du das?«

»Weil ...« Verzweifelt stöhnt sie auf, da jeder ihrer beiläufigen Befreiungsversuche gnadenlos scheitert. »Du würdest es nicht verstehen, aber keine Sorge, in ein paar Minuten dürftest du schlauer sein.«

»Ich weiß von dem Kind«, entgegnet er ruhig.

Jetzt ist sie tatsächlich bleich. »Was?«

»Ich sagte, Edward ist ein Idiot, von mir war keine Rede.«

»Und du hast ihm nicht ...« Als er sie nur schweigend betrachtet, haucht sie ein »Danke«.

Carlos nickt. »Es ist deine Angelegenheit, du musstest den

Moment festlegen, wann du ihn aufklärst. Aber, Tony.« Eindringlich mustert er sie. »Glaubst du nicht, dass es an der Zeit war?«

Ihr Blick verdüstert sich und sie schüttelt entschieden den Kopf. »Er will sie nicht! Warum sollte ich es ihm dann auf die Nase binden! Außerdem, hast du eine Ahnung, was er jetzt tun wird?« Als sie den nächsten heftigen Befreiungsversuch unternimmt, lässt er sie gewähren. Das Eis in ihren Augen ist härter geworden. »Danke, dass du geschwiegen hast. Auf jeden Fall sitze ich jetzt ziemlich in der Klemme, denn er wird ...« Sie verstummt und sieht wieder an der Hauswand hinauf. Ängstlich diesmal. Dann nickt sie in seine Richtung. »Danke trotzdem, für alles!«

Bevor Carlos etwas erwidern kann, ist Tony bereits über die Straße geeilt.

Sie ... Es ist also ein Mädchen.

›Er will sie nicht.‹ Das hat sie gesagt, meinte jedoch in Wahrheit: *Er will mich nicht* ...

Was für ein Haufen Scheiße!

Bleibt nur die Frage, was der Idiot jetzt denkt.

* * *

Der ist nicht ganz so mitteilsam.

Als Edward zwanzig Minuten nachdem Anthonia im Haus verschwunden ist, in den Maybach steigt, startet er augenblicklich den Motor. »Dean und Juan bleiben hier!«

Ungeduldig wartet er, bis Carlos die beiden per Handy benachrichtigt hat. Der formuliert den Auftrag etwas genauer, ohne vorher noch einmal nachgefragt zu haben. Schutz für die drei Personen von Appartement 0273.

Kaum ist das Gespräch beendet, tritt Edward das Gaspedal durch. Carlos kennt die PS-Leistung des Riesenwagens, doch er hätte nicht gedacht, dass ein Gefährt mit dem Gewicht so schnell aus dem Arsch kommt. Das ist Sportwagen-verdächtig.

Edward scheint keineswegs die Absicht zu verfolgen, das Tempo demnächst zu drosseln. Starr blickt er geradeaus, seine Fäuste umklammern das Lenkrad, als wolle er es herausreißen und Carlos weiß, ohne es sehen zu müssen, dass sein Fuß das Gaspedal unbarmherzig Richtung Bodenblech drückt. Allerdings entgeht Edward, dass er sich in einer Stadt befindet, in der es vor Menschen nur so wimmelt. Leute, die in ihren eigenen Autos geruhsam nach Hause fahren. Einige Vertreter sind sogar wahnsinnig genug, die Straßen zu überqueren, *obwohl* Edward Capwell die gerade unsicher macht.

Nach dem dritten Beinahe-Verkehrstoten greift Carlos ein. »Fahr ran!«

Edward ignoriert ihn.

»Edward, FAHR JETZT RAN!«

Anstatt zu reagieren, presst er die Lippen aufeinander und erhöht die Geschwindigkeit nochmals. Die rote Ampel, der sie sich nähern, scheint er ebensowenig zu bemerken, wie seinen Beifahrer.

Zu einem kleinen Mädchen, vielleicht sieben, maximal acht Jahre alt, hat sich bisher noch nicht herumgesprochen, dass Edward Capwell in der Stadt unterwegs ist. Wütend, außer sich und deshalb nicht zurechnungsfähig. Es schlendert in einem lustigen Hopsschritt über die Fahrbahn und liefert damit den genialen Beweis, dass die Verkehrserziehung in West Palm Beach hervorragend funktioniert, denn es ist exakt in dem Moment losgelaufen, als die Fußgängerampel auf Grün schaltete.

Nur, Edward sieht sie nicht; stattdessen hält er auf die Kreuzung zu, als hinge sein Leben davon ab, diese so schnell wie irgendwie möglich zu überqueren. Weder erkennt er, dass seine Ampel auf Rot steht, noch entdeckt er das Mädchen. Auch dann noch nicht, als es stehen geblieben ist und mit entsetztem Blick zu der riesigen Limousine starrt, die frontal auf sie zurast.

Sie trennen vielleicht noch zwanzig Meter – vielleicht auch weniger, als Carlos schließlich das Lenkrad herumreißt.

Im ersten Moment scheint es, als hätte er zu spät eingegriffen. Der Maybach ist viel zu behäbig und sein

Wendekreis zu groß, um noch rechtzeitig auszuweichen.

Die Katastrophe wäre beschlossene Sache gewesen, wäre Edward nicht in letzter Sekunde aus seinem Koma erwacht und auf die Bremsen gestiegen. Dennoch wird es knapp, und wären sie nicht rein zufällig das einzige Fahrzeug an dieser Kreuzung, hätten sie eine Massenkarambolage verursacht.

Als der Wagen endlich ausgerollt ist, haben sie sich einmal um die halbe Achse gedreht und stehen quer zur Fahrbahn, die Vorderreifen befinden sich auf dem Bürgersteig, doch dem entsetzten Mädchen ist nichts geschehen.

Für einen Moment herrscht Stille.

Der Menschenauflauf, der sich langsam sammelt, scheint meilenweit entfernt; selbst das laute Stimmengewirr dringt nicht bis ins Wageninnere vor. Beide Männer blicken auf die grün/bunten Auslagen des Blumengeschäftes, das plötzlich direkt vor ihnen aufgetaucht ist.

Carlos fängt sich als Erster. »Sitzen bleiben!«, knurrt er, bevor er aussteigt. Edward antwortet nicht, macht jedoch auch keine Anstalten, zu folgen.

Und das ist bisher die beste Nachricht des gesamten verhunzten Tages.

Zuerst eilt Carlos zu dem Mädchen und beugt sich besorgt zu ihm hinab. »Bist du okay?«

Erst scheint sie ihn nicht zu verstehen, doch dann nickt sie langsam. »Ja ...«

»Es tut mir leid, wir hatten Probleme mit den Bremsen.« Diese Bemerkung gilt nicht vorrangig ihr, sondern den beiden Beamten der State-Police, die gerade herangetreten sind und gar nicht erheitert wirken.

Edward ist so ein Idiot!

Einer von ihnen, der jüngere, wendet sich zu dem Maybach um und mustert Carlos ungläubig. »Probleme mit den Bremsen?«

Eifrig nickt Carlos. »Keine Ahnung, was los ist! Die Typen müssen bei der Wartung einen Fehler gemacht haben. Ich bringe ihn sofort ...«

Der Beamte hat inzwischen einen Block herausgeholt und seinen Stift gezückt. »Sie sind nicht der Fahrer des Fahrzeugs?«

»Nein, der sitzt immer noch hinter dem Lenkrad, das sehen Sie doch!« Okay, viel ist nicht zu erkennen, dafür ist die Frontscheibe zu dunkel; außerdem steht der Maybach in einem etwas ungünstigen Winkel.

Der jüngere Cop hat sich bereits von ihm abgewandt und macht Anstalten, zu Edward zu gehen. Hastig stellt sich Carlos ihm in den Weg und hebt beschwörend die Hände. »Der Wagen gehört meinem Boss und wir haben ...« Er verdreht die Augen. »Na ja, wir haben eine kleine außerplanmäßige Spritztour unternommen, Sie verstehen?«

Der Polizist ist skeptisch. »Sind Sie für so etwas nicht schon ein wenig zu alt?«

»Das ist *ein Maybach!*«, erwidert Carlos, als wäre dies Erklärung genug.

Der Cop sieht zu dem edlen Stück, dann wieder zu Carlos. »Aber ich muss die Personalien aufnehmen, falls irgendwelche ...«

»JAAAAA!«, unterbricht Carlos ihn mit weinerlicher Stimme. »Schon kapiert! Aber meine dürften doch genügen, oder?«

»Nein! Sie sind nicht der Verursacher des Unf...« Die Augen des Cops verengen sich. »Was ist denn mit ihrem Kollegen?« Abermals macht er Anstalten, zum Auto zu gehen.

»Sehen Sie, schon haben Sie das Problem erkannt!« Hastig blockiert Carlos ihm erneut den Weg. »Er ist ... na ja ... er ist mein ...«, er verdreht die Augen und seufzt, »... mein Bruder«, gesteht er schließlich beschämt.

»Bruder ...«, echot der Cop.

»Ich weiß, ich hätte das nicht tun sollen. Aber das ist *ein Maybach!* Ich dachte, fällt doch gar nicht auf, wenn ich noch einen kleinen Umweg einlege! Ich konnte doch nicht ahnen, dass die Idioten die Bremsen ...«

Der jüngere Cop stöhnt. »Ja, Mann! Aber das interessiert mich einen SCHEISSDRECK!«

Sofort befinden sich Carlos' Beschwörungshände wieder in

der Luft.

»Ich will doch nur, dass der Name meines Bruders nicht in Ihren Akten auftaucht, verstehen Sie! Wenn rauskommt, dass ein Fremder in dem Wagen sitzt, verliere ich nicht nur meinen Job! Mein Boss macht mich kalt! Ohne Scheiß! Sie kennen ihn nicht! Er wird durchdrehen; der Mann liebt das Teil mehr als seine Mutter!«

»Von wem sprechen wir hier überhaupt?«

Augenblicklich verschließt sich Carlos' Miene und er schüttelt entschieden den Kopf. »Das darf ich nicht sagen! Unmöglich!«

Zum ersten Mal tritt der ältere der beiden Cops in Aktion, welcher die Auseinandersetzung zwischen den beiden Männern bislang schweigend verfolgt hat. Wortlos macht er kehrt und trabt zu seinem Streifenwagen.

Carlos bearbeitet inzwischen den jüngeren Kollegen weiter. »Ich bin nur der Gärtner und es ist ja gar nichts passiert! Ich meine, das Mädchen hat keinen Kratzer und dem Blumenladen geht es doch auch prächtig!«

Beide blicken zu dem Geschäft, vor dem sich eine rüstige Mittfünfzigerin postiert hat. Die Besitzerin höchstwahrscheinlich, wenn man sich nur an der grimmigen Miene und den verschränkten Armen orientiert.

Carlos kichert. »Ist irgendwie witzig, oder? Der Gärtner wäre beinahe in den Blumenladen gerauscht! Haha!« Angesichts des ungerührten Gesichts des Cops erstirbt sein Gelächter schlagartig. »Oder auch nicht ...«

Kurz darauf kehrt der ältere Beamte zurück, der seinem Kollegen wortlos einen Zettel in die Hand drückt. Für Carlos hat er nur einen ziemlich verächtlichen Blick übrig. Der jüngere der beiden sieht flüchtig auf das Papier. »Kleiner Umweg, huh?«

Carlos zuckt mit den Schultern. »Maybach ...?«

Der Cop hebt die Brauen. »Capwell?«

Wieder setzt Carlos die Agentenmaskerade auf und der Cop winkt ab. »Ja, ja, ich weiß, streng geheim.«

Fragend mustert der jüngere seinen älteren Kollegen. »Mir egal!«, knurrt der schließlich und spricht damit zum ersten Mal.

»Wenn du mich fragst, nehmen wir ihn mit und veranstalten das ganze Programm. Wenn ich mir Mühe gebe, dauert das mindestens bis morgen früh.«

Carlos wird blass. »Bitte, Sir ...«

Der schnaubt verächtlich, doch der andere wirkt plötzlich streng. »Sie haben sich einen miesen Zeitpunkt ausgesucht, um Ihrem Boss das Auto zu rauben ...«

»Nicht RAUBEN«, versichert Carlos eilig. »Vielmehr handelt es sich um eine höchst angebrachte TESTFAHRT! Stellen Sie sich vor, ER wäre damit gefahren und die Bremsen hätten versagt! Ich habe ihm das LEBEN GERETTET! Unter Einsatz meines eigenen, wenn man es genau nimmt! In Wahrheit bin ich ein gottverdammter Held!«

Die beiden werfen sich einen wissenden Blick zu, dann knurrt der Ältere. »Er ist ein Arschloch!«

Sein Kollege nickt. »Wir nehmen Ihre Personalien auf«, sagt er schließlich zu Carlos. »Momentan können wir keinen Schaden feststellen und anscheinend haben wir ein Herz für kleine, feige Arschlöcher. Aber sollte sich herausstellen, dass mit der Kleinen doch etwas nicht in Ordnung ist, dass sie vielleicht neuerdings nachts schlecht schläft oder sich einmal zu oft am Tag die Nase putzen muss, sind wir wieder da. Und dann wenden wir uns direkt an Ihren ›geheimen Boss‹!«

Carlos strahlt. »Oh, danke! DANKE! Ich weiß gar nicht ...«

»Schnauze!«, knurrt der ältere Cop. »Reißen Sie sich doch mal zusammen, Mann!«

* * *

Fünfzehn Minuten später erscheint Carlos ohne jedes Grinsen an der geöffneten Fahrertür des Maybachs.

»Ich fahre!«

Abrupt sieht Edward auf, scharfer Protest steht in seinem Gesicht. Doch im letzten Moment besinnt er sich und rutscht wortlos auf die Beifahrerseite.

Wenigstens etwas.

Carlos parkt den Wagen an einem dafür autorisierten Platz und dann warten sie, denn sie haben strikte Anweisung, den

Maybach »keinen verdammten Yard zu bewegen.«

Obwohl ihm der ältere Cop beim Abschied versicherte, dass er die defekten Bremsen für einen Fake halte und Carlos Bruder mit Sicherheit nur zu dämlich sei, einen Wagen zu lenken. Darüber hinaus verkündete er noch, dass er in den kommenden Tagen die Diebstahlanzeigen im Auge behalten werde. Sollte ein Mr. Edward Capwell seinen Maybach als gestohlen melden, dann würde er »höchstpersönlich kommen und Carlos den Arsch aufreißen.« Sie hätten Carlos genauestens überprüft und wüssten, mit wem sie es zu tun haben.

Diese spezielle Bemerkung zielt wohl darauf ab, dass er mit achtzehn mal wegen Ladendiebstahls vor dem Jugendrichter stand. Er hätte in der verfügbaren Zeit mehr herausgefunden, aber nichts für ungut.

Während der halben Stunde Wartezeit, bis die beiden Cops nach einem letzten argwöhnischen Blick auf den Maybach mit ihrem Streifenwagen verschwinden, spricht keiner der beiden Männer.

Auch, als Carlos endlich losfährt, wird kein Wort gewechselt. Ebenso verhält es sich, bis sie die Stadtgrenze bereits weit hinter sich gelassen haben.

Carlos hätte weiterhin geschwiegen, denn dies ist nicht der richtige Zeitpunkt für die fällige Aussprache. Es ist Edward, dessen kaum vernehmliche Stimme plötzlich im Wagen ertönt. »Seit wann?«

Ein letztes Mal setzt sich der Feigling in Carlos durch und versucht, ihn mit allerlei dummem Geschwätz zur Lüge zu überreden.

Komm! Niemand weiß es! Halt den Mund und du bist aus der Nummer raus! Ohne dich ist er aufgeschmissen! Denk an seinen Stunt von eben! Sag ihm, was weiß ich, sag ihm, du wusstest es seit gestern! Gestern ist cool, dann ist er sauer, aber er hasst dich nicht! Komm schon, Junge! Das ist es nicht wert!

Doch er will diesen Müll beenden, denn er hat sich nichts vorzuwerfen, und Lügen waren noch nie seine Baustelle.

»Ich wusste es bereits, als sie damals ging.«

Edward nickt und fixiert die asphaltierte Straße. »Hattest du zu ihr Kontakt?«

»Nein. Ich stecke nicht mit ihr unter einer Decke, falls du das meinst. Ich wusste nicht einmal, dass es ein Mädchen ist. Bis heute.«

Ausdruckslos starrt Edward auf den Freeway. Insgesamt macht er einen gesetzten, ruhigen Eindruck, wären da nicht die Fäuste, die mit jeder Sekunde fester werden. Für gewöhnlich lässt er sich seinen Ärger nicht so deutlich anmerken.

An einem Rastplatz hält Carlos; sollte Edward ihn anfallen, ist es besser, nicht mit dem Fahren beschäftigt zu sein.

Prompt knurrt der, ohne ihn anzusehen: »Fahr weiter!«

»Edward ... Sieh es ein! Es stand mir nicht zu, mich einzum...«

»FAHR WEITER!«

Carlos denkt nicht im Traum daran. »... einzumischen. Am Anfang dachte ich sogar, du wüsstest es! Es war so offensichtlich, dass du es unmö...«

Edwards Kopf wischt zu ihm herum, die Augen sind groß. »FAHR. JETZT. ENDLICH. WEITER!«

Doch Carlos stellt den Motor ab und wendet sich ihm zu. »Wirfst du mir tatsächlich vor, dass ich mich in *diese* Kiste nicht eingemischt habe?«

Edward lacht auf, während er weiter den Wald vor ihnen fixiert.

»Was?«

»Für wen hältst du dich? Ich werfe dir überhaupt nichts vor!«

»Ich dachte, du würdest nach ihr suchen! Dass die Nummer über zwei Jahre gehen würde, konnte ich doch nicht ...«

Als Edward ihn ansieht, ist sein Gesicht wutverzerrt.

»Wenn dir dein Leben lieb ist, hältst du jetzt die Schnauze. Ich schwöre dir, noch ein Wort und ich mach dich kalt!«

+ + +

Direkt nach dem Unfall ...

Irgendwann lehnt Edward sich zurück und wartet auf die Dinge, die sich ihm noch offenbaren werden. Längst hat er keine Chance mehr, abzuschätzen, was das sein wird. Alles, was er zu haben glaubte – einschließlich eines Freundes –, löst sich soeben in Wohlgefallen auf. Dieser unüberschaubare Zorn, den er bereits bei Anthonia spürte, scheint mit jeder Sekunde zu steigen.

Drei!

Dieses einsame Wort hat Edward mit einem Schlag die Realität verdeutlicht; im Grunde ist es egal, wann Carlos von Anthonias Schwangerschaft erfuhr, er wusste davon und unterließ es, das einzig Richtige zu tun: ihn sofort darüber zu informieren.

Langsam aber stetig verliert Edward die Kontrolle. Je länger er sich damit auseinandersetzt, dass er in den vergangenen dreißig Monaten der Clown war, der einzige Unwissende unter allen Wissenden, umso weniger kann er seine Handlungen noch koordinieren.

Vielleicht wollte er fliehen – was auf seiner Liste möglicher Reaktionen auf Platz eins rangiert – und raste deshalb mit dem Wagen los. Er weiß es nicht, was nicht unbedingt überrascht, denn im Grunde weiß Edward nichts mehr.

Von der Existenz eines Mädchens, das er im Begriff war, umzufahren, erfuhr er erst, als Carlos ins Lenkrad griff. Gleichzeitig realisierte er in dieser Sekunde, dass er sich überhaupt in einer Stadt befindet. Komisch, anscheinend neigt er in dieser speziellen dazu, Unfälle zu bauen. Die Ursache ist jedenfalls immer die gleiche.

Er müsste Carlos dankbar sein, weil er ihn davor bewahrt hat, morgen in den Zeitungen der Aufmacher zu sein:

Edward Capwell, Erbe des Capwell-Imperiums, tötet auf einer halsbrecherischen Fahrt durch West-Palm-Beach beinahe ein unschuldiges Mädchen. Waren Drogen im Spiel?

Doch er ist es nicht. In Wahrheit ist es ihm egal. Nur der eingefleischte Capwell-Instinkt, den er nun einmal nie ablegen kann, bewahrte ihn davor, einfach auszusteigen.

Er brachte es sogar, eine Sonnenbrille aufzusetzen; das war aber auch alles, was er in Sachen Rettung der Familienehre zu tun bereit war.

Ungeduldig wartet er darauf, dass Carlos das tut, wofür er bezahlt wird: Die Dinge so zu drehen, dass Edwards Weste blütenweiß bleibt. Und als er wieder neben ihm sitzt, weiß er nicht, wie er auch nur ein einziges Wort herausbringen sollte, ohne ihn sofort zu killen.

Schweigend arbeitet er daran, wieder so weit die Kontrolle zu erlangen, um das Ausmaß von Carlos' Verrat in Erfahrung zu bringen, und zwar, ohne ihn töten zu müssen.

Es dauerte länger als eine Stunde, bis er halbwegs sicher sein kann, da haben sie die Stadt bereits lange hinter sich gelassen. Doch garantieren kann er immer noch für nichts. Sollte sich Carlos für die falschen Antworten entscheiden, war es das.

Da gibt Edward sich keinen Illusionen hin.

Die Antworten seines Ex-Freundes fallen nicht nur falsch aus, sondern tendieren eindeutig zum Selbstmord.

Während er sich zielsicher in den Tod redet, hofft Edward zunehmend, dass Carlos nicht auf die selten dämliche Idee kommt, den Wagen zu halten, denn er will nicht zum Mörder werden; das ist der Kerl beileibe nicht wert.

Kaum hat er das gedacht, hält Carlos auch schon, was Edward nicht sonderlich verwundert, denn damit wird der Verrat nur unterstrichen.

In den folgenden Minuten versucht er alles, um sich zu beherrschen. Doch Carlos spricht weiter, obwohl Edward schon lange keine Fragen mehr stellt. Er hat erfahren, was er wissen muss. Aber offenbar hat Carlos nur darauf gewartet, endlich auch seine Meinung an den Mann zu bringen. Neben seinem Geständnis, das noch verheerender ausgefallen ist, als Edward es jemals vermutet hätte.

»Du bist sauer ... Ich schätze, das war nicht anders zu erwarten ...«

Edward beißt die Zähne zusammen. Kann er nicht aufhören zu quatschen und wieder losfahren?

»... Ich kann daran nichts ändern. Will ich auch gar nicht.«

Derweil versucht Edward, sich auf die Geräusche des Waldes zu konzentrieren und die dunkle Stimme auszublenden – und scheitert wenig überraschend. Obwohl Carlos nur verhalten spricht, dröhnt jedes Wort in Edwards Ohren, als würde er durch ein Megafon sprechen, das direkt auf sein Trommelfell gerichtet ist.

»... Aber ich bin für den ganzen Scheiß nicht verantwortlich! Das bist allein DU!«

Blauer Himmel erstreckt sich über den Wipfeln der Bäume, weit und breit ist keine einzige Wolke zu sehen. Die Sonne scheint immer noch recht warm, obwohl es bereits später Nachmittag ist, und Edward atmet mit zunehmenden Schwierigkeiten – was nicht ausschließlich an den Schmerzen in seiner Brust liegt.

»... Du wolltest es nicht sehen oder nach ihr suchen! Du hast nichts unternommen, was auf irgendein Interesse deinerseits schließen ließ! Du warst mit deiner Aurora zusammen und hast dich einen Scheißdreck um Tony ...«

Es geht ganz schnell, eine bewusste Entscheidung findet nie statt. Edwards Faust trifft Carlos´ Nase, dann dessen Schläfe und als Nächstes sein Kinn. Bevor er jedoch seinen vierten Treffer landen kann, fängt Carlos mit einer Hand seine Faust. »Das reicht!«

Edward erstarrt. Benommen betrachtet er die Platzwunde an Carlos´ Schläfe, in der sich das Blut sammelt, dann dessen blutige Nase, und erst jetzt wird ihm klar, was er gerade getan hat. Es war empfehlenswert und sehr, sehr gut, doch Carlos hat ihn aufgehalten und das ist frech.

Außerdem will er ihn nicht schlagen; so einfach verhält es sich diesmal nicht.

Und so senkt er langsam den Arm und richtet den Blick nach vorn. »Fahr endlich los!«

Doch zunächst wischt Carlos sich bedächtig das Blut vom Gesicht und startet erst dann den Motor.

Auf den verbliebenen Meilen herrscht zwischen den beiden Männern düsteres, feindseliges Schweigen. Als Edward am Haus aus dem Wagen gestiegen ist, wendet er sich noch einmal an seinen ehemaligen Freund. »Meinetwegen bleib, aber halte dich ab sofort von mir fern. Ich bin fertig mit dir!«

* * *

Edward befindet sich auf direktem Weg in sein Zimmer, als Matty ihm entgegeneilt. Eintausend Fragen stehen auf der Stirn des Jungen, doch dessen Onkel war nie weniger in der Verfassung zu reden, weshalb er die gesamte Geschichte brutal abkürzt: »Sie ist nicht hier. Ich erzähle es dir morgen.«

Damit geht er, ohne den Kleinen noch einmal anzusehen, denn er weiß zu genau, was ihn erwarten würde: Enttäuschung.

Wie soll er dem Jungen von etwas berichten, dass er selbst noch nicht vollständig und in allen Konsequenzen begriffen hat? Was er braucht, ist Zeit.

Zeit zum Denken – und genau die wird er sich jetzt nehmen!

Kaum ist die Tür hinter ihm geschlossen, eilt Edward an die Bar. Auf das Glas verzichtet er, womit Edward Capwell als Nächstes zum ersten Mal in seinem Leben Whisky aus einer Flasche trinkt – der Moment könnte nicht besser gewählt sein.

Mit dem Alkohol bewaffnet, setzt er sich in seinen Sessel. Denken ist unmöglich, denn derzeit hat er sich noch nicht angemessen unter Kontrolle, sondern tendiert mehr dazu, alles kurz und klein zu schlagen. Interessant hierbei ist, dass Carlos' Verrat ihn fast mehr mitnimmt als die Erkenntnis, eine Tochter zu haben.

Es ist bitterer.

Anthonia ist zu recht verstört. So unverzeihlich es auch ist, für das, was sie tat, hat sie wenigstens eine Erklärung. Was hat Carlos? Widerwillig gesteht Edward sich ein, dass er Carlos Parker tatsächlich blind vertraut hat, was sich soeben als einer der größten Fehler seines Lebens herausgestellt hat. Nun, offenbar hat er gerade die zweite Bruchlandung innerhalb weniger Tage hingelegt.

Nach etlichen Schlucken Whisky ist er zumindest in der Lage, die Fakten vor sich auszubreiten:

1. Er ist Vater einer Tochter. Jade. Sie ist ungefähr zwei Jahre alt, süß, intelligent und kann ziemlich laut brüllen. Mehr weiß er nicht.

2. Anthonia hasst ihn, so sehr, dass sie sich entschieden hat, mit ihrem Kind in Armut zu leben, anstatt bei ihm zu bleiben. Sie hat ihn hintergangen, wie noch nie zuvor ein Mensch in seinem Leben. Dagegen macht sich Carlos' Verrat wie ein Kinderstreich aus, denn zu dem hatte er nicht einmal eine annähernde Verbindung wie zu Anthonia.

Edward kann es nicht vergessen. Neben allen emotionalen Gründen, für die er größtenteils die Verantwortung trägt, existieren Pflichten, denen auch Anthonia sich nicht so einfach entziehen kann. Es wäre ihre Schuldigkeit gewesen, ihn über Jade in Kenntnis zu setzen, doch sie ließ ihn im Unklaren, und das kann er ihr einfach nicht vergeben!

3. Anscheinend haben es alle gewusst, außer Matty und er. Aurora, Carlos, und Edward hätte seinen linken Arm darauf verwettet, dass Mrs. Knight auch im Bilde gewesen ist. Denn laut Carlos war es ja so offensichtlich.

Düster nimmt Edward einen neuen Schluck aus seiner Flasche. Nun, für ihn nicht und er wünscht sich momentan nichts mehr, als dass es anders gelaufen wäre.

Also ist er wohl von Verrätern umgeben.

Wie man es dreht und wendet, Edward steht vor einem riesigen, scheinbar unüberwindlichen Berg aus Problemen.

Nachdem er einen weiteren tiefen Schluck genommen hat und damit der Inhalt der halben Flasche in seinem Magen verschwunden ist, verliert er vorübergehend ein wenig den Fokus.

Edward kann sich nicht daran erinnern, wann ihm zum letzten Mal von Alkohol übel geworden ist. Das muss annähernd fünfundzwanzig Jahre zurückliegen.

Und übel ist gar kein Ausdruck!

Als wäre das nicht genug, dreht sich auch noch der Raum – womit er wohl in einem klassischen Teenager-Alkohol-Rausch gefangen ist.

Das denkt er zumindest, allerdings hören die unangenehmen Begleiterscheinungen nicht auf oder stagnieren wenigstens. Stattdessen scheint sich seine Umgebung in eine Walze verwandelt zu haben, die gleichzeitig in jede verfügbare Richtung rotiert, und er befindet sich genau in der Mitte. Wieder einmal kann er nichts mehr erkennen, doch diesmal behindert kein dichter Nebel seine Sicht, stattdessen verschwimmt alles vor seinen Augen und wird zu einem wirbelnden Einheitsbrei aus Farben und Formen.

Was, bitte, soll der Scheiß?

Diese Frage kann er nicht beantworten, Edward weiß nur, dass *der Scheiß* immer grauenhafter wird. Kaum hat er realisiert, dass der Whisky tatsächlich wieder raus will, und zwar an der falschen Stelle, kommt er auch schon. Er hat keine Chance, es vorher noch ins Bad zu schaffen und findet sich kurz darauf würgend am Boden wieder, wobei er die ekelhafte Erfahrung macht, dass eine halbe Flasche Whisky recht lange braucht, um auf diese Art wieder zum Vorschein zu kommen. Außerdem ist Erbrechen mit ein paar kaputten Rippen und einer gestauchten Lunge, neben einer – wie war das? – *Rippenfellentzündung*, kein Vergnügen.

Als endlich alles draußen ist – und zwar auf seinem schönen, glänzenden Parkettboden –, liegt er mit geschlossenen Augen da und überlegt resigniert, ob sein Magen jetzt auch noch unter die Verräter gegangen ist.

Glücklicherweise fällt ihm irgendwann ein, was das Problem sein dürfte. Diese gottverdammten Spritzen! Baker hat es nicht erwähnt, vielleicht hielt er es nicht für wichtig, aber anscheinend darf man keinen Alkohol zu sich nehmen, wenn man mit diesem Zeug behandelt wird.

Fein.

Jetzt weiß Edward es auch.

Er hätte sich eher eigenhändig getötet, als jemanden zu bitten, die Sauerei wegzuwischen, womit dies wohl ihm vorbehalten bleibt.

Dennoch dauert es seine Zeit, bis er sich in der Lage sieht, aufzustehen. Die Flüssigkeit ist augenscheinlich aus seinem Magen verschwunden, der Alkohol jedoch nicht aus dem Blut.

Gefühlte Ewigkeiten später macht Edward erstmalig Erfahrung mit Wischlappen und Putzeimer. Beides entnimmt er wie ein Dieb der Reinigungskammer, von deren Existenz er glücklicherweise weiß. Irgendwann hat er sich mal gefragt, was sich hinter dieser speziellen Tür verbirgt und nachgesehen.

Er wählt die Flasche, auf der ›Sanitärreiniger‹ steht – das kann nicht verkehrt sein –, kippt den halben Inhalt in den Eimer, füllt ihn mit Wasser auf und beginnt dann unter angestrengtem Schlucken, den Boden zu reinigen.

Es riecht ekelhaft!

Außerdem stellt sich heraus, dass seine gebrochenen Rippen auch für die Büßerposition nicht besonders dankbar sind. Die Schmerzen prügeln auf ihn ein und die Atemnot nimmt zu. Daneben sind die Messer zurückgekehrt, und Edward beginnt, noch tief verborgen, aber da, auf das Eintreffen des Arztes zu warten.

Weitere Ewigkeiten später begutachtet er sein Werk und stöhnt auf. Das Erbrochene ist verschwunden, leider mitsamt der satten dunklen Farbe seines Parkettfußbodens. Der schimmert jetzt an der von Edward bearbeiteten Stelle ziemlich bleich.

Nun gut, mit diesem Problem wird er sich später auseinandersetzen.

Er entleert den Eimer in die Toilette, ignoriert wieder einmal, wie schwer es ihm fällt, den Behälter auch nur zu heben, und ärgert sich, weil seine Hände plötzlich wie Feuer brennen.

Als er schließlich schwer atmend und mit Schweißperlen auf der Stirn in seinem Sessel sitzt, ist es inzwischen dunkel geworden. Den Whisky stellt er zurück in die Bar, wobei er auf einen intensiveren Blick auf die Flasche verzichtet. Sein Magen dankt es ihm, indem er kein weiteres Mal meutert.

Und dann macht Edward sich endlich daran, nach der Lösung für seine diversen Schwierigkeiten zu suchen. Wenn er schon sonst nichts mehr zustande bringt, wenigstens ein Plan muss her!

Nach zwanzig Minuten steht dieser – zumindest das grobe Gerüst:

Edward will alles über Jade erfahren. Da er davon ausgeht, dass Tony momentan nicht sehr auskunftsfreudig sein wird, setzt er auf seine Anwälte. Wie viel er bei Anthonia retten kann, ist ihm unbekannt, aber das will er. Was er sich geschworen hat, ist nicht vergessen oder hat plötzlich an Brisanz verloren. Es ist nur mit einem Mal alles so viel schwieriger geworden. Er wird es versuchen – mit allem, was in seiner Macht steht, doch den Vorrang hat Jade. Denn Edward kennt sich zu gut und weiß, dass er Tonys Verrat nicht einfach ignorieren kann.

Noch immer sind ihm ihre Gründe geläufig, doch das führt nicht automatisch zu ihrer Absolution. Sie hat eine Grenze überschritten, die er niemals genommen hätte. Das Kind bleibt immer außen vor. Nun, jetzt *die Kinder*.

Mit seiner grenzenlosen Enttäuschung wird er sehr lange zu kämpfen haben und weiß nicht, ob er ihr jemals vollständig verzeihen können wird.

Etwas ist heute unrettbar in ihm zerbrochen, Anthonia hat ihren Heiligenstatus verloren und ist unter die gemeinen Menschen gegangen. Sie ist rachsüchtig, verschlagen, kämpft unfair, wenn es um ihren Vorteil geht, und verletzt mutwillig. Nur, um sich danach vielleicht ein wenig besser zu fühlen. Mit anderen Worten:

Sie ist wie alle anderen und nicht zuletzt – wie er selbst.

An dieser Stelle würde Edward gern doch noch einen Whisky trinken und nur die Erinnerung an seine wenig glorreiche Einlage auf dem Boden bewahrt ihn davor, sich dieser Tortur nochmals auszusetzen. Es dauert eine ganze Weile, bevor er auch die verbliebenen Punkte abhandeln kann.

Möglicherweise ist Susan tatsächlich seine einzige Chance. Edward hofft, ihr seine Absichten glaubhaft und verständlich gemacht zu haben, denn inzwischen stellt sich ein neues Gefühl ein, mit dem er sich zu gut auskennt, um nicht zu wissen, dass es kontinuierlich zunehmen wird. Mit jedem Tag, später jeder Stunde – dann jeder Minute –, die er von den beiden getrennt ist.

Sehnsucht.

Nicht zu wissen, wie es ihnen ergeht, wird ihn über kurz oder lang zermürben. Und das, wo heute möglicherweise ein jahrelanger Kleinkrieg eingeläutet wurde ...

Wieder schielt er zu der Whiskyflasche.

Offenbar ist Susan Gedney – größtes Übel dieser Erdhalbkugel – tatsächlich seine einzige Hoffnung.

Edward richtet sich auf und beißt die Zähne zusammen, weil die Anzahl der Messer noch einmal zunimmt.

Fakten:

Er wird morgen früh, nachdem Baker wieder verschwunden ist, nach Miami fahren und seinem guten alten Freund Malone einen Besuch abstatten. Bevor er sich jedoch als Vater outet, muss die Sicherheit in West Palm Beach gewährleistet sein. Anthonias Auftauchen nach seinem Absturz ist keineswegs ohne Folgen geblieben. Doch man hat schnell ermittelt, dass es sich um die Schwester von Timotheus´ Ehefrau handelt, weshalb die Aufmerksamkeit nicht sonderlich gravierend und anhaltend ausgefallen ist. Wen interessiert schon eine unbedeutende Verwandte dritten Grades?

Stellt sich allerdings heraus, dass sie die Mutter seines unehelichen Kindes ist, wird das Theater mit aller Macht losgehen. Bisher hat Edward keine Ahnung, wie er die beiden davor und vor den zwangsläufigen Konsequenzen schützen soll.

Die drei, um genau zu sein.

Nicht auf die Entfernung, nicht in dieser unübersichtlichen Straße oder dieser elenden Mietskaserne ...

Er wird mit Carlos sprechen müssen.

Langsam schließt Edward die Augen, sein Mund beschreibt nur noch einen schmalen Strich.

Nein!

Momentan weiß er nicht einmal, ob der ein Wiedersehen überleben würde. Er muss das mit Harpers Hilfe realisieren, was ihn gewaltig nervt, besonders, da es sich um Jade und Tony handelt. Aber ihm bleibt nichts anderes übrig.

Mit Carlos kann – *will* – er nicht mehr zusammenarbeiten.

Gedankenverloren checkt er die Telefone, besonders das Anthonia-Handy, das plötzlich zum Susan-Handy geworden ist. Möglicherweise war es das schon immer; er hat Tony nie gefragt, ob sie die Nummer überhaupt kennt. Dass es sich anders verhalten könnte, zog er in all den Jahren des Wartens nicht einmal in Betracht.

Dumm! Vielleicht hat er deshalb umsonst gelauert ...

Das Klopfen an seiner Tür lässt ihn aufsehen. Baker hält seinen Kopf in den Raum. »Ach!« sagt er, sichtlich überrascht. »Sie leben noch!«

»Wie man es nimmt«, erwidert Edward, ohne den leisesten Anflug von Ironie.

+ + +

Nägel mit Köpfen ...

»Ich denke nicht, dass uns diese Angelegenheit große Schwierigkeiten bereiten wird, Mr. Capwell.«

Mit einem selbstgefälligen Grinsen lehnt Malone sich zurück.

Der untersetzte, etwas korpulenten Mann, hat die Fünfzig bereits weit hinter sich gelassen. Das Haar ist ihm bis auf wenige Strähnen komplett ausgefallen, während sein Gesicht von zu vielen Steaks und zu wenig Bewegung innerhalb der vergangenen zwanzig Jahre erzählt.

Grob geschätzt.

Dennoch wirkt er auf seine Weise durchaus attraktiv. Es ist kein Geheimnis, wie dieser Effekt zustande kommt, Edward hat das bereits einmal zu oft gesehen: Selbstsicherheit, Arroganz und jede Menge Geld. Das ist nicht nur eine Legende, sondern funktioniert tatsächlich. Je mehr Geld im Spiel ist, desto attraktiver wird der Mensch.

Die Kanzlei vertritt die Familie Capwell bereits in der dritten Generation und bisher gelang es ihr immer erfolgreich, Schaden von ihnen abzuwenden. Allerdings wird sie für ihre Dienste auch fürstlich bezahlt: Eine Stunde kostet mehr, als ein gewöhnlicher Arbeiter in einer Woche verdient.

Edward ist das so ziemlich egal. Frisch mit Spritzen versorgt – also nahezu schmerzfrei und daher relativ gelassen –, sitzt er mit Malone im Konferenzraum der Büroräume.

»Wie wollen Sie vorgehen?«

Malone hebt die Augenbrauen. »Um ehrlich zu sein – *gar nicht!* Wenn ich das richtig verstanden habe, wurden seitens der Kindesmutter bisher noch keine Forderungen erhoben. Ich für meinen Teil werde mich entspannt zurücklehnen. Sollte irgendwann etwas Derartiges in den Raum gestellt werden, reagieren wir angemessen.

Es besteht kein Grund, in die Offensive zu gehen, zumal die Vaterschaft bisher nicht amtlich festgestellt ...«

Edward beugt sich vor. »Sie haben mich offenbar missverstanden! An der Vaterschaft bestehen nicht die geringsten Zweifel ...«

Leise lacht Malone auf. *»Oh, Mr. Capwell!* Sie glauben ja nicht, wie schnell man die säen kann! Sollte es so weit kommen, überlassen Sie die Klärung dieser Angelegenheit getrost uns. Es dürfte kein Problem darstellen, den einen oder anderen Namen ausfindig zu machen, der ebenfalls zum fraglichen Zeitpunkt mit der Dame innige Kontakte pflegte ...«

Edwards Miene ist eisig. »Sie haben mich anscheinend tatsächlich missverstanden. Ich hege keinen Zweifel an der Vaterschaft, stattdessen will ich, dass mein Name so schnell wie möglich als rechtmäßiger Vater aktenkundig wird!«

Malone setzt sich etwas gerader, stützt die Ellenbogen auf und senkt sein Kinn auf die ineinander verschlungenen Hände. »Davon muss ich Ihnen dringend abraten, Sir. Auch wenn Sie momentan überzeugt sind, der Erzeuger des Kindes zu sein, sollten Sie vorab auf die genetische Bestätigung beharren. In dieser Hinsicht habe ich über die Jahre einschlägige Erfahrungen gemacht. Sie würden sich wundern, wie akut man sich anhand äußerer, *scheinbarer* Ähnlichkeiten täuschen kann.« Er betrachtet die eisige Miene seines Mandanten etwas genauer. »Besonders, wenn man sich täuschen *will* ...«

Edward schüttelt den Kopf. »In diesem Fall verhält es sich anders. Wie ich bereits sagte, an der Vaterschaft bestehen nicht die geringsten Zweifel.«

»Mr. Capwell ...« Beschwörend hebt Malone die Hände. »Als Ihr Anwalt ist es meine Pflicht, Sie vor übereilten Handlungen zu bewahren. Bitte, überstürzen Sie nichts! Die Folgen einer amtlichen Beglaubigung der Vaterschaft wären weitreichend und nicht mehr umkehrbar! Selbst, wenn sich herausstellen sollte, dass sie doch nicht der Vater sind! Das Kind wäre in vollem Umfang erbberechtigt, vom Unterhaltsanspruch ganz zu schweigen. Ich habe den Eindruck, in diesem Fall sind Sie emotional alles andere als unbeteiligt. Sie mögen jetzt so empfinden, doch in ein paar Monaten, möglicherweise Jahren, sehen Sie die Dinge vielleicht anders. Daher rate ich Ihnen dringend ...«

Edward fährt auf. »Verschonen Sie mich mit Ihrem Vortrag! Ich bin kein dummer Junge, der sich von irgendeinem dahergelaufenen Mädchen ein Kind unterschieben lässt, weil er aufgrund einer vorübergehenden hormonellen Beeinträchtigung nicht mehr Herr seiner Sinne ist! Die Folgen sind mir hinreichend bekannt; um genau zu sein, sind sie *das Ziel!* Deshalb will ich diese Angelegenheit so schnell wie möglich vorantreiben. *Ich* will das! Seitens der ›Kindesmutter‹ bestehen keine Forderungen irgendwelcher Art und das werden sie auch nie. Stehen Sie mir nun zur Verfügung oder wäre es angezeigt, mir für diesen Fall einen Rechtsbeistand zu suchen, der meine Interessen auf die von mir gewünschte Weise vertritt?«

Malone seufzt. »Selbstverständlich nicht, Mr. Capwell.«

Edward mustert ihn drohend, doch als er dem nichts hinzuzufügen hat, nickt er knapp. »Fein!«

* * *

Malone gibt sich geschlagen.

Fürs Erste.

Er ruft seine Sekretärin, die von Edward alles aufnimmt, was der an Informationen zu bieten hat. Viel ist es nicht, doch es genügt.

Während Edward sich mit Kaffee versorgen lässt, macht sich Malone an die Arbeit, inzwischen mit der Unterstützung von drei Assistenten. Etwas mehr als zwei Stunden später weiß Edward, dass Jade Benett am vierundzwanzigsten Dezember geboren wurde. Das überrascht ihn keineswegs, es passt sogar perfekt.

Nur der Gedanke an jenes, durch Mattys freundliche Unterstützung, total missratene Weihnachtsfest stößt ihm bitter auf. Während er sich über das unmögliche Benehmen seines Neffen ärgerte – ohne, sich etwas anmerken zu lassen, schließlich wollte er es sich mit Matty ja nicht noch mehr verderben –, lag Tony also in den Wehen, ja?

Fein!

Jetzt weiß er, in welcher Klinik Jade zur Welt kam, wie die Hebamme hieß, kennt Jades Geburtsgewicht, ihre Größe und weiß, dass Miss Susan Gedney als Vormund benannt wurde. Sein Name wird nirgendwo erwähnt.

Demnach hatte Anthonia nie die Absicht, irgendwann zu offenbaren, dass er Jades Vater ist.

FEIN!

* * *

Keine halbe Stunde später sind die erforderlichen Unterlagen für die Behörden erstellt. Bevor der Bote jedoch damit verschwinden kann, versagen bei Malone zum ersten Mal seit ihrem Eingangsgespräch die Nerven. Eindringlich und eindeutig etwas flattrig mustert er ihn. »Sie sind zu diesem Schritt wirklich entschlossen, Mr. Capwell?«

Edward bedenkt ihn nur mit einem besonders finsteren Blick. Seine Überlegungen, das Weihnachtsfest vor zwei Jahren betreffend, und die Tatsache, dass er in Tonys Denken nicht mehr vorkommt, hat er noch nicht ganz verarbeitet.

Seufzend gibt Malone dem Boten das Zeichen, dass er gehen kann. Als sich die Tür hinter ihm geschlossen hat, lehnt der Anwalt sich zurück. »Sie wissen, dass dies den Medien nicht lange verborgen bleiben wird?«

Edward nickt knapp. »Die entsprechenden Vorkehrungen wurden bereits getroffen.«

Malone scheint zu überlegen, dann klatscht er mit erstaunlich viel Tatendrang in die Hände.

»Gut! Wir können davon ausgehen, dass die vorläufige Anerkennung noch heute ausgefertigt wird. Ich schlage vor, zunächst machen wir uns eingehend über die Dame kundig. Deren genaue Lebensverhältnisse sind mir unbekannt, doch ihre Wohnadresse lässt auf wenig bis keinen finanziellen Rückhalt schließen. Das vereinfacht die Dinge für uns erheblich. Jetzt, wo wir in die Offensive gegangen sind, sollten wir nicht mehr locker lassen, sondern sofort nachziehen, ihr keine Zeit zum Luftholen einzuräumen, verstehen Sie?« Als Edward nicht antwortet, fährt er unbekümmert fort. »Als Nächstes bekommt sie eine förmliche Aufforderung zur Bestätigung Ihrer Vaterschaft. Sie *wird* reagieren, davon bin ich überzeugt. Sollte sie sich jedoch weigern, werde ich nicht zögern, unsere Forderung bei Gericht durchzusetzen. Dem kann sie sich nicht entziehen. In dem Moment, wo Miss Benett Sie als rechtmäßigen Vater bestätigt hat, schicken wir die Sorgerechtsklage hinterher.«

Erneut wägt er kurz ab, dann nickt Malone bekräftigend. »Zwei Monate, dann haben Sie Ihre Tochter. Wollen Sie, dass es noch schneller geht, würde ich für die Zahlung einer kleinen ... Entschädigungssumme plädieren. So etwas hilft manchmal mehr als tausend Worte oder Klagen.«

Er verstummt, betrachtet Edwards Gesichtsausdruck, der immer eisiger geworden ist, und seufzt. »Lassen Sie mich raten, Ihre Pläne sind auch diesbezüglich etwas anderslautend?«

»Korrekt.« Edward mustert ihn mit wachsender Verachtung. »Meine Zeit ist äußerst begrenzt, deshalb werden Sie mir jetzt genau zuhören: Miss Benett ist die Tante meines Neffen ...«

Malone stutzt. »Das verkompliziert die Dinge ein wenig.«

Edwards irritiert gerunzelte Stirn lässt ihn verstummen.

»... Was bedeutet, sie ist Mitglied der Capwell-Familie. Ich denke, damit dürften alle Fragen, den tadellosen Leumund der Dame betreffend, ein für alle Mal geklärt sein. Die Fakten sind eindeutig: Erstens: Ich bin der Vater des Kindes. Das ist keine hohe Eventualität, sondern eine Tatsache. Meine Überzeugung fundiert nicht auf irgendeiner ›emotionalen Beteiligung‹, sondern auf Logik. Niemand außer mir kommt infrage. Zweitens: Ich strebe keineswegs eine Sorgerechtsklage an. Jedenfalls nicht in Ihrem Sinne. Ich will ...« Edward beginnt an seinen Fingern abzuzählen. »Die umgehende Legitimation meiner Tochter ...«

»Was, wenn Miss Benett darauf nicht eingeht?«, wirft Malone ein.

»Sollte dieser Fall eintreten, werden wir uns damit befassen, wenn es so weit ist. Ich will das gemeinsame Sorgerecht ...«

Als Malones Augen triumphierend aufblitzen, wird Edwards Blick wieder drohend und er fährt noch verhaltener fort. »Was bedeutet, ich will ein gewisses Mitspracherecht.

Das beinhaltet jedoch nicht den Wohn- oder Aufenthaltsort meiner Tochter, der ist und bleibt bei ihrer Mutter. Und es beinhaltet auch nicht die Absicht, mich in den alltäglichen Ablauf einzumischen. Mir geht es eher um langfristige Entscheidungen. Ihre Schulausbildung, beispielsweise. Den Collegebesuch, die ärztliche Betreuung. So etwas in der Art. Eine angemessene monatliche Unterhaltszahlung versteht sich von selbst. Das schließt ebenfalls jene Beträge mit ein, die bisher fällig wurden. *Alle Beträge* ...«, betont Edward eisig.

Malone öffnet den Mund, um etwas einzuwerfen, und schließt ihn kurz darauf unverrichteter Dinge wieder.

»Die Annahme dieser Zahlungen werden wir möglicherweise zunächst durchsetzen müssen.«

Der Anwalt hebt einen Finger. »Moment, sagten Sie gerade, Sie wollen die *Annahme* Ihrer Unterhaltszahlungen, von denen mindestens die Hälfte nicht erforderlich sind, *durchsetzen*?«

Edward nickt knapp. »Das ist korrekt.«

Er wartet, doch als sein Gegenüber nichts erwidert, spricht er weiter. »Ich will eine faire Besuchsregelung. Und dies alles möchte ich so behutsam durchsetzen, wie es irgendwie möglich ist. Keine Drohungen, keine Bestechungen – glauben Sie mir, das würde den gegenteiligen Effekt erzielen ...« Er verzieht das Gesicht. »Jede Ermittlung, Miss Benett betreffend, wird unterlassen – Sie würden ohnehin nichts Verwertbares finden. Sie wird nicht unter Druck gesetzt, egal, auf welche Art ...« Edward sieht auf. »Haben Sie das so weit verstanden?«

Langsam nickt Malone. »Natürlich, das ist mir alles so weit verständlich. Ich sehe da nur ein Problem: Ihren Worten und auch Ihrer bevorzugten Vorgehensweise entnehme ich, dass Miss Benett mit Ihren Plänen keineswegs konform läuft, sie sogar strikt ablehnt. Ist das richtig?«

»Wir können davon ausgehen.«

»Das heißt, sie verweigert Ihnen derzeit jeden Kontakt oder auch nur die Annahme einer finanziell gearteten Zuwendung für Ihre vermeintl... Sie müssen entschuldigen. Anwaltskrankheit.« Er grinst flüchtig. »... für ihre Tochter?«

»So sieht es momentan aus.«

»Doch Sie sind fest entschlossen, Ihre Interessen durchzusetzen. Auch damit liege ich so weit richtig?«

»Ja.«

Der Anwalt beugt sich zu ihm vor. »Mr. Capwell, ich befürchte, dass es dann nicht ganz ohne Druck funktionieren wird. Wie wollen Sie die Dame zu etwas bringen, das sie kategorisch ablehnt, ohne sich irgendwelcher Rechtsmittel zu bedienen? Wenn sie ablehnt ...« Edward will etwas einwerfen, doch Malone hebt eine Hand. »... Moment! *Wenn sie ablehnt –* nur genommen der Fall – und Sie halten dennoch an Ihren Forderungen fest, werden Sie sich über kurz oder lang mit ihr auseinandersetzen *müssen!* Möglicherweise auch vor Gericht. Das ist Ihnen bewusst?«

Sicher ist es das, doch Edward hofft, dass Anthonia einlenken wird, bevor er zu diesen Mitteln greifen muss.

Malone hat ihn nicht aus den Augen gelassen. »Darf ich etwas Persönliches anmerken?«

Edward mustert ihn mit verengten Augen und nickt schließlich. Der Kerl ist sein Rechtsbeistand, warum nicht?

»Wissen Sie, das mit uns Anwälten ist immer so eine Sache«, beginnt Malone. »Ein Brief mit unserem Label kann schon den einen oder anderen Schock verursachen. Um ehrlich zu sein, ist das durchaus beabsichtigt.« Er verzieht das Gesicht. »Ich denke, Sie werden sich bald in einer Sackgasse wiederfinden. Das ist natürlich ausschließlich meine persönliche Meinung ...« Als Edward nicht reagiert, spricht er weiter: »Sie wollen Ihre Rechte als Vater durchsetzen, notwendigenfalls auch gegen den Willen der Mutter. Die wollen Sie aber nicht ...«, er spitzt die Lippen, »... sagen wir: verärgern. Sehe ich das richtig?«

Edward überlegt, bevor er abermals knapp nickt.

»Mr. Capwell, Sie *werden* sie verärgern, darauf haben Sie mein Wort! Beharren Sie auf Ihrem Recht, auch wenn sie sich nicht kooperativ zeigt, wird Sie das im Ansehen der Dame nicht unbedingt steigen lassen. Das muss Ihnen bewusst sein. Und wenn sie auf Ihre einvernehmlichen Lösungsvorschläge nicht eingeht, werden Sie in absehbarer Zeit vor der Entscheidung stehen, Ihre berechtigten Forderungen per Gericht durchzusetzen oder zu verzichten. Sie deuteten an, Miss Benett sei unbestechlich ...« Skeptisch hebt er die Augenbrauen.

»Glauben Sie es oder lassen Sie es!« Wie soll Edward diesem Rechtsverdreher das Wesen Tony Benetts erklären? Das wird dieser Kerl nie verstehen, denn nicht einmal er selbst bringt das zustande.

Die Zweifel sind aus den Augen des Juristen nicht verschwunden. »Ein persönliches Gespräch würde zu keiner Klärung führen?«

Ungläubig mustert Edward ihn. »Meinen Sie, dann wäre ich hier?«

»Eine Frage war es wert«, murmelt Malone, der zu überlegen scheint. »Gut! Ich denke, inzwischen überblicke ich die Lage etwas umfassender. Mein Vorschlag wäre, wir formulieren gemeinsam ein Anschreiben an Miss Benett, in der wir Ihre Absichten offenlegen. Ein äußerst versöhnliches und behutsames. Sie muss es unbedingt erhalten, bevor die amtliche Aufforderung der Behörde bei ihr eingeht. Ansonsten könnte das Spiel bereits vorbei sein, bevor es wirklich begonnen hat. Dann werden wir weitersehen.«

Das ist doch alles, was Edward will!

* * *

Als er nach einer Stunde mit dem seltsamen Kerls, dessen Namen er schon wieder vergessen hat, zu seinem Wagen eilt, schwirrt Edward der Kopf.

Malone – obwohl er doch inzwischen weiß, worum es geht, und zwar in einem weitaus höheren Maße, als Edward recht sein kann – hat tatsächlich um jeden verdammten Cent gefeilscht. Einige Male wurde es gefährlich laut, immer dann, wenn der Anwalt die Summen drücken wollte.

Genau genommen führt der Mann sich auf, als ginge es um sein Geld, nicht um Edwards, weshalb Letzterer froh ist, endlich gehen zu können.

Der Anblick seines rotblonden Bodyguards mit Sommersprossen, der ihm beim Gehen keine Luft zum Atmen lässt, stimmt ihn nicht fröhlicher. Hat der noch nie etwas von persönlichem Freiraum gehört? Auch der Gedanke an die längst fällige Aussprache mit Matty, der er sich am Morgen feige entzogen hat, lässt Edward nicht gerade in Jubelgeschrei ausbrechen. Bislang ist ihm noch immer schleierhaft, was er dem erzählen soll.

Trotzdem ist dieser Tag bis hierher keineswegs ein verlorener gewesen: Zumindest hat Edward jetzt offiziell bekannt gegeben, dass er ein Idiot ist, oder anders formuliert: In ungefähr vier Stunden wird allgemein bekannt sein, dass Edward Capwell nach zwei Jahren auch endlich dahintergekommen ist, Vater einer unehelichen Tochter zu sein.

Spätestens in vier Stunden. Je nachdem, wie lange es benötigt, bis die Information durch die löchrigen Wände des Amtsgebäudes gesickert ist.

Und die wird sickern, das steht fest.

Edward sieht dem relativ gelassen entgegen, denn für diesen Fall hat er bereits alles Erforderliche in die Wege geleitet. Die drei sind sicher.

Nun ja, so sicher, wie es unter den gegebenen Umständen überhaupt möglich ist.

* * *

Noch bevor er zu Malone fuhr, hatte er der Holding einen Besuch abgestattet. Dort begrüßte man ihn zur Abwechslung einmal annähernd erfreut, auch wenn er meinte, in Cronicles Blick ehrliche Enttäuschung auszumachen. Die alte Krähe hat unter Garantie gehofft, dass er auf immer und ewig in den Everglades umherirren würde.

Edward wünschte ihr einen besonders enthusiastischen »Guten Tag!« und verschwand in seinem Büro, um mit Harper zu sprechen.

Der war wie immer hysterisch und hochgradig nervös. Fast noch mehr als üblich, fand Edward. Der Zeitpunkt war denkbar ungünstig, schließlich war sein Anliegen kein geringes und verlangte die gesamte Aufmerksamkeit des Idioten.

Als er ihn mit knappen Worten die Lage umriss, hellte sich Harpers Miene zusehends auf.

»Kein Problem, Sir«, versicherte er eilig. »Das lässt sich ganz einfach realisieren. Wir postieren zwei meiner besten Leute direkt vor der Appartementtür ...«

»*Ohne*, dass die beiden Frauen davon etwas bemerken«, unterbrach Edward ihn eisig.

»Oh!«, Harper runzelte die Stirn, grinste kurz darauf jedoch wieder. »Wir postieren einen Wagen vor der Haustür – unbemerkt, versteht sich ... Sir.«

Edward nickte; als nichts weiter kam, verengten sich seine Augen. »Fein, und wie halten Sie die Presse davon ab, die Straße einzunehmen?«

»Presse? Sir?«

Erschöpft schüttelte Edward den Kopf. »Schicken Sie mir fünfzehn entbehrliche und *fähige* Leute, um den Rest kümmere ich mich selbst. Und ich brauche einen Bodyguard. In einer halben Stunde!«

John und Sam, zwei der Männer, die für gewöhnlich auf seinem Anwesen im Einsatz sind, hatten ihn am Morgen in die Stadt begleitet, fuhren jedoch sofort weiter, um Juan und Dean endlich abzulösen, weshalb er dringend Ersatz benötigte. Die Zeiten sind zu gefährlich, um sich allein in der Öffentlichkeit zu bewegen.

Leider.

Er widmete sich den Akten auf seinem Tisch, doch als kein Türklappen signalisierte, dass der Versager endlich verschwunden war, sah er auf. Harper stand immer noch an Ort und Stelle.

»Was?«

Der tappte unangenehm berührt von einem Bein aufs andere – ein jämmerlicher Anblick. »Sir, es ist nur so, dass solche Dinge bisher von Mr. Parker ...«

»Ab sofort ist die Konzernsicherheit dafür zuständig. Sonst noch was?«

»Für welche Person ist der Body...«

»Für mich!«

Ungläubig musterte Harper ihn, doch als Edwards Blick langsam drohend wurde, machte er, dass er wegkam. Mit ihm verließ die Nachrichtenzentrale der Firma den Raum. In einer

Viertelstunde würde jede Ratte in diesem Unternehmen wissen, das Carlos Parker – Exfreund und Verräterschwein – nicht mehr für Mr. Capwell tätig war. Und wenn schon.

Diesmal war es wenigstens keine Ente.

* * *

Die fünfzehn Leute entpuppten sich als willige, jedoch nicht sonderlich *fähige* Leute. Allerdings mit Entwicklungspotenzial, sofern man ihnen die erforderliche Zeit einräumte – und genau das konnte Edward nicht.

Nach fünf Minuten ließ er entnervt Juan wecken und in seinem Büro zitieren. Der traf eine Dreiviertelstunde später ein und danach lief es leidlich.

In der Zwischenzeit hatte Edward vier der Männer in zwei Vans in West Palm Beach postiert.

Dann unterrichtete er Juan über dessen neues Aufgabengebiet. »Mache frei stehende Appartements in der Straße ausfindig und erkundige dich nach dem Kaufpreis. Sobald du fündig geworden bist, informierst du mich. Verstanden?«

Juan nickte.

»Dann findest du heraus, ob im Haus eines der Appartements derzeit frei steht. Ich will unsere Leute direkt dort stationieren.« Erwartungsvoll sah Edward von seinen Unterlagen auf.

Juan nickte.

»Sollte das nicht der Fall sein, sorge dafür, dass wir in Kürze über ein freies verfügen können. Am besten direkt über oder unter dem fraglichen Appartement ...« Er überlegte und fügte hinzu. »Das Ganze hat freundlich abzulaufen.«

Juan nickte.

»Dann will ich, dass du ermittelst, wo die beiden Frauen arbeiten. Die Namen lauten Miss Anthonia Benett und Miss Susan Gedney; sobald du die Arbeitgeber hast, teilst du sie mir mit. Finde heraus, ob die Kleine tagsüber in einer Einrichtung untergebracht ist. Wenn du es weißt – Adresse zu mir! Ich möchte wissen, wo sie einkaufen, wo sie spazieren gehen, mit wem sie für gewöhnlich verkehren und was sie sonst noch so tun.

Alles ist von Bedeutung. Verstanden?«

Juan nickte.

»Keine der beiden Frauen bewegt sich ab sofort ohne Schutz aus dem Haus. Nirgendwohin! Allerdings muss eure Anwesenheit unbemerkt bleiben. Verstanden?«

Juan nickte.

»Ich dulde keine Presse in der Straße; wie du das anstellst, ist mir egal. Zur Not riegelt ihr das gesamte Viertel ab. Du solltest dich also mit den zuständigen Cops gutstellen. Verstanden?«

Juan nickte.

»Ich will spätestens morgen eine Übersicht über jeden Bewohner in der fraglicher Straße haben. Name, genaue Adresse und kurzer Lebenslauf. Straffällig gewordene sind vorrangig zu behandeln. Verstanden?«

Juan nickte.

»Der Schutz dieser drei hat Vorrang vor allem anderen. Du bürgst mir mit deinem Leben für ihre Sicherheit. Ich will über jedes Vorkommnis informiert werden. *Jedes!* Egal, wie nebensächlich es erscheint. Du hast die Verantwortung. Teile die Leute ein, kümmere dich darum, dass die Sache läuft; morgen will ich die ersten Ergebnisse. Noch Fragen?«

Es dauerte eine ganze Weile, bevor Juan sich meldete und der klang alles andere als hochmotiviert, sondern eher leicht panisch. »Ist es erlaubt, mir jemanden zur Unterstützung mit ins Boot zu holen?«

Abrupt sah Edward auf und fixierte Juan drohend. »Sicher! Hol *jemand*. Aber vergiss nicht, dass *du* mir Rede und Antwort schuldest. Das ist alles.«

Jetzt war Juan deutlich die Erleichterung anzumerken. Edward wartete, bis er gegangen ist, dann lachte er grimmig.

So wie es aussieht, geht es wohl doch nicht ganz ohne Carlos, denn er hat Juan mit seinem Auftrag überfordert. Fein! Dann tut der Kerl wenigstens etwas für sein Geld, Edward muss ihn nicht sehen und weiß gleichzeitig, dass die Angelegenheit in West Palm Beach korrekt erledigt wird.

Vermutlich hatte er so etwas in der Art geahnt, andernfalls hätte er ihn gestern gefeuert. Irgendetwas hielt ihn davon ab, und zwar in buchstäblich letzter Sekunde. Jetzt wusste er, was es war.

Carlos mag ein mieses, verlogenes Schwein sein, doch er ist nun einmal sein fähigster Mann. Hier geht es nicht um persönliche Differenzen, sondern um die Sicherheit der drei.

Edward *kann* trennen.

Außerdem bereitet es ihm eine gewisse Genugtuung, Carlos entthront zu haben. Juan hat jetzt das Sagen, nicht halb so fähig und erfahren, total überfordert ohne Carlos' Hilfe, aber trotzdem die Nummer eins. Was bedeutet, Juan bekommt eine Gehaltserhöhung und Carlos muss sich wohl oder übel mit einer Senkung seiner monatlichen Bezüge anfreunden. Was für ein Pech!

Egal, wie schnell er zu Malone wollte, diese konkrete Änderung nahm Edward noch in Angriff, bevor er sich in die Kanzlei aufmachte.

* * *

Als er am späten Nachmittag nach Hause kommt, gibt es keine Ausflüchte mehr. Noch in der Halle stellt Matty ihn. Breitbeinig baut er sich vor ihm auf, die Hände in die Seiten gestützt, und seine großen Augen lassen keine Zweifel daran, dass die Schonfrist vorbei ist.

Edward seufzt. »In zehn Minuten am Pavillon!«

Ein knappes, äußerst zackiges Nicken markiert die einzige Antwort.

Es sind nur etwas über hundert Meter bis zum Ort des konspirativen Treffens, doch Edward bemerkt frustriert, dass ihm selbst das Gehen inzwischen enorme Schwierigkeiten bereitet. Der Tag war sehr lang und sehr anstrengend, und ob er es zugeben will oder nicht: Er freut sich wahnsinnig auf die Spritzen, die Baker ihm in den Arm jagen wird. Und zwar in ...

Edward sieht auf die Uhr und stöhnt.

... vier Stunden.

Was eine verdammt lange Zeitspanne darstellt, wenn stumpfe Äxte den permanenten Versuch unternehmen, die Lunge zu zerfetzen und jeder Atemzug Höllenqualen bereitet.

Und so läuft Edward betont langsam, um nicht völlig erledigt bei Matty anzukommen, denn das hätte seinem Bild als Held des Dschungels beachtliche Kratzer verpasst. Daher benötigt er erschreckend lange, bevor er sich unter die Ranken der Rosen bückt und in den Pavillon tritt, in dem Matty ihn schon sehnsüchtig erwartet.

Schweigend setzt er sich zu ihm ... ahnungslos, wie er die Neuigkeiten formulieren soll, ohne, dass Tony dabei schlecht wegkommt – was er mit allen Mitteln verhindern will. Nur, wenn Matty auch nur halbwegs so gepolt ist wie er, dann wird der sich hintergangen fühlen.

Nach einer Weile räuspert sich der Kleine vernehmlich, was Edward aus seiner Grübelei weckt. »Okay«, sagt er eilig. »Ich war gestern bei deiner Tante ... Sie lebt in Palm Beach. Gemeinsam mit ihrer Freundin.«

In Mattys Augen zeigt sich kein Erkennen, selbst das hat Tony also vor ihm verheimlicht. Edward zögert. »Anthonia kam erst später nach Hause. Zunächst hatte ich Gelegenheit, mich mit dieser Freundin – Susan – zu unterhalten. Sie war nicht allein.«

Als Mattys Augen sich entsetzt weiten, hebt Edward hastig eine Hand. »Tony hat dich nicht belogen, sie hat keinen ... Freund oder so etwas.«

Schon verschwindet das Entsetzen.

Edward betrachtet die Rosen, von denen etliche bereits verblüht sind. »Sie brauchte damals ziemlich lange, bis sie dich wieder sehen konnte, oder?«

Matty zuckt mit den Schultern.

»Vielleicht hast du dich nicht gewundert«, räumt Edward widerwillig ein. »Ich mich schon. Für gewöhnlich benötigt man keine sechs Monate, um sich ›einzurichten‹. Ich wusste nicht, was ich davon halten sollte, fand ehrlich gesagt auch keine Erklärung dafür. Irgendwann dachte ich mir, dass sie wohl ein wenig Abstand zu der gesamten Angelegenheit gewinnen wollte ...«

»Ich lag komplett falsch.«

* * *

Dies war der leichte Part, und Edward erkennt, dass er den

Moment fürchtet, indem er es zum ersten Mal in Worte fasst, *es ausspricht* und damit erst tatsächlich real macht.

Bisher konnte er das vermeiden.

Selbst bei Malone war von der *Kindesmutter* die Rede, von *seinen Forderungen,* was in der Gesamtheit nur leere, seelenlose Worte darstellt. Jetzt befürchtet er, *sein* Entsetzen in Mattys Augen wiederzufinden, und verspürt ernsthafte Skrupel, die Wahrheit zu artikulieren. Das ändert nur leider nichts daran, dass es kein Entrinnen mehr gibt.

»Sie hatte einen guten Grund, damals zu gehen, zumindest glaubte sie das. Du ...« Stöhnend schließt er die Augen und belässt sie dabei, als er fortfährt. »Du ahnst nicht, wie leid mir tut, dass ich es nicht wusste, Matty«, wispert er. »Es war nicht Aurora. Es war ...« Als er tief Luft holt, stöhnt er diesmal gleich aus zwei Gründen.

»Sie war ...«

»Wir hatten ...«

»Sie dachte ...«

»WAS?« Matty platzt inzwischen fast vor Spannung.

Doch Edward lässt sich Zeit und zählt in Gedanken den Countdown herunter.

Drei ...

Zwei ...

Eins ...

Augen auf und Go!

»Du hast die Dinge damals recht gut eingeschätzt. Wir hatten uns gern – sehr gern. Wir ..., Matty, wir haben eine Tochter. Sie heißt Jade und sie ist ... Sie ist ein *Engel*.« Hastig wischt er sich mit dem Handrücken über die Augen. »Deshalb ging Anthonia., denn sie wollte nicht, dass ich jemals davon erfahre. Sie bekam das Baby ganz allein und ...« Er bricht ab und schüttelt den Kopf.

Ausdruckslos starrt Matty vor sich hin; seine Stirn liegt in tiefen Falten. »Ein ganz kleines Baby?«

»Na ja, inzwischen kann sie laufen.«

»Tony ist eine *Mom*?« Matty macht den Eindruck, als übe er sich in einer besonders schwierigen Konzentrationsübung. Erst nach einer Weile sieht er ihn erneut an. »Und du bist ein *Dad*? Ein echter, meine ich.«

»Ich war auch vorher schon ein echter.« Edwards Lachen klingt etwas wässrig.

»Nein!«, beharrt Matty. »Ich meine, du bist ein echter Dad, wie *mein* Dad.«

Edward nickt, wieder schweigt der Kleine für eine Weile, bevor es schließlich aus ihm herausbricht:

»WOOOOOW!«

* * *

Der zerbrochene Krug ...

»WOOOOW!«

Müde nickt Edward. »Ja ...«

Eine ganze Weile schweigen sie, bis Matty die Augen zusammenkneift. »Aber das bedeutet doch ... dass ihr jetzt eine Familie seid, oder?«

»Nein.«

»Warum nicht?«

»Weil du etwas Gravierendes vergessen hast.«

»Was?« Inzwischen wirkt der Kleine etwas verzweifelt, denn sein winziger Hoffnungsschimmer hat sich bereits wieder in Luft aufgelöst.

»Du hast *dich* vergessen! Wenn, dann sind wir *alle* eine Familie.«

»Na, das meinte ich doch!«

»Nein.« Edward überlegt. »Wir *sind* eine Familie, das waren wir bereits zuvor. Tony ist die Schwester deiner Mom und damit deine Tante.« Er hebt die Schultern. »Definitiv Familie. Aber jetzt sind wir enger miteinander verwandt. So, wie du dir das in deinem kleinen Kupplerhirn vorstellst. Sogar genauso.« Er seufzt. »Tony glaubt, dass ich sie nicht mag, und sie denkt, ich führe ...«, angestrengt sucht er nach den richtigen Worten, »... gemeine Dinge gegen sie im Schilde. Sie misstraut mir und ist nicht bereit, zu vergeben. Im Moment jedenfalls nicht. Und ich ...«, wieder seufzt er, »... ich muss erst einmal damit zurechtkommen, dass meine Tochter zwei Jahre alt werden musste, bevor ich von ihrer Existenz erfuhr. Das hat mich sehr verletzt, ich kann es nicht ändern. Du glaubst garantiert, jetzt ist alles einfach, doch in Wahrheit war es nie komplizierter. Und ...«

»Aber ihr habt ein Baby!«, beharrt Matty.

»Ja«, nickt Edward. »Aber ...«

»Und ihr habt euch gern!«

Edward seufzt – mal wieder. »JA, aber ...«

Matty nickt – wie zur Bestätigung –, lehnt sich mit verschränkten Armen zurück und betrachtet ihn. Sein Blick scheint zu sagen:

Also, was mich betrifft, ist alles klar!

Ungläubig lacht Edward auf, der Junge ist eine echte Kanone!

»Zugegeben, ganz unrecht hast du nicht. Wie auch immer, es muss eine Lösung her! Ich werde mit Sicherheit nicht zulassen, dass sie noch einmal aus unserem Leben verschwindet. Das kann ich dir jedenfalls versprechen.« Als sich auf Mattys Gesicht ein Grinsen ausbreitet, hebt Edward einen Finger. »Ich kann dir ebenso garantieren, dass es nicht leicht wird, denn momentan betrachtet Tony allein diesen Plan als Kriegserklärung. Hast du eine Ahnung, wie stur deine Tante sein kann?«

Matty betrachtet ihn mit erhobenen Augenbrauen. Ja, hat er, so, wie es aussieht.

»Das geht nicht von heute auf morgen. Irgendwie muss ich sie dazu bringen, mir zu vergeben. Wir *beide* müssen vergessen, und das ist schwer. Noch schwerer als Vergebung. Verstehst du, was ich meine?«

Das überdenkt der Kleine sorgfältig, bevor er den Kopf schüttelt.

Edward ... seufzt. »Nein, natürlich nicht. Du bist ein Kind, da erscheinen einem die Probleme immer so einfach lösbar. Ich beneide dich darum.«

Darauf weiß sein Neffe nichts zu erwidern und so schweigen sie für eine Weile, bis Edward zögernd erneut anhebt. »Was ich eingangs eigentlich sagen wollte: Wenn überhaupt, geht es immer um uns! Komm nicht auf die verrückte Idee und klammere dich dabei aus, das würde mich ernsthaft wütend machen. Deinetwegen ist deine Tante überhaupt noch in der Nähe, vergiss das nicht!«

Er sieht Mattys fragenden Blick und schüttelt den Kopf. »Im Grunde ist es nebensächlich. Ich will bereits seit längerer Zeit etwas mit dir besprechen und in den letzten Tagen ist es wieder in den Vordergrund gerückt. Mehr als jemals zuvor. Woran das wohl liegen mag?« Missmutig betrachtet er die sterbenden Rosenblüten.

Diesmal wartet Matty mit überraschend viel Geduld, bis Edward sich gesammelt hat. »Ich will nicht, dass du dich als ›nicht zugehörig‹ ansiehst. Und dieses Gerede von ›richtiger‹ Dad will ich auch nicht hören. Jades Existenz birgt eine gewisse Gefahr in sich, die ich unbedingt aus der Welt schaffen will.« Edward holt tief Luft und kann gerade noch sein Stöhnen verhindern. Wie lange? Vier Stunden? Verdammt! Er bemüht sich, flacher zu atmen. »Ich will dich fragen, ob du etwas dagegen hättest, wenn ich – wir, wenn möglich –, wenn wir dich adoptieren, Matty.« Er sieht zu ihm. »Weißt du, was das bedeutet?«

Der Kleine schüttelt den Kopf.

»Du wärst dann mein ›echter‹ Sohn, und sofern ich deine Tante überzeugen kann, mich nicht für immer und ewig zu hassen, wäre sie deine ›echte‹ Mom. So wie Jades.«

Darüber muss Matty sogar ausgiebig nachdenken. »Das geht nicht«, erklärt er schließlich im Brustton der Überzeugung.

»Warum?«

»Ihr könnt nicht meine echten Mom und Dad sein, weil … weil ich später kam.«

Später?

»Du meinst, du warst kein Baby mehr?«

Der kleine nickt, deutlich niedergeschlagen.

Edward schüttelt den Kopf. »Glaub mir, das ist – entschuldige den Ausdruck – scheißegal. Nicht der Zeitpunkt ist entscheidend oder das Alter, sondern ... Als ich Jade sah, habe ich es erlebt. Andere Dinge sind wichtig. Es geht auch nicht darum, ob Tony dich geboren hat oder nicht. Sie hängt an dir, das weißt du, und ich will, dass du wieder Vater und Mutter hast. Nicht Onkel und Tante. Wenn du einverstanden bist, dann würde ich das gern in die Wege leiten.« Wieder einmal seufzt er. »Allerdings möchte ich vorher versuchen, mit Tony reinen Tisch zu machen. Eben, weil du nicht nur einen Vater brauchst. Was sagst du?«

»Okay!«, meint Matty nach eingehendem Nachdenken würdevoll. »Aber nur, wenn Tony mitmacht!«

»Hatte ich Ihnen heute schon gesagt, dass Sie akut mit Ihrer Gesundheit spielen?«

Geistesabwesend nickt Edward. »Ja, heute früh, glaube ich.«

Er sitzt auf seinem Bett, während Baker seinen Verband wechselt. Die Spritzen gab es vorher; langsam setzt die Wirkung ein und er kann wieder atmen. Schon nimmt er alles viel gelassener.

Der Arzt nicht.

»Dann werde ich meinen Vortrag für den heutigen Abend mal ein wenig modifizieren. Bevor Sie sich noch langweilen«, knurrt er. »Sie spielen nicht mehr nur mit Ihrer Gesundheit, sondern inzwischen mit Ihrem Leben.«

Edward verdreht die Augen. »Meinen Sie, wenn Sie die Dinge nur ausreichend genug dramatisieren, bleibe ich brav im Bettchen?«

Doch der Doktor geht nicht mehr auf seine Ironie ein und er ist auch nicht mehr grimmig, diesmal wird er ernst. »Ich meine überhaupt nichts. Hierbei handelt es sich um keine Übertreibung, sondern die Realität. Derzeit haben Sie drei gebrochene Rippen. Wie sauber die Frakturen sind, weiß der Himmel, denn Sie lehnen ja sogar das Röntgen ab. Stellen Sie es sich bildlich vor: Mit jeder Bewegung reiben harte, möglicherweise scharfkantige Gegenstände an Ihrer Lunge. Ein Entzündungsherd von unbekannter Intensität hat sich gebildet. Gleichzeitig verlagern sich die drei Fragmente mit jeder Bewegung in unbekanntem Ausmaß. Das verzögert den Heilungsprozess und – und das ist mit Abstand das Verheerendste: Sie riskieren, dass sich ein oder mehrere Knochen in Ihre Lunge bohren.«

Edward nickt, nur mäßig interessiert. »Und was, wenn?«

»Dann?« Baker lacht auf. »Exitus! Es sei denn, Sie liegen bereits auf dem OP-Tisch, der Doktor hat sie schon geöffnet und braucht nur noch einzugreifen. Wie hoch stehen die Chancen dafür?« Er hebt die Schultern. »Exitus.«

Als Edward nicht reagiert, stöhnt er. »Ihnen ist nicht aufgefallen, dass sich Ihr Zustand immer weiter verschlechtert? Wir haben Tag drei nach Ihrem Auffinden und die Symptome nehmen trotz Verabreichung von Unmengen Antibiotika immer weiter zu.«

»Das ist Blödsinn! Mir geht es ...«

»Weil wir inzwischen bei mehr als der doppelten Dosis Schmerzmittel angelangt sind, Mr. Capwell! Der Abstand zwischen der Verabreichung verringert sich mit jedem Tag, und Sie können vor mir noch so angestrengt den Helden spielen, das Fieber verrät Sie! Wann werden die Schmerzen inzwischen unerträglich? Zwei Stunden vor der nächsten Medikation? Zweieinhalb?«

Edward schweigt, doch Baker nickt. »Ich denke, eher drei.« Sorgfältig befestigt er das Ende des Verbandes und sieht auf. »Falls es Ihnen entgangen ist, nicht einmal die winzigsten Schnitte zeigen auch nur einen Heilungsansatz. Ihr Immunsystem ist am Boden. Und ich darf Sie an die Rippenfellentzündung erinnern?« Er betrachtet Edwards verschlossene Miene. »Mehr, als Sie zu warnen, kann ich nicht tun. Doch ich will das noch einmal in aller Deutlichkeit sagen: Wenn Sie sich nicht schonen, und damit meine ich mindestens eine Woche strenge Bettruhe, dann – Mr. Capwell – dürfen Sie sich nicht wundern, wenn Sie eines Tages erstaunt feststellen, dass Sie einfach gestorben sind.«

Er räumt seine Tasche ein und nickt zum Abschied. »Ich komme morgen gegen zehn wieder.« Die Tür ist bereits geöffnet, als er sich noch einmal umdreht. »Gegen acht. Sie sollen ja nicht unter Schmerzen sterben.«

* * *

Missmutig sieht Edward ihm nach. Er hasst es, wenn der alte Fuchs so schamlos übertreibt. Sicher geht es ihm noch nicht besonders gut, doch das war ja wohl auch kaum zu erwarten, oder?

Aber es wird besser, er fühlt es, und Schmerzen begleiten ohnehin stets den Heilungsprozess. Sein Blick fällt auf seine Hände, auf denen rot und anklagend die vielen Risse, Schnitte und Moskitostiche leuchten.

Sie heilen doch! Überall hat sich Schorf gebildet und nichts ist mehr feucht oder entzündet.

Liegen bleiben!

Im Bett!

Das ist blanker Hohn! Er kann sich wohl kaum hinlegen, während um ihn herum die Welt zusammenbricht.

Sobald er auch nur für eine Minute untätig wird, sucht ihn neuerdings Panik heim. Die unangenehme Angst, etwas zu vergessen, einen Versuch unversucht gelassen, einen Gedanken nicht gedacht zu haben. Irgendein Versäumnis, das am Ende dafür sorgt, dass er Tony für immer verliert. Es ist bereits nervig genug, dass er nicht einfach ins Auto steigen, zu ihr fahren und mit ihr sprechen kann. Denn dies wäre im Normalfall der nächste, logische Schritt gewesen.

Wann immer er nutzlos ist, weil er nicht gerade auf irgendeine Weise um sie kämpft, sieht er wieder ihr Gesicht vor sich. Blass, mit großen, anklagenden Augen. Nicht krank, nicht verweint, dafür wutverzerrt, verbittert, auch einsam, verwirrt. Doch über allem steht die tiefe Verletzung.

Edward kann nicht wissen, was genau sie durchmachen musste, doch es hätte nicht sein müssen, denn er wäre für sie da gewesen. Immer! Und er wäre der glücklichste Mann gewesen, hätte er ihr helfen dürfen.

Sie haben den Glauben aneinander verloren. Viel bestand nie – dazu war ihnen zu wenig Zeit miteinander vergönnt. Aber wenn er an ihre einzige gemeinsame Nacht denkt, muss er zugeben, dass Tonys Vertrauen in ihn – zumindest in diesen Stunden – grenzenlos war. So weit hat er es im Gegenzug nie gebracht.

Edward lässt niemanden so schnell an sich heran, und das aus gutem Grund. Die jüngsten Ereignisse haben das bewiesen. Doch da war *etwas* zwischen ihnen, ihr sagte er Dinge, die er noch nie einer Frau gesagt hat, gewährte ihr Einblicke in sein Leben, die er noch keiner gewährt hat. Nicht zuletzt, als er sie in sein Bett nahm; Tony war die erste Frau, der diese Ehre zuteil wurde, und sie wird die einzige bleiben.

Doch so sehr er es will, er kann ihr nicht mehr vertrauen. Er sehnt sich nach ihr, will sie bei sich, aber überlegt gleichzeitig pausenlos, wie ihr nächster Schachzug ausfallen könnte. Wie wird sie auf das Schreiben seiner Anwälte reagieren? Wird sie versuchen zu fliehen und ihm damit die Möglichkeit nehmen, fair um seine Rechte als Vater zu kämpfen?

Mehr und mehr meint Edward, in einer neuen, viel ausweglöseren Sackgasse gestrandet zu sein. Gibt es Probleme, stellt er sich ihnen und löst sie. Doch jetzt steht er vor der größten Herausforderung seines Lebens und kann nichts tun! Nicht an der Tony-Front, der Jade-Front, der Matty-Front und auch nicht an der Edward–Front.

Er kann nur warten. Und geduldiges Ausharren gehört eindeutig nicht zu Edwards hervorstechenden Eigenschaften. Ist es da verwunderlich, dass er versucht, jede Möglichkeit zum besonders intensiven Nachdenken zu verhindern? Auch, wenn das den *Heilungsprozess* vielleicht ein wenig verzögert?

Edward betrachtet es als die einzige Alternative, seinen Amoklauf langfristig zu verhindern.

+ + +

Carlos sitzt im Fond des Vans und behält die Straße intensiv im Blick.

Das tut er bereits den dritten Tag in Folge; um genau zu sein, seitdem ein übernächtigter Juan ihn anrief und um Hilfe anflehte.

Als er hörte, worum genau es geht, glaubte er zunächst an einen akuten Hörschaden. So dämlich und verbohrt kann nicht einmal Edward sein.

Oh doch, und *wie* der kann!

Dieser Arsch hat tatsächlich dem durchaus bemühten, aber gnadenlos überforderten Juan den Schutz der beiden wichtigsten Menschen in seinem Leben überantwortet. Carlos' erster Gedanke war, Edward zu verprügeln und dann für immer zu gehen. Und seine zweite Reaktion war Wut, weil er Edward nicht verprügeln *kann*. Das hätte dessen Tod bedeutet.

Er ist zu krank.

Die dritte und entscheidende Antwort war Resignation. Was soll er schon groß tun? Er kann sich jetzt ärgern und dann eingreifen oder es sofort tun, und zwar, bevor irgendetwas schiefläuft.

Außerdem ist er ganz froh, das Gelände verlassen zu können; er hat keine Ahnung, wie oft er noch in Edwards stures Gesicht sehen kann, ohne ihn zu töten, wenn der mal wieder eine seiner dämlichen Touren unternimmt.

Noch wütender macht ihn übrigens, dass Edward ganz genau weiß, wer die Chose in West Palm Beach realisiert. Unter Garantie baut der Idiot darauf, dass Carlos es irgendwie hinbiegt, so, wie er ja immer alles für Edward klärt, oder?

Mit Abstand am wütendsten macht Carlos jedoch seine eigene Reaktion. Denn was tut er? Genau das, was von ihm erwartet wird. Carlos biegt es hin ...

Denn *er* hat dafür gesorgt, dass Edward inzwischen stolzer Besitzer von zwei heruntergekommenen Appartements in der Straße ist. Der Blitzkauf ist bereits heute über die Bühne gegangen, mit Carlos Parker als Käufer. Wer auch sonst?

Carlos hat dafür gesorgt, dass Mr. Blue in dem Appartement über Tony und Susan endlich den lange und sehnsüchtig erwarteten Heimplatz zugesprochen bekam. Allein um dahinter zu gelangen, dass der Mann auf ihn *wartet*, musste er sich stundenlang den langweiligen Tratsch der örtlichen Ladenbesitzer und Nachbarn antun.

Es kostete ihn noch einmal jede Menge Überredungskünste (und ein beachtliches Bestechungsgeld, das Edward löhnen durfte), damit der alte Mann in der Warteschlange des städtischen Seniorenheimes vorgezogen wurde, deren Länge ungefähr drei Meilen umfasst.

Carlos hat ermittelt, dass Tony in dem Wal-Mart nur ein paar Straßen weiter arbeitet und Susan bei einer heruntergekommenen Anwaltskanzlei tätig ist.

Carlos hat akribisch notiert, wann die beiden das Haus verlassen, wohin sie gehen, mit wem sie verkehren, wer sie mag, wer sie ablehnt und welches Gemüse sie am liebsten kaufen.

Es ist Carlos, der sich mit der kleinen Sekretärin im Police-Departement von West Palm Beach angefreundet hat. Denn nach Edwards kleinem Straßenrennen kann er sich wohl kaum noch dort blicken lassen und verkünden, dass er nun doch nicht der Gärtner ist.

Rita – so heißt die kleine, graue Maus, der er jetzt wahrscheinlich das Herz gebrochen hat – versorgte ihn mit den Daten aller Bewohner der Parkstreet. Und das nach *zwei!* Stunden mit ihr in einer Bar, die den illustren Namen *Illusions of Love* trägt.

Er hat es noch!

Rita sorgt auch dafür, dass die Polizeistaatmethoden, mit der die Parkstreet abgeriegelt wurde, von den Cops *übersehen* werden. Sie ist ein echter Schatz – aber leider nicht sein Typ.

Selbstverständlich ist es auch Carlos, der für Edward die Berichte anfertigt. Carlos sagt Juan, wann er ihn anrufen soll und wann er es besser lässt. Edwards Anweisung, ihn über alles augenblicklich telefonisch zu informieren, ist nämlich *nicht* wörtlich zu nehmen.

Das weiß nur niemand, abgesehen von Carlos. Belästigt man Edward Capwell einmal zu oft aus den falschen, nichtigen Gründen, kann die Angelegenheit äußerst unangenehm ausgehen.

Carlos teilt die Männer ein, Carlos beantwortete geduldig eintausend saudämliche Fragen, weil am Anfang gar nichts funktionieren wollte, und es war Carlos, der in den ersten beiden Tagen jeweils an die zwanzig Stunden in der tristen Parkstreet in West Palm Beach zubrachte.

Doch sie war rechtzeitig gesichert, als die ersten Zeitungsmeldungen eintrudelten. Er liest sie nicht, das tut er nie. In diesem Fall ist es sogar noch unangebrachter, weil Edward mit Sicherheit nicht sehr gut dabei wegkommt. Er nimmt nur dankbar zur Kenntnis, dass der Mist bisher nicht der Aufmacher war.

Mit jedem Tag, der mehr ins Land geht, rückt der Attraktionsfaktor ein wenig mehr nach hinten. Er könnte über die neuste Ölkatastrophe nicht glücklicher sein, diesmal wird der Atlantik beehrt. Und was freut er sich über das Erdbeben in Pakistan! Für jede Flugzeugkatastrophe, jeden Anschlag und jeden Bankencrash ist Carlos dankbar.

Denn Tote, massenhaft Verletzte, eine Umweltkatastrophe, verheerende Kriege oder entthronte Bankmogule sind das Einzige, was Edward momentan von den Titelseiten verdrängen kann.

Schnell hat er herausgefunden, dass die Frauen keine Zeitungen kaufen. Das ist nicht schwer, da sie rund um die Uhr beschattet werden. Carlos hat auch dafür gesorgt, dass sie nichts von alledem bemerken.

Das erwies sich anfänglich als die größte Herausforderung, denn die Jungs, die Edward Juan zur Verfügung gestellt hat, sind Müll. Völlig ungeeignet für eine Aufgabe, die jede Menge Fingerspitzengefühl erfordert. Erst, als Carlos über die Hälfte von ihnen nach Hause geschickt und durch seine eigenen Leute ersetzt hatte, lief es.

Und es läuft gut, so wie immer, wenn Carlos es *hinbiegt*. Doch währenddessen hat er mit Edward kein einziges Wort gewechselt. Und er ist froh darüber.

Sehr, sehr froh!

In der Zwischenzeit hat sich Carlos' Wut ein wenig gelegt. Dafür ist sicherlich die angenehme Entfernung zum Oberidioten verantwortlich, allerdings existiert da noch ein anderer Grund – wenn auch nur am Rande.

Um die ein Meter siebzig groß, blondes Haar, ziemlich freche Augen und eine Wahnsinnsfigur.

Üblicherweise gehört es nicht zu Carlos' Angewohnheiten, einem Mädchen nachzusehen, was er auch in diesem Fall nicht tut. Er findet nur den Anblick äußerst nett und nutzt daher die Gelegenheit, wenn sie sich ihm bietet.

Ein Aufreißertyp war er nie, und wenn man sozusagen mit seinem Job verheiratet ist, erledigt sich eine Beziehung so schnell wieder, dass sie den ganzen Aufwand davor nicht wert ist. Trotzdem hat Carlos es einige Male versucht und lernte in all den Jahren einige Mädchen kennen, mit denen er sich etwas *Längeres* vorstellen konnte. Allerdings hatte er nie große Erwartungen.

Carlos ist auch nicht der Typ für die

*Meine Frau-Meine Kinder-Mein Haus-Mein Hund-*Geschichte.

Er bevorzugt Beziehungen ohne jede Verpflichtung. Leider musste er die Erfahrung machen, dass alle Frauen irgendwann an hochgradiger Alzheimer erkranken. Der Zeitpunkt ist jeweils ungefähr der gleiche. Nämlich dann, wenn er seit zwei/drei

Monaten auch über Nacht blieb, beginnen sie mit einem Mal, die seltsamsten Fragen zu stellen:

»Wohin gehst du?«

»Wann kommst du nach Hause?«

»Liebst du mich noch?«

»Warum kommst du drei Stunden zu spät?«

»Warum hast du mich nicht angerufen?«

»Warum bist du nicht an dein Handy gegangen?«

»Du betrügst mich, oder?«

»Wollen wir in ein gemeinsames Appartement ziehen?«

Am grausamsten jedoch sind diese hier:

»Wie stehst du eigentlich zu eigenen Kindern?«

Und:

»Wollen wir heiraten?«

Es gibt sie in verschiedenen Ausführungen, doch zwei Dinge haben beide gemeinsam: In jeder kommt entweder das Wort mit dem *H* oder dem *K* vor, was bei Carlos einen intensiven Fluchtinstinkt auslöst.

Mit der Zeit hat er sich mehr oder weniger auf kurzlebige Abenteuer beschränkt, und selbst die wurden in den letzten Jahren immer seltener. Je älter er wird, desto mehr fehlt ihm die Energie für diese Art von Stress. Aber wenn er eine attraktive Frau sieht, riskiert er schon einen Blick. Die hier ist hübsch und im Gegensatz zu Rita *genau* sein Typ. Leider bekommt er sie nur recht selten zu Gesicht. Anthonia ist neben der Kleinen die gefährdetste Person, daher hat Carlos deren Schutz persönlich übernommen. Was bedeutet: Wohin Anthonia geht, geht auch er.

Da bleiben nicht viele Gelegenheiten, um Susan ein wenig anzuschwärmen.

In diesem Moment öffnet sich die Haustür und Carlos merkt auf. Die Blondine mit der Wahnsinnsfigur erscheint, diesmal mit einem Müllsack bewaffnet. Es ist Samstag und keine der beiden Frauen zur Arbeit gegangen. Planmäßig – Carlos ist über ihre Arbeitszeiten genauestens informiert.

Eilig sondiert er die Straße, obwohl er bereits weiß, dass niemand da ist, der nicht hierher gehört oder nach erfolgtem Check-up nicht mehr hier sein *darf*.

Möglicherweise stellt die Parkstreet inzwischen die sicherste Straße von ganz West Palm Beach dar.

Er beobachtet, wie sie zu den Mülltonnen geht und die Tüte sorgsam in einem der Blechbehälter versenkt. Jetzt wäre eigentlich ihr Abgang fällig, doch anstatt wieder im sicheren Haus zu verschwinden, sieht sie einmal nach rechts, einmal nach links und überquert die Straße. Ohne zu straucheln, hält sie direkt auf seinen blauen Van zu und bevor er sich irgendwie vorbereiten kann, klopft sie gebieterisch an seine Scheibe.

Scheiße!

* * *

Carlos lässt das Fenster herunter und grinst breit.

Sie grinst nicht. »Was tun Sie hier?«

»Ich sitze in meinem Wagen.«

Ihre Augen werden schmal. »Das sehe ich! Ich will erfahren, *warum* Sie das tun!«

»Weil ich das für eine gute Idee halte?«

Susan verzieht das Gesicht. »Sie können ihrem idiotischen Boss bestellen, dass er das lassen soll! Wenn Tony dahinterkommt, dass er sie beschatten lässt, kann ich für nichts mehr garantieren. Das dämliche Anwaltsschreiben ist gerade eingetrudelt, und sie ist gar nicht glücklich! In Gedanken befindet sie sich bereits auf der Flucht nach Argentinien! Also sehen Sie zu, dass Sie hier verschwinden, und zwar sofort! Das geht zu weit!«

Carlos gibt sogar vor, den Vorschlag zu überdenken, bevor er bedauernd den Kopf schüttelt. »Tut mir leid, unmöglich.«

»Ach! Unmöglich, ja?« Eilig sieht sie zu den Fenstern ihres Appartements hinauf und starrt ihn dann böse an. »Wenn Sie nicht augenblicklich verschwinden, rufe ich die Cops!«

»Und denen sagen Sie was?«

»Dass Sie uns belästigen!«

»Also ich sitze hier nur und erfreue mich an der schönen Aussicht.« Carlos betrachtet sie grinsend, und Susan ist kurz davor, die Fassung zu verlieren.

»Sie sind ein dämlicher Idiot!«

»Mag sein ...« Als der Zorn langsam ihr Gesicht flutet, seufzt er. »Steigen Sie ein!«

»Sehe ich so bescheuert aus?«

»Ganz im Gegenteil, Sie machen auf mich einen durchaus intelligenten Eindruck. Und deshalb werden Sie jetzt einsteigen, damit wir reden können. *Unbemerkt!*«

Wieder sieht sie an der Fassade ihres Wohnhauses hoch, stöhnt entnervt, begibt sich aber folgsam zur Beifahrerseite. »Ich muss total den Verstand verloren haben!«, murrt sie, sobald sie neben ihm sitzt.

»Tür zu!«

»Warum?«

»Machen Sie schon!«

Wütend und viel zu laut schließt sie die Vantür. »Kann es sein, dass Sie sich ziemlich viel herausnehmen?«

»Schon möglich.«

»Und warum lassen Sie es dann nicht einfach?«

»Weil wir sonst Gefahr laufen, dass Anthonia uns zusammen sieht. Und das wollen Sie vermeiden, versprochen!«

Argwöhnisch betrachtet sie ihn; eine Strähne des blonden Haars ist in ihre Stirn gefallen und sie streicht sie geistesabwesend hinter ihr Ohr. Jetzt, so aus der Nähe, sieht sie sogar noch hübscher aus.

Sehr jung, richtig – aber auch sehr hübsch.

»Tony kennt Sie?«

»Ich bin Carlos.«

Ihre Augen werden groß. »Der Fluchthelfer-Carlos? Der Matty-Carlos?«

Er neigt den Kopf. »Höchstpersönlich.«

»Tony vertraut Ihnen«, murmelt sie vorwurfsvoll, mustert ihn jetzt aber mit deutlich mehr Interesse.

»Das ehrt mich ... Wir haben nicht viel Zeit. Sie dürfte Sie bald vermissen, deshalb fasse ich mich kurz. Einverstanden?«

Ihre Augen verengen sich noch etwas mehr, doch sie nickt.

»Sehr schön … Wir stehen hier nicht in der Hoffnung, Miss Benett in flagranti bei einem Mord zu beobachten, sondern, um sie zu schützen. Sie alle drei«, fügt er hinzu.

Als sie spöttisch das Gesicht verzieht, seufzt er. »Dieses Kapitel lassen wir aufgrund von Zeitmangel aus. Also vergessen Sie, dass Sie auf sich allein aufpassen können und dass mein Gefasel totaler Schwachsinn ist. Ich versichere Ihnen, Sie irren sich!«

Der eindringliche Ton verfehlt seine Wirkung nicht. Susans Mund schließt sich wieder. Diesmal sieht Carlos an der Hauswand hinauf, noch regt sich nichts hinter den Fenstern. Noch ...

Sein Blick fällt auf Susan. »Mr. Capwell ist ein sehr bekannter und sehr einflussreicher Mann. Extrem einflussreich! Die Existenz der Kleinen hat Sie ins Licht der Öffentlichkeit gerückt. Wir wollen, dass Ihnen unsere Präsenz verborgen bleibt.« Er stöhnt. »Na ja, fast wäre es auch geglückt. Aber eine Frage ... Sie sehen nicht oft fern, oder?«

»Das ist nicht gut für Jade.«

»Wunderbar. Ihnen ist nämlich glücklicherweise entgangen, dass Sie Stadtgespräch Nummer eins sind, was noch halbwegs erträglich wäre, aber die Angelegenheit hat weitere Kreise gezogen. Das Beste ist, Sie lassen den Fernseher einfach aus. Ziehen Sie den Stecker! *Wenn* er läuft, was haben Sie dann eingeschaltet?«

»CNN und manchmal den Disney Channel«, wispert Susan; ihre Augen werden immer größer.

Beifällig nickt Carlos, während sein Blick erneut an der Hauswand hinaufhuscht. »Donald kann schweigen und CNN ist keine schlechte Wahl! Denen sind Edwards Kinder egal, Hauptsache der Aktienkurs bleibt stabil.« Er sieht sie wieder an. »Tony hat keine Ahnung, und Mr. Capwell will, dass Sie von alledem weitestgehend unbehelligt bleiben. Verstehen Sie?«

Sie nickt. »Nein ...«

»Ist auch nicht so wichtig.« Wieder wird sein Ton eindringlich. »Das mag jetzt für Sie ein Schock sein, aber Mr. Capwell zu kennen, hat nicht nur positive Aspekte ...«

Ihre Augen werden groß. »Ach! Darauf wäre ich ja *nie* gekommen!«

Carlos grinst. »Ich habe mich auf etwas anderes bezogen. Wie heißt die Kleine? Jade? Na klasse!«, entfährt es ihm und als

Susan das Gesicht verzieht, lacht er. »Nichts für ungut! Die kleine Jade hat sich soeben zur Haupterbin eines – wie schimpft sich der Scheiß? – Imperiums gemausert. Damit hat sich ihr Leben verändert und somit auch das der Personen, die mit ihr zusammenleben. So sieht es aus. Sie werden ab sofort mit unserer Anwesenheit zurande kommen müssen. Also überspringen Sie am besten auch die zickige Tour, das Gejammer, dass sie das alles nicht wollten, und hätten Sie das früher gewusst, dann ... Zu spät! Akzeptieren Sie es. Es gibt keinen Weg zurück. Klar so weit?«

»Nein.«

»So ungefähr habe ich mir das vorgestellt. Am besten, Sie überdenken das Ganze, während Sie jetzt wieder nach oben gehen, bevor Tony den Braten riecht. Okay?«

Sie schweigt für einen langen Moment und schließlich nickt sie. »Okay ...« Ihre Hand liegt bereits auf dem Türhebel, als seine Stimme noch einmal ertönt. »Halt!«

Fragend sieht sie ihn an.

»Dieses Schreiben ... Was genau ist das?«

»Ich weiß nicht, ob ...«, beginnt sie unschlüssig, doch dann lacht sie auf. »Na ja, schätzungsweise ist es sowieso egal, wo wir doch jetzt ›Stadtgespräch‹ sind. Es ist die offizielle Erklärung, dass Edward Jades Vater ist und dass er dafür jede Menge Geld aus dem Fenster werfen will.«

»Der Idiot!«

Diesmal kichert Susan lauter. »Langsam werden Sie mir sympathisch. Aber ganz so idiotisch hat er sich nicht aufgeführt. Er will Jade regelmäßig sehen, will für sie zahlen, will die Vaterschaft offiziell anerkennen.«

Sie zuckt mit den Schultern. »Eher normal. Nichts Negatives, jedenfalls.«

»Und Anthonia rastet aus?«

»Oh ja, sie dreht gerade komplett durch.«

»Keine Chance, dass sie ...?«

»Sieht nicht danach aus.«

Carlos seufzt. »Wie auch immer, Sie müssen wieder gehen, sonst verliert sie womöglich vollständig den Verstand, und das wollen wir ja unbedingt vermeiden, nicht wahr?«

Susan verdreht die Augen, doch im nächsten Moment hat sie den Van verlassen und eilt über die Straße.

Carlos sieht ihr nach, bis sie in der Haustür verschwunden ist.

Tony sieht also keinen Grund, einzulenken.

Gut!

Wäre ja noch schöner, wenn der Kerl mit einem lumpigen Brief – auch noch von Anwälten aufgesetzt – bereits Erfolg hätte! Denn dass er am Ende siegreich sein wird, steht für Carlos so fest wie das Amen in der Kirche.

Jade!

Ha!

+ + +

Edward legt sich wirklich ins Zeug.

Mit dem Nicht-Stagnieren.

Er ist so darauf bedacht, sich keine Möglichkeit zum Nachdenken zu lassen, dass er selbst am Wochenende in die Holding fährt. Sehr zum Verdruss Mattys und zum Ärger Bakers. Doch glücklicherweise haben die beiden inzwischen das Diskutieren aufgegeben, denn diese ewigen Auseinandersetzungen strengen Edward unvorstellbar an. Er hätte gern auf die ärztlichen Besuche verzichtet, nur leider beherrscht das Warten darauf mittlerweile sein gesamtes Denken. Was zwar jämmerlich, aber immer noch besser ist, als an andere – verbotene – Dinge zu denken.

Obwohl der Doktor Edward inzwischen dreimal täglich seine Aufwartung macht, ist er bereits wieder bei vier Stunden angelangt. Dreimal vier Stunden am Tag, die Edward unter höllischen Schmerzen verbringt. Sie sind so unerträglich, dass an Schlaf nicht mehr zu denken ist. Jedenfalls nicht in der zweiten Nachthälfte.

Selbst ihm ist nicht entgangen, dass irgendetwas wohl tatsächlich nicht in Ordnung ist, dennoch begrüßt er diese Schmerzen. Denn auch sie – gemeinsam mit dem Warten auf den Arzt – halten ihn davon ab, in die falsche, die verbotene, Richtung zu denken.

Darüber hinaus macht Edward die Erfahrung, dass es am Wochenende, ohne das anklagende Starren der Cronicle, im Büro viel erträglicher ist.

* * *

Carlos hat in West Palm Beach längst das Zepter übernommen. Spätestens, als Edward beim Passieren des Tors die ersten Leute sieht, die er höchstpersönlich dorthin beordert hat, weiß er alles. Carlos ist mit seiner Entscheidung also nicht zufrieden gewesen und hat einige Auswechselungen vorgenommen.

Fein! Edward *kann* trennen.

Mit den Jahren hat er gelernt, dass es am sinnvollsten ist, Carlos' Entscheidungen nicht infrage zu stellen, sondern ihn unbehelligt seine Arbeit verrichten zu lassen. So, wie Harper ein fachlicher Idiot ist, ist Carlos ein praktisches Genie. Auch das kann Edward ihm zugestehen, ohne sich dabei etwas zu vergeben. Allerdings erinnert er Juan noch einmal eindringlich daran, dass er *ihm* die Leitung der Palm-Beach-Angelegenheit zugewiesen hat. Der Junge kann ihm gar nicht eilig genug versichern, dass ihm dies durchaus bewusst sei ... Sir!

Die meiste Zeit jedoch zwingt Edward sich, nicht an West Palm Beach oder die Dinge, die damit in engem Zusammenhang stehen, zu denken. Er kann es sich leisten, denn Carlos ist ja jetzt beinahe rund um die Uhr vor Ort.

* * *

Der Montag empfängt ihn mit Schmerzen und einem erwartungsvollen Gefühl. Die Schmerzen bekämpft Baker pünktlich um sechs Uhr mit seinen Wunderspritzen. Das Gefühl bleibt.

Während Edward in seinem Bett liegt und auf das Einsetzen der Wirkung wartet, grübelt er darüber nach, worauf er lauert.

Lange braucht er nicht, um dahinter zu kommen. Tony erhielt das Schreiben der Anwälte spätestens am Samstag, weshalb er bereits auf eine Antwort hoffen kann. Und obwohl ihm durchaus klar ist, dass alles seine Zeit braucht, rechnet er insgeheim damit, bereits heute etwas von ihr zu hören.

Irgendwie muss sie ja reagieren!

Inzwischen ist ihm beinahe egal, wie.

Nur leider reagiert Tony absolut nicht.

Weder am Montag noch am Dienstag, und als Edward am Mittwochmorgen bei Malone anruft, hat der auch keine neuen Informationen für ihn. Im Gegenteil, sein blasiertes Gerede macht Edward umgehend wütend.

»Das hatte ich von Anfang an befürchtet, wenn Sie sich erinnern, Mr. Capwell. So einfach wird uns die Dame die Angelegenheit nicht machen.«

Edward beißt sich auf die Unterlippe, um ihn nicht verbal durch den Hörer zu ziehen. Was hätte das schon genutzt?

Doch der Anwalt versichert ihm, einen zweiten Versuch zu wagen; diesmal wird er das Schreiben per Bote senden. So ungern Edward es auch einräumt, mehr ist nicht zu machen.

Susan meldet sich auch nicht, weshalb er keinen Schimmer hat, was in Tony vor sich geht. Und so bleibt momentan nur das, was er am meisten hasst: Warten.

* * *

Auch der Donnerstag beginnt wieder mit Schmerzen. Inzwischen hält die Wirkung der Spritzen nur noch für drei Stunden vor, wenn Edward Glück hat. Doch er hütet sich, etwas davon Baker gegenüber zu erwähnen. Der ist schon mies gelaunt genug und betrachtet ihn neuerdings immer auf diese seltsame lauernde Art. Edward vermutet, er wartet darauf, dass er endlich tot umfällt, nur, damit sich seine düstere Prophezeiung auch bewahrheitet.

Aber wenn er eines inzwischen gelernt hat, dann, dass es sich nicht so leicht stirbt. Dazu gehört ein wenig mehr, auch wenn der überbesorgte Doktor das nicht begreifen will.

Nach einer halben Stunde des Wartens muss Edward einsehen, dass mehr wohl nicht passieren wird. Bisher waren ihm wenigstens noch zwei/drei beinahe schmerzfreie Stunden nach Verabreichung der Spritzen vergönnt, doch mit jedem Tag blieb ein wenig mehr von ihnen zurück und weigerte sich hartnäckig zu gehen.

Heute bleibt eine ganze Menge, in Wahrheit kann Edward keine große Veränderung ausmachen.

Mühsam zieht er sich an, wobei er versucht, überflüssige Bewegungen zu vermeiden und jeden Atemzug bis zum Ultimo hinauszuzögern. Sehr viel besser geht es ihm deshalb aber auch nicht.

Matty erwartet ihn mit verkniffener Miene am Frühstückstisch, er hat ihm seine Flucht am Wochenende immer noch nicht ganz verziehen. Außerdem ist der Junge in seinem grenzenlosen Optimismus wohl davon ausgegangen, dass Tony zu diesem Zeitpunkt längst wieder zu ihnen zurückgekehrt sein wird.

Matty macht ihn persönlich dafür verantwortlich, dass es nicht so ist, doch Edward ist zu sehr mit seinen Schmerzen beschäftigt und dem ständigen Gefühl, ersticken zu müssen, um sich großartig den Kopf darüber zerbrechen zu können.

Teilweise ist er sogar dankbar für das beharrliche Schweigen des Jungen, denn so kann er sich auf seine Tasse Kaffee konzentrieren – Appetit hat er keinen – und muss nicht sprechen. Das tut nämlich auch weh.

Die Fahrt in die Holding gerät zur nächsten Herausforderung. Nie zuvor war Edward bewusst, dass Miamis Straßen so uneben und schadhaft sind. Mit jeder kleinen Erschütterung wird er den widerlichsten Schmerzen ausgesetzt und bekommt überhaupt keine Luft mehr.

Leider fällt es ihm zunehmend schwerer, sich nichts von seinen Schwierigkeiten anmerken zu lassen. Dean, der ihn heute begleitet, wirft ihm den einen oder anderen besorgten Blick zu, welche Edward kategorisch ignoriert. Um ihn darauf hinzuweisen, dass er sich gefälligst um seinen eigenen Müll kümmern soll, hätte er sprechen müssen, und das gilt es ja – wie das Atmen – weitestgehend zu vermeiden.

Ob er will oder nicht, Edward kann nicht verhindern, dass er recht gekrümmt hinter dem Lenkrad sitzt, als er den Wagen endlich auf seinem Parkplatz hält. Das Aussteigen ist auch kein Vergnügen, weil er sich spätestens jetzt wieder bewegen muss.

Es kommt, wie nicht anders zu erwarten.

Als er sich peinlich schwer atmend in den Aufzug schleppt, meldet sich Dean besorgt.

»Sir? Ist alles in Ordnung?«

Das ist mit Abstand die dämlichste Frage, die man überhaupt stellen kann! Nichts!, absolut *gar nichts* ist in Ordnung! Was bereits daran erkennbar ist, dass jedes verdammte Witzblatt zwar über sie berichtet, er seine Tochter aber bisher nur einmal gesehen hat!

Für drei Minuten!

Er kann sich auch nicht daran erinnern, heute Morgen von Anthonia geweckt worden zu sein, die in seinem Bett lag. *Nackt!*

Nebenbei bemerkt hat sein Sohn mal wieder die Kommunikation eingestellt, weil er sauer auf ihn ist. Ist ja etwas ganz Neues!

Sein ehemaliger Bodyguard sieht seine Tochter und deren Mutter regelmäßig – er nicht. Wobei es sich übrigens um jenen Idioten handelt, der die katastrophale Gesamtlage überhaupt erst verschuldet hat!

Also bitte, was soll diese saudumme Frage?

»Sehe ich so aus?« Glücklicherweise hält der Aufzug in diesem Moment und Edward bleibt somit der Anblick von Deans Gesichtsausdruck erspart. Er weiß selbst, dass er momentan nicht besonders gesund wirkt.

Nur die Gründe dafür sind andere, als sich alle zu wissen einbilden.

Obwohl, alles hat sein Gutes, selbst das.

Denn nicht einmal die alte Krähe bringt es heute fertig, ihn mit ihrem üblichen anklagenden Blick zu begrüßen, als er sich sehr langsam, ohne zu atmen, an ihr vorbei und in sein Büro schleppt.

Man muss schließlich immer das Positive sehen, oder?

+ + +

Carlos sitzt in seinem Van und wartet darauf, dass Tony das Haus verlässt, um zur Arbeit zu gehen.

Susan ist vor einer Stunde eingetroffen. Er kann sich vorstellen, dass die drei noch gemeinsam essen, bevor Tony sich auf den Weg macht. Auf diese Art *fliegendem Wechsel* basiert ihr gesamtes Leben. Die eine geht arbeiten, während die andere das Kind hütet. So haben sie Jobs und das Baby unter einen Hut gebracht – eine bemerkenswert clevere Lösung.

Stöhnend streckt er sich. Nach acht Tagen und mehr als vierzehn Stunden täglich in diesem Van freut er sich auf das Wochenende. Er wird es entspannt in einem Motel am Rande der Stadt verbringen. Jedenfalls hat er noch nichts Anderweitiges gehört. Obwohl, jetzt, wo die Katze aus dem Sack ist, könnte Anthonia Matty auch mit zu sich nehmen. Nun, er wird sehen, zur Not muss er Dean bitten, ein paar Stunden für ihn einzuspringen. Denn Carlos spürt, dass seine Kräfte langsam nur Neige gehen.

Er braucht unbedingt ein wenig Schlaf und etwas Bewegung.

Als sich die Haustür öffnet, richtet er sich abrupt auf und seine Hand tastet nach dem Zündschlüssel. Nur, um sie kurz darauf wieder zu senken. Es ist nicht Tony, die sich wie üblich auf den Weg zur Arbeit begibt. Stattdessen erscheint die blonde Susan, wieder einmal mit einem Müllsack beladen. Kaum ist der in der Tonne verschwunden, überquert sie auch schon die Straße.

Diesmal ist Carlos schlauer und öffnet die Beifahrertür sofort. Susan zögert ihrerseits nicht, einzusteigen. Sie ist ein wenig außer Atem.

»Hör zu!«, beginnt sie ohne Vorrede. »Du musst Edward zurückpfeifen! So, wie er sich das denkt, funktioniert das nicht! Sie dreht durch! Ich weiß nicht, wie lange ich sie noch hier halten kann. Ihr ist egal, was in den Briefen steht; den letzten hat sie nicht mal geöffnet. Sie sieht in allem einen Angriff und den Versuch, ihr Jade wegzunehmen, sie vor die Gerichte zu zerren, sie zu kaufen ...« Sie holt tief Luft. »Sprichst du mit ihm? Ich meine, *kannst* du überhaupt mit ihm sprechen?«

»Ich kann es zumindest versuchen«, räumt er ein.

»Versuche es. Und gib dir Mühe!«

»Ja, Ma'am.«

Unvermutet sieht er sich mit ihrem bösen Blick konfrontiert. »Hör zu, das ist kein Spaß! Glaubst du, ich will ein Leben als Doktor Kimble führen? Oder dessen Krankenschwester?

Er soll sich endlich etwas überlegen, was funktioniert, und seine beschissenen Anwälte aus dem Spiel lassen! So wird das nie etwas!«

»Das habe ich sehr wohl verstanden.«

»Gut! Ich muss wieder hoch, sie will gleich zur Arbeit losgehen.« Diesmal hat sie bereits einen Fuß aus dem Wagen gesetzt, als sie sich noch einmal zu ihm umwendet.

»Er wird dich fragen, weshalb ich ihn nicht selbst anrufe. Sag ihm, dass ich die Nummer nicht mehr habe. Der Zettel ist irgendwie ...« Sie bricht ab. »Bestelle es ihm einfach!«

Und schon ist sie wieder weg.

Carlos beobachtet im Rückspiegel, wie das Mädchen im Haus verschwindet und ein leises Lächeln ziert seine Lippen. Sie hat ihn geduzt, das muss ihr in all der Aufregung entgangen sein.

Als Nächstes müsste er Juan benachrichtigen, damit der den fälligen Anruf bei seinem Boss tätigt. Nur leider ist das unmöglich, denn Juan weiß nichts von den genauen Umständen, den Verwicklungen oder auch nur von Anwaltsbriefen. Dass Susan mal eine Rufnummer von Edward besaß, ahnte selbst Carlos bis vor wenigen Minuten nicht einmal. Edward wird nicht wollen, dass Juan den Wortlaut von Susans Nachricht erfährt.

Gerade deshalb sollte er dem Jungen sogar ganz genau auseinandernehmen, was sie sagte. In allen Einzelheiten. Mit besonderer Betonung auf *eschissene Anwälte*. Hatte Edward nicht erst vor drei Tagen eine äußerst ernste Unterhaltung mit Juan, in der er ihm noch einmal sehr streng erklärte, dass Carlos hier der Arsch ist?

Zumindest sinngemäß ist es so abgelaufen.

Carlos – das Funktelefon bereits in der Hand – wägt die Dinge gegeneinander ab. Am Ende geschieht das, wofür er sich schon immer ein wenig verachtet hat:

Er bringt es einfach nicht fertig, ein Arschloch zu sein.

* * *

»Wo ist Juan?«

Carlos verdreht die Augen; das geht ja schon gut los. »Der sitzt in seinem Van am anderen Ende der Straße. Hör ...«

»ER soll mich anrufen, wenn es irgendetwas zu melden gibt.«

Fassungslos betrachtet Carlos das Handy. Der Kerl hat ihn einfach abgewürgt!

Das will er doch mal sehen! Mit zusammengekniffenen Augen tippt er auf die Wahlwiederholung. Nach dem zehnten Klingeln wird er automatisch mit Harper verbunden.

Wütend wählt Carlos erneut.

So läuft das Spiel in den nächsten zehn Minuten. Carlos hätte nie gedacht, irgendwann mal zum Telefonterroristen zu verkommen, doch je öfter er die Stimme des idiotischen Sicherheitschefs vernimmt, desto verbissener wird er.

Und wenn er die Nummer bis morgen früh durchziehen muss, den macht er fertig! Es reicht!

Carlos` Telefonterror erfährt eine kurze Unterbrechung, weil er Tony zum Wal-Mart folgen muss.

Kaum ist sie darin verschwunden und befindet sich damit in Georges sicheren Händen, der für ihren Schutz während der Arbeit zuständig ist, hat Carlos bereits die Wahlwiederholung betätigt.

Sicher, er hätte auch eine Textnachricht schicken können.

Hätte!

Ha!

Inzwischen muss er es an die einhundert Mal probiert haben. Der Ablauf ist ihm längst in Fleisch und Blut übergegangen.

Zehn Mal Klingeln – Harper – Beenden – Wahlwiederholung.

Er könnte auch nach dem neunten Mal Klingel auflegen, doch dann hätte er Harpers wachsende hysterische Tobsuchtsanfälle verpasst. Dem Kerl bleibt keine Wahl; er *muss* den Anruf entgegennehmen und darf sein Telefon nicht abstellen.

Damit hat Carlos sich an dem schon einmal erfolgreich gerächt. Er weiß, dass er mit jedem neuen Mal Wählen mehr Ähnlichkeit mit einem Irren annimmt. Aber er kann nicht mehr aufhören. Vielleicht haben alle total Durchgeknallten irgendwann mal so angefangen. Carlos fühlt sich plötzlich sehr mit ihnen verbunden.

Denn er *kann einfach nicht mehr aufhören!*
EDWARD!

Beim gefühlt eintausendsten Versuch geschieht etwas Neues.

Nach dem fünften Klingeln wird das Gespräch angenommen. Eine ganze Weile ist nichts zu hören, dann ertönt Edwards dumpfestes Knurren.

»Wenn du den Scheiß nicht sofort lässt, dann ...«

»Halt die Schnauze«, bittet Carlos ihn freundlich. »Jetzt hör mir mal gut zu, du borniertel Idiot! Mir reicht es! Deinen Juan kannst du vergessen! Eben ist ...«

Weiter kommt er nicht, weil Edward ihn unterbricht. Und diesmal brüllt er.

»WAS BILDEST DU DIR EIN, DU KLEINER, UNBEDEUTENDER KRETIN? DU BIST EIN ERBÄRM...«.

Hier endet er abrupt. Das Gespräch wurde nicht etwa unterbrochen, Edward hat nur aufgehört zu brüllen.

Carlos hört ein lautes Stöhnen, kurz darauf ein mehrfaches, dumpfes Poltern und dann nichts mehr.

»Edward?«

Hastig sieht er auf das Display, die Verbindung steht nach wie vor. »Edward? Kannst du mich hören?«

»Edward?«

+ + +

Dem Tod von der Schippe ...

Scheiße!

Das ist Edwards erster Gedanke, als er wach wird, denn er benötigt seltsamerweise keine drei Sekunden, um sich an alles zu erinnern.

Carlos – der elende, kleine Kretin!

Sein Ausraster.

Das Ende.

Er ist zu laut geworden, hat die Kontrolle verloren, wozu mehr Luft vonnöten war, als seine Lungen aufzunehmen bereit sind. Und deshalb ist er umgekippt. *Daran* speziell kann er sich nicht mehr sehr deutlich erinnern, nur noch an den rasenden Schmerz, der sich plötzlich im gesamten oberen Bereich seines Körpers ausbreitete.

Wenn er bis dahin glaubte, Schmerzen zu haben, hat er sich getäuscht, denn das kann nur die Vorbereitung gewesen sein. Erst, als er auf dem Boden seines Büros aufschlug, kurz bevor er nichts mehr wusste, lernte er die echte Folter kennen. Alles davor war ein schlechter Witz.

Wie verhält es sich denn jetzt diesbezüglich? Kaum lauscht er in sich hinein, findet er sie: Schmerzen.

Aber das sind wieder die vertrauten – neuerdings nichts Weltbewegendes mehr. Außerdem wirken die nicht mehr so unkontrolliert und wütend. Zwangsläufig muss er atmen, sonst wäre sein Gehirn nicht imstande, Denkprozesse zu bewältigen. Ja, er holt Luft, und das sogar mit einer gewissen Gleichmäßigkeit, wenn seine Lungen dabei auch nach wie vor wie Feuer brennen.

Als Nächstes geht Edward auf, dass er liegt.

Fein! Offensichtlich hat man seine kurzfristige Wehrlosigkeit sofort ausgenutzt, um ihn ins Bett zu verfrachten. Okay, damit musste er rechnen, dieser alte Quacksalber war ja geradezu darauf versessen, ihn genau hierher zu bekommen.

Das wird Edward zuerst in Angriff ...

»Mr. Capwell!« Bakers schadenfrohe Stimme dringt an sein Ohr.

Edward stöhnt; nun, damit musste er möglicherweise auch rechnen.

»Ich bin ja so begeistert, dass Sie wach sind! Und wissen Sie, was mich mit Abstand am meisten freut?«

Edward kann es sich denken.

»Sie *liegen*! In einem Bett! Und Sie befinden sich in meiner Gewalt! Dass ich das noch erleben darf!«

Das genügt, Edward reißt die Augen auf – zumindest versucht er es, denn seine Lider sind ziemlich verklebt, und er braucht einige Sekunden, bevor es funktioniert. Von Aufreißen kann also keine Rede sein.

Grinsend steht Baker vor ihm und Edward erkennt sofort, dass etwas anders ist. Nachgrübeln kann er darüber nicht, denn der Arzt ist noch nicht fertig mit seiner süffisanten Rache.

»Wissen Sie, ich hatte ja schon seit Tagen gelauert. Es war nur eine Frage der Zeit, bis Sie zusammenbrechen, und ich behielt recht!« Begeistert klatscht er in die Hände. »Sie können sich meine Freude nicht vorstellen, als der Anruf bei mir einging, und ich muss zugeben, ich habe Ihre Bewusstlosigkeit schamlos ausgenutzt.«

Langsam wird Edward *etwas* übel. Was hat der Kerl getan?

Der Alte hebt die Hände. »Machen Sie sich keine Sorgen, Mr. Capwell. Wir haben nichts Gravierendes unternommen. Wollen Sie die Einzelheiten oder lieber noch ein wenig schlafen?«

»Sagen Sie schon!« Er klingt sehr rau, sehr leise, und sein Hals kratzt unangenehm. Außerdem hat er Durst. Baker scheint Gedanken lesen zu können, denn er hält ihm prompt eine Wasserflasche entgegen. »Trinken Sie! Das hilft gegen das widrige Gefühl im Hals.«

Während Edward dankbar die halbe Flasche leert, fährt der Doktor fort.

»Da Sie nicht ansprechbar waren, musste ich mich natürlich an die Person halten, die in diesem Fall für alle Entscheidungen zuständig ist.«

Wer? Edward kann momentan nicht sehr gut denken. Er hat keine Ahnung, wer ...

»Mr. Parker war glücklicherweise mit jedem meiner Vorschläge einverstanden. Ein ausnehmend vernünftiger und verständiger Mann.«

OH, NEIN!

»Und damit Sie uns nicht noch in letzter Sekunde ins Handwerk pfuschen, ließ ich Sie ein wenig schlafen.« Baker hebt eine Augenbraue. »Nicht, dass große Gefahr bestand. Sie waren – wie nennt man das so schön? Halb tot? Ja, das ist eine sehr treffende Bezeichnung. Ich glaube nicht, dass Sie noch einmal aus eigener Kraft aufgewacht wären. Also: Wir konnten Sie endlich röntgen, wobei wir feststellten, dass sich Ihre Rippen inzwischen ein wenig auf Wanderschaft begeben haben. Sie hatten übrigens großes Glück, die Frakturen waren sehr sauber. Keine Splitter, keine kleineren Fragmente. Trotzdem war eine OP unumgänglich. Die wurde vorgestern vorgenommen. Wir haben Ihre Rippen gerichtet, sozusagen wieder in Form gebracht, und Sie innerhalb der letzten vierundzwanzig Stunden einer intensiven Behandlung mit Antibiotika und allerlei Aufbaupräparaten unterzogen. Und was soll ich Ihnen sagen?«

Wieder klatscht er in die Hände, was bei Edward die ersten Hassgefühle gegen den Mann aufwallen lässt. »Durch das Liegen – ruhig, entspannt, ohne Diskussion – konnten wir innerhalb kürzester Zeit tatsächlich einige beachtliche Fortschritte verzeichnen.« Er runzelt die Stirn. »Ach so, ich vergaß. Sie dürften vielleicht nicht ganz auf dem neuesten Stand sein. Heute ist Samstag, Sie befinden sich auf der Intensivstation des Miami Hospitals und ich darf Ihnen gratulieren:

Sie haben erfolgreich überlebt!«

* * *

Samstag?

Das Letzte, was Edward weiß, geschah am *Donnerstag!* Verdammt! In der nächsten Sekunde macht er Anstalten, aus dem Bett zu springen.

»Liegen bleiben!«

»Ich stehe jetzt auf!«, verkündet Edward bedrohlich knurrend. »Sie haben doch erreicht, was Sie wollten!«

Plötzlich nimmt ihn eine knochige alte Hand am Kragen seines – was auch immer er da trägt. »Jetzt hören Sie mir mal zu! Sie haben eine komplizierte OP hinter sich und wären beinahe gestorben. Haben Sie das immer noch nicht begriffen? Sie können nicht einfach aufstehen! Nicht einmal Sie! Und wenn Sie mich deshalb wegen Freiheitsberaubung verklagen, ist mir das egal! Ich werde nicht zusehen, wie Sie am Ende noch alles verderben, weil sie mit frischer OP-Narbe durch die Gegend rennen!«

Verwundert betrachtet Edward den aufgebrachten alten Mann, den er bislang noch nie wütend erlebt hat. Üblicherweise versteckt er sich immer hinter seiner Ironie.

Intensivstation?

Zum ersten Mal mustert er seine Umgebung genauer. Ja, dies ist ein Klinikzimmer, eines, das mit diversen Armaturen ausgestattet ist.

Und jetzt erst bemerkt er den Schlauch an seiner Nase. Sein Blick fällt auf seinen linken Arm, in dessen Beuge eine Kanüle steckt. Sie ist mit einer Flasche verbunden, die links über seinem Kopf hängt.

Resigniert schließt er die Augen. Oh, verdammt!

Baker hat sich inzwischen ein wenig beruhigt, denn er lässt den Kragen von Edwards – keine Ahnung, was es ist … wieder los.

»Ich bin sicher, dass Sie so schnell wie möglich nach Hause wollen. Dafür habe ich sogar Verständnis, Sie werden es nicht glauben! Allerdings muss ich darauf bestehen, dass Sie im Bett bleiben. Bekomme ich von Ihnen nicht das heilige Versprechen, dass Sie sich an meine Anweisungen halten, bleiben Sie hier. Beschwerden sind wie immer an meine Anwälte zu richten. Gehen Sie auf meine Bedingungen ein, können wir uns heute Abend, vielleicht auch erst morgen früh, auf eine behutsame Überführung in ihr eigenes Bett verständigen. Das sind die Alternativen. Entscheiden Sie sich jetzt!«

Trotz seines immer noch umnebelten Gehirns versucht Edward zu denken. Es muss an die fünfundzwanzig Jahre her sein, dass sich jemand erdreistete, ihm Vorschriften zu machen. Okay, abgesehen von Jayden, der ja über Jahre verbissen ignorierte, dass sein Sohn Edward inzwischen ein erwachsener Mann war.

Als er die entschlossene Miene des Doktors lange und intensiv genug betrachtet hat, weiß er, dass ihm keine Wahl bleibt. Entweder er steigt auf die Erpressung ein oder der Kerl wird ihn hier für immer und ewig gefangen halten.

Fein!

Kaum nickt er missmutig, kehrt Bakers gute Laune zurück. »Der Mann wird vernünftig! Ich bin beeindruckt!«

Edward verzieht das Gesicht.

Das kann ja heiter werden.

Bis zum nächsten Morgen muss Edward sich gedulden, dann erst darf er nach Hause. Die Heimfahrt findet nicht etwa in seinem Maybach statt, sondern in einem Krankenwagen.

Liegend!

Vorher lässt sich Baker von ihm hoch und heilig versprechen, dass er nicht aufstehen wird. Edward gibt es ihm, allerdings hätte er auch seine Seele verkauft, um endlich diesem verdammten Krankenhaus zu entkommen. Wenn er Carlos bis jetzt noch nicht gehasst hat – dafür, dass er wegen dieses Kretins hier gefangen wurde, wünscht er ihm die Pest an den Hals und nimmt sich vor, als Allererstes am Montagmorgen diese verdammte Patientenverfügung auszusetzen. Was er sich dabei gedacht hat, ist ihm schleierhaft. Wie kann er einem unterbelichteten Verräter die Entscheidung über sein Schicksal überlassen? Er muss wahnsinnig gewesen sein!

Den Zwangstag im Krankenhaus verbringt er damit, ausgiebig über dieses Thema nachzudenken. Das bewahrt ihn vor unliebsamen – verbotenen – Gedanken, die er sich in seiner katastrophalen Lage nicht leisten kann.

Irgendwann kommt er auf die Erklärung:

Es gibt niemandem, dem er diese Verantwortung sonst übertragen kann; niemanden, der sich um ihn sorgen würde, wenn es ihm wirklich schlecht geht oder er tatsächlich zu sterben droht.

Was allein damit bewiesen wird, dass ihn keiner besucht und auch niemand Anstalten macht, ihn anzurufen.

Edward fühlt sich nicht besonders gut, möglicherweise trifft ihn deshalb diese Erkenntnis so hart. Kurz, bevor er sie unwirsch beiseiteschiebt, versteht sich. Er ist allein – na und? Das war er immer und es hat ihn nie sonderlich gekümmert!

Außerdem gibt es sehr wohl Menschen, die sich um ihn sorgen! Da wäre zum einem Matty, der garantiert zu ihm gekommen wäre, hätte er diese Entscheidung allein treffen können. Auch Tony wäre gekommen, so, wie sie sofort alles stehen und liegen ließ und zu ihm eilte, als sie von seinem Absturz erfuhr.

Seine kleine Jade wäre mit Sicherheit bei ihm, wäre sie alt genug, um überhaupt zu verstehen, dass er krank ist. Aber Tony kann nicht erscheinen, weil sie nichts von seinem Krankenhausaufenthalt weiß. Man wird alles sorgsam vertuscht haben, denn so etwas kann die Aktienkurse ganz schnell in den Keller sinken lassen.

Edward will nicht, dass Tony, Matty oder Jade ihn so sehen, denn es ist ein Unterschied, nach erfolgreicher Dschungelsafari siegreich nach Hause zu kehren, mit ein paar Blessuren, aber als Held!, oder schwach und krank in einem unpersönlichen Krankenhauszimmer zu liegen.

Aber im Grunde sind das alles nur widrige Nebensächlichkeiten, die ihn nicht wirklich berühren. Andere Dinge machen sich da bedeutend schwerwiegender aus.

Edward hat keine Ahnung, was seit Donnerstag geschehen ist oder ob es überhaupt irgendeine Veränderung gegeben hat. Den Anwalt kann er nicht anrufen – denn es ist Wochenende. Selbst ein Telefonat mit Matty ist nicht möglich, da es sich um ein Tony-Wochenende handelt. Momentan ist der Junge bei seiner Tante. Der Glückspilz!

Also setzt Edward all seine Hoffnungen darauf, dass sein Neffe mit seinem unvergleichlichen Charme ein paar Versuche unternimmt, Tony milde zu stimmen. Und er hofft, dass er ihr nichts davon erzählt, dass Edward im Krankenhaus liegt.

Edward will alles – nur nicht ihr Mitleid.

* * *

Als er endlich zu Hause ankommt, muss er erkennen, dass seine Probleme in der Zwischenzeit noch einmal gravierend zugenommen haben.

Nichts hat sich zum Besseren gewendet. Während er von Baker im Zwangsschlaf gehalten wurde, trat ganz unbemerkt die nächste Katastrophe ein. Um dahinter zu gelangen, ist nicht einmal ein Telefonat mit dem Rechtsverdreher vonnöten, ihm genügt der Anblick, der sich ihm bietet, als er ins Haus getragen wird.

In der Halle steht Matty. Er lächelt, als er seinen Onkel sieht, wirkt keineswegs verweint, und schon gar nicht leidet er unter einem akuten Asthmaanfall. Die suchen ihn schon seit Jahren nicht mehr heim. Die Realität ist um ein Vielfaches verheerender, denn seine Miene wirkt – *ergeben,* wissend, als sei endlich das eingetreten, was er insgeheim bereits seit Längerem fürchtet. Matty ist erledigt.

Unbändiger Zorn nimmt von Edward Besitz. So unvermutet, dass er geradezu davon überfallen wird.

Nie zuvor war er derart wütend auf Anthonia. Nicht einmal, als er von Jades Existenz erfuhr. Kurzzeitig, ja, doch sobald er begann, hinter die Gründe dafür zu gelangen, hatte sich sein Zorn in gemäßigteren Bahnen bewegt. Auch wenn die grenzenlose Enttäuschung blieb.

Geht sie tatsächlich über Leichen? Ist ihr inzwischen nichts mehr heilig? Wurde aus ihr in den vergangenen zwei Jahren wirklich eine gefühllose, verbitterte Person, die sich zu keiner Schandtat zu schade ist, Hauptsache, sie kann punkten? Es ist sein Pech und ihr Glück, dass Edward wirklich nicht aufstehen kann; leider hat Baker diesmal nicht übertrieben. Andernfalls wäre Edward sofort nach West Palm Beach gefahren und hätte sie zur Rede gestellt. Ohne Rücksicht auf mögliche unangenehme Konsequenzen.

Das geht zu weit!
Niemand verletzt ungestraft seinen Jungen!
Auch nicht Anthonia!

* * *

Ungeduldig wartet Edward, dass der Arzt fertig wird, dessen endlos anmutende Belehrungen er abnickt, ohne ihnen wirklich zu lauschen. Er wird schon nicht verschwinden, verdammt!

Als der Mann endlich gegangen ist, ruft er Matty zu sich, der noch immer mit diesem seltsamen Lächeln geschlagen zu ihm tritt und ihn umarmt. Mit genau der angebrachten Portion Verlegenheit, denn echte Männer umarmen sich ja nicht gern. Doch er löst sich nicht wieder von ihm, sondern erweckt den Eindruck, als wolle er Edward nie wieder loslassen.

»Hat sie angerufen?«, fragt der nach einer Weile.

Er nickt.

»Begründung?«

»Sie ist erkältet«, wispert es an seinem Hals.

Erkältet! Das ist beinahe so genial wie Migräne! Sie hat sich nicht einmal die Mühe gemacht, sich eine *gute* Ausrede einfallen zu lassen!

»Das kläre ich, verlass dich drauf! Sobald ich aufstehen ... darf.«

Matty schüttelt den Kopf. »Nein!«

»Oh doch!«

»Aber dann will sie vielleicht ...«

»Du meinst, dann will sie dich vielleicht überhaupt nicht mehr sehen?«

Er nickt, und Edward hütet sich, das zu kommentieren. Jetzt gilt es, den Jungen aufzubauen, obwohl er noch nicht exakt weiß, wie er das anstellen soll.

Matty will Tony!

Matty *braucht* Tony!

Und die kann Edward ihm nicht geben. Genau an diesem Punkt war er schon einmal. Befindet er sich in einer Endlosschleife, die sich wieder und immer wieder neu abspielt?

* * *

Zunächst ist Edward ans Bett gefesselt, und zwar wortwörtlich.

Jetzt braucht er Hilfe, um auch nur ins Bad zu gelangen, welche ihm von Mrs. Knight geboten wird. Allein dafür könnte er Carlos töten.

Nun ja, dies ist entwürdigend; grausam jedoch macht sich aus, dass er nichts ausrichten kann.

Die Hoffnung, wenigstens das würde sich mit Verlassen des Krankenhauses ändern, erweist sich schnell als reine Illusion. Im Grunde ist alles beim Alten. Er liegt immer noch im Bett, hat immer noch Schmerzen, fühlt sich immer noch sehr schlecht und kann immer noch keinen Kontakt zur Außenwelt herstellen. Sein Handy summt kein einziges Mal. Wer genau für diesen speziellen Teil der Folter verantwortlich ist, kann er sich sogar ohne jegliche Informationen zusammenreimen.

Und so verläuft der Sonntag relativ ruhig, denn Edward sieht ein, dass es ihm wirklich nicht sehr gut geht. Obwohl die Schmerzen in seiner Brust tatsächlich langsam nachlassen, schläft er viel. Die wenigen Beschäftigungen, auf die er momentan reduziert ist, wie Lesen oder Fernsehen, ermüden ihn schnell.

Er unterhält sich mit Matty, spielt ein wenig mit ihm, obwohl ihn auch das schnell erschöpft, und am Abend, nachdem Baker ihn verarztet hat – immer noch mit diesem begeisterten Grinsen –, schläft er zum ersten Mal seit knapp zwei Wochen ruhig und schmerzfrei die Nacht durch.

Der Montag jedoch bringt die Rastlosigkeit zurück.

Zunehmend fühlt Edward sich besser, Baker hat nicht gelogen, und deshalb bereitet ihm das nutzlose Herumliegen mehr und mehr Schwierigkeiten. Besonders, weil er von dem grausamen Gedanken gequält wird, irgendetwas zu verpassen, was in der Welt geschieht.

Die Welt umfasst in seinem Denken derzeit eine eher kleine Stadt namens West Palm Beach im sonnigen Staat Florida.

Oh, er hat seine Abrechnung mit Anthonia nicht vergessen! Aber er will auch wissen, wie es Tony geht. Vor allem Jade.

Inzwischen terrorisiert er Malone mit stündlichen Anrufen; der hat nur leider nie die erlösende Antwort parat – was bei Edward stetig die Ungeduld schürt.

Bereits am Dienstag hat er erfolgreich verdrängt, *weshalb* er im Bett liegt. Sicher sind die Schmerzen nicht verschwunden, und das Fieber, das Baker kontrolliert gewähren lässt, ist auch noch nicht gestorben. Doch es geht ihm blendend! Und warum muss er überhaupt in dieser unwürdigen Position ausharren?

Carlos! Hätte der Idiot ihn nicht auf diese impertinente Art provoziert, wäre das alles nie geschehen! Dabei hat Edward sich erstaunlich lange beherrscht. Über zwei Stunden ignorierte er das ekelhafte Summen seines Handys. Irgendwann wippte sein Kopf sogar im Takt und er zählte lautlos mit. Bei jedem zehnten Mal musste Harper dran glauben. Edward hätte dem bereits früher ein Ende bereiten können, was er ursprünglich auch vorhatte, bis Harper den ersten Beschwerdeanruf bei ihm startete und sich derart hysterisch gebärdete, dass Edward beschloss, ihn ein wenig leiden zu lassen.

Dass der Mann ein Versager ist, wusste er längst; letzter Beweis waren die absolut hirnverbrannten Lösungsvorschläge für das Sicherheitsaufgebot in Palm Beach. Aber dass der Knilch die Nerven hat, heulend bei ihm angekrochen zu kommen und sich über Carlos zu beschweren, war zu viel. Dieser Mann ist nicht nur ein Ärgernis, sondern der erbärmlichste Weichling, dem er je begegnet ist.

Allerdings hätte er nie geglaubt, dass Carlos so weit gehen würde. Das ist jenseits jeder Vernunft. Ursprünglich wollte er ihm empfehlen, sich in Therapie zu begeben, doch dazu kam es ja nicht mehr. Stattdessen ist er jetzt ans Bett gefesselt und kann nichts unternehmen. Edward weiß nichts, ihm ist nicht einmal bekannt, ob Tony sich gemeldet hat, weshalb er mit zunehmender Verzweiflung auf irgendein Zeichen wartet. Eine Reaktion, irgendetwas. Etwas muss doch passieren!

Tony!

* * *

Nichts geschieht.

Tony schreibt keinen gepfefferten Brief oder kontert mit eigenen Anwälten. Sie stürzt auch nicht wutentbrannt ins Haus und versucht, Edward zu erdolchen. Tatsächlich zeigt sich nicht die geringste Reaktion.

Auch nicht auf Brief Numero zwei. Das einzige Lebenszeichen von ihr sind die täglichen Anrufe bei ihrem Neffen. So weit ist es bereits wieder gekommen. Matty sagt nichts, aus Rücksicht auf Edward, doch der sieht dessen Schmerz und ahnt, dass er viel tiefer geht, als es zunächst den Anschein hat. Ist nicht genau das eingetreten, was er unter allen Umständen vermeiden wollte? Matty glaubt, Tony würde ihn nicht mehr brauchen und nicht mehr gern haben. Dabei ist es völlig nebensächlich, dass Jade bereits seit zwei Jahren fester Bestandteil von Tonys Leben ist. Der kindische Verstand basiert nicht auf Logik, sondern hält sich ausschließlich an die sichtbaren Fakten.

Tatsache ist nun einmal, dass Tony ihn genau in dem Moment *verstieß*, in dem Matty von Jades Existenz erfuhr. Weshalb der den einzigen Schluss zog, der einem Kind nun einmal bleibt: Sie will ihn nicht mehr, weil sie jetzt etwas Besseres hat:

Ein eigenes Kind – keinen Neffen.

Ein Baby – kein großes Kind, das nicht mehr geküsst und in den Arm genommen werden will.

Ein süßes Mädchen – keinen Jungen, der alles, aber nicht süß ist (jedenfalls will er das nicht sein).

Das hat Tony nicht kommen sehen? Oder ist es ihr am Ende egal und Matty hat im Grunde ganz recht? Was soll er denn sonst denken; sie spricht ja nicht mit ihm, verdammt!

Auch sonst weiß Edward nicht, was vor dem Fenster seines Schlafzimmers vor sich geht. Juan macht sich nicht die Mühe, ihn anzurufen; aus der Holding erfolgt auch keine Meldung, und Edward vermutet, dass auch dies kein Zufall ist. Entweder Baker oder Carlos müssen ihre widerlichen Hände im Spiel haben.

Baker ist ein alter Mann, noch dazu Arzt, der nur will, dass sein Patient gesund wird, wofür Edward sogar so etwas wie Verständnis aufbringt.

Doch Carlos?

Wie kommt er dazu, über seinen Kopf hinweg Entscheidungen zu fällen, die seine Person betreffen?

Was bildet sich dieser Kerl ein?

Aber selbst, um diese Frage zu klären, hätte Edward beweglicher sein müssen.

* * *

Das Telefonat am Mittwoch mit Malone verläuft auch nicht sonderlich erfrischend.

»Um ehrlich zu sein, habe ich keine Hoffnung mehr, dass wir auf diese Art weiterkommen, Mr. Capwell. Wir können Miss Benett noch zehn weitere dieser Briefe schicken, sie wird nicht reagieren. Damit wäre genau das eingetreten, was ich befürchtete. Der nächste, logische Schritt ist die Klage zur Zwangsfeststellung der Vaterschaft. Nicht, dass mir bisher ein Fall bekannt gewesen wäre, bei dem diese vom Erzeuger ausging.«

Klage? Geistesabwesend schüttelt Edward den Kopf. Er weiß nicht genau, weshalb Tony sich derart grausam gegenüber Matty verhält. Doch sein Auftauchen ist daran wohl nicht ganz unschuldig. Möglicherweise hat sie auch der Rummel in den Zeitungen verschreckt. Er weiß es nicht, *denn er kann sie ja nicht danach fragen, verdammt!*

Bekommt sie von ihm eine Klage auf den Tisch, welcher Art auch immer, dann ist der Kampf um sie verloren. Andererseits will er unbedingt seine Tochter! In jeder Sekunde sieht er die Bilder vor sich: Tony – seine Tony, so wie sie war, als er von seinem Ausflug in die Everglades zurückkehrte – und die kleine, süße Micky Maus, die in Wahrheit ein Engel ist.

Er will nicht mehr kämpfen und sieht dennoch keinen Weg, wie er, ohne Tony nur noch mehr herauszufordern und zu *verärgern*, jemals sein Ziel erreichen soll.

Am Freitagmittag zieht er zum ersten Mal in Erwägung, Carlos anzurufen. Er ist der Einzige, der ihm zu einigen wichtigen Informationen verhelfen kann. Dieses *Nicht*-Wissen macht Edward verrückt.

Er braucht bis zum frühen Abend, um sich zu entschließen, und selbst dann sind drei Anläufe vonnöten, bevor er es letztendlich schafft, die Nummer auch zu wählen.

»Was willst du?«, meldet sich kurz darauf die Stimme des Idioten.

Der Typ hat Nerven! »Ich will einen erschöpfenden Bericht über die Vorgänge in Palm Beach!«

Es dauert ziemlich lange, bevor Carlos antwortet. *»So, willst du das, ja? Dann würde ich dir raten, Juan zu belästigen. Der ist meines Wissens dafür zuständig. Ich habe Feierabend!«*

Damit ist das Gespräch beendet.

Mit einem Satz ist Edward aus dem Bett.

Seine Kreislaufprobleme ignorierend stürzt er mit leichter Schlagseite ins Nebenzimmer und reißt die erstbesten Sachen aus den Regalen und von den Bügeln, die ihm unter die Hände kommen. Selbst seine Schmerzen beachtet er nicht, die fallen ohnehin nicht mehr sonderlich stark ins Gewicht. Es reicht so umfassend, dass jede Faser in ihm nach Vergeltung brüllt.

Wenig später jagt er in die Garage und startet den Porsche, nicht den Maybach – dafür ist er nicht in der Stimmung.

Am Tor wagt Dean mutig eine zaghafte Kritik. »Sir, Sie sollen nicht allein ...«

»Schnauze! Tor auf!« Als der Angestellte immer noch zögert, dreht Edward durch. »Mach endlich das beschissene Tor auf, du verdammter Idiot!«

Kaum ist die Öffnung groß genug, tritt er das Gaspedal durch.

Edward kennt Carlos gut. Zu gut, wie er feststellen muss. Selbst ohne die leise Rockmusik im Hintergrund und das dunkle Stimmengewirr hätte er ganz genau gewusst, wo er den Kretin suchen muss. Feierabend bedeutet:

Carlos nimmt sein Feierabendbier, und zwar bei Alf.

Als er die Bar betritt, sieht er ihn sofort. Mit gesenktem Kopf sitzt er am Tresen und betrachtet das Bier in seiner Hand.

Nach vier großen Schritten hat Edward den gut gefüllten Raum durchquert. »Was fällt dir ein?« Er spricht nicht sehr laut, seine Stimme ist trotzdem deutlich vernehmbar, was ihm allerdings egal ist. Auch wenn er die Blicke der anderen trinkfreudigen Männer auf sich liegen spürt.

Flüchtig blickt Carlos auf »Ach! Von den Toten auferstanden?« Schon widmet er sich wieder seiner Bierflasche.

»Komm mit raus!«

Leise lacht der Idiot auf, doch als er ihn ansieht, ist er ernst. »Nein!«

»Was, zu feige?«

»Eher nicht. Ich schlage mich nur nicht mit Invaliden.« In aller Gemütsruhe nimmt er einen großen Schluck aus seiner Flasche und fügt dann hinzu »Auch wenn die Abreibung seit Jahren fällig ist.«

»Ach, siehst du das so, ja?«

Carlos nickt bekräftigend. »Ohhh, ja!« Als er die Flasche wieder zum Mund führt, setzt er sie nicht eher ab, bis sie leer ist.

Schweigend beobachtet Edward ihn, überlegt, wägt ab, beherrscht sich, und als er schließlich beginnt, geschieht das äußerst langsam und konzentriert. Erst mit der Zeit steigert sich das Tempo ein wenig.

»Du bist also nicht nur ein mieses Verräterschwein, sondern auch noch ein Feigling. Zugegeben, ich habe mich ein bisschen naiv angestellt; mir hätte klar sein müssen, dass du mehr weißt, als du zugibst. Du wolltest sie schon immer für dich. Bereits auf der *Destino*, richtig? Sonst wäre es ihr nie gelungen, dich zu diesem Ausflug zu überreden. Wie war das? Hast du sie wöchentlich besucht oder nur einmal im Vierteljahr? Hast du dich als ihr Freund bei ihr eingeschlichen, als der Samariter, der ihr in der schweren Zeit ›zur Seite steht?‹«

Ungläubig lacht Edward auf. »Verdammt, ich habe dir sogar noch in die Karten gespielt! Alle zwei Wochen konntest du sie von Weitem ansabbern. Mehr war nicht drin, schon klar. Wirklich angesprochen hättest du sie nie! Und ich Idiot hätte geschworen, du bist einer von diesen widerlichen Schwuchteln.« Seine Augen werden groß. »Oder hast du ganz plötzlich die

Seiten gewechselt? War Tony vielleicht sogar der Auslöser? Hat sie dich *bekehrt*? Dann herzlichen Glückwunsch für diese Entscheidung, leider hast du dir das falsche Mädchen ausgesucht!«

Carlos hat ihm mit immer breiterem Lächeln gelauscht. Nur flüchtig ließ er ihn aus den Augen, als er Alf um ein neues Bier bat, dann widmete er Edward wieder seine volle Aufmerksamkeit. Als dieser endlich fertig ist, in der Hoffnung, dass Carlos seine Invalidenscheiße inzwischen vergessen hat, runzelt er die Stirn. »Warum?«

»Meinst du ehrlich, sie interessiert sich für einen heruntergekommenen Bodyguard, der nebenbei bemerkt auch noch ein verräterisches Arschloch ist?«

Carlos überdenkt das eingehend und schüttelt den Kopf. »Nein.«

Edward verzieht das Gesicht und mustert auffordernd diesen Alf. Und wenn schon, dann kotzt er das Zeug eben wieder aus. Nachdem er endlich seinen Whisky hat, nimmt er einen großen Schluck und sieht wieder zu Carlos, der bereits an seinem neuen Bier nippt.

»Wenn ich dich anrufe, hast du mir gefälligst Rede und Antwort zu stehen, verstanden?«

»Seit wann? Ich denke, Juan ist jetzt für die Auskünfte zuständig.«

Bevor Edward antwortet, tut er sich noch einmal an seinem Alkohol gütlich, das ist sicherer. Dann stellt er das Glas mit Schwung auf den Tresen. »Wenn ich *dich* anrufe, kannst du getrost davon ausgehen, dass ich mit dir sprechen will!«, knurrt er. »Lass diesen Schwachsinn. Für so etwas fehlt mir sowohl die Zeit als auch die Lust!«

Carlos zuckt mit den Schultern und widmet sich wieder seinem Bier.

Edward beobachtet ihn eine Weile, sammelt dabei Beherrschung, Geduld und viel, viel Gelassenheit. Erst dann macht er sich daran, ein weiteres Mal zu Kreuze zu kriechen. Unter unvorstellbaren Qualen.

»Was ist in der Zwischenzeit vorgefallen?«

In aller Seelenruhe nippt Carlos an seinem Bier, wischt sich mit dem Handrücken über den Mund, winkt Alf mit dem fast leeren nach einem neuen und widmet sich endlich seinem Boss.

»Könnten wir das morgen besprechen? Ich sagte bereits, dass ich nicht im Dienst bin.« Dankend nimmt er die neue Flasche entgegen und sofort einen großen Hieb daraus.

Edward kämpft. Zwar befindet er sich in einer heruntergekommenen Kneipe, doch ihm sind die immer gespannteren Blicke der Männer nicht entgangen. Man weiß genau, wer er ist – und wartet augenscheinlich bereits auf irgendeine Sensation. Neuerdings sorgt Edward ja öfter mal dafür.

Sollte dieser Idiot weiterhin genau das sein: ein Idiot, dann kann er für nichts garantieren. Wer sich ihm widersetzt, wird gefeuert; nur leider *kann* er Carlos nicht entlassen, denn er *braucht* ihn! Und dieser elende Lump weiß das ganz genau! Er pokert damit, spielt Edwards Abhängigkeit gegen ihn aus und sonnt sich in seinem Triumph.

Wütend sieht er zu, wie Carlos den nächsten Schluck Bier zu sich nimmt und überlegt, ob er seinem Namen alle Ehre machen und eine wüste Barschlägerei anzetteln soll. Das würde wenigstens mal anständige Schlagzeilen geben.

Schließlich sieht Carlos ihn doch wieder an – dabei wirkt er erstaunlich ernst. »Ich bin nicht im Dienst, zum ersten Mal seit ...«, er runzelt die Stirn, »... sehr langer Zeit. Und ich hatte gehofft, endlich ein bisschen entspannen zu können. Sah auch alles sehr gut aus, bis du hier auftauchen und mir in letzter Sekunde mit deinem Anblick den Abend versauen musstest.« Und wieder nippt er an seiner Flasche.

»Ich warne dich, treib es nicht zu weit!«

Ruckartig senkt Carlos den Arm. »Ich? Ich treibe es zu weit?« Als er auflacht, nimmt Edward vor lauter Verzweiflung noch einen Schluck von seinem Whisky. Nur, um besagte Kneipenschlägerei nicht doch noch loszutreten. Dann stellt er fest, dass sein Glas leer ist, und winkt eilig dem Wirt.

»Ich gebe zu, die Nummer mit Tony...« Carlos hält inne und mustert ihn erwartungsvoll. Als Edward nicht reagiert, hebt er die Schultern. »... T.O.N.Y. habe ich nicht sehr clever gelöst.«

»Carlos, hör ...«

»Nein! Ich sage dir jetzt etwas, mein Freund. Und das wirst *du* dir anhören!«

»Sonst ...?«, erkundigt Edward sich spöttisch.

Carlos genehmigt sich noch einen Schluck – diesmal einen sehr großen – und stellt die fast leere Flasche ab, bevor er sich Edward zuwendet. »Sonst werde ich in aller Seelenruhe mein Bier austrinken, meine Sachen packen und verschwinden.«

»Was glaubst du, worauf ich die ganze Zeit spekuliere?«

»Dachte ich mir.« Ohne Edward aus den Augen zu lassen, leert er die Flasche.

»Gehst du, ohne mir zugehört zu haben, siehst du mich nie wieder! Übrigens, ich bezweifle, dass irgendeiner der Männer in Palm Beach dir eine Auskunft geben kann, einschließlich Juan. Aber ich schätze, das weißt du selbst. Du bist nicht dumm, nur dämlich.«

Er wartet noch ein paar Sekunden, und als Edward keine Anstalten macht zu gehen, nickt er, allerdings keineswegs triumphierend. »Ich glaubte, ihr könntet das allein regeln. Wäre doch mal zur Abwechslung ganz lustig gewesen. Möglicherweise hätte ich früher eingreifen sollen. Nicht für dich, ich hätte es für das Kind getan und vielleicht auch ein wenig für Anthonia. Ich sah sie alle zwei Wochen und wusste, wie sehr ihr die Geschichte zusetzt.«

Ein weiterer Schluck aus seiner Flasche folgt.

»So ist es immer, oder? Du ...« Fassungslos lacht er auf. »Du vergraulst sie nicht nur erfolgreich, du machst sie vorher noch richtig fertig! Nie denkst du darüber nach, was du mit dieser Tour vielleicht anrichten könntest. Dabei bist du nicht grausam, du kannst nur nicht anders! Du bist so borniert, dass du alles verpasst! Du suchst dir deinen Schuldigen ...« Er breitet die Arme aus und verneigt sich. »Bitte, gebe ich den eben, wenn es dir dann besser geht. Aber das ändert nichts! Du wärst in deinem beschissenen Büro abgekratzt, wusstest du das? In einem Haus, in dem sich zu diesem Zeitpunkt mehr als tausend Leute aufhielten, wärst du heimlich, still und leise einfach krepiert. Ich musste deine Sekretärin auf Knien anflehen, damit sie nach dir sieht.

Auf KNIEN, Edward! Ich war in Palm Beach und wusste, dass ich es nicht rechtzeitig schaffen würde. Sie ließ sich überreden, aber das hat mich jede Menge Bettelei gekostet. Und du hast Schwein, diesen Arzt zu haben. Er kennt dich zu lange und hat nicht vergessen, dass du irgendwann mal ein Junge warst und daher Verständnis für dich. Dein Glück, sonst würdest du hier jetzt nicht sitzen.«

Edward erwidert nichts, sein Durst hat sich verflüchtigt. Er will diesen Kerl nur schlagen oder gehen. Beides funktioniert nicht, weshalb er mittlerweile kurz vor einem Tobsuchtsanfall steht. Noch kann er sich beherrschen, überlegt allerdings mit zunehmender Verzweiflung, wie er einen adäquaten Ersatz für Carlos finden kann.

Er muss den Kerl unbedingt loswerden!

Carlos hat sein neues Bier dankend in Empfang genommen und setzt die Flasche nach dem obligatorischen Schluck ab. »Niemand da, Edward. Alle weg! Wäre es nur das, hätte ich die Schnauze gehalten. So warst du schon immer, warum solltest du dich plötzlich ändern? Ich kann zwar nicht verstehen, warum du selbst Anthonia vergrault hast, aber das ist allein deine Angelegenheit. Nur ...« Er runzelt die Stirn. »Kennst du meinen Freund Garry? Nicht? Na ja, kein Wunder. Garry und ich haben während der letzten zwei Jahre zusammengearbeitet, du verstehst?«

Nach ausgiebiger Musterung von Edwards nichtssagender Miene schüttelt er den Kopf. »Nein, wie solltest du auch? Garry ist Auroras Bodyguard, dämmert es jetzt? ... Ahhh, es dämmert.«

Ein weiterer Schluck Bier folgt. »Wir können ganz gut miteinander und hatten schon aus dienstlichen Gründen häufig zusammen zu tun. Nachdem sie ging, hielten wir losen Kontakt ... Jedenfalls ruft er mich heute an ... Ich frage, wo er ist, und er erzählt mir, er sei ›in der Klinik‹. Frage ich: ›In welcher Klinik?‹ Und da erzählt mir Garry doch, dass man Aurora gestern Nacht eingeliefert hat. Unter dem Siegel der Verschwiegenheit, versteht sich. Sie hatte Glück, oder Pech, wie man's nimmt. Das Hausmädchen sah noch einmal nach ihr – ihr ging es wohl in letzter Zeit nicht so besonders. Sie fand sie, bevor es zu spät war.«

Carlos lässt Edward nicht aus den Augen. »Sie wollte auf Nummer sicher gehen. Das ganze Programm, hat alles daran gesetzt, um garantiert nicht zu überleben. Warum glaubst du, hat *diese* Frau das getan, Edward?«

* * *

Edward ist erstarrt.

Aurora?

Verwirrt schließt er die Augen, während eintausend Gedanken gleichzeitig versuchen, sich in den Vordergrund zu drängen; keiner lässt sich nur annähernd klassifizieren.

Erst nach einer Weile ist einer siegreich.

Wortlos macht er kehrt und verlässt die Bar.

+ + +

Resigniert blickt Carlos ihm nach.

Edward dürfte überhaupt nicht hier sein; in den letzten Tagen hat er oft mit Baker telefoniert. Warum auch nicht?

Es ist ihm nur immer verborgen geblieben, doch inzwischen sieht er ein, dass er nicht nur alles für Edward *hinbiegt*, sondern auch dessen Kindermädchen ist, und zwar bereits seit Langem, nicht wahr?

Innerhalb der vergangenen Tage bekam Carlos viel Zeit zum Nachdenken. Zeit, die er teilweise auf dem Flur des Krankenhauses zubrachte, während die Ärzte um Edwards Leben kämpften. Dort war er allein. Niemand wartete mit ihm, niemand erkundigte sich nach Edward. Wäre er gestorben – es wäre erst publik geworden, wenn die PR-Abteilung eine riesige Nummer daraus gemacht hätte. Dieser Mann ist so allein, dass die Meinung seines unbedeutenden Sicherheitsverantwortlichen ausschlaggebend ist. Carlos entscheidet, was mit ihm geschehen soll, wenn er es selbst nicht mehr sagen kann. Ein Multimilliardär, Inhaber eines riesigen Konzerns, Schwarm aller Frauen, beliebtester Junggeselle des Bundesstaates, von allen beneidet ... der niemanden hat.

Außer Carlos.

Alle anderen hat er erfolgreich aus seinem Leben verjagt.

Der Einzige, der es noch bei ihm aushält, ist Matty, und der hat keine Wahl. Carlos weiß nicht, ob der Junge bei Tony wäre, wenn er könnte. Dessen Fluchtversuch lässt jedoch so einiges vermuten.

Und trotzdem – trotz allem –, er mag ihn, und offenbar ist er auch der Einzige, der dafür sorgen kann, dass Edward sich nicht unglücklich macht. Das dachte er, als er endlich wusste, dass Edward überleben und nicht sterben würde. Er fuhr wieder nach Palm Beach und beschützte die beiden Personen, die Edward neben Matty etwas bedeuten, die jedoch nicht bei ihm sind, weil Anthonia es nicht mehr ertragen konnte.

Die Nachricht von Auroras Selbstmordversuch veränderte schlagartig alles. Carlos begann, ernsthaft zu zweifeln.

Edward schafft alle, oder?

Eine Beziehung zu dieser Frau hat Carlos nie aufgebaut, wie zu keinem der Mädchen, die sich Edward in den Jahren so hielt. Abgesehen von Tony.

Doch Aurora war nach Tony mit Abstand die Beste. Ihr Verhalten ist weder geziert noch gekünstelt; sie ist eine Lady, ja, aber eine echte. Und sie behandelte ihn nicht von oben herab – wie vielleicht diese dumme Cloe. Man kann nicht behaupten, dass Carlos sie besonders mag, wie auch, er kennt sie ja kaum. Aber er hat sie respektiert.

Dass Edward diese beherrschte, resolute, selbstbewusste Frau zerstört hat, ist zu viel und es demnach höchste Zeit, diesem untragbaren Treiben ein Ende zu bereiten oder zu gehen. Gehen fällt aus, denn trotz allem ist er nicht imstande, Edward alleinzulassen. Demnach muss er etwas ändern.

Er – oder niemand.

Seinen Freund in die Bar zu locken, war eine von Carlos' leichteren Übungen. Er kennt Edward besser, als der jemals auch nur ahnen könnte. Möglicherweise würde Edward Capwell sich die Kugel geben, wäre ihm bewusst, *wie* gut Carlos ihn kennt.

Und nun? Ein weiteres resigniertes Seufzen folgt. Nun wird er wieder einmal dafür sorgen, dass die Dinge nicht am Ende doch noch gegen den Baum laufen.

Logisch – er ist Carlos.

Er wirft einen Schein auf den Tresen und verlässt die Bar.

+ + +

Edward stürzt zum Porsche und startet ihn nur wenige Sekunden später.

Bevor er jedoch den Gang einlegen kann, öffnet sich die Beifahrertür. Carlos sagt kein Wort und auch Edward schweigt.

Kaum ist die Tür geschlossen, tritt er das Gaspedal durch ...

* * *

Verbrannte Erde

Inzwischen ist es weit nach neun.

Die Schwestern auf der Station sind daher alles andere als begeistert, als Edward und Carlos zwanzig Minuten später dort auftauchen. Ohne seinen Begleiter wäre Edward bereits an dieser Hürde gescheitert, denn während er mit finsterer Miene neben ihm steht, verhandelt Carlos auf seine unnachahmlich charmante Art mit den drei Frauen.

Zunächst zeigen sie jedoch nicht die geringsten Anstalten, einzulenken, weshalb Carlos sich wirklich ins Zeug legen muss. Die Augen sind groß, die Stimme sanft und leise und der Kopf leicht zur Seite geneigt.

Sie hätten sich sofort in New York aufgemacht (das ist der Moment, wo Edward noch etwas finsterer blickt), als sie vom *Unfall* ihrer Cousine hörten. Sicher sei es bereits etwas spät, aber wäre es nicht vielleicht dennoch möglich, dass eine der reizenden Damen bei Miss Montgomery vorspräche, um ihr das Erscheinen ihrer Cousins Carlos und Jamie zu melden?

Eine der Frauen, die Älteste, betrachtet erst ihn, dann Edward – ihre Miene ist verkniffen. »Cousins, ja?«

Carlos nickt.

Ihre Miene wird noch etwas verkniffener. »Miss Montgomery empfängt keine Besucher. Das sollten Sie eigentlich wissen, wenn Sie keine Märchen erzählen.«

»Märchen? Nicht, dass ich wüsste. Ich bin davon überzeugt, dass sie bei uns eine Ausnahme machen wird.«

Die Schwester verschränkt die Arme und betrachtet ihn lauernd. »Sie werden nicht ohne Weiteres vorgelassen, das wissen Sie auch, ja?«

Carlos´ Lächeln wird zu einem Strahlen. »Ich bin sicher, auch Garry wird sich freuen, uns zu sehen!«

Das bringt sie etwas aus dem Konzept. Wieder bedenkt sie

die beiden mit diesem lauernden Blick, doch schließlich nickt sie. »Warten Sie hier!«

Nach einem letzten bedeutungsvollen Blick zu ihren beiden Mitstreiterinnen eilt sie den langen, dunklen Flur entlang und lässt die beiden Männer wartend zurück.

Edward mit finsterer Miene und Carlos mit breitem, erwartungsvollem Lächeln.

Vier Minuten später ist sie zurück, jetzt sichtlich enttäuscht. »Nicht länger als zehn Minuten!«

* * *

Auroras Anblick ist ein Schock.

Doch weder sind dafür die Verbände an ihren Handgelenken verantwortlich noch die kranke Blässe ihres Gesichts, die Schatten unter den Augen oder die Müdigkeit darin, die nichts mit Schlafmangel zu tun hat.

Es ist die Blöße, die Ungeschütztheit ihres Gesichtes. Edward hat sie noch nie *natürlich* gesehen, obwohl Aurora mit Sicherheit nie unnatürlich wirkt. Auch ohne Make-up ist sie eine schöne Frau, doch auf ihn macht sie den Eindruck einer Fremden, als sähe er sie heute zum ersten Mal.

Ihre Augen weiten sich ein wenig. Zögernd tritt er zu ihr, setzt sich auf den Stuhl neben ihrem Bett und betrachtet schweigend ihr plötzlich so fremdes Gesicht. Es ist schwer, sich zu vergegenwärtigen, dass dies die gleiche Frau sein soll, mit der er in den vergangenen zwei Jahren liiert war.

Was kann er sagen, um ihr zu helfen, was, um sie zu trösten? Will sie denn überhaupt seinen Trost? Möglicherweise – höchstwahrscheinlich sogar – ist er die letzte Person, die sie momentan zu sehen verlangt. Er räuspert sich verhalten, bevor er sich erkundigt »Wie geht es dir?«

Kaum bemerkt er ihren ungläubigen Blick, bereut er die Frage bereits, doch dann antwortet sie unerwartet ehrlich. »Nicht sehr gut.«

»Kann ich irgendetwas für dich tun?«

Ungläubiger Blick – Stirnrunzeln. »Nein.«

Beide schweigen für eine Weile, bis er schließlich einen neuen Versuch wagt. »Warum hast du mich nicht angerufen?«

In einer zutiefst resignierten Geste schließt sie die Augen, und als sie ihn wieder ansieht, ist ihr Blick stumpf, genau wie ihre Stimme. »Wozu? Welchen Sinn hätte das ergeben?«

»Ich hätte ... *wir* hätten reden können. Ich hätte dir helfen können!«

Auroras Lächeln wirkt bitter. »Nein, das hättest du nicht.« Sie seufzt. »Es tut mir leid, sollte ich dir Unannehmlichkeiten bereitet haben. Ich habe die Nerven verloren.«

»Du hast mir keine *Unannehmlichkeiten* bereitet, und ich möchte sehr wohl erfahren, wenn es dir schlecht geht. Du hättest es mir sagen müssen!«

Sie schweigt. Müde Augen betrachten ihn und scheinen zu sagen:

Lüge nicht, Edward! Wir beide wissen es besser!

Entschieden schüttelt er den Kopf, seine Lippen beschreiben nur einen schmalen Strich.

»Ich wusste es«, wispert sie. »Ich ... Ich schwieg. Auch dann noch, als ich davon überzeugt war, dass du es nicht erkannt hattest. Ich war sehr egoistisch, und das tut mir leid.«

»Aurora ...«

»Menschen, die lieben, verhalten sich dumm und irrational. Auch das weiß ich jetzt. Du warst ...«

Edward nimmt ihre Hand. »Es tut mir leid.«

»Das muss es nicht. Du kannst nichts dafür.«

Leise lacht er auf. »Behandle mich bitte nicht wie ein unmündiges Kind! Denn ich bin durchaus in der Lage, die Dinge im richtigen Licht zu sehen. Ich allein bin für meine Taten verantwortlich. Nichts von dem, was ich tat, war richtig oder auch nur gerechtfertigt. Weder damals noch heute. Spätestens, als ich wusste, dass du bei Weitem mehr Emotionen einbringst als ich, hätte ich es beenden müssen. Und ich wusste das bereits sehr früh, früher, als du ahnst.« Der Druck seiner Hand verstärkt sich. »Ich verhielt mich im höchsten Maße unfair, und das bereue ich zutiefst. Besonders, wenn ich sehe, wie sehr du darunter zu leiden hast. Das lag ganz bestimmt nicht in meiner Absicht.«

Sie schweigt, doch ihre Augen glitzern plötzlich verdächtig; seltsamerweise fühlt sich Edward nicht bedrängt oder verspürt den Wunsch, augenblicklich zu fliehen. Denn er hat keinen Gedanken mehr an sie verschwendet, weshalb ihn ihr Anblick doppelt so hart trifft, und er diese im Grunde unerträgliche Situation als gerechte Strafe betrachtet. Behutsam streicht er ihr eine Strähne aus der Stirn. »Ich habe nicht überlegt, vermutlich habe ich überhaupt nicht gedacht. Es tut mir leid, Aurora. Ich ...« Er schüttelt den Kopf, sucht nach Worten und findet sie nicht. »Es tut mir leid«, wiederholt er knapp.

Die Tränen bekommen keine Chance, Aurora hat sich längst gefangen. Sie richtet sich ein wenig auf. »Ich wusste genau, worauf ich mich einlasse und kannte das Risiko. Du konntest deine Zuneigung zu ihr nicht sehr gut verschleiern, weißt du? Ich hoffte, du würdest sie mit meiner Hilfe vergessen. Ich war bei dir, sie fort, das musste genügen.« Hohl lacht sie auf »Das war der erste grobe Fehler, geboren aus reiner Selbstüberschätzung, wer hätte das gedacht? Es lag in meiner Macht, all das, was geschah, zu verhindern. Für dich und auch für mich. Du wärst viel früher dort gewesen, wo du eigentlich sein willst, und ich ...«

Sie verstummt und betrachtet eingehend seine ausdruckslose Miene. Ihre Hand liegt noch immer in ihrer. »Hast du dein Kind gesehen?«

Edward zögert, bevor er abermals knapp nickt. Sie lächelt – wenn auch ein wenig matt. »Ich las davon – ein Mädchen?«

»Ja.«

»Was sagt Anthonia ...?«

Edward schüttelt den Kopf. »Vermutlich sollten wir dieses Thema nicht besprechen. Ich will nicht, dass du dich damit belastest. Es ...«

»Nein!«, beharrt sie. »Es interessiert mich! Schließlich bin ich nicht ganz unverantwortlich dafür, dass du erst jetzt jede Anstrengung unternimmst, um bei ihnen zu sein. Ich habe dich gehemmt, hätte dich in die richtige Richtung lenken sollen und unterließ es. In dieser Geschichte nehme ich keine sehr rühmliche Rolle ein. Egoistisch, ich weiß.«

»Du hättest nichts an meiner damaligen Entscheidung ändern können«, sagt er ruhig.

»Nein? Täuschst du dich da nicht, Edward. Du wusstest nicht, was du tust; vielleicht hast du es immer noch nicht ganz verstanden. Ich *wusste* es zwar auch nicht, aber ich ahnte es zumindest.«

Sie richtet ihren Blick zum Fenster, hinter dessen Glas sich schon längst die Dunkelheit der Nacht erhebt.

»Ich hätte nie bleiben dürfen«, murmelt sie. »Aber ich ... ich hoffte, verstehst du?«

»Ja.«

Nach einer Weile ertönt wieder ihre müde Stimme. »Das macht es jedoch nicht besser oder richtiger. Alles war falsch! Jetzt weiß ich das, aber nun ist es leider zu spät und ich bekomme nur die verdiente Rechnung.« Sie holt tief Luft; ihr Gesichtsausdruck wird hart. »Nun, ich werde damit leben müssen. Man lässt mir keine andere Wahl.«

»Aurora ...«

»Nein, ich ... bin noch nicht so weit, froh darüber zu sein, dass man meine Pläne vereitelt hat. Doch ich hoffe, dass ich das werde. Später ...« In ihren Augen erscheint der Geist der entschlossenen Frau, die er kennt. »Weißt du, selbst das hat sein Gutes ...«

»Das wäre?«

Seltsamerweise wirkt ihr Lächeln versöhnlich. »Dass ich einmal eine solche Entscheidung treffen würde, hätte ich nie für möglich gehalten.« Sie hebt ihren linken Arm, dessen Gelenk ein straffer Verband ziert.

Als er Anstalten macht, zu opponieren, fährt sie rasch fort. »Es ist nicht negativ, Edward! Es ist ... es ist eine *Erfahrung*. Sicher eine gefährliche, aber ... auch Fehler müssen nicht unbedingt schlecht sein. Sie sind der Beweis dafür, dass wir leben und empfinden und ...« Unsicher mustert sie ihn. »Verstehst du, was ich meine?«

Zögernd nickt er, absolut nicht sicher, ob er ihre Meinung teilt. Wenn es eines Beinahe-Todes bedarf, um dahinter zu gelangen, dass man über Emotionen verfügt, kann er auf diese

Erkenntnis verzichten.

Er *besitzt* Emotionen,weiß, dass er viel für Tony empfindet und sich nach ihr sehnt. Bereits sehr lange hat er den Punkt hinter sich gelassen, sich das nicht eingestehen zu können oder zu wollen. Es gibt gute Gründe, weshalb er jetzt nicht bei ihr ist, Aurora ist nur der erste auf einer recht langen Liste. Doch hätte er die Wahl gehabt, hätte er gewusst, dass sie auf ihn wartet, und stünden da nicht all die Dinge im Weg, für deren Existenz er – ja er – größtenteils verantwortlich ist, dann wäre er der glücklichste Mann der Welt, bei ihr zu sein.

Die vergangenen Tage haben ihn und seine Selbstbeherrschung auf eine harte – die härteste – Probe gestellt. Doch ... ihm kam nie der Gedanke, sich zu töten oder auch nur den Versuch zu unternehmen. Selbst, wenn er scheitert, ist er sicher, dass er das nie in Erwägung ziehen wird. Es ist dumm! Die falsche Reaktion!

Edward lebt gern!

Auch wenn er momentan auf das verzichten muss, was für ihn den sinnvollsten Grund ergibt, am Leben festzuhalten. Aber sich töten, weil er es nicht hat?

Nein!

Kämpfen?

Ja!

Sein Blick fällt auf Aurora, die ihn nicht aus den Augen gelassen hat und ein schmales Lächeln umspielt ihre Lippen. »Es ist nicht das Gleiche.« Als er die Stirn runzelt, lacht sie. »Du hast berechtigte Hoffnung, ich weiß es. Ich sah sie ...« Sie seufzt. »Es ist kein gutes Gefühl, zu erkennen, dass man alles falsch gemacht hat. Aber glaubst du mir, dass ich selbst mein Selbstmitleid und meine Schwäche ein wenig genieße?«

Edward schweigt, denn er hasst es, schwach zu sein, und von Selbstmitleid hält er ebenso wenig wie von Mitleid im Allgemeinen ...

»Manchmal ist Schwäche die wahre Größe«, sagt sie, mehr zu sich selbst. »In den vier Tagen, als ich wartete ...«

Edward nickt.

»... Ich befürchtete, dich nie wiederzusehen. Wir alle.«

Sie lächelt. »Alle versuchten, das Beste aus der Situation zu machen, und nicht allen gelang das sehr gut. Schon gar nicht, als die Zeit voranschritt und nichts geschah. Auch ich stand Ängste um dich aus, doch ich musste die Formen wahren, nicht wahr, Edward? Das ist oberstes Gesetz, die heilige Regel! Und ich wahrte sie. Selbst dann noch, als ich überzeugt war, dass du umgekommen bist. Ich wahrte sie, obwohl diese andere Frau anwesend war und ihrerseits um dich bangte. Und das, wo doch ich die Einzige war, die das Recht dazu besaß ...«

Edwards Miene wird hart.

»... Ruhig und besonnen bleiben, das hat nun einmal oberste Priorität. Oh, ich habe das Ansehen meiner Eltern nicht beschmutzt, machte meinem Namen alle Ehre, vertrau mir. Ich wahrte die Formen. Natürlich.« Sie seufzt. »Ich denke nicht, dass du das hören willst. Es ist ...«

»Nein!« Wieder drückt er sanft ihre Hand. »Erzähl es mir!«

Doch so einfach wird es nicht. Aurora hat den Kopf gesenkt, mit der freien Hand zupft sie unsicher an ihrer Bettdecke. Auch eine Geste, die man mit Sicherheit nicht häufig bei Aurora Montgomery entdeckt. Schließlich sieht sie auf. »Weißt du, was ich wirklich gewollt hätte?«

Mechanisch schüttelt Edward den Kopf, unfähig, den Blick von der Person zu nehmen, die früher einmal Aurora Montgomery gewesen sein muss. Ihre Augen sind riesig und voll intensiver Leidenschaft. Der Mund ist zu einem versonnenen Lächeln verzogen und die Worte kommen mit feuriger Überzeugung.

»Ich hätte ihnen am liebsten die Tür gewiesen. Allen! Der Frau, die erschienen war, um mich in meiner Trauer zu stören! Als hätte sie selbst ein Recht darauf! Ich!« Energisch tippt sie sich an die Brust. »Ich hatte als Einzige Anrecht darauf, um dich zu bangen und zu trauern. Sie sollte verschwinden und diesen Jungen gleich mitnehmen! Der wollte ohnehin immer nur zu ihr. Zwei Jahre lang musste ich mir von diesem unerzogenen Kind die unvorstellbarsten Beleidigungen gefallen lassen. Ich ertrug sie, ohne einmal aufzubegehren, denn ich wollte nicht, dass er das erreicht, woran er so eifrig arbeitete: sich zwischen uns zu stellen.

Ich wusste, ich würde das Nachsehen haben, wenn ich dich zu einer Entscheidung zwingen würde ...«

Sie sieht ihn schon längst nicht mehr an. In ihren Augen, die wieder zum Fenster zeigen, lebt ein neuer, unbekannter, frenetischer Glanz.

»Einmal eine Furie sein, einmal so reagieren, wie es vielleicht nicht charmant, aber so angemessen und befriedigend gewesen wäre. Eifersüchtig, durchtrieben, schwierig. Du wirst nie ermessen, wie sehr ich mir das wünschte.« Sie blickt ihn an. »Aber ich habe natürlich die Form gewahrt. So, wie es nun einmal verlangt wird.«

Edward schweigt.

»Und als du dann anriefst ... Ich musste dir sagen, dass sie da ist, dazu war ich wohl ... *verpflichtet*? Ich ahnte sogar, dass du darauf hofftest.« Unvermutet hebt er den Kopf, doch sie verzieht das Gesicht. »Warum willst du es jetzt noch leugnen? Lag ich falsch?«

Als er nicht antwortet, nickt sie. »Ich wusste es. Da war keine Zeit, sich über dein Überleben zu freuen. Ich hätte denken können: Warum soll er überleben, wenn nicht für dich? Warum soll er für *sie* leben? Doch das tat ich nicht. Ich wahrte die Form – auch vor mir selbst – und versuchte, verständnisvoll zu sein und mich trotzdem zu freuen. Auch wenn ich das eigentlich nicht wollte!«

Plötzlich schließt sich ihre freie Hand zu einer festen Faust und ihr Atem geht schneller. Einige Male muss sie schlucken, bevor sie fortfahren kann.

»Das war egoistisch und gemein, und ich verachtete mich für diesen speziellen Gedanken, mehr als du ahnst. Ich wusste, dass es meine Schuld war. Ich wusste es von Anfang an, sah es in den Jahren, hörte es ...«

Diesmal schluckt Edward recht schwer.

Sie lächelt. »Es bedarf schon einer Menge Ignoranz und Selbstverachtung, so etwas nicht zum Anlass zu nehmen, die erforderlichen Konsequenzen zu ziehen.« Sie zuckt mit den Schultern.

»Ich habe die Erfahrung machen müssen, dass man sogar außerordentlich viel davon aufbringen kann, wenn man die Dinge nicht sehen will, weil man nicht bereit ist, die Hoffnung aufzugeben. Dass ich mich damit nicht sehr gravierend von meiner angepassten Mutter und deren Bridgefreundinnen unterschied, wollte ich nicht begreifen. Wahrscheinlich kommt auch das nicht von ungefähr. Es ist zu tief verwurzelt, um es einfach hinter sich zu lassen ...« Sie verzieht das Gesicht und Edward – der immer noch nicht weiß, ob und was er dazu sagen soll, und vor allem, wer diese verbitterte Frau ist – schweigt.

Verbittert?

»Deine Rückkehr bedeutete gleichzeitig das Ende. Bis zu unserem Telefonat hoffte ich dennoch, obwohl ich es eigentlich besser wusste. Doch ich wollte noch nicht akzeptieren, war bereit zu kämpfen. Du wirst nie erfahren, wozu ich gedanklich imstande war, nur um das Unausweichliche ein wenig hinauszuzögern ...«

Ihr leises Lächeln ist zurück. »Nichts davon setzte ich in die Tat um. Natürlich nicht. Das wird von mir erwartet, oder? Nicht zuletzt von dir. Ich habe es mit Würde hinter mich gebracht. Mit Verständnis! Mit genau der richtigen Dosis Enttäuschung. Nicht zu viel, oh Gott, nein! Niemals so viel, dass man argwöhnen könnte, es würde mich vielleicht treffen. Allerdings, zwei verlorene, fehlinvestierte Jahre, da ist eine gewisse Enttäuschung schon vertretbar. Und dann ging ich, ohne mich umzusehen, denn schließlich war es an der Zeit.«

Edward schweigt. In Wahrheit kann er sich nicht mehr genau an dieses Gespräch erinnern und weiß nur, dass er diese Situation so schnell wie möglich hinter sich bringen wollte.

Er wollte zu Tony.

Was Aurora wirklich gesagt hat? Er hat keine Ahnung. Sie war ruhig und besonnen, ja, daran kann er sich noch erinnern. Nicht, dass es eine große Überraschung gewesen wäre. Aurora ist immer ruhig und besonnen.

Ihre absolut nicht ruhige und besonnene Stimme ertönt abermals.

»Ich wollte nicht gehen.« Es klingt wie ein Geständnis. »Möglicherweise lag es an meiner Müdigkeit oder an der

Situation, aber *ich wollte nicht gehen!* Ich spielte mit dem Gedanken, mich zu weigern, das Spiel mitzuspielen! Ich wollte dich schütteln, bildete mir ein, so deine Entscheidung ändern zu können. Ich wollte erfahren, weshalb du so furchtbar aussiehst, was du durchmachen musstest. Und ich wollte dich schlagen.« Ihre Augen werden groß. »Ich wollte dich tatsächlich schlagen! Ich wollte hysterisch werden, von dir verlangen, dass du diese Frau augenblicklich aus dem Haus weist, überlegte sogar, mit aller Vehemenz auf unserem Arrangement zu beharren. Und wäre ich dabei laut geworden, nun, dann hätte ich es genossen ...

Vermutlich wollte ich nicht so ärgerlich vernünftig sein. Dass du mir nicht zuhörtest, hat mich nur noch in meiner Haltung bestärkt. Du warst nicht imstande, deinen Blick von der Tür zu nehmen, hinter der sie schlief, konntest es kaum erwarten, dass ich endlich gehe.«

Lautlos stöhnt Edward; es ist ihr also nicht entgangen.

»Und genau deshalb wollte ich nicht verschwinden, sondern dich zwingen, dich mit mir auseinanderzusetzen. Obwohl ich doch wusste, dass es keinen Effekt haben würde. Die Dinge waren lange zuvor gegen mich entschieden. Dennoch, ich *wollte* es, und wenn auch nur, damit es mir ein wenig besser ging. Verstehst du, was ich meine?«

Edward nickt. Ja, das kann er verstehen.

»Aber natürlich tat ich nichts dergleichen. Ich ging, räumte für sie den Platz, der mir in Wahrheit nie zustand. Mit mehr als zwei Jahren Verspätung. Und ich dachte, ich würde einfach mein Leben fortführen wie vor dir. Ich betrat mein Appartement, und die erste Frage, die ich mir stellte, lautete, wieso ich es nicht zwischenzeitlich aufgegeben hatte. Es war nutzlos, ich seit Monaten nicht dort gewesen. Ahnte ich es, wusste vielleicht sogar, dass ich eines Tages zurückkehren würde?« Sie zuckt mit den Schultern. »Ich bin zu keinem Ergebnis gekommen. Stattdessen musste ich feststellen, dass ich tatsächlich eine Schwachstelle habe.«

Diesmal ist ihr Lächeln liebevoll. »*Dich!* Es gab keine Rückkehr. Ich versuchte es, aber ich glaube nicht, dass ich besonders konzentriert bei der Sache war. Ich wollte nicht ›fortfahren‹. Dahinter gelangte ich erst mit der Zeit.« Sie betrachtet die Verbände an ihren Armen. »An diesem Abend saß ich allein in meinem Wohnzimmer. Ich wusste, dass du im Krankenhaus lagst... und hätte dich so gern besucht. Es hat mich viel gekostet, diesem Wunsch nicht nachzugeben. Aber selbst ein Krankenbesuch wäre ein derber Verstoß gegen die Etikette gewesen, oder?«

Er schweigt, obwohl er zu gern erfahren würde, woher Aurora von seiner Operation weiß ...

»Ich wollte zu dir«, wispert sie. »Und ich wusste, dass es nicht ging, nie wieder gehen wird, dass es keinen Ausweg gibt, nie einen geben wird, und ich ... Ich bin durchgedreht, sah keinen Sinn darin zu leben ... ohne dich. Ist das denn so verwerflich?«

Flehend liegt ihr Blick auf ihm, und als er nickt, senkt sie hastig den Kopf.

»Es *ist* verwerflich«, beginnt er ruhig. »Niemand ist so etwas wert. Niemand!«

Sie schüttelt den Kopf, ohne ihn anzusehen. »Du kannst das nicht verstehen.«

»Ich verstehe dich besser, als du glaubst. Aber anstatt diesen Weg zu wählen, hättest du mich anrufen sollen. *Müssen!*«

»Das konnte ich nicht.« Selbst ihr Wispern ist noch verhaltener geworden. So anders, gar nicht mehr Aurora. Nur ein verzweifelter Mensch, der alles gesagt hat und auf eine Vergebung hofft, um die in Wahrheit Edward bitten müsste.

Seufzend zieht er sie in seine Arme. »Du hättest anrufen müssen«, beharrt er. »Ich hätte dir geholfen – nicht aus irgendeiner Verpflichtung heraus. Ich habe alles falsch gemacht, doch ich wollte dich niemals verletzten. Alles tut mir so unglaublich leid.«

Der Mensch, der nichts mehr mit Aurora Montgomery gemein hat, schüttelt nur den Kopf, klammert sich an ihm fest und weint hemmungslos.

* * *

»Möchtest du, dass ich wiederkomme?«

Edward steht bereits an der Tür. Von Auroras Tränen ist nichts mehr zu sehen.

Aufrecht sitzt sie in ihrem Bett – trotz des fehlenden Make-ups wieder ganz die Dame von Welt, die auch diese etwas unangenehme Situation mit Bravour meistert.

»Nein. Gib mir Zeit ... ein wenig.«

Edward nickt. »Ruf mich an.«

Ihr zweifelndes Lächeln ist die einzige Antwort.

Edward wird ernst. »*Ruf mich an!* Du belästigst mich nicht und du bereitest mir auch keine *Unannehmlichkeiten.* Ich will wissen, wie es dir geht. Egal, ob gut oder schlecht.«

Als sie schweigt, seufzt er. »Ich werde dich anrufen. Schlaf jetzt, du siehst erschöpft aus.«

Ihr Lächeln verschwindet. Doch als er keine Anstalten macht zu gehen, sondern sie abwartend mustert, legt sie sich schließlich hin und zieht die Decke bis hinauf zu ihrem Kinn. Nicht mehr Aurora ...

Edward nickt und dann lässt er sie allein.

* * *

Carlos, der mit Garry im Flur gewartet hat, mustert ihn eingehend, als er aus dem Zimmer tritt.

Doch Edward ignoriert es; plötzlich hegt er kein Interesse mehr daran, die Auseinandersetzung weiterzuführen. Sie erscheint ihm nebensächlich. Belanglos ist auch, dass sein Begleiter ihn auf dem Weg zum Wagen ständig verstohlen von der Seite betrachtet, und plötzlich der Ansicht zu sein scheint, Edward wäre nicht mehr fähig, ein Fahrzeug zu lenken. Er nimmt es eher mit Dankbarkeit zur Kenntnis. Wortlos lässt er den Zündschlüssel in Carlos auffordernd ausgestreckte Hand fallen und begibt sich zur Beifahrerseite. Als er sitzt, lehnt er den Kopf zurück und schließt die Augen.

Während der kurzen Heimfahrt spricht keiner der beiden Männer, doch das Schweigen ist nicht mehr unangenehm. Es fällt Edward nicht einmal auf.

* * *

Zu Hause angekommen geht er in sein Zimmer.

Kein Whisky, diesmal; er erübrigt nicht den flüchtigsten Blick für die Bar. Die diversen Medikamente, die seinen Körper verseuchen, sind allerdings nicht dafür verantwortlich.

Nachdem er in seinem Sessel Platz genommen hat, lehnt er sich wieder zurück und blickt in den dunklen Bildschirm seines Fernsehers.

Genau betrachtet gibt es tatsächlich nicht viel, worauf er stolz sein kann, oder? Sein Resümee in den Everglades war schon richtig, jedoch resultierte es aus den falschen Fragen.

Er dachte darüber nach, wie es um seine Verdienste *für die Familie* bestellt ist oder für die *Firma*, die niemals untergehen wird, egal, ob er sich darum bemüht oder nicht.

Geld?

Edward hat so viel davon, dass ihn der letzte Börsencrash und die paar Millionen, die er in dessen Folge verlor, nicht einmal tangiert. Das sind Peanuts, unbedeutende Beträge; er gilt als einer der wenigen, die nahezu ohne Verluste das globale Inferno überstanden haben. Er könnte täglich die gleiche Summe einbüßen und würde dennoch Jahre brauchen, um in nennenswerte Schwierigkeiten zu geraten.

Sein Reichtum ist es nicht, woran er sich messen lassen muss. Als er den Konzern übernahm, war er bereits so immens wohlhabend, dass nicht einmal er daran noch etwas ändern könnte.

Seine persönlichen *Gewinne oder Verluste* gehören auf den Prüfstand, und damit sieht es, aus der Nähe und im Licht der jüngsten Ereignisse betrachtet, alles andere als gut aus. Er verletzt die Menschen in seiner Nähe, als unterliege er einem inneren Zwang. Dabei hat Edward nie so etwas in der Art beabsichtigt. Doch spricht ihn das von seiner Schuld frei? Er hat Tony beinahe zerstört, Matty war nie wirklich glücklich bei ihm – diese Erkenntnis ist nicht neu und trifft ihn dennoch hart.

Doch dass er auch Aurora beinahe vernichtet hat … Das ist sein Genickbruch.

Bricht Tony zusammen, dann, weil sie zu empfindsam ist, nicht in seine Welt gehört, und was ihm noch so alles an Gründen einfällt, wenn er nur lange und angestrengt danach sucht.

Doch Aurora, diese starke, beherrschte Frau. Unbeugsam, hart, kompromisslos.

Aurora, die hoch erhobenen Hauptes das Haus verließ, nachdem sie erkannte, dass Edward über zwei Jahre neben ihr lebte, während er an eine andere dachte?

Ihr Anblick hat ihn stärker getroffen, als er zunächst vermutete. Es gibt nichts, worauf er stolz sein kann; nichts, was er tatsächlich erreicht hat. Genau betrachtet hinterlässt er überall verbrannte Erde. Es gelingt ihm ja nicht einmal, Tony davon zu überzeugen, dass er nicht das Schwein ist, für das sie ihn hält. Nun ja, vielleicht, weil ihm die Argumente fehlen. Möglicherweise wäre es tatsächlich besser, wenn er sie in Ruhe ihr Leben führen lässt und sich komplett daraus zurückzieht.

Bevor er noch mehr zerstören kann, als er es ohnehin bereits getan hat.

* * *

Lange, sehr lange und intensiv grübelt er über diese so erschreckende Alternative nach. Wobei er versucht, nicht egoistisch zu sein, auch wenn ihm das nicht leicht fällt.

Doch am Ende entscheidet er sich gegen den Verzicht. Nicht zuletzt, weil er diesen Entschluss bereits vor zwei Wochen gefällt hat. Sicher nicht ohne Eigennutz; wenn er ehrlich zu sich selbst ist, dann ist dies immer noch seine Hauptmotivation.

Aber ist es nicht jetzt umso wichtiger, alles daran zu setzen, es in Ordnung zu bringen? Wäre es nicht ein schlechter Dienst an Aurora, wenn er aus den vermeintlich richtigen Gründen aufgibt, obwohl das vielleicht seine letzte Chance ist, es einmal im Leben richtig zu machen? Wäre sein irrtümlich nobler Rückzug nicht am Ende wieder nur die feige Flucht?

Bleibt nur die Frage, was er unternehmen soll. Malones Worte sind keineswegs vergessen oder auch nur verdrängt. Nach Meinung seines Anwaltes gibt es nur noch den Gang vor den Richter.

Doch es muss einen anderen Weg geben. Es *muss* einfach! Er ist ihm nur noch nicht eingefallen.

Es gilt, Tony zu erreichen. *Seine* Tony, denn sie ist noch da; selbst Carlos ist das nicht verborgen geblieben.

Edward muss nur eine Straße in ihr Herz finden, vorbei an der grausamen Verbitterung, und genau das ist er im Begriff zu versuchen.

* * *

In Wahrheit gibt es nur einen einzigen Weg; möglicherweise hat es nie einen anderen gegeben, vielleicht wartet sie sogar genau darauf.

Nicht lange danach sitzt er an seinem Schreibtisch. Er denkt nicht, versucht erst gar nicht, die Worte taktisch klug zu wählen oder sich in ausgeklügelten Formulierungen zu üben.

Edward versucht stattdessen, aufrichtig sein.

* * *

Als er nach einer halben Stunde den Stift niederlegt, sind zwei lange Seiten zusammengekommen.

Liebe Tony,

ich sollte nicht sonderlich überrascht sein, dass du jede Kontaktaufnahme meiner Anwälte entschieden ignorierst.

Möglicherweise war das von Anfang an der falsche Weg. Doch ich wollte dir zeigen, wie wichtig mir diese Angelegenheit ist. Leider bezweifle ich, dass mein erster Versuch sehr glücklich gewählt war.

Ich habe nicht die Absicht, dir Jade ›wegzunehmen‹, sie dir ›abspenstig zu machen‹ oder irgendeine andere ›miese Nummer‹ durchzuziehen. Zur Not beeide ich das, wo auch immer du es von mir verlangst. Allerdings denke ich, dass dir im Zweifelsfall dieses Schreiben als Beweis genügen dürfte.

Ich nahm dir nicht Matty oder verfolgte jemals die Absicht, und ich werde es ganz gewiss nicht bei unserer Tochter tun.

Nichts liegt mir ferner, als dich unglücklich zu machen. Das lag es nie, auch wenn ich eine etwas seltsame Art habe, dem

246

Ausdruck zu verleihen.

Ich bitte dich nur, mir die Chance einzuräumen, Jade ein Vater zu sein.

Ja, ich durfte sie bisher nur einmal und sehr flüchtig sehen. Doch mir hätten auch fünf Sekunden genügt, um zu wissen, wie viel sie mir bedeutet. Du hast keine Vorstellung, wie sehr ich es bedaure, ihre ersten beiden Lebensjahre nicht miterlebt zu haben.

Dafür trage ich allein die Verantwortung, auch das habe ich schließlich einsehen müssen. Alles, was aufgrund meines Fehlverhaltens geschah, tut mir sehr leid. Mehr, als ich in Worte fassen kann. Nicht zuletzt, dass du dich gezwungen sahst, zu fliehen und nicht wagtest, dich mir anzuvertrauen. Wie sehr ich allein diesen Teil bereue, wirst du nie ermessen können.

Dies mindert keineswegs meine Schuld oder macht meine Fehler in der Vergangenheit ungeschehen. Auch, dass eine simple Entschuldigung nie genügen kann, um deinen berechtigten Zorn gegen mich wenigstens zu schmälern, ist mir mehr als bewusst.

Doch wenn du versuchst – ich betone: VERSUCHST –, all die mit Sicherheit berechtigte Verbitterung und Wut auf mich beiseitezuschieben und nur Jades Wohlergehen betrachtest, glaubst du dann nicht auch, dass sie Mutter UND Vater verdient hat?

Ich bin zu (fast) jedem Kompromiss bereit. Wenn du meine Vorschläge nicht akzeptieren kannst, dann unterbreite mir einen anderen. Ich versichere dir, dass ich ihn sehr intensiv und mit Wohlwollen überdenken werde. Bitte, gib mir die Möglichkeit, Jade ein Vater zu sein und für sie zu sorgen.

All mein Geld ist nicht sehr viel wert, wenn die Mutter meiner Tochter gezwungen ist, irgendeinen minderwertigen, unterbezahlten Job zu versehen, und unser Kind dennoch nur mit Schwierigkeiten ›durchbringt‹. Bitte werte dies nicht als Vorwurf. Ich bewundere, was Susan und du in den vergangenen Jahren geleistet habt. Dafür zolle ich euch meinen tiefsten Respekt.

Doch dieser enorme Kraftakt ist nicht erforderlich! Gib mir die Chance, mein Geld ein einziges Mal in etwas Sinnvolles zu investieren. Mir ist bewusst, dass du keinen Cent von mir annehmen willst, und auch das respektiere ich.

Doch die genannten Beträge sind keine Almosen, sondern nur die Summen, die ich zu zahlen verpflichtet bin. Sie gehören unserer Tochter, Tony. Auch ich habe die Verantwortung, dafür zu sorgen, dass es ihr gut geht. Du sollst und musst diese schwere Bürde nicht allein tragen. Unterschlage diesen besonderen Aspekt in deinen Überlegungen bitte nicht!

Bitte, Tony, BITTE überdenke die gesamte Situation noch einmal. Mit Ruhe und vielleicht ein wenig Abstand. Möglicherweise gelingt es dir, objektiv zu sein.

Nicht für mich! Ich weiß, dass ich das wohl schwerlich von dir erwarten kann. Nur für Jade. Denn auch sie braucht einen Vater. Ich schwöre, bei allem, was mir heilig ist, ihr ein guter Dad zu sein. Wenn du mir nur die Möglichkeit dazu einräumst.

Danke.

Edward.

P.S. Matty vermisst dich unvorstellbar. Bitte lass ihn nicht im Stich! Er würde das nicht verkraften. Auch ER braucht Vater und Mutter; ich hoffe, du vergisst ihn nicht. Und ich bitte dich inständig, ihn nicht für meine Fehler bezahlen zu lassen. Das hat er nicht verdient.

* * *

Susan

Noch in der gleichen Nacht lässt Edward den Brief nach West Palm Beach bringen.

Seltsamerweise ist es Carlos, der ihn mit einem knappen Nicken entgegennimmt, nachdem Edward einen der Männer zu sich gerufen hat. Edward weiß nicht genau, was er davon halten soll, attestiert sich jedoch nach flüchtiger Überlegung, dass sein unbändiger Zorn auf Carlos verschwunden ist.

Und dabei belässt er es vorerst.

* * *

Tony antwortet nicht – weder am Samstag noch am Sonntag geschieht überhaupt irgendetwas. Auf seinen Brief erfolgt keine wie auch immer geartete Reaktion.

Die Dinge in West Palm Beach bleiben beim Alten – er weiß, dass Carlos ihn andernfalls umgehend informiert hätte. Eine Beichte bei Baker ist nicht erforderlich, schon, weil Edward keine Zweifel daran aufkommen lässt, dass er die Zeit seiner Bettlägerigkeit als beendet betrachtet. Am nächsten Morgen empfängt er den Arzt auf der Terrasse. Der nimmt es erstaunlich gelassen, denn der Tobsuchtsanfall, auf den sich Edward schon gefreut hat, bleibt aus. Baker setzt sich zu ihm an den Tisch, mustert ihn eingehend und sagt dann, durchaus bewundernd: »Ich hätte nie gedacht, dass Sie bis Freitag liegenbleiben.« Auf Edwards fragenden Blick grinst er. »Ich hatte gehofft, Sie bis Mittwoch, maximal Donnerstag, im Bett halten zu können. Sie waren schon immer unbelehrbar, warum sollte sich das gerade jetzt ändern?« Als der Doktor wieder anhebt, ist er erstaunlich ernst. »Dass Sie es dennoch auf eine so unerwartet lange Zeit gebracht haben, lässt darauf schließen, dass es Ihnen nicht besonders gut geht. Und ich will Ihnen noch eines für die Zukunft ans Herz legen, Mr. Capwell ...«

Als Edward keine Anstalten macht, etwas zu erwidern, betrachtet er ihn ungläubig und muss sich erst sammeln, bevor er fortfahren kann. »Auch wenn Sie diese Geschichte mit Sicherheit noch nicht überstanden haben, kann man behaupten, dass Sie über den Berg sind. Ich weise Sie nochmals darauf hin, dass diese Komplikationen nicht notwendig waren! Zwei Stunden Untersuchung in der Klinik und eine Woche Kürzertreten hätten all das vermeiden können. Ich hoffe, Sie erinnern sich an die Schmerzen, wenn Sie das nächste Mal eine angezeigte Behandlung ablehnen.«

Edward spitzt die Lippen, sagt jedoch nichts, doch diesmal scheint Baker auf keine Antwort zu warten, stattdessen wird er plötzlich geschäftsmäßig. »Über den Berg, aber ihn noch lange nicht wieder verlassen, Sie entsinnen sich? Ich würde dann gern meine Untersuchung vornehmen!«

Nun ja, auf jeden Fall kann man das wohl als offizielle Beinahe-Gesundschreibung werten. Außerdem hat Edward keine Einwände gegen die Untersuchungen, beinhalten die doch nach wie vor auch immer diese begehrten Wunderspritzen.

* * *

Edward hält sich an sein Versprechen. Täglich meldet er sich bei Aurora, auch wenn es ihm äußerst schwerfällt, die richtigen Worte zu finden. Er hat noch nie mit einer Frau telefoniert, mit der er keine Beziehung führt und schon gar nicht mit einer seiner Verflossenen. Mit einer Frau zu sprechen, die sich seinetwegen das Leben nehmen wollte *und* seine Verflossene ist, stellt daher eine ganz besondere, ungeahnte Herausforderung für ihn dar.

Es gibt sie häufig, die Momente, in denen sich Schweigen zwischen ihnen ausbreitet, weil weder Aurora noch Edward wissen, was sie von sich geben sollen. Immer ist es Edward, der es schließlich bricht. Aurora bemüht sich, die Formen zu wahren, doch ihre tiefe Niedergeschlagenheit ist allgegenwärtig. Edward beachtet es nicht, trotzdem hat es den Anschein, als gelänge es ihm nicht, was er angerichtet hat, wieder in Ordnung zu bringen.

Egal, wie sehr er sich bemüht.

All das ändert jedoch nichts daran, dass Edward mit jeder

Minute, die keine neue Meldung kommt, rat- und mutloser wird. Er war in diesem Brief ehrlicher – nun, vielleicht eher offener – als jemals zuvor in seinem Leben. Was soll er noch tun? Was erwartet Tony von ihm?

Oder will sie tatsächlich nur, dass er sie endlich in Ruhe lässt?

* * *

Am Montag ist seine Geduld aufgezehrt. Bezüglich seiner Wut muss er nach längerer Überlegung einsehen, dass er kein Recht darauf hat, allerdings ist er damit auch am Ende seines Lateins angelangt.

Mangels Alternative beschließt er, am Vormittag noch einmal zu Malone zu fahren. Er wundert sich nicht, als Carlos in der Holding zu ihm in den Wagen steigt und lässt es unkommentiert. Schon, weil er dann um diesen rothaarigen Typ mit Sommersprossen herumkommt, den er bereits am Morgen auf dem Hinweg ertragen musste.

Während der Fahrt schweigt Carlos, was Edward ganz recht ist. Sagt er das Falsche, ist Edward gezwungen, zu reagieren, ihn zurechtzuweisen, möglicherweise zu feuern ...?

Nein, das wohl eher nicht.

Bisher hat sich ihr Verhältnis immer strikt in Privates und Dienstliches unterteilt; diese Nuancierung wurde in letzter Zeit aufgeschwemmt, weshalb Edward dafür sorgen muss, dass sich die Dinge normalisieren, wenn er auch nur annähernd das Gesicht wahren will.

* * *

Malone empfängt ihn mit dem üblichen dezenten Lächeln. Als sie sich gesetzt haben und Edward seinen Kaffee in Empfang genommen hat, lehnt er sich zurück. »Es scheint nicht so, als würde Miss Benett auf unser Angebot eingehen.«

Edward nickt knapp.

»Eingedenk der Tatsache, dass Sie einer Klage nach wie vor skeptisch gegenüberstehen, habe ich mir einige Gedanken gemacht. Darüber, wie wir die Sachlage außergerichtlich lösen und dennoch Ihre Interessen berücksichtigen können.

Ich muss leider gestehen, dass die Möglichkeiten meiner Ansicht nach ausgereizt sind ...«

Damit sagt er ihm nichts Neues.

»Sie wollen weiterhin an ihren Ansprüchen festhalten?«

Das nächste knappe Nicken erfolgt, was Malone keineswegs überrascht. Er richtet sich ein wenig auf. »Gut, Mr. Capwell ... Um ehrlich zu sein, sehe ich genau zwei Alternativen: Erstens, wir reichen Klage ein und zwingen Miss Benett, zur Feststellung Ihrer Vaterschaft die erforderlichen Proben zur Verfügung zu stellen. Proben von sich und dem Kind. Oder aber ...« Er zögert, dann beugt er sich ein wenig über den Tisch, und diesmal fragt er nicht vorher um Erlaubnis. »Suchen Sie das Gespräch, Mr. Capwell! Ich kenne Ihre Beziehung zu der Dame nicht, das geht mich auch nichts an. Doch Sie haben ein gemeinsames Kind, was Raum für gewisse Mutmaßungen lässt. Ich sehe das als beste und mit Verlaub – einzige – Möglichkeit, die Dinge im letzten Moment noch gütlich zu klären. Reden Sie mit ihr! Erläutern Sie ihr die Gründe für Ihr Verhalten. Das kann kein Brief, so freundlich er auch formuliert ist. Ich denke, ich kann Ihre Ziele ein wenig einschätzen, und ich sehe ...« Er schüttelt den Kopf. »Ich sehe leider keine andere Möglichkeit, um Ihre Interessen mit dem Ergebnis zu wahren, welches Ihnen vorschwebt, Sir.«

* * *

Tief in Gedanken versunken fährt Edward zurück in die Holding.

Immer und immer wieder geht er die verbliebenen Möglichkeiten durch und landet in der viel zitierten Sackgasse, die ihn bereits seit Jahren verfolgt. Mag sich die Straße geändert haben, eines jedoch bleibt: Es gibt keinen Ausweg ...

Angekommen in der Tiefgarage macht Carlos keine Anstalten, auszusteigen. Als Edward nach einem fragenden Blick schulterzuckend den Maybach verlassen will, schüttelt er den Kopf. »Warte einen Moment!«

Edward erstarrt in der Bewegung und lehnt sich nach kurzer Überlegung wieder zurück.

Es dauert eine Weile, bis Carlos spricht, wobei er beharrlich durch die Frontscheibe blickt.

»Meine terroristische Einlage vorletzten Donnerstag hatte ihren Grund. Ich soll dir eine Nachricht übermitteln und Juan wäre der Falsche für den Job gewesen ...«

Edward betrachtet einen uralten, verrosteten Ford, der früher wohl mal schwarz gewesen sein mag. Was sind das hier für gescheiterte Existenzen? Bezahlt er sie vielleicht nicht anständig genug? Schwerlich vorstellbar, wenn er sich die jährlichen Lohnko...

»Susan ist unsere Anwesenheit im Gegensatz zu Anthonia nicht entgangen.«

Edwards Kopf fährt zu ihm herum, die scharfe Zurechtweisung liegt bereits auf seiner Zunge, doch im letzten Moment beherrscht er sich. »Ich höre ...« Es sind die ersten Worte, die er seit ihrer Auseinandersetzung in der Bar, die in Wahrheit ein stinkender Pub ist, zu Carlos äußert.

Der lässt sich wieder ausufernd viel Zeit, bevor er sich herablässt, zu antworten. »Ich soll dir ausrichten, dass es so nichts wird. Du sollst die Anwaltsbriefe lassen, Anthonia reagiert darauf ziemlich allergisch. Sie denkt ernsthaft über eine Flucht nach. Das ist der Stand *vor* deinem Brief. Ich kann nicht sagen ...«

»Schon kapiert ...« Längst fixiert er wieder den schrottreifen Ford. »Sonst noch etwas?«

»Nein ... oder doch. Sie lässt dir noch bestellen, dass sie deine Nummer nicht mehr hat.«

Noch während er spricht, hat Edward das Tony-Susan-Handy aus der Tasche gezogen. Er sieht auf. »Bereit?«

Carlos antwortet nicht, doch da er sein eigenes Telefon gezückt hat, geht Edward mutig davon aus.

Nachdem er ihm die Ziffernfolge genannt hat, verlässt er ohne ein weiteres Wort den Maybach.

* * *

Edward sitzt in seinem Zimmer und betrachtet, wie neuerdings üblich, den schwarzen Bildschirm seines Fernsehers, als ihn ein signifikantes Geräusch zusammenzucken lässt.

Obwohl er weiß, dass es nicht der Anruf ist, auf den er seit weit über zwei Jahren hofft, macht sich grausame Aufregung in ihm breit. Vorfreude, die er, wenn überhaupt, vielleicht mit dem Warten auf das Weihnachtsfest in Verbindung bringt. Damals, als er noch ein Kind war.

Dieses winzige Handy, das bereits wieder weit unter dem technischen Standard liegt, stellt inzwischen so etwas wie einen Talisman für ihn dar. Sein stummer Begleiter, der mit einem Mal nicht mehr ganz so stumm ist.

»Susan?«

Am anderen Ende herrscht Stille, dann ertönt ihre zögernde Stimme.

»Ich habe echt keine Ahnung, ob das eine gute Idee ist ...«

Edward wartet, bis ihre Entscheidung gefallen ist. Nach einer Weile erklingt sie erneut, diesmal etwas fester.

»Es gefällt mir nicht, Tony zu hintergehen, und ich kann dich nicht ausstehen.«

Eine Erwiderung dieses Kompliments wäre momentan wohl taktisch unklug, weshalb Edward sich auf die Zunge beißt.

»... Aber ich denke, dass Jade ihren Vater braucht ...«

Die Worte kommen sehr langsam und überlegt, als bereite sie sich auf eine sehr schwierige Eröffnung vor. Edward beißt stärker zu.

»... Ich ... schätze ...«

Er schließt die Augen und betet um Beherrschung.

»... wir ... sollten ...«

Seine Zähne graben sich immer tiefer ins Fleisch.

»... re...den ...«

Augenblicklich sitzt er aufrecht. »Wo und wann?«

* * *

Edward hat das Café ganz anders in Erinnerung: viel leerer und übersichtlicher. Diese schier unüberschaubare Menschenmenge macht ihn total konfus, und er hat ehrliche Bedenken, hier einen Platz zu finden – schon gar keinen separierten. Allerdings hat er, wie so häufig in letzter Zeit, nicht mit Carlos kalkuliert.

Denn sobald sie an der Theke nach endloser Warterei zwei Tassen Kaffee erstanden haben, geht der, ohne zu zögern, in den hinteren Bereich des Gastraumes. Genau dorthin, wo Edward vor einer gefühlten Ewigkeit eine gute Stunde mit einem Kerl namens Frank Johnson zubrachte.

Es gelingt ihm tatsächlich, einen unbesetzten Vierertisch zu entdecken, was anhand der offensichtlichen Besucherdichte fast an Magie grenzt.

Susan ist noch nicht zu sehen, allerdings ist das keine große Überraschung, denn sie sind weit über zehn Minuten zu früh. Schweigend setzen sie sich an den Tisch und trinken ihren Kaffee. Das heißt: Carlos trinkt, Edward sucht seine Tasse zunächst nach möglichen Lippenstiftspuren ab.

Man kann nie wissen.

* * *

Susan erscheint mit zehnminütiger Verspätung; zu diesem Zeitpunkt ist Edwards Geduld bereits wieder grenzwertig. Etwas außer Atem rauscht sie nach kurzer Suche an ihren Tisch.

Tony und Susan teilen wohl auch in Sachen Mode den gleichen Geschmack. Zur obligatorischen Jeans trägt sie allerdings Sandalen, keine Stiefel, und anstatt eines Parkas hat sie sich für eine Jeansjacke entschieden, unter der ein einfarbiges T-Shirt sichtbar wird.

Edward weiß, dass sie direkt von ihrer Arbeitsstelle kommt und dass diese Anwaltskanzlei das Allerletzte ist. Er kennt Adresse und Namen, hat sich jedoch nur oberflächlich damit auseinandergesetzt, bevor er über Carlos veranlasste, dass das heruntergekommene Bürogebäude während Susans Anwesenheit bewacht wird. Doch ihre Aufmachung ist der letzte Beweis, dass es sich hierbei um keine Kanzlei handelt, die Edward beauftragen würde. Bei Malone wäre sie in diesem Aufzug umgehend gefeuert worden.

Nachdem Susan sich gesetzt hat, bedenkt sie Carlos mit einem breiten Grinsen, der wiederum mit einem schmalen Lächeln kontert. Doch als sie zu Edward sieht, verdüstert sich ihr Blick. »Ich komme mir vor wie ein mieser Doppelagent!«

»Das tut mir leid.« Was durchaus aufrichtig gemeint ist, aber wie es scheint, fällt seine Antwort nicht nach Susans Geschmack aus, denn sie verdreht entnervt die Augen. Carlos ist inzwischen aufgestanden und mustert sie fragend. »Was willst du trinken?«

»Irgendwas. Oh, Moment!« Sie beginnt, in der Jackentasche zu suchen, doch als sie endlich ein paar Münzen gefunden hat, ist Carlos bereits verschwunden. Stirnrunzelnd betrachtet sie die Stelle, an der er eben noch gestanden hat, und legt schulterzuckend das Geld auf den Tisch.

Erst als ihr Blick zufällig Edward streift, scheint ihr einzufallen, weshalb sie überhaupt hier ist. Da er jedoch keine Anstalten macht, etwas zu sagen, lässt sie den Blick durch den Raum schweifen. Carlos taucht mit einer der ganz großen Tassen auf, die Edward im Regal hinter dem Tresen gesehen hat. Nachdem Susan sich bedankt und ihr Hilfskellner das Geld ignoriert hat, lässt er ein »Ich gehe ein wenig vor die Tür!« verlauten.

Womit Edward vor der beinahe unlösbaren Aufgabe steht, diese Susan in ein Gespräch zu verwickeln. Und zwar so, dass sie bereitwillig ausspuckt, was er wissen will. Sein Anfang fällt etwas linkisch aus: »Danke, dass du dir Zeit für mich genommen hast.«

Ihr Blick, der die nächste Reise durch das Café angetreten hat, landet auf ihm. »Ich tu das nicht für dich, falls du so arrogant bist, das anzunehmen ...«

»Davon gehe ich aus.«

Sie betrachtet ihn lauernd, was er offen – so offen wie möglich – erwidert.

»Okay ...«, meint sie, nachdem sie an ihrer Tasse genippt hat. »So, wie du es angehst, wird überhaupt nichts passieren! Abgesehen davon, dass ich in Kürze die persönliche Assistentin Dr. Kimbles werde! Und das ist dann ausschließlich *deine Schuld!*«

Als Edward verständnislos die Stirn runzelt, stöhnt sie auf. »Soll heißen, dass Tony ernsthaft über Flucht nachdenkt. Das ist keine leere Drohung! Das Geld dafür hat sie jeden Monat fein säuberlich beiseitegelegt, für den Fall der Fälle.

Und ich kann dir versprechen, dass sie nicht in den Staaten bleiben wird. Sie ...« Widerwillig verbessert sie sich. »*Wir* haben uns ganz genau kundig gemacht, wer ausliefert und wer nicht. Sie wird verschwinden, wenn du dir nicht bald etwas Gutes einfallen lässt!«

Ausdruckslos mustert er die junge Frau. Haben sie das, ja? Und sie sind ernsthaft der Ansicht, ihn interessiert es einen feuchten Dreck, welches Land sich in Sachen Sorgerechtsstreitigkeiten kooperativ zeigt und welches nicht? Er würde keine zwei Tage benötigen, um sie zu finden. Egal, in welchen stinkenden Winkel der Welt sie sich verschanzt hätten! Diese unausgegorenen Pläne sind so ... stümperhaft, *so dumm*, es ist zum Aus-der-Haut-fahren!

»So wirst du nie eine Chance haben. Das kannst du vergessen!«

Er sieht auf, direkt in ihr abweisendes Gesicht. »Was kann ich vergessen?«

»Den ganzen Scheiß mit deinem Geld und deinem Einfluss. So wird das nie was! Klar, zwing sie! Hol dir Jade ...«

»Das lag nie in meiner Absicht!«

»So? Komisch, auf mich wirkst du wie Prinz Eisenherz, mitten auf seinem persönlichen Kreuzzug.«

Edward lehnt sich zurück und mustert sie ausdruckslos. »Okay ... Ich habe nicht die Absicht, ihr Jade wegzunehmen. Das hatte ich nie, und das weißt du.«

»Ich bin sogar so blöd, das zu glauben. Tony ja weniger.«

Artig schluckt er die nächste bissige Bemerkung hinunter und nickt mühsam. »Gut. Ich ...«

»Nein!« Susan beugt sich vor. »Bevor wir diese Unterhaltung weiterführen, will *ich* von dir ein paar Fragen beantwortet haben. Dann entscheide ich, je nachdem, wie überzeugend du rüberkommst ...«

Ihr lauernder Blick entgeht Edward keineswegs. Er nickt knapp. »Schön!« Mit betonter Langsamkeit nimmt sie noch einen Schluck von ihrem Kaffee – oder welches Gesöff auch immer in den größten Trinkgefäßen serviert wird –, lässt ihn dabei aber nicht aus den Augen.

Schließlich stellt sie die Tasse ab und das Verhör beginnt ...

* * *

»Du wirst ihr Jade nicht wegnehmen?«

»Nein.«

»Du wirst sie nicht vor Gericht zerren?«

»Nicht, wenn ich es vermeiden kann.«

»Soll heißen?«

»Die Vaterschaft ist derzeit nur mit vorläufiger Urkunde bestätigt. Tonys Unterschrift, die Bestätigung, dass meine Angaben der Wahrheit entsprechen, fehlt. Ohne die bin ich nicht Jades rechtmäßiger Vater. Wenn sie sich nicht ...«

»Okay, okay, ich verstehe! Weitere Klagen?«

»Sind ebenso wenig beabsichtigt, allerdings bestehe ich darauf, dass Tony den Unterhalt für Jade akzeptiert.«

»Okay ... Du willst Jade?«

»Die Rechte, die mir als ihr Vater zustehen, ja ...«

»Du willst Tony?«

Zum ersten Mal gerät Edward ins Straucheln. Er betrachtet ihr aufgesetzt argloses Gesicht, in dem große, unschuldige Augen wohnen. »Ja.«

»Warum hast du sie damals weggeschickt?«

»Ich habe sie nicht weggeschickt.«

Sie stöhnt und schüttelt in gespielter Erschöpfung den Kopf. »Okay, warum hast du diese Tussi ...«

»Sie *ist* keine Tussi! Du weißt nicht, von wem du sprichst, also maße dir kein Urteil an!«

Aufmerksam studiert sie seine Miene. »Gut. Warum hast du ... *diese Frau* angeschleppt?«

Edward seufzt. »Ich denke, ich habe alles Erforderliche gesagt, um meiner Ernsthaftigkeit Ausdruck zu verleihen. Mehr geht dich – mit Verlaub – nichts an. Entweder du bist bereit, mir zu helfen ...«, Ablehnung blitzt in ihren Augen auf, die er ignoriert, »... in welcher Form auch immer... oder du lässt es bleiben. Ich werde mit Sicherheit nicht derart persönliche Dinge mit dir diskutieren.«

Das Mustern geht in die nächste Runde, bevor sie einwilligt.

»Okay, eine Frage noch?«

Er genehmigt es mit knappem Nicken.

»Warum bist du gekommen?«

»Weil wir reden wollten?«

Sie stöhnt. »Nicht *hierher,* sondern zu unserem Appartement! Warum hast du es dir nach so langer Zeit anders überlegt? War es Tonys Besuch? Ich meine, hätte sie wirklich nur zu dir fahren müssen und alles wäre geritzt gewesen, dieser ganze Scheiß niemals geschehen?«

»Es war nicht nur ihr Besuch«, beginnt er nach reiflicher Überlegung. »Ich hatte Zeit, die Dinge zu überdenken und kam zu dem Schluss, dass meine Entscheidung gegen Tony falsch ausgefallen ist.«

»Einfach so? Nach so langer Zeit?«

»Glaub es oder lass es. Ich wusste nichts von Jade, falls du mir das unterstellst.«

»Oh, *das* nehme ich dir ab!«, versichert sie trocken.

»Wie darf ich das wieder verstehen?«

»Na ja, du warst ziemlich ... *grün,* als du sie sahst. So etwas kann man nicht vorspielen.«

»Da bin ich ja beruhigt.«

Sie verzieht das Gesicht und nimmt einen Schluck von dem geheimnisvollen Getränk in der großen Tasse. Edwards, die sich im Vergleich dazu wie ein Fingerhut ausmacht, steht nahezu unberührt vor ihm. Es ist bereits seine zweite; die beiden Männer verbrachten die Wartezeit ausschließlich mit Kaffee trinken. Ausufernde Gespräche finden momentan zwischen Edward und Carlos nicht statt.

Schließlich entscheidet er, dass es an der Zeit ist, seinerseits ein paar Fragen in den Ring zu werfen. »Wann genau hat Tony dich damals kontaktiert?«

»Keine Ahnung ... vier Wochen, bevor sie bei dir auszog, denke ich. Warum ...«

»Hatte sie euer Appartement da bereits angemietet?«

»Ja, aber ...«

»Wann ist dir Carlos zum ersten Mal begegnet?«

»Vor ein paar Tagen, aber warum ...?«

»Abgesehen von den Begegnungen, wenn Tony ihr Wochenende mit Matty verbringt, haben sie keinen Kontakt?«

»Nicht, dass ich wüsste ...« Plötzlich beginnt sie zu grinsen. »Du bist auf Carlos eifersüchtig?«

»Eifersucht gehört nicht zu meiner Natur«, kontert Edward eisig. »Und wenn, dann bezieht sie sich bestimmt nicht auf meinen Bodyguard! Ich möchte nur erfahren, was ohne mein Wissen vorgefallen ist, das ist alles.«

»Nichts, so weit ich weiß«, verkündet sie schulterzuckend, und ab diesem Moment ist das dämliche Grinsen vor Ort. Nachdem Edward sich eine Weile darüber geärgert hat, beschließt er, es zu ignorieren. Gut, hat sie ihn vielleicht durchschaut, obwohl er seine Gedankengänge nicht gleich als *Eifersucht* betitelt hätte, sondern eher als eine ›Erkundigung nach den tatsächlichen Verhältnissen‹. Aber offenbar wertet Susan dies als verlässlichen Beweis, dass er wirklich an Tony interessiert ist.

Bitte!

»Wie ging es ihr in der Schwangerschaft?«

»Was denkst du denn?« Als seine ausdruckslose Miene noch ein wenig ausdrucksloser wird, seufzt sie. »Es ging ihr sehr schlecht. Hast du ernsthaft mit etwas anderem gerechnet?«

»Wie schlecht?«

»Was meinst du wohl, wie es ihr ging, Edward?«, zischt sie, plötzlich weit zu ihm vorgebeugt. »Sie hatte dich verlassen! Sie bekam dein Kind, von dem du niemals erfahren solltest. Oh, sie hat mir jede Menge erzählt, aber ich kenne sie gut genug, um zu wissen, wie es wirklich in ihr aussah. Ich weiß, dass sie hoffte, du würdest nach ihr suchen. Sie hat gewartet, immer! Aber du kamst nicht. Beinahe ständig hat sie geweint; wenigstens das wirst du dir ja vorstellen können. Sie wollte nicht essen, sie wollte nicht trinken, sie wollte nichts! Obwohl sie sich wegen des Babys zwang. Was meinst du, was so etwas mit einer Schwangeren anrichtet? Was glaubst du wohl?«

Abrupt lehnt sie sich zurück und fährt bedeutend kühler fort. »Sie hatte enorme Schwierigkeiten. Eine Zeit lang sah es nicht sehr gut aus für das Baby. Die Ärzte konnten nichts machen; sie behandelten sie mit

Medikamenten, aber die Wehen wollten sich nicht geben. Tony musste liegen, durfte ab dem sechsten Monat nicht mehr aufstehen. Doch selbst das half nichts.« Alle Bosheit ist inzwischen vergessen. »Sie wollte das Baby, unbedingt! Ich glaube nicht, dass sie den Verlust verkraftet hätte. Ich schätze … Ich schätze, sie sah Jade damals als Ersatz für dich. Verstehst du?«

Edwards Nicken fällt etwas hölzern aus.

»Irgendwann nahm mich die Ärztin beiseite und sagte mir, dass wir keine Chance hätten. Nicht so. Sie könne nichts unternehmen, weil die Ursache nicht körperlich sei. Und gegen seelische Probleme hätte sie keine Medizin.«

Hier macht sie eine Pause und nimmt einen Schluck aus ihrer Tasse. Sehr lange und sehr ausgiebig. »Ich brachte sie zu Rose; das ist ihre Therapeutin. Sie half ihr. Vermutlich hast du ihr zu verdanken, dass du Vater bist.«

»Wovon habt ihr gelebt, wovon die Arztrechnungen bezahlt? Ich meine ...«

»Arbeit?«, erkundigt sie sich verächtlich. »Ich ging arbeiten und Tony, sobald es möglich war, auch. Das soll helfen!«

Edward ignoriert ihren Spott. »Das hat nicht genügt! Wenn du allein für euren Lebensunterhalt aufkommen musstest, könnt ihr mit deinem Verdienst unmöglich alles bewältigt haben.«

Nein, sie fragt nicht nach, woher er die Summen kennt. »Es ging irgendwie.«

»Wie?«

»Das ist eine Angelegenheit, die ausschließlich Tony und mich etwas angeht. Persönlich, du verstehst?«

»Wie du meinst. Ich ...«

Er verstummt und neigt den Kopf zur Seite. Mit einem Mal sieht er sie in einem völlig anderen Licht. Unter all der spröden Fassade existiert ein Mensch, der bereit ist, sich für jemand anderen aufzuopfern. Er hat es Tony geschrieben, ohne über seine Worte nachzudenken; in Wahrheit erwähnte er Susan nur der Form halber, ohne sich auch nur annähernd bewusst zu sein, was diese junge Frau gegeben hat. Das war ein grober Fehler und ein zutiefst unfairer noch dazu.

»Ich schulde dir außerordentlichen Respekt und meinen Dank. Nein! Ich weiß, dass du es nicht für mich getan hast, doch dir verdanke ich es, eine Tochter zu haben und Tonys Überleben. Für beides hätte ich sorgen müssen. Du magst es nicht gern hören, doch ich bin dir über alle Maßen zu Dank verpflichtet. Ich wäre sehr glücklich, würdest du ihn akzeptieren.«

Sie mustert ihn sehr intensiv, bevor sie nickt.

»Eine letzte Frage ...« Edward zögert. »Ich möchte deine ehrliche Meinung. Ist es gut für Tony, wenn ich ...« Er runzelt die Stirn und versucht es erneut. »Glaubst du, es wäre für Tony besser, wenn ich mich von ihr fernhalte?«

Diesmal denkt Susan sehr lange nach, bevor sie sich zu einer eher zögernden Antwort herablässt. »Ich wette, du nimmst mir ab, dass ich dir nur zu gern etwas anderes sagen würde. Aber ... nein, das glaube ich nicht. Ich bin nicht sicher, was *ihr beide* miteinander wollt, auch nicht, ob du Tony guttust. Bisher hast du ihr nur Unglück gebracht. Abgesehen von Jade ...« Sie zuckt mit den Schultern. »Aber Tony hat sich nun einmal entschieden, ob es mir gefällt oder nicht. Sie wird ihre Meinung nicht mehr ändern, doch was du auch tust, ich gebe dir drei Dinge mit auf den Weg ...«

Wieder beugt sie sich vor und fixiert seine ausdruckslosen Augen.

»Erstens: Versaust du es, lernst du mich kennen, ich schwöre! Zweitens: Ich werde sie nicht allein lassen, egal, wohin sie geht! Und drittens: Du musst dir schon etwas anderes einfallen lassen! So, wie du es bisher versucht hast, wird das nichts! Sie hat sich vielleicht für dich entschieden, aus welchen Gründen auch immer, aber momentan bleibt sie lieber allein, als auch nur einen winzigen Schritt auf dich zuzugehen. Du hast sie zu tief verletzt. Sie kann dir nicht so einfach vergeben. Es betrifft nicht vorrangig nur Jade, sondern Tony! Sie kann nicht!«

»Aber welche Möglichkeit bleibt mir dann?« Es ist raus, bevor er sich beherrschen kann, und selbst das ist Edward mittlerweile egal.

»Sie will!«, erwidert Susan beschwörend. »Nur sie *kann* nicht. Das sind zwei sehr verschiedene Dinge. Ihr Stolz steht ihr im Weg. Tony ist so wütend auf dich, so verletzt! Und sie ist eine Frau! Ich habe keine Ahnung, was du tun kannst, um sie umzustimmen. Lass dir etwas einfallen! … Mehr kann und will ich dir nicht sagen. Ich … ich schätze, ich habe dir auch noch nicht vergeben.« Damit steht sie auf. »Ich muss los. Wir sehen uns!«

Kurz darauf ist sie in der Menschenmenge verschwunden.

* * *

Rose

Lass dir etwas einfallen!

Weise Worte, nur hat Edward keine Ahnung, was das sein soll!

Es ist inzwischen Abend geworden. Wieder sitzt er in seinem Sessel, betrachtet den schwarzen Bildschirm und hat auf seinen Whisky verzichtet. Eine Zeit lang bemüht er sich, das Gespräch mit Susan auszuwerten, so wie es seine Art ist, die Dinge Revue passieren zu lassen.

Mehrmals nimmt er Anlauf, doch am Ende schiebt er jede Vorstellung von einer schwangeren Tony, die weinend im Bett liegt und bei jedem Geräusch im Treppenhaus hoffnungsvoll den Kopf hebt, energisch beiseite.

Stattdessen konzentriert er sich darauf, *sich etwas einfallen zu lassen.* Nach einigen Stunden muss er einsehen, dass er keinen Schimmer hat. Nicht einmal einen Denkansatz.

Edward ist tatsächlich völlig ratlos.

* * *

Am nächsten Morgen, mittlerweile ist es wieder Donnerstag, erwacht Edward mit neuem Tatendrang. Sein Gehirn hatte während der Nacht Zeit, in Ruhe zu arbeiten, ohne die störenden, ewig nagenden Gewissensbisse, und es kam tatsächlich zu einigen durchaus verwertbaren Ansätzen.

Matty verhält sich beim Frühstück wie bereits seit Tagen: freundlich, höflich, ein wenig reserviert und äußerst in sich gekehrt.

Mit Grauen denkt Edward daran, dass das kommende Wochenende – kalendarisch gesehen – wieder ein Tony-Wochenende ist. Er hat das untrügliche Gefühl, dass Tony die Vierzehntageregelung klammheimlich ad acta gelegt hat. Leider, ohne den Jungen vorher darüber in Kenntnis gesetzt zu haben.

Oder ihn.

Diesmal fährt er in Begleitung von Carlos in die Holding und beginnt, sobald er die ewig vorwurfsvolle Cronicle hinter sich gelassen hat, sofort mit der Arbeit ...

Ein Kinderspiel ist es bei der Entbindungsklinik – deren Identität ist Edward bekannt. Nach weniger als zwanzig Minuten hat er das in Erfahrung gebracht, wovon er ohnehin ausgegangen ist: Tony und Susan zahlen die Kosten für die Entbindung ab. So mühselig, dass Edward es sich nicht vorstellen kann. Monatlich fünfzig Dollar, und das seit mehr als zwei Jahren. Wahrscheinlich werden sie damit auch noch in zwanzig Jahren beschäftigt sein.

Er veranlasst die sofortige Tilgung der Gesamtrechnung und versucht als Nächstes, Tonys Gynäkologin ausfindig zu machen. Auch das gestaltet sich noch vergleichsweise einfach. Sie ist in Tonys Akten vermerkt, und es kostet ihn nur wenig Überredungskunst bei der Mitarbeiterin der Rechnungsstelle des Hospitals, bis er an die erforderlichen Informationen gelangt ist. Unterstützend zahlt sich hierbei aus, dass er die fällige Rechnung gerade beglichen hat. Daher gibt das Mädchen am Telefon – dessen Name Shira ist und das ständig dämlich kichert – Mr. Parker nach ein wenig Geplänkel die Adresse der Ärztin preis.

Nachdem Edward auch dort die offenen Beträge per Sofortüberweisung bezahlt hat, werden die Dinge kompliziert: Er hat nur den Vornamen *Rose*. Nicht viel, um die Adresse von Tonys Therapeutin zu ermitteln. Doch am Ende stellt sich heraus, dass es weitaus einfacher ist, die Ärztin ausfindig zu machen, als auch diese offene Rechnung zu entrichten.

Es existiert in West Palm Beach genau eine Ärztin, auf die Susans Angaben passen.

Dr. Rosalita Dexter.

Leider kann Edward anstellen, was er will, es gelingt ihm nicht, in Erfahrung zu bringen, mit wie viel die Frauen bei jener Rose in der Kreide stehen. Um die Wahrheit zu sagen, kann er noch nicht einmal zweifelsfrei ermitteln, ob jene Dr. Rosalita Dexter tatsächlich die Rose ist, die Tony und Jade das Leben gerettet hat. Man weigert sich hartnäckig, die Existenz einer Rechnung, die auf eine Miss Susan Gedney oder Miss Anthonia Benett läuft, zu bestätigen oder zu dementieren.

Irgendwann lehnt Edward sich frustriert zurück und starrt missmutig auf die unerledigte Position auf seiner Liste.

Dr. R. Dexter.

Wie in letzter Zeit so oft kündigt sich bereits wieder die absolute Hoffnungs- und Ratlosigkeit an, als ihm sozusagen in letzter Sekunde ein Gedanke kommt. Der gestaltet sich so abwegig, dass er beinahe schon wieder gut klingt.

Ohne lange darüber nachzudenken – denn dann hätte er sich diesen Wahnsinn garantiert anders überlegt –, greift Edward zum Handy.

* * *

Als er sich am Freitagmittag mit Carlos im Schlepptau in Richtung West Palm Beach begibt, runzelt der die Stirn. Nachdem Edward nicht in die Straße fährt, die für ihn zur wichtigsten des Universums geworden ist, kann Carlos seine Verwirrung nur noch mühsam verbergen. Als sie jedoch vor dem eher unscheinbaren, zweistöckigen Backsteinbau im älteren Teil der Stadt halten, ist Carlos tatsächlich irritiert. Allerdings hat er offenbar beschlossen, eher dumm zu sterben als nachzufragen, was Edward durchaus gelegen kommt.

»Warte hier!« Damit steigt er aus und macht sich mit eher gemischten Gefühlen daran, die breite Treppe hinaufzusteigen, an deren Ende sich die Praxis Dr. Rosalita Dexters befindet ...

Er ist ein wenig zu früh, weshalb er ein paar Minuten in dem kärglich eingerichteten Wartezimmer sitzen muss. Es handelt sich mit Sicherheit um keine Starpsychologin.

Ihm muss gelingen, ihr die Informationen zur Not aus der Nase zu ziehen, er weiß allerdings immer noch nicht, wie er das anstellen soll.

Improvisation! Das ist das Gebot der Stunde.

Edward hätte sie sich bedeutend älter vorgestellt. Rosalita Dexter ist eine äußerst attraktive Frau. Viel gutaussehender, als er es von einer Psychologin erwartet hätte. Groß, blond, schlank, mit üppigem Haar, das ungezähmt über den Rücken fließt. Große, intelligente blaue Augen wohnen in einem makellosen Gesicht. Ihre Figur scheint ebenfalls eher auf ein Hochglanzprospekt als in diesen staubigen Raum zu passen. Nur ihre Kleidung fällt unspektakulär aus. Zur Bluejeans trägt sie eine einfache weiße Bluse, was sie um einiges jünger wirken lässt, als sie möglicherweise ist. Eine echte Augenweide – Edward wäre selbst das komplette Gegenteil ziemlich egal gewesen.

Sie kommt ihm mit einem offenen Lächeln entgegen und schüttelt seine Hand. »Mr. Capwell?«

Als er bejaht, deutet sie zum Eingang ihres Arbeitszimmers. »Bitte!«

Zunächst gleicht alles eher einem Arbeitsgespräch als einer Unterhaltung zwischen Arzt und Patient. Sie nimmt hinter ihrem Schreibtisch Platz, Edward davor, dann lehnt sich Rose zurück und bedenkt ihn mit einem weiteren offenen Lächeln. »Nun, Mr. Capwell. Was kann ich für Sie tun?«

Das ist eine sehr interessante Frage, oder? Edward wäre froh gewesen, hätte er es ihr ohne Umschweife erläutern können, nur leider muss er die Dinge bedeutend diffiziler angehen. »Ich habe in der Vergangenheit den einen oder anderen gravierenden Fehler begangen. So, wie es scheint ...«, er lächelt etwas mühsam, »... rächen sie sich gerade, und zwar in geballter Form.«

»Ich verstehe ... Oder eher, ich verstehe natürlich noch nicht. Es wäre besser, wenn ich Sie ein wenig näher kennenlerne, bevor wir uns Ihrem eigentlichen Problem widmen.« Sie blickt in die dünne, jungfräulich aussehende Akte auf ihrem Schreibtisch. »Edward Capwell ...« Sie sieht auf. »Der Name ist mir natürlich geläufig ... Hat es einen besonderen Grund, dass Sie Ihren Therapeuten nicht in Ihrer Heimatstadt auswählten?«

»Das versteht sich von selbst. Hier habe ich die berechtigte Hoffnung, nicht morgen davon in der Zeitung zu lesen«, erwidert Edward trocken.

»Natürlich. Das hätte ich mir denken können ...« Ihr Lächeln ist bezaubernd. »Ihre Kindheit, Mr. Capwell, wie verlief die?«

»Hervorragend! Ich denke nicht, dass es viele Menschen gibt, die auf derart glückliche und zufriedene Kindertage zurückblicken können.«

Das Lächeln wird breiter. »Das hört man wirklich selten! Eine durch und durch glückliche Kindheit. Ihr Bruder wurde geboren, als sie bereits sieben waren; hatten Sie damit überhaupt keine Schwierigkeiten?«

»Oh, ich habe mich gefreut!«, versichert Edward. »Außerdem befand ich mich zum damaligen Zeitpunkt in der Schweiz, daher hat mich die Tatsache, mit einem Mal nicht mehr Einzelkind zu sein, nicht sehr tangiert.«

»Das war eine äußerst glückliche Fügung, oder?«

Edward zuckt mit den Schultern. »Ich denke nicht, dass mich seine Anwesenheit gestört hätte, selbst, wenn ich zu Hause gewesen wäre. Ich mochte meinen Bruder.«

»Sein Tod hat Sie sehr mitgenommen?«

»Sicher.«

Nach einigen Sekunden Stille wechselt sie das Thema. »Zu Ihrer derzeitigen Lebenssituation: Ich weiß, Sie sind nicht verheiratet, aber Sie werden doch bestimmt ...«

»Nein, ich befinde mich derzeit in keiner festen Beziehung.«

»Somit leben Sie allein?«

»Nicht ganz. Mein Neffe lebt bei mir.«

»Das ist der Sohn ihres verstorbenen Bruders?«

»Ja. Ich bin sein Vormund.«

»Jetzt kann ich mir so langsam ein Bild machen. Sehr schön ...« Sie runzelt die Stirn. »Wo ist denn die Mutter des Jungen?«

»Sie starb noch vor meinem Bruder.«

»Das ist sehr tragisch. Nach diesen schweren Verlusten hängt der Junge stark an Ihnen, nehme ich an?«

»Ja, sehr.«

»Wie alt ist er denn?«

»Inzwischen ist er acht. Als er zu mir kam, war er fünf.«

»Ein kleiner Junge.« Ihre Augen leuchten auf. »Genießen Sie es, die Verantwortung für ein Kind zu tragen?«

»Außerordentlich.«

Sie macht sich einige Notizen, dann lehnt sie sich wieder in ihrem Stuhl zurück.

»Was sind das für Fehler, die Sie in der Vergangenheit

begingen, und die Ihnen jetzt solche Schwierigkeiten bereiten?«

Auch er sitzt jetzt etwas bequemer, um sie genau im Blick zu behalten. »Mein Neffe kam damals vor drei Jahren nicht allein. Er befand sich in Begleitung seiner Tante. Sie war – ist – eine sehr junge, ausnehmend hübsche Frau ...«

»Wie alt?«

»Damals zweiundzwanzig.«

»Das ist tatsächlich sehr jung ...«, pflichtet Rose ihm bei.

Edward nickt. »Sie sorgte seit Timotheus Tod für den Jungen; ihr Entschluss, ihn zu begleiten, fiel eher spontan.«

Rose nickt.

»Die beiden stammen aus New York. Mein Bruder war nach Beendigung seines Studiums in die Stadt gezogen und hatte dort eine Familie gegründet. Eine Zeit lang wohnte das Mädchen bei uns, bis sie irgendwann beschloss, in ihre Heimat zurückzukehren ...«

Nicht das geringste Erkennen zeigt sich in Roses Augen. Okay.

»Ich glaubte, es würde ihr in New York gut gehen. Als sie die Verantwortung für den kleinen Jungen nicht mehr hatte, stand es ihr frei, ihr Studium wieder aufzunehmen oder andere – altersgemäße – Dinge zu tun. Doch mit dieser Annahme lag ich leider falsch. Ihre Freundin rief mich nach einigen Tagen an und bat mich zu kommen ...«

Rose nickt.

»Es stellte sich heraus, dass sie die Trennung von dem Jungen nicht sehr gut verkraftete. Sie war am Boden, weinte ständig, weigerte sich, das Haus zu verlassen oder auch nur das Bett ...«

»Eine Depression, nehme ich an?«

»Ja, die Diagnose erfuhr ich allerdings erst später. Ich nahm sie mit nach Miami und nach einiger Zeit ging es ihr wieder recht gut.«

Aufmerksam betrachtet Edward die Ärztin, doch noch immer scheint sie völlig ahnungslos zu sein. Okay, der nächste Knochen.

»Irgendwann begann ich zu mutmaßen, dass nicht nur die Trennung von Matty zu ihrem verheerenden Zustand beigetragen hatte, sondern auch der Abschied von mir war dafür Ursache ...«

»Sie hatte sich in Sie verliebt?«

»So kann man es ausdrücken.«

Sie hebt eine Augenbraue. »... Kann man es ausdrücken? Oder war ist es es so?«

»Zunächst bewertete sie ihre Gefühle eindeutig über, später mögen sie der Wahrheit entsprochen haben. Allerdings sind das nur Vermutungen.«

Rose nickt. »Gut. Fahren Sie fort ...«

»Irgendwann hatte sie sich also relativ gut erholt und sie meinte offensichtlich, in mich verliebt zu sein ...«

»Und Sie?«

»Ich?«

»Ja, wie empfanden Sie dabei? Fühlten Sie sich bedrängt oder waren Sie dem nicht abgeneigt, möglicherweise sogar selbst in sie verliebt?«

Das ist nicht geplant, doch Edward bleibt nicht viel Zeit, um sich darüber Gedanken zu machen. »Ich fühlte mich zu ihr hingezogen«, räumt er schließlich ein.

»Okay ... Also kann man durchaus davon sprechen, dass die Dinge auf Gegenseitigkeit beruhten?«

»Nein.«

»NEIN?« Verwirrt starrt sie ihn an.

»Wir sprechen von einem zweiundzwanzigjährigen Mädchen; ich war damals achtunddreißig. und ich muss Ihnen wohl nicht erst meine Lebensverhältnisse auseinandernehmen, um zu verdeutlichen, dass wir absolut nicht zusammenpassen.«

»Das war nicht meine Frage. Mich interessieren ausschließlich Ihre Gefühle bei dieser Angelegenheit. Es hätte ja auch sein können, dass Sie das Mädchen ablehnten«, erklärt Rose gelassen.

Edward seufzt. »Nein, ich lehnte sie nicht ab – was einer meiner gravierenden Fehler war, von denen ich eingangs sprach. Denn letztendlich kam es zu einer Situation, in deren Verlauf wir miteinander im Bett landeten.«

Rose lächelt. »Schön.«

»Wenn Sie meinen.«

»Nicht schön?«

»Wie ich bereits erwähnte, wir passen nicht zusammen.«

»Interessant, jetzt befinden wir uns im Präsens ...«

»Ich hatte bereits angedeutet, dass mich diese Geschichte bis heute verfolgt ...«

»Demnach darf ich nicht davon ausgehen, dass sie mit den Worten ›Und sie lebten glücklich bis an ihr Lebensende‹ schließt, obwohl Sie nicht gerade das Vorzeigepaar des Monats sind?«

»Nein.«

»Sondern ...?«

»Sie ist ziemlich hartnäckig, was ihre Entscheidungen betrifft, verstehen Sie?«

»Nein.«

»Warten Sie ab, das werden Sie noch«, prophezeit er ihr müde. »Also da gab es diese Nacht, die ein grober Fehler meinerseits war. Auch ein absoluter Verstoß gegen meine Prinzipien, was ich ihr am nächsten Morgen sagte. Mir war nicht entgangen, dass sie sich viel mehr davon versprach, und es wäre nicht fair gewesen, das Ganze fortzuführen.«

»Wie fühlten Sie sich dabei?«

Edward übergeht die Frage. »Das war das einzige Mal, dass zwischen uns etwas Derartiges vorfiel. Nach dieser Episode kamen wir uns nicht mehr näher. Eine Weile hoffte ich, sie würde es einfach ... überwinden.«

Rose mustert ihn stirnrunzelnd, und Edward weiß nicht, ob sie ihm die unbeantwortete Frage übel nimmt oder seine Worte.

»Sie wollte es nicht überwinden, verstehen Sie?«

»Ich denke schon.« Das Stirnrunzeln ist nach wie vor sichtbar.

»Das gefiel mir nicht. Sie sollte ihr Leben führen und sich nicht einigeln beziehungsweise auf etwas warten, das nie eintreffen wird ...«

»Weil Sie nicht zusammenpassen ...«

»Korrekt. Als ich erkannte, dass mein Plan nicht aufging, weil sie ihn boykottierte ...«

»Soll heißen, sie weigerte sich gemeinerweise, Sie zu vergessen?«

Ärgerlich sieht Edward auf, doch Rose hebt mit arglosem Blick die Schultern. Er holt tief Luft. »Ich bin inzwischen selbst dahintergekommen, dass ich nicht besonders ... klug gehandelt habe.«

Sie neigt den Kopf. »Das wird sich erst noch herausstellen.«

Edward fährt fort, als hätte sie nichts gesagt. »Es ging ihr also nicht sehr gut; sie hoffte, ich würde es mir anders überlegen. Ungefähr zu diesem Zeitpunkt traf ich eine alte Freundin wieder. Wir mochten uns schon immer sehr; Sie wissen, wie die Dinge laufen. Wir trafen uns einige Male, erkannten, dass wir Gefühle füreinander hegten und irgendwann fragte ich sie, ob sie bei mir einziehen wolle ...«

»Okay ...«

»Sie zeigte sich einverstanden, und kurz darauf führte ich sie in die Familie ein ...«

»Sie meinen, Sie stellten Sie der jungen Frau und Ihrem Neffen vor.«

»Ja.«

»Wie reagierte sie – die junge Frau, meine ich?«

»Nicht sehr erbaut, wie Sie sich vorstellen können. Am nächsten Morgen war sie verschwunden.«

»Oh! Gut, sie hat die Konsequenzen gezogen. Aber, Mr. Capwell, wie fühlten Sie sich dabei?«

Auch diesmal ignoriert Edward diese inzwischen verhasste Frage. »Sie hinterließ einen Brief, in dem sie mir mitteilte, dass sie keine andere Wahl habe, als zu gehen. Sie würde an mich herantreten, wenn sie sich eingerichtet habe, um eine Besuchsregelung für den Jungen zu vereinbaren ...«

Rose nickt.

»Kurz darauf gelangte ich dahinter, dass die beiden jeden Abend miteinander telefonierten. Was sich sehr bald als äußerst hilfreich herausstellte, denn sie benötigte ein halbes Jahr, um sich einzurichten ...«

Die Ärztin runzelt die Stirn.

»Ja«, nickt Edward. »Ich war ähnlich verwirrt. Ganze sechs

Monate später kam ein Brief. Sie könne den Jungen jetzt regelmäßig sehen und schlage vor, ihn alle vierzehn Tage zu sich zu holen. Ich stimmte zu.«

»Hatten Sie persönlichen Kontakt?«

»Nein. Die Übergabe des Jungen erfolgte immer durch einen meiner Mitarbeiter.«

»Ich verstehe.«

Edward nickt. »Ab jetzt werden die Dinge etwas kompliziert. Ich hatte vor Kurzem Gelegenheit und viel Muße, über die gesamte Geschichte ausgiebig nachzudenken. Im Ergebnis dieser Überlegungen beschloss ich, sie zu besuchen.«

»Warum?« Rose zuckt mit den Schultern. »Nach so langer Zeit? Die Dinge waren geklärt, die junge Frau dürfte Sie zu diesem Zeitpunkt lange überwunden haben. Sie haben eine neue Beziehung, die nicht mehr ganz so neu ist. Oder hat die sich zwischenzeitlich ...«

Edward seufzt. Okay, dann eben die etwas längere Version, obwohl er dabei keinen einzigen Knochen werfen kann.

»Nein, die Beziehung zerbrach vor einigen Wochen. Ich hatte sie wiedergesehen und ...«

»Und da kamen die alten Erinnerungen hoch.« Das klingt eindeutig spöttisch und Edward wird eindeutig ärgerlich. Sein Kopf fährt hoch.

»Nein, so simpel ist das nicht!«

»Dann erklären Sie es mir!«

»Im Grunde ist das völlig irrelevant!« Edward betrachtet ihre gelassene Miene. Fein! »Wir sahen uns wieder; sie verschwand kurz darauf und ich beschloss, nach ihr zu suchen. Ich fand heraus, dass sie ein Appartement in einer benachbarten Stadt bewohnt – und fuhr dorthin. Sie war nicht anwesend, nur ihre Freundin. Jene Freundin, die ich bereits in New York kennenlernte. Und ...«

Rose hat ihre Augenbrauen erhoben. »Und ...«

Edward seufzt. »Und Micky Maus ...«

»Pardon?«

»*Ein halbes Jahr!*«, wiederholt er beschwörend. »Sie benötigte ein *halbes Jahr,* bevor sie Zeit für den Jungen hatte.

Fällt Ihnen nichts auf?« Edward lacht, als er ihr ratloses Gesicht sieht. »Sie glauben nicht, wie froh mich Ihre Ahnungslosigkeit macht. Denn ich habe zwischenzeitlich schon an meinem Verstand gezweifelt.« Er lehnt sich zurück und mustert sie aufmerksam. »Sie war schwanger«, sagt er schließlich.

Rose schließt die Augen. »Natürlich!«, haucht sie. »Deshalb dieser lange Zeitraum ...«

Edward nickt. »Ja. Ein Mädchen. Sie hielt die Schwangerschaft sorgfältig vor mir verborgen, bereits, als sie noch in meinem Haus wohnte. Seitdem ich es weiß, versuche ich, dahinter zu gelangen, was in der Zwischenzeit geschah. Sie müssen wissen, dass sie völlig mittellos war, als sie ging. Sie wollte nie Geld von mir annehmen.« Inzwischen spricht er sehr langsam. »Ich fand heraus, dass sie während der Schwangerschaft wieder mit ihrer Depression zu kämpfen hatte ...«

Und das ist er, der entscheidende Knochen, auch wenn Rose mit ein wenig mehr Zeit auch ohne diesen letzten Hinweis dahintergekommen wäre.

Abrupt lehnt sie sich zurück und betrachtet ihn nachdenklich. Mit dem Stift, mit dem sie bereits seit Ewigkeiten keine Notizen mehr gemacht hat, schlägt sie sich leicht gegen ihre Unterlippe.

»Sie drohte, das Kind zu verlieren«, fährt er fort. »Es ging ihr sehr schlecht, und ich vermute, ich habe es ihrer Freundin und ihrer Therapeutin zu verdanken, dass sowohl sie als auch meine Tochter heute wohlauf sind. Nichts davon lag in meiner Absicht. Ich hatte keine Ahnung, weder von der Schwangerschaft noch davon, wie viel sie durchgemacht hat. Und nun ...« Edward seufzt. »Nun versuche ich, den Scherbenhaufen irgendwie zusammenzufegen.«

Ohne Edward aus den Augen zu lassen, überlegt sie und beugt sich irgendwann wieder zu ihm vor.

»Wie fühlen *Sie* sich dabei, Mr. Capwell?«

* * *

Edward weiß, dass er diesmal nicht mehr ausweichen kann.

Will er sie dazu bringen, ihm auch nur den kleinsten Rat zu

geben, ist eine Gegenleistung fällig. Das ist zwar nur fair, doch Fairness war noch nie Edwards besondere Stärke. Roses allerdings auch nicht. Ein Blick in ihr Gesicht genügt, um zu wissen, dass es jetzt um Alles oder Nichts geht.

»So miserabel wie noch nie zuvor in meinem Leben«, bekennt er schließlich.

Das überdenkt sie ausgiebig, nickt und lehnt sich zurück. »Gut ... Sie wissen, dass ich als Therapeutin der umfassenden Schweigepflicht unterliege? Alles, was wir hier besprechen, bleibt unter uns. Dieses verbriefte Recht genießt *jeder* meiner Patienten.«

»Darauf baue ich sogar.«

Wieder nickt sie, ohne ihn aus den Augen zu lassen. »Sie stehen da vor einem – wie nannten Sie es so treffend? – Scherbenhaufen. Und ich vermute, Sie wissen nicht, wie Sie die Dinge angehen sollen, dass sich vielleicht noch etwas retten lässt?«

»Das ist korrekt.«

Rose hebt eine Augenbraue. »Was ist mit der Problematik der Inkompatibilität? Haben Sie Ihre Meinung diesbezüglich geändert?«

Edward schüttelt den Kopf. »Ich kam eher zu der Überzeugung, dass man bestimmte Brücken schlagen kann, wenn man nur will.«

»Und diese Erkenntnis kam Ihnen, weil Sie jetzt wissen, dass Sie Vater sind? Das genügt nicht, Mr. Capwell! Ein Kind kann unüberbrückbare Differenzen nicht beseitigen. Es dazu zu missbrauchen, wäre im höchsten Maße ... *verwerflich!*«

»Meine Entscheidung stand bereits, bevor ich von Jade fuhr.«

Sobald der Name fällt, schließt sie die Augen, und Edward könnte schwören, dass sie gerade noch verhindern kann, sich mit der Hand an die Stirn zu schlagen. »Jade!«, stöhnt sie.

Als sie sich anscheinend mit ihrer offensichtlichen Begriffsstutzigkeit abgefunden hat, sieht sie ihn wieder an. »Was ich immer noch nicht ganz begreife ist, weshalb Sie zu dieser Erkenntnis zwei Jahre benötigten.

Ich meine, die Frau war aus Ihrem Leben verschwunden, eine andere da. Sie haben keinen Gedanken mehr an sie verschwendet und ganz plötzlich ...«

Aufmerksam betrachtet sie ihn und Edward ist überzeugt, dass in seinem Gesicht absolut nichts zu finden ist. Er liegt wohl falsch, denn irgendwann schüttelt sie vorwurfsvoll den Kopf. »Was haben Sie sich nur dabei gedacht?«

»Ich wollte, dass sie ein normales Leben führen kann.«

»Aber das wollte *sie* nicht – könnte ich mir zumindest vorstellen.«

»Sie weiß nichts über mein Leben und dessen Besonderheiten. Sie hat keine Ahnung, worauf sie sich einlassen würde.«

»Vielleicht wäre es gut gewesen, sie darüber in Kenntnis zu setzen?«

»Das habe ich durchaus versucht, und zwar, als ich ihr die Gründe mitteilte, aus denen eine Beziehung für mich nicht infrage kommt.«

»Ihre Reaktion?«

»Die übliche. Es hat sie nicht interessiert.«

»Und genau das ist der springende Punkt! Sie wollten sie nicht ›opfern‹. Dabei war sie – möglicherweise, so, wie es klingt – zu diesem Opfer bereit! Weit verbreitet ist das auch als Liebe bekannt.«

Das übergeht Edward, denn er hat nicht vor, eine Diskussion über die ›Liebe‹ zu führen. Die gesamte Angelegenheit kostet ihn ohnehin schon mehr, als er auch nur annähernd geahnt hat.

Was wohl gut ist. Wäre ihm bewusst gewesen, was auf ihn zukommt, hätte seine inzwischen an Wahnsinn erinnernde, brillante Idee keine zehn Sekunden überlebt.

»Offensichtlich sind Sie ja inzwischen schon bereit, sie zu opfern, oder?«

Edward schweigt, denn er hasst es, sich zu wiederholen.

»Was ist eigentlich mit dieser anderen Frau?«

Innerlich stöhnt er auf. Sicher, damit muss sie ihn natürlich auch kommen. »Sie ist gegangen.«

»Lassen Sie mich raten; nachdem Sie ihr offenbarten, Sie

seien nach zwei Jahren dahinter gelangt, dass Sie doch lieber die andere wollen?«

»Mir ist durchaus bewusst, dass Sie auf mich nicht gut zu sprechen sind ...«

Rose schüttelt den Kopf. »Sie sind mein Patient, und ich versuche Ihnen lediglich vor Augen zu führen, was Sie mit Ihrer Feigheit angerichtet haben. Es ist nicht schwer, dahinter zu gelangen. Man muss Ihnen nur aufmerksam lauschen. Also, was ist mit dieser anderen – dieser alten Freundin?«

Edward wagt einen Schuss ins Blaue, denn er weiß nicht, wie lange er das hier noch durchstehen wird. »Sie wissen es doch längst!«

»Nicht wirklich. Ich weiß, über wen wir sprechen; ich weiß, dass Sie mehr oder weniger als Ehepaar gehandelt wurden. Doch ich weiß nicht, wie sich ihre Trennung im Einzelnen gestaltet hat. Auch wenn ich da so meine Vermutungen hege ... Okay, ich versuche es: Sie ging – nicht Sie beendeten die Beziehung. Ich weiß jetzt, wer in Ihrem Haus auf Sie gewartet hat und ich weiß, wann die offizielle Trennung bekannt gegeben wurde. Es ist nicht so, dass ich mich nicht über meine Patienten informiere, wenn mir die Fakten von jeder Titelseite förmlich entgegenspringen.«

»Wussten Sie ...«

Heftig schüttelt sie den Kopf. »Ich wusste, was die Zeitungen schrieben. Eine entfernte Verwandte; eine junge Frau – es war nur eine Randnotiz. Ich dachte mir nichts dabei. Auch nicht, als ich die Initialen las. Hätte ich es gewusst, säßen Sie jetzt nicht hier. Das muss Ihnen doch klar sein!«

Edward nickt.

»Wissen Sie, das ist eine äußerst verzwickte Situation. Ich denke, dass es viele Dinge gibt, mit denen Sie sich ernsthaft auseinandersetzen müssen. Sie haben einen Flugzeugabsturz hinter sich, das ist keine unerhebliche Erfahrung, und ich glaube nicht, dass damit das Ende der Fahnenstange erreicht ist. Allerdings kann ich Sie nicht behandeln, weil mich das in ernsthafte Konflikte stürzen würde. Außerdem ist so etwas nicht statthaft. Ich könnte Ihnen die Adresse eines guten Kollegen empfehlen.«

»Nein, danke.«

Sie nickt. »Das dachte ich mir. Seltsam, woher nur ...?« Ihre Lippen bilden ein schmales Lächeln, bevor sie sich besann. »Nun, Mr. Capwell, Sie kamen und baten mich um Hilfe. Die werde ich Ihnen nicht verwehren, auch wenn meine Ratschläge ausschließlich auf Mutmaßungen fundieren. Des Weiteren bin ich keinesfalls überzeugt, Ihnen die Hilfe geben zu können, die Sie meiner Meinung nach benötigen. Sei es drum! Ich könnte mir vorstellen, dass diese junge Frau sehr viel für Sie empfindet. Indem Sie Ihr Kind allein austrug, wählte sie den schwersten aller verfügbaren Wege und so etwas setzt tiefe Gefühle voraus. Ich könnte mir auch denken, dass sie die Trennung von Ihnen sehr mitgenommen hat. Es dürfte ein tiefes, einschneidendes Erlebnis für sie gewesen sein. So tief, dass es dort, wo es jetzt ist, nie wieder verschwinden wird. Sie sagten, sie habe bereits zuvor an Depressionen gelitten. Deren Ursache ist mir natürlich nicht bekannt, daher bleiben mir nur Mutmaßungen. Musste sie bereits zuvor einige schwerwiegende Verluste hinnehmen, kann es durchaus sein, dass die Trennung von Ihnen ...«

»... ein Verlust zu viel war ...«, ergänzt Edward emotionslos.

Rose nickt. »So könnte es sich verhalten haben. Menschen wie jene junge Frau, die Sie mir beschreiben, halten sich für außergewöhnlich stark, haben sie doch bereits so vieles in ihrem Leben bewältigt. Doch das sind sie nicht. Es ist natürlich möglich, dass es auch noch andere Faktoren in der jüngeren Vergangenheit gibt, die nicht wirklich aufgearbeitet wurden. Weil man es versäumte, sie rechtzeitig zu einem Therapeuten zu schaffen. Sie sagten, Sie hätten sie in New York depressiv aufgefunden. Gab es davor vielleicht irgendein traumatisches Erlebnis?« Sie hat ihren Kopf zur Seite geneigt, ihr Blick wirkt ziemlich vorwurfsvoll.

»Ich glaubte, sie hätte es überwunden ...«

»Äußerlichkeiten täuschen uns sehr häufig, Mr. Capwell. Ich weiß es natürlich nicht mit Bestimmtheit, es ist nur eine Annahme meinerseits ...« Sie schweigt für eine Weile, und als sie wieder spricht, klingt sie sehr eindringlich.

»Sie müssen die Dinge sehr, sehr behutsam angehen. Gehen

Sie allein zu ihr, mit leeren Händen. Seien Sie nur Sie selbst. Egal, welche Bedingungen sie stellt, akzeptieren Sie. Seien Sie für sie da! Das dürfte sie nämlich am meisten anzweifeln. Ich kann mir vorstellen, dass ihr diese Erfahrung – das Kind allein zu bekommen, ohne Sie – weitaus mehr zugesetzt hat, als sie selbst ahnt. Schnell wird hier nichts funktionieren. Sie müssen sich in Geduld üben, denn so etwas verwindet sich nicht einfach. Zeigen Sie ihr, dass Sie da sind. Ohne Forderungen, rückhaltlos. Sie muss wissen, dass sie sich auf Sie verlassen kann. Erklären Sie ihr, warum Sie damals so handelten und was Ihre Meinung schließlich geändert hat. Keine Lügen, nur die Wahrheit!«

Edward nickt. »Was meinen Sie, nach all Ihren Vermutungen, ist eine therapeutische Behandlung weiterhin angezeigt?«

Rose spitzt die Lippen. »Nun, ich kann mir durchaus vorstellen, dass die von Ihnen erwähnte Therapeutin, die Behandlung während der vergangenen zwei Jahre fortsetzte. Aber manchmal bleibt ein Patient plötzlich fern und niemand weiß, weshalb ...«

Das genügt wohl fürs Erste; Edward erhebt sich. »Was bin ich Ihnen schuldig? Ich möchte *alles* bezahlen, was eventuell noch offen ist.«

Rose mustert ihn nachdenklich. »Das ist sehr löblich, allerdings wird Geld oftmals überbewertet. Manchmal kann die richtige Zahlung von der falschen Person unbeabsichtigt einen völlig falschen Eindruck erwecken.«

»Das ist mir durchaus bewusst, doch das Risiko gehe ich ein.«

»Wie Sie meinen. Sie können draußen bei Barbara bezahlen.«

Edward reicht ihr seine Hand. »Vielen Dank für alles. Ich stehe tief in Ihrer Schuld.«

Sie schüttelt den Kopf. »Nicht in meiner, eher in der Schuld der jungen Frau und deren Freundin.«

»Ich weiß.«

* * *

Die nächste Katastrophe erwartet Edward bereits, als er einige Zeit später sein Haus betritt.

Matty steht in der Halle.

Noch darf er hier sein, denn es ist erst kurz nach drei. Doch sein Blick spricht Bände. »Du wirst das Wochenende nicht mit deiner Tante verbringen?«

Als er niedergeschlagen den Kopf schüttelt, umarmt Edward ihn. »Das hört jetzt auf, Matty. Ich schwöre, dass ich das in Ordnung bringe.

Sein Blick ist mutlos, wie neuerdings immer, und offenbart nicht die geringste Hoffnung.

Noch auf dem Weg in sein Arbeitszimmer zieht Edward das Handy aus der Tasche. Es ist Carlos´ Nummer, die er wählt, an Juan verschwendet er längst keinen Gedanken mehr. »Wann wäre es am sinnvollsten, Anthonia auf ihrer Arbeitsstelle abzufangen?«

Die Antwort erfolgt ohne Zögern.

»Montagabend!«

* * *

Tauwetter

Wieder herrscht während der Fahrt entschlossenes Schweigen. Allerdings ist der Maybach an diesem frühen Montagabend voll besetzt.

Neben Carlos sind auch Juan und dieser sommersprossige Typ, dessen Namen sich Edward nicht merken kann, mit von der Partie. Etwas, was Edward anfangs absolut nicht passte. Wenn Juan und Carlos, also zwei seiner drei besten Männer, bei ihm sind, wer beschützt in der Zwischenzeit Jade und Susan?

Dean?

Doch Carlos hat ihm versichert, alles bestens im Griff zu haben. Im Stillen amüsiert sich Edward über Juans erschütterten und vor allem ängstlichen Blick, mit dem er ihn selbst jetzt noch in regelmäßigen Abständen im Rückspiegel betrachtet.

Edward hat die beiden drohend taxiert und dann an Carlos gerichtet gesagt: »In Ordnung. Solange du nicht Harper einsetzt.«

Carlos' Blick erzählte von echter Betroffenheit. »Das nehme ich als persönliche Beleidigung!«

»Wenn dir der Schuh passt.«

Und dann fuhren sie endlich los.

* * *

Edward ist zuversichtlich. Egal, was er dafür tun muss, er wird durchsetzen, dass sie heute miteinander sprechen.

Nachdem sie sich erfolgreich durch den Vorabendverkehr von Palm Beach gewühlt haben, erreichen sie endlich den Ort, an dem Tony arbeitet. Das Äußere genügt Edward bereits, um einmal angewidert die Nase zu rümpfen.

Hier schuftet sie? Für dieses Trinkgeld?

Sie stehen vor einer riesigen, überdachten Blechbaracke, auf deren Dach mit großen Lettern:

Wal-Mart

prangt.

Einer dieser Discount-Märkte.

Auch der bunte, reißerische Anstrich kann nicht über die billige Bauweise hinwegtäuschen. Bis zu diesem Zeitpunkt hatte Edward keine echte Vorstellung, wie so etwas in der Realität aussieht. Er kennt das Innere dieser Geschäfte nicht. In Wahrheit hat er sich noch nie Gedanken darüber gemacht, woher die Lebensmittel kommen, die er in seinem Kühlschrank findet.

Abenteuerlich wird es, als sie eintreten.

Juan und der Typ mit den Sommersprossen bleiben im Wagen zurück, nur Carlos begleitet ihn. Er führt ihn nicht durch einen der etlichen Haupteingänge, die mit selbsttätigen, gläsernen Flügeltüren versehen sind, stattdessen nutzen sie eine einfache Stahltür mit der Aufschrift:

PERSONALEINGANG

Neben der Düsternis des Flurs, in dem es sehr gewöhnungsbedürftig riecht, empfängt sie ein großer, recht breiter Kerl, den Carlos als *George* vorstellt.

Tonys Bodyguard, während sie sich hier aufhält.

Schon ist Edward wieder aufgebracht. Warum ist dieser Idiot hier, wenn Tony sich dort draußen befindet? Auf seine äußerst drohende und herausfordernde Frage deutet George zu einem Raum mit vielen Monitoren. Nach näherem Hinsehen erkennt Edward, dass dort die Bilder der installierten Überwachungskameras gezeigt werden.

Auf einem Bildschirm ist ein vertrauter Hinterkopf mit nicht ganz so vertrautem langem Haar zu sehen. Tony sitzt in einem Verschlag ohne Dach, hat vor sich etwas, das eine Registrierkasse sein muss, und zieht unermüdlich die Waren über den Scanner. Diese Technik ist Edward bekannt, nicht zuletzt von seinen ausufernden Besuchen in gewissen Spielwarenmärkten.

»Keine Sorge«, meint George beschwichtigend. »Im

Zweifelsfall bin ich innerhalb einer Minute draußen.«

Das findet Edward nicht ermutigend. Eine Minute kann im Ernstfall aus verdammt langen sechzig Sekunden bestehen. Mit erhobenen Augenbrauen mustert er Carlos. »Es ist schwierig«, rechtfertigt sich der. »Sie soll von Georges Anwesenheit nichts bemerken. Er würde ihr aber über kurz oder lang auffallen, wenn er sich ausschließlich im vorderen Bereich aufhält, bestenfalls noch in ihrer direkten Nähe. Wenn man unter all den fremden Gesichtern immer wieder ein und dasselbe sieht, wird man irgendwann argwöhnisch.«

Das Argument ist nicht aus der Luft gegriffen, doch es beruhigt Edward keineswegs.

»Kann ich Ihnen vielleicht behilflich sein, meine Herren?«

* * *

Als sie sich umsehen, erblicken sie einen kleinen, dickbäuchigen und beinahe kahlköpfigen Mann, der sie über den Rand seiner Brille misstrauisch beäugt. Edward sieht keinen Grund, sich näher mit ihm zu befassen; Carlos bringt es auf ein nachsichtiges Lächeln und George stöhnt.

»Mr. Winter. Was ist jetzt wieder?«

Mr. Winter – wer immer das auch sein mag – verschränkt die Arme vor seinem feisten Bauch. »Meine Herren! Ich sagte Ihnen bereits vor etlichen Tagen, dass ich Ihre Anwesenheit *dulde*. Aber auch nur, weil Sie in der Geschäftsleitung wohl den einen oder anderen Freund zu haben scheinen. Obwohl ich mich immer noch frage, mit welchen dubiosen Horrorstorys Sie Ihr Anliegen durchsetzen konnten. Der Grund, aus dem eine unbedeutende und nebenbei bemerkt eher mittelmäßige Kraft diesen Aufwand wert sein soll, entzieht sich meinem Verständnis. Mir persönlich ist egal, was die Zeitungen so schreiben, und wenn sie tatsächlich so dumm war, sich von irgendeinem dieser stinkreichen Typen ein Kind andrehen zu lassen, dann ist das immer noch ihr Problem. Sie kann froh sein, unter diesen Umständen ihre Stelle behalten zu haben. Schließlich ist das alles schlechte Publicity.

Aber meine Meinung scheint ja niemanden sonderlich zu interessieren. Solange Sie für die Nutzung der Räumlichkeiten bezahlen, geht es mich auch nichts an. Und …«, er hebt einen mahnenden Finger, »... solange Sie sich strikt an meine Anweisungen halten. Sie werden sich doch sicher noch an unser jüngstes Gespräch erinnern, Mr. Parker?«

Carlos hat ihm mit einem besonders nachsichtigen und interessierten Lächeln gelauscht. Seine Arme liegen auf dem Rücken und der Kopf ist leicht geneigt. Direkt angesprochen zieht er fragend die Augenbrauen hoch.

Winter nickt grimmig; der Finger ist nach wie vor in der Luft. »Erstens sagten Sie mir fest zu, dass es zu keinen Behinderungen des internen Ablaufes kommt. Und ich muss Sie leider darauf hinweisen, dass Sie momentan die Warenstraße blockieren. Und zweitens: Ich wies Sie ausdrücklich darauf hin, dass kein Unbefugter diese Räumlichkeiten zu betreten hat ...« Mit diesen Worten wendet er sich an Edward. »Dürfte ich bitte erfahren, wer Sie sind, junger Mann?«

»Mein Name geht Sie nichts an«, erwidert der ungerührt.
»Mit wem genau habe ich denn die Ehre?«

Der kleine kahlköpfige Mann hebt den Kopf, womit er ziemlich aufrecht steht, der Finger befindet sich immer noch in der Luft. »Mein Name ist Winter! Ich bin der Markleiter, und wenn ich ...«

»Der Marktleiter ... so, so.« Edward beäugt ihn kritisch. »Ich finanziere den Aufenthalt dieses Mannes hier, was bedeutet, *ich* bin der stinkreiche Typ, der Miss Benett das Kind ›angedreht‹ hat.«

Abfällig beobachtet er, wie Winter sämtliche Gesichtszüge entgleiten.

»Ich erwarte, dass mein Mitarbeiter ab sofort ohne Behinderung seine Aufgabe erfüllen kann. Und was die ›unbedeutende Kraft‹ betrifft, kann ich doch davon ausgehen, dass Sie die Dame mit größtmöglicher Höflichkeit und Zuvorkommenheit behandeln, nicht wahr? Dies ist niemand Geringeres als die Mutter meines Kindes, weshalb mein Interesse äußerst groß ist, dass sie es, während ihres Aufenthaltes in diesem

... äh ... Markt, so angenehm wie möglich hat. Sollte mir zu Ohren kommen, dass Sie sich auch nur ein einziges Mal im Ton vergreifen – und das wird es, vertrauen Sie mir –, dann werden Sie mich sogar ganz genau kennenlernen. Ich kann Ihnen versichern, dass Sie darauf lieber verzichten möchten. Haben Sie das verstanden?«

Es arbeitet in dem riesigen Gesicht, bis Winter nickt, während er langsam den Arm senkt. Seine Miene ist plötzlich beflissen und von einer Unterwürfigkeit, die George das nächste Stöhnen entlockt. Carlos' milde interessiertes und nachsichtiges Lächeln bleibt von all dem unbeeinflusst.

»Sollte ich Ihnen oder der ... Dame zu nahe getreten sein, dann tut mir das außerordentlich leid. Offensichtlich habe ich die Sachlage falsch eingeschätzt ...«

Gelangweilt und leicht angewidert sieht Edward zu Carlos. »Ich gehe jetzt zu ihr.« Damit lässt er Winter, dem der Schweiß auf der Stirn steht, mit den beiden Männern zurück.

Nachdem er dem düsteren Flur noch einige Meter gefolgt ist, tritt er durch eine weitere Stahltür, die direkt in den riesigen, unübersichtlichen Verkaufsraum und damit zum nächsten real gewordenen Albtraum führt.

Ab diesem Moment hat das Grauen für Edward einen Namen:

Wal-Mart

Er weiß nicht genau, was er erwartet hat; keineswegs jedoch ist er von diesen unvorstellbar vielen Regalreihen ausgegangen, in denen scheinbar alles aufgetürmt wurde, was man möglicherweise irgendwann im Verlauf seines Lebens einmal gebrauchen *könnte*.

Das ist ja noch erträglich. Doch da ist diese unerträgliche Lautstärke! Stimmengemurmel vermischt sich mit jenem lauten, zermürbenden Rasseln und Scheppern, das entsteht, wenn hundert metallene und nur schwer manövrierbare Einkaufskörbe gleichzeitig über einen Steinboden befördert werden.

Zu allem Überfluss erfolgen ständig sinnlose Durchsagen, die aus mindestens zwanzig strategisch gut platzierten Lautsprechern auf die Menge abgefeuert werden. Beispielsweise wird suggeriert, es wäre lebenswichtig, das Sparpaket mit zwanzig Putzschwämmen zu kaufen, das noch einmal *deutlich reduziert* worden sei.

Verstummen diese furchterregend schlecht gesprochenen Bandansagen wirklich einmal, wird grausame Countrymusik eingespielt, die bereits unmodern war, als Edward noch als kleiner Junge in seinen Pavillon flüchtete.

Es stinkt nach schalem Bier, als wäre in irgendeiner Ecke eine Brauanlage installiert worden.

Massen an Menschen – größtenteils Frauen mit verbissenem Blick, der ständig in alle Richtungen gleichzeitig zu huschen scheint – stürzen mit überdimensional großen Einkaufswagen an ihm vorbei. Wenn man nicht aufpasst und einer dieser Hyänen versehentlich im Weg steht, riskiert man sein Leben.

Edward braucht eine Weile, um dahinterzukommen, weshalb diese Frauen trotz der augenscheinlichen Warenfülle den Eindruck machen, demnächst wäre der Ausverkauf beendet und die riesige Halle restlos leer gekauft:

Sonderangebote.

Es sind die limitierten Schnäppchen, die sie jagen, und zwar im wahrsten Sinne des Wortes.

Während er auf dem Weg zu den Kassen den Markt durchquert, passiert er mindestens drei Stände mit diesen reduzierten Waren. Sie erinnern ihn an die kleinen beweglichen Lädchen mit Sonnenschirm, an denen er sich damals im Internat manchmal ein Eis genehmigte.

Um jeden davon tummeln sich mindestens fünf der wild gewordenen Hyänen mit dem Jagdblick. An zweien droht die Situation zu eskalieren, zwei der stärksten Raubtiere haben sich für den Kampf entschieden.

Edward kann nicht erkennen, was dort angeboten wird. Ausgehend davon, wie die Frauen sich gebärden, muss es wertvoll und rar sein. Eine hat die andere am Jackenärmel gepackt und droht, sie davonzuschleifen. Ihrem Blick nach zu urteilen, ist das nur der Anfang.

Ein dürres Männlein mit Nickelbrille und weißem Kittel steht daneben und hat flehend die Hände erhoben. »Aber meine Damen ...!«

Edward ist froh, als er lebend und unversehrt die Kassen erreicht. Dort angekommen erleidet er jedoch sofort den nächsten Schock. Vor ihm befinden sich mindestens zehn Menschen; ihren bis zum Rand gefüllten Einkaufswagen entnimmt er, dass es sich hierbei um Hyänen handeln muss, die die Schlacht bereits erfolgreich hinter sich gebracht haben.

Dementsprechend vorsichtig stellt er sich an. Edward ist kein Feigling, aber er besitzt einen gesunden Überlebensinstinkt und ist nicht lebensmüde.

Bald gelangt er jedoch dahinter, dass das Warten mit ungeahnten Vorteilen behaftet ist – denn er kann Tony beobachten. Zum ersten Mal seit Ewigkeiten sieht er sie völlig gelassen. Weder steht Entsetzen in ihren Augen noch diese unbändige Wut und Verbitterung – auch wenn sie kaum einmal hochblickt. Unaufhörlich lässt sie die Waren über den Scanner gleiten, nimmt die Geldscheine oder Kreditkarten in Empfang und gibt das Wechselgeld und die Quittungen zurück.

»Junger Mann, wollen Sie vielleicht vorgehen?«

Verwirrt betrachtet Edward eine alte Frau direkt vor sich, deren riesiger Einkaufskorb auch bis zum Rand gefüllt ist.

»Wie bitte?«

»Sie scheinen nicht viel zu haben ...« Sie mustert ihn eingehender. »Wollen Sie überhaupt irgendwas kaufen?«

Edward blickt auf seine leeren Hände hinab; das hat er nicht bedacht. Er steht an einer Kasse an, also muss er Tony die Möglichkeit geben, etwas zu *kassieren*. Eilig sieht er sich um und entnimmt dem vergleichsweise kleinen Regal neben sich das Erstbeste, was ihm unter die Finger kommt – Kaugummi.

Die alte Frau hat sein Treiben mit großen Augen beobachtet. »Also, wollen Sie nun vorgehen?«

»Danke, ich warte lieber ...«

Schulterzuckend sieht sie nach vorn, während Edward bereits wieder Tony fixiert. Plötzlich hat er alle Zeit der Welt, denn dies ist der geeignete Ort, um die nächsten paar Stunden äußerst sinnvoll zu füllen.

Warum auch nicht?

Die Aussicht ist prächtig; Tony giftet ihn nicht an, wird es möglicherweise auch dann nicht tun, wenn sie ihn gesehen hat, denn sie muss sich wohl oder übel benehmen. Die Idee, sie hier und nicht zu Hause zu einem Gespräch herauszufordern, erscheint ihm immer grandioser. In diesem Gebäude genießt Tony keinen Heimvorteil; er hat ebenso viel Recht, hier zu sein, wie jede der wild gewordenen Bestien, die sich mit inzwischen durchaus befriedigten Mienen in die Schlange einreihen. Und sie muss mit ihm sprechen, und sei es nur sinnloses Gewäsch.

Weitaus besser noch: Sie muss seine Anwesenheit dulden.

* * *

»Eins fünfzig!«

Tony macht keine Anstalten, ihn anzusehen, und Edward lässt sich beim Geldheraussuchen viel Zeit. Er findet, nach gefühlten drei Stunden Wartezeit, um einen Dollar fünfzig bezahlen zu dürfen, hat er sich das verdient.

Auf die Verwendung seiner Kreditkarte verzichtet er. Darauf wird selten Wechselgeld herausgegeben, und er will Tony zwingen, sich ein wenig mit ihm zu beschäftigen. Ohne sie aus den Augen zu lassen, setzt er seine Suche in der Brieftasche fort, obwohl er weiß, dass er nicht genügend Kleingeld hat.

Ihre Hände liegen ineinander verschlungen auf dem Transportband. Die Ungeduld ist ihr deutlich anzumerken, doch er lässt sich noch einmal verboten viel Zeit, bevor er entscheidet, es vielleicht doch einmal im Scheinfach zu versuchen.

Unvermittelt erstarrt sie, sieht hastig auf das Laufband und die jetzt noch sichtbare Stirn ist mit einem Mal sogar erstaunlich weiß.

Bingo!

Er hält ihr einen Fünfziger entgegen. »Bitte. Tut mir leid.

Ich habe es leider nicht kleiner.« Was eine Lüge ist. Inzwischen hält sie den Blick sogar sorgfältig gesenkt, nimmt ihm den Schein ab und beginnt, das Wechselgeld auszuzählen.

»Wir müssen uns unterhalten«, sagt Edward. »Wenn du Feierabend hast. Ich warte auf dich.«

»Dreißig, vierzig, fünfundvierzig, achtundvierzig fünfzig ... Vergiss es!« Die letzten Worte zischt sie in Richtung Transportband. Edward empfindet die Art, wie sie ihm das Geld entgegenschleudert, auch nicht besonders höflich. Nun ja, er ist in einem Wal-Mart, nicht im Rockefeller-Center. Offensichtlich passt sich Tony nur den Verhältnissen an.

»Wir werden sehen.« Durchdringend betrachtet er nochmals ihre Stirn, entnimmt dann sein Geld und die Kaugummis und geht.

Bevor er noch mehr sagen kann.

* * *

»Wir setzen uns in den Wagen«, verkündet er Carlos, der am Ausgang auf ihn gewartet hat.

Als sie wieder im Maybach sind, versucht Edward eine Taktik zu entwickeln, von der er noch keine Ahnung hat, wie die aussehen soll.

Was soll er ihr denn sagen?

Tony, wenn es eine korrekte Definition für ›dumm gelaufen‹ gibt, dann heißt sie: Tony und Edward. Bitte, vergiss, was vorgefallen ist. Lass uns noch einmal von vorn beginnen. Mit Matty, mit Jade. Ich schwöre, dass wir eine Chance haben und dass du es nicht bereuen wirst. Du willst – ich weiß es, und nicht nur, weil Susan und Rose mir das sagten. Und du kannst dir sicher sein, dass es genau das ist, was ich auch will. Wir können es uns schwer machen, ja. Aus welchen Gründen auch immer, nicht zuletzt, weil es uns die Etikette und die Regeln des Lebens so vorschreiben. Aber wir haben doch nur dieses eine Leben. Bitte, Tony, lass uns endlich mit dem Mist aufhören und neu anfangen.

Ganz einfach und von Grund auf ehrlich. Nur, das wäre mit Sicherheit die falsche Herangehensweise.

Irgendwann meldet Carlos sich zu Wort.

»Sie hat jetzt Feierabend, deshalb wäre es vielleicht besser, wenn wir uns vor den Personaleingang stellen. Sonst ...«

Edward nickt und steigt aus.

Kurz darauf stehen sie neben der Tür, die sich in den folgenden Minuten unzählige Male öffnet. Doch immer erscheint irgendein fremdes, abgespanntes Gesicht, das sie argwöhnisch mustert und dann eilig den Heimweg antritt. Die Lichter im Markt sind längst erloschen – offenbar hat man nicht durchgängig geöffnet.

Und als Edward langsam ungeduldig wird, geht die Tür erneut auf ...

* * *

Ihre Lippen sind zu einem schmalen Strich zusammengepresst und sie bedenkt ihn nur mit einem flüchtigen Blick. Carlos bekommt sogar ein knappes Nicken, bevor sie eilig die offene Fläche überquert, die zur Straße führt.

Edward folgt ihr und sieht aus den Augenwinkeln, dass Carlos es ihm gleichtut. Als er sie eingeholt hat, wird er mit dem nächsten flüchtigen Blick bedacht. »Hast du Angst im Dunkeln oder warum musst du Carlos überall mitschleppen?« Edward schweigt, denn dies ist wohl nicht der geeignete Zeitpunkt, um sie über diese Besonderheit in seinem Leben aufzuklären. In ihrem inzwischen übrigens auch ...

Als sie den Wagen passieren, startet Juan ihn, und kaum haben sie den Gehweg betreten, wird Tony schneller.

Edward ist nicht sicher, was genau sie beabsichtigt, aber es scheint, als wolle sie ihn tatsächlich abschütteln. Das ist kindisch und witzig obendrein; sie muss doch wissen, dass dies nicht funktionieren wird.

Nun ja, diesbezüglich hat er sich wohl getäuscht, denn die Frau macht keine Anstalten stehenzubleiben, sondern hetzt die Straße entlang, als gäbe es kein Morgen mehr.

Allerdings gelangt Tony schnell an ihre körperlichen Grenzen. Denn nachdem sie die zweite Straßenecke hinter sich gelassen haben, ist sie hörbar und sichtlich außer Atem. Längst läuft sie nicht mehr so entschlossen und verbissen wie noch zu Beginn des Marathons.

Edward ist erstaunt, denn er hat keine großen Probleme und ist auch nicht außer Atem, obwohl Baker ihm nach wie vor allmorgendlich seine Wunderspritzen verabreicht.

Ausschließlich morgens.

An der dritten Ecke ist für Tony Schluss. Heftig keuchend bleibt sie stehen und beugt sich nach vorn, versucht krampfhaft, wieder zu Atem zu kommen.

Edward wartet, bis sie nicht mehr an eine uralte Dampflok erinnert, während Carlos sich in einigen Metern Entfernung hält und gleichmütig das Schauspiel beobachtet.

Irgendwann sieht sie auf. »Was willst du?«

»Dich auf ein Glas Wein einladen.«

»Danke, kein Bedarf.«

Er hat damit gerechnet, dass es nicht einfach werden würde, deshalb ist Edward keineswegs überrascht, als sie sich unvermutet aufrichtet und Anstalten macht, ihren Dauerlauf fortzusetzen. Bevor sie jedoch einen Schritt vollführen kann, hält er sie am Arm zurück, wobei er ihr entnervtes Stöhnen großzügig überhört.

Schon, um noch kein größeres Schauspiel zu bieten, als sie es ohnehin schon tun, zieht er sie ein wenig näher. »Es tut mir ehrlich leid, aber du lässt mir keine Wahl«, wispert er in ihr glühendes Ohr. »Du kannst mich nicht ewig ignorieren. Entweder du begleitest mich jetzt freiwillig in ein Restaurant, Café oder eine Bar deiner Wahl oder ich schleppe dich in die nächste Kaschemme, an der wir vorbeikommen. Ganz wie du willst, aber wir werden uns jetzt unterhalten!«

Hektisch irrt ihr Blick die Straße hinauf und hinab, offenbar auf der Suche nach Hilfe. Doch sie sieht bald ein, dass wohl niemand auftauchen wird. Wer auch? Inzwischen ist es weit nach halb elf und nur noch ausgesprochen wenige Passanten sind unterwegs. Abgesehen davon: Seit wann eilt denn jemand einer jungen Frau zu Hilfe, die sich offenbar in Bedrängnis befindet? Hat sie nichts aus der Vergangenheit gelernt? Ist sie immer noch so naiv?

Eher zufällig betrachtet sie seine Hand, die immer noch ihren Arm hält. »Lass mich los!«

Im nächsten Moment ist sie frei. Wieder betrachtet sie die Straße, dann trifft ihn der nächste abweisende Blick. »In Ordnung. Du hast zwanzig Minuten. Hier ist in der Nähe ein Starbucks, das hat ...«

»Das kenne ich«, sagt Edward rasch.

»Na, prima!«

Während sie die wenigen Meter zu dem Café zurücklegen, das Anwärter ist, Edwards Stammlokal zu werden, hält Tony sich in sicherer Entfernung, aber wenigstens unternimmt sie keinen erneuten Fluchtversuch. Und so stehen sie wenig später in den Heiligen Hallen des Kaffeeanbieters – wie zu erwarten, ist das Starbucks um diese Uhrzeit eher mäßig besucht.

Edward nimmt das Übliche, Tony irgendetwas, das in den größten Tassen serviert wird, vielleicht das Gleiche wie Susan, er weiß es nicht. Als er jedoch für sie beide die Rechnung begleichen will, bringt ihm dieses Verbrechen einen empörten Blick und ein gebieterisches: »Das geht getrennt!« ein.

Obwohl Edward sich wirklich Mühe gibt, kann er nicht verhindern, sich über diese aufgesetzte Kleinkrämerei zu ärgern. Er hat doch nur ihr Getränk für ein paar Dollar bezahlen wollen. Das ist normal! Verdammt!

Sein Ärger entgeht ihr natürlich nicht, denn sofort tritt dieser wissende Ausdruck in ihre Augen.

Ich weiß ja, dass du ein arroganter Arsch bist. Und ändern wirst du dich auch nie! SO!

Was Edward nur noch wütender macht.

Sie will sich einen Platz im vorderen Bereich suchen, doch er schüttelt den Kopf und deutet nach hinten, zu seinem angestammten Tisch. Diesmal übersieht er ihre überheblich-wissende Miene, denn sein Zorn ist noch nicht ganz verflogen.

Kaum haben sie sich hingesetzt, wirkt Tony sogar noch verbissener. Als Edward die nächste Wutwelle kommen fühlt, lenkt er sich hastig ab, indem er seine Tasse wie üblich nach Lippenstiftspuren untersucht. Auf jeden weiteren ihrer wissenden Blicke kann er gut und gern verzichten. Außerdem spürt er hinter all der Verbissenheit auch eine nicht unerhebliche Menge an Unsicherheit.

Als er schließlich aufsieht, empfängt ihn kein wissender Blick, sondern überhaupt keiner, Tony hat nämlich die Augen geschlossen. Seine Vermutung, es könnte sich um ein besonders anhaltendes Blinzeln handeln, bewahrheitet sich nicht, was ihn wieder an den Rand der Verzweiflung treibt, bis ihm im letzten Moment einfällt, mit wem er es zu tun hat.

Tony, welche die Augen schließt, damit sie ihn nicht ansehen muss, wenn er die Hände von ihrem Gesicht nimmt; Tony, die ihm mit aller Überzeugung mitteilt, dass sie schläft und deshalb nicht mit ihm sprechen kann.

Schon entspannt er sich, und kaum Edward er ruhiger, erkennt er auch den Vorteil an dieser albernen Vorstellung. Er kann sie nämlich in aller Seelenruhe betrachten.

Ja, sie ist sogar ausnehmend hübsch – obwohl er jetzt weiß, was sie in den vergangenen Jahren durchmachen musste, hatte dies keinen negativen Effekt auf ihr Aussehen. Und doch wirkt sie verändert – älter und trotzdem immer noch weich. Hätte er in ihr jetzt eine Mutter vermutet? Er überlegt und entscheidet sich für ein zögerndes ›Nein‹.

Was allerdings auch daran liegen kann, dass man in seinen Kreisen üblicherweise das erste Kind bekommt, wenn man bereits weit über dreißig ist. Sie wirkt deutlich erwachsener, auch wenn der trotzige Zug um ihren Mund und die geschlossenen Augen nach wie vor kindisch anmuten.

Irgendwann beschließt er, dass es Zeit ist, einen ersten Versuch zu wagen. »Tony?«

Sie runzelt die Stirn, und es dauert noch einen langen Moment, bevor sie bereit ist, ihn anzusehen. »Was willst du?«

»Mit dir reden, das sagte ich bereits.«

»Nur zu! Ich hab nicht ewig Zeit!«

Dann eben auf diese Art. »Du hast bisher die Vaterschaft noch nicht bestätigt. Das bedeutet, dass nach wie vor nur die vorläufige Urkunde gilt. Ich möchte nicht, dass die Abstammung meiner Tochter weiterhin im Unklaren bleibt, weshalb ich dich bitte, den Wisch endlich zu unterschreiben. Ansonsten ...«

»Ansonsten was, Edward?« Sie hat den Kopf zur Seite geneigt. »Was wirst du dann tun? Klage gegen mich einreichen?«

Edward hätte nie gedacht, sie irgendwann einmal gleichzeitig so süß und so boshaft zu erleben. Das kann sich durchaus sehen lassen. Hilft nur leider nicht – übrigens auch nicht seinem Nervenkostüm.

»Ansonsten werde ich eine einstweilige Verfügung gegen dich erwirken, die einen Gentest anordnet, um die Vaterschaft zweifelsfrei festzustellen. Dagegen kannst du dich nicht zur Wehr setzen. Du wirst mit Jade zu dem erforderlichen Termin erscheinen müssen. Und wenn du mich deshalb für ein Schwein hältst, ist mir das, um ehrlich zu sein, scheißegal! Ich werde nicht dulden, dass meine Tochter schutzlos ...«

Prompt sitzt der Kopf wieder gerade auf den Schultern. »Was denkst du dir eigentlich? Sie ist nicht schutz...«

Edward hat genug von dem Blödsinn. »Solange sie keinen Vater, sondern nur eine Mutter hat, ist sie so ziemlich schutzlos. Jedenfalls vor dem Gesetz!«

Als die Empörung nicht verschwinden will, beugt er sich seufzend vor. »Kannst du nicht verstehen, dass ich keine andere Wahl habe?«

»Nein. Tut mir leid!« Krampfhaft hält sie sich an ihrer Tasse fest; ihre Lippen sind nicht mehr sichtbar. »Du willst sie doch überhaupt nicht wirklich!«, stößt sie schließlich hervor.

Das ist mit Abstand das Widersinnigste, was er bisher von ihr gehört hat, und da gab es ja schon so einiges. »Wieso sagst du so etwas? Hätte ich ...« Heftig schüttelt Edward den Kopf. »Ich schwöre dir, hätte ich davon auch nur geahnt, ich ... Alles wäre anders gekommen.«

»Was denn?«

Alles, Tony. Alles! Doch das würde sie ihm nicht abnehmen, ihr Blick lässt daran keinen Zweifel. Egal, was er jetzt vorbringt, für Tony ist es eine Lüge. Sie ist noch ebenso weit davon entfernt, ihm auch nur die leiseste Chance einzuräumen, wie vor Wochen. Anstatt des üblichen Zorns erfasst ihn plötzlich wieder Resignation. Was nützt ihm jede noch so bemühte Aufrichtigkeit, wenn sie diese doch nicht erkennen will? Egal, was er sagt, sie will es nicht *hören* und ganz gewiss will sie ihm nicht glauben.

Doch dann fallen ihm Roses Worte ein: *Geduld! Sie müssen geduldig sein. Schnell geht hier nichts.*

»Aurora wäre nie passiert«, sagt er langsam.

»Weil ...?«

»Weil ich dann, weil wir ...«

Ihre plötzlich ohnmächtige Wut, die ausschließlich ihrem Gesicht anzusehen ist, bringt ihn vollständig aus dem Konzept. Was hat er denn gesagt? Als es ihm kurz darauf klar wird, kämpft er zum ersten Mal tatsächlich gegen den Zorn. »So hatte ich es nicht gemeint!«

Ungläubig lacht Tony auf. »Nein? Du hast es exakt so gemeint! Und da du dir zu fein bist, es in Worte zu fassen, übernehme ich das mal für dich: Hättest du gewusst, dass diese Nacht nicht ohne Folgen geblieben ist, dann wären all deine Aversionen gegen mich plötzlich nicht mehr so wichtig gewesen ...«

»Wie kommst du auf die Idee, ich hätte *Aversionen* gegen dich?« Das ist der nächste witzfreie Joke, den sie heute von sich gibt.

Darüber geht sie großzügig hinweg. »Du hättest mich als Brutkasten für deine Nachkommenschaft benutzt. Möglicherweise wäre ich sogar von dir geheiratet worden; ich kenne mich in deinen Kreisen nicht so aus. Kann sein, dass das heute auch noch zum guten Ton gehört, das ist auch eher nebensächlich. Du hättest mich auf jeden Fall als notwendiges Übel akzeptiert, genau wie damals bei Matty. Wahrscheinlich wäre ich von dir für den Rest meines Lebens in den Südflügel verfrachtet worden.«

Edward hat noch nie an die Möglichkeit gedacht, sie dorthin zu *verfrachten,* doch bevor er sie darüber informieren kann, schwingt sie wegwerfend eine Hand.

»Streich das *wahrscheinlich.* Gefühle oder andere Dinge, die vielleicht bedeutend und erforderlich wären, bevor man sich ein Baby zulegt, waren nie von Belang. Es wäre einzig und allein darum gegangen, dein Kind standesgemäß aufwachsen zu lassen, wenn es denn schon mal da ist.

Nicht ich bin wichtig, im Grunde nicht einmal Jade, sondern nur die Gene, die dieser kleine Mensch zufälligerweise besitzt. Deine. Und damit glaubst du, ein Besitzrecht ...«

Edwards Geduldsgrenze ist erreicht. »Nein!«,

Doch Tony lässt sich nicht beirren. »Oh, doch! Nichts, was du sagst, kann mich vom Gegenteil überzeugen! Wie auch immer das aussehen könnte.« Womit sie endlich das Grundproblem ausgesprochen hat.

Edward hätte das verurteilen, ihr mangelnde Objektivität vorwerfen können. Doch so paradox es klingt: Er versteht sie, auch wenn er sich nicht vorstellen kann, irgendwann einmal selbst so zu handeln.

Intensiv betrachtet er sie und findet keine Wut oder Abwehr, da ist nur diese Verbitterung. Alles, was sie nicht äußert, was zwischen ihnen steht, ist momentan auf ihrem Gesicht vertreten.

»Ich musste seinerzeit so reagieren, Tony. Dazu gab es keine Alternative.« Er hat es sehr leise gesagt. Ihre Verwirrung über den abrupten Themenwechsel hält nicht lange vor, dann wird ihr Blick ungläubig.

»Ist das so?«

Edward nickt. »Du warst zu jung, bist es nach wie vor. Die vergangenen drei Jahre konnten daran nicht viel ändern. Du sahst damals nur, was du sehen wolltest und konntest die Zusammenhänge nicht begreifen. Ich dafür umso mehr. Uns trennen *sechzehn Jahre!* Du hattest nicht die geringste Ahnung, was dich erwarten würde. Ich war nicht imstande, dir zu geben, was du wolltest! Mein Leben ist nicht so unkompliziert, wie es vielleicht scheint; ich kann mich nicht annähernd so frei bewegen und agieren, wie ich will. Ich habe Verpflichtungen, mehr, als du ahnst. Eine davon ist, mir eine geeignete, zu mir passende Frau zu suchen! Das bist du nicht; es gibt zu viele unüberwindliche Gegensätze, weshalb ich die Angelegenheit beendete, bevor es zu kompliziert werden konnte ... nun ja, leider nicht früh genug«, seufzt er. »Ich sagte es dir und wiederhole es heute gern noch einmal: Hätte ich gewusst, dass du noch unberührt bist, wäre es niemals zu dieser Nacht gekommen. Das bedeutet allerdings nicht, dass ich sie jemals bereut habe. Nicht für mich, sondern nur für dich, verstehst du das?«

»Nein!«

Edward spürt, wie seine Beherrschung langsam aber sicher die Flucht ergreift. Er dankt der Eingebung, sie nicht in ihrem Appartement aufzusuchen, denn wenn sie sich jetzt dort befänden, wäre die Unterhaltung bereits beendet. Zweifellos.

Mühsam fährt er fort. »Weil du es nicht begreifen willst. Wie solltest du auch, so, wie sich die Sachlage für dich darstellt? Es ist nicht so, dass ich deine Verbitterung nicht nachvollziehen könnte, nicht nachdem, was ich jetzt weiß. *All* das wäre jedoch nicht erforderlich gewesen, hättest du mir gesagt, dass du ein Kind von mir erwartest.«

Eindringlich blickt er ihr in die Augen. »Die Entscheidung wäre mir abgenommen worden. Damals war ich nicht bereit, gegen alle Regeln zu wählen. Nenn es Feigheit; womöglich liegst du damit sogar richtig. Ich habe mich nicht mit Ruhm begossen, das wusste ich immer. Aber in diesen vier Tagen im Dschungel ...« Edward senkt den Blick.

Gehen Sie mit leeren Händen zu ihr. Erklären Sie Ihr Verhalten, seien Sie ehrlich.

Weise Ratschläge. Er versucht es ja. Mit einiger Mühe sieht er sie wieder an.

»Ich habe nachgedacht. Ausreichend Zeit dafür stand mir ja zur Verfügung. Und ich wusste plötzlich, dass ich einen Fehler begangen habe. Ich mag dich wirklich sehr, Tony, denn du bedeutest mir viel. Sehr viel. Auch das sagte ich schon vor Jahren, und ich meinte das verdammt ernst. Wäre ich entschlossener gewesen, hätte ich nach einer anderen Lösung gesucht ... Alles wäre anders gekommen. Vielleicht sah ich es falsch, möglicherweise hätte ich suchen sollen, es selbst *müssen*. Wie naheliegend diese Vermutung ist, zeigt mir Jades Existenz. Ich habe so viel verpasst, so viel unwiederbringlich vernichtet ...«

Endlich scheint er sie zu erreichen. Es ist nicht viel, doch in ihren Augen steht nicht mehr ganz so viel Ablehnung wie noch kurz zuvor. Umgehend keimt Hoffnung in ihm auf und er zwingt sich, weiterzusprechen.

»Mir ist bewusst geworden, dass Dinge, die trennen, geändert werden können, dass es eventuell möglich wäre, wenn du nur wüsstest, worauf du dich einlässt ... Dass es vielleicht nicht halb so unfair wäre, wie ich damals dachte. Und, Tony ...«

Als er flüchtig aufblickt, trifft ihn ihre Ablehnung völlig unvorbereitet. Trotzdem gelingt es ihm, fortzufahren und nicht das zu tun, was er mit jeder Sekunde mehr will...

Fliehen.

Gehen, sie hinter sich lassen, sich beruhigen, zu sich kommen, *denken*.

Er weiß nicht, wie lange er das noch durchhalten wird. »Ich betrachte Jade nicht als meinen persönlichen Capwell-Genpool, sondern will nur die Chance, ihr ein Vater zu sein, denn auch ich trage Verantwortung für meine Tochter. Ich muss sie wahrnehmen, mir bleibt keine Wahl. Bitte zwinge mich nicht, Dinge zu tun, die ich nicht will! Bitte, gib uns die Gelegenheit, das für alle zufriedenstellend zu klären!«

Er lehnt sich zurück und mustert sie. Der massive Widerstand ist verschwunden, zum ersten Mal, seitdem sie das Café betraten, hat er tatsächlich das Gefühl, Tony vor sich zu haben und keine Fremde. Etwas feuert ihn an, ihr keine Zeit zum Grübeln einzuräumen und weiterzusprechen. Egal was.

»Ich weiß genau, was ich getan habe; glaube nicht, ich würde das herunterspielen oder nicht angemessen beurteilen. Du wirst niemals ahnen, wie sehr ich mich dafür verachte. Doch ich kann es nicht ungeschehen machen, egal, wie sehr ich mich bemühe: Was geschehen ist, ist geschehen. Ich kann nur versuchen, dir zu verdeutlichen, dass ich meine Fehler eingesehen habe. Aber um überhaupt in die Verlegenheit zu geraten, musst du sie mir einräumen, verstehst du? Ich versuche, irgendeine für uns alle akzeptable Lösung zu finden. Und das ist so verdammt schwer, weil du ...«

Plötzlich geht ihm auf, dass sie ihm längst nicht mehr lauscht. Irritiert betrachtet er ihren leeren Blick. »Tony?« Als sie nicht reagiert, beugt er sich besorgt vor »Tony?«

Sie blinzelt verwirrt, dann verziehen sich ihre Lippen zu einem schmalen, zögernden Lächeln. »Ich denke, ja. Beantworte mir bitte noch eine Frage.«

Mit angehaltenem Atem nickt er.

»Wusstest du von Jade, als du neulich bei mir auftauchtest?«

Eilig schüttelt er den Kopf. »Wenn ich von ihr gewusst hätte ...«

Tony nickt »Ja, das habe ich verstanden. Aber ... was hat dich dazu bewogen, nach so langer Zeit den Kontakt zu suchen? Ich war fort, alles war beim Alten; weshalb bist du gekommen, wenn du von Jade nichts wusstest?«

Edward braucht lange, bevor er antworten kann. »Ich hatte vier Tage, um nachzudenken.«

»Wenn ich nicht ›kooperiere‹ «, fährt sie langsam fort, als hätte es die Antwort nicht gegeben. »Wenn du mich zu jedem Schritt, den du gehen willst, zwingen musst. Würdest du mir Jade wegnehmen?«

Wieder beugt er sich über den Tisch, und diesmal so weit, dass sich ihre Gesichter plötzlich sehr nah sind. Gott, sofort steigt ihm ihr Duft in die Nase und er sieht diese überaus süßen Sommersprossen, die er ... heimlich schon immer vergöttert hat. Ganz zu schweigen von diesen Lippen und der Tatsache, dass sie nicht zurückweicht. »Das *habe* ich bereits verneint«, sagt er eindringlich. »Ich will Jades rechtmäßiger Vater sein, mit allem, was das an Konsequenzen mit sich bringt. Ich möchte, dass meine Tochter weiß, wer ihr Dad ist. Und ich werde alles versuchen, bevor ich irgendeinen offiziellen Weg einschlagen muss. Das hatte ich dir geschrieben. Und ... Tony. Du kannst mir alles vorwerfen, doch ich habe dich noch nie belogen.«

Unsicher beißt sie sich auf die Lippen, senkt jedoch nicht den Blick. »Okay ...« Erst jetzt lehnt sie sich zurück und mustert ihn lange und kalkulierend, bevor sie erneut spricht. »Ich glaube, ich hätte da einen Vorschlag, wie wir die Sache mit dem Besuchsrecht regeln könnten.«

JA!

Seine Erleichterung entgeht ihr natürlich nicht, was ihm derzeit furchtbar egal ist, und außerdem ... *lächelt sie.*

Nicht bitter. Nicht halb. Ein echtes Tony-Lächeln.

»Also, ich dachte mir das so: Ich will nicht, dass Jade in deinem Haus ist. Was das betrifft, werde ich meine Meinung nicht ändern. Aber ...« Sie legt ihre Arme auf den Tisch, womit ihre beiden Händepaare nur wenige Zentimeter trennen. »Was spricht dagegen, wenn du stattdessen sie besuchst?«

»Wann, über welchen Zeitraum, wie oft?«

Rasch überlegt sie. »Wir haben heute Montag. Nächsten Freitag? Bis Sonntag? Alle vierzehn Tage?«

Flüchtig grinst sie und Edward lacht laut auf. »Okay ...«, stimmt er zu, wird dann aber ernst. »Ich werde nicht allein kommen. Es gibt da einen Jungen, der momentan am Boden zerstört ist.«

Sie senkt den Blick. »Edward, es tut ...«

»Nein«, sagt er rasch. »Keine Entschuldigungen – nicht bei mir! Wenn du meinst, jemanden um Verzeihung bitten zu müssen, dann Matty. Ich will nur, dass er dich sehen kann. Ist das okay?«

»Sicher ist es das!« Erleichterung macht sich flüchtig auf ihrem Gesicht breit. »Ich frage mich nur ...« Sie verstummt und denkt angestrengt nach. Dann mustert sie ihn nachdenklich.

»Würdest du für diese Tage einen Gast in deinem Haus akzeptieren? Sonst dürfte der Platz ...«

Edward lacht. »Susan? Bitte! Jederzeit! Sie kann sich von Mrs. Knight verwöhnen lassen! Der Pool steht für sie bereit. Das Zimmer kann sie sich aussuchen; das heißt, wenn sie damit einverstanden ist.«

Sofort erkennt er seinen Fehler, denn Tony hat ihm mit wachsender Verwirrung gelauscht. Ihre Stirn liegt in tiefen Falten und ihr Blick ist argwöhnisch geworden. Doch schließlich zuckt sie mit den Schultern. »Fragen kostet ja nichts.«

Damit zieht sie ihr Handy aus der Tasche.

* * *

Susan hat keine Einwände, wie Tony ihm kurz darauf verkündet.

Bleibt nur noch eines zu klären. »Wirst du die Vaterschaft bestätigen?«

»Edward ...«

»Ich schwöre, ich werde das nicht missbrauchen, denn ich habe nichts Hinterhältiges im Sinn. Ich will nur ...« Er seufzt. »Ich will nur ihr Vater sein.«

Nach langer, intensiver Überlegung nickt sie widerstrebend. »Okay.«

»Ich danke dir!« Jetzt ist es an ihm, sie einer genauen Musterung zu unterziehen. »Dann wäre nur noch eine Sache zu klären«, sagt er schließlich.

Sie neigt den Kopf zur Seite – verdammt! »Und die wäre?«

»Du wirst die Unterhaltszahlungen akzeptieren müssen.«

»Oh Mann!«, entfährt es ihr. » » Ich wusste, dass irgendwo ein Haken sein wird!«

Hat sie ernsthaft vor, in letzter Sekunde alles platzen zu lassen, weil sie sich weigert, sein Geld anzunehmen?

»Ich entscheide, wofür es verwendet wird«, bestimmt sie, nachdem sie ihn sehr lange mit einem zusammengekniffenen Auge taxiert hat.

Er nickt.

»Egal, was ich damit anstelle, du wirst es akzeptieren?«

»Also, wenn du vorhast, es anzuzünden oder vor deinem Fenster einen Geldregen zu veranstalten, werde ich schon mein Veto einlegen ...«

Sie lacht – *Tony lacht!* Ha! – und schüttelt den Kopf. »Nein, ich werde es ausschließlich dafür verwenden, wofür es gedacht ist. Für Jade. Das ist ein Versprechen.«

»Wofür genau du es im Einzelnen verwendest, obliegt allein deiner Entscheidung.«

Ein Lächeln breitet sich auf ihren Lippen aus und sie hält ihm die Hand entgegen. »Schlag ein!«

Edward hat noch nie in seinem Leben etwas bereitwilliger getan.

* * *

Das Pendant zu Guantanamo

Als Edward am späten Abend nach Hause kommt, fühlt er sich siegreich.

Der Vergleich mit einem Ritter, der von seinen Kreuzzügen zurückkehrt, ist nicht abwegig. Selten war er so ausgelaugt und gleichzeitig so zufrieden. Das ist bizarr, denn er hat Tony in jener engen Straße abgesetzt, ohne Jade gesehen zu haben. Mit keiner Geste ließ sie erkennen, dass sich etwas geändert hat, wenn man einmal von dem flüchtigen Händedruck zum Abschied absieht.

Trotzdem geht es ihm gut.

Er hat keine Ahnung, was ihn erwartet, abgesehen von einem winzigen Appartement, das mit ihm und Matty restlos überfüllt sein wird. Doch anstatt Nervosität verspürt er eher so etwas wie Aufregung.

Denn alle werden da sein: Tony, Jade und bald Matty und er.

Das *kann* nur gut sein!

* * *

Am nächsten Morgen beim Frühstück schiebt Edward die Packung Kaugummi zu Matty hinüber, der sie verwundert betrachtet. »Danke!«

»Ich war gestern einkaufen«, verkündet Edward gewichtig.

»Okay ...«

Edward nickt zur Kaugummipackung. »Die dort habe ich erstanden. Für den stolzen Preis von einem Dollar fünfzig.«

»Ahhh ...«

»Die Kassiererin war sehr nett ...«

Sein werter Neffe runzelt die Stirn.

»Sie meinte, wir könnten sie vielleicht am Freitag besuchen und bei ihr das Wochenende über bleiben.«

Die Augen des Kleinen weiten sich und dann schiebt er das Kinn vor.

»Ja ...« Wieder nickt Edward ernst. »Ich denke, es ist an der

Zeit, vorwärts zu schauen, unbekannte Wege zu beschreiten, uns mit neuen Menschen zu umgeben ...«

Mattys Blick ist inzwischen starr nach vorn gerichtet und er kaut schon lange nicht mehr an seinen Cornflakes.

Edward lehnt sich zurück. »Ich wollte dir das nur mitteilen, damit du dich darauf vorbereiten kannst. Wir werden das Wochenende also außer Haus verbringen ... Matty?«

Mühsam schluckt der Angesprochene. »Ich will nicht!«

»Warum denn das?«, erkundigt Edward sich überrascht.

»Ich bleibe lieber zu Hause!«

»Ich dachte, eine kleine Abwechslung würde dir gefallen?«

»Nein!«

»Neue Menschen kennenlernen? Eine andere Umgebung? Nicht gut?«

»Nein!«

»Hmmm.« Stirnrunzelnd widmet sich Edward seinem Kaffee. »Schade ...«

Mit einem entschlossenen Ruck schiebt der Junge seine Schüssel von sich, während Edward gemütlich fortfährt. »Schade, weil ich mir vorstellen könnte, dass du dich amüsiert hättest. Sie ist wirklich sehr nett und auch sehr hübsch. Vertrau mir, ich sage so etwas nicht oft.«

Ein bitterböser Blick trifft ihn.

»Sie hat eine Tochter ...« Sinnierend sieht Edward aus dem Fenster. »Sehr klein noch ...«

Aus böse ist inzwischen Mordlust geworden.

»Ein kleines Mädchen, wirklich ausgesprochen süß.« Edward seufzt. »Aber wenn du absolut nicht willst, dann fahre ich allein. Die Kleine heißt übrigens Jade.«

Matty reißt die Augen auf, und sein Onkel, der sich bisher erfolgreich beherrscht hat, lacht laut.

»Wir fahren zu Tony?«

Edward nickt.

»Freitag?«

»Sieht so aus.«

»Bis Sonntag?«

»Jepp!«

Auch Matty blickt aus dem Fenster. Und nach einer Weile sagt er laut und voller Inbrunst:

»Wow!«

* * *

Das trifft es ganz gut, findet Edward.

Die verbleibende Woche verbringt er damit, ihren ungewöhnlichen Ausflug vorzubereiten und natürlich endlich die Vaterschaftsanerkennung durchzusetzen.

Tony hält Wort: Bereits am Mittwoch trifft das Formular mit ihrer fehlenden Unterschrift bei der zuständigen Behörde ein. Dank Malone und dessen Einfluss hält Edward am Freitagvormittag endlich die rechtmäßige Urkunde in den Händen, die ihn offiziell als Vater von Jade Benett ausweist.

Einziger Makel ist ihr Nachname. Doch es gilt, die Dinge nacheinander anzugehen.

Seien Sie geduldig! Schnell geht hier nichts!

Nichts anderes liegt in seiner Absicht.

Matty ist in seiner Begeisterung und Vorfreude kaum zu bremsen; es ist schwer, ihn abends ins Bett zu bekommen. Am Donnerstag überredet er Edward direkt nach der Schule zu einem ausschweifenden Besuch im örtlichen Spielwarenmarkt. Abgesehen davon, dass Edward die Weiträumigkeit der Halle inzwischen zu würdigen weiß, ersteht er noch etliche Dinge, von denen sein Neffe überzeugt ist, dass ein zweijähriges Mädchen ›voll darauf abfahren‹ wird.

Er hätte gern auch etwas für Tony gekauft, nicht unbedingt in diesem Spielwarengeschäft, nur eine Aufmerksamkeit, ein Mitbringsel – so, wie es landläufig Sitte ist, wenn man jemanden besucht. Nach längerer Überlegung verzichtet Edward allerdings auf die Einhaltung der gebräuchlichen Umgangsformen, denn Tony hätte es möglicherweise als Bestechung aufgefasst.

Apropos: Er hat noch eine Beichte abzulegen, welche er vornimmt, als am Freitagmittag eine breit lächelnde Susan von einem stummen Carlos vorgefahren wird.

Nachdem sie ausgestiegen ist, starrt sie mit offenem Mund an der Fassade hinauf. »Jetzt verstehe ich, was Tony meint.«

Edward beschließt, diese Bemerkung besser nicht zu hinterfragen und gibt ihr die Hand. »Glaub es oder nicht, aber ich freue mich, dich zu sehen.«

Sie grinst. »Ich habe heute meinen sozialen Tag, deshalb nehme ich dir das einfach mal ab.«

»Was mich nicht besonders verwundern sollte.«

Als ihr Grinsen breiter wird, weist er mit dem Kinn zur Haustür. »Komm rein!«

Er führt sie auf die Terrasse und deutet zu einem der dick gepolsterten Stühle. »Mi casa es su casa.«

Immer noch blöde grinsend setzt sie sich. Als kurz darauf Mrs. Knight erscheint, um ihnen Getränke zu servieren, macht Edward sie miteinander bekannt. Die Haushälterin ist wie erwartet begeistert, obwohl deren schmales Lächeln erst dann wirklich glaubhaft wird, als Edward ihr mitteilt, dass er das Wochenende stattdessen bei Miss Benett verbringen wird. Damit wäre diese Frage hinlänglich geklärt: Sie gehört zu den Mitverschwörern.

Nachdem Susan ihre Limonade probiert hat und sie wieder allein sind, platzt es schließlich aus ihr heraus. »Wie hast du *das* angestellt?«

»Du bist überrascht? Ich hatte keine Zweifel, dass es mir gelingen wird.«

»Hätte ich dich nicht vor ein paar Tagen im Starbucks gesehen, würde ich dir die Nummer sogar abkaufen.«

»Wie du meinst«, bemerkt Edward eher mäßig interessiert, bevor er sie konzentriert mustert. »Hör zu, ich habe ... ein wenig meine Kompetenzen überschritten.«

Überrascht reißt Susan die Augen auf. »Ach? DU? Kann ich mir überhaupt nicht vorstellen!«

Edward übergeht ihren Spott. »Ich habe mich mit deiner mangelnden Auskunftsfreude nicht zufriedengegeben, sondern selbst ein wenig nachgeforscht. Im Ergebnis war es mir möglich, die offenen Behandlungskosten, die ihr abtragt, zu bezahlen.«

Abrupt lehnt sie sich zurück. »Das dürfte Tony nicht gefallen! Mir übrigens auch nicht!«

»Das dachte ich mir. Aber, um ehrlich zu sein, ist mir das so ziemlich egal.« Er zuckt mit den Schultern. »Bezahlt ist bezahlt, das könnt ihr nicht mehr rückgängig machen. Du kannst meinetwegen wüten, zur Furie werden oder was ihr Frauen sonst so anstellt, wenn euch etwas nicht passt. Oder du nimmst es hin, verwendest die einhundertfünfzig Dollar für etwas Sinnvolleres und ersparst uns das Theater.«

Was Susan zunächst relativ sprachlos zurücklässt; erst ein Schluck Limonade reißt sie wieder aus ihrer Fassungslosigkeit. »Edward Capwell, du bist der arroganteste Arsch, der mir jemals über den Weg gelaufen ist.«

Irgendwie macht ihn dieses Kompliment ein wenig stolz.

»Es war unsere Angelegenheit!«

»Das sehe ich anders.«

»Dachte ich mir. Warum solltest du auch das Wort von anderen akzeptieren?«

Sehr glücklich wirkt sie nicht, aber Edward ist das tatsächlich relativ egal. Er hat keine Vorstellung, welchen Wert für Anthonia und Susan einhundertfünfzig Dollar haben, bescheinigt sich auch gern, dies wohl niemals ermessen können zu werden. Doch wenn er die beiden Trinkgelder addiert, die die beiden jeweils mit ihren Halbtagsjobs verdienen, macht sich die Summe nahezu gigantisch aus.

Bevor Susan laut werden kann, erscheint wie von Zauberhand gerufen Matty, und sofort ist ihre Auseinandersetzung vergessen. Edward hat ihn auf Susans Besuch vorbereitet; er wurde auch von Tony über deren Existenz aufgeklärt, dennoch wirkt er argwöhnisch.

Edward seufzt. Selbst wenn er gewollt hätte, offenbar würde er mit diesem verflixten Bengel an seiner Seite als Mönch enden, sollte er jemals auf die Idee kommen, sich emotional von Tony abzuwenden. In Wahrheit lässt Matty ihm keine andere Wahl – entweder Tony oder keine.

Als ihm das bewusst wird, schickt er ein schnelles Dankesgebet gen Himmel, weil Tony keine Warzen im Gesicht trägt und auch sonst hübsch anzusehen ist.

»Susan, das ist mein Neffe. Matty. Matty, das ist Tonys

Freundin. Susan.«

Schon lächelt Matty wieder. »Hey!«

Susan strahlt sogar. »Matty? Cool! Du kannst dich nicht mehr an mich erinnern, aber als du ein Baby warst, war ich öfter mit Tony bei dir.«

Die Vorstellung, einmal ein sabberndes, in die Windeln machendes Baby gewesen zu sein, findet der Junge offenbar nicht sehr erbaulich. Ansonsten scheint es ganz gut mit Susan zu laufen, was positiv zu werten ist.

Ich werde Tony nicht alleinlassen. Egal, wohin sie geht!

Inzwischen ist Edward so weit, das rückhaltlos zu akzeptieren. Auch wenn ihre provozierende Art gewöhnungsbedürftig ist. Doch er hat ihr viel zu verdanken, so viel, dass er sich niemals angemessen revanchieren können wird.

Bleibt nur die Frage, was wohl geschieht, sollte Susan tatsächlich irgendwann einmal auf die Idee kommen, ein eigenes Leben führen zu wollen.

* * *

Als Matty, Edward und Carlos schließlich in Richtung West-Palm-Beach aufbrechen, lassen sie eine durchaus entspannte Susan zurück. Sie hat sich erfolgreich für eine der Suiten in der zweiten Etage entschieden und liegt inzwischen mit Buch, I-Pod und Getränken versorgt am Pool.

So weit, so gut.

Edward versucht, seine Aufregung zu unterdrücken. Matty genügt schon, denn der ist so blass, dass man meinen könnte, ihn plage eine ekelhafte Magengeschichte. Während der Fahrt muss Edward ihn mehrmals erinnern, zu atmen. Und als sie endlich in die enge Straße einbiegen, die ohne Tonys Wissen heimlich in seinen Besitz übergegangen ist, ist die Spannung im Wagen nicht mehr auszuhalten.

Edward verzichtet darauf, erst umständlich den Kofferraum auszuräumen. Das hätte zu viel Zeit in Anspruch genommen und möglicherweise Mattys Tod bedeutet, denn der scheint sich mit jeder weiteren Sekunde einem gehörigen Schritt dem sponaten Platzen zu nähern und da will Edward nichts riskieren.

Bis auf eines der Päckchen lassen sie sogar alle Geschenke für Jade im Wagen. Alles hat Zeit, zwei Tage, um genau zu sein. Er nimmt Mattys Hand und lässt sich von ihm die Treppe hinaufziehen.

Tony leidet auch an einer Magenverstimmung.

Kaum hat Edward an der Tür geklopft, wird sie auch schon aufgerissen und eine äußerst bleiche Anthonia, die seltsamerweise ziemlich außer Atem ist, starrt sie an, als wären sie frisch einem Horrorkabinett entsprungen.

Abgesehen von einem »Hey ...« bringt Edward nichts zustande.

Dabei bleibt es auch, denn Tony hat wohl ihre Stimme verloren. Und wieder sind es die Kinder, die diese unerträgliche Situation beenden. Matty scheint keine Berührungsängste zu haben, außerdem ist er nicht nachtragend. Denn bevor Edward oder Tony sich bis in alle Ewigkeiten wortlos anstarren können, liegt er in ihren Armen, während seine Tante die Beherrschung verliert. Nur ein wenig; es braucht auch nicht lange, bis sie sich wieder gefangen hat. Doch Edward ist davon überzeugt, dass ihre Tränen mehr Trost für Matty sind als jede Entschuldigung, die ohnehin nicht sehr glaubwürdig geklungen hätte und das nicht nur für den Jungen.

Edwards Aufmerksamkeit wird von etwas ganz anderem in Anspruch genommen.

Tony hat allein die Tür geöffnet, doch seine – jetzt vor allen Gerichten der Welt *leibliche* – Tochter ist die Neugierde in persona. Es benötigt keine Minute, bevor sie den Flur entlanggetippelt kommt. Von ihrem Gesicht ist momentan nicht viel zu erkennen; alles ist mit einer rosa Masse bedeckt, von der Edward vorsichtig vermutet, dass es sich um Joghurt oder so etwas Ähnliches handeln muss.

Sie fliegt ihm nicht in die Arme, stoppt stattdessen jäh, als sie ihn sieht, und hält sich am Bein ihrer Mutter fest. Matty scheint für sie eher uninteressant zu sein; ihr Augenmerk ruht nur auf dem Mann, der plötzlich wieder völlig fremd ist. Weshalb Edward beschließt, das zu versuchen, was schon einmal funktioniert hat: Er kniet sich vor sie und hält ihr eine Hand entgegen. Und nach einigem Zögern und etlichen unsicheren Blicken hinauf zu ihrer Mom, welche die Tränen zu diesem Zeitpunkt noch nicht ganz getrocknet hat, liegt ihre Patschhand in seiner.

Klebrig!

»Hey, Jade.«

Sie neigt den Kopf zur Seite, betrachtet ihn aufmerksam und schon ist er gefangen. Von großen blauen Augen, einem rosa verschmierten Gesicht, selbst die Nasenspitze ist nicht verschont geblieben, diesen schwarzen Locken und dem vorsichtigen Lächeln, zu dem sich ihre Lippen verziehen. Als er Tonys Blick auf sich liegen spürt, sieht er auf und ist prompt überfordert.

Wem soll er sich zuerst widmen, zu wem tendiert er mehr? Beide erscheinen ihm gleich wichtig. Er kann sich nicht entscheiden, und die Wahrheit ist, dass er das auch nicht will. Seine große Hand hält immer noch die kleine, und er weiß, dass seine Tochter ihn einer äußerst intensiven Musterung unterzieht. Gleichzeitig sind da Tony und deren Ausdruck, und er will verdammt sein, aber der verspricht ihm tatsächlich den Himmel.

Auch Tony empfängt ihn mit leeren Händen, doch selbst in dieser einfachen Jeans und dem weiten T-Shirt, das sie mit Sicherheit niemals in der Öffentlichkeit tragen würde – hofft Edward zumindest –, wirkt sie auf ihn unvergleichlich bezaubernd. Nicht einmal Make-up hat sie aufgelegt und sich garantiert nicht extra für ihn zurechtgemacht. Doch sie ist sich wohl ihres Blickes nicht bewusst, denn als sie ihre Stimme endlich wiedergefunden hat, klingt, was sie sagt, alles andere als ermutigend. »Ich hoffe, du bist da draußen nicht angewachsen. Sieh zu, dass ihr irgendwann mal reinkommt. Die Tür kann ja nicht ewig offen stehen bleiben.«

Damit nimmt sie Matty an die Hand und verschwindet in den Tiefen des Flurs, der immer noch hoffnungslos verklebte Micky Mäuse ausspuckt.

Zurück bleiben Jade und Edward.

Das Mädchen hat ihn nicht aus den Augen gelassen.

Dass ihre Mutter inzwischen mit diesem fremden Jungen weggegangen ist, scheint sie nicht weiter zu interessieren oder gar zu beunruhigen. Allerdings blitzt nicht das geringste Erkennen auf, da ist nur die Neugierde, mit der Edward sich zufriedengibt.

Für den Anfang.

Schließlich versucht er es auf die altbewährte Tour. Was bei Matty bereits unzählige Male funktioniert hat – übrigens auch bei ungefähr neunundneunzig Prozent der übrigen Weltbevölkerung; Edward ist genau *eine* Ausnahme bekannt –, muss doch auch bei Jade klappen. Er kann nur hoffen, dass sich die Gene ihrer Mutter nicht nachteilig auswirken.

Bestechung! Das ist das Zauberwort! Wortlos reicht er ihr das Päckchen.

Und ... voilá! Prompt verschwindet die Patschhand aus seiner, Jade lässt sich undamenhaft auf ihren Hintern plumpsen und beginnt mit spürbarer Konzentration, das Papier zu zerreißen. Ungefähr eine Minute später hält sie den neuen Satz Bausteine in der Hand und blickt lächelnd zu ihm auf. »Steine!«

Edward nickt. »Sieht so aus. Wollen wir bauen gehen?«

Sie zieht die Nase kraus, überdenkt auch dies intensiv, steht dann umständlich auf, klaubt den Karton vom Boden, der sich in ihrem Arm riesig ausmacht, hält ihm die Hand entgegen und zieht ihn in durch die Tür.

Geschafft!

* * *

Es wird ein verdammt schwieriges Wochenende.

Edward, der geglaubt hat, sich gegen alle Widrigkeiten gewappnet zu haben, muss bald feststellen, wie ahnungslos er war, denn die Realität ist unbeschreiblich! Seiner Ansicht nach grenzt das an Unzumutbarkeit. Er würde sich nicht wundern, wenn hier so einige der gängigen Menschenrechte mit Füßen getreten werden. Guantanamo war gestern; wer echte Folter erleben will, sollte es mal für ein paar Tage in diesem Appartement versuchen.

Es existieren vier Räume – ja. Aber die sind so *winzig!* Außerdem spielt sich das Leben größtenteils in dem sogenannten

Wohnzimmer ab, dessen Ausmaße ungefähr die Hälfte seines Bades ausmacht. Nirgendwohin kann man sich zurückziehen und hat somit hat keine Möglichkeit, dem ewigen Trubel zu entgehen.

Und das *ist* Trubel, wobei Edward zunächst überhaupt nicht versteht, *woher* der stammt. Es sind doch nur Tony, Matty, Jade und er anwesend; wie kommt es zu diesem Lärm, dem ständigen Gewusel und vor allem dieser unerträglichen Unordnung?

Tony scheint keine Schwierigkeiten damit zu haben, doch Edward gerät in den folgenden zwei Tagen ungeahnt oft an die Grenzen seiner Belastbarkeit.

Und er wird wütend. Nicht aufgrund des hoffnungslosen Durcheinanders, auch nicht wegen der Enge und nicht einmal, weil es hier Gerichte gibt, die er noch nicht einmal einem Hund vorsetzen würde. Tony klaubt sie alle entweder aus dem winzigen Eisfach des uralten Kühlschranks hervor oder sie öffnet eine Dose, die irgendeine übel riechende, undefinierbare Masse offenbart.

Sein Hund hätte das nicht bekommen, aber er weiß, dass andere Leute nicht so wählerisch sind, was die Ernährung ihrer Haustiere betrifft. Deshalb geht er nach der zweiten *Dosenmahlzeit* entschlossen zum Mülleimer und überzeugt sich davon, dass es sich tatsächlich nicht um Hundefutter handelt.

Doch das ist nur eine der vielen Herausforderungen, denen er und sein Nervenkostüm sich in den folgenden zweiundvierzig Stunden stellen müssen. Dies empfindet Edward als eher witzig bis anstrengend.

Wütend, regelrecht zornig, macht ihn, dass dies alles nicht erforderlich wäre und dass er momentan dennoch nichts an dieser Situation ändern kann. Er hat gewusst, dass Tony, Jade und Susan, nicht sonderlich gut situiert sind, aber auch hierbei spottet die Realität jeder Beschreibung.

Eine der grauenvollsten Herausforderungen für Edward ist es tatsächlich, die Umstände nicht verbessern zu dürfen. Doch er weiß, dass Tony niemals etwas in der Richtung akzeptieren würde, zumindest nicht zu diesem Zeitpunkt. Er muss warten, Geduld haben.

Schnell ist hier nichts zu erreichen ...

Nach einigen Stunden kommt er dahinter, was Rose damit gemeint hat, denn Tonys Blick ist das eine, ihr Verhalten etwas ganz anderes.

Sie ist misstrauisch, lässt ihn nicht aus den Augen und beobachtet genauestens jede seiner Reaktionen, als lauere sie nur darauf, dass er schließlich entnervt ihren Deal bricht.

Zeigen Sie ihr, dass Sie für sie da sind! Das dürfte sie nämlich am meisten anzweifeln ...

Erst jetzt versteht er die tiefe Bedeutung hinter diesen Worten, denn Tony zweifelt tatsächlich. Die angespannte Stimmung, die sich über das gesamte Wochenende hält, ist in nicht geringem Maße auf ihr ewiges Warten zurückzuführen. Mit halb ängstlicher, halb trotziger Miene scheint sie den Augenblick beinahe herbeizusehnen. Frei nach dem Motto:

Lieber ein Ende mit Schrecken als ein Schrecken ohne Ende.

Edward erinnert sich an eines ihrer ersten Gespräche. Damals, auf der *Destino*, als sie ihre Vorstellung so maßlos übertrieb, dass selbst er irgendwann hinter den Fake kam. Er ahnt, dass, was sie als *normales Leben* zelebriert, ähnlich aufgesetzt grausam ist. Sie will die Dinge forcieren, ihn zur Aufgabe zwingen, nur um sich dann endlich bestätigt zu sehen. Was Edward nur noch entschlossener macht, ihr das Gegenteil zu beweisen. Sie muss ihm glauben, dass er nicht mehr verschwinden wird. Größter Witz hierbei ist jedoch, dass er dies noch kein einziges Mal getan hat! Es war immer Tony, die schließlich ging, doch es hilft wohl nichts, die Augen weiterhin vor der Wahrheit zu verschließen.

Sie ging – ja, aber erst, nachdem er sie längst verlassen hatte ...

* * *

Allerdings gibt es auch die vielen, vielen versöhnlichen Momente, und natürlich den Alltag, den nur das Leben mit einem Kleinkind in dieser Form mit sich bringt.

Jade!

Diese süße Zuckermaus, die keine fünf Minuten, nachdem sie mit ihm im Wohnzimmer gelandet ist, auf seinen Knien sitzt und mit ihm die neuen Bausteine bestaunt. Keine zwei Stunden, nachdem Edward die Wohnung betreten hat, weicht sie nicht mehr von seiner Seite. Was dazu führt, dass er sie mehr oder weniger zwei Tage am Stück mit sich umherträgt.

Der vermeintliche Joghurt stellt sich übrigens als Pudding heraus. Dahinter gelangt Edward, als er sein Hemd gegen das erste von zwei Wechselhemden austauscht. Zu diesem Zeitpunkt ist er ungefähr eine halbe Stunde anwesend. Nach drei Stunden weicht er auf das zweite aus und hat damit gelernt, dass er mit drei Hemden und einem Kleinkind nicht sehr weit kommt.

Außerdem gewöhnt er sich an, mit Jade immer zunächst das winzige Bad aufzusuchen, um ihr das Gesicht und die Hände zu waschen. Das wirkt sich angenehmer auf seinen Hemdenbestand aus.

Als er nach dem zweiten Kleidungswechsel wieder das Wohnzimmer betritt, empfängt ihn Tony mit einem ihrer lauernden Blicke. Er spitzt die Lippen. »Ich schätze, ich bin nicht sehr gut vorbereitet ...«

Der lauernde Ausdruck bleibt.

»Was bedeutet, ich werde morgen um die gleiche Zeit nicht mehr sehr gut riechen und aussehen, als hätte ich mich in Schlamm gesuhlt. In pinkfarbenem.«

Sie entspannt sich ein wenig. »Ich könnte die beiden Hemden waschen.«

»Das kannst du?«

»Sicher!«, bekundet sie spöttisch. »Oder was meinst du, wer die Wäsche wäscht?«

Eilig denkt Edward über das Angebot nach. »Das wäre sehr nett. Allerdings wird dies eine einmalige Sache bleiben; beim nächsten Mal bin ich schlauer.«

Was ihm gleich den nächsten misstrauischen Blick einbringt. Mit der Zeit wird er sogar lernen, sie größtenteils zu ignorieren, doch momentan ist er noch dumm genug, entnervt darauf einzusteigen. »Glaubst du wirklich, dass mich ein schmutziges Hemd davon abhalten kann, wiederzukommen?«

Sie schweigt, doch ihre Miene spricht Bände. Ja. Genau das denkt Tony.

Wahrscheinlich eher, um einer Diskussion aus dem Weg zu gehen als aus anderen Gründen, nimmt sie seine beiden Hemden und beginnt sie zu reinigen. Mit der Hand; eine Waschmaschine kann Edward nicht entdecken, weshalb er sich schwört, dass es beim nächsten Mal mit Sicherheit nicht an Sachen fehlen wird ...

Ein wahres Abenteuer ist das Schlafen, und zwar in jeder Beziehung.

Da Matty in Susans Zimmer nächtigt, bleibt Edward nur die Couch. Ein antik anmutendes Gebilde, das sie auf dem Flohmarkt für dreißig Dollar erstanden haben, wie Tony ihm auf ihre ewig lauernde Art mitteilt.

Was sie nicht weiß und möglicherweise auch niemals erfahren wird, ist, dass Edward Routine mit dem Schlafen auf Sofas hat. Das mag bereits ein paar Jahre her sein, doch kaum liegt er, weiß er, dass es Dinge gibt, die man wohl nie verlernt. Dazu gehört es, mit untrüglicher Sicherheit die Position auf einer Couch zu finden, in der man halbwegs bequem und ohne sich den Rücken zu verrenken, schlafen kann.

Baker hat Edward ein paar Schmerztabletten gegeben, als der ihm mitteilte, dass am Samstag und Sonntag eine Verabreichung seiner Wunderspritzen nicht möglich sein würde, und Edward findet heraus, dass die Dinger erstaunlich gut wirken. Außerdem ist das uralte Sofa viel gemütlicher als die in Tonys altem Nannyzimmer.

Das ist auch nicht die wahre Herausforderung ...

Ein Problem und gleichzeitig wieder eine neue Erfahrung ist die billige Bauweise von Appartementhäusern, die für die eher untere Gesellschaftsschicht gedacht sind, denn die Wände bestehen offensichtlich nur aus Papier.

Jades Schlafzimmer liegt direkt neben dem Wohnzimmer, und wenn Jade schläft, heißt das noch lange nicht, dass sie dies anhaltend tut. Auch nicht um zehn Uhr abends.

Gleich am ersten Abend begeht Edward den Fehler, zu laut zu sprechen, was nichts anderes bedeutet, als dass er in normaler Lautstärke kommuniziert. Bevor er Tonys entsetzten Blick hinterfragen kann, ist das Desaster bereits perfekt – Jade ist wach.

Das bringt seine Pläne komplett durcheinander, denn da er tagsüber als Jades persönlicher Sänftenträger fungiert, hat er sich den Abend vorgemerkt, um ungestört mit Tony zu reden. Es gibt eine ganze Menge, was er gern mit ihr besprochen hätte, was leider bis auf Weiteres verschoben werden muss.

Zunächst nimmt er diese besondere Angelegenheit noch relativ gelassen. Gut, Jade ist wach, demnach gilt es, sie erneut zum Einschlafen zu bringen. Die ursprüngliche Prozedur hat Tony und ihn ungefähr eine Stunde gekostet. Doch scheinen die knapp zwei Stunden, die seine Tochter inzwischen geschlafen hat, zunächst einmal zu genügen.

Nichts will helfen. Keine warme Milch. Keine Runde Toben – auch nicht die fünfzehnte. Kein Wiegen in Daddys Armen, von denen sie noch nicht weiß, dass es Daddys Arme sind. Für Jade ist Edward Mr. Namenlos, der toll mit ihr spielt und sie umherträgt. Nicht einmal der Fingertrick will diesmal greifen. Es hilft keine Gute-Nacht-Geschichte. Kein Lied von einer äußerst musikalischen Tony vorgesungen (spätestens nach dieser Erfahrung würde Edward sie auf der Stelle heiraten). Jade hat beschlossen, ausgeschlafen und fit für die nächsten acht Stunden Unterhaltung zu sein.

Dieses Abenteuer zieht sich bis um zwei Uhr nachts hin. Dann endlich, inzwischen liegt sie mit Edward auf der Couch, fallen ihr die Augen zu. Tony hat er bereits vor zwei Stunden ins Bett geschickt; es genügt ja, wenn einer von ihnen beiden am nächsten Tag übernächtigt ist.

Leider benötigt Jade überhaupt sehr wenig Schlaf, denn ungefähr fünf Minuten später wird Edward wachgemacht, und zwar von einem Kobold, der auf seinem Rücken ›Hoppe-Hoppe-Reiter‹ spielt – was ehrlich schmerzhaft ist – und ihm dabei an den Haaren zieht. Das sind wohl die Zügel.

Als Edward auf die Uhr sieht, muss er nach mehrfachem ungläubigem Blinzeln feststellen, dass es halb sechs ist.

HALB SECHS!

Möglicherweise gibt es auf der ganzen Welt genau eine Person, der Edward – ein überzeugter Langschläfer – verzeiht, ihn um diese Uhrzeit und auch noch auf diese Art zu wecken. Und das ist genau jener Kobold, der übrigens gerade für Edwards nächste Erkenntnis sorgt: Schmerztabletten sind keinesfalls mit Bakers Wunderspritzen vergleichbar.

Blitzschnell dreht er sich um, fasst gleichzeitig zu und hebt kurz darauf einen vor Vergnügen kreischenden, strampelnden Kobold über seinen Kopf.

»Das ist nicht dein Ernst, oder?«, murmelt er. Sie antwortet nicht, aber ihr Gesichtsausdruck deutet darauf hin, dass dies sogar ihr voller Ernst ist. Nach einer Weile nimmt er sie herunter, küsst ihre Nasenspitze und legt sie auf seine Brust. Sie hält sogar still.

Für eine Minute oder so. Doch in dieser einen Minute ist Edward wirklich glücklich …

… und hundemüde.

* * *

Edward ist der Tageablauf eines Fünf-, Sechs-, Sieben- und Achtjährigen bekannt, jedoch hat er keine Ahnung, wie die morgendlichen Rituale einer Zweijährigen ausfallen. Allerdings sieht er auch keinen Grund, deshalb Tony zu wecken, denn inzwischen vermutet er, dass sie innerhalb der vergangenen zwei Jahre nicht sehr häufig in den Genuss gekommen ist, sonntags auszuschlafen.

Als Erstes probiert er, Jade die Windel abzunehmen, die sie sicherheitshalber noch zur Nacht trägt. Ob er es richtig macht, sei dahingestellt, aber Jades Blick wirkt nicht verwirrt oder abwertend, demnach kann es wenigstens nicht ganz falsch sein. Als Nächstes zieht er ihr eines der Kleidchen über, das er findet, und nach Jades zartem Hinweis (»BAAAAAAAD!«) fällt ihm ein, dass sie vielleicht zur Toilette muss. Selbst diese Prozedur bringen sie erfolgreich hinter sich, und danach ist er ehrlich stolz auf sich.

Dann durchsucht er den Kühlschrank nach irgendetwas Essbaren. Viel ist ohnehin nicht vorhanden, bis auf etwas Pudding vom Vortag. Die Wahl steht zwischen Jade hungern oder wieder ein Puddingmonster aus ihr werden zu lassen. Seufzend entscheidet er sich für die Bestie.

Als Jade in ihrem Kinderstuhl sitzt und mit jedem Löffel, den sie in Richtung Gesicht führt, mehr zum Monster mutiert, ist Edward am Ende mit seinem Latein. Kaffee findet er keinen. Außerdem hat er seit Jahren keine Kaffeemaschine mehr bedient, genau genommen seit seiner Studentenzeit. Er hat keine Ahnung, ob es ihm überhaupt noch gelingen würde, einen halbwegs genießbaren Morgenkaffee zu fabrizieren. Und so sitzt er recht demoralisiert mit Jade – nachdem er sie im Bad wieder in einen Menschen verwandelt und noch einmal umgezogen hat – im Wohnzimmer und wartet darauf, dass Tony wach wird.

* * *

Der Tag an sich unterscheidet sich nicht sehr vom vorangegangenen. Abgesehen davon, dass Edward diesmal Zeuge des Wahnsinns wird. Es herrscht das allgemeine Chaos, das nur ihm überhaupt aufzufallen scheint, denn Tony, Matty und Jade bleiben völlig gelassen. Zum Lunch gibt es diesmal etwas aus der Tiefkühltruhe. Edward kommt dahinter, dass es genießbarer ist als das Hundefutter aus der Dose, wenn auch nur bedingt.

Jade lässt sich von ihm durch die Gegend tragen, und er beobachtet Tony mit zunehmender Fassungslosigkeit beim Abwaschen – mit der Hand. Bisher war ihm nicht bekannt, dass Menschen existieren, die heute noch auf diese vorsintflutliche Art ihr Geschirr reinigen.

Prekär wird die Geschichte, als Tony mit dem üblichen lauernden Blick einen Staubsauger anschleppt. Jade sieht ihn, reißt erschrocken die Augen auf und hält sich die Hände über die Ohren.

Zunächst kann Edward das nicht ganz verstehen. Bis Tony das Ungetüm einschaltet und augenblicklich ohrenbetäubender Lärm das gesamte Appartement erfüllt. Es ist so laut, dass Edward ernsthaft um Jades und Mattys Hörvermögen fürchtet – um seines übrigens auch.

Tony lässt sich alle Zeit der Welt, während sie mit der Höllenmaschine jedes vorhandene Zimmer heimsucht.

Und als sie ungefähr eine halbe Stunde später endlich den Krach beendet, leidet Edward unter einem ausgeprägten Tinnitus. Matty bedenkt ihn mit einem leidenden Ausdruck, Jade mit einem wissenden. Die hält sich übrigens zur Sicherheit noch fünf weitere Minuten lang die Ohren zu. Offensichtlich muss man mit Nachbeben rechnen.

Von Tony kommt nur der bekannte lauernde Blick ...

Edward beginnt, auf den Abend zu hoffen.

* * *

Als Jade um zehn Uhr endlich Ruhe gibt, findet er Tony schlafend auf der Couch vor. In der Hoffnung, sie würde vielleicht noch einmal wachwerden, betrachtet er sie eine Weile. Doch im Grunde weiß er es besser, denn wenn sie auch nur annähernd so müde ist wie er, dann wird sie in den nächsten drei Tagen nicht einmal *ein* Auge freiwillig öffnen. Schließlich trägt er sie behutsam in ihr eigenes Bett, wobei er sich absichtlich Zeit lässt und das Gefühl ihres warmen, so zarten Körpers ebenso genießt, wie ihren Duft und den Anblick ihres lieblichen, im Schlaf so entspannten, Gesichtes. Er verzichtet darauf, sie auszuziehen, was ihm von Tony unter Garantie falsch ausgelegt worden wäre und womit sie übrigens recht gehabt hätte.

Doch inzwischen lässt sich nicht länger leugnen, dass er zunehmend darunter leidet, sich ihr nicht nähern und mit ihr so wenig Zeit verbringen zu dürfen.

Zeit mit ihr allein. Nur Tony und er ...

* * *

Lange liegt er in dieser Nacht wach und denkt nach.

Über Tonys Leben, das seiner Meinung nach untragbar ist.

Über Jade, die er inzwischen vergöttert.

Über Matty, der sich in dieser absolut fremden Situation sofort zurechtgefunden hat. Selbst an Jade hat er sich augenblicklich gewöhnt. Er nimmt ihre Existenz nicht nur zur Kenntnis, sondern spielt und beschäftigt sich mit ihr. Obwohl ihr Spielzeug mit Sicherheit nicht besonders attraktiv für einen Achtjährigen sein wird. Er beklagt sich nicht über Langeweile, auch wenn sie bisher noch nicht einmal das Haus verlassen haben; er heischt nicht um Aufmerksamkeit oder versucht, sich in den Vordergrund zu drängen und vor Jade zu profilieren.

Matty ist zufrieden.

Edward schätzt, das sagt mehr über ihn aus, als es jedes Wort könnte. Der Kleine ist am Ziel seiner Wünsche, wobei ihm egal ist, unter welchen Verhältnissen das Ganze stattfindet. Hauptsache, sie alle sind zusammen.

Nun, Edward ist noch nicht wunschlos glücklich. Dabei ist er über sich selbst verwundert, wie relativ gelassen er die Zustände nimmt.

Obwohl er sich – wenn er ganz ehrlich zu sich ist – darauf freut, morgen wieder nach Hause fahren zu können. Er will nicht Tony und Jade entkommen, nur der Enge, dem ewigen Lärm und dem Sechzehnstundentag, den er heute absolviert hat. Wunschlos glücklich wäre er gewesen, hätte er die beiden mitnehmen können.

Ihm graut vor dem Abschied, denn ihm ist, als würde er sie in einer ungewissen Fremde zurücklassen. Einer, in der Attentäter lauern, Gefahren, Kälte, Hunger ... All die Dinge, vor denen ein Mann seine Familie bewahren will.

Natürlich müssen sie weder Hunger noch Durst oder Kälte leiden; wäre es anders gewesen, hätte er keine Verhandlungen zugelassen, sondern sie auf der Stelle heimgebracht.

Doch es ist *nicht gut!*

Bevor er einschläft, schwört er sich, so schnell wie möglich dafür zu sorgen, dass sie nach Miami übersiedeln.

Wenigstens das.

* * *

Carlos' Groll

»Das hatte ich bereits geahnt.«

»Ja. Die Indizien sind wohl offensichtlich.«

Edward nickt und blickt wieder auf das Protokoll aus Phoenix.

Sie befinden sich in der Holding und Carlos stattet ihm einen seiner raren offiziellen Besuche ab. Das hat nie etwas Gutes zu bedeuten, denn im Grunde mag der Mann dieses Gebäude nicht besonders und meidet es daher weitestgehend. Der Grund für Carlos' mutigen Vorstoß in die Welt der Finanzen und Verwaltung war jedoch noch nie brisanter, und das zum denkbar ungünstigsten Zeitpunkt.

Edward sieht auf. »Was schlägst du vor?«

Trocken lacht Carlos auf. »Wo soll ich beginnen?«

»Am Anfang?« Nicht das kleinste ironische Lächeln erscheint auf Edwards Gesicht, denn das Problem ist schwerwiegend.

»Du musst sie überreden, nach Miami zu kommen.«

»Sicher. Was machen wir, bis ich damit Erfolg habe?«

Energisch schüttelt Carlos den Kopf. »Diesmal musst du ihr die Wahrheit sagen, denn du kannst sie darüber nicht im Unklaren lassen! Sie hat ein Recht, es zu erfahren. Auch, weshalb du abgestürzt bist. Sie hat ...«

»Du weißt nicht, wovon du sprichst!«, begehrt er auf. »Wie meinst du wohl, wird sie reagieren? Ich werde einen Teufel tun und sie grundlos beunruhigen!«

»GRUNDLOS?«

Edward lehnt sich zurück, sein Blick ist eisig. »Das muss diffizil angegangen werden. Außerdem wird sie mir nicht glauben, sondern meine Geschichte für einen Trick halten, um sie aus diesem Appartement zu locken. Sie ...« Er seufzt. »Ihr Misstrauen ist im Moment recht groß.«

»Ach?«

»Wolltest du irgendetwas sagen?«, erkundigt Edward sich drohend.

»Ich? Nie im Leben! Im Gegenteil, ich bin ganz deiner Meinung! Natürlich solltest du Tony ...«

Es folgt die übliche Kunstpause, in der er auf den Schlag wartet, doch Edward verzieht keine Miene.

»... Tony nicht mitteilen, dass du ins Visier einer international agierenden Terrorgruppe geraten bist, die mindestens einmal wöchentlich in den Nachrichten Schlagzeilen macht. Und natürlich solltest du sie nicht darüber in Kenntnis setzen, dass es denen gelungen ist, einen hermetisch abgeriegelten, absolut sicheren Privatflughafen mit ihren Leuten zu infiltrieren. Und warum solltest du ihr schon mitteilen, dass sie sich demnach in der gleichen Gefahr befindet? Ganz zu schweigen von ihrer Tochter und ihrer Freundin. Kommunikation wird sowieso total überbewertet!«

Edwards drohender Blick bleibt.

Carlos seufzt. »Ich weiß nicht, wie wir das auf die Dauer realisieren wollen. Die Straße permanent abzuschotten, ist schon schwierig genug, aber sie geht täglich zur Arbeit. Beide, um genau zu sein. Und – bitte entschuldige, wenn ich das so geradeheraus sage – du darfst mit Matty nicht mehr hinfahren, schon gar nicht dort über Nacht bleiben!«

»Ich *werde*, verlass dich darauf!«, verkündet Edward noch etwas eisiger. »Das nächste Mal diese Woche Freitag bis Sonntag!«

»Edward, sei vernünftig!« Beschwörend sieht Carlos ihn an. »Muss ich DIR erst auseinandernehmen, dass es nicht geht? Wie soll ich das realisieren? Wie stellst du dir das vor? Du zwingst mich zu einer Entscheidung und weißt, wie die im Zweifelsfall aussieht, ... aussehen *muss!* Ich werde mich auf dich konzentrieren und ...«

»Nein!«

Stöhnend schließt Carlos die Augen.

»Und jetzt hörst du mir gut zu!«, sagt Edward sehr leise.

»Ich zahle jährlich ein Vermögen für diesen Bullshit und muss jetzt erfahren, dass es nicht möglich ist, den Schutz von *fünf* Personen zu realisieren? Soll das ein Witz sein? Du hast freie Hand; sorge dafür, dass alles läuft – fertig!«

Carlos stöhnt erneut, diesmal lauter. »Du weißt, dass es nicht funktionieren wird, nicht in dieser Lage.«

»Dann sorge dafür, dass es eben doch geht!«

»Das kann ich nicht!«

»Gib dir mehr Mühe!«

»Edward, das ist unvernünftig! Hat dir der Absturz nicht genügt?«

»Zumindest was derartige Vorfälle betrifft, sind wir derzeit sicher, schätze ich«, erklärt Edward schulterzuckend.

Nach einer Weile sieht Carlos auf. »Warum sprichst du nicht einfach mit ihr? Ich meine, dies ist keine alltägliche Situation und du bist garantiert nicht dafür verantwortlich.«

»Anderer Vorschlag!« Edward hat nicht die geringste Absicht, sich auf diese Diskussion einzulassen, denn seine Meinung steht fest. Wie Carlos es anstellt, ist ihm egal; er wird nicht zulassen, dass Tony bereits jetzt den Stress und den Einschränkungen hautnah zu spüren bekommt, denen er unterworfen ist. In diesen Genuss wird sie noch rechtzeitig genug gelangen. Sollen sie ruhig noch ein wenig heile Welt spielen … Er genießt das – irgendwie. Trotz all der störenden Umstände. Wofür hat er denn all das verdammte Geld, wenn es nicht einmal dafür sorgen kann, dass eben trotzdem nichts geschieht?

»Okay«, gibt Carlos sich nach einer Weile geschlagen. »Es existiert noch eine andere Lösung.«

»Welche?«

Carlos grinst. »Wir holen den Doppelagenten mit ins Boot, was sonst?«

+ + +

Wie in letzter Zeit mehrere Male täglich befindet sich Carlos wieder einmal auf direktem Weg nach West Palm Beach.

Sein Gesicht ist ausdruckslos, doch die Gedanken könnten in seinem Kopf nicht schneller wirbeln.

Was Edward veranstaltet, erinnert ihn an einen dieser durchgeknallten japanischen Kamikazeflieger. Noch nie in all den Jahren hat er ihn so unvernünftig erlebt. Inzwischen ist Carlos mehr oder weniger gezwungen, sich zweizuteilen. Solange Edward nicht dafür sorgt, dass Tony mit den beiden Mädchen nach Miami kommt, gibt es innerhalb von vierzehn Tagen genau drei, an denen er nicht gleichzeitig an zwei Orten sein muss.

Halten sich Edward und Matty im Capwell-Haus auf, kann er sich relativ entspannt zurücklehnen. Das Teil ist sicher, dafür hat er gesorgt. Doch Edward hat nun einmal die Angewohnheit, täglich in seine Firma zu fahren. Nach wie vor geht er unter die Leute, besucht gesellschaftliche Anlässe, das Theater. Momentan sogar mehr denn je, denn er muss unbedingt die richtigen Signale senden.

Edward Capwell lässt sich nicht durch einen miesen Terrorakt einschüchtern!

Hinzu kommen die geschäftlichen Termine – Edward lebt eben sein Leben. Dann ist da Matty, der bisher – bevor diese Geschichte begann, sich mehr und mehr nach West Palm Beach zu verlagern – von Dean oder Juan in die Schule gebracht und wieder abgeholt wurde.

Jetzt wird Carlos so langsam klar, dass er mit zwei engen Vertrauten restlos unterversorgt ist. Entweder er kommandiert einen der beiden ab, um Mattys Schutz zu realisieren, oder er schickt sie nach Palm Beach. Beides geht auch hier schlecht, denn Dean und Juan weigern sich hartnäckig, sich in der Mitte zersägen zu lassen. Feiglinge!

Er weiß, dass Tony, Jade und Matty für Edward wichtiger sind als alles andere. Wenn ihnen etwas geschehen sollte ...

Carlos seufzt.

Doch wie soll er das auf Dauer realisieren? Auch Susan und Tony gehen ihrem täglichen Geschäft nach. Auch sie arbeiten, kaufen ein, spazieren im nahen Park – *leben.*

Juan und Dean sind gute Männer, keine Frage, doch beide sind noch jung und nicht wirklich sicher in dem, was sie tun.

Und eine so prekäre Situation hat es bisher noch nie gegeben. Klar, er schützt Edward vor verwirrten, manchmal fanatischen Attentätern, miesen Ganoven, Möchtegernkidnappern; hin und wieder befinden sich sogar überzeugendere Quellen unter denen, die ihm ans Leder wollen. Alles richtig und kaum vermeidbar, denn damit kann er dealen.

Doch eine Vereinigung, die über die erforderlichen finanziellen Mittel verfügt, um einen langen und sehr opferreichen Krieg zu führen, den sie nicht nur androhen, sondern bereits entfacht haben? Nein, das ist neu.

Carlos ist nervös.

Am liebsten hätte er die fünf ins Capwell-Haus geschleppt und die Türen von außen verrammelt. Denn nach dem Anschlag auf den Jet ist eines sicher: Diesmal kann es wirklich tödlich enden, wenn er sich nicht vorsieht. Edward hat sich den denkbar schlechtesten Zeitpunkt ausgesucht, um zum Menschen zu werden.

Noch mieser geht nicht.

* * *

Eher aus alter Gewohnheit als aus einem echten Grund fährt er zunächst in die kleine Straße und sieht nach dem Rechten. Alles läuft, er kann sich auf seine Männer verlassen, was ihn nicht sehr beruhigt, aber ein wenig. Dann jedoch macht er sich auf den Weg zu Starbucks.

Als er das Café betritt, entdeckt er als erstes Juan, der sich unauffällig unter die Leute gemischt hat. Er ist heute für Susans Schutz verantwortlich. Kaum hat er die ersten Meter hinter sich gelegt, erblickt er sie an dem Vierertisch, den Edward aus irgendwelchen Gründen immer zu nehmen scheint. Grinsend winkt sie ihm und deutet auf die beiden Tassen vor sich. Er setzt sich lächelnd und legt einen Schein auf den Tisch. »Danke für den Kaffee ...«

Das Geld wird ignoriert, stattdessen lehnt sie sich zurück. »Okay, was ist so wichtig, dass es nicht bis Freitag warten kann?«

In aller Seelenruhe nimmt Carlos einen Schluck von seinem Kaffee und lässt sich mit der Antwort Zeit. Nach dem zweiten

Wochenende, an dem dieser seltsame Wechsel der Wohnverhältnisse stattfand, ist es längst zur Normalität geworden: Susan bleibt von Freitag bis Sonntag in Miami, Edward ist mit Matty bei Tony und Jade in West Palm Beach. Niemand bedenkt anscheinend, dass Carlos seit Wochen im Dauereinsatz ist. Mehr als drei Stunden Schlaf pro Nacht sind nicht drin, und die hat er in letzter Zeit mehr als einmal im Maybach oder im blauen Van verbracht.

Ja, alles amüsiert sich prächtig, aber Carlos hat die Nase gestrichen voll!

»Die Dinge liegen derzeit nicht sehr ... glücklich«, beginnt er etwas linkisch. Muss an seiner Müdigkeit liegen, dass er momentan nicht halb so redegewandt und offen wie sonst ist.

»Ach ...?«

Carlos nickt. »Habt ihr euch niemals gefragt, weshalb Edward überhaupt abgestürzt ist?«

»So etwas passiert häufiger mal ...«

»Aber nicht mit einem Jet der neuesten Generation, der mit allen Schikanen ausgestattet ist. Meinst du ehrlich, wir würden es dabei auf den Zufall ankommen lassen?«

Ein ratloser Blick ist die einzige Antwort.

»Es war ein Terrorakt, Susan. Genau einer von der Sorte, von denen du immer in der Zeitung liest – ach so, ihr lest ja keine. Gut, dann nimm deine geliebten CNN-Nachrichten. Dass Edward ihn überlebt hat, grenzt an ein Wunder. Du hast nicht vergessen, was ich dir bei unserem ersten Gespräch sagte?«

Wortlos schüttelt sie den Kopf.

»Gut! Dann wird es dich ja nicht überraschen, wenn ich dir sage, dass wir da gerade ein ernsthaftes Problem haben.«

»Womit?«, haucht sie nach einer Weile.

Carlos seufzt. »Mit der Palm-Beach-Miami-Lösung.«

»Warum?«

»WARUM?« Stirnrunzelnd betrachtet er ihr ahnungsloses Gesicht und entscheidet, dass es am besten ist, die Dinge kurz und schmerzlos an den Mann zu bringen. Oder in diesem Fall wohl eher an die Frau. Auch so etwas ...

»Es ist unmöglich, Edward zu schützen, wenn er derart durch die Gegend jagt und in einem Haus untergebracht ist, das sich nicht ordentlich sichern lässt. Jedenfalls nicht auf die Art, wie wir es hier versuchen.«

Sie schweigt.

»Ich kann mich auf den Kopf stellen, aber ebenso wenig ist es möglich, euch so zu schützen, wie es erforderlich ist. Nicht, solange ihr freudestrahlend zu euren komischen Jobs rennt. Klar, das lässt sich eine Zeit lang regeln, wenn die Gefährdung normal ist. Aber nicht, wenn ich es mit hoch qualifizierten Terroristen zu tun habe. Also ... Susan ...« Ernst sieht er sie an. »Du wirst mir helfen, Tony davon zu überzeugen, dass ihr augenblicklich zu Edward zieht.«

»Nein, werde ich nicht!«

Das klingt endgültig und verwirrt Carlos über alle Maßen, denn seine Argumentation war doch einleuchtend und wasserdicht! »Hast du mir nicht richtig zugehört? Ihr befindet euch in Gefahr! In gr...«

Unwirsch schwingt sie ihre Hand. »Ja, ja, das sagtest du bereits. Aber weißt du, wie ich das sehe?«

Sie wartet; als keine Antwort kommt, beugt sie sich ein wenig zu ihm vor, womit er von einer Sekunde zur nächsten mit diesen wundervollen blauen Augen konfrontiert wird. Eine Strähne dieses blonden Haars ist ihr wieder einmal in die Stirn gefallen. Carlos ist mittlerweile der Ansicht, dass es immer die gleiche ist. Und wie üblich muss er dem dringenden Wunsch widerstehen, sie ihr aus dem Gesicht zu streichen.

Verdammt!

»Ich glaube, ich soll Edwards Drecksarbeit verrichten. Mal abgesehen davon, dass er das nicht verdient hat. Und dann? Dann findet Tony sich in diesem riesigen Haus wieder, in dem sie nicht sein will. Nichts ist geklärt, nichts hat sich geändert.« Trotzig verschränkt sie die Arme. »Das kannst du vergessen! Da musst du wohl kurzfristig auf Plan B ausweichen!«

»Es gibt keinen Plan B!« Carlos ist immer noch fassungslos.

»Dann lass dir einen einfallen! So schwer kann das nicht sein. Ich finde, du übertreibst sowieso die ganze Zeit maßlos.

Wenn wir so ›gefährdet‹ wären, dann würde ich ja wohl nicht allein unterwegs sein ...«

Carlos´ Zorn trifft unvermutet ein, was nicht häufig geschieht und sonst ausschließlich Extremsituationen vorbehalten ist, doch momentan macht ihn Susans Unbekümmertheit rasend vor Wut. Er bedenkt sie mit einem drohenden Blick, bevor er sich suchend im Raum umsieht. Sein Blick fällt auf Juan, der seit Ewigkeiten am Tresen steht und an der gleichen Tasse Kaffee nippt.

Als er auffordernd nickt, weiten sich zwar Juans Augen, doch er stellt sein Getränk ab und schlendert zu ihnen herüber. »Wie heißt du?«, fährt Carlos ihn an, sobald er sie erreicht hat.

»Carlos, was ...?«

»Beantworte meine Frage!« Carlos ist nicht zu Späßen aufgelegt. Offenbar sind inzwischen alle wahnsinnig geworden, und er befindet sich genau in der Mitte!

»Juan ...«, seufzt Juan.

»Gut. Weshalb bist du hier?«

»Carlos!«

»Mach schon!«

Inzwischen wirkt Juan leicht entnervt. »Um Miss Gedney zu beschützen.«

»Das war es schon. Du kannst wieder gehen!«

Ohne ihn weiter zu beachten, wendet er sich wieder an Susan. »So viel zu dem Thema. Du machst schon seit Wochen keinen Schritt mehr ohne Begleitung. Ich dachte, wenigstens DU hättest das begriffen! Und jetzt sag ich dir mal was: Mir reicht es! Anthonias und Edwards Liebesleben, oder auf welchem Stand der Beziehung sie sich nun gerade befinden, ist mir scheißegal. Sollen sie sich zur Not jeweils einen Flügel nehmen, bis sie ihre sogenannten Probleme endlich gelöst haben! Sie müssen sich in dem Haus ja nicht begegnen. Wie sie das klären, ist mir so was von egal, du hast keine Vorstellung. Niemand denkt daran, dass dies kein Spaß ist! Und wenn du mir nicht glaubst, dann kann ich dir bei Gelegenheit ja mal die neuesten Drohmails zeigen. Die der letzten zwei Tage, wohlgemerkt, damit du begreifst, dass ich nicht übertr...«

Sie hat die Hände gehoben. »Ist ja gut! Beruhige dich! Kann es sein, dass du ein bisschen mies drauf bist?«

Verwirrt reibt er sich die Augen und sieht sie dann bedauernd an. »Möglich ... Es tut mir leid. Jedenfalls die Art, wie ich mich ausgedrückt habe, aber nicht *was!* Ich kann euch nicht gleichzeitig schützen, wenn sich die eine Partei in Miami befindet und die andere hier. Irgendwann landen wir so unweigerlich in der Katastrophe. Und egal, wen es dann trifft ...« Er beendet den Satz nicht, denn es ist offensichtlich, was er ausdrücken will:

Egal, wen es am Ende trifft, die Konsequenzen wären allesamt schrecklich und überschreiten sogar sein Vorstellungsvermögen.

»Was sagt Edward zu dem Thema?«

Carlos verdreht die Augen. »Edward ist zu einem Weichei verkommen, der sich jeden Satz, den er zu Anthonia äußert, fünfmal überlegt und dreimal auf Schwachstellen überprüft.«

»Also kommt das nur von dir?«

»Dass ihr nach Miami ziehen sollt?« Lachend wirft Carlos den Kopf zurück. »Nein. Sicher nicht! Das will er auch, nur will er es nicht überstürzen, du verstehst? Er will die Dinge sachte angehen, sich nichts versauen. Und mir rennt die Zeit dav...«

»Schon klar! Er weiß, dass ich die beiden begleiten würde?«

»Susan!« Das kam etwas zu laut, denn prompt spürt er die Blicke des Pärchens am Nachbartisch auf sich liegen. Carlos räuspert sich und beginnt erneut, diesmal erheblich leiser. »Susan ... Hast du es immer noch nicht begriffen? Dir bleibt überhaupt keine Wahl!«

»Das ist nicht meine Frage!«, beharrt sie. »Außerdem finde ich nicht, dass er ein Weichei ist, wenn er sich endlich mal ein wenig überlegt, wie er sich Tony gegenüber verhält. Das ist nur angebracht. Also, was sagt er dazu?«

»Er rechnet damit, dass du sie begleitest. Ich glaube, etwas anderes hat er nie in Betracht gezogen ...«

»Sag an ...«, murmelt sie, der Blick ist unfokussiert. Es dauert eine Weile, bevor sie diese Neuigkeit verdaut hat. Als er ihre Stimme hört, atmet Carlos auf, denn von Unbekümmertheit kann keine Rede mehr sein.

»Was glaubst du, wie lange bekommst du diese Geschichte noch hin?«

»Du hast mich immer noch nicht richtig verstanden. Ich bekomme es *überhaupt nicht hin*. Nicht so, wie es sein müsste. Sicher, die Leute stehen und sie geben ihr Bestes, aber ein paar Appartements zu besetzen und eure Fenster und die Haustür zu beobachten, ist nicht besonders ...«

Ihre Augen werden groß, doch dann winkt sie müde ab. »Ich glaube, das will ich gar nicht so genau wissen.« Und wieder beginnt sie zu grübeln, wobei sie die Lippen spitzt und die Nasenspitze hin und her bewegt. Unwillkürlich muss Carlos lächeln.

»Was?«

»Nichts«, wehrt er hastig ab. »Was wolltest du sagen?«

»Ach so, okay. Also, hör mir mal zu!« Wieder beugt sie sich zu ihm vor und Carlos gibt sich die allergrößte Mühe, ihr aufmerksam zu lauschen. »Du stehst da auf deiner Seite mit der Sicherheit ...« Bevor er wieder auffahren kann, spricht sie weiter. »Ich habe das ja kapiert, aber ich sehe im Gegensatz zu dir auch die andere Seite. Edward interessiert mich weniger ... nichts für ungut ...«

Gleichmütig zuckt er mit den Schultern und Susan lacht laut. »Okay, also sind wir in dieser Hinsicht einer Meinung. Ich wollte sagen: Ich bin bei Tony und ich war in den letzten Jahren bei ihr. Ich werde sie nicht überreden, schon, weil ich es für falsch halte. Außerdem möchte ich nicht, dass sie glaubt, ich hätte mich plötzlich mit euch gegen sie verschworen.«

Ehe er wieder laut werden kann, verdreht sie die Augen. »Du bist echt nicht besonders gut drauf, oder?« Als er nicht antwortet, schüttelt sie missbilligend den Kopf. »Aber ich erkenne das Problem. Und ich glaube, ich kann ein bisschen helfen. Nur ein bisschen. Zuerst einmal: Edward muss es ihr sagen. Und hey ... Vielleicht wäre es gut, wenn er es mal mit der Wahrheit versucht! Ich meine, bisher weiß Tony von nichts! Ich schätze, ihr rennt auch ständig so ein Aufpasser hinterher?«

Carlos nickt.

»Schön! Also Tony hat davon keinen Schimmer!

Dann bestell mal deinem Edward, dass er mit ihr sprechen soll! Und dass ich am Freitag ein bisschen früher als sonst da sein werde; dann können wir auf jeden Fall schon mal reden.« Und mit einem Grinsen: »Könntest du mich am Freitag vielleicht ein wenig früher abholen?«

+ + +

Edward versteht Carlos nicht!

Seitdem er sich aus dem Wrack des Jets befreit hat, wusste er, warum er drei Tage durch den Dschungel irren musste. Der Grund dafür war nicht zu übersehen oder falsch zu bewerten. Es existiert faktisch keine Havarie, die einen solchen Schaden verursachen könnte. Außer, sie wird forciert.

Dass Carlos ganz plötzlich durchdreht, ärgert ihn. Dabei hat Edward mit ganz anderen Problemen zu kämpfen,weshalb er sich nicht mit Dingen auseinandersetzen will, die er bereits vor Jahren in Carlos' fähige und Harpers unfähige Hände übergeben hat.

Das ist sein Ernst: Der jährliche Sicherheitsetat ist riesig! Er hätte nicht erwartet, dass alles bei der kleinsten Krise zusammenbricht. Außerdem bemüht er sich doch um eine Klärung, aber eben auf seine Art. Nicht, dass er Tony inzwischen seine Absichten erläutert hätte, das wäre viel zu riskant gewesen. In Wahrheit ist es auch beim zweiten Wochenende zu keiner echten Unterhaltung zwischen den beiden gekommen.

Aber er hat mit Matty darüber gesprochen, als er ihn abends ins Bett brachte. In seiner Idiotie vergaß er die Papierwände, dabei war der Satz so unschuldig: »Wenn wir alle zu Hause wohnen, dann teilen wir die Räume anders auf, versprochen.«

Tonys Blick, als er wieder das ›Wohnzimmer‹ betrat, sprach Bände. Eine Weile starrte sie ihn düster an und dann zischte sie (leise, Jade schlief bereits): »Das kannst du vergessen!«

Und Edward kämpfte wieder einmal mit seiner Beherrschung. Obwohl er geschworen hätte, inzwischen wirklich gut geworden zu sein. Ein kleiner Fehler, nur ein Satz, um die Sorgen eines kleinen Jungen abzuwenden, der sich immer und über alles Sorgen machen muss, und alles droht zu kippen.

Ist es da verwunderlich, dass er sich sogar ganz genau

überlegt, was er wann sagt?

Denn ansonsten hat sich das zweite Wochenende durchaus erträglich entwickelt. Zunächst einmal brachte er neben einem großen Vorrat an frischen Hemden auch zwei riesige Einkaufstüten mit Lebensmitteln mit. Die wurden von Tony zwar mit einem Naserümpfen beäugt, doch seine Erklärung war wohlüberlegt: »Ich denke nicht, dass du für meine Beköstigung aufkommen solltest.«

Daher verging das zweite Wochenende ohne Dosenfutter und Tiefkühlkost. Obwohl Tony nicht sehr glücklich wirkte, als sie stattdessen einige Stunden in der Küche zubringen musste, um das Essen zuzubereiten. Das hatte Edward nicht bedacht. Er hätte ihr gern geholfen, doch gleich zwei Dinge sprachen dagegen: Die Küche ist klein und sie wären sich zwangsläufig nah gekommen. Das duldet Anthonia nicht, weshalb er es vermeiden muss.

Außerdem hat er keine Ahnung von der *Zubereitung* von Nahrung – er isst sie nur.

Die Pleite war daher vorprogrammiert.

Gut, auch was Tony zustande brachte, entsprach nicht den höchsten Ansprüchen der Feinschmecker-Küche. Doch man konnte es genießen.

Edward hat vor, diese Dinge bei ihrem dritten gemeinsamen Wochenende anders zu regeln. Der Staubsauger wurde auch wieder bemüht, aber diesmal war er schlauer und hielt sich ebenfalls die Ohren zu. Am Morgen durfte er sogar bis um sieben schlafen. Tony versicherte ihm, dass dies Jades neuer Rekord sei.

Als sie sich am Sonntag verabschiedeten, sagte Jade endlich Daddy zu ihm und wollte nicht, dass sie wegfuhren. Ihr kleines Gesichtchen war mit Tränen überströmt und Tony hatte Schwierigkeiten, sie festzuhalten, als Edward und Matty schließlich die Treppe hinabstiegen.

Es geht aufwärts. Nebenbei war Tony mit Carlos und ihm bei der Bank und hat Edwards Scheck auf einem Konto für Jade eingereicht. Das ist wenig und Edward ziemlich erbost, weil sie keine Anstalten machen will, es zu nehmen, um die allgemeine Lebenslage vielleicht etwas zu bessern. Doch er war sich ihres lauernden Blickes durchaus bewusst und sagte nichts.

Apropos lauernde Blicke:

Die befinden sich im deutlichen Abwärtstrend. Tony ist nicht überzeugt, nein, aber sie glaubt nicht mehr, dass er plötzlich und unvermutet aus der Tür rauschen wird.

Und Edward fühlt sich wirklich wohl.

Trotz der Enge, des Lärms, der Tatsache, dass sie nicht miteinander sprechen; es sei denn, es geht um die Kinder. Trotz sechs ruinierter Hemden, als er am Sonntag wieder nach Hause fuhr.

Trotz Couch, einem Sonntag, der nicht um zehn, sondern um sieben begann – und keiner ruhigen Minute.

Und trotzdem er Tony nicht in den Arm nehmen darf.

Er mag es und freut sich auf dieses Wochenende, genau wie Matty, weshalb Edward sich garantiert nicht von seinen Plänen abbringen lassen wird.

Was soll der ganze ›Seht her, ich lebe noch, und deshalb gehe ich einmal wöchentlich ins Theater, um mir irgendein grausames Stück anzusehen!‹-Blödsinn, wenn ihn am Ende irgendwelche dahergelaufenen Idioten erfolgreich daran hindern könnten, das zu tun, was er wirklich will?

Er wird fahren!

Mit Matty, jeder Menge vorgekochter Gerichte, die Mrs. Knight bereits seit Tagen mit wachsender Begeisterung produziert, mit Geschenken, sauberen Hemden und ein wenig Hoffnung ...

* * *

Ein erster Versuch

Carlos ist alles andere als begeistert, und selbst Edward gelingt es nicht, dessen neuerdings ständig verkniffene Miene zu übersehen. Dafür kann er sie jedoch hervorragend *ignorieren*.

So auch am Freitag, als er eine gute Stunde früher als üblich mit Susan vorfährt. Die scheint froh, die Gegenwart des Miesgelaunten gegen Edwards eintauschen zu dürfen, und das soll ehrlich etwas heißen.

Edward führt sie auf die Terrasse, wo Mrs. Knight bereits die Getränke bereitgestellt hat, und sobald sie sitzen, mustert er Susan fragend. Als sie entnervt das Gesicht verzieht, ist er erstaunt, bevor sich mal wieder Erschöpfung in ihm breitmacht. Hat sie vor, eine Art Quiz mit ihm zu veranstalten, um sich nur dann dazu herabzulassen, ihn nicht dumm sterben zu lassen, wenn er besteht?

Momentan ist Edward gut im Training, weshalb es ihm gelingt, seinen Ärger weitestgehend zu tarnen. Stumm und mit unbewegter Miene erwidert er ihren Blick, bis sie schließlich laut seufzt.

»Du musst mit ihr sprechen, Edward.«

»Worüber?« Angesichts ihres bedeutungsvollen Blicks ist die Antwort nicht schwer zu erraten. Sein Gesicht verhärtet sich. »Wenn es an der Zeit ist.«

»Also belügst du sie schon wieder!«

»Susan ... du hast zwar keine Ahnung, wovon du sprichst, und es geht dich auch nichts an, aber zu diesem Thema so viel: Ich habe Tony noch nie belogen und mit Sicherheit werde ich nicht gerade jetzt damit beginnen!«

»Du weißt, dass etwas zu verheimlichen auch eine gängige Form des Lügens ist, ja?«, kontert sie ungerührt.

»Das ist Ansichtssache«, erwidert Edward. »Wenn es dazu beiträgt, dass sie weiterhin in Ruhe und Frieden leben kann, betrachte ich das eher als eine durchaus vertretbare Form des Schutzes.«

»Ach, das bedeutet, du willst Tony vor der Wahrheit schützen?«

»Nein!«, Edward schüttelt den Kopf. »Ich schütze sie vor Angst, Paranoia und ...«

Susans Lächeln ist mit einem Mal geringschätzig. »Nennen wir die Dinge doch beim Namen. Du schiebst jede Menge Schiss, dass sie durchdreht, wenn sie erst mal weiß, wer dich so alles killen will! Schon klar. Du bist ein Feigling!«

Eisig mustert er sie. »Wenn du mit mir das Gespräch gesucht hast, um mich zu beleidigen, können wir das gern fortführen. Allerdings an einem anderen Tag, denn heute fehlt mir dazu die erforderliche Zeit. Wenn du mich dann entschuldigen würdest.«

Als er aufsteht und tatsächlich gehen will, hält sie ihn eilig zurück. »Ist ja gut! Ich wollte dich nicht beleidigen, sondern habe dich nur mit der unbequemen Wahrheit konfrontiert.«

Edward setzt sich nicht. »Du unterschlägst, dass deine Wahrheit eine andere ist als meine. Es verhält sich wie mit der sogenannten Tussi. Du weißt nichts, maßt dir jedoch ein Urteil an. Das ist oberflächlich und mit Verlaub ziemlich billig. Ich habe meine Gründe, Anthonia zu diesem Zeitpunkt nicht genau über die Widrigkeiten meines Lebens zu informieren. Du kennst sie nicht und ziehst nicht einmal die Möglichkeit in Betracht, dass es sich vielleicht etwas anders verhalten könnte, als du es dir zusammenreimst. Ich werde die Dinge so angehen, wie ich es für richtig halte, was einschließt, dass ich sie nicht rücksichtslos mit den Realitäten konfrontiere. Mir ist egal, ob du das gut heißt oder nicht, es wird deine Ansichten über mich oder meinesgleichen ohnehin nicht ändern. Du bist Opfer deiner Vorurteile und kämst daher nie auf die Idee, dass meine Motivation vielleicht nicht ganz so egoistisch ist, wie es in dein Bild von mir passt. Noch einmal, Susan. Warum wolltest du mich sprechen?«

Sie hat seinem Vortrag ohne äußere Regung gelauscht, doch

bei den letzten Worten kniff sie die Augen zusammen und ihr Blick wurde feindselig.

Edward nimmt an, dass dies wohl das Ende der Unterhaltung darstellt. Er nickt. »Ein schönes Wochenende ...«

Bevor er die Terrasse endgültig verlassen kann, ertönt sie erneut. »Moment!«

Als er sich zu ihr umwendet, verdreht sie stöhnend die Augen. »Ich muss total dämlich sein!«

Oh, das *muss* kann sie Edwards Meinung nach getrost in ein *bin* austauschen. Gelangweilt wartet er, um zu erfahren, welchen Mist sie jetzt wieder von sich geben will.

»Okay, hör zu! Ich weiß ungefähr, wie wichtig es ist, dass Tony mit Jade hierherkommt. Und deshalb habe ich mir ein paar Gedanken gemacht, wie du das bewerkstelligen könntest.«

Edward lacht auf. »Keine Ahnung, was Carlos erzählt hat, aber ich kann dir versichern, dass für eure Sicherheit umfassend gesorgt ist. Zerbrich dir darüber nicht den Kopf.«

»Da habe ich aber etwas anderes gehört.«

»Ja, Carlos wird wieder einmal maßlos übertrieben haben. Aber es besteht keine Gefahr. Dennoch werde ich die Dinge vorantreiben, aber nur, weil ich Tony und Jade bei mir haben möchte. Nicht, weil ich um ihre Sicherheit besorgt bin.«

Er bemerkt ihren lauernden Blick – nein, nicht sie auch noch! – und seufzt. »Dich will ich nicht unbedingt bei mir haben, aber ich kann deine Anwesenheit durchaus verkraften.«

»Weißt du, Edward. Dafür, dass ich im Zweifelsfall das Zünglein an der Waage sein könnte, bist du bemerkenswert unfreundlich! Ein böser, taktischer Fehler ...«

»Ach, siehst du das so?«

»Yeah! Du glaubst doch wohl nicht, dass Tony zu dir ziehen würde, wenn ich mich weigere, sie zu begleiten, oder?«

»Und warum *solltest* du dich weigern?«

»Oh, lass mich nachdenken ...« Sie hat einen Finger an ihr Kinn gelegt und mustert ihn unschuldig. »Vielleicht, weil ich nirgendwohin gehe, wo ich nicht ›erwünscht‹ bin? Kannst du dir nicht vorstellen, dass es Menschen gibt, für die die Aussicht, sich aufzudrängen, nicht sehr prickelnd ist?«

»Du drängst dich nicht auf!«

»Nein? Wenn du mir in aller Seelenruhe mitteilst, dass ich ein ›notwendiges Übel‹ bin?«

Edward hebt die Schultern. »Was soll ich sagen? Ich habe akzeptiert, dass du Tony begleiten wirst. Mir ist es egal, das musst du doch einsehen! Allerdings habe ich nicht vergessen, dass ich dir zu Dank verpflichtet bin. Und schon wieder siegen deine Vorurteile.«

»Du hast aber eine merkwürdige Art, das zu zeigen.«

»Was erwartest du von mir? Soll ich vor dir niederknien?«

»Darauf kann ich verzichten.«

»Oh, da bin ich ehrlich beruhigt. Also, was dann?«

Susan überlegt. »Freundlichkeit ...«

»... ist eine Geste, die immer auf *zwei* Seiten beruht. Nicht vergessen. Solange du dich bemüßigt fühlst, mich zu beleidigen und wie einen Trottel zu behandeln, kannst du nicht von mir erwarten, dass ich deine Anwesenheit mit ausufernder Begeisterung honoriere.«

»Ehrlich, die Vorstellung, dass du begeistert sein könntest, macht mir irgendwie Angst.«

»Zu Recht«, versichert Edward ihr ernst.

Das bringt sie zum Lachen, und auch er muss sich beherrschen, um nicht doch zu lächeln. Schließlich setzt er sich wieder. »Lass uns einen Waffenstillstand schließen.«

»Ach, ich wusste überhaupt nicht, dass wir uns im Krieg befinden«

»Susan, willst du nun mit mir sprechen oder nicht?« Langsam hat er ehrlich genug.

»Doch ... ja ... gern.«

»Fein! Dann wäre etwas Kooperation nicht die schlechteste Entscheidung.« Edward wartet, und als nichts kommt, fährt er fort. »Wenn man mal all die Dinge vernachlässigt, die uns trennen, verfolgen wir im Grunde beide das gleiche Ziel: Wir wollen, dass es Anthonia und Jade gut geht, richtig?«

Nach reiflicher Überlegung nickt sie, wenn auch sehr zögernd.

»Dann wäre es doch keine schlechte Idee, wenn wir eine Art

Allianz bilden.«

»Nein, ich verbünde mich nicht mit dir gegen Tony ...«

»Wieso *gegen* sie? Ich denke, wir verfolgen das gleiche Ziel?«

Sie beißt sich auf die Lippen und betrachtet ihn misstrauisch. »Okay ...«, sagt sie nach einer Weile. »Du hast wieder so eine halbseidene Nummer vor; ich weiß nur noch nicht genau, was dahintersteckt. Sprich ruhig weiter.«

»Oh, darf ich, ja? Vielen Dank!« Er verzieht das Gesicht. »Ich denke, es wäre nicht falsch, sich zu bemühen, höflich miteinander umzugehen; stimmen wir bis hierhin überein?«

Ihr Nicken fällt etwas steif aus.

»Fein. Und ich denke, du pflichtest mir bei, dass Tony langfristig gesehen mit Jade zu mir kommen wird?«

Das Nicken erfolgt – wenn auch zögernd.

»Sehr schön. Demnach ist die Vermutung nicht sehr weit hergeholt, dass sie sehr wohl emotional zu mir tendiert. Auch wenn sie sich das momentan nicht unbedingt eingestehen will?«

Susan runzelt die Stirn. »Oh nein, das kannst du vergessen, Edward!«

»Was habe ich gesagt?«

»Nichts! Du willst mich nur dazu bringen, dir deine Fragen zu beantworten. Finde es selbst heraus!«

Edward bleibt relativ unbeeindruckt. »Auf jeden Fall sollte ich euren baldigen Einzug ein wenig vorbereiten. Und hier kommst du ins Spiel, Susan.«

»Ach?«

»Es gibt noch kein Zimmer für Jade, und ich weiß, dass Anthonia sich in ihrem alten nie wirklich heimisch gefühlt hat. Es müssen einige Veränderungen vorgenommen werden. Du bewohnst momentan eines der Gästezimmer, und ich vermute, du willst dein Appartement nach deinem Geschmack einrichten?«

Susan nickt steif.

»Und ich denke, Ähnliches trifft auf Anthonia zu. Ich hoffe zwar, diesen Teil überspringen zu können, aber ich rechne mit allen Eventualitäten.«

Dem begegnet Susan mit einem fragenden Blick, doch Edward winkt ab. »Vergiss es. Was ich eigentlich damit ausdrücken will: Es wäre gut, wenn du auch eines der Appartements für Tony aussuchen könntest. Ich werde einen Innenarchitekten beauftragen, doch ich müsste zumindest die ungefähre Stilrichtung wissen, du verstehst?«

Als sie auch das stumm bejaht, wird Edwards Lächeln breiter. »Das ist alles, worum ich dich bitten will. Vielleicht kannst du dir in den kommenden zwei Tagen Gedanken darüber machen und mich das Ergebnis dann wissen lassen.« Er sieht auf die Uhr. »Es wird Zeit. Wolltest du noch irgendetwas sagen?«

»Huh?« Susan ist offensichtlich in Gedanken ganz woanders. »Nein, ich glaube nicht.«

»Dann noch einmal: ein schönes Wochenende.«

Er beeilt sich, zu verschwinden, bevor sie es sich anders überlegt und doch wieder zickig wird.

* * *

Die vielen Plastikgefäße, die Edward an diesem Freitag mitbringt, bedenkt Tony zuerst mit kritisch bis anklagend erhobener Augenbraue. Doch nach einigen Sekunden beginnt sie zu lachen und braucht eine geschlagene Viertelstunde, um sich wieder zu erholen. Sie sagt nichts, aber Edward schätzt, dass sie ihm seinen unerlaubten Vorstoß nicht sonderlich übel nimmt.

Schwieriger wird es da schon, als er die neue Mikrowelle aus dem Wagen holt. (Carlos läuft übrigens währenddessen neben ihm her wie eine aufgeschreckte Glucke.)

»Was soll das?« Anthonia hat wütend ihre Hände in die Hüften gestemmt.

Edward betrachtet den silbernen Kasten. »Wir müssen das Essen auch erwärmen. Mrs. Knight meinte, mit der Mikrowelle erfordere es den geringsten Aufwand, und da dachte ich ...«

Sie nickt heftig. »... Da dachtest du: Okay, warum kauf ich nicht mal schnell eine Mikrowelle? Fällt ja gar nicht ins Gewicht! Weißt du, die ewige Protzerei mit deinem Geld ist ekelerregend!«

Auch darauf ist Edward bestens vorbereitet. »Ich habe keinen Cent dafür ausgegeben. Mrs. Knight meinte, sie würde ihre nie benutzen, deshalb könnte ich sie mit zu dir nehmen. Ich wollte erst nicht, das gebe ich gern zu. Es ist nicht mein Stil, einer Frau ihre ...«

Erschöpft winkt Tony ab. »Schon gut! Schon gut! Warum erstaunt es mich nicht, dass du dir selbst dafür eine deiner miesen kleinen Ausreden einfallen lassen hast?«

»Das ist keine Ausrede, sondern die Wahrheit.«

»Sicher. Weißt du, was das Problem ist, Edward?«

Da ist er wieder, der lauernde Blick. Langsam schüttelt er den Kopf. »Nicht wirklich, nein ...«

»Dieses Ding dort ...«, angewidert deutet Tony auf den silbernen Metallkasten mit Sichtfenster, den er immer noch in den Händen hält, »... wurde noch nie benutzt!«

»Ach? Na ja, das ergibt durchaus Sinn, sonst hätte Mrs. Knight sie ja nicht ...«

»Hör auf!«, faucht sie plötzlich.

»Womit?«

»Mit deiner Lügerei!«

»Tony, ich würde dich niemals ...«

»Hör auf!«

Edward seufzt. »Okay, okay. Mrs. Knight hat sie gestern auf meine Bitte hin mitgebracht. Was hat mich verraten?«

Tonys Schnauben gerät sogar äußerst abfällig. Sie nimmt die Arme auseinander. »Alles!«

»Pardon?«

»Edward!«

Sie stehen sich in der kleinen Küche gegenüber, Jade verfolgt den Streit von Edwards Bein aus, Matty befindet sich neben Tony. Beide haben große Augen und ihre Köpfe gehen hin und her, von Edward zu Tony und wieder zurück.

Weder Edward noch Tony bemerken etwas davon.

»Du! Würdest! Niemals! Irgendetwas! Gebrauchtes! Kaufen! Oder! Auch! Nur! Annehmen!«

»Das kannst du nicht wissen, also ...«

»Kann ich nicht? Dass ich nicht lache!«

Niemand lacht – Edward mit Sicherheit nicht.

Denn plötzlich eskaliert der Streit, und er hat keine Möglichkeit, ihn aufzuhalten. Schlimmer, mit jeder Sekunde, die sie sich so bereitwillig in ihren Wutausbruch hineinsteigert, kann er sich selbst weniger beherrschen. Er ist für dieses Theater nicht geschaffen! *Denn er ist kein Trottel!*

Nicht einmal für Anthonia.

Ihr Blick ist wieder lauernd. »Ich weiß ganz genau, was du vorhast!«

»Jetzt überraschst du mich. Was denn?«

»Du willst mich austricksen und diesen ganzen Scheiß nach und nach hier anbringen!«

»Völlig falsch! Ich habe nur nach einer Möglichkeit gesucht, das Essen zu erwärmen. Dass ich mir dafür dreihundert Ausreden einfallen lassen muss, liegt einzig und allein an deiner elenden Sturheit!«

»STUR? ICH BIN STUR? Dass ich nicht lache!« Sie wirkt immer weniger so, als hätte sie vor, demnächst in entspanntes Gelächter auszubrechen. Ihre Wangen sind mit hektischen roten Flecken übersät und die Augen ziemlich groß. »Das sagt genau der Richtige!«

Sein Gesicht ist wieder zu jener unbeweglichen Maske verkommen, die früher sein Markenzeichen war. »Mich als stur zu bezeichnen, während du dich über solche Kleinigkeiten derart echauffierst, ist ziemlich gewagt. Aber damit du zufrieden bist: Ich schenke das Teil Jade. Das kannst du mir nicht verwehren!«

»Schön! Dann bin ich mal gespannt, wie Jade es bedienen wird.«

»Fein!«

»Ja!«

Sie sind sich inzwischen gefährlich nahe. Ihre Köpfe sind vorgereckt; beide starren sich wutentbrannt an. Es ist nur eine Frage der Zeit, bevor sie mit den gröbsten Gemeinheiten um sich werfen. Jades lautes Weinen lässt sie wieder zu sich kommen, ehe die Dinge tatsächlich unrettbar eskalieren können. Gleichzeitig blicken sie zu Edwards Bein, an dem Jade herzerweichend schluchzt. Synchron heben sich die Köpfe wieder und sie mustern sich – mit identisch anklagenden Mienen.

Schließlich nimmt Edward Jade auf den Arm und verschwindet nach einem letzten vernichtenden Blick zu Tony im Kinderzimmer.

Matty sieht ihm für einen Moment ratlos nach und entscheidet, bei seiner Tante zu bleiben, damit die Dinge ausgewogen sind ...

* * *

Das folgende Schweigen ist eisig und hält sich bis zum Abend. Bis zum *späten* Abend, um genau zu sein. Es ist einer der Tage, an denen Jade nicht die geringste Lust verspürt, einzuschlafen. Als sie endlich gegen zehn den Kampf gegen die Müdigkeit verliert, sind Tony und Edward erschöpft. Sie sitzen auf der Couch, die noch nicht für Edward hergerichtet ist, und trinken demoralisiert ihren Rotwein. Schließlich sieht Tony auf. »Okay. Es tut mir ...«

»Nein!«, wehrt Edward ab. »Ich gebe zu, dass ich dieses Problem dämlich angegangen bin. Ich hätte dich vorher fragen sollen.«

»Einigen wir uns darauf, dass wir beide falsch reagiert haben?«

»Ja, das klingt vernünftig.«

Schon schleicht sich der lauernde Ausdruck in ihre Augen, doch er hält sich nicht sehr lange. Irgendwann wagt Tony sogar, sein Lächeln zaghaft zu erwidern und Edward atmet ein wenig auf. Schweigend genießen sie ihren Rotwein, im Fernsehen läuft irgendeine Gameshow, von der Edward noch nie etwas gehört hat, doch der Ton ist ohnehin leise geregelt, schließlich schläft Jade nebenan.

Nach einer Weile sieht sie erneut auf. »Ich habe jetzt mein eigenes Leben, weißt du?«

»Ja.«

»Ich bin es gewohnt, meine Entscheidungen selbst zu treffen.«

Edward nickt.

Sie betrachtet ihr Glas. »Auch wenn ... wenn ich deshalb keine Mikrowelle besitze.«

»Ich wollte dich nicht beleidigen, ich dachte nur ...« Edward seufzt. »Tony, es ist kein Verbrechen, ein Geschenk anzunehmen.« Sie will aufbegehren, doch er kommt ihr zuvor. »Lass mich erst ausreden! Hör zu ...« Behutsam wendet er sich ihr zu. »Es ist meine Schuld, dass du dich in dieser Lage befindest. *Ausschließlich meine!* Egal, von welcher Seite aus man es betrachtet, am Ende macht man immer wieder mich als Verantwortlichen aus. Das ...« Edward runzelt die Stirn. »Das macht mich krank, verstehst du? Du erwartest von mir, dass ich tatenlos zusehe, wie du unter den jämmerlichsten Verhältnissen lebst. Ich will dich doch nicht mit Geld überschütten, falls du das glaubst. Ich will dich auch nicht bestechen! Nichts liegt mir ferner; außerdem weiß ich, dass jeder Versuch in diese Richtung ohnehin zum Scheitern verurteilt wäre. Aber ist dir denn noch nie der Gedanke gekommen, dass ich nicht nur für Jade verantwortlich bin? Du ziehst unsere Tochter groß, und deshalb kannst du dein Studium nicht fortsetzen, deshalb musst du einen mies bezahlten Job versehen, deshalb hast du so wenig Geld. Man nennt das auch Armut. Möglich, dass dir das entgangen ist, mir aber nicht! Was keineswegs bedeutet, dass ich Jade missen will, hoffentlich glaubst du mir das. Es geht nur wieder einmal um eine schonungslos objektive Betrachtung der Gesamtlage. Und die bedeutet, dass du momentan das gesamte Risiko allein trägst, das ein Kind mit sich bringt. Mir bleiben ausschließlich die Freuden. Das ist nicht fair. Bitte, lass zu, dass ich dir ein wenig helfe. Nur ein wenig ...«

Für einen langen Moment mustert sie ihn, bevor sie sich räuspert. »Ich betrachte meine Verhältnisse nicht als jämmerlich.«

»Nein, so hatte ich ...«

»Ich weiß, wie du es gemeint hast, das verstehe ich sogar.« Sie runzelt die Stirn. »Ein wenig. Doch du unterliegst da einem kleinen Denkfehler.«

»Der wäre?«

Sie nimmt einen Schluck von ihrem Rotwein, stellt das Glas wieder ab und sieht ihm fest in die Augen. Wieder fällt ihm auf, wie hübsch sie ist. Das Haar ist achtlos über ihre Schulter gelegt und sie neigt auch noch den Kopf zur Seite. Unwiderstehlich. Nur leider ist ihr Blick alles andere als romantisch. »Du vergisst, dass ich mich für diesen Weg entschieden habe. Egal, wie du reagiert hättest – das kann ich nicht wissen –, aber du hättest mich nicht in diesen ›jämmerlichen Verhältnissen‹ leben lassen.« Es klingt keineswegs bitter. »Ich entschied zu gehen und den Preis kannte ich sogar ganz genau. Nicht nur ich, sondern auch Susan. Ich lehnte deine Unterstützung ab ...« Tony holt tief Luft, womit sie zum ersten Mal etwas verunsichert wirkt. »Ich bin sogar bereit, zuzugeben, dass ich dir damit vorsätzlich die Möglichkeit nahm, mir und vor allem Jade zu helfen. Ich wollte deine Hilfe nicht, begreife das!«

»Aber warum?« Edward betrachtet sie kopfschüttelnd. »Wir sind doch beide dafür verantwortlich ... Nein, ich bin es. Woher hättest du wissen sollen, dass ...«

Sie lacht. »Oh nein! Bitte stelle mich nicht als Unschuld vom Lande hin. Nur, weil ich vorher noch nie ... du weißt schon, bin ich nicht blöd! Ich habe nicht gedacht, und das ist das Ergebnis.«

»Ein wunderbares Ergebnis«, erinnert Edward.

Sie lächelt. »Ja, das ist es.«

»Hast du deine Entscheidung jemals bereut? Ich meine, in Anbetracht all der Schwierigkeiten?«

»Nein, niemals!«

»Ich ... Ich wäre so unglaublich gern dabei gewesen, Tony, bei allem. Du kannst dir nicht vorstellen ...«

Ihre Miene wird abweisend und der Kopf sitzt wieder gerade auf den Schultern. »Aber du wolltest nur den einen Teil, Edward! Jade hätte deine vorherige Entscheidung nur bedingt beeinflusst. Du hättest dich den Umständen angepasst; an deinen Gefühlen oder deiner tiefen Überzeugung hätte sich nichts geändert. Das wäre ... falsch gewesen! Für dich und auch für mich, selbst für die Kinder! Kannst du nicht verstehen, dass mir keine Wahl blieb?«

Ja, das klingt alles plausibel. Sie weiß nicht, weshalb er sich damals so entschied, ahnt es nicht einmal. Sie glaubt, er hätte sie abgelehnt, weil er – wie nennt sie es? – *Aversionen* gegen sie hegt. Ihre Ansichten sind nicht unrealistisch, sondern erstaunlich vernünftig. Und sie wird ihm kein Wort glauben, wenn er jetzt den Versuch unternimmt, sie vom Gegenteil zu überzeugen.

Rose hat recht, selbst Susan – wie er widerwillig zugibt.

Es funktioniert nur mit Geduld.

»Ich glaube, das kann ich durchaus verstehen. So schwer es mir auch fällt. Aber ... darf ich nicht trotzdem der verschenkten Zeit nachtrauern?«

»Ich denke, das geht in Ordnung«, erklärt sie gleichmütig.

»Tony ... Es ist nur eine Frage, reg dich nicht gleich wieder auf!«

Argwöhnisch mustert sie ihn. »Okay ...«

»Hast du schon einmal die Möglichkeit in Betracht gezogen, nach Miami umzuziehen? In ein größeres Appartement? Näher zu Matty, näher zu ... mir?«

Prompt verschließt sich ihr Gesicht. »Das kann ich nicht, Edward!«

»Warum?«

»Weil ...« Ihr Blick irrt durch den Raum, bevor er auf ihm strandet. »Wir haben hier unsere Jobs. Ich weiß, du hältst es für wenig Geld, doch wir leben davon, und diese Miete ist bezahlbar. Ich kann jetzt keinen Neuanfang riskieren. Unmöglich!«

»Aber ich könnte euch doch ...«

»Nein! Ich will nicht, dass du uns hilfst. Akzeptiere das!« Sie ist nicht unfreundlich, nur endgültig, was die Dinge nicht unbedingt vereinfacht.

Es fällt ihm sehr schwer, dennoch sagt er an diesem Abend nichts mehr zu diesem Thema. Doch er hat den ersten Vorstoß gewagt und es zumindest auf den Tisch gebracht. Jetzt heißt es, dranzubleiben, immer wieder nachzuhaken, nicht zuzulassen, dass es wieder in einer dunklen Schublade verschwindet.

Eines ist sicher. Es wird sehr lange dauern, bis er diese dichte Mauer der Überzeugung eingerissen hat.

Er kann sie verstehen. All die Verbitterung und der Vorsatz, es allein zu schaffen, *jetzt erst recht!*

Aber deshalb heißt er es noch lange nicht gut.

* * *

Stagnation

Edwards dritter Samstag in Palm Beach beginnt um halb sieben. Jade hat sich angewöhnt, zu ihrem Dad zu stürzen, sobald sie wach wird, offenbar unterliegt sie dem Irrglauben, er freue sich, wenn sie ihn mitten in der Nacht weckt.

Und so wird er von einem feuchten – klebrigen – Kuss auf die Wange geweckt. Er steht wirklich gut im Training, denn er braucht inzwischen keine zehn Sekunden, um den ersten Schock zu überwinden. Schon grinst er breit. »Hey ...«

Sie antwortet nicht, kräht aber vor Vergnügen, als er die Augen aufschlägt und stöhnend verdreht. Denn das bedeutet nichts anderes, als dass es jetzt etwas zu essen gibt.

Das mit der Windel, dem Toilettenbesuch und dem Anziehen hat Edward inzwischen verinnerlicht. Nur mit dem Frühstück will es immer noch nicht richtig funktionieren. Wenn er Glück hat, findet er etwas Verwertbares im Kühlschrank, aber gesund ist das bestimmt nicht – und nahrhaft schon gar nicht. Außerdem fehlt ihm sein Kaffee.

Unsicher steht er in der Küche. In den vergangenen Wochen hat er Mrs. Knight beim Frühstückzubereiten aufmerksam beobachtet, weshalb ihm die Theorie mittlerweile bestens vertraut ist. Nun ist Edward kein Idiot und weiß, dass zwischen Theorie und Praxis noch einmal ein riesiger Abgrund klafft. Doch seitdem Tony ausschlafen kann, tut sie das mit wachsender Begeisterung. Heute ist er im Kühlschrank nicht fündig geworden, Jade sitzt erwartungsvoll und vor allem hungrig in ihrem Stuhl, wobei sie ihn nicht aus den Augen lässt.

Und er will Kaffee!

Anscheinend ist dies die Stunde der Wahrheit. Nach einigen Konzentrationsübungen holt Edward tief Luft und beginnt unter Jades kritischen Blicken, im Kühlschrank nach dem Speck für die Eier zu suchen ...

Also, Edward findet das Ergebnis durchaus annehmbar. Gut, der Speck ist ein wenig schwarz geworden. Zwischenzeitlich hat er sich mit der Funktionsweise der Kaffeemaschine auseinandergesetzt und ihn nicht rechtzeitig gewendet. Die Eier sind ein wenig zu salzig – das liegt mit Sicherheit am Speck. Der Kaffee ist dünn, aber das ist nicht weiter wild, dann trinkt er eben eine Tasse mehr. Der Toast jedoch – *der* ist ihm perfekt gelungen. Wie auch immer, für einen ersten Versuch hätte es garantiert schlimmer ausgehen können.

Findet wie gesagt Edward.

Jade und Matty erweisen sich allerdings als gemeine Verräter: Jade spuckt ihr Ei nach der ersten vorsichtigen Kostprobe sofort wieder aus und verlangt nach Mommy. Matty verzieht angewidert das Gesicht und verweigert entschieden das Essen. Tony ist da schon diplomatischer, denn als sie verschlafen die Küche betritt, beobachtet sie mit großen Augen sein Treiben, erspart sich jedoch jeden Kommentar. Und obwohl sie nach der ersten Gabel von ihrem Ei zusammenzuckt, isst sie sogar noch eine zweite. Auch wenn sie sichtliche Schwierigkeiten hat, es hinunterzuwürgen.

Ähnlich verhält es sich mit dem Kaffee. Leider muss Edward nach dem dritten Selbstversuch aufgeben. Eigentlich wollte er demonstrieren, dass es sehr wohl ›gut ist!‹ weil er es schließlich isst. Doch er muss einsehen, dass es an Körperverletzung grenzt, so etwas zu sich zu nehmen. Missmutig schiebt er den Teller zurück und ignoriert standhaft Jades anklagenden und vor allem *hungrigen* Blick.

»Komm, ich zeig es dir.« Er sieht auf, direkt in Tonys Augen. Kein Spott ist darin zu finden, was eher positiv anmutet, er ist nämlich bereits wieder ziemlich wütend. Auf sich selbst diesmal.

Und schon, um endlich dem Blick seiner Tochter zu entfliehen und nicht länger als der totale Versager vor ihr dastehen zu müssen, von Matty ganz zu schweigen, nickt er knapp und macht sich mit Tonys Unterstützung an den zweiten Versuch.

Beim ersten ist gar nicht so viel schiefgelaufen, nur die

Dinge mit den Mengen und Garzeiten sind leicht durcheinandergeraten. Tony erweist sich als geduldige Lehrerin, unter deren Anleitung es Edward gelingt, innerhalb einiger Minuten ein genießbares Frühstück zu zaubern.

Mit herausforderndem Blick stellt er es vor die beiden total verzogenen Kinder und wartet, bis die ärgerlich vorsichtig davon probiert haben. Als sich ihre Mienen aufhellen, nickt er. »Noch Fragen?«

Die hat keiner, und danach wird es ein ganz lustiges Frühstück, mit Kaffee, der einen sogar weckt.

* * *

Das gesamte Wochenende entwickelt sich prächtig. Tony benutzt sogar die Mikrowelle, wenn auch mit deutlicher Überwindung. Es gibt nur eine winzige Krise, als Edward sich standhaft weigert, Jade zu maßregeln.

Die ähnelt an diesem Samstag einem Sack mit Flöhen; konsequent tut sie alles das, was sie nicht tun soll, und ignoriert jede Anweisung. Egal, ob die nun von Edward oder Tony stammt.

Tony lässt sich das eine Weile gefallen, dann weist sie ihre Tochter energisch zurecht.

Edward lässt sich das auch eine Weile gefallen, und wenn die vorbei ist, nimmt er die nächste Weile in Angriff. Mit Jade zu schimpfen, erscheint ihm viel zu riskant, weshalb Tony diesen Part komplett übernehmen darf. Was zwangsläufig dazu führt, dass Tony für Jade der Buhmann ist und die Kleine sich immer zu ihrem Dad flüchtet, wenn sie mit ihrer Mom berechtigten Ärger bekommt.

Irgendwann stellt Tony ihn erbost zur Rede. »Ich sehe nicht ein, hier immer die Aussätzige zu geben! Könntest du sie vielleicht auch mal ausschimpfen? Hin und wieder? Das wäre nett!«

»Tut mir leid, geht nicht.«

»Wie – geht nicht? Das ist ganz einfach. Ich hab es dir heute ein paar Mal demonstriert. Wenn du ›nein‹ sagst und sie macht es trotzdem, musst du dich durchsetzen und sie zur Not irgendwie bestrafen.«

Edward verdreht die Augen. »Das *WIE* ist mir schon geläufig. Es geht nur leider nicht. Sorry.«

Jade sitzt auf seinem Schoß und kneift ihn in regelmäßigen Abständen in die Nase. Er hat ihr dreimal gesagt, sie solle damit aufhören; dreimal hat sie ihn entschieden ignoriert. Jetzt erträgt er stumm die Folter.

»Schön!« Oh, Tony hat wieder ihre Hände in die Hüften gestemmt. »Das musst du mir mal genauer erklären.«

»Ganz einfach ...« Edwards Stimme klingt etwas nasal, weil Jade ihm zum zehnten Mal oder so die Luftzufuhr abdrückt. Besonders toll wird das Spiel erst, wenn er dabei spricht oder zumindest den Versuch unternimmt. Sie lauscht mit zur Seite geneigtem Kopf und quietscht vor Vergnügen, wenn er wieder *so komisch klingt.*

Und prompt ist die Nase wieder zu. Edwards Lächeln fällt etwas gequält aus, bevor er zu Tony sieht. »Du glaubst doch wohl nicht, dass ich es mir mit ihr versaue, weil ich ihr irgendwelche Vorschriften mache. Du hast sie geboren, an dir hängt sie automatisch. Das Risiko, dich irgendwann zu hassen, ist daher eher gering. Aber mich kennt sie erst seit Kurzem. Ich habe nicht die Absicht, irgendetwas zu riskieren.«

Fassungslos betrachtet sie ihn. »Du spinnst, das weißt du, oder?«

»Wenn du es so nennen willst, bin ich bereit, das zu akzeptieren«, näselt Edward und strahlt den Folterknecht auf seinen Knien an.

»Aber du verwöhnst sie total!«

»Ja, sicher! Was sonst?«

Tony gibt sich geschlagen, obwohl sie ihn mit einem Blick bedenkt, der ihm hochgradigen Irrsinn bescheinigt.

Ihr zweiter Abend verläuft in einträchtigem Schweigen.

Es stört Edward nicht. Natürlich hätte er lieber mit Tony gesprochen, sich unterhalten und Dinge aufgebracht, die ihm auf der Seele brennen. Doch er entscheidet, nicht den nächsten Versuch zu unternehmen, die Stimmung komplett zu verderben. Sie haben heute Mittag entspannt und ohne Proteste eines von Mrs. Knights Gerichten gegessen, das zuvor in der Mikrowelle erwärmt wurde. Tony bemüht sich, kompromissbereit zu sein, und Edward macht die Erfahrung, dass er lieber friedlich mit ihr zusammen ist, als sich ständig zu streiten, weil er mit allen Mitteln seine, mit Sicherheit richtigen, Ansichten durchsetzen will.

Er genießt die Stille – Jade schläft nach einem langen, aufopferungsvollen Kampf. Edward genießt den Film im Fernsehen, obwohl er nicht weiß, worum es dabei eigentlich geht, und er genießt es, mit Tony zusammen zu sein.

Ohne boshafte Auseinandersetzungen.

* * *

Der Abschied am Sonntag verläuft tränenreich wie immer.

Edward sieht keine andere Möglichkeit, als Jade irgendwann ziemlich unsanft von sich zu zerren und Tony in die Arme zu drücken. Seinen vorwurfsvollen Blick an deren Adresse kann er nicht verhindern, denn das alles muss nicht sein! Sie verletzen die Kinder mit dieser aufgezwungenen Trennung, fällt ihr das nicht auf? Schon allein diese verdammte Zwölf-Uhr-Regelung ist absoluter Blödsinn. Sie wurde nur der Einfachheit halber von der alten Matty-Regelung übernommen; einen besonderen Grund gibt es dafür nicht. Warum kann Tony denn die Dinge nicht den neuen Begebenheiten anpassen?

Ebenso verhält es sich mit diesen verdammten vierzehn Tagen.

Zwei Wochen!

Der Zeitraum ist viel zu lang! Jedes Mal, wenn diese unfreiwillige Funkstille endlich vorbei ist, hat Jade sich so sehr verändert, dass Edward einen halben Tag braucht, um jedes neue Detail an ihr zu identifizieren.

Das ist nicht fair! Matty sieht das ähnlich, auch wenn der nichts sagt, und Carlos scheint auch nicht sehr begeistert zu sein, dass sich sein Kontingent an Schutzbefohlenen gerade wieder vereinzelt hat. Edward ahnt, dass die Dinge in der Zukunft nicht einfacher werden. Je mehr er sich an diese halb wahnsinnigen, total chaotischen Wochenenden gewöhnt, desto weniger genügen sie ihm.

Er will mehr und muss schon deshalb an diesem unerträglichen Zustand etwas ändern.

So schnell wie möglich.

* * *

Susan hat tatsächlich getan, worum er sie bat; sie hinterließ sogar eine Skizze, welche Räume sie für geeignet hält und welche Veränderungen vorgenommen werden sollten.

Ihre Wahl überrascht Edward, denn die Appartements befinden sich in jenem Flur, in dem auch Mattys Räume liegen.

Zufall? Möglich, aber vielleicht hat Susan auch einfach ein wenig Geist bewiesen, was zumindest eine wunderbare Abwechslung wäre.

Die kommenden zwei Tage verbringt er damit, gemeinsam mit seinem Neffen und dem Innenarchitekten die Neueinrichtung der Appartements zu planen. Besonders bei Jades zukünftigen Zimmern steht der Junge ihnen mit Rat und Tat zur Seite. Die Möbel dafür kaufen sie übrigens selbst. Mit Carlos und fünf Männern vor, neben und hinter sich, was Edward irgendwann fast in den Wahnsinn treibt – von Bewegungsfreiheit kann keine Rede sein. Und das soll er Tony erklären und darüber hinaus auch noch zumuten?

NEIN!

Jade ist ein Mädchen, daher verständigen sich Matty und Edward nach kurzer Beratung auf den Grundton Pink.

Sie erwerben pinkfarbene Tapete, Vorhänge, Bett, Schränke, Regale, sogar einen Teppich in diesem Ton, und alles, was man sonst noch so in einem Kinderzimmer, das aus drei Räumen besteht, unterbringen kann. Jades Bad wird ähnlich einfarbig gehalten. Allerdings ist das Pink hier eine Nuance heller und greller.

Als Jades neues Domizil am Donnerstag vor ihrem vierten gemeinsamen Wochenende fertiggestellt ist, erinnert es an eine riesige, klebrige, pinkfarbene Kaugummiblase mit Erdbeergeschmack.

Edward und Matty sehen sich an und nicken zufrieden.

Perfekt!

Nachdem Susan am Freitagmittag erschienen ist, verläuft das kurze Gespräch zwischen ihnen absolut giftfrei.

Edward zeigt ihr, wie weit die Arbeiten in den Appartements gediehen sind. Susan weiß sie durchaus zu bewundern; er beobachtet genau ihr Gesicht, sucht nach Indizien, dass sie nicht ganz so begeistert ist, wie sie vorgibt, findet jedoch nicht den geringsten Hinweis. Nur Interesse, möglicherweise ein wenig Vorfreude. Dennoch lässt er es nicht auf den Zufall ankommen.

»Sollte dir irgendetwas auffallen, lass es mich wissen. Noch kann alles geändert werden«, sagt er zum Abschied.

»Tony wird begeistert sein!«, prophezeit sie ihm mit ungekünstelter Freude.

Edward ist nicht ganz so zuversichtlich. »Wir werden sehen.«

* * *

»Edward, ich sagte dir bereits, es geht einfach nicht!«

Es ist Samstagabend – der vierte.

Tony sitzt neben ihm auf der Couch, ihre Hände liegen ineinander verschlungen in ihrem Schoß, und von gelassener Stimmung kann keine Rede sein.

Edward schüttelt den Kopf. »Ich glaube, du siehst die Dinge viel komplizierter, als sie eigentlich sind! Miami ist nur knapp zwei Autostunden entfernt. Ein Umzug dürfte nicht besonders aufwendig werden. Und du wirst doch zugeben, dass es immer schwieriger wird, das Ganze zu realisieren.«

Sie hebt eine Augenbraue. »Was wird schwieriger? Es läuft doch gut! Warum die Dinge verändern, wenn sie so, wie sie jetzt sind, funktionieren und jeder zufrieden ist?«

»*Du* bist zufrieden, Tony«, erinnert Edward sie leise. »Ich denke, wenn du Matty fragst, sagt der etwas anderes, und Jade ...«

»Jade kneift dir in die Nase!«, unterbricht Tony ihn mürrisch. »Sie ist klein und will, dass wir beide bei ihr sind. Sie kann die Probleme nicht erkennen. Sicher ist sie traurig, wenn ihr geht, aber ihr habt noch nicht einmal ganz das Haus verlassen, da hat sie sich schon wieder beruhigt. In diesem Alter ist es leicht. Aus den Augen aus dem Sinn.« Sie zuckt mit den Schultern.

»Ich bin nicht mehr klein«, erwidert er langsam. »Das wirst du wohl nicht abstreiten, aber ich kann die Probleme auch nicht sehen. Sorry.«

Anstatt etwas zu entgegnen, senkt Tony den Kopf und betrachtet aufmerksam ihre Hände. So geht das eine ganze Weile, und Edward muss sich zum unzähligen Mal in Geduld üben, inzwischen ist er darin recht gut geworden. Er würde nur gern erfahren, wo für Tony das Problem liegt. Kennt er es, kann er es aus der Welt schaffen.

Als sie wieder aufsieht, geschieht das mit dieser ekelhaft freundlichen Miene. Die setzt sie immer auf, wenn sie ihm signalisieren will, dass dies eine reine Zweckgemeinschaft ist. Ins Leben gerufen, um für Matty und Jade ein paar wenige Stunden die heile Familie zu spielen. Edward hat gelernt, es in solchen Momenten tunlichst dabei zu belassen, denn alles andere hätte unweigerlich zur nächsten lautstarken Auseinandersetzung geführt.

Und auf die kann er dankend verzichten.

* * *

Als Edward am Sonntagabend in seinem Bett liegt, kann er lange nicht einschlafen.

Zunächst geht ihm der Abschied am Mittag in Palm Beach nicht aus dem Kopf. Tony kann ja weiter die Ignoranz in persona spielen, wenn sie sich damit besser fühlt, doch er übersieht keineswegs, wie heikel und vor allem belastend diese Trennungen mittlerweile sind. Für Jade – sicher. Allerdings nimmt er Tony ab, dass die sich beruhigt, sobald sie fort sind, das bringt das Alter so mit sich. Aber Matty leidet auch, obwohl er sich alle Mühe gibt, das zu verbergen.

Interessant ist, dass der Abschied auch ihnen beiden – Tony und Edward – von Mal zu Mal schwerer fällt.

Nichts ist mehr einfach.

Alle Anfangsschwierigkeiten haben sich in der Zwischenzeit gegeben, nicht zuletzt, weil Tony diese überzogene Darstellung ihres *normalen* Lebens schnell wieder ließ, nachdem Edward das Theater nur noch mit einem müden Lächeln honorierte.

Ihre Freude, wenn sie freitags auftauchen, ist echt, sie erträgt sogar Edwards Launen, wenn er sich aufgrund der miesen Gesamtlage doch einmal nicht unter Kontrolle hat und lospoltert, aus welchen Gründen auch immer. Sie ist geduldig und macht keineswegs den Eindruck, als würde sie seine Anwesenheit nur mit viel Beherrschung über sich ergehen lassen.

Aber wollen sie irgendwann wirklich zusammenkommen, wird sie das Appartement und ihren lächerlichen Job in dieser Stadt aufgeben müssen. Das muss ihr doch klar sein!

Warum sperrt sie sich so dagegen?

Er denkt an Tony, die ihm hastig ausweicht, sobald er droht, eine gewisse Distanz zu ihr zu unterschreiten. Dabei hat er bewusst nichts in dieser Richtung provoziert, auch wenn es ihm schwerfällt.

Die Räume sind nur so verdammt klein – oder er zu groß. Auf jeden Fall harmonieren die Größenverhältnisse ganz und gar nicht. Da ist es zwangsläufig, dass man sich manchmal ins Gehege kommt.

Sie beobachtet ihn heimlich. Zunächst glaubte er, sie suche in seinem Verhalten nach der Bestätigung ihrer Vorurteile: Er wird sich niemals ändern, er kann sich nicht ewig zusammenreißen, irgendwann wird er ausrasten, ist alles nur eine Frage der Zeit. In Wahrheit warte er nur auf den richtigen Moment, um sie vor vollendete Tatsachen zu stellen. So etwas in der Art. Doch er liegt falsch.

Sie beobachtet ihn, wenn er mit Jade spielt oder den Versuch unternimmt, so etwas wie Ordnung im Wohnzimmer herzurichten; wenn er Matty ins Bett bringt, wenn er mit Jade herumalbert oder mit einem Augenverdrehen sein Hemd zum fünften Mal wechselt, weil es braun oder gelb oder rot ist – je nachdem, welche Geschmacksrichtung heute für den Pudding aktuell ist.

Sie ist...

Edward reißt die Augen auf und stöhnt.

Er ist so ein gottverdammter Idiot!

* * *

Als das fünfte Wochenende eingeläutet wird, bezieht Susan schon einmal vorsorglich ihr neues Appartement im Capwell-Haus.

Zu reinen Testzwecken, wie sie Matty und Edward mehrfach versichert ...

Edward findet die Idee nicht schlecht, auch wenn er sein Grinsen nicht ganz verhindern kann.

Ihr Waffenstillstand festigt sich. Seit ihrem letzten längeren Gespräch hat es zwischen ihnen keine neue Auseinandersetzung mehr gegeben.

Tony empfängt ihn wieder mit der üblichen aufgesetzt unbeteiligten Miene – er hätte auch der Pizzabote sein können, die Nummer bringt sie ziemlich gut.

Doch sie verrät sich mit tausend winzigen Kleinigkeiten. Und wenn es nur die Tatsache ist, dass sie vermeidet, ihn anzusehen, wenn er vor der Tür steht.

Tony begrüßt Matty, freut sich mit ihm über seine neuesten Zensuren, quält ihn mit ihren Küssen, doch sie sieht Edward nicht an.

Es dauert mindestens eine Viertelstunde, bevor sie sich so weit im Griff hat, um den Du-bist-nur-der-Pizzabote-Blick zustande zu bringen. Es fasziniert ihn und fordert ihn heraus. Gern hätte er ihr Mienenspiel gesehen, das sie immer so geschickt vor ihm verbirgt, indem sie in den spannendsten Momenten hastig den Kopf senkt.

Geht er jedoch darauf ein, wird es zur Katastrophe kommen. Denn Tony will nicht, dass er es bemerkt, schon gar nicht, dass er darauf reagiert. Erst jetzt erkennt Edward seinen gravierenden Fehler. Ihm wäre es bereits viel früher klar geworden, hätte er ihr nur einmal richtig zugehört. Allerdings weiß er nicht, wie er ihr zeigen kann, was sie sehen will.

Viel ist es nicht, was Edward in den folgenden zwei Tagen einfällt.

Andere Männer wären vielleicht mit riesigen Blumensträußen aufgewartet oder hätten Tony das Frühstück ans Bett gebracht, freiwillig den Abwasch erledigt oder sie pausenlos schmachtend angesehen.

Edward ist nicht *andere Männer.* Von Blumen hält er nicht viel; die sind ihm zu kitschig.

Das Frühstück ans Bett wäre zu plump; Tony würde ihm seine Aufrichtigkeit niemals abnehmen. Obwohl er ganz plötzlich und ohne dass es jemals angesprochen wurde, für die Zubereitung des Frühstücks zuständig zu sein scheint. Vielleicht liegt das daran, dass er neuerdings unter die Frühaufsteher gegangen ist.

Vom Abwasch versteht er nichts und von schmachtenden Blicken auch nichts.

Er ist kein Idiot!

Irgendwann entscheidet er sich für eine neue Möglichkeit. Edward meidet nicht mehr das Gespräch, sondern sucht es stattdessen. Er setzt sich zu Tony, geht nicht mehr jeder Annäherung aus dem Weg und flüchtet lieber zu Jade. Er stellt seine Fragen, wenn sie ihm in den Kopf kommen, ohne großartig darüber nachzugrübeln.

Und er lässt nicht mehr locker.

Kaum schläft Jade, bringt er *das Thema* auf den Tisch. »Tony, ich will, dass ihr nach Miami zieht!«

Sie sieht auf; nach intensiver Bestandsaufnahme seines Gesichts schüttelt sie den Kopf. »Ich habe es dir schon gesagt, es ist ...«

Edward nickt. »Ja, es geht nicht. Das Argument ist mir nicht entgangen. Aber ich kann das nicht akzeptieren. Hast du dich denn überhaupt schon einmal eingehend informiert?«

»Worüber denn?«

»Darüber, wie sich das im Einzelnen gestalten könnte, meine ich.«

»Das muss ich nicht. Miami ist noch kostspieliger als West Palm Beach. Das reicht, um alle Pläne in dieser Richtung ein für alle Mal zu erden.«

Edward lehnt sich zurück. »Das weißt du nicht. Es ist nur eine Annahme, die dir deine Entscheidung leichter machen soll. Ich könnte wetten, dass du keine Ahnung von der Mietpreislage in Miami hast.«

»Ach, und woher weißt du das so genau?«

»Ganz einfach: Du bist so von der Korrektheit deiner Meinung überzeugt, dass du nicht bereit bist, eine Alternative in Betracht zu ziehen. Könnte ja sein, dass du eines Besseren belehrt wirst, was dir überhaupt nicht passen dürfte.« Mit angehaltenem Atem wartet er auf ihre Reaktion, und die lässt nicht lange auf sich warten.

»Weißt du, mir hätte klar sein müssen, dass du dich nicht mit den Begebenheiten arrangieren kannst«, fährt sie ihn schnippisch an. Natürlich immer im Flüsterton – Jade schläft schließlich. »Ich mag diese Stadt! Susan auch! Wir mögen dieses Appartement, wir mögen unsere Jobs ...«

Edward nickt. »Ich kann mir lebhaft vorstellen, wie begeistert du jeden Tag in dieses stinkende ›Center‹ rennst, und das Sitzen hinter der Kasse muss himmlisch sein. Schon klar. Aber ... Tony.« Lächelnd betrachtet er ihr verkniffenes Gesicht. »Manchmal zwingen uns Veränderungen der Lebenslage, uns *selbst* zu verändern. Hast du daran mal gedacht?«

»Welche Veränderungen?«

»Alles! Du kannst mir nicht weismachen, dass dir die eine oder andere Abweichung, die derzeit in deinem Leben stattfindet, entgangen ist. Zum Beispiel hast du neuerdings alle vierzehn Tage Herrenbesuch. Das ist dir doch nicht entfallen, oder?«

Sie verzieht das Gesicht. »Das ist kein Herren-, sondern Kindsvaterbesuch. Genau so, wie es ihm nach dem Gesetz zusteht!« Wütend starrt sie ihn an.

»So siehst du das?«

»Ja, genau so!«

Er betrachtet ihr entschlossenes Gesicht und nickt nach einer Weile. »Du irrst dich.«

»Inwiefern?«

»Ich besuche nicht nur Jade.«

Ihr Lachen klingt etwas schrill, bevor sie sich intensiv dem Fernseher widmet, obwohl der nicht einmal eingeschaltet ist. »Na ja, ist schon klar, dass du irgendwie auch mich besuchen musst. Schließlich wohne ich hier und bin die Kindesmutter ...«

»Tony ...«

»Was?«

Edward überlegt angestrengt, doch dann schüttelt er den Kopf.

Bleibt er weiterhin *er selbst,* werden die Dinge eskalieren. Nicht in einem Streit – nun, später vielleicht.

Doch Tony ist ihm zu nah, viel zu niedergeschlagen und viel zu verbittert, weshalb ihm sein Instinkt rät:

Küss sie, verdammt!

Geht nur leider nicht, denn damit hätte er alles versaut.

Deshalb verabschiedet er sich eilig vom *er selbst sein* und bringt es nur noch auf ein eindringliches: »Du irrst dich!«

Er weiß nicht, ob es angekommen ist. Auf jeden Fall ist das Gespräch damit beendet.

* * *

Alles auf eine Karte ...

»Edward, so funktioniert das nicht!«

Das ist bereits Carlos' zweiter offizieller Besuch in Edwards Büro innerhalb weniger Wochen. Sonst hat er es innerhalb eines ganzen Jahres vielleicht auf zwei, maximal drei gebracht. Und damit ist noch lange nicht Ende mit den Premieren. Edward hat ihn noch nie in einer solchen Verfassung erlebt. Er scheint fahrig, hochgradig nervös und deutlich übernächtigt. »Ich arbeite an dem Problem, aber das dauert eben seine Zeit.«

»Offenbar willst du mich nicht verstehen, oder?«

Darauf weiß Edward nichts zu erwidern, denn bisher hat er immer geglaubt, der englischen Sprache durchaus mächtig zu sein.

»Harper ...« Carlos hält seinen Daumen über die Schulter in Richtung Bürotür. »Harper dreht durch!«

»Das ist ja nichts Neues!« Mehr als ein geringschätziges Lächeln hat Edward für das Argument nicht übrig. Harper dreht *immer* durch! Edward hätte das nie für möglich gehalten, aber nach seinem Absturz ist dessen Hysterie noch einmal um einhundert Prozent gestiegen. Inzwischen geht man ihm am besten aus dem Weg.

Unvermittelt beugt Carlos sich über den Tisch, weshalb Edward dessen dunkle Augenringe in aller Pracht und Herrlichkeit bewundern darf. »Ich sage es wirklich nur ungern, aber diesmal übertreibt er nicht!« Ruckartig lehnt er sich zurück und reibt sich erschöpft die Stirn. »Es ist, als hätte jemand die Büchse der Pandora geöffnet. Ich gebe ehrlich zu, dass ich dieses Risiko nicht vorhergesehen habe. Die halbe Welt scheint inzwischen als potenzieller Trittbrettfahrer für diese Idioten anzutreten. Dann auch noch die Sache mit Jade ...« Er schüttelt den Kopf und sieht entschlossen auf. »Ich kann die Lage nicht mehr einschätzen. Ich weiß nicht, wie oder was ...« Der Satz bleibt unvollendet, doch es genügt.

Edward schweigt für eine lange Weile und mustert ihn kalkulierend. Schließlich setzt er sich auf. »Okay, sie bedrohen also Jade?«

»Sie bedrohen *alle!* Meinst du, Tony bleibt außen vor? Oder Matty? Inzwischen sind der Junge und die Kleine fast so bekannt wie du, jedenfalls für die Leute, von denen wir sprechen. Selbst Susan ...« Er winkt ab. »Ich kann nicht einschätzen, wer blufft und wer nicht. So eine Lage hatten wir bisher noch nicht. Vergiss alles, was vorher war, dies ist etwas ganz anderes. Etwas Neues – und schon deshalb so gefährlich ...«

Edward nickt. »Was, wenn wir das Kontingent an Leuten in West Palm Beach verdoppeln?«

»Und dann? Wir sprechen hier von einer Straße, die immer noch öffentlich ist. Wenn du mich fragst, ist es ein Wunder, dass wir die Presse wenigstens halbwegs raushalten können. Aber dir sind gestern schon die Bilder von dem Haus der Mädchen aufgefallen?«

Edward verzieht das Gesicht, nein, die sind ihm nicht entgangen. Er hat gehofft, das Interesse würde langsam nachlassen, aber das Gegenteil ist der Fall. Es ist wie bei diesem dämlichen Becker damals. Hartnäckig halten sich die seltsamsten Gerüchte und die Kerle bleiben dran, wittern höchstwahrscheinlich eine ähnlich gelagerte Story wie in der Besenkammer. Gnadenlos wird spekuliert, ganz besonders darüber, wie genau Jade denn nun entstanden ist.

Er hat sogar schon von einer schnellen Nummer in der Toilette des Miami College gelesen. Obwohl sich niemand so genau erklären kann, was er dort zu suchen haben soll. Edward vermutet, die Wahrheit hätte die kühnsten und schmutzigsten Fantasien noch einmal weiträumig überstiegen.

Das beruhigt ihn.

Carlos – der ihn nicht aus den Augen gelassen hat – nickt. »Ist ja klar, dass wir sie nicht fernhalten können, nicht auf die Dauer. Aber ich schätze, das ist derzeit unser geringstes Problem. Sollen sie schreiben, die regen sich schon wieder ab.

Ich bin mir nur nicht sicher, wie lange es noch dauert, bevor Winter nicht mehr schnell genug alle Zeitschriften entfernen kann ...«

Edward verzieht erneut das Gesicht. Oh, darüber macht er sich die geringsten Sorgen. Also innerhalb dieses seltsamen Supermarktes wird Tony keine Schlagzeile über sich sehen. Ihn beschäftigt eher, wann der erste Kunde sie hinter ihrer Kasse erkennt. *Dass* sie dort arbeitet, haben die Presseheinis nämlich bisher noch nicht herausgefunden. Was Edward übrigens Unsummen an Schmiergeld kostet. Täglich.

Relativ geduldig wartet er, bis Carlos seine Gedanken wieder in Reihenfolge gebracht hat. »Edward, du musst sie ins Haus holen!« Seine Miene war selten so ernst. »Wie, ist egal; zur Not wirf sie dir über die Schulter, aber schaff sie her! Sie beruhigt sich schon wieder. Und um Himmels willen sag ihr endlich, was Sache ist. Sie weiß es doch gar ...«

»Du läufst bereits wieder akute Gefahr, deine Kompetenzen zu überschreiten!«, unterbricht Edward ihn eisig.

»Ist mir scheißegal! Wenn das Kind in den Brunnen gefallen ist, fragt auch keiner, ob ich vielleicht ›meine Kompetenzen‹ überschritten habe. Ich will dich nicht ärgern, ich will euch nur schützen, verdammt!«

Nach flüchtiger Überlegung befindet Edward, dass dem Mann verdammt ernst damit ist, was er sagt, und nickt. »Ich werde dafür sorgen, dass dies das letzte Wochenende in Palm Beach wird. Okay?«

Es fehlt nicht viel und Freudentränen wären in Carlos' Augen aufgetaucht, doch dann verdüstert sich seine Miene. »Was, wenn sie nicht mitspielt?«

»Das ist mein Problem. Kümmere du dich um deine eigenen!«

Nachdem er gegangen ist, stützt Edward den Kopf in eine Hand und massiert angestrengt seine Stirn.

Carlos´ Frage ist durchaus berechtigt, denn er hat nicht den geringsten Schimmer, wie er das ohne Gewaltanwendung anstellen soll.

Als Susan an diesem Freitag auf dem Capwell-Anwesen erscheint, ist es Edward, der sie um ein Gespräch bittet.

Widerstandslos folgt sie ihm in den Sitzungssaal – sprich: auf die Terrasse.

»Deine ehrliche Meinung, Susan«, beginnt Edward, kaum dass Platz genommen haben. »Wie hoch stehen meine Chancen, Tony zu überzeugen, sofort in dieses Haus zu ziehen?«

Als sie nicht gleich antwortet, verliert Edward die Beherrschung. »Ich bitte dich nicht, mir irgendwelche hochvertraulichen Informationen zu verraten! Es geht nur um deine Meinung, und es ist wichtig, sonst würde ich dich nicht fragen. Bitte!«

»Ehrlich, ich weiß es nicht«, versichert sie ihm hastig und auch ein wenig erschrocken. »Tony spricht mit mir sehr selten über dieses Thema. Sie glaubt, ich würde ihr nicht verzeihen, wenn sie am Ende gegen unsere ursprünglichen Pläne handelt – also, dir nachgibt. Ich kann es dir nicht sagen.«

»Dann urteile nach deinem Gefühl!«

Susan setzt sich auf und mustert ihn mit plötzlich sehr wachem Interesse. »Okay, was ist los?«

»Egal wie, am Montag zieht ihr hier ein!«

»Ach? Da hast du dir ja was vorgenommen!«, konstatiert sie trocken. »Aber das soll mich nicht wundern, an mangelndem Selbstbewusstsein hat es dir ja noch nie gefehlt. Was ist passiert? Geht dir das Benzingeld aus?«

Edward zwingt sich zur Ruhe. »Mir bleibt keine Wahl. Ich muss das durchsetzen, und das werde ich auch. Die Frage ist nur, wie! Denn wenn ich es irgendwie einrichten kann, hätte ich gern, dass sie freiwillig kommt, du verstehst?«

»Okay. Sag ihr, was los ist! Sie wird das in ihren Überlegungen nicht unterschlagen. Gib ihr die Möglichkeit, dich zu verstehen.«

Edward stöhnt. Ja, die Idee hatte er auch schon, sie aber augenblicklich wieder verworfen. Mal abgesehen von der tiefen Krise, in die er Tony mit dieser Eröffnung stürzen würde ... sie würde ihm seine Story nicht abnehmen.

Susan hat ihn nicht aus den Augen gelassen. »Wenn du sowieso nicht auf mich hören willst, warum fragst du dann erst? Ich kann dir nicht genau sagen, wie sie reagieren wird, aber eines weiß ich: auf Lügen ziemlich allergisch!«

Edward mustert sie ausdruckslos und erspart sich jeden Kommentar. Am Ende ist es wohl wie immer: Er wird dieses Problem allein lösen müssen.

Und das ist auch gut so.

* * *

Es ist Freitagabend und Jade schläft endlich. Edward hat eine Flasche Wein geöffnet, Tony zu sich auf die Couch gebeten, ihren argwöhnischen Blick komplett ignoriert und stattdessen behutsam mit *dem Thema* begonnen. Diesmal wird er es nicht eher fallen lassen, bis sie zu einem Ergebnis gekommen sind. Er hat genau sechsunddreißig Stunden, um Tony umzustimmen. Und der Countdown läuft.

Wieder hat sie all seine Vorschläge boykottiert. Egal, womit er aufwartet, auch wenn sie größtenteils längst nicht mehr zur Disposition stehen. Appartement in Miami – nein.

Veränderte Besuchsregelung, eine Woche Miami, eine Woche Palm Beach – nein.

Edward beschließt, aufs Ganze zu gehen. »... Dennoch, Tony, nur fürs Protokoll.« Bedeutungsvoll betrachtet er sie. »Ich *besitze* ein Haus. Falls dir dies inzwischen entfallen sein sollte.«

Sie winkt ab. »Ich leide nicht unter Alzheimer.«

»Die hatte ich dir auch nicht angedichtet. Eher, dass du dazu neigst, die Dinge zu verdrängen, die dir nicht unbedingt gefallen.« Als sie nichts erwidert, fährt er fort. »Ich *besitze* ein Haus und mir gehört ein Unternehmen, das die Größe eines mittelständischen Familienunternehmens geringfügig überschreitet.«

Sie verdreht die Augen, nicht das geringste Aufhorchen bisher.

»Ich habe Verpflichtungen, weshalb es mir leider nicht möglich ist, jede Woche nach West Palm Beach zu fahren. Aber ich sehe, wie schnell Jade wächst.

Jedes Mal, wenn vierzehn Tage vergangen sind, erkenne ich sie kaum wieder. Mir ist schon zu viel Zeit mit ihr entgangen; ich kann mir nicht noch mehr leisten, will es auch gar nicht. Deshalb würde ich unsere Regelung gern ändern, was allerdings nur funktioniert, wenn du bereit bist, mir ein Stück entgegenzukommen.«

Ungläubig lacht sie auf; ein wenig Bitterkeit schwingt auch mit. »Warum sollte ich das tun?«

»Weil dir vielleicht das Glück deiner Tochter und auch deines Neffen am Herzen liegt?«

Ihr belustigtes Schnauben ist eindeutig zu laut. Jade hustet nebenan – ein äußerst beunruhigendes Zeichen.

Hastig hält er Tony den Mund zu. »SCHHHT!«

Sie verstummt, kämpft aber in der nächsten Sekunde mit einem ihrer unkontrollierbaren Lachanfälle, die Edward nie so ganz nachvollziehen kann und die ihn daher jedes Mal verwirren. In solchen Momenten weiß er einfach nicht mit ihr umzugehen ...

Als sich herausstellt, dass Jade noch einmal Gnade vor Recht walten lässt, nimmt er erleichtert seine Hand zurück.

Tony wispert giftig, von lachen kann keine Rede mehr sein: »Ich glaube, du verwechselst hier was! Es geht dir nicht um Jade und Matty, sondern ausschließlich um dich! Du willst die Kleine öfter sehen, bist jedoch nicht bereit, weiterhin die Fahrtstrecke in Kauf zu nehmen. Lass mich raten; am liebsten wäre dir, wenn ich zu dir ziehe?«

Wo sie Recht hat, hat sie Recht ... »Das kann ich wohl kaum leugnen.«

Seine Offenheit kommt unerwartet und verwirrt sie sichtlich. »Okay, wenigstens bist du ehrlich.«

»Anthonia, ich war *immer* ehrlich zu dir.«

Darauf folgt das, womit er auch nichts anfangen kann. Eilig senkt sie den Blick und beschäftigt sich intensiv mit ihrem Weinglas. Edward, dem die Zeit gnadenlos im Nacken sitzt, wischt alle Bedenken beiseite. Was soll schon groß passieren? Versaut er es, muss er sie eben entführen. Entweder weil sie zu wütend auf ihn ist oder weil sie sich ohnehin weigert, ihn zu begleiten.

Behutsam hebt er ihr Kinn und studiert aufmerksam ihren Gesichtsausdruck.

Niedergeschlagen bis wehmütig – fein!

»Hör dir meinen Vorschlag doch wenigstens an und lehne ihn nicht sofort ab«, bittet er leise.

Sie dreht nicht durch, Tony wird auch nicht wütend und stürzt unter wilden Flüchen aus dem Raum. Nein. Mit angehaltenem Atem betrachtet er sie, die leuchtenden, so redseligen Augen, die flammenden Wangen und diese Lippen, die ihn langsam aber sicher um den Verstand bringen, weil sie ihn rufen ...

Verdammt soll er sein – und das wird er unter Garantie, nach dieser Geschichte – doch endlich weiß er, wie er es anstellen wird.

»Bitte, Tony«, haucht er. »Anhören kostet dich doch nichts.«

Ihre Augen weiten sich noch ein wenig, ihr Blick hängt an seinem Gesicht, sie scheint jedes Detail davon in sich aufzunehmen und er hält wieder den Atem an ...

Nach einer Weile nickt sie.

Einmal Aufatmen, bitte! ... Und weiter: »Ich dachte mir bereits, dass du meine Wunschlösung ablehnen würdest«, fährt er fort und lässt seine Hand wieder sinken. »... Daher nahm ich mir die Freiheit heraus, die Prospekte einiger derzeit frei stehenden Appartements mitzubringen. Frei stehende Appartements in Miami«, fügt er hinzu. Dass es sich hierbei um ungefähr zehn Fakeannoncen und *eine* relevante handelt, muss sie ja auch nicht gleich erfahren. Er hat es sich angesehen; sie *kann* nur ihr Appartement nehmen. Es ist am luxuriösesten eingerichtet und die Miete Peanuts. Selbst für Tony. Wenn sie doch nur einmal hineinsehen würde ...

Dass sich das Appartement allerdings innerhalb eines riesigen Gebäudes befindet, das ihr nicht ganz unbekannt ist, wird er ihr erklären, wenn sie sich auf dem Weg dorthin befindet. Unfair, sicher, doch Edward ist inzwischen zu beinahe jedem Schachzug bereit.

Ihre Augen werden groß. »Ich kann nicht dorthin ziehen! Ich habe hier meinen Job! Susan auch! Das ist unmöglich!«

»Lehne es doch nicht gleich ab! Jobs gibt es überall, besonders diese schlecht bezahlten, obwohl ich nicht oft genug betonen kann, dass ich diese Angelegenheit für exponentiellen Schwachsinn halte.«

»Sicher tust du das«, murmelt sie finster. »Du hast ja auch ein paar Milliarden geerbt. Die meisten anderen Leute, denen dieses Glück nicht zuteil wurde, müssen leider arbeiten gehen, um für ihren Lebensunterhalt zu sorgen.«

So sieht sie ihn? Er kann sich etwas Besseres vorstellen, als während seiner gesamten sogenannten Kindheit darauf getrimmt zu werden, Daddys verdammte Firma zu übernehmen und nicht einen Schritt unternehmen zu können, ohne dass einem irgendein Reporter seine Kamera ins Gesicht hält. Von den fünfzehn Bodyguards, die man ständig um sich sammeln muss, mal ganz zu schweigen.

Und dann – als Krönung – verdammt man die Frau, mit der man gern sein Leben verbringen will, zu dem gleichen Schicksal. Einschließlich seiner Kinder!

Hat sie daran auch gedacht? Wenn nicht, dann sollte sie tunlichst damit beginnen. Denn wenn sie sein Leben tatsächlich als ewigen Sonnentag betrachtet, wird das Erwachen ziemlich grausam sein.

Oh, Edward ist nicht *verspleent* genug, nicht auch die Vorteile seines Geldes und seiner Stellung zu sehen. Spätestens nach den Wochenenden in diesem Appartement kennt er auch die andere Seite. Aber es gibt bei beiden Varianten Vor- und Nachteile. Doch Edward ist nicht sicher, ob er nicht derjenige ist, der mit deutlich mehr Nachteilen zu kämpfen hat. Denn selbst wenn das auf den ersten Blick unmöglich scheint, auch Besitz kann unglaublich belasten. Er muss nur an diese verdammte Insel denken; die genügt bereits als Beweis.

Außerdem ... »Auch ich gehe einem Beruf nach!«, knurrt er.

Erschrocken reißt sie die Augen auf. »Es tut mir ...«

Doch Edward will dem nicht mehr ausweichen. Keine unaufrichtigen Entschuldigungen mehr, die nur den nächsten Streit kurzfristig verhindern, ihn verschieben, bis erneut aufbricht, was zwischen ihnen schwelt.

Tony muss irgendwann ihre Vorurteile hinter sich lassen, denn auch wenn sie es nicht wahrhaben will: Ihre Tochter ist so wohlhabend wie er. Das Gleiche trifft auf Matty zu.

»Das ist das ganze Problem, oder? Du glaubst, mir wäre es immer zu gut gegangen, ich hätte es im Leben viel zu einfach gehabt und daher könnte ich mit der harten Realität des Daseins nicht umgehen, richtig? Aber du verkennst da einige gravierende Dinge. Das Hauptsächlichste ist: Habe ich nichts, dann trage ich auch keine Verantwortung. Je mehr mir gehört, desto mehr Verpflichtungen obliegen mir und desto weniger kann ich mich nach meinen persönlichen Wünschen richten. Und wenn ich – deiner Ansicht nach – *alles* habe, dann bleibt nicht mehr viel Platz für persönlichen Freiraum. Auch das ist eine Wahrheit. Ich habe dir das unlängst erklärt, aber ich hätte wissen müssen, dass du mich nicht ernst nimmst.«

»Ich nehme dich ernst!«, wispert sie empört und sieht ihn endlich wieder an.

»Nein!«, widerspricht er entschieden und gratuliert sich zu seiner Ruhe. »Genau das tust du nicht! Du hast nichts von dem verstanden, was ich versuchte, dir an jenem Tag in diesem Café zu erklären. Du weigerst dich, das anzuerkennen, denn sonst hättest du deine Meinung in der Zwischenzeit geändert. Es ist nicht einfach. Nichts davon! Der Umstand, dass ich alle vierzehn Tage hier bin, kostet mich ein Vermögen! HALT!«

Er bemerkt sofort die Gefahr und relativiert seine Aussage, bevor sie seine Worte richtig verarbeitet und auch nur daran denken kann, wütend zu explodieren.

»Kein Cent davon tut mir leid. Aber es ist nun einmal auch eine Realität, dass ich dies hier nur mit einem riesigen Sicherheitsaufgebot realisieren kann. Du willst, dass ich kein Geld für Jade ausgebe und schon gar nicht für dich. GOTT BEWAHRE! Dabei ist das faktisch unmöglich! Du lässt mir überhaupt keine Wahl! Tatsache ist, dadurch, dass du es so unglaublich verkomplizierst, steigen die Kosten momentan ins Unermessliche. Verstehst du, was ich dir damit sagen will?«

Schnaubend verdreht sie die Augen. »Carlos steht vor dem Haus oder vor der Tür, was weiß ich! Ich meine, was ...«

366

Alles oder nichts, richtig?

»Das ist das, was du siehst«, beginnt er behutsam. »Was du sehen willst. Die Realität ist nur den wenigsten Menschen bekannt, sonst wäre der Aufwand vergebens. Komm ...«

Bevor sie sich widersetzen kann, hat er ihre Hand genommen und sie zum Fenster gezogen. Er deutet zur gegenüberliegenden Straßenseite.

»Dort ..., das ..., dieses ... und das hintere mit der Pflanze. In diesen Räumen befinden sind meine Leute. Wir mussten die Appartements kaufen, um Aufsehen zu vermeiden.« Er sieht sie nicht an und deutet stattdessen zu den beiden blauen Vans, die an jedem Ende der Straße stehen.

»Siehst du es? Meine Leute.«

Sie nickt. Edward vermutet, Tony muss erst einmal die Tatsache verarbeiten, dass sie unter Dauerbewachung steht.

Big Brother is watching you ... ist Realität.

Edward kennt es nicht anders, selbst als er das Internat in der Schweiz besuchte, war er nie allein. Erik – so hieß sein damaliger Bodyguard. Der Typ war in Ordnung, er hat Edward nie bei seinem Vater angeschwärzt. Weder wegen seiner heimlichen Comicleidenschaft noch wegen all der anderen Dinge, die der Sohn entgegen anders lautender Belehrungen so getan hat. Einschließlich des Eisessens.

Edward deutet zum Maybach, direkt vor dem Haus. »Carlos oder Dean, je nachdem, wer gerade schläft.«

Tony folgt seinem Blick, als er nach oben sieht, auch, als er kurz darauf den schadhaften Holzboden betrachtet. Das Appartement der alten Mrs. Fisher konnten sie vor vier Wochen endlich übernehmen, denn sie ist wie auf Bestellung gestorben. »Meine Leute.«

Behutsam nimmt er ihr Gesicht zwischen seine Hände und blickt direkt in ihre großen, fassungslosen Augen. Doch sie weicht keinen Millimeter zurück.

»Tony«, beginnt er leise. »Du kannst dir noch so viel Mühe geben; was du planst, wird nicht funktionieren. Denke nicht, ich wüsste das nicht zu schätzen.

Ich genieße diese Zeit, die ich hier mit euch verbringe, denn es ist besser als alles, was ich bisher in meinem Leben erlebt habe ... Und abenteuerlicher.« Er verzieht das Gesicht, doch sie reagiert nicht.

»Aber ich werde niemals ein normaler Mann sein. Nicht, weil ich es nicht will, sondern weil ich es nicht *kann!* Du versuchst eine Illusion zu erschaffen, die es so nie geben wird. Das ist keine Frage von Kompromissbereitschaft; ich hoffe, du glaubst mir, dass ich wirklich zu jedem Entgegenkommen bereit bin, solange es irgendwie möglich ist. Aber du hast keine Ahnung, was es kostet, dieses ›Heile-Welt-Spiel‹ zu realisieren. Wenn du mir nur ein wenig entgegenkommen würdest, wäre unser Zusammensein nicht mehr halb so aufwendig. Und vor allem: nicht halb so gefährlich. Ich müsste mir nicht ständig Sorgen um eure Sicherheit machen. Besonders, wenn ich nicht hier bin. Denn ...«

Ihm wird klar, dass er noch immer nicht gesagt hat, was er an diese schöne Frau bringen will. All das Gerede kann eines nicht ausdrücken: Dass es ihm eben *nicht* nur um Jade geht. Mit einem Mal erkennt Edward, dass es dafür auch keine Worte gibt. Wie soll er ihr verbal verständlich machen, wie hoffnungslos er ihr verfallen ist?

»Ach, scheiß drauf!«, hört er sich sagen. Als er sie küsst, macht er sich keine Gedanken über ihre Reaktion und wird prompt für seine Unbesonnenheit belohnt.

Es ist, als hätte Tony nur darauf gewartet. Sie schmiegt sich so unbedacht an ihn und seufzt bebend auf, als er sie fester umarmt. Zum ersten Mal seit so langer Zeit spürt er ihren biegsamen Körper wieder an seinem und nimmt ihren Duft wahr; das Verlangen, die Hände in ihrem Haar zu vergraben, ist so überwältigend. Er will sie zu dem Sofa tragen, will sie bis in die halbe Besinnungslosigkeit küssen, will diese verdammte Kleidung entfernen, sie endlich wieder fühlen – nackt, wundervoll, einzigartig ...

Gott!

Viel zu schnell muss er diese wunderbare Unterbrechung wieder beenden. Denn die Zeit läuft ab – leider. Noch ist nichts geklärt, doch er nimmt sich die Zeit, sich über ihre offensichtliche Enttäuschung zu freuen.

Wenigstens das.

Dann führt er sie zurück zur Couch und behält ihre Hand in seiner, als sie sich setzen. Noch immer hat sie kein Wort verloren, doch ihr Schweigen wirkt nicht ablehnend, nur verwirrt. Sobald sie sitzen, umarmt er sie wieder und bettet ihren Kopf an seine Schulter. Froh, sie nicht ansehen zu müssen, wenn er endlich sagt, was so dringend gesagt werden muss.

»Tony … Ich war nie ein normaler Mensch, daher kann ich mit dem gesamten Theater noch verhältnismäßig gut umgehen. Es kommen immer Zeiten, in denen die Lage angespannter ist, und wieder andere, in denen selbst jemand wie ich eine relativ normale Existenz führen kann. Aber was in den letzten Monaten geschehen ist, gab es noch nie. Die Gründe dafür sind vielschichtig; es spielen etliche Faktoren ineinander und es würde zu weit führen, dir das auseinanderzunehmen. Ich will dir nur verständlich machen, dass das Leben für mich und alle Personen in meiner Nähe noch nie so unsicher war. Ich bin kein alltäglicher Mann, das ist bekannt. Dass du jedoch auch keine normale Frau mehr bist, weniger. Ich wollte dir das auf andere Art beibringen – schonender. So war das nicht geplant, ich schwöre. Aber ich denke, es ist an der Zeit, dir das endlich zu verdeutlichen. Du bist so verdammt ahnungslos. So arglos ...«

Sie windet sich aus seiner Umarmung, setzt sich auf und betrachtet ihn alarmiert. »Was willst du damit sagen?«

Anstatt zu antworten, zieht er sie zurück, will sie zwingen, sich wieder anzulehnen. Doch diesmal protestiert sie. »Edward ...«

»Still!«, befiehlt er, denn dieser Monolog fordert seine gesamte Konzentration. Und er muss verdammt aufpassen, nichts Falsches von sich zu geben. Später, wenn alles gesagt ist, wird er sich ihren Fragen stellen – jetzt nicht.

Edward wartet, bis er sicher sein kann, dass sie schweigen wird, erst dann fährt er fort. »Ein Grund, weshalb ich dir damals nicht folgte oder versuchte, deinen Aufenthaltsort herauszufinden, war, um die Aufmerksamkeit nicht auf dich zu lenken.

Ich hoffte – erfolgreich –, dass dein Vorhandensein weitestgehend unbemerkt geblieben war, um wenigstens dir ein normales Leben zu ermöglichen. Carlos und Dean sind vornehmlich bei euren Treffen anwesend, um dafür Sorge zu tragen, dass ihr aus dem Licht der Öffentlichkeit gehalten werdet. Auch Mattys Bild soll nirgendwo erscheinen, nicht, solange ich es irgendwie verhindern kann. Seine Existenz ist bekannt, doch nicht sein Gesicht. Das erschwert die Arbeit für mögliche Entführer – eine reine Schutzmaßnahme, nicht besonders spektakulär.«

Nach kurzer Überlegung geht Edward zur nächsten Etappe über. Immer noch hoch konzentriert und angestrengt. Eine zweistündige Rede auf der Hauptaktionärsversammlung ist bedeutend leichter, die kann er ablesen. Hier muss er frei sprechen, und das auch noch über sich selbst ...

»In dem Moment, als du nach dem Absturz in mein Haus fuhrst, warst du nicht mehr geheim. Du hast keine Ahnung, was man alles anhand eines Autokennzeichens ermitteln kann. Nun gut. Du bist also Mattys Tante, über acht Ecken mit mir verwandt, daher von nicht sonderlich großem Interesse. Wir scheinen keinen Kontakt zu pflegen; du lebst in ›gewöhnlichen‹ Verhältnissen. Die Aufmerksamkeit für dich gab sich so schnell, wie sie aufgekommen ist, zumal du das Haus so kurz nach meiner Rückkehr wieder verlassen hast.«

Das ist sein erster Fehler, bisher, denn prompt ist er wieder bei Anton, der ihn über ein paar geniale Wahrheiten informierte. Edward hat es nicht vergessen, auch nicht das Gefühl, aufzuwachen und zu erfahren, dass sie ihn *wieder* verlassen hat.

Es schmerzt, noch immer, und es macht ihn nach wie vor wütend, was die falsche Emotion in einer solchen Situation ist. Behutsam küsst er ihr Haar, freut sich, dass er es darf, und wartet, bis er sichergehen kann, dass seine Stimme wieder den annehmbaren, unbeteiligten Klang hat. Erst dann spricht er weiter.

»Wenn ein Mann wie ich eine Vaterschaft anzeigt, dann ist das wie ein Erdbeben! Wenn es ein Junggeselle ist, noch dazu in meinem Alter, bei dem die Medien seit Jahren auf die ausstehende Hochzeit warten, dann sind das wenigstens zwei

Erdbeben. Wenn es sich dann aber auch noch um ein uneheliches Kind von einer weitaus jüngeren Frau handelt, die in – entschuldige den Ausdruck – heruntergekommenen Verhältnissen lebt, dann kommt das einem globalen Inferno gleich. Irgendeine undichte Stelle gibt es bei den Behörden immer, in den allermeisten Fällen sind es ganze Löcher. Die Beamten sind chronisch unterbezahlt und mindestens die Hälfte wird von der Presse geschmiert. Nichts bleibt geheim. Sobald ich mich als rechtmäßiger Vater von Jade geoutet hatte, befandest du dich unwiderruflich im Licht des öffentlichen Interesses. Du und Jade ... und Susan.«

»Aber ...«

Hastig verschließt seine Hand ihren Mund.

»Nein, du hast nichts bemerkt, natürlich nicht.« Leise lachend schüttelt er den Kopf. »Was geschehen würde, war absehbar. Erfahrungswerte. Ich bin nicht der Erste, der sich – äh – einen Patzer erlaubt. So jedenfalls wird die Geschichte aufgenommen. Auch das ist nicht sehr verwunderlich. Euch ist deshalb alles entgangen, weil ich vorher dafür sorgte, dass nichts und niemand euch zu nahekommt. Meine Leute postierten sich unbemerkt in den Appartements. Es war gar nicht so einfach, deinen Obermieter von seinem Auszug zu überzeugen, das kannst du mir glauben.

Die Presse ist vielleicht ekelhaft, jedoch nicht das wahre Problem. Du stehst unter ständigem Schutz, Tony. Genau wie Jade und Susan. Es tut mir leid, aber nur so kann ich eure Sicherheit gewährleisten. Denn du bist die Mutter einer der reichsten und mächtigsten Erbinnen der Welt. Nicht Amerikas. DER WELT. Ich weiß, du hast das nie bis in diese Einzelheit begriffen und ich verzichtete immer darauf, dir das unmissverständlich zu verdeutlichen. Aber jetzt ...« Er seufzt.

»Deine Unbeschwertheit lässt mir keine Wahl. Du hattest damals keine Ahnung, was für ein Unternehmen ich geerbt habe. Timotheus hat es dir wohl nie gesagt, was mir erst vor Augen führte, wie ahnungslos du bist. Ich hätte es gern dabei belassen, denn ich bin mir nicht sicher, ob du mit der Alternative glücklicher sein wirst.«

Als Edward der Wahnwitz des letzten Satzes aufgeht, lacht er erneut auf. »Na ja, eigentlich bin ich mir ziemlich sicher, dass die Alternative ehrlicher Bullshit ist, aber entscheide selbst ...«

Das ist der Auftakt für den Rest der Wahrheit, und Edward erkennt, dass die Stunde bei Rose dagegen wie ein Witz anmutete, ein echter Spaziergang im Sonnenschein.

»Dein normales Leben gehört seit mehr als drei Monaten der Vergangenheit an. Du bist nie allein. Weder, wenn du zur Arbeit gehst noch, wenn du deine Einkäufe erledigst oder den Müll hinausträgst. Deshalb erachte ich die Beharrlichkeit, mit der du an deinem Job festhältst, für so irrsinnig. Weil der Aufwand, für deine Sicherheit zu sorgen, um ein Tausendfaches höher ist als das, was du dort in einem Jahr verdienst. Du bringst dich vorsätzlich in Gefahr. Für nichts! Das ist die Realität. Dein Boss ist übrigens ein unerträglicher Schleimer, aber das nur nebenbei ...«

Sie sagt keinen Ton, doch selbst ihr Schweigen klingt hochgradig entsetzt.

»Du kannst mir vorwerfen, dir all diese Konsequenzen nicht im Vorfeld ausgemalt zu haben. Doch verstehst du, dass ich es tun musste? Ich hätte mich niemals von Jade fernhalten können, nicht, nachdem ich sie sah. Und es war nur eine Frage der Zeit, bis sich die ersten Idioten – egal, welche – gefragt hätten, was ich denn so oft in West Palm Beach zu schaffen habe. Ich musste alles Menschenmögliche unternehmen, um euch vor dem Schlimmsten zu bewahren. Und du hast keine Vorstellung, was alles möglich ist ...«

Wieder stöhnt er. »Es war keine Sekundenentscheidung – ich meine die Legitimation Jades und alle daraus folgenden Schritte. Aber gut ist es nicht, trotz allem nicht. Ich stehe zehntausend Ängste aus, wenn ich gezwungen bin, wieder nach Miami zu fahren und euch allein zu lassen. Wenn irgendetwas geschieht, könnte ich nicht einmal eingreifen. Tony, ich will mir wirklich nicht ausmalen, was ich tun soll, wenn euch was passiert.« Als ihr entsetztes Schweigen anhält, schiebt er sie entschlossen zurück, um sie ansehen zu können.

Erstaunt registriert er, dass sie eher verwirrt ist, als

ängstlich, und in ihren Augen lebt wieder dieser Ausdruck, den er über alle Maßen vergöttert.

»Ich weiß, es ist unfair, dich so schonungslos mit der Realität zu konfrontieren. Doch es lässt sich nicht länger vermeiden! Du wirst sonst nie begreifen, weshalb ich in bestimmten Situationen nicht anders reagieren *kann!* Weshalb ich die Dinge unbedingt ändern *muss.* Obwohl es mir tatsächlich gefällt. Aber eigentlich ...«

Edward verstummt. Ist dies nicht der richtige Zeitpunkt, Tony genau zu sagen, was er wirklich will? Und das schon seit so vielen Jahren, wenn er ehrlich zu sich ist. Edward findet, der Moment ist günstig – für beides –, denn er macht sich ohnehin gerade zum Volltrottel. Warum nicht auch noch vor sich selbst?

Er glaubt nicht, dass er so schnell noch einmal in die Verlegenheit zu einem derart aufschlussreichen Vortrag kommen wird. Auch wenn ihn das *Wie* ein wenig verwirrt. Dies ist so anders als vielleicht bei Aurora, denn dort hätte es die Frage nie gegeben, sie stand ja ohnehin fest.

Das einzig Vakante wäre der Termin gewesen, welcher in enger Zusammenarbeit mit ihren Imageberatern und der PR-Abteilung festgelegt worden wäre. Man muss darauf achten, dass das Datum nicht mit anderen medienwirksamen Ereignissen kollidiert. Das hört sich in der Theorie leicht an, beinhaltet aber wochenlange Diskussionen und etliche, stundenlange Meetings.

Edward hat noch nie darüber nachgedacht, wie es wohl sein wird, die Frage tatsächlich zu stellen, ohne die Antwort genau zu kennen, und gelangt soeben dahinter, dass es sehr, sehr schwer ist, sich derart ins Ungewisse zu stürzen. Obwohl er sich doch im Grunde sicher sein kann. Das kann er doch, oder?

Unsicher betrachtet er Tony. Ihr Blick ist warm, immer noch nicht ablehnend, vielleicht sogar ein wenig froh. Was ein Wunder ist, wenn man bedenkt, was er ihr gerade zugemutet hat. Also, wann, wenn nicht jetzt?

Einfacher wird die Geschichte deshalb auch nicht, und von unbeteiligter Stimme kann auch keine Rede sein. Doch darauf darf er momentan keine Rücksicht nehmen. Möglicherweise passt er sich ja auch nur der Situation an.

»Das sollte anders ablaufen. Ich hatte keinen echten Plan, aber irgendwie sollte es ... ich glaube, *romantisch* ...«, er verzieht das Gesicht, »... ist das gängige Wort. Ich wollte es romantisch gestalten. Aber ich will nicht länger warten.«

Ihre Augen weiten sich und sie hält hörbar die Luft an – gut oder schlecht? Das kann er momentan nicht überdenken, denn Edward ist gerade im Begriff, einen Satz zu äußern, der noch nie über seine Lippen gekommen ist:

»Anthonia ... Willst du meine Frau werden?«

* * *

Das Ultimatum

Noch während er die letzten Worte sagt, weiß Edward, dass es ihm nicht besonders gut gelungen ist.

Egal wie, er vermutet, Tony hat sich etwas anderes gedacht, als sie von ihrem Heiratsantrag träumte. Immer wieder unterläuft ihm bei ihr der gleiche Kardinalsfehler: Er vergisst, wie jung sie ist – immer noch –, wie romantisch veranlagt, wie verklärt, wenn es um diese Dinge geht. Das läuft zwar nicht ganz konform mit seinen Ansichten, doch Edward will nicht, dass sie diesen, für eine Frau so bedeutenden, Moment in unangenehmer Erinnerung behält – dass sie vielleicht sogar enttäuscht über seine gewiss nicht besonders filmreife Darbietung ist. Vor allem soll sie nicht denken, sie wäre ihm nicht wichtig.

Doch gesagt ist gesagt, das Fiasko somit perfekt. Das Einzige, was ihm einfällt, um es ein wenig ins rechte Licht zu rücken, ist, ihr anders zu zeigen, wie viel ihm das alles bedeutet. Er zieht sie auf seinen Schoß und betrachtet ausgiebig die riesigen, immer noch etwas verwirrten Augen. Er sieht sogar die kleinen Sommersprossen auf ihren Wangen; es ist lange her, dass er sie das letzte Mal bewundern durfte. Mit etwas gemischten Gefühlen registriert er die leichten Kerben auf ihrer Stirn, die sich von dem vielen Runzeln bereits unwiderruflich eingeprägt haben. Die sind neu. Doch als sein Blick schließlich auf ihren Lippen – *den* Lippen – strandet, lächelt er. Erst jetzt wird ihm tatsächlich bewusst, dass er *es* getan hat.

Nun kennt sie sein Ziel und scheint nicht wütend zu sein. Sie protestiert auch nicht lautstark oder unternimmt einen ihrer wilden Fluchtversuche. Er hat nicht damit gerechnet, doch Tonys Reaktionen sind selten die, mit denen er kalkuliert. Edward findet, dass er sich lange genug zurückgenommen hat. Mehr, mit diesen Lippen in unmittelbarer Nähe, kann niemand von ihm verlangen.

»Tony ...« Den Satz beendet er nie, denn im nächsten Moment küsst er sie – und endlich richtig. Der seltsame, unbekannte Aufruhr in ihm verlagert sich auf seine Lippen. Er zieht sie an sich, spürt mit Begeisterung, wie nachgiebig ihr Mund und ihr Körper sind; dann fühlt er ihre Hände auf seinen Wangen und vergisst für einige Augenblicke alles.

Gott, er hat sie so sehr vermisst!

Tony erwidert seinen Kuss mit einer Hingabe und Selbstverständlichkeit, die nur Zustimmung bedeuten kann. Und zwar in jeder Beziehung. Sie seufzt auf, drängt sich näher, und er lässt sich bereitwillig darauf ein.

Irgendwann jedoch verstärkt sich der Druck ihrer Hände und sie beendet den Kuss, verschwindet jedoch nicht. Ihr Gesicht verharrt nur wenige Zentimeter vor seinem. Genau so weit entfernt, dass sie ihn ansehen kann.

Er genießt den Anblick ihrer leuchtenden Augen, in denen sich plötzlich keine Wehmut mehr findet. Und er lächelt, als er bemerkt, dass sie ein wenig außer Atem ist. »Warum willst du mich heiraten?«, wispert sie.

Diese Frage trifft ihn unvorbereitet. Hat er ihr nicht gerade genau das in aller Deutlichkeit erklärt? Eilig lässt er seine Worte noch einmal Revue passieren. Doch, er hat alles gesagt:

Begonnen von der Beichte, dass sie plötzlich im Mittelpunkt des öffentlichen Interesses steht – bis hin zu der Tatsache, dass er nicht mehr ohne sie leben will und ... nun ja, wohl auch nicht kann.

Tony wartet geduldig, immer noch weist nichts auf eine Ablehnung hin. Und Edward glaubt plötzlich zu wissen, was das Problem ist. Er hat gesprochen, sie nicht. Sie will reden, und das ist wohl auch wichtig. Natürlich.

Behutsam zieht er ihre Hände herunter. »Das sagte ich bereits. An jenem Abend in diesem Café ...«

Lächelnd neigt sie den Kopf zur Seite. »Erzähl es noch einmal. Für mich.«

Innerlich stöhnt Edward auf. Er will das nicht mehr! Aber wenn sie ihn auf diese Art ansieht, kann er ihr nichts abschlagen, das ist ja das Verheerende! Daher versucht er, sich auf diese unerwartete Situation einzustellen. Sie will ihre Romantik, sie besteht darauf, und er vermutet, dass sie auch darauf ein Recht hat. Nun gut.

Entschlossen hebt er den Kopf. »Ich ...«

Dabei bleibt es.

Sein Kopf ist wie leer geblasen. Das nennt er einen klassischen Blackout. Er weiß nichts mehr.

Verdammt!

Irgendwann seufzt sie resigniert und beginnt, ihn nach hinten zu schieben.

Verwundert beobachtet Edward, was sie tut, sieht ihren bittenden Blick, betrachtet die Hand auf seiner Brust, die stetigen Druck ausübt, und endlich begreift er und begrüßt es, denn wenigstens muss er sie dann nicht ansehen.

Er legt sich auf die Couch zurück und zieht sie mit sich, bis sie fest in seinen Armen ist. Und während er darüber nachdenkt, was er sagen kann, um Tony zufriedenzustellen, streichelt er sanft ihren Nacken und versucht zu vergessen, wie nah sie ihm ist.

So weit hat er es noch nicht geschafft, um daraus Kapital schlagen zu dürfen. Dazwischen liegt noch eine weitere, jämmerliche Beichte ...

* * *

»Die Zeit in diesem verdammten Sumpf ...«, erklärt er irgendwann ohne eine Regung in der Stimme. »Dass es vier Tage waren, erfuhr ich erst, als sie mich da endlich herausholten ... Um ehrlich zu sein, dachte ich nicht, dass ich dem lebend entkomme. Die Chancen standen alles andere als gut.«

HALT!

Das klingt zu niedergeschlagen. Wütend ruft er sich zur Ordnung und startet den nächsten Versuch.

»Wenn man sich in einer so miesen Gesamtlage befindet, beginnt man, sein Leben zu überdenken. Ich glaube, das geht jedem so. Außerdem sucht man nach Ablenkung.«

Gelassen, ein wenig ironisch, nicht panisch. Auch wenn dieses Thema ungewollt die schauderhaftesten Bilder in seinem Kopf aufruft.

»Viel gibt es nicht, worauf ich stolz sein kann«, fährt er fort. »Das zu erkennen, war nicht sehr angenehm. Was die Familienehre betrifft, habe ich wohl versagt. Unverheiratet mit vierzig, was für ein Skandal!« Der Spott ist unverkennbar. »Seit dem Tod meiner Eltern habe ich das Unternehmen sträflich vernachlässigt. Sechs Stunden, allerhöchstens acht pro Tag, ist nicht das, was man von einem Capwell erwartet, du verstehst?«

Eine rhetorische Frage. Woher soll Tony wissen, was man im Allgemeinen von Jayden Capwells Sohn erwartet? Er wird sie bei Gelegenheit mal Mrs. Cronicle vorstellen, die kann Tony mit wachsender Begeisterung darüber aufklären, was für eine Enttäuschung Edward ist. Die Idee ist nicht schlecht! Er lehnt sein Kinn in ihr Haar, schließt die Augen, als der Duft ihm in die Nase steigt, und spricht weiter. Momentan läuft es ganz gut, findet er.

»Meine gesellschaftlichen Verpflichtungen ignorierte ich auf unverantwortliche Weise ... Im Grunde trat ich das Erbe meiner Eltern brutal mit Füßen. Obgleich ich es immer so hielt, dass ich nicht ganz verschwand und meine Pflicht erfüllte. Ich ließ mich hin und wieder blicken, mehr nicht. Häufig dachte ich nicht darüber nach, weil ...« Gleichmütig hebt er die Schultern. »Es interessierte mich nicht! Keiner ist da, der mir Vorhaltungen machen kann. Es gibt nichts und niemanden, der den unaufhörlichen Aufstieg der ›Capwell International Group Inc.‹ aufhalten könnte. Nicht einmal ich!«

Er lacht auf. »Waffen verkaufen sich immer bestens, du verstehst? Was macht schon eine Milliarde Gewinn mehr oder weniger? Wir sind zwar eine Holding, aber ich halte die Aktienmehrheit. Unantastbar. Es liegt in meiner Verantwortung, was geschieht. Es ist mein Geld, alles meins ...« Er denkt an Carlos und die Patientenverfügung und seine Miene verdunkelt sich. »Auch ich bin ganz allein, weißt du?«

Tony erwidert nichts, doch der Druck ihrer Hand auf seiner Schulter verstärkt sich flüchtig.

Edward schließt die Augen und versucht zu ignorieren, dass sie ihn bemitleidet. Das will er mit seinen Worten nicht erreichen, denn Mitleid ist nicht angebracht, weil er alles, aber keineswegs schwach ist!

»Ich hielt mich nie an die ungeschriebenen Gesetze. Ich heiratete nicht, obwohl es Anwärterinnen zuhauf gibt, und ich zeugte keinen ›Stammhalter‹. Es gab nur eine Angelegenheit, in der ich mich sogar ganz genau an die Regeln hielt und mir das versagte, was ich will.«

»Dich«, räumt er nach einigem Zögern ein.

Zu alldem lässt Tony keine Silbe verlauten, doch ihre Hand tastet sich langsam zu seinem Hals vor, und Edward schließt wieder die Augen. Sie bleiben es, auch, als er schließlich bereit ist, fortzufahren.

»Du glaubst, ich hätte keine Gefühle, und mein Verhalten muss dich in dieser Überzeugung noch bestärkt haben. Aber du hast keine Vorstellung, wie schwer es mir fiel, mich nach dieser Nacht von dir fernzuhalten. Ich hätte so gern dort weitergemacht, wo wir aufgehört haben. Zu einer Affäre mit dir war ich sofort bereit. Aber etwas anderes ... *mehr* ... Dazu konnte ich mich nicht überwinden. Ich manipulierte dich, indem ich dir sagte, dass ich dich nicht will. Und gleichzeitig manipulierte ich mich selbst, indem ich mir vor Augen führte, dass es nicht funktionieren kann. Im Zweifelsfall muss man sich immer der kühlen Logik bedienen, weißt du? Aber selbst das ging mehr und mehr schief. Du warst da und ich ...«

Ja, was? Was soll er sagen?

Ich wusste, dass ich mich nicht von dir fernhalten kann? Ich musste irgendetwas tun, was mich von dir ablenkt? Und weil es das nicht gibt, baute ich eben auf meine Grundsätze. Immer nur eine Frau, niemals zwei. Sie sorgte dafür, dass ich nicht zu dir gehen konnte. Egal, was ich wollte. Es lag nicht mehr in meiner Macht, das infrage zu stellen. Es war ein Trick und er hat funktioniert!

Das *darf* er ihr nicht sagen.

»Aurora kenne ich, seit sie ein kleines Mädchen war. Sie unterschied sich immer von den anderen aus meinen Kreisen. Ich spreche von den potenziellen Mrs. Capwells, wenn du verstehst, was ich meine. Die ödeten mich immer an.

Lange Zeit konnte ich das nicht verstehen, bis ich irgendwann dahinterkam, woran es liegt. Das war im November, vor drei Jahren ...«

Flüchtig baut sich das Bild eines schlanken, fast unbekleideten Körpers vor ihm auf. Das perlende Wasser auf der straffen, dunklen Haut, das nasse Haar und ihr wütender Blick.

Perfekt!

Ein sanftes Lächeln erscheint auf seinen Lippen, doch die Augen hält Edward geschlossen. »Es war ihre Passivität, obwohl ich mir die Alternative lieber nicht vorstellen wollte. Irgendwann ging mir auf, dass sie mir zu langweilig sind, zu angepasst, du verstehst? Sie sollten mir die Stirn bieten, mir ihre Meinung sagen, und nicht immer so verdammt devot und behutsam sein. Warum konnten sie nicht einmal vorlaut sein, auch wenn sie damit meinen Zorn riskierten? Das hätte mich an einer Frau fasziniert. Nicht dieser ewige Perfektionismus ...«

Dabei ist Tony perfekter als jede andere Frau, die er bisher kennenlernte. Überhaupt ... perfekt! Was ist das schon? Für ihn ist sie perfekt – für andere Männer vielleicht nicht! Gut, er rät auch jedem tunlichst, sie nicht so zu sehen, wie er sie sieht.

Eilig räuspert er sich, denn ihm ist gerade eingefallen, dass er sich mitten in Lebensbeichte Nummer zwei befindet.

»Aurora war immer ein Rebell. Sie ließ sich nicht ›drillen‹ wie die anderen Mädchen. Das ist auch so etwas, was ich versuchte, dir zu erklären. Diese Frauen werden ihr Leben lang darauf getrimmt, mit einem mächtigen Mann verheiratet zu sein. Du würdest nicht glauben, wie mittelalterlich das heute noch abläuft. Sie lernen zu gehorchen, nicht zu widersprechen. Sie sind dazu da, ihrem Mann das Leben so angenehm wie möglich zu gestalten und ihm die Kinder zu gebären. Sie haben seine außerehelichen Eskapaden zu dulden, und sie dulden sie. Widerstandslos. Sie sind ...«

Cloes Bild taucht vor ihm auf.

Die demütige Cloe, die selbst ihre Wut bestens dosieren kann und ihren Schmollmund auf Bestellung an und abstellt. Damals redete er sich ein, Tony nicht nach Miami zu bringen, weil er keine Lust auf den bevorstehenden Zickenkrieg hatte.

Dabei wusste er doch, dass ein Machtwort von ihm genügt hätte, um ihn sofort einzudämmen.

Cloe hätte sich auch mit einer zweiten Frau im Haus arrangiert – plötzlich ist Edward davon überzeugt. Hauptsache, sie wäre die Nummer eins geblieben. Sie hätte sich alles bieten lassen, so, wie man es ihr gelehrt hat. Wie all den anderen Mädchen – mit Ausnahme von Aurora. Sie sind ...

... die perfekten Marionetten. Alles, um ihren Familien zu noch mehr Macht zu verhelfen, als die ohnehin schon besitzen. Die wenigsten wehren sich dagegen. Aurora ist anders, denn sie ließ sich nie verbiegen oder mundtot machen. Als wir uns damals zufällig wiedersahen, befand sie sich gerade auf der akuten Flucht vor einem Mann. Nun, um ehrlich zu sein, vor einem Mann, dessen Vater und ihrem eigenen Dad. Die Verkuppelung war bereits perfekt; sie hatte kaum eine Chance, dem zu entrinnen. Die Alternativen sind schlecht: Entweder sie löst sich von ihrer Familie – das will sie nicht. Auch Aurora ist nur ein Mensch und was sollte sie dann tun? Die andere Möglichkeit, den Kerl nicht zu heiraten, ist, einen anderen zu nehmen. Leider gibt es nicht viele Männer, die sich in so eine Geschichte einmischen ...«

Die Hand an seinem Hals bewegt sich nicht mehr, und Edward runzelt die Stirn. Ist sie wütend? Er wagt nicht zu fragen. Als sie, nachdem er bis zehn gezählt hat, immer noch nicht die Flucht ergreift, beschließt er, dass es sicher ist, fortzufahren. So sicher wie in dieser Situation überhaupt möglich.

»Ich bin nicht ›viele Männer‹. Und ich bin mächtiger als alle im Umkreis von ein paar Tausend Meilen. Wir mochten uns immer, das hat sich auch jetzt nicht geändert. Ich hatte derzeit keine Beziehung, sie suchte ein Alibi ... Ein Wort gab das andere ...«

Diesmal hat Tony die Luft angehalten. Was soll er tun? Aufhören?

Sorgsam zieht er diese Alternative in Betracht und entscheidet sich schließlich dagegen. Denn mit einem Mal macht sich so etwas wie brutale Offenbarungswut in ihm breit. Er will, dass Tony bei ihm bleibt, doch Edward weiß, dass er kein einfacher Mensch ist, und er vermutet, sie sollte das wissen.

Schonungslose Offenheit?

Oh, nach diesem Abend wird die Bedeutung dieser beiden Worte neu definiert werden müssen. ielleicht wird sie ihn ja ablehnen, wenn sie die ganze Wahrheit kennt.

Er kann nicht verhindern, dass er eisig klingt, als er wieder anhebt. »Aurora ist eine schöne Frau. Klug, gewandt, in der Gesellschaft bestens bewandert. Sie hat ... auch andere wirklich außergewöhnliche Vorzüge. Ich musste dich um jeden Preis vergessen und dir unmissverständlich verdeutlichen, dass es keine Zukunft für uns beide gibt. Du hattest deine Hoffnungen noch nicht aufgegeben; das konntest du nicht vor mir verbergen. Du warst unglücklich, auch das entging mir nicht. Denke nicht, ich hätte dich nicht beachtet. Ich sah es und suchte händeringend nach einer Lösung ...« Natürlich ist das totaler Nonsens. Denn er hat nicht alles gesehen! Unwirsch runzelt er die Stirn. Und wenn schon! Es ist vorbei, er kann es doch nicht mehr ändern!

»Ich taktierte, verhandelte mit Aurora; es dauerte nicht lange, bis wir uns einig waren, und es war kein schlechtes Arrangement. In meinen Kreisen gehört so etwas zur Normalität. Ehen werden sehr oft aus rein taktischen Überlegungen geschlossen. Und du wirst es nicht glauben, ihr Versager von Vater war selig ...«

Es gibt nicht viel, was Aurora an Positivem aus der Verbindung mit Edward nehmen kann. Eines jedoch hat sich ein für alle Mal erledigt: die Kupplungswut ihres Erzeugers. Nach dem Selbstmordversuch seiner Tochter ist der ins Grübeln gekommen – wenigstens etwas, wenn auch nicht viel.

»Der Termin für unsere Hochzeit war noch nicht gesetzt – so weit kam es nie. In dieser Hinsicht waren die Medien etwas übereifrig. Doch sie stand durchaus im Raum. Allerdings war ich nicht ganz ehrlich zu Aurora, was meine Beweggründe anbelangte. Und als sie kam und dich sah ...«

Der nächste grausame Flashback holt ihn ein. Er sieht Tony mit diesem grauen Gesicht. Was genau er ihr in diesem Moment angetan hat – er wird möglicherweise nie in der Lage sein, es zu erfassen.

Diesmal braucht Edward wirklich lange, bevor er

weitersprechen kann, und als er es dann tut, ist auch noch das letzte bisschen Selbstsicherheit aus seiner Stimme verschwunden.

»Natürlich durchschaute sie mein Spiel sofort. Ich erwähnte bereits, dass sie nicht dumm ist? Und sie war davon alles andere als begeistert.« Mit einem Mal klingt er müde. »Sie warf mir nicht vor, dass ich sie benutzte – das tat sie im Gegenzug auch. Aurora verübelte mir, dass ich ihr nicht vorher reinen Wein eingeschenkt habe. Plötzlich sah sie sich unvorbereitet einer unangenehmen Situation gegenüber ...«

Er holt tief Luft. Das hat er erfolgreich hinter sich gebracht, und Tony schlägt nicht auf ihn ein. Noch immer bewegen sich ihre Finger nicht. Keine Wut, kein Von-ihm-Abrücken. Reglos lauscht sie seiner Beichte, fast wie in seinem dummen Alligatorentraum. Das ist witzig, denn er hatte es sofort als Utopie abgetan.

»Matty hasste sie von der ersten Sekunde an. Seine Abscheu verdoppelte sich noch einmal, als du am nächsten Morgen verschwunden warst. Zwei Wochen lang verweigerte er mir jedes Gespräch, ich war für ihn Luft. Es kostete mich unendlich viel Geduld, bis er wenigstens wieder mit mir redete. Ich glaube, wirklich verziehen hat er mir erst jetzt. In den folgenden zwei Jahren wechselte er vielleicht zwanzig Sätze mit Aurora. Er lehnte sie ab, machte sie allein für deinen Fortgang verantwortlich. Stellvertretend für mich. Ich schätze, er hätte nicht verkraftet, auch noch den letzten Menschen zu verlieren, den er auf der Welt hat. Deshalb musste Aurora dran glauben. Es setzte ihr zu, denn er ignorierte sie, schlug alle Friedensangebote aus ...«

Eilig küsst er ihre Stirn.

»Dein Neffe ist erstaunlich loyal und eisern, wenn es um ›Mommy‹ geht. Er gab nie die Hoffnung auf, dass du eines Tages zu ihm zurückkehrst ... Zu uns. Verbissen verteidigte er deinen Platz, mit allem, was er einzusetzen hat, und du wärst überrascht, wüsstest du, wie viel das ist. Ich hinderte ihn nicht daran. Nicht für dich ...«

Sein Lachen ist etwas bitter. »Nein ... Gott, ich wäre froh, das behaupten zu können, aber so war es leider nicht.

Wäre das der Grund gewesen, dann hätte ich nicht so lange gewartet. Es war reiner Egoismus, der mich trieb. Ich wollte mich mit ihm gut stellen, konnte nicht damit umgehen, dass er mich plötzlich ablehnte. Und indem ich Matty in seinem Treiben nicht Einhalt gebot, stieß ich Aurora vor den Kopf, weil ich ihr meine Unterstützung versagte. Sie litt darunter. Ich nehme an, mehr, als sie mich jemals wissen ließ ...«

Edward kann Tony nicht erzählen, wie sehr Aurora tatsächlich gelitten hat. Er kann es einfach nicht, und er braucht wieder lange, sehr lange, diesmal, um sich von dem neuesten Flashback zu erholen.

So weit das überhaupt möglich ist.

Denn das Bild von der blassen Aurora mit den Verbänden an beiden Handgelenken wird ihn wahrscheinlich auch nie wieder verlassen. Alles Teil der Abrechnung. Diesmal zieht sich das Schweigen erheblich in die Länge, doch Tony zeigt keine Ungeduld. Ruhig liegt sie in seinen Armen, ihre Hand an seinem Hals, und wartet, bis er bereit ist.

»Ich war also in diesem Sumpf und sah mich bereits dort krepieren. Nach einiger Zeit kam mir der Gedanke, dass das Leben doch verdammt schnell vorbei sein kann. Nur ein paar Stunden zuvor hatte ich an alles gedacht, nur nicht ans Sterben. Und jetzt schien es, als würde ich meinen einundvierzigsten Geburtstag wohl nicht mehr erleben. Ich begann zu grübeln. Hatte ich vielleicht irgendetwas übersehen? Gab es unter Umständen doch eine Möglichkeit für uns?«

Behutsam streichelt er ihren Nacken, hält die Augen fest geschlossen und verharrt einen Moment, bis er in der Lage ist, es auszusprechen ...

»Denn das ist es, was ich will. Immer wollte, seit ...«

Stöhnend unternimmt er einen erneuten Versuch, die bittere Wahrheit zu artikulieren.

»... seit sehr langer Zeit. Ich sah nur keine Chance, dass es funktionieren könnte. Tony, die Welt, in der ich lebe, ist so hart, so unmenschlich. Das ist die Welt, die diese kleinen perfekten Puppen erschafft, du erinnerst dich? Natürlichkeit, Spontanität, starke Emotionen – das, was dich ausmacht – wird augenblicklich ausgemerzt. Du passt dort nicht hinein, bist für so etwas nicht geschaffen. Sie würden dich vernichten. Ebenso wenig bist du für mich geschaffen, denn auch ich würde dich auf die Dauer zerstören. Jedenfalls das, was ich an dir ...«

Das ist die rote, die eindeutig verbotene Zone. Er kann vieles, doch das ist zu viel. Edward räuspert sich.

»Und wieder war ich in der Sackgasse angelangt. In diesem verdammten Teufelskreis, aus dem ich keinen Ausweg fand ...«

Mit angehaltenem Atem wartet er auf ihren Protest. Als der ausbleibt, fährt er fort, erleichtert, dass sie ihn nicht mit seiner Feigheit konfrontiert. Doch er schwört sich, in Zukunft besser darauf zu achten.

»Nach ein paar weiteren Runden in der ewigen Sackgasse versuchte ich es mit einem anderen Weg. Mit einer total neuen Herangehensweise. Ich überlegte mir, dass das doch alles Bullshit ist. Wenn ich mir Mühe gebe, versuche, mich zu ändern, irgendwie. Wenn ich dich unterstütze, diesen ganzen Mist weitestgehend meide, was ich ja ohnehin schon, so gut es geht, tue. Vielleicht ... möglicherweise hätten wir doch eine Chance.«

Edward lächelt, als ihm klar wird, dass er selbst dort nicht einmal ahnte, wie weit er gehen würde. Nun, er vermutet, das weiß er nicht einmal momentan so genau – ein äußerst glücklicher Umstand.

»Und ich schwor mir dort in diesem verfluchten Sumpf: Sollte ich dies überleben, würde ich zu dir gehen. Wenn du inzwischen glücklich und zufrieden mit einem anderen wärst, hätte ich dich niemals angesprochen. Das ist war das Risiko – *meines!* Ich hatte viel zu lange gewartet. Aber vielleicht ...«

Er holt tief Luft.

»... wenn du mich vielleicht nicht ganz vergessen hattest ...«
Verwundert registriert er, wie heiser sein Räuspern klingt.

»... vielleicht hätten wir wirklich eine Chance ...«

Sie sagt nichts, streichelt nur wieder seinen Hals und Edwards Lider entspannen sich ein wenig.

»Als diese Typen mich wieder in halbwegs zivilisierte Regionen gebracht hatten, also ich meine die, wo mein verdammtes Handy funktionierte, telefonierte ich mit Aurora.

Sie sagte mir, dass du da bist, und Tony ...

Das erschien mir wie ein Zeichen. Die letzte Bestätigung, die ich noch brauchte. Obwohl ich nicht glaube, dass mich noch irgendetwas von meinem Plan hätte abbringen können. Ich lehnte alles ab, was sie mir aufdrängen wollten. Ich schätze, zeitweilig überlegten die ernsthaft, mich zwangseinweisen zu lassen – wegen vorübergehenden Verlustes der mentalen Zurechnungsfähigkeit oder so etwas. Aber ich wollte nur zu dir und zu Matty. Ich wollte nach Hause, kannst du das verstehen?«

Bevor sie Ernst machen und seine Frage beantworten kann, fährt er eilig fort.

»Aurora ging, sie hatte genug gesehen. Die Art, wie es endete, auch wie es lief, ist eines der Dinge in meinem Leben, die ich wirklich bereue. Ich habe sie verletzt, wenngleich sie sich alle Mühe gab, das vor mir zu verbergen. Sie war immer fair – weitaus fairer als die anderen. Emotionale Komplikationen waren nicht Bestandteil unseres Arrangements. Doch in diesen zwei Jahren ...«

»Sie hatte tiefere Gefühle für mich entwickelt, ich aber nicht für sie. Mehr als Freundschaft war da nie von meiner Seite. Es störte mich nicht, denn ich mag sie, das genügte mir. Aurora störte es sehr. Sie wusste immer, was sie für mich ist, und litt darunter.«

Und damit ist diese Angelegenheit, was Edward betrifft, erzählt. Über seine nächsten Worte denkt er sehr genau nach und beginnt erst, als er sicher ist, die richtigen gefunden zu haben.

»Ich möchte dich heiraten, weil ich dich unsagbar gern habe. Was du mir bedeutest, lässt sich schwer in Worte fassen und ich weiß nicht, ob es mir gelingt. Du bist die erste Frau, die mir nicht aus dem Kopf geht, selbst wenn ich sie nicht sehen kann. Du bist die Erste, die mich erfolgreich zu Dingen bringt, die ich nicht will und die ich obendrein für widersinnig halte. Ich will dich heiraten, weil Matty dich braucht und natürlich auch, weil du die Mutter meiner Tochter bist. Ich möchte, dass du meine Frau wirst, weil ich mir nicht vorstellen kann, dich jemals zu verlieren, und weil ich es hasse, Sonntagmittag wieder nach Miami zu fahren und dich zurückzulassen. Ich will dich für immer bei mir haben. Und wenn das bedeutet, dass ich mein gesamtes Leben ändern muss, damit es dir gut geht, dann werde ich das tun.«

Er holt tief Luft.

»Ich war damals zu feige, heute bin ich es nicht mehr. Jetzt weiß ich, wie schnell das Leben zu Ende sein kann. Und ich habe bereits so viel Zeit verschenkt. Ich will keine Minute mehr ohne dich sein, Tony. Nicht einmal eine Sekunde. Wenn du mir die Möglichkeit gibst, dann werde ich das ab sofort zu verhindern wissen. Vielleicht muss ich hin und wieder mal in die Firma, aber die bekommen das auch ohne mich hervorragend hin. Fällt gar nicht auf, wenn ich nicht da bin. Und ich möchte, dass unsere Tochter meinen Namen trägt, aber das ist mit Abstand der geringste Grund. Ich schwöre. Bitte, Tony. Du bist das Einzige, neben meinen Kindern, was ich jemals gewollt habe. Bitte, sag ja, werde meine Frau ...«

* * *

Ewigkeiten scheinen vergangen zu sein, als plötzlich ihre leise Stimme ertönt.

»War das alles?«

Er reißt die Augen auf. »Ja ...«

»Das sind alles enorm wichtige Gründe, um jemanden zu heiraten ...«

»Aber ...?« Ihm ist klar, dass es ein *Aber* geben wird. Das sagt Edward schon die Art, wie sie den Satz formuliert hat. Und plötzlich ist er davon überzeugt, dass er gerade dabei ist, ein ›*Nein*‹ von Tony zu kassieren. So sehr er es auch versucht, er weiß, dass er damit nicht umgehen kann. Wenn es so ist, dann gibt es nichts, womit er sie noch überzeugen kann. Er hat bereits alles auf eine Karte gesetzt, mehr ist nicht möglich.

Langsam schüttelt sie den Kopf. »Der Wichtigste fehlt.«

WAS?

Diesmal schluckt er wirklich. Es dauert lange, sehr lange, bevor er sicher sein kann, sie nicht anzufahren. Also, wenn jetzt noch etwas fehlt, dann muss es sich um etwas handeln, das unmöglich auf der Erde angesiedelt ist.

Mondgestein – eventuell. »Das musst du mir genauer erklären.«

»Hör mir zu, Edward Capwell«, wispert sie und richtet sich auf, um ihn anzusehen. Kurz darauf wird er mit ihren wundervollen Augen konfrontiert, unter denen sich noch immer diese schimmernden Lippen befinden. Das wundervollste Lächeln liegt auf ihnen, und dennoch ... »Ich glaube, ich liebte dich bereits, als du bei mir in New York vor der Tür standest.«

Edward schließt die Augen. Verdammt!

»Von der ersten Sekunde an. Du hast dich benommen wie ein Arsch. Du hast mich beleidigt, du hast mir ein paar ziemlich blaue Flecken verpasst, du hast mir die Lippen blutig geküsst und du gabst mir nach unserer ersten Nacht den Laufpass. Das ist alles ziemlich mies; ich glaube, da stimmst du mir zu.«

Er sieht sie wieder an, verzichtet aber auf jede Antwort.

»Aber ... du warst auch für mich da. Du hast mich gesund gepflegt und ich weiß, was dich das gekostet hat. Du hast mich aus New York zurückgeholt und du hast mir meinen Teddy geschenkt. Der hat mir in den letzten Jahren über so manche ausweglose Stunde geholfen, das kann ich dir flüstern.«

Lächelnd küsst sie ihn flüchtig, bevor sie sich abermals aufrichtet.

»Aber selbst die lange Zeit ohne dich konnte nichts daran ändern. Oder, dass ich glaubte, du willst mir mein Kind wegnehmen. Oder Matty. Oder, dass ich deinetwegen mehr geheult habe als wegen meiner Eltern, meiner Schwester und meines Schwagers zusammengenommen. Am Ende ist alles egal. Ich sagte es dir, und daran hat sich nichts geändert. Ich wusste genau, was ich tat, in der Nacht, in der Jade entstand. Das war keine spontane Handlung, sondern eine reiflich überlegte.

Ich musste lange nach dem Richtigen suchen, und der bist nun einmal du.« Mit bemerkenswerter Gelassenheit hebt sie die Schultern. »Ich liebe dich. Da kann man nichts machen. Das ist der Grund, weshalb ich dich sofort heiraten würde. Alle anderen, die es da noch so gibt, sind zweitrangig ...«

»Würde ...«, wiederholt Edward dumpf und versucht, das

sinkende Gefühl in der Magengegend zu ignorieren – nur leider funktioniert das nicht.

Tony nickt entschlossen. Es gelingt ihr sogar, ihm in die Augen zu sehen. »Ich kann keinen Mann heiraten, der mich nicht liebt. Du sagst, du ›hast mich gern‹. Du sagst, du willst nicht ohne mich sein und dass du möchtest, dass unsere Tochter deinen Namen trägt. Das sind alles akzeptable Gründe, Edward. Die passen mit Sicherheit in deine Welt der Multimilliardäre und weiblichen Marionetten. Ich bin nur ein kleines Mädchen aus New York. Ich brauche nicht so viel. Nur eines ...«

Wieder küsst sie ihn. Diesmal mit einer Hingabe und Leidenschaft, der er nicht widerstehen kann. Auch wenn sie die Gedanken aus seinem Kopf nicht vertreiben kann.

Sie will dich! Also warum nimmt sie dich denn dann nicht?

Er soll nicht lange ratlos bleiben, denn viel zu schnell löst sie sich von ihm und wispert ihm ins Ohr:

»Liebe mich, Edward. Sage mir, dass du mich liebst, und zwar so, dass ich dir glauben kann, und ich heirate dich auf der Stelle.«

* * *

Das ist es also.

Edward ahnt, dass es nicht besonders überraschend kommt, denn sie ist eine Frau, die davon träumt und daran glaubt.

Doch mit ihrer Forderung stürzt sie ihn in eine tiefe Krise, weil dies das Einzige ist, was er ihr nicht geben kann. Nicht auf die Art, die sie verlangt.

Dabei ist er fast sicher, den Satz mit einiger Überwindung formulieren zu können. Inzwischen hätte er buchstäblich alles getan, um sie für sich zu gewinnen.

Doch es auch so *meinen?*

Wie kann man von einer Angelegenheit mit Überzeugung sprechen, die nicht existiert?

Seufzend entscheidet Edward, sich diesem offensichtlich unlösbaren Problem später zu widmen. Er fühlt sich ausgelaugt und erschöpft, obwohl er sich am heutigen Tag bestimmt nicht körperlich verausgabt hat.

Was er jetzt will, ist Ruhe und Tony und beides befindet sich in greifbarer Nähe.

Er zieht sie an sich, meidet dabei entschlossen jeden Blick in ihr Gesicht, legt seine Arme fest um sie und sein Kinn in ihr Haar, spürt zufrieden ihre streichelnde Hand an seinem Hals, und schließt die Augen.

Morgen wird er sich diesem Problem widmen ...

Morgen.

* * *

Die Frage aller Fragen

In dieser Nacht bekommt Edward nicht sehr viel Schlaf.

Teilweise, weil er Tony nicht in ihr Bett gehen lässt – was ein gefährliches Unterfangen darstellt, denn sie schläft wortwörtlich *auf* ihm. Keine guten Voraussetzungen, um sich erfolgreich zu beherrschen.

Doch ihm bleibt keine Wahl, denn plötzlich macht er ihre Hochzeit davon abhängig, sie jemals wieder nackt in seinem Bett zu haben. Das verwirrt ihn einigermaßen, weil Sex für Edward bisher mit Sicherheit nicht mit einem Ehegelübde zusammen hing.

Schon könnte er sich für diesen wundersamen Entschluss ohrfeigen, denn wie die Dinge momentan liegen, wird er dann wohl leer ausgehen. Trotzdem nimmt er es nicht zurück, sondern widmet sich seufzend und ein wenig ergeben der unlösbaren *Aufgabe*, die sie ihm gestellt hat.

Es gelingt ihm sogar, das Gefühl zu ignorieren, es mit ausgewachsenem Bullshit zu tun zu haben, der unter Garantie nur von einer Frau stammen kann. Keinem Mann würde so etwas einfallen! Und er verurteilt sich auch noch zu diesem Zölibat! Möglicherweise, um sich ausreichend zu motivieren.

Okay, wenn nichts stimmt, aber das funktioniert perfekt.

Edward lacht auf und beißt sich hastig auf die Lippen, als Tony sich unruhig im Schlaf bewegt. Dann beschließt er, auch ein wenig zu schlafen, nur, um den Moment zu genießen. Denn, so bald wird er wohl nicht noch einmal in die Gelegenheit kommen.

* * *

Als er am nächsten Morgen von Jade geweckt wird, ist Tony weg.

Edward weiß nicht genau, wann sie verschwunden ist, aber ihn irritiert die Tatsache, dass es ihr immer wieder gelingt, sich unbemerkt davonzustehlen. Das ist bereits das zweite Mal!

Und wieder ist kein Abschiedsbrief vorhanden. Gut, sie ist nur in ihr Bett gegangen, aber immerhin!

Während er das Frühstück zubereitet, geht ihm auf, dass er überhaupt nichts erreicht hat.

Nichts hat sich geändert, nicht einmal, dass er Tony morgen entführen wird. Denn den eigentlichen Grund für ihr Gespräch, dass sie nicht länger hier bleiben kann, hat er nicht zufriedenstellend geklärt. Abgesehen davon, dass er jetzt weiß, dass sie ihn wirklich will, ist er keinen Schritt weitergekommen.

Er wird es niemals zustande bringen, ihr bis morgen Mittag eine erträgliche Version *des* Satzes aufzutischen, die sie ihm auch noch abnimmt. Edward wird immer übler, wenn er bedenkt, wozu er mittlerweile bereit ist, nur um diese Frau endlich für sich zu gewinnen. Auch das wird mit Sicherheit niemals Teil irgendeiner Lebensbeichte werden.

Für den Rest des Tages befindet er sich in grüblerischer Stimmung, die nicht weichen will, egal, was er versucht. Am Samstagmittag beschließt er, sich nicht länger dagegen zu wehren. Er ist niedergeschlagen, und selbst Jade kann ihm nicht über das Gefühl hinweghelfen, diesmal tatsächlich versagt zu haben.

Tony wagt kaum, ihn anzusehen; vermutlich glaubt sie, er wäre wütend – doch das ist nicht der Fall. Edward weiß nur nicht weiter.

Am Abend, nachdem die beiden Kinder endlich schlafen, will er erneut mit ihr reden. aber als er ihren erwartungsvollen Blick sieht, bringt er kein Wort heraus.

Wie soll er über die Logik und Notwendigkeit eines sofortigen Umzuges sprechen, wenn sie auf etwas ganz anderes hofft? Auf ihre Enttäuschung kann er gut und gern verzichten.

Und so sitzt Edward stumm neben ihr auf der Couch, wagt es nicht, sie zu berühren, weiß, dass sie darauf wartet, und hasst sich, weil er trotzdem nichts unternimmt.

Es dauert nicht lange und Tony verschwindet ins Bett – ohne ein Wort und ohne ihn noch einmal anzusehen.

Es folgt die zweite Nacht, in der Edward sehr lange wach liegt.

Am nächsten Morgen hat Edward einen Entschluss gefasst.

Er wird es noch einmal versuchen. Geht sie immer noch nicht darauf ein, wird er sie vor vollendete Tatsachen stellen – und mit den Konsequenzen leben müssen.

Erst als Tony auf der Couch sitzt, macht er sich mit seiner Tochter im Arm im Sessel bequem. Edward braucht ein wenig moralische Unterstützung, doch diesmal nimmt er Jades Hand, die sofort seine Nase anvisiert, entschieden beiseite und hält sie fest, während er ausschließlich deren Mutter fixiert, die am Verzweifeln ist.

»Tony. Ich bitte dich, was ich sagte, ernsthaft zu überdenken. Ich habe nicht übertrieben, bitte glaube mir das. Ziehe die Alternative in Betracht, dieses Appartement aufzugeben und nach Miami zu kommen.«

Sie sieht auf. Ablehnung oder etwas anderes Negatives findet er nicht, stattdessen nickt sie nach kurzer Überlegung, äußert sich jedoch nicht, was Edward so sehr verwirrt, dass er nach einigen Minuten aufsteht und Mrs. Knights Plastikschüsseln nacheinander in die Mikrowelle schiebt.

Daher essen sie sehr früh zu Mittag. Danach nimmt Matty Jade an die Hand, verschwindet mit ihr nach einem letzten, besorgten Blick auf seine ... *Eltern* in deren Zimmer.

Edward setzt sich zu Tony auf die Couch.

Es vergeht eine halbe Stunde ...

Dann noch einmal eine halbe ...

Schließlich sind eineinhalb Stunden ins Land gegangen, ohne dass einer der beiden das Schweigen gebrochen hat. Inzwischen ist es weit nach ein Uhr mittags, womit Edward längst seine Daseinsberechtigung verloren hat, jedenfalls in diesem Appartement, doch er rührt sich nicht.

Ihm widerstrebt es, den letzten, entscheidenden Schritt zu tun und sie darüber zu informieren, dass sie ihn begleiten muss. Jämmerlich, oh ja, dieses Wort trifft neuerdings gefährlich häufig auf ihn zu, aber er kann nicht leugnen, dass er ihre Reaktion fürchtet. Selbst wenn sie seit Freitagabend kein vernünftiges Wort miteinander gewechselt haben, ist doch alles anders, denn Tony scheint die massive Zeitüberschreitung nicht zu bemerken.

Stumm sitzt sie neben ihm und starrt vor sich hin. Beide lauschen sie wohl den Geräuschen, die aus Jades Zimmer zu ihnen herüberdringen. Jades Lachen, Mattys geduldige Anweisungen. Sie bauen ...

»Was ist mit Susan?«

Edward sieht sie sofort an; gut möglich, dass sie sein Aufatmen hört – es ist ihm bemerkenswert egal. »Sie begleitet dich. Egal, wohin du gehst.«

Nach flüchtiger Überlegung folgt die nächste Frage. »Lass mich raten; wenn ich ein Appartement in Miami nehme, dann sind die Probleme auch nicht viel geringer?«

Langsam schüttelt Edward den Kopf. »Nein.«

Wieder betrachtet sie für gefühlte Ewigkeiten ihre Hände, bevor sie endlich aufblickt. »Wie dachtest du dir das im Einzelnen?«

»Was meinst du?«

»Wenn ich wieder in dein Haus ziehe, wie dachtest du dir das?«

»Nicht so, wie du es akzeptieren würdest, befürchte ich«, seufzt er, doch es kann ihn kaum noch treffen. Ihr entsetzter Blick dafür umso mehr und das grauenvolle, kaum hörbare Hauchen erst recht.

»Nein! Das kann unmöglich dein Ernst sein. Das ...«

Edward ist perplex. Noch während er ihr verstörtes Gesicht studiert, das plötzlich wieder grau wird – ja, es handelt sich hier eindeutig um ein Déjà-vu –, geht ihm auf, was ihr derzeitiges Problem ist. Diese Erkenntnis führt dazu, dass er zum ersten Mal seit Ewigkeiten komplett die Kontrolle verliert. Sein dumpfes Knurren erfüllt den Raum. »Ich habe endgültig genug von dem Müll! Das ist nichts für mich. Ich kann das nicht! Unmöglich!«

Den plötzlich so gebrochen wirkenden, fragilen und von ihm so angebeteten Körper an sich ziehen und seine Lippen auf ihren Mund pressen, ist eins. Er nimmt keine Rücksicht; etwaige Proteste wären ungehört geblieben. Edward küsst sie, als würde sein Leben davon abhängen, hält sie fest im Arm, denkt nicht, will nur den Zorn, gepaart mit dieser neuen Niedergeschlagenheit, aus der Welt zu verbannen.

Sie wehrt sich nicht, Tony versucht auch nicht, ihn entrüstet von sich zu stoßen. Stattdessen liegt sie in seinen Armen und erwidert seine Zärtlichkeiten, die im Grunde gar keine sind, als hätte sie nur darauf gewartet. Womit sie ganz nebenbei dafür sorgt, dass er seine Wut hinter sich lassen kann. Selbst ein wenig von seiner Wehmut bleibt nach einer Weile auf der Strecke.

Als er sich etwas atemlos von ihr löst, sind ihre Augen groß. Sanft und ein wenig über sich selbst erschrocken, streicht Edward ihr das Haar aus der Stirn. »Ich habe noch nie auch nur für eine Sekunde daran gedacht, dich in den ›Südflügel zu verfrachten‹. Niemals!«, bekennt er rau und schüttelt fassungslos den Kopf. »Wie kannst du glauben, dass ich so etwas in Erwägung ziehe? Hörst du mir eigentlich einmal zu? Irgendwann?«

Ihr Blick ist eindeutig und vernichtender, als es tausend in die Welt gebrüllte Worte sein könnten:

Aber das tust du doch immer, Edward. Warum sollte es diesmal anders sein? WARUM?

Sie kommunizieren in zwei verschiedenen Sprachen!

Definitiv!

Denn trotz Lebensbeichten eins und zwei scheint diese Person immer noch nicht verstanden zu haben. Das wirft Edward wieder einmal vollständig aus der Bahn und es dauert lange, bevor er sie relativ gefasst ansehen kann. »Ich hatte gehofft, du würdest zu mir kommen. In meine Privaträume«, fügt er hinzu, um diesmal jedes Missverständnis auszuschließen. »Aber offensichtlich habe ich mich da verrechnet. Das ist zwar nicht das, ich will, aber ich kann damit leben ... Vorläufig.«

Mit einem Mal wird ihm klar, welchen riesigen Schritt sie soeben gegangen sind. Eben noch dachte er darüber nach, wie er sie am besten kidnappen könnte, ohne sie so wütend auf ihn zu machen, dass sie nie wieder ein Wort mit ihm wechselt, und jetzt verhandeln sie, *wo* sie in seinem Haus wohnen wird.

Wie ist das geschehen, und vor allem, wann?

»Es gibt in diesem verdammten Gebäude unzählige Zimmer, Suiten, Appartements und andere Räume«, fährt er etwas vorsichtiger fort, doch ihre wütende Zurechtweisung bleibt auch jetzt aus. »Such dir etwas aus. Mir ist es egal.

Aber, wenn ich eine Bedingung stellen darf ...« Als er grinst, lächelt auch Tony ein wenig. »Könntest du dir bitte irgendwas nehmen, das nicht ganz so weit von dem Rest der Familie entfernt liegt?«

* * *

Das ist es!

Selbst, am Abend in seinem Bett, kann Edward immer noch nicht nachvollziehen, wie er es zustande gebracht hat. Doch als er Tony und Jade am späten Abend in West Palm Beach verlassen hat, haben sie zuvor gemeinsam fast den gesamten kümmerlichen Hausstand in Kisten verpackt.

Interessant war hierbei, dass Tony überhaupt Kisten besitzt. Möglicherweise wollte sie immer für eine schnelle Flucht gerüstet sein. Als Susan irgendwann erschien und das Chaos betrachtete, grinste sie, übersah großzügig Tonys schuldbewussten Blick und packt mit an.

Nichts von dem Ramsch werden sie je wieder benötigen, doch Edward kann verstehen, dass sie es nicht zurücklassen wollen. Selbst wenn es albern ist.

Matty zeigte übrigens nicht die geringste Müdigkeit, auch als der Abend schon weit fortgeschritten war. Stattdessen half er strahlend beim Packen, und Jade nutzt die allgemeine Unordnung, um sie an der einen oder anderen Stelle noch zu vertiefen. Wann hat man schon die Möglichkeit, unbemerkt an die vielen Dinge zu gelangen, die sonst strikt tabu sind?

Als Edward sich schließlich verabschiedete – von Susan mit einem Nicken, von der inzwischen schlafenden Jade mit einem kurzen und von der sichtlich aufgeregten Tony mit einem langen und intensiven Kuss –, wäre er am liebsten geblieben.

Zu groß ist die Gefahr, dass Tony es sich in letzter Sekunde noch anders überlegen wird.

* * *

Seine Sorge erweist sich als unbegründet.

Am nächsten Vormittag treffen sie ein – eine grinsende Susan, eine jauchzende Jade, sobald sie ihn sieht, und eine Tony, die nicht genau weiß, wie sie mit der Situation umgehen soll.

Dass sie nicht gern kommt, ärgert ihn ein wenig, denn dies ist nun einmal das Haus, in dem sie wohnen werden.

Ihr Heim.

Und dass sie es nicht mag, vereinfacht die Dinge nicht sonderlich. Ihre Haltung relativiert sich übrigens, als Susan sie eher zufällig in den Flügel führt und ihr rein zufällig das neu hergerichtete Appartement und Jades Zimmer zeigt.

Edward trifft ein langer und durchdringender Blick, doch sie verliert kein Wort, und auch am Abend, als endlich Ruhe eingekehrt ist, stellt sie ihn nicht zur Rede. Als Jade in ihrem neuen Bett schläft und Tony immer noch keine Reue offenbart, sich auf diesen Wahnsinn eingelassen zu haben, entspannt sich Edward ein wenig.

Egal wie ... sie ist wieder bei ihm, und der Rest wird sich finden.

+ + +

Einige Tage zuvor ...

Eine Eigenschaft, die Carlos immer an sich geschätzt hat, ist seine Aufrichtigkeit.

Schon deshalb hat ihm das jahrelange Schweigen so zugesetzt. Er hasst es, nicht mit offenen Karten zu spielen. Sein Resümee nach diesen anstrengenden zwei Jahren: Nie wieder diese Art von Spiel!

Ein weiser Entschluss.

Er hat nur leider die Rechnung ohne Susan gemacht.

* * *

Inzwischen hat Carlos nicht mehr häufig die Gelegenheit, in seinem blauen Van zu sitzen und die kleine enge Straße in West Palm Beach zu bewachen.

Viel zu oft muss er Edward begleiten, daher betrachtet er die wenigen Stunden, die er auf dem eher ruhigen Posten zubringen darf, als echte Entspannung. Meistens kommt er an den Wochenenden in den Genuss, die Edward und Matty nicht hier sind, und an denen sein Chef keine Termine wahrnehmen muss.

Auf diese Art können Juan oder Carlos auch mal ausspannen, vielleicht schlafen, ordentlich essen – nun, all die Dinge tun, die ihnen, seitdem sie diesen Marathonjob absolvieren, nur noch sehr selten vergönnt sind.

Seit einiger Zeit scheint die kleine Familie im zweiten Stock des Hauses Nummer 13 in der Parkstreet erstaunlich viel Müll zu produzieren. Und es ist immer Susan, die ihn schließlich entsorgt. Inzwischen ist Carlos der Ablauf, wenn sie in der Haustür auftaucht, in Fleisch und Blut übergegangen. Er öffnet die Beifahrertür, holt seine Thermoskanne heraus, gießt eine zweite Tasse Kaffee ein und reicht sie Susan, sobald die sich mit einem Lächeln neben ihn gesetzt und die Wagentür geschlossen hat. Das ist auch einer der Gründe, weshalb er das ewige Herumgesitze inzwischen als durchaus entspannend betrachtet.

Heute ist sie ziemlich wortkarg. Sie nippt an ihrem Kaffee, und als sie seinen verständnislosen Blick bemerkt, fällt ihr Lächeln eher matt aus. »Ich habe Tony gesagt, dass ich mir ein wenig die Beine vertrete.«

Carlos nickt.

Schweigend genießen sie ihren Kaffee, bis Susan irgendwann erneut anhebt. »Er ist ein Idiot!«

Dem kann er nur zustimmen.

»Aber irgendwie tut er mir leid.« Fassungslos schüttelt sie den Kopf. »Obwohl ich das nicht verstehe!«

Auch das kennt Carlos, und kämpft seit Jahren mit diesem Phänomen.

»Ich habe mir überlegt, dass wir ihm vielleicht ein wenig unter die Arme greifen sollten«, fährt Susan fort. Carlos mustert sie mit erhobener Augenbraue.

»Na ja, er wird noch in fünf Jahren hierher gondeln, wenn wir nichts unternehmen!«

Carlos wird blass. Fünf Jahre dieser Stress und die lauernde Gefahr? Nein!

Susan scheint von Carlos derzeitigen Problemen mit der Fassung nichts zu bemerken. »Er hat Schiss vor ihr. Geschieht ihm ganz recht, wenn du mich fragst.«

Sieht er genauso.

»Aber das hilft uns ja irgendwie nicht weiter, oder?«

Carlos schüttelt den Kopf.

Sie runzelt die Stirn. »Hat man dir die Stimmbänder geklaut?«

»Nein.«

»Dann ist ja gut.« Eine Weile mustert sie ihn noch argwöhnisch, wie ein Doktor seinen Patienten, bei dem er in jeder Sekunde mit einem neuen Anfall rechnet. Doch dann kommt sie wieder zum Wesentlichen. »Also, ich habe mir überlegt, wie wir es machen!«

Carlos setzt sich auf. WIR? *Wir* ist gut – allerdings in einem völlig anderen Zusammenhang.

»Du musst ihn überzeugen!«

»Ich?«

Susan stöhnt. »Wer sonst? Mir hört er nicht zu, und außerdem kann ich Tony nicht in den Rücken fallen. Du bist sein Vertrauensmann und musst deshalb auf Tony keine Rücksicht nehmen. Also, ich dachte mir das so ...« Stirnrunzelnd betrachtet sie ihn. »Du hörst mir aber zu, ja?«

Carlos reißt sich zusammen. Doch sein »Sicher« klingt etwas müde.

»Gut, also ...«

Und in den folgenden Minuten unterbreitet Susan ihm den lächerlichsten, abgedrehtesten Plan, der ihm jemals aufgetischt wurde. Das geht ja noch, doch er beinhaltet unter anderem, dass Carlos die Wahrheit ziemlich dehnen, um nicht zu sagen, maßlos übertreiben müsste. Und das liegt ihm nun einmal gar nicht. Außerdem hat er sich gerade geschworen, das ein für alle Mal zu lassen.

Als sie geendet hat, mustert sie ihn erwartungsvoll. Was Susan betrifft, ist ihr Plan brillant.

Carlos holt tief Luft. »Im Ansatz ist das wirklich clever ...«

»Aber?«

»Aber ... leider in der Praxis nicht durchführbar. Tut mir leid.«

»Warum?« Enttäuschung macht sich auf ihrem überaus hübschen Gesicht breit.

»Weil das nun einmal kein Spiel ist. Wir stehen hier nicht umsonst ...«

»Na, umso besser!«

»Lass mich doch erst mal ausreden!«, fährt er auf und seufzt, als ihre Augen sich erschrocken weiten. »Sorry. Ich bin wirklich zu fast allen Schandtaten bereit, aber hier stoße ich an meine Grenzen. Ich kann vor Edward die Situation nicht verschärfen, um ihn zu manipulieren ...«

»Warum?«

»Weil es nicht richtig wäre.«

»Warum?«

»Weil er sich dann über Gebühr Sorgen machen würde ...«

»Also besteht überhaupt keine Gefahr?«

»Natürlich besteht die. Besonders nach dem Anschlag auf Edward ...«

»Also!«

»Also was?«

»Also würdest du doch gar nicht übertreiben.«

Leicht entnervt versucht er es anders. »Ich will damit ausdrücken, dass die reale Gefahr bereits genügt; man muss es nicht noch künstlich dramatisieren.«

»Dann lass es!«

»Was?« Sie hat es geschafft, jetzt ist er verwirrt.

Susan betrachtet ihn, als wäre er ein wenig schwer von Begriff, aber kein hoffnungsloser Fall. »Also, mal angenommen, du gehst jetzt zu Edward und sagst ihm, dass wir alle in großer Gefahr schweben. Wäre das eine Lüge?«

»Nein ...«

Sie lächelt. »Siehst du. Und mal angenommen, du sagst ihm, dass es viel einfacher für dich wäre, wenn wir alle in Miami wären, würdest du dann lügen?«

»Nein, das weiß er bereits.«

»Sehr gut.« Ihr Lächeln wird breiter. »Und mal angenommen, du würdest ihm sagen, dass du ziemlich müde und fertig bist und eine Auszeit benötigst, wäre denn das eine Lüge?«

Carlos reibt sich die Augen. »Mit Sicherheit nicht.«

Susan klatscht in die Hände. »Also!«

Und damit ist die Angelegenheit, was sie betrifft, erledigt.

* * *

Für Carlos beginnen damit erst die Probleme.

Er kann so etwas nicht, dafür ist er nicht der Typ. Doch nachdem er sich ein paar Nächte schlaflos in seinem Bett gewälzt hat, kommt er zu dem Schluss, dass er es trotzdem durchziehen wird.

Fakt ist: Es gibt bedeutend mehr Drohungen, besonders, was Jade betrifft. Er kann die Lage nicht einschätzen, weil sie sich noch niemals in einer solchen Situation befanden. Und er wird diesen Zustand nicht mehr lange aufrechterhalten können, weshalb die Katastrophe droht. Rein technisch gesehen muss er nur bei einer einzigen Sache übertreiben …

Seiner Belastbarkeit. Und nach den letzten schlaflosen Nächten bekommt er den Teil aus dem Stand hin. Dennoch ist er ehrlich entgeistert, als Edward auf seinen Bluff tatsächlich eingeht.

Susan arbeitet derweil an ihrer eigenen Front, denn sie sorgt dafür, dass die Appartements einzugsbereit sind, und zwar so, dass Tony zufrieden sein wird. Sie wird nie müde, ihre Freundin auf ihre ganz besondere Art in die korrekte Richtung zu lenken, ohne dass die es überhaupt bemerkt.

Trotzdem hätte keiner der beiden Verschwörer geglaubt, dass es am Ende wirklich funktionieren könnte.

Als Tony, Susan und Jade am Montagmorgen in Miami eintreffen, ist Edward nicht der Einzige, der recht zufrieden ist. Carlos ebenso.

Und das nicht nur, weil er jetzt nicht mehr täglich stundenlang im Auto sitzen muss, um von einer Stadt in die andere zu pendeln.

+ + +

Edward weiß nicht genau, wie er sich das Zusammenleben mit einer Familie in seinem riesigen Haus vorgestellt hat, aber in den folgenden Tagen zeigt sich, dass es komplikationslos verläuft.

Alles fügt sich problemlos in die vorgesehene Rolle.

Jade erobert Mrs. Knights Herz im Sturm, Matty besucht die Schule und kann es kaum erwarten, nachmittags nach Hause zu kommen; Susan nimmt nach einigen Tagen ihr Studium wieder auf und fährt ab sofort täglich in Begleitung von Dean, Juan oder Carlos nach Miami in die Uni. Übrigens geht sie erstaunlich gelassen damit um, dass Edward die Gebühren zahlt.

Carlos wirkt mit einem Mal ausgeschlafen und zufrieden. Die Nervosität und sein Hang zur Verzweiflung haben sich in Wohlgefallen aufgelöst. Edward ist täglich in der Holding und freut sich, wenn er nachmittags nach Hause fahren darf. Die Appartements in der Parkstreet konnten sie problemlos veräußern, denn aus irgendeinem Grund sind die tristen Wohnungen neuerdings heiß begehrt.

Die Straße ist plötzlich wieder öffentlich zugänglich, ohne dass man zuvor einer ausgiebigen Kontrolle unterzogen wird, auch wenn man davon nicht viel bemerkt.

Ja, alles findet sich mit erstaunlicher Selbstverständlichkeit, mit Ausnahme von zwei Dingen: Tony und Edward.

Tony scheint nicht zu wissen, was sie mit sich anfangen soll. Im Gegensatz zu Susan hat Edward ihr nicht den Vorschlag unterbreitet, wieder die Uni zu besuchen. Dafür gibt es gleich mehrere Gründe, Tonys Sicherheit ist einer davon. Doch in Wahrheit verträgt sich der Gedanke, dass seine zukünftige Frau die Bank eines staatlichen Colleges drückt, nicht mit seinen Vorstellungen.

Das ist das erste Mal, dass Edward an seine konventionellen Grenzen stößt, und es wird nicht die letzte Gelegenheit bleiben.

Sie stellt seine Entscheidung nicht infrage, erkundigt sich nicht etwa, warum er ihr das Angebot nicht vorgeschlagen hat, oder besteht sogar darauf, Susan in die Uni zu begleiten. Tony reagiert überhaupt nicht, wie auch auf alle anderen Dinge, die um sie herum geschehen.

Deshalb sitzt sie nicht stumm in der Ecke und wird mit einem Mal wieder depressiv. Sie spielt mit Jade, unterhält sich mit Mrs. Knight, albert mit Matty, kichert mit Susan, küsst manchmal Edward.

Mehr jedoch tut sie nicht. Oft, wenn sie sich unbeobachtet fühlt, macht sie einen äußerst verlorenen Eindruck, wie ein gefangener Vogel in seinem goldenen, luxuriösen Käfig. Und immer, wenn sie ihn ansieht, ist da dieser abwartende, hoffende Ausdruck in ihren Augen, der ihn zunehmend nervös werden lässt.

Edward hatte angenommen, sich eine Atempause gönnen zu können, wenn er die beiden erst einmal bei sich hat. Und es dauert einige Zeit, bevor ihm klar wird, dass er im Begriff ist, einen folgenschweren Fehler zu begehen.

Alles hat sich gefunden, sicher, nur, da fehlt etwas, und zwar etwas Gravierendes.

Jeden Morgen wacht er allein in seinem Bett auf, und es gefällt ihm nicht, Tony am Abend in ihr Appartement zu verabschieden. Hätte es seine regelmäßigen Besuche gegeben, wäre es die gleiche Art von Beziehung gewesen wie seine vorangegangenen. Nur, dass sie eben diesmal nicht im Südflügel wohnt.

Alles hat sich gefunden, und doch befindet sich alles in der Schwebe. Wochen müssen verstreichen, bis Edward erkennt, dass er dringend etwas unternehmen muss.

Doch er weiß einfach nicht was!

* * *

Als er Tony eines Abends wieder einmal nach einem leidenschaftlichen, sehnsüchtigen Kuss in ihr Appartement verabschiedet hat, geht er in sein Arbeitszimmer.

Sorgfältig verschließt er die Tür, bevor er sich vor seinen Computer setzt. Dort starrt er auf den Bildschirm und überlegt, was genau er überhaupt will.

Irgendwann seufzt er, vergewissert sich nochmals, dass die Tür wirklich verschlossen ist, und öffnet Google.

Hastig tippt er den Suchbegriff ein:

Liebe.

Als erstes Ergebnis erscheint Wikipedia – ist immer gut.

Kurz entschlossen klickt er die Seite an und liest stirnrunzelnd:

Liebe (von mhd. liebe, »Gutes, Angenehmes, Wertes«) ist im engeren Sinne die Bezeichnung für die stärkste Zuneigung, die ein Mensch für einen anderen Menschen (auch zu einem Tier u. a. m.) zu empfinden fähig ist. Der Erwiderung bedarf sie nicht.

Im ersteren Verständnis ist Liebe ein mächtiges Gefühl und mehr noch eine innere Haltung positiver, inniger und tiefer Verbundenheit zu einer Person, die den reinen Zweck oder Nutzwert einer zwischenmenschlichen Beziehung übersteigt und sich in der Regel durch eine tätige Zuwendung zum anderen ausdrückt. Hierbei wird zunächst nicht unterschieden, ob es sich um eine tiefe Zuneigung innerhalb eines Familienverbundes (Elternliebe, Geschwisterliebe) handelt, um eine enge Geistesverwandtschaft (Freundesliebe, Partnerschaft) oder ein körperliches Begehren (geschlechtliche Liebe (Libido)). Dieses Begehren ist eng mit Sexualität verbunden, die jedoch nicht unbedingt auch ausgelebt zu werden braucht (vgl. platonische Liebe) (Quelle: Wikipedia)

Aha. Sicher will er Sex mit Tony, insofern ist es wohl einfach. Und er fühlt sich ihr verbunden – stimmt auch so weit. Schon malt Edward sich aus, wie er zu Tony geht und ihr feierlich verkündet:

»Tony, du hast in mir ein wirklich mächtiges Gefühl erzeugt und ich will unendlich viel Sex mit dir. Ich liebe dich ...«

Edwards düsteres Gelächter erfüllt den Raum. Aber das ist doch genau der Mythos!

Es ist alles Schrott, ausschließlich Dinge, die sich irgendwer ausgedacht hat, um einer nicht existenten Angelegenheit, die sich die Menschen wünschen, einen Namen zu geben.

In Wahrheit ist es NICHTS!

Wütend schiebt er seinen Stuhl zurück und fixiert den Bildschirm. Wenn das Tonys Bedingung ist – dieser kindische Müll! –, dann kann es ihr nicht sehr ernst sein! Vielleicht will sie ihn auch nur hinhalten, weil sie nicht wagt, ihm in aller Deutlichkeit zu sagen, dass es vorbei ist!

Und er sitzt hier und zwingt sich allen Ernstes dazu, seine Zeit mit diesem Mist zu vergeuden. Als hätte er nichts Besseres zu tun!

* * *

Irgendwann rückt er seufzend wieder an den Tisch und beginnt erneut.

Seine Lippen sind fest zusammengepresst und die Augen nur noch zwei schmale Schlitze.

Diesmal versucht er es mit:

Liebe ist ...?

Und was er da nicht alles findet!

Ein Tropfen Liebe ist mehr als ein Ozean Verstand. (Blaise Pascal)

Aha, wunderbar, genau, was er braucht.

Die Summe unseres Lebens sind die Stunden, in denen wir liebten. (Wilhelm Busch)

Oh, also, was das betrifft, liegt Edward gut im Rennen, vermutet er. Missmutig klickt er weiter.

Liebe ist nicht das, was man erwartet zu bekommen, sondern das, was man bereit ist zu geben. (Max Liebermann)

Sehr lyrisch ... und totaler Schrott!

Und so geht es weiter. Schlag auf Schlag folgt ein Zitat dem nächsten. Sie sind an Kitsch nicht zu überbieten, sagen nichts aus und bestätigen ihn nur in seiner Überzeugung:

Die Liebe ist eine Illusion!

Nur in einer Angelegenheit hat er sich offenbar getäuscht: Nicht nur Frauen glauben an den Schwachsinn, es gibt genügend Männer, die ebenso dämlich sind.

Nach einer Stunde lehnt Edward sich zurück. Entmutigt und so wütend, wie er es selten zuvor war.

Was hat sich Tony dabei gedacht? Er würde ihr alles geben; dazu ist er bereit, ohne Abstriche. Er will sie, er sehnt sich nach ihr, sie ist die erste Frau, die er bereit ist, zu heiraten, mit der er sich vorstellen kann, bis ins graue Alter zusammen zu sein – trotz all der Widrigkeiten, die sie trennen. Was hat er nicht alles unternommen, um sie zu vergessen, doch sie ging ihm nicht aus dem Kopf, egal, mit welchen Tricks er sich manipulierte.

Deshalb befindet er sich ja in dieser misslichen Lage.

Er ist bereit, Kompromisse einzugehen, von denen er bis vor Kurzem nicht mal geträumt hat. Er achtet ihre Meinung, hört ihr zu, erwartet von ihr keinen Gehorsam, ganz im Gegenteil. Stundenlang könnte er sie betrachten und würde sich dennoch niemals an ihrem Liebreiz sattsehen. Er sehnt sich derart nach ihr, dass er nachts nicht schlafen kann, weil er sie in seiner Nähe weiß, die doch lange nicht nah genug ist. Er muss nur die Augen schließen, und sieht sie sofort vor sich. Immer mit diesen funkelnden, verheißungsvollen Augen und diesen Lippen, die er …

Er liebt Jade mehr als sein Leben, will weitere Kinder mit Tony, *zwanzig*, wenn es nach ihm geht. Verdammt, er will, dass sie mit ihm Matty adoptiert. Hätte sie es von ihm verlangt, wäre er mit ihr sofort nach Australien ausgewandert, er würde alles für sie tun. Er will sie um jeden Preis, was noch?

Was denn noch, Tony?

* * *

Wütend wälzt er sich in dieser Nacht in seinem Bett, ohne die geringste Chance auf ein wenig Schlaf.

Einige Male ist er kurz davor, zu ihr zu gehen und sie zu fragen, was das überhaupt soll. Wenn sie ihn nicht will, dann soll sie es sagen, damit dieser Krampf endlich ein Ende nimmt!

Hat er sich denn nicht bereits genug zum Trottel gemacht?

Das ist Tonys Art von Rache, oder? Ja, so muss es sein! Sie rächt sich an ihm, indem sie ihn vor eine in Wahrheit unerfüllbare Aufgabe stellt. Und er – der ewige Idiot – wird wahrscheinlich noch in zehn Jahren etwas versuchen, was von Anfang an zum Scheitern verurteilt war!

Tony hat ihn mit der gottverdammten Quadratur des Kreises beauftragt!

Nachdem er eine weitere Stunde erfolglos versucht hat, einzuschlafen, steht er auf, zieht sich seine Hose wieder an und geht abermals in sein Arbeitszimmer.

Diesmal bewaffnet er sich vorher mit einem Glas Whisky; nach kurzer Überlegung nimmt er die Flasche gleich auch noch mit, bevor er wütend seinen Computer einschaltet und mit schiefem Grinsen tippt:

Liebe ist ...?

Voilá, da sind sie wieder. In alter Frische!

Wer eine unglückliche Liebe in Alkohol ertränken möchte, handelt töricht. Denn Alkohol konserviert. (Max Dauthendey)

»Cheers!« Er hebt sein Glas, um es in einem Zug zu leeren. Seit ein paar Tagen benötigt er endlich keine Spritzen mehr und gilt jetzt als ›vollständig genesen‹. Fein! Das trifft sich bestens, denn ihm ist gerade nach einem zünftigen Besäufnis. Nachdem er sich nachgeschenkt hat, klickt er weiter.

Manche Männer bemühen sich lebenslang, das Wesen einer Frau zu verstehen. Andere befassen sich mit weniger schwierigen Dingen, zum Beispiel der Relativitätstheorie. (Albert Einstein)

»Cleverer Mann!« Edward genehmigt sich einen weiteren Schluck.

Die große Frage, die ich trotz meines dreißigjährigen Studiums der weiblichen Seele nicht zu beantworten vermag, lautet: ›Was will eine Frau eigentlich?‹ (Sigmund Freud)

»Das ist eine wirklich gute Frage, mein Freud-Freund«, bemerkt Edward trocken und grinst, bevor er mit Whisky nachspült.

Liebe: das triebartig beim Homo Sapiens als Zwangsvorstellung auftretende Phänomen, trotz Milliardenvorkommens von Individuen des anderen Geschlechtes nur mit einem einzigen Exemplar dieser Gattung leben zu können. (Ron Kritzfeld)

Das muss Edward dreimal lesen, bevor er laut lacht. Mit dem Glas an den Lippen studiert er den nächsten sinnlosen Sinnspruch.

Mancher findet sein Herz nicht eher, als bis er seinen Kopf verliert. (Friedrich Wilhelm Nietzsche)

»Hmmm ...« Er spitzt die Lippen.

Jemanden vergessen wollen, heißt, an ihn denken. (Jean de La Bruyère)

»Wie wahr ...« Ohne hinzusehen, schenkt er sich nach.

Pflichtbewusstsein ohne Liebe macht verdrießlich. Verantwortung ohne Liebe macht rücksichtslos. Gerechtigkeit ohne Liebe macht hart. Wahrhaftigkeit ohne Liebe macht kritiksüchtig. Klugheit ohne Liebe macht betrügerisch. Freundlichkeit ohne Liebe macht heuchlerisch. Ordnung ohne Liebe macht kleinlich. Sachkenntnis ohne Liebe macht rechthaberisch. Macht ohne Liebe macht grausam. Ehre ohne Liebe macht hochmütig. Besitz ohne Liebe macht geizig. Glaube ohne Liebe macht fanatisch. (Laotse)

»Schwachsinn!«

Kinder, die man nicht liebt, werden Erwachsene, die nicht lieben. (Pearl S. Buck)

Was für ein Bullshit!

Was du liebst, lass frei. Kommt es zurück, gehört es dir – für immer. (Konfuzius)

Tony *ist* zurückgekommen, ha!

Das Kind ist eine sichtbar gewordene Liebe. (Novalis)

Unwillkürlich lächelt er, als er Jade vor sich sieht.

Die Liebe ist ein Kind der Ewigkeit. Sie verwischt die Erinnerung an den Anfang und nimmt die Angst vor dem Ende. (Germaine Baronin von Staël-Holstein)

Sein Lächeln verschwindet.

Auch ist das vielleicht nicht eigentlich Liebe, wenn ich sage, dass Du mir das Liebste bist; Liebe ist, dass Du mir das Messer bist, mit dem ich in mir wühle. (Franz Kafka)

Längst hat Edward sich zurückgelehnt, sein Glas steht vergessen auf dem Tisch, während er sich den Satz durchliest. Immer und immer wieder ...

Und irgendwann, als der Morgen bereits graut, greift er wieder zur Maus. Das Lächeln kehrt nicht zurück, auch kein geringschätziger Blick, als er diesmal den Suchbegriff eingibt:

Ich liebe dich.

Schatten der Vergangenheit ...

»So einfach, wie du dir das vorstellst, ist das nicht!«

Susan schüttelt den Kopf und Edward stöhnt leise auf. Wie oft innerhalb der vergangenen zwanzig Minuten hat er den dämlichen Einfall verflucht, gerade sie um Hilfe zu bitten? Unzählige Male!

»Was ist jetzt wieder dein Problem?«

Sie sitzen in seinem Büro in der Holding, Susan schwänzt gerade ihre Vorlesung, weil er sie zu diesem Treffen gebeten hat. Und zwar, ohne dass Tony davon Wind bekommt. Neuerdings ist das nicht mehr so einfach. Da Edward keine Lust hat, bis nach West Palm Beach zu fahren und er das örtliche Starbucks nicht kennt, haben sie sich auf diesen Treffpunkt geeinigt.

Nun, die riesigen, empörten Augen Mrs. Cronicles entschädigten für einiges.

»Du willst nicht doch noch einen Kaffee?«, erkundigt sich Edward höflich und Susan lacht. »Gib es zu, du willst sie fertigmachen!«

In der Zwischenzeit ist nämlich Mrs. Cronicle auf Edwards Aufforderung hin erschienen, um Susan ein Wasser zu bringen.

Den empörten Blick bekamen beide frei Haus mitgeliefert.

Fünf Minuten später entschied Susan mit Edwards freundlicher Unterstützung, dass sie lieber einen Tee wolle. Mrs. Cronicle brachte ihn prompt und musste sich diesmal ein entrüstetes Schnauben verkneifen.

Und seit ungefähr zehn Minuten fragt er Susan in regelmäßigen Abständen, ob sie nicht doch lieber einen Kaffee hätte. Denn diesmal wird sich die alte Fregatte nicht mehr beherrschen können und Edward sie feuern.

Das ist sein voller Ernst, denn er hat genug von ihrem Benehmen. Außerdem findet er, er sollte mit einigen Dingen endlich abschließen.

Sicher ist es nicht die feine englische Art, eine Frau, die nur noch zwei Jahre bis zur Pensionierung hat, auf die Straße zu setzen. Doch Edward zwingt sie nicht, sich derart unangemessen aufzuführen. Sie ist Profi genug, um sich sogar bestens zusammenreißen zu können. Tut sie es nicht, ist das nicht sein Problem.

Er hat Carlos' Bericht nicht vergessen.

Sie hätte ihn eiskalt krepieren lassen, weil sie sich weigerte, ohne Aufforderung sein Büro zu betreten. Und das, obwohl er sich vorstellen kann, dass Carlos am Telefon bestimmt nicht sehr ruhig geklungen hat.

Die Cronicle war nie besonders angetan von ihm, aber seitdem alle Zeitungen über Jade berichten, scheint sie unter totalem Kontrollverlust zu leiden. Den kann sie Edwards Meinung nach gern ausleben, aber nicht in seinem Vorzimmer.

Mürrisch betrachtet er die Tür, hinter der die Fregatte sitzt, bis Susan seine Gedanken unterbricht.

»Also, du fragst nach den Problemen. Fangen wir mal ganz harmlos an. Du willst ihr im Salon einen Heiratsantrag machen?«

»Warum nicht?«

Susan stöhnt auf. Als sie nachdenklich aus dem Fenster sieht, nutzt Edward die Gelegenheit. »Du möchtest nicht doch noch einen Kaffee?«

Seufzend sieht sie ihn an. »Doch, gern!«

Sofort betätigt er die Sprechanlage. »Mrs. Cronicle?«

* * *

Cronicle hat sich leider besser unter Kontrolle, als es zunächst den Eindruck hatte.

Denn als sie drei Minuten später erscheint – mit verbissenem Gesichtsausdruck und einer Tasse Kaffee –, ist der Blick, mit dem sie Edward bedenkt, nicht nur verhasst, sondern gleichfalls argwöhnisch. Offenbar hat sie den Braten gerochen.

Nun, wie sie es anstellt, ist ihm egal, Hauptsache sie geht in sich und legt wieder ein wenig Benehmen an den Tag. Und wenn das aus Angst um ihren Job geschieht, soll es ihm auch recht sein.

Nachdem sich die Tür hinter ihr geschlossen hat, runzelt

Susan die Stirn.

»Nicht im Haus.«

»Wo dann?«

»Lass dir was einfallen! Es muss auf jeden Fall romantisch sein!«

Edward stöhnt. »In Sachen Romantik bin ich ziemlich ...«

»Dann musst du es eben lernen! Ohne Romantik funktioniert das nicht!«

Seltsam, sie sagt ihm ständig, *was* er tun soll, hat aber nur wenige Vorschläge parat, *wie*! Mit einem Mal geht ihm das furchtbar auf den Geist.

Susan fällt das wohl auf, denn sie seufzt. »Okay, lass mich nachdenken.« Wieder richtet sich ihr Blick aus dem Fenster, doch jetzt nippt sie nebenbei noch an ihrem Kaffee.

Und Edward bleiben wieder einmal einige Trainingsminuten, in denen er sich in Geduld üben darf.

»Du müsstest einen Ort finden, der von der Realität losgelöst ist. Nur Tony und du. Sonst nichts und niemand. Dorthin bringst du sie, dann trinkt ihr Champagner und esst Kaviar, romantische Musik läuft im Hintergrund und das Meer rauscht.« Sie reißt die Augen auf, die vorübergehend geschlossen waren, und sieht zu Edward, der ihr mit wachsender Fassungslosigkeit gelauscht hat.

»Hattest du nicht eine Insel?«

* * *

Hat Edward.

Doch aus verschiedenen Gründen, von denen er Susan keinen benennen wird, kommt dieses Eiland nun einmal nicht infrage. Er wird einen Teufel tun und mit Tony auf die *Destino* fliegen, um ihr dort einen Heiratsantrag zu unterbreiten.

Susan verabschiedet sich irgendwann mit ihren eigenen Aufgaben im Gepäck. Die sind untergeordneter Natur, dienen dem Ablauf, helfen Edward jedoch kein Stück bei der Standortwahl weiter – und schon gar nicht bei dem Romantikkram.

Grübelnd sitzt er hinter seinem Schreibtisch und erkennt schließlich, dass er zumindest in einer Angelegenheit mit Susan übereinstimmt:

Je länger er darüber nachdenkt, desto ungeeigneter erscheint ihm sein Haus, um Tony zu bitten, seine Frau zu werden. Er will es zu einem Erlebnis machen, das sie niemals vergessen wird. Schon, weil er ihr erstes Mal ja in den Sand gesetzt hat.

Welche Alternativen existieren?

Die Familie besitzt neben dem Haus in Miami und der *Destino* keine weiteren Domizile. Seine Vorfahren haben maßlose Verschwendung immer verurteilt. Aber wenn es darum geht, einen Ort zu finden, an dem die Realität außer Kraft gesetzt werden kann, dann bietet sich eine Insel nun einmal an.

Fazit: Edward braucht eine Insel, die nicht die *Destino* ist.

* * *

Drei Tage vergehen, bevor er den rettenden Einfall hat.

Dass der ihm mitten in der Nacht kommt, ist nicht unbedingt ein Zufall. Inzwischen belastet Edward die Einsamkeit in seinem Bett sogar vehement und seine Fantasie verselbstständigt sich immer häufiger.

Unzählige Male hat er bereits ihre erste und einzige Nacht in Gedanken wiederholt. Wieder und wieder erlebt er die gleichen Stunden, sieht sie vor sich und hört, wie sie atemlos seinen Namen ruft.

Edward hätte nicht geglaubt, dass sich ein paar Stunden derart ins Gedächtnis brennen können, sodass man auch noch nach Jahren jede Sekunde davon exakt wiedergeben kann.

Er durchlebt sie inzwischen beinahe in jeder Nacht, die er allein in seinem Bett zubringt und sich davon zu überzeugen versucht, dass es ein vernichtender Fehler wäre, jetzt zu ihr zu gehen.

Auch wenn ihm das Warum nie sonderlich einleuchtend erscheint.

Doch es gibt auch jede Menge Probleme, die er momentan wälzt. Obwohl er in der Zwischenzeit sicher ist, DAS PROBLEM gelöst zu haben, befindet er sich noch lange nicht am Ziel.

Es dauert nicht lange, bevor sich seine Schwierigkeiten mit den Erinnerungen an jene Nacht vermischen. Oftmals im Halbschlaf steht er vor Tony, bittet sie, bei ihm zu bleiben. Dabei unterschlägt er großzügig die Tatsache, dass er sie fortgeschickt hat, denn mehr und mehr fühlt es sich so an, als wäre er der Verlassene, als wäre er es immer gewesen.

Es ist während einer dieser Realitätsumkehrungen, als er sich auf einmal in seinem Porsche durch die Nacht rasen sieht. Hochgradig verwirrt und nur von einem Wunsch beseelt: fort von ihr, so weit wie möglich, nur um sich nicht ihrer Enttäuschung stellen zu müssen. Und kurze Zeit später sieht er sich zum ersten Mal in seinem *Starbucks* sitzen. Der nächste Schritt in seiner Erinnerung ist daher eher zwangsläufig, denn auch von diesem Teil jener denkwürdigen Nacht ist nichts verschwunden.

Es ist, als wäre alles erst gestern passiert ...

* * *

Edward schreckt auf.

Frank Johnson!

Das ist sein Name! Möglicherweise wird er ihn niemals vergessen, denn es ist mit Abstand der seltsamste Mann, der ihm jemals begegnet ist.

Doch es geht im Grunde nicht um diesen Frank, sondern eher um das, was er gesagt hat.

Irgendwas von einem Irren, stinkreich, mit Insel?

INSEL?

Drei Herzschläge später ist er aus dem Bett gesprungen, hat sich seine Hose übergestreift und keine zwei Minuten später sitzt er vor seinem Computer.

Frank Johnson ...

Offenbar hat Frank Johnson in der Vergangenheit strikt darauf geachtet, nicht namentlich in Erscheinung zu treten, denn Edward findet genau einen Eintrag, doch der genügt.

Es ist eine Anzeige des Tampa-Chronicle von vor drei Jahren:

Hochzeit von Mrs. Sarah Norton und Mr. Frank Johnson ...

Den Artikel dazu liest Edward nicht, stattdessen klickt er die Bilder an.

Er sieht eine eher kleine Hochzeitsgesellschaft. Frank erkennt er sofort; der hält eine zierliche, sehr hübsche Frau im Arm; sie lächelt – er nicht. Seinem Gesichtsausdruck nach zu urteilen, befindet er sich eher bei seiner eigenen Beerdigung als bei seiner Hochzeit.

Edward grinst.

Ja, er kann sich bestens an ihn erinnern, genau so ist er. Den Mann muss man zum Lächeln zwingen. Obwohl er nicht sicher ist, ob der überhaupt irgendetwas unter Zwang tun würde.

Zwei Kinder sind auf dem Foto zu sehen. Eines – ein Junge, noch im Babyalter – liegt im Arm eines Riesen, der in die Kamera grinst, als wäre er geistig nicht ganz bei sich. Das kleine Mädchen, das etwas älter ist, wird von einem Mann getragen, der Edward entfernt bekannt vorkommt. Er kann ihn nur nicht richtig einordnen.

Stirnrunzelnd liest er die Bildunterschrift:

Die Familie und das Brautpaar von rechts nach links: Dr. Stephen Norton, Miss Theresa March, Mr. und Mrs. Dean, Mr. und Mrs. Norton mit Tochter Elizabeth.

Norton!

Verdammt! Edward stöhnt. Natürlich, jetzt dämmert ihm langsam, wer genau der Irre mit der Insel ist. Wer es sein *muss*! Alles passt zusammen. Was, da hat der Chauffeur die Mutter geheiratet?

Ist ja witzig!

Er gibt Norton ein, klickt das Stephen weg und nimmt stattdessen Andrew.

Schon hat er ihn:

Andrew   Norton,   Vorstandsvorsitzender   der Trust.Corporation.Inc, mit Hauptsitz in Tampa/Florida.

Edward weiß zwar nicht genau, weshalb der Mann laut Frank irre ist, doch der Name ist ihm durchaus geläufig. Man kennt sich, auch wenn Andrew Norton nie zu denjenigen gehörte, die häufig in der Öffentlichkeit auftreten. Florida ist ein Dorf, zumindest, was seine Milliardäre angeht. Edward kann sich allerdings nicht erinnern, jemals ein Wort mit ihm gewechselt zu haben.

Norton ist im Gegensatz zu ihm ein Aufsteiger, auch wenn die Eltern durchaus wohlhabend sind. Vor ein paar Jahren hat er Schlagzeilen gemacht; Edward ruft sie sich auf, er hat ihnen damals wenig Beachtung geschenkt. Wie immer.

Ja, da gibt es so einiges.

Mord und Entführung auf offener Straße ...

Eilig überfliegt er den Artikel. Ein Bodyguard getötet, der andere schwer verletzt, Patenonkel und Verlobte entführt.

Das ist herb. Dieser Norton scheint in der Vergangenheit mit den Katastrophen zu kämpfen gehabt zu haben, die Carlos immer befürchtet.

Spektakuläre Befreiung der Geiseln, Andrew Norton außer Landes, das FBI ermittelt ...

Mit großen Augen liest Edward.

Wow! Der ist gut!

Er sucht sich noch einmal das Bild dieses Norton heraus. Der sieht nicht so aus, als würde er mit einer Handgranate bewaffnet eine Ranch stürmen und ...

Edward runzelt die Stirn. Frank Johnson traut er das zu, sofort und ohne große Nachfragen. Da sind die beiden also los und haben den Patenonkel und Nortons Mädchen befreit.

Respekt ...

Okay, mit Unterstützung von weiteren zwanzig Männern, sicher. Aber trotzdem ...

Plötzlich grinst er. Und *wer* hat sie mit dem erforderlichen Equipment ausgestattet?

Tja. Wenn das kein Gesprächseinstieg ist, dann weiß er es auch nicht.

* * *

Immer mal wieder gibt es Momente, in denen Edward bewusst wird, wie gut es ist, ein Capwell zu sein.

Der nächste Morgen bringt wieder einmal so einen.

Es erweist sich nämlich, dass es gar nicht so einfach ist, diesen Norton an den Hörer zu bekommen. Seine Vorzimmerdame ist zwar sehr höflich und dienstbeflissen, macht aber keine Anstalten, ihn durchzustellen. Und erst, als er sich ihr in aller Deutlichkeit als der offenbart hat, der er ist, wird sie etwas zugänglicher.

»Moment, ich frage nach.«

Na ja, besser als nichts.

Edward befindet sich inzwischen in seinem Büro in der Holding. Nicht, dass er nicht den Versuch unternommen hätte, noch in der Nacht den Anruf vorzunehmen. Doch leider musste er feststellen, dass Andrew Norton die widerliche Angewohnheit hat, nachts zu schlafen, was zwar übel, aber leider nicht zu ändern ist.

Daher musste er bis zum Morgen warten, bevor er seinen Anruf starten konnte. Zuvor suchte er sich noch die Bestellung, die vor ungefähr vier Jahren getätigt wurde, um einen gewissen Patenonkel und eine Verlobte aus den Händen brutaler Entführer zu befreien.

Das dauerte etwas, denn sie lautete weder auf einen Mr. Andrew Norton noch auf Frank Johnson. Doch er fand sie. Es kommt nicht häufig vor, dass so eine Lieferung innerhalb Floridas erfolgt. Da hilft auch kein falscher Name als Tarnung.

Ja, sie haben sich für einen kleinen Krieg gerüstet, und wer auch immer die Bestellung ausgelöst hat – Edward vermutet, er liegt mit seiner Ahnung nicht sehr daneben –, wusste sogar ganz genau, was er benötigte.

»Norton!« Die Stimme klingt fordernd, aber recht verhalten.

Edward lehnt sich zurück. »Mein Name ist Edward Capwell, wir kennen uns nicht persönlich, aber wir hatten vor einiger Zeit geschäftlich miteinander zu tun.«

Am anderen Ende herrscht Schweigen.

»Ich rufe Sie in einer etwas ... bizarren Angelegenheit an. Vor einigen Jahren lernte ich durch Zufall Ihren Chauffeur kennen. Er ließ nebenbei verlauten, dass Sie Inhaber einer Insel sind. Entspricht das den Tatsachen?«

Immer noch herrscht Schweigen. Edward glaubt schon, der Kerl wäre zwischenzeitlich eingeschlafen, als plötzlich abermals diese verhaltene Stimme ertönt. »*SIE haben meinen Chauffeur getroffen?*«

Edward grinst müde. »Ja, ist eine längere Geschichte ...«

»*Moment!*« hebt die Stimme wieder an. »*Wie kommen Sie darauf, dass dieser Hochstapler das ist, was er vorgab?*«

Eine berechtigte Frage. »Frank Johnson.«

Wieder zieht sich das Schweigen in die Länge. »*Wo trafen Sie sich?*«

»Wie ich schon sagte, eine lange Geschichte.«

»*Ich habe Zeit.*«

Das überrascht Edward, denn so, wie sich die höfliche und dienstbeflissene Vorzimmerdame gebärdet hat, besitzt der Mann alles, nur keine Zeit. Aber gut, warum nicht?

»Wir trafen uns eines Nachts in West Palm Beach bei Starbucks und kamen ins Gespräch.«

»*Und dieser Mann erzählte Ihnen, dass ich eine Insel besitze? Hören Sie, ich denke, Sie sind tatsächlich einem Hochstapler aufgesessen. Frank Johnson besucht keine Cafés, er war meines Wissens nie in Palm Beach und er kommuniziert niemals mit Fremden.*«

Für gewöhnlich mag das stimmen. »Der Mann ist Mitte vierzig, lacht meiner Einschätzung nach nie, verdreht maximal die Augen, schnaubt entrüstet und meinte, mich darüber aufklären zu müssen, dass ich mich nicht ohne Bodyguards aus dem Haus zu bewegen habe ...«

Wieder herrscht Schweigen – eine ganze Weile sogar. Dann ertönt die leise Stimme. »*Was genau hat er gesagt?*«

»Er fragte mich, ob ich zufälligerweise einen kleinen Bruder hätte: irre, stinkreich, mit Insel. Offensichtlich war er der Ansicht, wir wären verwandt ...«

Als das kurze Schweigen diesmal beendet wird, ist es durch ein bellendes Gelächter, das überhaupt nicht mehr verhalten wirkt. Es ist allerdings recht kurzlebig. »*Okay*«, sagt der Fremde am anderen Ende. »*Die Identifikation ist erfolgreich abgeschlossen. Wir sprechen von dem gleichen Mann.*«

Edward bemerkt interessiert, dass dieser Norton offensichtlich kein Problem damit hat, wenn sein Chauffeur ihn als *Irren* bezeichnet. Dann fällt ihm ein, dass der mit Nortons Mutter verheiratet ist.

Manchmal ist er anscheinend schwer von Begriff. Er stöhnt. »Lassen Sie mich raten, der Mann ist überhaupt nicht Ihr Chauffeur.«

»*Rein technisch gesehen ...*«, Norton zögert, »*... nein, eher nicht.*«

»Das dachte ich mir, denn er gibt einen äußerst seltsamen Chauffeur. Dann darf ich wohl davon ausgehen, dass er bei allem anderen auch nicht unbedingt bei der Wahrheit ...«

»*Sie können davon ausgehen, dass er Ihnen keine Lügen aufgetischt hat*«, unterbricht Norton ihn, der eine Nuance schärfer klingt und seltsamerweise noch leiser geworden ist. »*Obwohl ich nicht weiß, wie Sie den Kerl dazu gebracht haben, überhaupt mit Ihnen zu sprechen. Das wird wohl auf ewig Ihr Geheimnis bleiben ... Sie sagten, Sie kontaktieren mich mit einem Anliegen. Ihren Äußerungen entnehme ich, dass meine Insel damit in Zusammenhang steht. Worum geht es?*«

Edward vermutet, er hat Norton auf dem falschen Fuß erwischt. Offenbar mag der es gar nicht, wenn man die Aufrichtigkeit seines Chauffeurs/Was-auch-immer infrage stellt.

»Geografisch gesehen. Wo genau liegt Ihre Insel?«

»*Warum sollte ich Ihnen das mitteilen?*«

»Weil ich Sie danach frage?« Edward hebt die Schultern.

Erneut ertönt dieses bellende Gelächter. »*Dafür, dass SIE mit einer Bitte an MICH herantreten, sind Sie äußerst ... offensiv.*«

»Man tut, was man kann.«

Diesmal ist das Lachen leise, aber sympathischer. »*In der Karibik*«, sagt Norton schließlich.

Das ist ein Volltreffer!

»Wie handhaben Sie das, vermieten Sie das edle Eiland hin und wieder an zahlungskräftige Kunden?«

Nach einer ganzen Weile antwortet die verhaltene Stimme. »*Im Allgemeinen nicht.*«

»Das ist schade. Denn genau darum will ich Sie bitten. Ich würde natürlich angemessen dafür zahlen.«

»Es tut mir leid, aber die Insel ist nur der Nutzung meiner Familie vorbehalten.«

»Ohne Ausnahme? Ich meine, wenn ich Sie, sagen wir mal, sehr höflich darum bitte?«

»Auch dann lautet die Antwort: nein.«

»Das ist wirklich schade.« Er seufzt. »Ich schätze, ich kann Sie nicht mit einem Exklusivpreis ködern?«

Das Lachen ist zurück. *»Nicht wirklich.«*

»Das dachte ich mir. Nun, dann ...«

»Warum nutzen Sie nicht die Destino?«

»Woher ...? Ah, lassen Sie mich raten: Multitasking?«

»Ist mein zweiter Vorname. Dachten Sie, ich informiere mich nicht, mit WEM genau ich es zu tun habe?«

Edward nickt ergeben. »Sie haben mich. Nein, die *Destino* ist für diesen Zweck nicht angemessen.«

»Welcher Zweck wäre das?«

»Eine Privatangelegenheit, nichts, was Sie interessieren dürfte, vertrauen Sie mir.«

»Versuchen Sie es!«

»Hören Sie, ein ›Nein‹ genügt mir durchaus. Ich werde ...«

»Ihnen scheint nicht besonders viel daran zu liegen!«

Edward überlegt. Er kennt den Mann nicht, wird ihn höchstwahrscheinlich nie persönlich treffen, also, warum nicht? »Ich möchte dort mit meiner zukünftigen Frau ein paar Tage verbringen, reicht das?«

»Nein.«

Edward setzt sich auf. »Pardon?«

Wieder ertönt dieses seltsame Lachen. *»Ich sage Ihnen etwas: Wenn Sie die Insel dafür nutzen wollen, wofür ich glaube, könnte ich mich unter Umständen bereit erklären, sie Ihnen für ein paar Tage zu überlassen.«*

»Ach, und welcher Grund wäre das?«

»Multitasking? Ich lese hier von Jade und Anthonia, von der Parkstreet im lauschigen West Palm Beach, in der ein Appartement des Hauses Nummer 13 plötzlich verwaist ist.«

»Schon gut! Ich schätze, der Grund ist Ihnen bereits geläufig. Von welchen Umständen sprechen wir?«

»Ich bekomme im Gegenzug für einige Tage die Destino.«

»Auf diesen Deal lasse ich mich sofort ein.«

»Vermutlich sind noch Einzelheiten zu klären. Wann genau wollen Sie Ihren Kurztrip denn starten?«

Edward hat inzwischen Google geöffnet und eingegeben:

Hochzeit Andrew Norton.

Bilder gibt es keine, was interessant ist. Doch langsam ahnt er, weshalb der Typ bereit ist, ihm die Insel für diesen Zweck zu überlassen. Anscheinend haben sie ein wenig aneinander vorbeigeredet.

»So schnell wie möglich«, erwidert er etwas geistesabwesend. »Sie haben auf der Insel geheiratet?«

Wieder herrscht Schweigen. *»Ich dachte, das hätten wir inzwischen geklärt. Ist das nicht der Zweck, weshalb Sie meine Insel wollen?«*

Edward runzelt die Stirn. »Nun, eigentlich will ich nur ... Warten Sie!« Eilig überlegt er.

»... Dann heirate ich dich auf der Stelle ...«

Stehst du zu deinem Wort, Tony, oder bekommst du im letzten Moment Angst vor deiner eigenen Courage?

Edward grinst. »Sie bringen mich da auf eine Idee ...«

»Das freut mich außerordentlich.«

»Also, gilt das Geschäft?«

»Ich dachte, der Deal wäre bereits beschlossene Sache.«

»Gut, welchen Betrag ...«

»Vergessen Sie das Geld. Ich bekomme im Gegenzug die Destino. Schon vergessen?«

Edward seufzt. »Nein.«

»Gut. Um die Einzelheiten zu klären, wenden Sie sich am besten an meinen Onkel.« Aus irgendeinem Grund klingt das seltsam. *»Er wird sich darum kümmern. Ich schicke Ihnen seine Nummer per Mail. An Ihr Büro?«*

»Ja. Haben Sie die ...« Edward lacht. »Sicher haben Sie.«

Norton erwidert nichts, doch ein paar Sekunden später wird Edward der Eingang einer neuen Mail angezeigt.

Absender: Andrew   Norton
andrewnorton@trustholding.Inc.com

Mr. Capwell,
anbei die Nummer, unter der Sie alles Weitere klären können.
0555/ 17388344
A. Norton

Der Kerl lässt nichts anbrennen.

»Danke, die Mail ist eingetroffen. Ich denke, das wäre es. Nein, eins noch!«

»*Was?*«

»Sie haben doch auf der Insel geheiratet. Wer hat Sie getraut?«

Aus irgendeinem Grund antwortet ihm diesmal das bellende Gelächter.

»*Klären Sie das mit meinem Onkel, Mr. Capwell. Ich wünsche Ihnen viel Erfolg.*«

Und damit ist das Gespräch beendet.

* * *

Edward hat keine Zeit, sich über das seltsame Benehmen dieses Norton zu wundern.

Der Gedanke, Tony sofort zu heiraten, erscheint ihm plötzlich als der einzig richtige. Er will endlich zur Tat schreiten. Lange genug gewartet hat er ja.

Eilig wählt er die Nummer dieses Onkels.

Es klingelt eine ganze Weile, bis endlich abgenommen wird.

»*Johnson?*«

* * *

Herausforderungen

Nach einigen Schrecksekunden hat Edward sich gefangen. »Du bist tatsächlich der seltsamste Chauffeur, den die Menschheit jemals hervorgebracht hat.«

Frank fängt sich bedeutend schneller. Keinen Wimpernschlag später ertönt sein Stöhnen. *»Ich fasse es nicht!«*

Edward nickt. »Ja.«

»Woher hast du diese Nummer?«

»Dein Neffe gab sie mir.«

Das begleitet Frank mit einem verächtlichen Schnauben. *»Sicher! Warum frage ich überhaupt?«*

Edward hebt die Schultern. »Ich habe keine Ahnung. Er meinte, du könntest mir weiterhelfen.«

»ICH? Wobei? Also, wenn es das ist, was ich glaube, solltest du lieber bei dem Dicken vorsprechen. Ich bin bei solchen Dingen total ungeeignet.«

Edward runzelt die Stirn. »Wie meinen?«

Das nächste Stöhnen ertönt, doch Edward hat plötzlich genug von dem Blödsinn. Egal, welche Probleme Neffe und Onkel miteinander wälzen, er hat seine eigenen und die will er so schnell und so komplikationslos wie möglich gelöst haben.

»Ich habe mit deinem Neffen einen kleinen Deal abgeschlossen. Er bekommt für ein paar Tage meine Insel, ich dafür eure. Und genau darüber will ich mit dir sprechen.«

»Mit MIR?«

Edward nickt. »Ja. Also: Wo befindet sich die Insel, wie sehen die örtlichen Landemöglichkeiten für einen Jet aus ...« Er überlegt. »Nein, ich nehme mit Sicherheit den Helikopter, vergiss den Jet. Wie steht es mit den Vorräten? Letzte Frage: Wer hat deinen Neffen und seine Frau getraut? Denn wer immer es ist, ich werde ihn wohl benötigen.«

Und damit hat er Frank Johnson zunächst einmal erfolgreich

zum Schweigen gebracht.

* * *

Der Mann braucht eine ganze Weile, um den Schock zu verdauen. Dann ertönt seine raue Stimme. *»Wie war das?«*

Edward seufzt. »Vielleicht wäre es besser, wenn ich das Ganze in Schriftform packe und dir maile?«

Frank sagt keinen Ton.

»Oder ich schicke dir eine Textnachricht?«, schlägt Edward vor. Am anderen Ende herrscht beharrliches Schweigen.

»Ich könnte es natürlich auch mit einer Brieftaube versuchen. Hör zu ... Frank. Ich schätze, du wirst gerade ein wenig überfahren, und das tut mir außerordentlich leid. Aber ich brauche dringend die erforderlichen Informationen, verstehst du?« Als immer noch nichts vom anderen Ende kommt, wird Edward etwas ungeduldig. »FRANK?«

Nach einer ganzenWeile ertönt ein raues Räuspern. *»Ihr müsst doch total den Verstand verloren haben!«*

Offenbar wird Frank gerade Opfer eines besonders gemeinen Scherzes seines Neffen. Das tut Edward auch leid. Allerdings nur bedingt, denn nachdem er lange genug dem Lamento des Mannes am anderen Ende gelauscht hat, unterbricht er ihn etwas ungehalten.

»Das ist ja alles schön und gut, aber ich will das jetzt klären. Deinen Neffen kannst du später erschlagen. Morgen Abend um zehn im Starbucks. Sei pünktlich!«

Und bevor Frank etwas erwidern kann, hat Edward aufgelegt.

* * *

Im Allgemeinen ist Edward gewöhnt, seine Interessen auf die zielstrebigste Art durchzusetzen.

Im Allgemeinen ist er damit auch erfolgreich.

Doch als er am nächsten Abend mit Carlos in Richtung West Palm Beach fährt, ist er nicht sicher, ob es auch diesmal funktionieren wird. Denn bei ihrer letzten Begegnung hat Frank nicht den Eindruck auf ihn gemacht, als ließe er sich häufig Befehle erteilen.

Zunächst deutet auch alles darauf hin, als würden sich seine düsteren Vorahnungen bewahrheiten. Denn von einem roten BMW ist vor dem Starbucks weit und breit nichts zu sehen.

Doch kaum hat er mit Carlos das Café betreten, das wie immer um diese Uhrzeit recht spärlich besucht ist, geht Edward auf, dass es wohl ziemlich dämlich ist, nach drei Jahren das Erscheinen eines Menschen an dessen Wagen festzumachen.

Sein Maybach ist inzwischen die zweite Generation und auch sein Porsche längst durch ein aktuelleres Modell ersetzt worden. Da ist es wohl naiv, nach einem BMW zu suchen, der inzwischen mindestens sechs Jahre alt sein muss.

Frank *ist* gekommen.

Um keinen Tag gealtert – so scheint es zumindest – sitzt er mit düsterer Miene und abweisendem Blick an Edwards Vierertisch, eine Tasse Kaffee vor sich, und sieht ihnen entgegen. Edward, der nichts anderes erwartet hat, grinst knapp, doch Carlos wirkt sichtlich verwirrt.

Nachdem ihr »Hey!« nicht erwidert wird, geht Carlos freiwillig, um auch sie mit dem Standardgetränk in diesem Etablissement zu versorgen. Somit wird Edward die edle Aufgabe zuteil, sich mit dem Wortkargen und offensichtlich mies Aufgelegten auseinanderzusetzen. Um das Eis zu brechen, nimmt er ein zusammengefaltetes Blatt Papier aus der Brusttasche seines Hemdes und schiebt es zu Frank hinüber.

»Das sind alle Daten der *Destino*. Ihr könnt jederzeit anreisen. Maria, die Haushälterin, ist informiert. Ihr solltet euer Kommen jedoch mindestens einen Tag im Voraus ankündigen, wenn ihr auf frische Lebensmittel Wert legt. Die genaue Lage und die Koordinaten sind benannt. Ansonsten ... Viel Spaß!«

Frank nickt, betrachtet flüchtig den Zettel und steckt ihn ein.

»Okay, jetzt brauche ich von dir ein paar Daten und Informationen«, beginnt Edward sanft. »Zunächst die genaue Lage ...«

Durchdringend mustert er ihn und zieht seinerseits einen Zettel aus seiner Hemdtasche. »Steht alles drauf!«

Carlos, der gerade mit dem Kaffee kommt, setzt sich und betrachtet Edward mit hochgezogener Augenbraue. Doch der ignoriert ihn. »Danke!« Stattdessen grinst er und Frank verdreht die Augen.

Ah, jetzt taut er langsam auf.

»Ich gehe davon aus, dass die Landemöglichkeit für einen Helikopter vorhanden ist?«

Diese Frage bringt ihm von dem Chauffeur/Onkel einen ungläubigen Blick ein. »Mit einem Helikopter kannst du überall landen ... wenn du *kannst*.« Er verzieht das Gesicht. »Aber mach dir keine Sorgen, auch für Sonntagsflieger ist gesorgt. Es gibt einen Landeplatz. Hübsch hergerichtet mit Asphalt, weißen Linien und Orientierungslichtern.«

Edward ignoriert Carlos inzwischen ziemlich verbissen, dessen Blick ist verdächtig starr geworden.

»Dann ist ja alles bestens«, murmelt er.

Frank nickt.

Edward nimmt einen tiefen Schluck von seinem Kaffee und ist dankbar, als er sich daran die Zunge verbrennt. Damit kann er ein wenig von seinem brodelnden Zorn in sich umleiten. Er schluckt langsam, genießt das Brennen in der Kehle, bevor er erneut anhebt. »Ist jemand ständig vor Ort?«

»Conchita.«

»Aha.«

Sie schweigen eine Weile, Carlos betrachtet den seltsamen Mann immer argwöhnischer und Edward verbrüht sich weiterhin die Zunge an seinem Kaffee – was leider immer schwieriger wird, denn das Zeug kühlt in der Tasse recht schnell ab. Irgendwann unternimmt er den nächsten Versuch.

»Gibt es die Möglichkeit, diese Conchita vorab zu kontaktieren?«

Erst erfolgt das obligatorische Stöhnen, dann wechselt zum dritten Mal ein Stück Papier den Besitzer. Diesmal handelt es sich um eine Visitenkarte, auf der eine Telefonnummer mit mexikanischer Vorwahl vermerkt ist.

Edward grinst. »Danke. Dann fehlt mir jetzt nur noch eine Information. Der Name des Reverends, der deinen Neffen getraut hat.«

Das bringt ihm das bisher tiefste Stöhnen ein. Erst, als Frank mit sichtlichem Widerwillen beginnt, in ganzen Sätzen zu sprechen, geht Edward ein Licht auf. Dieses Thema lässt sich nicht mit einem Zettel abhandeln; Frank Johnson ist gezwungen, sich verbal zu äußern und das geht dem heute anscheinend völlig ab.

»Die Trauung wurde nicht von ihm vorgenommen, aber er war dafür vorgesehen. Wir mussten kurzfristig umdisponieren, weil der Idiot sich bei der Jagd verletzte. Das ist der Name.« Damit reicht er ihm erneut eine Visitenkarte.

Edward wirft einen flüchtigen Blick darauf und nickt. »Danke.«

»War das alles?«

»Ich denke schon.«

Diesmal klingt das Ausatmen durchaus erleichtert. »Dann kann ich jetzt wohl gehen. Ich hoffe, ihr findet wenigstens den Weg allein und braucht dafür nicht auch noch jemanden, der euch die Patschhändchen hält.« Damit steht er auf und verschwindet.

Carlos sieht ihm nach und mustert Edward dann fassungslos. »Was hat der Kerl für ein Problem?«

Edward zuckt mit den Schultern. »Seinen Neffen, vermute ich.«

* * *

Edward ist Franks seltsames Verhalten egal.

Er hat, was er will, und als sie kurz darauf zurück nach Miami fahren, ist er zum ersten Mal seit Wochen guter Stimmung. Er kennt den Ort, besitzt die Adresse eines Friedensrichters, der bereit ist, den Kontinent zu wechseln, um eine Trauung vorzunehmen, und er hat endlich einen Plan!

Lange genug hat es ja gedauert, um so weit zu kommen.

Dennoch verstreicht noch einmal eine Woche, bevor Edward die Vorbereitungen endlich abschließen kann. Einen nicht unerheblichen Teil dieser Zeit verbringt er vor dem Computer in seinem Arbeitszimmer. Das geschieht meist nachts, denn tagsüber ist er recht ausgelastet.

Daher ist es nicht verwunderlich, dass er nach einigen Tagen ziemlich übermüdet ist. Doch das kann ihn kaum berühren, denn er hat tatsächlich genügend andere Probleme als mangelnden Schlaf.

Alles scheint sich zuzuspitzen, und hierbei handelt es sich leider nicht nur um positive Dinge.

Tony beginnt, ihn zu meiden.

Stumm sitzt sie abends mit ihm zusammen, ihr Blick wirkt mehr und mehr ergeben und desillusioniert, und Edward wird allmählich klar, dass gerade die Mutation vor sich geht, die er unter allen Umständen vermeiden will. Tony wird zu Anthonia – und das so rasant und massiv, dass er die Veränderungen fast stündlich ausmachen kann.

Mit anderen Worten: Tony ist am Aufgeben.

Es kostet Edward in den nächsten Tagen alles, um nicht aus der Rolle zu fallen und zu ihr zu gehen, sondern sich zu gedulden, bis alles bereit ist.

Ausgerechnet Susan ist in dieser Zeit seine größte Verbündete. Sie wartet mit erstaunlich guten Einfällen auf. Ideen, die Edward nie im Leben gekommen wären und die seine Unfähigkeit zur Romantik wenigstens ein wenig ausgleichen. Irgendwann muss er zugeben, dass er es niemals allein geschafft hätte –zumindest nicht auf die Art, mit der Tony glücklich sein würde.

Es ist Susan, die auf der Insel alles herrichtet. Dafür schwänzt sie etliche Vorlesungen. Es ist auch Susan, die für Tonys Kleid sorgt. Sie hat den Einfall, auf welche besondere Weise Tony am Abend wieder aus ihrem Zimmer gelockt werden kann ... Kurzum: Alles, was nicht unmittelbar mit dem Wesentlichen zu tun hat, geht auf Susans Konto.

Und am Ende, als der Tag der Wahrheit heran ist, kann Edward nichts anderes tun, als ihr in aller Aufrichtigkeit zu danken. Was sich als selten dämliche Idee herausstellt, weil Susan mal wieder das Gesicht verzieht. »Du glaubst doch nicht, dass ich das für dich tue, oder?«

»Nein, sicher nicht ...« Er runzelt die Stirn. »Für wen dann?«

Die beiden befinden sich auf dem Dach der Holding. Der Helikopter, der sie zur Insel fliegen wird, steht bereit, der Pilot wartet und Susan grinst.

»Weil Tony sich nun einmal für dich entschieden hat. Frage mich, warum, das wird sie wohl selbst nicht beantworten können. Aber sie tat es. Und wenn Tony einmal einen Entschluss gefasst hat, ist sie nicht mehr davon abzubringen. Ohne dich ist sie unglücklich.« Susans Augen verengen sich bedrohlich. »Und ich schwöre, ich mach dich fertig, wenn sie es auch *mit* dir ist.«

Bevor Edward etwas erwidern kann, ist sie in den Helikopter gestiegen, und er sieht zu, dass er vom Dach kommt, bevor die Maschine gestartet wird.

Bleibt nur noch eines ...

* * *

Und das ist gleichzeitig das Schwierigste.

Wieder einmal muss sich Edward jene Frage stellen, deren Antwort mit Abstand die vernichtendste ist. Wen hat er, dem er vertrauen kann? Diesmal handelt es sich um keine Patientenverfügung, sondern um den Trauzeugen, der nun einmal erforderlich ist. Ohne wird es keine Hochzeit geben, das hat dieser Button ihm am Telefon nochmals verdeutlicht.

Wie üblich ist Edward nach erstaunlich kurzer Überlegung bei einem einzigen Namen gestrandet.

Alternativlos.

Doch noch nie ist es ihm so schwergefallen, die betreffende Person um eine Gefälligkeit zu bitten, denn auch wenn sie mittlerweile wieder relativ gesittet miteinander umgehen, ist nichts vergessen.

Bei Tony verhält sich das anders. Edwards Zorn und die Enttäuschung, die er noch vor Wochen für unauslöschlich gehalten hat, sind beinahe verschwunden. Edward kann Tony verzeihen.

Carlos nicht.

Daher klingt er recht eisig, als er Carlos auf der Heimfahrt schließlich anspricht.

»Ich habe eine Bitte an dich.«

»Sprich dich aus!«

Ohne die geringste Überraschung geäußert, was die Dinge für Edward sogar noch unerträglicher macht. Er gibt vor, sich auf das Autofahren auf der menschenleeren Landstraße konzentrieren zu müssen, bevor er sich ausgiebig räuspert.

»Ich würde nicht fragen, wäre es nicht erforderlich. Könntest du heute Abend die Urkunde beglaubigen?«

Carlos betrachtet versonnen die grüne Landschaft, die an ihnen vorbeirauscht. »Sicher, kein Problem.«

»Danke.«

»Keine Ursache.«

Edward ist froh, die Geschichte noch verhältnismäßig würdig geklärt zu haben, als neben ihm auch ein raues Räuspern ertönt. »Du bist nicht der Einzige.«

»Pardon?« Fragend sieht Edward zu Carlos, der immer noch verbissen aus dem Fenster starrt.

»Ich stehe auch allein da«, knurrt Carlos nach einer Weile.

»Möglich, aber wenigstens brauchst du niemanden, der diese verdammte Urkunde unterschreibt. Ich schätze, damit bist du mir leicht im Vorteil.«

»Was, wenn doch?«

»Huh?«

»Was, wenn ich doch mal jemanden dafür benötige?«

»Kannst du dich nicht etwas verständlicher ausdrücken?«

Doch Carlos schweigt, und Edward braucht eine Weile, bevor ihm klar wird, wovon der Mann überhaupt spricht. Er ist im Moment leicht abgelenkt, denn in Gedanken befindet er sich bereits einige Stunden in der Zukunft. Außerdem gehen ihm diese verdammten Sätze nicht mehr aus dem Kopf, die er seit über einer Woche pausenlos vor sich hin betet. Laut lacht er auf »Ich will dich nicht beleidigen, dir den Mut nehmen oder so etwas, wirklich nicht. Aber wie solltest *du* jemals in *diese* Verlegenheit kommen?«

Die Antwort ist bissiges Schweigen.

Edward seufzt. »Sollte Dienstag und Donnerstag jemals auf den gleichen Tag fallen, es Kühe vom Himmel regnen und du jemanden benötigen, der deine Heiratsurkunde unterschreibt, stelle ich mich zur Verfügung. In Ordnung?«

Wieder antwortet ihm nur Schweigen. Doch er kann sich nicht länger darauf konzentrieren, denn in diesem Moment fährt er durch das Tor und der Showdown beginnt ...

* * *

Edward war in seinem ganzen Leben noch nie derart aufgeregt.

Es ist verdammt gut, dass der Nachmittag sich langsam seinem Ende zuneigt, als er mit Carlos zurückkehrt. Denn Tony darf von seiner Anwesenheit nichts bemerken. Offiziell befindet er sich auf irgendeinem Geschäftsmeeting. Dass sie glaubt, allein zu sein, ist Teil des Masterplans.

Daher verschanzt Edward sich in seinem Arbeitszimmer und ist für den Rest der Welt nicht anwesend da.

Susan ist zwischenzeitlich von der Insel zurückgekommen und lässt sich flüchtig bei ihm blicken. Soweit Edward weiß, ist sie neben Carlos und Tony die einzige Person, die jemals ungestraft diesen Raum betreten hat.

Auch sie wirkt inzwischen sichtlich aufgeregt. »Alles ist bereit«, wispert sie, obwohl weit und breit niemand vorhanden ist, der sie belauschen könnte. »Diese Conchita ist sehr nett. Sie zündet die Kerzen an und nimmt den Friedensrichter in Empfang. Er wird am frühen Abend eintreffen.«

Edward nickt.

Susan plappert bereits weiter. Mit riesigen Augen beugt sie sich weit über den Tisch; ihre Stimme ist nur noch ein kaum verständliches Zischen. Offenbar liebt sie derartige Verschwörungsstorys. »Tony bringt gerade Jade ins Bett. Danach geht sie wieder hinunter. Sie wartet auf dich, schätze ich. Dann gehe ich in ihr Zimmer.«

Und wieder kann Edward nur nicken.

»Ich schicke dir Matty ...«

Das ist der nächste Punkt auf Edwards To-do-Liste. Das

Gespräch mit seinem Neffen hat er so lange wie möglich hinausgeschoben, denn es dürfte dem Kleinen schwerfallen, sich nicht zu verraten.

Susan verschwindet und fünf Minuten später führt eine sichtlich angespannte Mrs. Knight den Jungen in den Raum. Er trägt bereits seinen Pyjama und ist offensichtlich ein wenig verwirrt.

»Setz dich!« Edward deutet auf den Stuhl vor seinem Schreibtisch, bevor er sich zurücklehnt und ihn ausdruckslos mustert. Matty ist ein Capwell, deshalb gelingt es ihm, dem Blick ganze dreißig Sekunden standzuhalten, bevor er seinen schließlich senkt.

»Ich dachte mir, es wäre angebracht, am heutigen Abend einige Dinge mit dir zu klären«, beginnt Edward streng.

Matty schrumpft noch ein wenig mehr in sich zusammen.

»Ich musste innerhalb der letzten Jahre beobachten, wie du dich immer wieder massiv in meine Privatangelegenheiten eingemischt hast. Du warst aufmüpfig und ungehorsam bis hin zur absoluten Ungezogenheit.«

Matty schweigt und starrt auf seine Hände.

»Ich denke, ich habe das sehr – *sehr* – lange geduldet, doch nun ist es höchste Zeit, aus deinem Verhalten endlich die erforderlichen Konsequenzen zu ziehen.«

Der kleine blonde Kopf sinkt noch etwas tiefer.

»Ich kann dir nur raten, dich mit den Realitäten zu arrangieren. Wie du das anstellst, ist mir egal. Ich wünsche *keine weitere Einmischung!*«

Abrupt sieht Matty auf und mustert ihn forschend. Wenn auch durchaus Furcht in seinem Gesicht zu finden ist, hat er nicht die Absicht, irgendetwas kampflos aufzugeben. Schon gar nicht seine Pläne.

Ohne äußerliche Regung greift Edward in seine Hosentasche, und kurz darauf landet Metall klirrend auf dem Holz des Schreibtischs.

»Du wirst dich jetzt anziehen gehen. Mrs. Knight hat dir etwas zurechtgelegt. Und dann wirst du in deinem Zimmer warten, bis man dich ruft. Das dort ...«, Edward nickt mit dem Kinn zu dem kleinen Metallgegenstand, »... wirst du mitnehmen und darauf aufpassen. Wenn du ihn verlierst, sitzen wir alle ziemlich in der Klemme. Du wirst ihn beschützen, bis ich dir sage, dass du ihn mir geben sollst. Hast du das verstanden?«

Zögernd greift Matty nach dem Metallteil und inspiziert es für eine Weile, bevor er aufsieht.

Edward hebt eine Augenbraue. »Noch Fragen?«

Oh, Matty hat ungefähr eintausend davon auf Lager, und sie alle stehen gut lesbar auf seiner Stirn. Doch er schüttelt den Kopf, springt von seinem Stuhl und stürzt nach einem letzten verwirrten Blick zu seinem Onkel aus dem Raum.

Als die Tür geschlossen ist, lehnt Edward sich zurück und betrachtet die mit Holz vertäfelte Decke über sich.

Das wäre geschafft. Ein wenig Rache hat Matty verdient. Soll sich der Junge ruhig in den kommenden Stunden ein paar unruhige Gedanken machen ...

Während alldem, dem Gespräch mit Susan, mit Frank, mit Geschäftspartnern, mit diesem Norton, beim Duschen, Essen, Autofahren, selbst bei seiner Unterhaltung mit Carlos, betet er sich irgendwo im Hintergrund seines Bewusstseins wieder und wieder die gleichen kurzen Sätze vor.

So... wie seit mehr als einer Woche.

* * *

Eine Stunde später, als die Dämmerung hereinbricht, beginnt Edward, sich vorzubereiten.

Nachdem er geduscht und sich rasiert hat, zieht er sich an. Selten hat er seine Kleidung mit so viel Bedacht gewählt.

Susan hat Koffer gepackt, denn sie werden nicht vor Ablauf einer Woche zurückkehren, doch wenn die Dinge wie geplant verlaufen, dann wird er in diesem Hemd und dieser Hose heiraten.

Er weiß dies durchaus zu würdigen.

Und als er dreißig Minuten später durch das stille, dunkle

Haus zu dem Zimmer geht, in dem Tony die längste Zeit gewohnt hat, schluckt er ernsthaft an seiner Aufregung.

Während er in der schützenden Dunkelheit des langen Flurs auf sie wartet, erkennt er, dass er sich noch nie so sehr auf etwas gefreut hat. Egal, wie viele Schatten er heute noch überspringen muss, so, wie er sich momentan fühlt, ist es das wert.

Als sich ihre Zimmertür langsam öffnet und sie sich vorsichtig aus dem hell erleuchteten Raum in die Dunkelheit hinausschiebt, ist das die letzte Bestätigung, wenn er noch eine gebraucht hätte.

Sie ist atemberaubend!

Das Kleid – von Susan ausgewählt – ist in seiner schlichten Eleganz eine Augenweide. Schwarz, trägerlos, einfach geschnitten, mit Betonung ihrer Taille. Sie trägt keine Schuhe – Susan meinte, das wäre romantischer. Als er Tony jetzt sieht, muss er ihr Recht geben, denn so wirkt sie noch natürlicher.

Unsicher bleibt sie stehen; in der Stille hört er ihren flachen Atem und als er sich ihr von hinten nähert und ihr behutsam die Hände auf die Schultern legt, hält sie hörbar die Luft an.

Sanft küsst er ihren Nacken. »Schließ die Augen.«

Augenblicklich gehorcht sie. Sobald Edward sie in seine Arme hebt, legen sich ihre Arme um seinen Hals und ihre Stirn an seine Wange, und er weiß, dass das Spiel begonnen hat ...

* * *

Tony hält sich daran, sie öffnet nicht ihre Augen, auch wenn sich ihre Stirn langsam in Falten legt, als die Reise durch das Haus zu lange dauert.

Edward lächelt. Überraschung Nummer eins ist damit geglückt.

Er trägt sie nicht zum Haupteingang und auch nicht zu der Tür, die hinaus auf die Terrasse führt. Denn es gibt noch einen dritten Zugang zum Haus, einen, den Tony noch nie benutzt und von dem sie aller Wahrscheinlichkeit nach keine Ahnung hat. Um ihn zu erreichen, muss er einmal das gesamte Gebäude durchqueren.

Als Carlos ihm schließlich mit einem schmalen Lächeln die Tür aufhält, geht er hinaus auf den Landeplatz, der für den Helikopter vorgesehen ist.

Hübsch hergerichtet mit Asphalt, weißen Linien und Orientierungslichtern.

Ralph, der Pilot, der Susan zur Insel geflogen hat und auch den Transport der Hochzeitsgesellschaft übernehmen wird, sitzt noch im Cockpit. In einer Sekundenentscheidung – möglicherweise ist dieser Übermut, der Edward plötzlich erfasst, dafür verantwortlich – nickt er auffordernd. Gleichzeitig legt er seine Arme fester um Tony, beugt sich schützend über sie, und als im nächsten Moment der Lärm einsetzt, zuckt sie spürbar zusammen.

Edward grinst. Action inklusive, was will sie mehr? Ihre Lider hält sie artig gesenkt, obwohl der Sturm an ihr zerrt. Schutz suchend klammert sie sich an ihn und Edward beeilt sich, sie zum Hubschrauber zu bringen. Ein letztes Nicken zu Ralph, dann verschwindet dieser, und Edward ist mit Tony allein.

Beim Anschnallen ihres so süßen Körpers, strauchelt Edward zum ersten Mal, denn es ist nicht geplant, aber die geschlossenen Augen und der Mund sind ein Detail zu viel, um es zu ignorieren. Weshalb er ihr einen flüchtigen – viel zu flüchtigen – Kuss auf die Lippen haucht, was eine durchaus akzeptable Planabweichung darstellt.

Und dann ist die Stunde der Wahrheit gekommen.

Zum ersten Mal seit seinem Absturz befindet sich Edward wieder in einer Maschine, die sich mittels seines Willens durch die Luft bewegen wird, und er registriert mit grenzenloser Erleichterung, dass es nichts zu registrieren gibt.

Keine Panik, die er so gefürchtet hat. Er muss sich zu nichts überwinden, jeder Handgriff sitzt perfekt, seine Stimme klingt gelassen wie immer, als er seine Koordinaten übermittelt. Er hat es nicht verloren.

Als er nach einem letzten Blick auf die scheinbar schlafende Schönheit neben sich abhebt, ist es wieder da: Das unverkennbare Gefühl, das er nur dann empfindet, wenn er sich durch die Luft bewegt.

Edward ist zu Hause.

* * *

Eine Weile sonnt er sich in dem Gefühl, kein unverbesserlicher Weichling zu sein, dann sieht er zu Tony, die immer noch die Augen geschlossen hält. Ihr Gesicht wirkt angespannt, und Edward glaubt, den Grund dafür zu kennen.

»Die Kinder sind versorgt«, erklärt er. »Susan kümmert sich um sie. Mach dir keine Sorgen ...«

Schon scheint sie beruhigt. Tony nickt und wagt einen heimlichen Blick, der Edward laut lachen lässt »Du darfst deine Augen jetzt wieder öffnen, Tony.«

Grinsend gehorcht sie; und als sie sich ansehen, ist bei ihr auch das letzte bisschen Anspannung verschwunden.

Seltsam, kaum wirkt sie gelassen, ist er es auch. Wieder einmal geht ihm auf, wie hübsch sie ist – wie unerträglich hübsch, um genau zu sein –, und ihr Strahlen sagt ihm, dass er es bisher durchaus nach ihren Wünschen gestaltet hat.

Nun, sie ist der Preis, oder? Jener, der winkt, wenn er es diesmal nicht vermasselt. Tatsächlich, findet Edward, ist das eine großartige Motivation.

Lange kann er ihren Blick allerdings nicht ertragen, dazu ist der Ort nicht passend, und bevor er den Pokal wirklich bekommen wird, hat er noch so einiges zu bewerkstelligen. Daher ist es ratsam, sich nicht zu lange mit den derzeit unerreichbaren Verlockungen aufzuhalten.

Deshalb konzentriert er sich ganz auf das Fliegen, und als er das nächste Mal zu ihr sieht, muss er lächeln. Denn Tony, die sich, ohne es zu wissen, gerade auf direktem Flug zu ihrer Hochzeit befindet, ist allen Ernstes eingeschlafen.

* * *

Der Flug dauert etwas mehr als neunzig Minuten und Edward genießt ihn. Er hat Zeit, sich für das Folgende zu wappnen; so viel Muße war ihm während der vergangenen Tage nicht vergönnt.

Zu viel, was es zu überdenken galt, viel zu viel, was bedacht und arrangiert werden musste. Endlich hat er Gelegenheit, sich genau vor Augen zu führen, was er im Begriff ist, zu tun.

Auch wenn diese Sätze in seinem Kopf, die sich darin festgefressen haben, unaufhörlich ihre Endlosschleife fahren, daran ist er inzwischen so sehr gewöhnt, dass es nicht mehr stört.

Frank – der arrogante Idiot – hat nicht übertrieben. Die Orientierungslichter sind da. Doch Edward erkennt sofort, dass es diese Insel von der Größe her nicht mit der *Destino* aufnehmen kann. Mit einem Jet hätte er hier nicht landen können. Die Ausmaße sind überschaubar, das Terrain nicht größer als ein Achtel der *Destino*. Doch gerade deshalb wirkt sie auf ihn so anheimelnd.

Nachdem er die Maschinen abgestellt hat, herrscht Totenstille. Selbst von hier aus kann er das Meeresrauschen hören, was auf seiner Insel unmöglich gewesen wäre. Tony hat den Flug und auch die Landung überstanden, ohne aufzuwachen. Selbst, als er sie abschnallt und zu dem wartenden Jeep trägt, rührt sie sich nicht. Erst, als er zärtlich ihre Wange küsst, schlägt sie die Augen auf. Kaum sieht sie ihn, lächelt sie ihn an, streichelt dabei seine Wange und er küsst sie erneut. Kein Wort fällt, bis er den Jeep in Bewegung gesetzt hat.

»Das ist nicht die *Destino*!«, sagt sie plötzlich.

»Nein.«

»Wo sind wir dann?«

»In der Karibik ...«

Ihr entnervtes Stöhnen ist sogar einhundert Prozent Tony. »Ja, Edward, das dachte ich mir. Aber wo dort genau?«

»Auf einer kleinen Insel, nördlich von der *Destino* gelegen.«

»Und die gehört auch dir?«

Er lacht auf. »Lass es mich so formulieren: Sie ist der Besitz eines ... unbekannten Freundes.«

Eine Erwiderung erfolgt nicht, offensichtlich hat er ihr etwas Stoff zum Nachdenken gegeben.

Bereits nach wenigen Metern endet die kurze Straße und Edward hält den Jeep. Die Lichter in der Ferne erleichtern die

Orientierung. Auch etwas, was dieses Eiland von der *Destino* unterscheidet, denn dort wäre man ohne Ortskenntnis in der Finsternis verloren.

Als sie Anstalten macht, auszusteigen, geht er dazwischen. »Sitzen bleiben!« Eilig tritt er um den Jeep und hebt sie von ihrem Sitz. »Meine Aufgabe.« Er mustert sie bedeutungsvoll, und als er ihre großen Augen sieht, kämpft er trotz der angespannten Situation mit einem Lächeln.

Das Haus ist nicht weit entfernt, sie müssen nur eine Rasenfläche überqueren, um zu ihm zu gelangen.

»Unbekannter Freund?«, erkundigt sie sich, während sich die Lichter ihnen nähern.

Oh, Tony hat zu Ende gedacht, leider ein wenig zu früh. »Das ist eine sehr lange und äußerst seltsame Geschichte. Ich erzähle sie dir ein anderes Mal.« Edward hat nicht die Absicht, ihr davon genauer zu berichten. Es sind zu viele Details involviert, die er besser für sich behält.

Sie spitzt die Lippen und schweigt, doch Edward hat sich zu früh gefreut. Denn als sie nachhakt, sind die Lampen noch zu weit entfernt, um sich rechtzeitig genug aus der Affäre ziehen zu können.

»Wovon handelt diese Geschichte?«

»Du gibst nie Ruhe, oder?«

Er ist stehen geblieben und betrachtet sie vorwurfsvoll – zumindest versucht er es, was ihm allerdings gründlich misslingt. Ehe er sich versieht, ist er bei Planabweichung Nummer drei gestrandet und das ist ihm so egal.

Edward gibt seinen Instinkten nach und küsst diese unwiderstehlichen Lippen, die für ihn einen kleinen Himmel bedeuten. Gott, warum muss sie nur so süß sein? Er ist unfähig, ihr zu widerstehen, weshalb aus dem flüchtig gemeinten Kuss ein langer wird, dessen Intensität sich mit jeder Sekunde steigert.

Nur mit Mühe kann er sich wieder von ihr lösen, und wäre der Grund nicht seine Hochzeit gewesen, die er unter allen Umständen in dieser Nacht durchsetzen will, hätte ihn an dieser Stelle nichts und niemand davon abhalten können, diese Angelegenheit endlich zu Ende zu bringen.

»Nein«, bemerkt er schließlich mit deutlicher Mühe. »Tust du nicht ...« Es kostet ihn erstaunlich viel Überwindung, weiterzugehen.

Edward behält die Lichter im Auge und sieht Tony nicht an, als er schließlich mit Lebensbeichte Nummer drei beginnt, die wohl jetzt von ihm erwartet wird. »Die Geschichte handelt von einem widerlichen Feigling, der eines Nachts aus seinem riesigen Haus türmte.« Es klingt ausdruckslos. »Er stieg in seinen Porsche und fuhr ziellos davon. Irgendwann landete er in West Palm Beach, in einem Café, von dem er nie zuvor etwas gehört hatte. Starbucks ...«

Die Architektur des Hauses ist ungewöhnlich, doch sie gefällt ihm. Abwägend betrachtet er die separierten Terrassen, hält sich dabei an die einzig beleuchtete, und als er sie erreicht, bleibt er stehen.

Er hat begonnen, jetzt wird er es auch zu Ende bringen. »Dort traf er den seltsamsten Kerl, den er je in seinem Leben sah, und der sagte den seltsamsten Satz, den er jemals hörte ...« Franks Stimme ertönt in seinem Kopf, als wäre es gestern gewesen. »›Ganz klar ... eindeutiger Fehler in der Matrix. Nimm das zweite ›D‹ weg, füge ein ›N‹ hinzu, dann passt es!‹ Ich hab keine Ahnung, was das zu bedeuten hat. Aber ...« Edward nickt bedeutungsvoll. »Er erwähnte eine Insel.«

Sie hat ihm mit großen Augen gelauscht, ihre Finger streicheln dabei unaufhörlich seinen Nacken.

Sanft ...

»Seine?«

»Nein. Die Insel des Irren.« Angesichts ihrer sichtlichen Verwirrung muss Edward grinsen. »Ich sagte doch, er war komisch.« Das Grinsen verschwindet so schnell, wie es gekommen ist. »Ich wollte nicht mit dir auf die *Destino*, und da fiel mir dieser Satz wieder ein. Es kostete mich ein wenig Zeit, aber irgendwann fand ich ihn und damit den ›Irren‹. Und du wirst es nicht glauben, der war bereit, mir seine Insel leihweise zu überlassen.« Er zuckt mit den Schultern. »Das ist die

Kurzversion.«

»Aber ...« Tonys Stirn ist gerunzelt.

Energisch schüttelt er den Kopf. »Ich bin nicht mit dir hierher geflogen, um über Menschen zu sprechen, die ich nicht einmal kenne und aller Wahrscheinlichkeit nach auch niemals kennenlernen werde. Still jetzt!«

Überraschenderweise schweigt sie tatsächlich und betrachtet erstaunt das Haus, vor dem sie stehen. Edward nutzt die Gelegenheit, um sie in den Raum zu tragen, in dem Kerzenlicht flackert.

Hier ist er wohl richtig.

* * *

Kaum sind sie eingetreten, kann Edward nur mit Mühe sein entsetztes Stöhnen verhindern.

Susan hat ganze Arbeit geleistet, verdammt, er hätte Carlos darum bitten sollen! Ein Kniefall mehr oder weniger hätte auch nichts mehr ausgemacht.

Dies ist Edwards Albtraum, ja, das Grauen hat inzwischen zwei Namen:

Wal-Mart und die verkappte Hochzeitssuite.

Es gibt nicht nur die Kerzen und die lauschige Hintergrundmusik, womit er ja durchaus kalkuliert hat. Stattdessen hat Susan sich offensichtlich ausgetobt und all ihre eigenen wunderbaren Träume von einer romantischen Nacht in diesen eher kleinen Raum gestopft. Das Ergebnis ist ... nun, Edward fühlt sich leicht erschlagen und vor allen Dingen hochgradig angewidert. Selbst die obligatorischen Blütenblätter liegen auf dem Bett.

IN ROT!

Und als würde das an geschmacklichen Vergewaltigungen noch nicht genügen, muss er erkennen, dass der Raum im schönsten Pink gehalten ist. Gut, andere hätten die Farbe violett genannt – Frauen, vermutlich. Doch er ist ein Mann, und ob pink oder violett, das ist alles dasselbe und daher relativ egal.

Beide Farbtöne haben eines gemeinsam: Sie besitzen keine Daseinsberechtigung. Jedenfalls, wenn es sich nicht gerade um das Zimmer einer Zweijährigen handelt.

Doch Edward bemerkt rasch, dass er all die Widrigkeiten erstaunlich leicht ignorieren kann. Trotz grausamer Blütenblätter ist da nämlich auch dieses große Bett, und obwohl es violett ist, wirkt es verdammt einladend. Den Champagner davor kann er auch akzeptieren.

Er sieht Tony nicht an, als er sie vorsichtig auf die Matratze herablässt, die Flasche öffnet, einschenkt, ihr ein Glas reicht und mit ihr anstößt. Und als auch er sich setzt, wählt er den größtmöglichen Abstand zwischen ihnen, denn inzwischen kann er für nichts mehr garantieren. Die Kerzen verfehlen ihre Wirkung leider absolut nicht.

Tonys Augen, vorher schon strahlend, scheinen jetzt noch ein wenig verführerischer. Ihre dunkle Haut schimmert bronzefarben und ihre Lippen ...

Nein, es ist besser, sich von ihr fernzuhalten.

Noch ist der Preis nicht verdient; ein Gedanke, der die Aufregung zurückholt, die sich während des Flugs und der damit verbundenen Routine etwas gelegt hatte. Edward versucht, sich auf seinen Champagner zu konzentrieren, was jedoch nur bedingt funktioniert, denn als er registriert, wie ihre Lippen den Rand des dünnen Glases umschließen, weiß er, dass er zuvor etwas Erotischeres gesehen hat.

Seltsam, bisher rangierte an diesem Platz ihr Anblick, als er sie aus dem Pool und vor den Spiegel in ihrem Zimmer zerrte. Dieser hier hat ihn gerade verdrängt.

Shit! Im denkbar ungünstigsten Moment!

»Es waren deine Lippen ...« Edward überdenkt das Gesagte und nickt. »Lange Zeit dachte ich, es wäre dein vorlautes Mundwerk, aber das stimmt nicht. Es waren diese verrückten Lippen. Ich glaubte, du wärst nicht in der Lage, dich ordentlich zu schminken. Das sah ... *grotesk* aus. Schließlich kam ich dahinter, dass sie echt sind, und ab diesem Moment machten sie mich wahnsinnig. Ich musste unbedingt erfahren, wie es sich anfühlt, so einen Mund zu küssen ...«

Der Witz ist, dass die Realität sich als besser herausgestellt hat als seine Fantasie, was ihm mit Sicherheit nie zuvor passiert ist. Häufig interpretiert man sehr viel in eine schöne Frau, zu viel, wie man dann erkennen muss. Bei Tony lief es genau entgegengesetzt.

Ja, sie ist auf vielschichtige Weise stets neu und überraschend, die Wunderkiste scheint sich nie zu schließen. Immer wieder wartet sie mit Handlungen auf, mit denen er in seinen kühnsten Träumen nicht gerechnet hätte. Fassungslos schüttelt er den Kopf und nimmt noch einen weiteren, sehr großen Schluck von seinem Champagner. Nebenher überlegt er, wie er anfangen soll, und als ihm nichts Überwältigendes einfällt, entscheidet er, sich an sein Gefühl zu halten. Worauf sollte er sonst schon zurückgreifen?

»Logik ...«, beginnt er langsam.

»Hmmm?« Fragend neigt sie den Kopf zur Seite, was auch nicht sehr hilfreich ist.

»Logik!«, wiederholt er. »Wenn du dich in eine gedankliche Sackgasse manövriert hast, solltest du dich immer der kühlen Logik bedienen.«

Große Fragezeichen erscheinen auf ihrer Stirn und er muss lachen. Schon möglich, dass er der einzige Mensch ist, der jemals versucht hat, ihre Aufgabe mit Logik zu lösen.

Schlagartig ist er wieder ernst. »Du hast mich da vor einige drastische Probleme gestellt, Anthonia Benett!«

Erschrocken weiten sich ihre Augen. »Es tut mir leid!«

»Das muss es nicht. Ich mag Herausforderungen.« Edward holt tief Luft. »Deine Bedingung war ja nicht nur, *es* zu sagen, nein, ich musste es ja auch noch *meinen!* Was die eigentliche Problematik darstellte.«

Sie wirkt keineswegs überrascht, was ihm erst jetzt offenbart, wie umfassend er von ihr manipuliert wurde. »Ich schätze, das war dir durchaus bewusst, oder?«, erkundigt er sich trotzdem.

Tony nickt.

Edward senkt den Blick. Diese Erkenntnis hat ihn kalt erwischt. Bisher ging er davon aus, Opfer der kitschigen Träume eines jungen Mädchens geworden zu sein. Dass sie wusste, was sie tat, kam ihm dabei nie in den Sinn.

Nun ... da hat er die süße und überhaupt nicht so kleine Tony wohl ein wenig unterschätzt ... Und mit welchen Folgen!

Angewidert betrachtet er die roten Blütenblätter und muss plötzlich lachen. »Mein Gott, was für ein Kitsch!«

»Was?«

Edward breitet die Arme aus. »Die Kerzen, das übrige Dekor, der Champagner, die schöne Frau in seidigen Daunen ...« Okay, die weniger. »... Das sieht mir so gar nicht ähnlich.« Doch sobald er ihren schuldbewussten Blick sieht, will er seine Aussage relativieren. Vergessen ist der so wichtig geglaubte Sicherheitsabstand, denn er rückt zu ihr und legt seinen Arm um sie, dessen Hand auf ihrem Rücken zum Ruhen kommt. »Und soll ich dir etwas sagen, Tony?«, wispert er. »Es gefällt mir. Es spricht mich an. Vielleicht liegt es nur daran, weil du es bist. Wer weiß? Aber ich hatte noch nie so viel Freude, etwas zu tun, was ich im Grunde überhaupt nicht will. Glaubst du mir das?«

Ihr Nicken fällt etwas atemlos aus, und er kann sie nicht eher loslassen, bevor er sie noch einmal geküsst hat. Flüchtig – aber er braucht noch ein wenig Mut.

Zum zweiten Mal an diesem Tag ist die Stunde der Wahrheit herangebrochen. Und in den folgenden Minuten soll Edward dahinterkommen, dass der erste Flug nach einem Absturz die bedeutend leichtere Herausforderung war.

Er stellt ihre Gläser beiseite, steht auf und zieht sie vom Bett.

Im Hintergrund dudelt irgendein klassisches Stück; ihm fehlen die Nerven, es zu identifizieren, und im Grunde ist es nebensächlich, Hauptsache, es erfüllt seinen Zweck.

Kaum liegt sie in seinen Armen, beginnt er, sich mit ihr zu den Klängen zu bewegen.

»Ich gebe zu, was Romantik betrifft, stoße ich schnell an meine Grenzen«, flüstert er. »So etwas kann man sich nicht in ein paar Wochen aneignen. Ich habe mir redlich Mühe gegeben und hoffe, du berücksichtigst das in deiner späteren Beurteilung.«

Ihr Mund verzieht sich zu einem Lächeln, das ihre glänzenden Augen nicht erreicht.

»Aber ich kann tanzen«, haucht er und nimmt ihre Hand. »Pluspunkt für mich. Wahrscheinlich bewahrt der mich vor dem totalen Desaster.«

Ja, dies ist der Moment, in dem Edward den Tanzstunden dankt, die er in der Schweiz hinter sich bringen musste. Er hat sie gehasst; jeder der Jungen tat das, denn ihnen standen keine Mädchen zur Verfügung, daher mussten sie sich untereinander behelfen.

Doch er kann es, hat es oft genug geübt und auf unzähligen Bällen unter Beweis gestellt. Aber noch nie hat er so getanzt wie heute.

Es ist wie der Sex mit Tony.

Perfekt!

Vermutlich besteht da durchaus ein Zusammenhang.

Als ihr Kopf langsam gegen seine Schulter sinkt, greift er eilig ihr Kinn und hebt es, um ihr in die Augen zu sehen. Noch nicht! Lebensbeichte Nummer vier muss erst noch abgehandelt werden. Es stört ihn nicht einmal mehr.

»Logik«, beginnt er eindringlich. »Ich versuchte, das Problem mit Logik anzugehen. Ich googelte ein wenig, fahndete nach der Definition, um wenigstens einen Ansatzpunkt zu haben. Da gibt es jede Menge wissenschaftliche Erläuterungen. Von sexueller Anziehungskraft ist die Rede. Okay, nach dieser Definition ist es einfach ...« Eilig küsst er ihre Lippen, die so erwartungsvoll zu ihm aufgerichtet sind. Diesmal will sie ihn bei sich halten, doch er nimmt den Kopf zurück, und als er ihr enttäuschtes Gesicht sieht, schüttelt er ihn abwehrend.

»Warte ...«

Aber das mit dem Ausharren ist so eine Sache, denn die Kombination aus Kerzenlicht, Tony in seinem Arm, der Bitte in ihren Augen und seinem Verlangen, überwältigt ihn immer umfassender.

Für einen sehr, sehr langen Moment droht Planabweichung Nummer vier, und die würde sich länger hinziehen. In höchster Not senkt er den Blick, achtet sorgsam darauf, nicht in Tonys Ausschnitt zu spähen, und denkt in einem Anflug von akuter Verzweiflung an Mrs. Cronicle.

Es hilft – ein wenig.

Nach einem tiefen Atemzug wagt er, in ihre glänzenden Augen zu sehen. »Also, mit der sexuellen Anziehungskraft, das stimmt schon mal«, bemerkt er trocken.

Ihr Lächeln fällt äußerst behutsam aus, und er umarmt sie etwas fester, bevor er fortfährt. »Nach einer Weile, in der ich mich über die ›Arterhaltung‹ informiert hatte, probierte ich eine andere Richtung. Ich fand weitere Definitionen, en masse. Eine kitschiger als die andere, nichts wollte wirklich passen. Aber eigentlich passte auch alles. Es war mir viel zu allgemein gehalten. Irgendwann musste ich einsehen, dass es so nicht funktionieren würde. Ich suchte nach einer Antwort, die mir niemand geben kann ...«

Seufzend haucht er einen Kuss auf ihre Stirn, weil die Lippen etwas weiter unten leider momentan tabu sind. »Zwischenzeitlich war ich ziemlich wütend auf dich ... Ich hatte keine Ahnung, wie ich dein Ultimatum erfüllen sollte, verdammt! Ich will dich mehr als alles andere auf der Welt. Es gibt keinen Wunsch, den ich dir abschlagen könnte. Ich würde alles für dich tun. Ich konnte dich nicht vergessen, obwohl ich es ehrlich versucht habe. Ich würde alles, was uns trennt, überwinden, damit wir zusammen sein können. Verflucht, ich habe selbst diesen grauenvollen Staubsauger ertragen. Das Geräusch dröhnt jetzt noch in meinen Ohren! Und das reicht dir nicht? Du willst noch mehr? *Liebe?*«

Ihre Augen, eben noch glänzend wie der Diamant, den Matty gerade bewacht, wirken erschrocken, und er umfasst lächelnd mit beiden Händen ihr Gesicht. »Du wusstest das viel früher als ich, oder?«

Ihr Kopf bewegt sich nach oben und unten.

»Ich schätze, ich bin wohl nicht so schnell?«

Diesmal bewegt sich ihr Kopf verneinend hin und her.

»Kannst du mir verzeihen?«

Ein heftiges Nicken.

Edward lächelt. »Das ist gut, denke ich.«

Als er ihr Gesicht an seine Schulter lehnt und sie fest in den Arm nimmt, schließt sie die Augen und dann tanzt Edward mit ihr; seine Lippen berühren ihr kleines Ohr; auch er hält die Lider fest geschlossen und gönnt sich eine letzte Atempause, bevor er die schwerste Prüfung seines Lebens antritt.

* * *

Es liegt Jahrzehnte zurück, dass Edward zum letzten Mal etwas auswendig gelernt hat.

Genau weiß er es nicht mehr, aber es handelte sich mit Sicherheit um einen Bestandteil seines Examens. Irgendetwas Langweiliges, was sich auf keine andere Art in sein Gedächtnis hämmern lassen wollte als durch trockenes Auswendiglernen. Erfahrungsgemäß verschwindet es, sobald man die Tür des Prüfungssaals hinter sich gelassen hat.

Innerhalb der vergangenen Woche hat Edward wieder gelernt – so hart wie noch nie zuvor in seinem Leben. Er ist sprachbegabt, beherrscht mehrere Sprachen fließend, Spanisch wie seine Muttersprache. Doch er kann sich nicht daran erinnern, jemals mit einer derartigen Leichtigkeit etwas Fremdsprachiges erlernt zu haben. Denn jene Sätze, die er seit sieben Tagen unablässig in seinem Kopf herunterbetet, wird er nie wieder vergessen. Anfänglich musste er noch häufig auf dem eigens dafür ausgedruckten Zettel nachsehen, doch nach zwei Tagen begann er bereits, an der Aussprache zu feilen. Er könnte schwören, dass inzwischen selbst sein Japanisch akzentfrei ist.

Als es schließlich so weit ist, braucht er dennoch eine ganze Weile, bevor er anfangen kann. Doch sobald der erste Satz gesagt ist, kommen die anderen mit einer Selbstverständlichkeit, die ihn tatsächlich verblüfft, und nur Sekunden später liebt er es, sie ihr zu sagen.

Er liebt es!

Das kann er endlich mit Fug und Recht behaupten.

* * *

»Ek hejou liefe.«

Tony versucht, den Kopf zu heben, doch er ist schneller. Eine Hand in ihrem Nacken hindert sie, während Lippen bereits die nächsten Worte an ihrem Ohr formen.

»Te amo, te quiero mi amor.«

Er haucht einen Kuss auf ihre Wange und sie erschaudert in seinen Armen.

»Behibak ... Ngo oi ney ... Jeg elsker dig ... Aku cinta kamu ...«

Behutsam tasten sich seine Finger in ihr Haar, biegen ihren Kopf zurück, und als er die zarte Haut unter ihrem Ohr küsst, seufzt sie zum ersten Mal.

»Ya lyublyu tebya ... Mina rakastan sinua ... Ohhhh, je t'aime, mon amour ... S'ayapo ... Eg elska thig ...«

Als Tonys Beine ihren Dienst versagen, greift er blitzschnell zu und hebt sie ein wenig, damit sie nicht zu Boden geht. Dann betrachtete er mit angehaltenem Atem ihr Gesicht, denn diese heftige Reaktion kommt etwas unerwartet. Sie liegt in seinen Armen, die Lider halb geschlossen und die Lippen sanft geteilt. Er hört ihren beschleunigten Atem, spürt ihre Hände, die sich an ihm festkrallen, lauscht ihrem Seufzen, und ist hingerissen.

Die Situation ist gänzlich verändert, nichts läuft mehr nach Plan, denn Edward lässt sich mitreißen, ist bald fester Bestandteil von ihr; von Regieführung kann keine Rede mehr sein. Aus der Ferne vernimmt er seine Stimme, die tiefer und sanfter als jemals beabsichtigt klingt, sieht, wie Tony auf sie reagiert, und denkt nicht mehr.

»Oh, ti amo ... Mi amas vin ... Taim ingra leat ... Ik hou van jou ...«

Er küsst sich an ihrem Hals hinab, den Ansatz ihrer weichen Brüste, hört ihr frustriertes Seufzen, als er an der anderen Seite ihres Halses wieder hinaufwandert, und wünscht sich, dieser Moment würde niemals enden.

»Ez te ra hes dikim ... Amo te ... Jeg elsker deg ... Du stet daram ... Mahal Kita ...«

Ihr Körper scheint sich in seinen Armen zu verflüssigen, er muss fester zupacken, damit sie nicht zu Boden sinkt. Nebenher küsst er ihre duftende Haut; seine Hüften bewegen sich zur Musik, die von seinen Worten nur geringfügig übertönt wird.

»Kocham Cie ... My tumse pyaar kartha hun ... Ai shite imasu ... Tangsinul sarang hayo ... Te iubesc ...«

Vorsichtig knabbert er an ihrem Ohrläppchen und bemerkt, wie sie nach Luft ringt.

»Volim Te ... Khao Raak Thoe ... Miluju te ... Toi yeu em ... Szeretlek ... Ben seni seviyorum ...«

Edward küsst ihre Wange...

»... Ha eh bak ...«

... ihr Kinn ...

»Lubim ta ...«

... die süße Nasenspitze...

»Jag alskar dig ...«

... die Stirn ...

»Te amo ...«

... ihr bebendes Augenlid ...

»Volim te ...«

... auch das andere wird nicht verschont.

»Obicham te ...«

Als er aufsieht, fällt sein Blick auf die freie Wand neben dem Bett. Entschlossen hebt er Tony noch ein wenig höher und trägt sie hinüber, lehnt sie gegen den Stein, hält sie mit den Hüften, damit sie nicht zu Boden geht und er trotzdem ihr Gesicht in seine Hände nehmen kann.

Nach einer Weile öffnen sich ihre Lider und er sieht in glänzende Augen.

»I love you so much, my little sweet Darling.« Er haucht einen Kuss auf bebende geliebte Lippen.

Diesmal dauert es lange, bis sich ihre Lider wieder heben, und noch etwas länger, bis er seine Stimme unter Kontrolle hat. Doch als Edward schließlich spricht, übertönt er die Musik und Tonys hektischen Atem mit Leichtigkeit.

»Ich liebe dich, Anthonia Benett. Mehr, als du jemals ermessen wirst. Mehr, als ich dir jemals sagen kann. Ich bitte dich, mit allem, was ich habe und was ich bin. Willst du meine Frau werden?«

Am Ende eines langen Weges

Edward spürt ihr Beben unter seinen Händen; bald hat es ihren gesamten Körper erfasst. Mit riesigen Augen starrt sie ihn an, schluckt, versucht es – ihre Bemühungen sind deutlich zu erkennen, nur, *sie sagt nichts!* Mit angehaltenem Atem beobachtet er sie, wartet, betet. Irgendwann fallen ihre flatternden Lider wieder zu und sie holt äußerst tief Luft.

Und dann kommt endlich das eine Wort, um das er gekämpft hat. Mehr als jemals zuvor in seinem Leben:

»Ja!«

* * *

Ein wenig überraschend fällt seine Reaktion aus, denn von Erleichterung kann keine Rede sein.

Es ist, als hätte er einen verdammt langen Marsch durch eine trockene und steinige Wüste hinter sich gelegt und endlich die Wasserstelle gefunden. Diesmal kann er es nicht mehr stoppen. Hingerissen betrachtet er ihr Gesicht, in dem immer noch die Augenlider beben und die Lippen nicht stillhalten wollen. Und als sie ihn schließlich ansieht, gibt es kein Zurück mehr. Er zieht sie an sich, presst seine Lippen auf ihren Mund, kann nicht genug von ihr bekommen, küsst sie, bis ihnen die Luft wegbleibt, hört ihr Seufzen und fast gleichzeitig sein eigenes. Sobald sie beginnt, die Knöpfe an seinem Hemd zu öffnen, schiebt er entschlossen den Stoff ihres Kleides hinunter.

Es ist hübsch, sicher – das darunter ist besser.

Irgendwann nimmt sie den Kopf zurück. »Hast du noch ein anderes Hemd dabei?«

»Ja ...« Ungeduldig zieht er sie wieder an sich, seine Lippen suchen erneut ihre und im selben Moment zerrt er weiter an ihrem Kleid. Als er endlich ihre weiche Haut berührt, stöhnte er verhalten auf, und als sie mit einem Ruck sein Hemd auffetzt, ist es um ihn geschehen.

Verstand? Der hat sich gerade verabschiedet.

Tony scheint Gedanken lesen zu können, denn sie tastet sich zielstrebig an ihm hinab und beginnt mit bebenden Fingern, seine Hose zu öffnen.

Ja!

Er reißt ihr das Höschen hinunter, hört ihr »Edward!« in ziemlich weiter Ferne, hebt sie an, bis sich ihre Gesichter in gleicher Höhe befinden. »Leg die Beine um meine Hüften, Baby«, haucht er atemlos, doch bevor sie reagieren kann, hat er das bereits erledigt. Seine Ungeduld wird verzehrender, alles dauert viel zu lange, denn Tony hantiert immer noch an seiner Hose herum. Gott, er hat noch nie eine Frau so sehr begehrt wie sie in genau diesem Moment. Und als der schwarze Stoff endlich seine Hüften passieren und die Shorts folgen, atmet er heftig aus.

»Halt dich fest!«

Sie klammert sich an ihn, als hinge ihr Leben davon ab, und Edward ist beim nächsten Wimpernschlag in ihr.

Doch ihr unterdrückter Schrei lässt ihn umgehend erstarren. »Verdammt! Tony, habe ich dir ...«

»NEIN!« keucht sie. Als er nicht gleich reagiert, reißt sie die Augen auf, in ihnen wohnt die nackte Verzweiflung. »Edward!«

Durch seinen umnebelten Verstand versucht er, ihre Miene zu interpretieren, auszumachen, ob er sie verletzt hat, findet jedoch keinen Schmerz, nur die gleiche Ungeduld, diese wahnsinnige Leidenschaft, diese vernichtende Gier, die auch in ihm tobt, was ihn in die Gegenwart zurückkatapultiert. »Oh, ja ... Warte ...«

Noch immer hält er sie fest, was allerdings nicht erforderlich ist, denn sie hat ihre Beine um ihn geschlungen und ihre Arme liegen so unlösbar um seinen Hals, dass sie keinen Millimeter weichen kann. Dann versinkt die Welt um ihn, es existiert nur noch ihr von tiefer Lust gezeichnetes Gesicht und dieser Blick, der seinen nie verlässt. Alles um sie herum tritt in den Hintergrund und er ergibt sich dem unbeschreiblichen Gefühl, mit ihr zusammen zu sein, sie zu sehen und zu spüren.

Es ist wie damals ...

Perfekt.

Als hätten sie es bereits tausendmal getan, als wären sie füreinander geschaffen. Sie passt sich ihm an, hat keine Schwierigkeiten, ihm zu folgen, und alles, was er noch weiß und denkt, ist:

Tony!

* * *

Irgendwann registriert Edward sein unkontrolliertes Stöhnen und spürt gleichzeitig, wie seine Beine unter der Wucht der Emotionen, die ihn plötzlich überrollen, nachgeben. Als er zu Boden geht, fängt er sie mit seinem Körper auf, legt seine Arme schützend um sie und vergräbt sein Gesicht in ihrer Halsbeuge.

Abgesehen von ihren mühsamen Atemzügen und der Hintergrundmusik, die immer noch spielt, ist lange Zeit nichts zu hören. Nur sehr langsam nimmt die Welt um ihn wieder Formen an.

Doch als sie seufzt, hebt er umgehend den Kopf. »Was hast du?«

Tony meidet seinen Blick. »Nichts ... nichts Falsches. Es ist nur ...« Anstatt den Satz zu Ende zu bringen, stöhnt sie auf.

»Was?«

Doch was immer sie belastet, sie kann es nicht sagen, und so umarmt er sie wieder, weil ihm nichts Besseres einfällt, und streichelt ihr Haar. Das scheint sogar zu funktionieren. Ansatzweise.

»Ich ...«

Kaum vernimmt er ihre belegte Stimme, ist er davon überzeugt, ihr doch wehgetan zu haben. Nun ja, kein Wunder. »Tony?«

Schließlich sieht sie ihn doch an. Tränen glitzern in ihren Augen. »Ich wusste bis heute Abend nicht, was ich verpasst habe. Ich dachte, deine Schuld, wenn du so dämlich bist, drei Jahre zu vergeuden. Aber auch ich habe Zeit verloren. Das hatte ich nie so gesehen. Ich ...« Entnervt stöhnt sie auf. »Ich quatsche Mist, und du glaubst bestimmt, jetzt bin ich total durchgeknallt. Ich ...«

Lächelnd zieht er sie an sich, froh, es nicht schon wieder verdorben zu haben. »Ich verstehe ganz genau, was du meinst.

Das ist einer der zehntausend Gründe, weshalb ich ein Idiot bin.«

Gott, drei Jahre vergeudet, aus Gründen, die er sich nicht einmal erklären kann. Drei Jahre *darauf* verzichtet! Wie dämlich kann man nur sein! Genau in diesem Moment geht ihm auf, dass Planabweichung Nummer fünf zu groß und zu ausufernd ausgefallen ist, und er stöhnt laut auf. Verdammt! Er hat soeben sein Gelübde gebrochen!

»Was?« Ihr besorgter Blick bringt wieder seinen Übermut zum Vorschein, auch wenn sein Grinsen etwas gehalten ausfällt. »Idiot! Ehrlich, ich bin so ein Idiot!«

»Okay, das sagtest du bereits. Aber warum diesmal speziell?«

Hmmm. Er überlegt, ob er sie über sein selbst auferlegtes Zölibat in Kenntnis setzen soll. Doch das hätte einige Beichten beinhaltet, die er vermeiden will, und es gilt, diese Angelegenheit mit Fingerspitzengefühl anzugehen. Noch ist er nicht ganz am Ziel, denn irgendwie muss er nach einer anderen Begründung dafür suchen, warum sie ihn jetzt sofort heiraten muss. Sex ist vielleicht nicht die cleverste.

»Stehst du zu deinem Wort?«, erkundigt er sich daher.

»Sicher!«

»Es ist nämlich so ...«

Plötzlich hat er Beklemmungen, sie anzusehen, und sein Augenmerk fällt stattdessen auf ihren unbekleideten Körper. Sie ist ein Stück von ihm abgerückt und der Anblick ist ...

Perfekt!

Edward muss sich eingestehen, dass die flüchtige Nummer nichts gewesen ist. Er hätte stundenlang so weitermachen können und ahnt, dass er dann auch nicht anders denken würde. Bewundernd streift sein Blick die zarte Haut und die sanften Rundungen. Sie scheinen ihn zu rufen, ziemlich laut sogar. Die Idee, dass sie sich jetzt anziehen könnte, um diesen Raum zu verlassen, ist für ihn hochgradig abwegig.

Als hätte sie seine Gedanken gehört und sich in den Kopf gesetzt, ihn zu ärgern, beginnt sie, ihr Kleid zu richten. Edward schreitet hastig ein, bevor sie Ernst machen kann. »Nein!«

Er hat ihre Hände gepackt und küsst die so einladende Haut, die Tony gerade widerrechtlich bedecken wollte. Doch dann geht ihm auf, dass er sie erst dann wieder genießen kann, wenn er mit ihr dort draußen war, was ihm schließlich den erforderlichen Auftrieb verleiht. Er muss das so schnell wie möglich zu einem Ende bringen, denn nur so hat er eine Chance, wieder hierher zurückzukehren. Mit Tony, ohne störendes Kleid.

»Es ist nämlich so. Das war so nicht geplant. Also die Sache mit der Arterhaltung ...«

Schon kommt ihm der nächste, ablenkende Gedanke. »Verdammt!«, murmelt er und betrachtet sie plötzlich mit ganz anderen Augen. Ist ihr bewusst, dass sie gerade eine zweite Jade gemacht haben könnten? Oder einen ... hmmm ... Timotheus? Vielleicht?

Sie weiß es. Mehr noch, Tony wirkt keineswegs beunruhigt oder erfreut, so wie Edward. Stattdessen verzieht sie das Gesicht. »Das kannst du vergessen!«

»Also, das solltest du nicht so ad hoc sagen! Ich meine, beim ersten Mal hat es ja auch sofort funktioniert. Wer weiß?«

»Ich!« Sie grinst und küsst ihn rasch. »Einmal passiert mir so etwas, ein zweites Mal nicht.«

Verdammt! Der Gedanke an ein Baby hatte gerade begonnen, in Edwards Kopf Gestalt anzunehmen. »Was hast du unternommen?«

»Da ich die Absicht hatte, nach Jades Geburt die Männerwelt wirklich kennenzulernen, ließ ich mir, sobald es ging, eine Spirale einsetzen«, informiert sie ihn nüchtern, auch wenn ihre strahlend roten Wangen sie Lügen strafen.

»Und? Hast du?«, fragt er ausdruckslos.

»Was?«

»Die Männerwelt kennengelernt«, knurrt er, wütend, weil sie sich absichtlich dumm stellt.

»Weißt du, dafür, dass du keine Sekunde überlegt hast, bevor du mit Aurora ins Bett gingst, bist du ziemlich eifersüchtig. Das ist ehrlich frech!«

Okay, den hat er wohl verdient, dennoch sieht er hier einen erheblichen Unterschied. Tony war nicht seine erste Frau, er allerdings ihr erster Mann. Auch wenn das wahrscheinlich nur für ihn von Bedeutung ist und er *das* mit Sicherheit auch niemals erzählen wird.

»Ich weiß selbst, dass ich kein Recht dazu habe ...«, informiert er sie finster.

»Aber?«

»Woher weißt du, dass ein ›Aber‹ folgt?«

Sie verdreht die Augen und ist wieder einmal so sehr Tony, dass er seine Hände unter Kontrolle halten muss, um nicht schon wieder aus der Rolle zu fallen. »Wegen der Betonung, vielleicht?«

»Welcher Betonung?«

»*Deiner!*«

»Anthonia, ich betone ich den seltensten Fällen, was ich sage.«

»Das ist richtig. Aber manchmal tust du es schon, und im Moment versuchst du gerade intensiv, vom eigentlichen Thema abzulenken.«

»Das ist dir nicht entgangen?«

Sie seufzt. »Das wäre nicht mal Matty entgangen. Du hältst mich immer noch für ziemlich blöd, oder?«

»Nein!«

»Scheint aber so.«

Ihre ehrliche Empörung bringt ihn zum Lachen. »Oh Himmel! Ich kann nicht glauben, dass es *das* ist, was ich will ...« Er zieht sie an sich »Aber Tatsache ist: Ich liebe es. Du hast keine Ahnung. Und ...« Eilig beugt er sich vor und küsst ihren Hals, was sie mit einem äußerst kontraproduktiven Seufzen begleitet. »Du kannst mich schlagen, wenn du willst. Aber ich hatte gehofft, dass du mit keinem anderen Mann zusammen warst. *Gehofft*, Tony, nicht erwartet.« Er holt tief Luft. »Gehofft. Weil ich ...«

»Weil du der Einzige sein wolltest, lass mich raten!« Sie kichert.

»Ja. Genau das.« Edward findet das nur plausibel und mit Sicherheit nicht witzig.

»Du bist altmodisch.«

»Scheint so.«

Andächtig lässt sie einen Finger über seinen Körper gleiten und beobachtet ihn mit zur Seite geneigtem Kopf. Und Edward presst die Lippen zusammen, um nicht schon wieder etwas Ungeplantes zu tun – und vor allem nicht laut zu seufzen. »Dann hast du wohl Glück, schätze ich«, murmelt sie.

Das ist zu viel! Ihr Anblick, sein Verlangen nach ihr, und dieses Geständnis, das unvorstellbare Erleichterung in ihm auslöst. Es zu ahnen ist das eine, es zu hören und endlich sicher sein zu können, etwas ganz anderes. Gerade überlegt er, wie lange Button wohl warten wird, als sie unerwartet aufstöhnt. »Du wusstest es!«

Eilig sieht er auf. »Wie kommst du darauf?«

»Gib es zu!«

»Tony ...«

»Gib es doch wenigstens zu!«

Schließlich nickt Edward ergeben. »Okay, sagen wir so ... Ich *ahnte* es. Wäre natürlich immer möglich gewesen, dass du dich mit einem kompletten Idioten eingelassen hast.«

Ihre Augen werden groß.

»Mit noch einem!«, verbessert er widerwillig, bevor er sich räuspert. »Also, was ich ursprünglich sagen wollte.«

»Nein, warte! Warum hast *du* nicht daran gedacht? Ich meine, du bist doch der Erfahrenere von uns beiden. Weshalb hast du nie an die Verhütung gedacht?«

Eine gute Frage! Nun ja, oder auch nicht. »Ich hatte es noch nie mit einem Mädchen zu tun. Aus New York. Für die Verhütung ist die Frau zuständig«, erklärt er widerstrebend und sieht sofort das Begreifen auf ihrem Gesicht dämmern.

»Nein!«

»Doch!« Gelassen betrachtet er sie. »Ich sagte es dir, Tony, das ist eine andere Welt. Keine Frau aus ›meinen‹ Kreisen wird versehentlich schwanger.«

»Was, wenn doch?«, wispert sie.

Edward verzichtet darauf, die so naheliegende Antwort auch noch in Worte zu fassen, aber sie versteht ihn auch so.

»Clever gelöst.«

»Es kommt nicht häufig vor«, versichert er ihr eilig. »Und wenn, dann wird das sorgsam unter Verschluss gehalten. So etwas ... schickt sich nicht.«

Als sie den Kopf senkt, seufzt er und hebt ihr Kinn, um in ihre plötzlich so unglücklichen Augen zu sehen. »Für die Mädchen aus *meinen* Kreisen.« Er haucht einen Kuss auf ihre Lippen. »Für ein kleines, unerfahrenes Mädchen aus New York ist es nur natürlich. Und ich bin dankbar, dass es sich genau so verhält, glaube mir das bitte. Ich würde nicht wollen, dass irgendetwas anders ist.«

Tony schweigt, doch sie scheint alles andere als überzeugt. Schließlich versucht er es erneut. »Was ich eigentlich sagen wollte ...«

Wieder unterbricht sie ihn im entscheidenden Moment. Das ist doch Absicht! »Warum wolltest du mit mir nicht auf die *Destino* fliegen?«

Das ist mit Abstand die falscheste Frage von allen! Für eine Sekunde wehrt sich Edward verbittert dagegen, jetzt Lebensbeichte Nummer fünf einzuläuten, obwohl er insgeheim weiß, dass dies wohl unausweichlich ist. Sie fehlt noch, vielleicht ist sie sogar erforderlich, um überhaupt heiraten zu können. Gut, das *Vielleicht* kann er wohl streichen.

Als er ihren besorgten Blick sieht, schüttelt er den Kopf. »Nein, es ist okay. Die Frage ist ja durchaus berechtigt. Ich ...« Erneut betrachtet er sie und steht schließlich entschlossen auf.

Das kann er unmöglich am Boden klären. Er zieht seine Hose vollständig aus und trägt Tony hinüber zum Blütenblätter-Kitsch-Bett. Sobald sie liegen, platziert er bedächtig ihren Kopf an seine Brust und umarmt sie.

Zu alledem verliert sie keinen Ton.

Er nimmt sich Zeit, sucht nach den richtigen Worten, obwohl er weiß, dass keine noch so wohlklingende Formulierung die Dinge erträglicher machen kann. Wie er die Vorstellung verabscheut, ihr wehtun zu müssen. Was er gleich tun wird – wieder einmal ...

»Ich hasse die Insel. Das ist der Grund. Ich wollte nicht,

dass wir dort ...«

»Warum hasst du sie?«

»Ganz einfach. Mein Vater liebte sie.«

Schweigen breitet sich zwischen ihnen aus. Edward weiß, dass sie darüber nachdenkt, und lauert förmlich darauf, dass sie die unabwendbare Frage stellt. Sie lässt nicht lange auf sich warten. »Aber warum hast du Matty und mich dann dorthin gebracht?«

Anthonia Benett (bald Capwell) besitzt ein untrügliches Gespür dafür, ihm mit ihren Fragen das Leben schwer zu machen. Und sich selbst auch. »Es gibt Dinge, die willst du nicht unbedingt wissen. Ich belüge dich nicht, deshalb bitte ich dich, nicht danach zu fragen. Denn ich kann dir versichern, dass die Wahrheit dir keine Freude bereiten würde. Vertrau mir.«

»Erzähl es mir«, beharrt sie und Edward schließt die Augen..

Nun, er hat es gewusst, oder? Tony wird keine Ruhe geben, wenn er so anfängt. Vielleicht hat er es absichtlich getan, weil er sich vorher unbedingt ihre Absolution sichern wollte.

»Gleiches zu Gleichem«, beginnt er zögernd. »Ich wollte dich so schnell wie möglich loswerden. Und zwar, nachdem ich dich zerstört hatte, Tony. Das war der Plan. Ich wollte dich so umfassend fertigmachen, dass du freiwillig auf alle Rechte, Matty betreffend, verzichtet hättest, einschließlich eines Schweigegeldes. Du solltest so panisch aus Angst vor mir sein, dass du nur noch weg wolltest. Die *Destino* bedeutet mir nichts. Ich ... wäre froh, sie endlich los zu sein, aber das lässt der Anstand nicht zu. Ich brachte euch dorthin, um auch dich loszuwerden. Für immer. Denn was dich betrifft, war kein Anstand erforderlich. Ursprünglich hatte ich die Absicht, Matty nach Miami zu fliegen. Alles war vorbereitet, eine Nanny bereits engagiert. Ich hatte ...«

Sie ist wieder grau geworden, weshalb er hastig entscheidet, dass es genügt und sie eilig küsst. »Ich sagte dir, dass du die Wahrheit nicht hören willst. »Aber ...«, wieder zögert er, »... der Entschluss, euch beide dorthin zu bringen, hat sich im Nachhinein als einer der besten herausgestellt, die ich jemals getroffen habe.

Auch wenn ich dir die Hölle bereitete; es tut mir so unendlich leid.«

Tony antwortet nicht, doch Edward beobachtet, wie das Grau sehr langsam aus ihrem Gesicht weicht. Irgendwann legen sich ihre Arme fest um ihn und ihre seidigen Lippen berühren sein Ohr. »Es ist gut«, haucht sie. »Alles ist gut.«

Edward schließt die Augen.

Alles ist gut.

* * *

Irgendwann geht ihm auf, dass er sich immer noch auf einer nur halb erledigten Mission befindet.

»Was ich eigentlich sagen will. Seit ungefähr einer halben Stunde ...« Er setzt sich auf und mustert sie interessiert. »Also, du stehst zu deinem Wort?«

Tony verdreht die Augen. »Das sagte ich bereits, Edward.«

»Du bist dir ganz sicher?«

»*Jaaaa* ...«

»Fein. Zieh dich an!«

»Was?«

»*›Sage mir, dass du mich liebst, Edward, und ich heirate dich auf der Stelle.‹* Das waren deine genauen Worte.« Er betrachtet sie mit erhobenen Augenbrauen.

»Ja, und?« Kaum hat sie die Frage formuliert, geht ihr ein Licht auf. »Nein!«

Er beugt sich zu ihr vor und sieht ihr tief in die entsetzten Augen. »Ohhh doch!«

* * *

Tony diskutiert nicht, besteht jedoch darauf, noch duschen zu gehen. Was sich gut trifft, denn auf diese Art kann Edward die Hochzeitsgesellschaft über ihr baldiges Erscheinen informieren und sich selbst wieder landfein machen.

Nun, so wie es aussieht, wird er doch nicht in seinem Hemd der ersten Wahl heiraten – was ihm relativ egal ist.

Als sie aus dem Bad tritt, ist er von ihrem Anblick hingerissen, und die alte Aufregung kocht in ihm wieder hoch. Damit ist er nicht allein, Tony wirkt auch nicht sonderlich ruhig.

Doch sie nimmt bereitwillig seine Hand, als er sie zur Glastür zieht, die auf die Terrasse führt.

Er beugt sich zu ihr hinab. »Übrigens, wenn du auch noch eine Riesenhochzeit mit allem Tamtam willst ... Ich bin zu allen Schandtaten bereit.«

Eine Antwort bekommt er nicht, insgesamt ist Tony mal wieder recht blass, doch er vermutet, dass es diesmal in Ordnung geht.

* * *

Edward geleitet sie hinab zum Strand, wo die wenigen Menschen versammelt sind, die dieser Hochzeit beiwohnen werden. Tatsächlich amüsiert ihn die Vorstellung, dass das angebliche Jahrhundertevent so ganz unter Ausschluss der Öffentlichkeit abgehalten werden wird. Nachdem er das Bild vor sich eine Weile betrachtet hat, beginnt er, diesen Norton zu verstehen.

Das ist es! Einige Fackeln spenden in der dunklen, sternenklaren und lauschigen Nacht die einzige Lichtquelle, abgesehen vom Mond. Sie lassen das Podest und die wenigen Personen darauf in ihrem eigenen, eindrucksvollen Licht erscheinen.

Carlos und Susan warten nah nebeneinander. Susan mit einem riesigen Strauß roter – oh, nicht schon wieder! – Rosen im Arm, allerdings ist es wohl für diesen besonderen Anlass angemessen.

Und während sie den kurzen Weg zu ihnen hinabgehen, hat Edward plötzlich eine interessante Erleuchtung. Verdammt, wo hatte er bloß seine Augen?

Es ist *Susan!*

Er ist nicht sicher, ob die schon von ihrem Glück weiß, doch die Art, wie Carlos neben ihr steht, überhaupt nicht mehr selbstbewusst, sondern mit zurückhaltendem, schüchternem Lächeln, sagt alles. Nun ja, wenn er meint, diese Nervensäge zu brauchen, hässlich ist sie ja nicht.

Edward gönnt ihm den Stress, der dieser Entscheidung unweigerlich folgen wird. Wie kann man nur auf die wahnwitzige Idee kommen, eine derart aufsässige, schnoddrige, unerfahrene, um etliche Jahre jüngere ...

Das ist der Moment, in dem er sich eilig auf das konzentriert, was sich eben anbietet: Denn sobald Jade und Matty sie erblicken, gibt es für die beiden kein Halten mehr.

Matty stürzt sich auf Tony – Edward entgeht die grenzenlose Erleichterung in dessen Augen keineswegs – und Jade wirft sich mit einem halben Meter Anlauf in die Arme ihres Daddys.

Button ist ein grobschlächtiger Mann, der dringend eine Diät benötigt. Was Edward relativ egal ist, solange der Kerl seinen Zweck erfüllt, und das trifft wohl zu. Offenbar kann er es kaum erwarten, endlich zu beginnen.

Doch zunächst muss Edward sich seiner Tochter widmen. Es existieren Dinge, die sind wichtig, dann gibt es andere, die sind wichtiger, und allen voran gibt es welche, die sind so wichtig, dass sie unter keinen Umständen einen Aufschub dulden. Seine Tochter gehört zur letzten Kategorie, seine Hochzeit jedoch auch. Edward entscheidet, dass Tony und er erwachsen sind, und erteilt Jade den Vorrang, welche am Boden zerstört ist.

Mommy war nicht zu Hause, als sie aufwachte, Daddy auch nicht; sie musste sich wieder anziehen – obwohl dieser Teil bereits mit Spannung versehen war – und dann durfte sie fliegen!

Aber Mommy und Daddy waren nicht dabei und Matty blöd, weil er immer gemein zu ihr ist.

Jade hat in den vergangenen Wochen ihren Wortschatz dramatisch erweitert und wird nicht müde, das unter Beweis zu stellen, und zwar in jeder Sekunde, die sie nicht zufällig schläft.

Ihre kleinen Ärmchen liegen um seinen Hals, ihre Lippen an seinem Ohr, und sie wispert ihm all die Millionen Kleinigkeiten zu, die innerhalb der letzten zehn Stunden geschehen sind. So lange haben sie sich nicht mehr gesehen, und da ist unglaublich viel passiert!

Edward lauscht und nickt, drückt sie tröstend an sich, wenn es erforderlich wird, und lächelt, wenn sie etwas Schönes erzählt. Und erst, als die Micky-Maus-Stimme verstummt ist, gibt er dem inzwischen genervten Dicken ein Zeichen. »In Ordnung!« Er blickt zu Tony, die den feisten Mann mit riesigen Augen mustert, doch als er ihre Hand drückt, sieht sie lächelnd zu ihm auf. Das ist gut. Keine Panik in Sicht, und viel wichtiger: keine Zweifel.

»Mein Name ist Ike Button ...«

Wie auf Kommando husten Tony und Susan los, womit Edward einmal mehr demonstriert wird, dass die beiden kein Benehmen besitzen – oder Sinn für geschichtsträchtige Situationen.

Auch ihm sind die großen Knöpfe an der Weste des Dicken nicht entgangen, aber deshalb muss man ja nicht gleich vollständig die Kontrolle verlieren. Oder losgackern. Allerdings verspürt er nicht etwa Wut, eher gründliche Erheiterung. Dies ist so jenseits aller Vorstellungen, die seine Eltern wohl mit seiner Hochzeit verbunden haben dürften, dass es nur gut sein kann.

Trotzdem bedenkt er Tony mit einem strengen Blick, der sie sofort zum Verstummen bringt. Denn solange Tony gackert – schlecht getarnt als Husten –, können sie nicht heiraten. Was wiederum bedeutet, dass er sie nicht ohne Kleid sehen darf. Es ist der gedankliche Dominoeffekt, der ihn zwingt, diesem Intermezzo ein Ende zu bereiten.

»... Ich bin Friedensrichter«, erklärt Button etwas verschnupft. »Und es ist mir eine außerordentliche Freude, endlich doch noch die Gelegenheit zu bekommen, auf diesem wundervollen Eiland eine Trauung vorzunehmen ...«

Der Dicke breitet die Arme aus und erinnert Edward unglaublich an einen der Shakespeare-Darsteller im Theater. Doch er macht seine Sache gut, besser als so mancher Schauspieler, das muss er ihm lassen.

Er spürt Tonys Hand in seiner und die zur Abwechslung nicht klebrigen Finger seiner Tochter an seinem Hals, sieht Matty aus dem Augenwinkel, der seine Arme um Tony gelegt hat, und weiß, dass er tatsächlich noch nie so glücklich gewesen ist. Hier ist alles, was er ... *liebt*, versammelt.

Nie hätte er geglaubt, dass es so viel sein könnte, und schon gar nicht, dies irgendwann einmal so gleichmütig zu denken.

»Die Ehe ist eine Vereinigung, die zu Lebzeiten geschlossen wird, jedoch weit über den Tod hinaus bestehen bleibt. Nur wahre Liebe vermag auf diese Art zwei Menschen zu verbinden. Nichts kann es mit ihr aufnehmen, niemand kann sich ihr in den Weg stellen. Es ist mir immer wieder ein Genuss, junge Liebende in diesen unsterblichen Bund zu entsenden, wissen wir doch alle, wie sinnlos unser Leben ohne die Liebe wäre ...«

Gut, der Mann braucht dringend eine Brille, denn Edward ist keineswegs der Ansicht, dass ›jung‹ für ihn die zutreffende Bezeichnung ist. Leider. Aber wenigstens stimmt es bei Tony und gleicht die Dinge wohl wieder aus. Er beginnt zu hoffen, dass der Dicke sich nicht zu lange mit diesem sinnlosen Geschwafel aufhalten wird.

Das hat der offensichtlich nicht vor.

»Heute hier zu stehen und in Ihre glücklichen Gesichter und die Ihrer Kinder blicken zu dürfen, ist mir daher eine besondere Freude. Denn am Ende hat doch zusammengefunden, was zusammengehört.«

Er sieht zu Tony und unwillkürlich nimmt Edward ihre Hand ein wenig fester – nur für alle Fälle. Obwohl, dies ist eine Insel, eine Flucht in letzter Sekunde dürfte sich etwas schwierig gestalten.

»Anthonia Benett. Ich frage Sie vor den hier Versammelten, ob Sie Edward Jayden Capwell zu Ihrem gesetzlich angetrauten Ehemann nehmen wollen. Werden Sie ihm zur Seite stehen, in guten wie in schlechten Zeiten, in Reichtum und in Armut, in Freud und in Leid, bis in alle Ewigkeit, so antworten Sie mit ›Ja‹.«

»Ja.«

Edward zwingt sich, nicht erleichtert aufzuatmen, denn es kam überzeugt und ohne Verzögerung.

»Edward Jayden Capwell. Ich frage Sie vor den hier Anwesenden, ob Sie Anthonia Benett zu Ihrer rechtmäßig angetrauten Ehefrau nehmen wollen. Werden Sie sie lieben und ehren, ihr in guten und in schlechten Zeiten zur Seite stehen, in Reichtum und Armut, in Freud und in Leid. Egal, welche Prüfungen das Schicksal Ihnen noch auferlegt? Wollen Sie ihr die

Treue halten, bis in alle Ewigkeit? Wenn dem so ist, dann antworten Sie mit ›Ja.‹«

»Ja.«

Alles, was Button noch sagt, nervt Edward bereits. Bis zu dem Moment, in dem diese Einigkeit endlich hergestellt wird, hat er nicht einmal geahnt, wie sehr er sich nach seiner Familie sehnt. Nun, neben der Hochzeit gibt es noch eine Angelegenheit zu klären, bis sie wirklich vereint sind. Er hat sie bereits in die Wege geleitet.

Es wird noch einige Wochen dauern. Doch dann – das fühlt er – ist er endlich dort angekommen, wo er bereits seit Jahren sein will.

Edward weiß, dass Anthonias Blick auf ihm liegt, doch er kann sie nicht ansehen. Noch ist es nicht vollbracht, und Button scheint verdammt viel Zeit zu haben. Als er sich schließlich bequemt, weiterzusprechen, muss der Bräutigam das nächste Aufatmen unterdrücken.

»Dann bitte ich Sie nun, Ihrer Frau den Ring zu überreichen.«

Auffordernd blickt er zu Matty und der versteht sofort. Eilig tritt er zu ihm und übergibt ihm strahlend den Ring. Edward setzt Jade ab, die auch begriffen zu haben scheint, dass hier etwas Wichtiges passiert. Denn sie lässt sich ohne Schwierigkeiten abwimmeln, nimmt Mattys dargebotene Hand und geht beiseite.

Jetzt existiert für Edward nur noch Tony.

Mit angehaltenem Atem steht sie vor ihm, versucht vergebens, sich ihre Aufregung nicht anmerken zu lassen, und war noch nie hübscher als jetzt, im Schein der lodernden Fackeln, mit fest aufeinander gepressten und dennoch bebenden Lippen und riesigen strahlenden Augen.

Und wie verdammt richtig das ist!

Er streift den Ring über ihren zittrigen Finger und unternimmt keine Anstalten, ihre Hand wieder loszulassen. Auffordernd fixiert er den dicken Mann mit den großen Knöpfen, der immer noch alle Zeit der Welt zu haben scheint.

Mach schon, Button, du Idiot!

Er hat ein Einsehen. »Kraft des mir verliehenen Amtes erkläre ich Sie zu Mann und Frau. Sie dürfen die Braut jetzt ...«

Das genügt. Edward umarmt Tony, doch bevor er seine Frau zum ersten Mal küsst, muss er noch eines loswerden.

»Du stehst tatsächlich zu deinem Wort«, bemerkt er bewundert, und damit bezieht er sich nicht nur auf ihr letztes Versprechen, sondern gleichzeitig auch auf ihr erstes.

»Ich tat es, weil ich dich liebe. Und auch wenn du das nicht akzeptieren willst, wird es dabei bleiben ...«

Was für ein Glück, dass wenigstens Tony weiß, was sie tut.

* * *

Jenseits des jungen Glücks

Seit einigen Tagen ist Carlos permanent in ziemlich mieser Stimmung, ohne dass er einen Ausweg daraus findet.

Da hat er geglaubt, alles würde ruhiger ablaufen, sobald die gesamte Bagage erst einmal von West Palm Beach nach Miami übergesiedelt ist.

Von wegen!

Sie sind da und damit endlich in Sicherheit – ja. Doch ruhiger wird es deshalb für ihn keineswegs, denn er ist immer noch nervös. Nur sind die Ursachen inzwischen andere.

Sitzt er jetzt bei seinen Männern am Tor, ist es nicht mehr wie früher. Ständig verspürt er den unwiderstehlichen Wunsch, zum Haupthaus zu fahren, und er ertappt sich dabei, die seltsamsten Ausreden zu fingieren. Eine ist lächerlicher als die andere.

Selbstverständlich widersteht er immer, bezeichnet sich als kompletten Idioten, fragt sich, wer er ist, und kotzt vor sich selbst ab. Er zwingt sich, seine Gedanken in eine andere Richtung zu lenken, wann immer sie auszubrechen drohen und bemüht sich, all die kleinen Zeichen zu ignorieren, die sich ihm so massenhaft aufdrängen.

Das gelingt ihm auch ganz gut. Er hat schließlich kaum eine Wahl, denn diese Geschichte ist lächerlich und eines Mannes in seinem Alter nicht würdig. Momentan macht er aus sich einen Narren, einen Trottel vor dem Herrn, auch wenn niemand davon etwas weiß, abgesehen von ihm selbst.

Tatsache ist: Diese Frau geht ihm nicht mehr aus dem Kopf – egal, welche Geschütze er gegen sie auffährt.

Früher war Carlos häufiger mal verliebt, manchmal hielt sich die Beziehung sogar über ein paar Monate. Bis das Mädchen zu aufdringlich wurde und sich seine Gefühle durch irgendeine geheime chemische Reaktion in Luft auflösten.

Und nun? Was würde er dafür geben wäre Susan aufdringlich! Wenn es nach ihm ginge, könnte sie gar nicht penetrant genug sein!

Oh, er weiß wie es ist, sich unwiderstehlich zu einer Frau hingezogen zu fühlen. Doch bisher hat jede infrage kommende Person seine Gefühle erwidert, was den winzigen, aber so gravierenden Unterschied zur aktuellen Situation beschreibt: Carlos war noch nie *unglücklich* verliebt.

Denn offenbar sieht Susan die Dinge ganz anders, sie beachtet ihn nämlich absolut nicht, jedenfalls nicht als Mann. Carlos würde schwören, dass sie ihn in der Zwischenzeit als guten Freund betrachtet. Sie scherzt und plaudert mit ihm und hat ihn sogar schon zu dem einen oder anderen Barbesuch bei Alf überredet. Doch dieses süße Wesen zeigt nie auch nur mit der geringsten Geste, dass ihre Interessen über eine Freundschaft hinausgehen, was für Carlos eine relativ niederschmetternde Erfahrung ist. Schon, weil er für sie all seine Prinzipien über den Haufen geworfen hat!

Von wegen, er fängt nichts mit Schutzbefohlenen an! Also er würde sofort etwas beginnen, wenn sie doch nur wollen würde, verdammt! Außerdem stresst ihn zunehmend, dass sie so gar keine Lust darauf verspürt. Ist er mit ihr zusammen, fehlen ihm neuerdings sogar die Worte. Er weiß nicht mehr wohin mit seinen Blicken oder Händen; selten zuvor hatte er das Gefühl, seine Arme wären viel zu lang und klobig und ständig im Weg.

Was bedeutet: Carlos Parker benimmt sich wie ein pubertierender Trottel.

Wirklich nervös wird er jedoch erst, als ihm klar wird, was *genau* er von Susan will. Diese grandiose Erkenntnis ereilt ihn, als Edward ihn auf seine unnachahmliche Weise bittet, sein Trauzeuge zu sein.

Plötzlich hat Carlos ein äußerst interessantes Bild vor Augen: Er sieht sich an Edwards Stelle und Tony wurde durch Susan ersetzt. Bisher die Utopie schlechthin, doch sie fühlt sich keineswegs dämlich oder abwegig an.

Im Gegenteil: Plötzlich fühlt er, dass dies alles ist, was er jemals wollte, womit ihm in der nächsten Sekunde aufgeht, dass er ebenso in der Klemme sitzt, wie der Obertrottel neben ihm, der in Wahrheit ein echter Glückspilz ist.

Denn auch Carlos hat niemanden. Seine Eltern sind bereits vor vielen Jahren verstorben, andere Verwandte existieren nicht. In all der Zeit war er immer bei Edward. Die wenigen Frauen, mit denen er eine Beziehung wagte, waren nie mehr als Episoden, und – was am schlimmsten ist – er *hat* Susan ja gar nicht, weshalb ein Trauzeuge eher überflüssig ist.

Edwards Gelächter hilft ihm auch nicht weiter, eher macht es ihn wütend und führt dazu, dass Carlos zum ersten Mal ernsthaft mit seiner Beherrschung kämpfen muss. Gern würde er dem arroganten Arsch das eine oder andere ganz genau erklären – und zwar mit seinen Fäusten. Aber er hält sich zurück, wenn auch mit Mühe. Wissend, dass er damit seinen Frust nur an den Falschen weitergeben würde, auch wenn der das eindeutig verdient hätte.

Doch mit dieser grausam, wundervollen Fantasie wurde eine Schleuse geöffnet, die er nicht mehr schließen kann.

Carlos hätte ebenfalls nie gedacht, mal an einer unerfüllten Liebe zu verzweifeln.

Aber Susan ist für ihn so unerreichbar, so fern wie der Mond, obwohl sie doch beinahe ständig miteinander zu tun haben. Und genau Letzteres macht ihm sein Dasein mit jedem neuen Tag etwas unerträglicher.

Dass er die kleine blonde Versuchung wirklich liebt, realisiert er, als sie während der Trauung zu lachen beginnt. Mit Tony im Schlepptau – selbstverständlich, die beiden tun ja immer alles gemeinsam. Doch es imponiert ihm, denn die Mädchen haben so viel Mist hinter sich, waren so vielen miesen Situationen ausgesetzt, haben so viel Ernsthaftigkeit bewiesen, und konnten sich dennoch ihre bestechende Natürlichkeit bewahren. Eine, der sich nicht einmal Edward Capwell entziehen kann.

Carlos blickt in das strahlende Gesicht neben sich, das nur vom Schein der Fackeln erhellt wird, sieht die leuchtenden Augen, hört das ungekünstelte Lachen, betrachtet die anmutige, aber schützenswerte kleine Figur und weiß plötzlich, dass er sie tatsächlich liebt.

Kein Verliebtsein, wie bereits gefühlte tausendmal empfunden und erfüllt, diesmal ist es Liebe – die große, wahre, sofern man daran glaubt, was Carlos seit Neuestem tut.

Seine Hände zucken – erfüllt von dem Wunsch, der Trauung noch den Rest zu geben und sie endlich in die Arme zu schließen. Dorthin, wo sie seiner bescheidenen Meinung nach gehört.

Genau das will er – wollte es von der ersten Sekunde an; er weiß einfach, dass es sich so verhält. Ebenso, wie er davon überzeugt ist, dass er immer nach ihr suchte und sie bisher nur nicht gefunden hat.

Sie ist es!

Was hätte er darum gegeben, ihr diese fantastische Erleuchtung mitteilen zu können. Er wäre sofort vor ihr auf die Knie gegangen – Carlos ist nicht Edward, sprich: kein Trottel! Wie gern hätte er in ihren Augen das gesehen, was in Anthonias von Anfang an stand. Natürlich, ohne dass der Obertrottel es wahrhaben wollte. Nur ein Bruchteil davon würde ihm bereits genügen, um aufs Ganze zu gehen.

Aber *da ist nichts*!

NICHTS!

Und so wird Carlos mit der nächsten, bisher unbekannten, Wahrheit konfrontiert: Er ist ein elender Feigling.

Lieber ist er mit ihr befreundet, hat sie manchmal bei sich, als sie vollständig zu verlieren. Denn wer will sich schon in der Nähe eines Menschen aufhalten, von dem er weiß, dass er von ihm geliebt wird, ohne dass dieses Gefühl erwidert wird?

Würde er Susan erzählen, wie es in ihm aussieht, ginge sie ihm ab sofort aus dem Weg, was er auch wieder nicht riskieren darf. Denn diese stillen Momente mit ihr, und sei es nur, dass er sie in aller Herrgottsfrühe beim Frühstück beobachtet, sind ihm jede Folter und jede schlaflose Nacht wert.

Doch ab diesem Augenblick – in dem Tony und Edward endlich ein Ehepaar werden – ist Carlos unglücklich.

Eine Woche bleiben sie auf dieser verdammten Insel, die so klein ist, dass es kein Entrinnen gibt. Carlos fühlt sich wie ein Hamster im Laufrad, denn Susan hat sich auf die Fahnen geschrieben, Tony und Edward zu *echten* Flitterwochen zu verhelfen. Deshalb verbringt sie den ganzen Tag mit den Kindern – mit Conchitas Unterstützung, die sichtlich begeistert über ihre Gäste ist. Besonders die kleinen.

Carlos versucht, Susan zu meiden, stößt dabei nur leider zunehmend an seine Grenzen. Rein geografisch gesehen. Was würde er darum geben, auf der *Destino* zu sein, denn die ist riesig im Vergleich zu diesem winzigen Eiland, das bei dem geringsten Sturm unterzugehen droht.

Bei Susan ist er mit seiner Flucht noch relativ erfolgreich, denn sie hat kein besonderes Interesse an ihm; ihr ist es egal, ob er anwesend ist oder nicht. Doch da gibt es auch noch die beiden kleineren Bewohner der Insel: Matty und Jade, und vor denen gibt es kein Entrinnen. Besonders nicht vor dem süßen Fratz.

Jade scheint das häufige Fehlen ihres Dads mit Carlos kompensieren zu wollen, und um das auch durchzusetzen, offenbart sie verdammt viel Einfallsreichtum. Auf jeden Fall ist sie erfindungsreicher als Carlos, denn sie gabelt ihn überall auf. Ob er sich nun in dem kleinen künstlich angelegten Wald verschanzt oder am Strand spazieren geht, ob er sich in seinem Zimmer verkriecht – das in entspannendem Blau gehalten ist – oder ob er sich im Weinkeller versteckt.

Jade findet ihn.

Kaum wähnt er sich in vorsichtiger Sicherheit, hört er auch schon die kleinen trippelnden Schritte und kurz darauf hat er den Wirbelwind auf den Knien.

Carlos könnte sie natürlich fortschicken, das Problem ist nur: Er vergöttert die Kleine. Sie ist süß und bestechend und es amüsiert ihn über alle Maßen, wenn sie laut aufquietscht, weil sie ihn gefunden hat. Stundenlang lauscht er, wenn sie versucht, seinen Namen auszusprechen, allerdings immer bei *Aos* strandet. Und er muss laut lachen, wenn sie deshalb bekümmert das Gesicht verzieht. Wo jedoch Jade ist, fehlt selten Susan, womit sich der Kreis schließt – und Carlos im Eimer ist.

Am dritten Tag ergibt er sich in sein Schicksal, konzentriert sich ab sofort darauf, seine Traumfrau zu ignorieren und ab da läuft es etwas besser.

Ihr ist es egal und Carlos kann halbwegs ruhig darauf hoffen, dass die Woche so schnell wie möglich vergeht.

Aufgrund all dieser weniger erfreulichen Komponenten erkennt er auch erst nach drei Tagen, dass er sich im Urlaub befindet. Seit Jahren zum ersten Mal, um genau zu sein, was ihn aber auch nicht unbedingt glücklicher zurücklässt. Denn was bringt einem der schönste Urlaub in der Karibik, wenn man kein Mädchen hat, mit dem man ihn genießen kann? Und dann tänzelt die einzige und so passende Aspirantin einem auch noch ständig vor der Nase herum! Duftend und atmend, so begehrenswert, lebendig und … *da!*

Unabhängig von Susan hätte Carlos wirklich nichts gegen eine Frau einzuwenden, denn er ist mittlerweile so lange allein, dass er sich kaum noch an seinen letzten Sex erinnern kann. Susans unmittelbare Nähe hilft auch nicht sonderlich, um sich hoch erhobenen Hauptes im Verzicht zu üben.

Um es kurz zu machen:

Das Leben ist mies und Carlos so ziemlich unzufrieden mit sich und seiner Umwelt.

* * *

Irgendwann gewöhnt er sich an, die Stille des Abends zu nutzen.

Dann, wenn alle verschwunden sind, die Kinder im Bett, Conchita in ihrem kleinen Haus und Susan … nun, irgendwo, nur nicht in Sichtweite. Stundenlang sitzt er am Strand, blickt in den Sonnenuntergang, versucht, zu sich zu kommen und wieder der Alte zu werden. Was ist denn schon passiert? Gut, er liebt sie, sie ihn nicht. Das ist ja nun kein Beinbruch, oder? Es gibt bedeutend Schlimmeres!

Sehr erfolgreich ist er nicht, aber er hofft, dass dies an dem besonderen Flair der Insel liegt. Spätestens, wenn sie wieder in Miami sind, wird sich das geben. Carlos kennt sich nicht niedergeschlagen oder grübelnd.

Melancholie gehört nicht zu seinem Wesen, dennoch lässt er sich immer öfter dazu hinreißen, sich hemmungslos in dieser so unbekannten Stimmung zu wälzen.

Ein bisschen Wehmut ist wohl auch angebracht, wenn man plötzlich erkennen muss, dass man es so ziemlich versaut hat. Nichts hat er: keine Familie, niemanden, der irgendwann mit ihm den Lebensabend verbringen wird; keine Enkel, denn dazu fehlen ihm die Kinder; kein eigenes Haus, er hat es nicht einmal auf ein eigenes Appartement gebracht, sondern bewohnt ein Doppelzimmer im Bedienstetenhaus. Es ist nett, doch es gehört nicht ihm. Sein Leben ist komplett ...

»Hey!«

Sie wartet nicht auf seine Erwiderung, und einen Wimpernschlag später sitzt genau der Mensch direkt neben ihm, den er gerade verzweifelt zu vergessen versucht. Prompt befindet sich wieder der Kloß in Carlos´ Hals, der ihm das Sprechen in ihrer Gegenwart immer so verdammt erschwert.

Er bringt es auf ein knappes Nicken und sieht auf die sanften Wellen.

Schweigend betrachten sie gemeinsam den Sonnenuntergang. Irgendwann wagt er einen flüchtigen Blick zu ihr. Susan trägt ein knappes, rotes Top, kurze, verdammt enge Jeans und ist barfuß. In den vergangenen Tagen hat die Bräune ihrer Haut zugenommen, was sich zu ihrem blonden Haar ziemlich heiß ausmacht. Ihre Beine sind lang und glatt und die kleinen Zehen bohren sich unentwegt in den Sand.

Oh, scheiße Mann!

Eilig starrt er wieder die rote Sonne an, die soeben am Horizont das Meer berührt.

Nach einer Weile räuspert sie sich und übertönt damit das Rauschen der Wellen. »Du musst zugeben, eine eigene Insel hat seine Vorteile.«

Er nickt.

»Stinkreich zu sein, demnach auch.«

Erneutes Nicken.

Hörbar beißt sie die Zähne aufeinander und verstummt. Carlos meint schon, dass sie aufgegeben hätte, als sie es trotzdem erneut versucht. »Okay, die Nachteile überwiegen natürlich.«

Carlos lässt das Nicken, er schätzt, das wirkt auf die Dauer dämlich.

»Was hast du?«

Nach einem tiefen Seufzen bringt er es diesmal auf ein heiseres »Nichts.«

»Wollen wir … keine Ahnung … uns an die Bar setzen und was trinken?«, schlägt sie etwas später mit leicht belegter Stimme vor.

Stirnrunzelnd überdenkt er das Angebot und schüttelt schließlich den Kopf. »Nein, lieber nicht.«

Als sich abermals Schweigen zwischen ihnen ausbreitet, beginnt er, sich auf eine einsame Insel zu wünschen. Also auf eine andere, denn mittlerweile wird die Angelegenheit peinlich. Verdammt, wo ist nur seine Ungezwungenheit geblieben? In ihrer Nähe benimmt er sich wie der Schuljunge, der er seit mehr als zwanzig Jahren nicht mehr ist. Er muss unbedingt etwas sagen, bevor es tatsächlich unangenehm wird, weiß nur leider nicht was!

Auch Susan scheint der Gesprächsstoff auszugehen, denn sie versucht nicht noch einmal, Small Talk mit ihm zu halten. Nach einer Weile steht sie seufzend auf und geht.

Selten war er erleichterter.

* * *

Irgendetwas scheint er verbockt zu haben, denn am folgenden Morgen ist er für Susan unsichtbar. Sie hat ihm nie sonderlich viel Beachtung geschenkt, ihn jedoch auch nicht gemieden oder demonstrativ durch ihn hindurchgesehen. Genau das betreibt sie jetzt aber, und zwar mit Überzeugung.

Unzählige Male vergegenwärtigt sich Carlos die kurze Episode am Strand, doch ihm fällt nicht ein, was ihre Reaktion ausgelöst haben könnte.

Er hat doch gar nichts gesagt!

Nachdem er sie beim Frühstück eine Weile ratlos beobachtet hat, zuckt er mit den Schultern. Vielleicht ist es ganz gut so, dann muss er wenigstens nicht mehr fliehen.

… denkt er zumindest, hat jedoch die Rechnung ohne Jade gemacht. Denn die nimmt keine Rücksicht auf angespannte Stimmungen, stattdessen stalkt sie Carlos gnadenlos weiter und zwingt Susan in den folgenden Tagen immer wieder, sie einzufangen. Mit wachsender Wut, wie ihrer Miene unschwer zu entnehmen ist. Einige Male ist Carlos fast so weit, sie zur Rede zu stellen, denn ehrlich, das ist ein wenig zu dick aufgetragen! Er hat ihr schließlich wirklich nichts getan.

Doch selbst, wenn er gewollt hätte, es wäre nicht möglich, weil die erforderliche Zeit fehlt. Denn neuerdings wird Jade mit beachtlichem Schwung von seinem Schoß oder aus seinen Armen entfernt, bevor Susan mit ebenso viel erstaunlichem Elan wieder das Weite sucht.

Und lässt damit einen völlig verwirrten und zunehmend wütenden Carlos zurück.

Verdammt, er hat ihr nichts getan!

* * *

Spätestens die jüngste Entwicklung hätte ihm das Leben auf der winzigen Insel zur Hölle machen müssen, wären da nicht auch die versöhnlichen, wirklich angenehmen Stunden.

Wenn er mit Matty im Meer badet, zum Beispiel, oder die Abende, die er mit Edward verbringt.

Auch wenn der sich fast ausschließlich seiner jungen Ehefrau widmet, lässt er sich hin und wieder bei ihm blicken. Manchmal sitzen sie am Strand – bei einem oder zwei Glas Wein. Zum ersten Mal seit Monaten hat Carlos den Eindruck, seinen alten Freund wiedergefunden zu haben. Oder vielleicht auch einen ganz neuen, denn er hat Edward noch nie so gelöst und gleichzeitig gelassen erlebt. Zufrieden, mit sich selbst im Reinen, ohne diese Unnahbarkeit, die er vorher nie wirklich überwinden konnte.

Carlos gönnt ihm sein Glück von Herzen, schon, weil Tony tatsächlich einen besseren Menschen aus ihm zu machen scheint. Die beiden Männer wälzen keine hochtrabenden Themen, sprechen überhaupt nicht besonders viel, sondern trinken einträchtig ihren Wein, betrachten das Meer und schweigen die meiste Zeit.

Zumindest so lange, bis ihnen der Alkohol ausgeht, doch selbst in dieser Hinsicht zeigen sie sich solidarisch und sorgen abwechselnd für Nachschub.

Eines Abends ist es an Carlos, den Weinkeller aufzusuchen. Edward hat nachgeschenkt und winkt auffordernd mit der Flasche. »LEER!«

»Ich bin nicht blind«, knurrt Carlos und macht sich auf den beschwerlichen Weg zum Haus.

»Beeil dich!«, ruft Edward ihm nach, was er kategorisch ignoriert.

Manchmal ist der Kerl so verdammt arrogant, dass einem das Kotzen kommt!

* * *

Sein Ziel liegt im hinteren Teil des komplett unterkellerten Gebäudes. Hier residieren auch die Sauna, ein kleines Hallenbad und etliche Vorratskammern. Der Weinkeller jedoch ist die Attraktion des Hauses. Carlos hat noch nie so viele unterschiedliche Jahrgänge auf einmal gesehen. Hier müssen sich einige ziemlich erlesene Schätze verstecken, er hatte bisher nur noch keine Gelegenheit, jedes der üppig bestückten Regale genauestens unter die Lupe zu nehmen.

Tatsächlich arbeitet er sich langsam von hinten nach vorn. Leider befürchtet er, dass eine Woche nicht ausreichen wird, um durchzukommen, aber er gibt sich Mühe ...

Die Holzträger sind durchnummeriert, heute ist Regal Nummer achtzig an der Reihe. Sorgfältig wählt er bei der etwas dämmrigen Beleuchtung eine der zahlreichen Flaschen aus, überzeugt sich davon, dass es ein Weißwein ist, und hätte das edle Stück beinahe fallen gelassen, als hinter ihm plötzlich ein resigniertes Stöhnen ertönt.

»Na wie genial!«

Er fährt herum und erblickt Susan, die ihn finster anstarrt. Bevor er reagieren kann – sprich: schnellstens das Weite suchen –, wendet sie sich ab, greift die erstbeste Flasche aus dem fünfziger Regal und marschiert erhobenen Hauptes davon.

Carlos, wie immer verwirrt und zunehmend wütend, wartet, bis sie verschwunden ist. Er schätzt, das ist die beste Reaktion, um ihrem zunehmend affigen Gehabe zu entgehen. Nachdem er langsam bis fünfzehn gezählt hat, entscheidet er, dass es sicher ist – und folgt ihr.

Weit kommt er jedoch nicht, denn die schwere Holztür des Weinkellers stoppt ihn, weil sie unvorhergesehenerweise verschlossen ist. Und vor ihr steht eine äußerst konfuse Susan.

»Was ist los?«, erkundigt er sich verwirrt.

Sie sieht ihn nicht an und spricht mit monotoner Stimme. »Irgendwer hat die Tür von außen verriegelt. Ich schätze, es war Conchita.«

Seufzend geht Carlos an ihr vorbei und klopft an die Tür. »Hallo!«

Nichts geschieht. Nachdem er das eine Weile durchgezogen hat, und nicht mehr klopft, sondern *hämmert,* meldet sich Miss Oberschlau wieder zu Wort. »Ist dir entgangen, dass dein Gebrüll nicht besonders viel bringt?«

Finster mustert er sie aus dem Augenwinkel. »Hast du einen besseren Vorschlag? Wenn ja, ich bin ganz Ohr!«

»Warten«, erklärt sie lakonisch. »Tony wird schon merken, wenn ich nicht zurückkomme.« Damit lehnt Susan sich mit verschränkten Armen an die Wand, den Blick demonstrativ nach vorne und von ihm weg gerichtet. Wie üblich trägt sie eines ihrer leichten, bauchfreien Tops (ihr Nabel ist übrigens mit einem winzigen Piercing versehen, verdammter Scheiß!) Die langen Beine (frisch rasiert, obwohl es hier überhaupt keine Männer gibt, die sie anmachen könnte), sind selbstverständlich unverhüllt. Sie trägt nämlich nur diese ausgefransten Shorts, die zum einen so eng sind, dass Carlos ewig befürchtet, es könnte einen Knall geben und er würde den heißen Hintern darunter ohne Hülle vor sich haben. Zweitens ist das verdammte Ding so knappgehalten, dass selbst der oberste Teil ihrer Schenkel nur halb bedeckt ist.

Nur mühsam gelingt es ihm, den Blick abzuwenden und sich auf ihre Bemerkung zu konzentrieren. Die klang einleuchtend, weshalb Carlos beschließt, seine Hand zu schonen. Daher lässt er den Arm sinken und betrachtet lauernd die Tür.

Ausschließlich die!

* * *

Offensichtlich vermisst Tony ihre Freundin nicht besonders, Edward ihn übrigens auch nicht. Denn niemand taucht auf, niemand öffnet die Tür, niemand scheint auch nur bemerkt zu haben, dass sie verschollen sind. Es wird langsam kalt, ihrer beider Atemzüge sind die einzigen Geräusche im Raum und Susans Nähe lässt seine Kopfhaut zunehmend prickeln. Auch nicht sonderlich hilfreich für die Gesamtsituation ist ihr Parfum, das in seine Richtung driftet und bald sein Hirn hoffnungslos umnebelt hat.

Verdammt noch mal!

Dennoch bewegt Carlos keinen Muskel, im Warten ist er Profi und besitzt mit Sicherheit mehr Ausdauer als Susan.

Womit er richtig liegt. Fünf Minuten hält sie aus, dann stöhnt sie entnervt auf und setzt sich auf den Steinboden, während Carlos erneut auf die Tür einhämmert und dabei einen Hilferuf nach dem anderen in die feuchte Luft entsendet.

»HALLO! WIR SIND IM WEINKELLER!«

»Irre«, ertönt Susan trocken hinter ihm. »Wo denn sonst? Im Meer?«

Entnervt fährt er zu ihr herum. »Abgesehen von dämlichen Sprüchen hast du nichts auf Lager, oder?«

»Dämlich?«, erkundigt sie sich spöttisch. »Ich weiß nicht, aber irgendwie stehe nicht ich vor einer Eisenholztür und versuche, mir die Knochen an dem Teil zu brechen!«

Carlos verdreht die Augen. »Die Sorge wegen meiner Knochen überlass getrost mir!«

Anstatt zu antworten, betrachtet sie ausgiebig das Etikett der Weinflasche in ihrer Hand, dreht und wendet sie und beginnt dann tatsächlich, die wenigen Worte darauf zu entziffern. Lange – sie ist wohl nicht so gut im Lesen. Unschlüssig verharrt er vor ihr, betrachtet die Wand, dann wieder das Mädchen am Boden und setzt sich schließlich auch. In sicherer Entfernung, alle Geduld hat irgendwann ein Ende, auch wenn er sie momentan eher über das Knie legen, als in die Ohnmacht küssen will …

Okay, vorrangig will er sie küssen, den Hintern versohlen würde er lassen – er war nie einer dieser Machoidioten.

Und so sitzen sie nebeneinander im Schneidersitz und sehen

überall hin, nur nicht einander an. Nach einigen Minuten mustert Carlos in einem Akt der Verzweiflung *seine* Weinflasche. Was soll er jetzt tun? Er will sie immer noch berühren, hier mit ihr alleine in diesem riesigen Gewölbe will er das sogar noch dringender als sonst … Was nur leider nicht geht, weil sie dies erstens so gar nicht wünscht und zweitens neuerdings auch noch wütend auf ihn ist.

Am besten lenkt er sich irgendwie ab … nur leider weiß Carlos nicht unbedingt wie. Ihre Präsenz ist ziemlich stark, sie zieht ihn in ihren Bann, womit er diesmal die Motte und sie das Licht ist …

Kaum hat er *das* gedacht, wird ihm wegen seiner Jämmerlichkeit ein wenig übel. Doch bevor er sich aus lauter Selbsthass übergeben kann, hellt sich seine Miene auf und er zieht sein Taschenmesser aus der Hosentasche. Es ist ein uraltes, noch ganz ohne Korkenzieher und Nagelfeile; im Dschungel wäre er also ziemlich aufgeschmissen gewesen, doch um eine Flasche Wein zu öffnen, reicht es allemal.

Es benötigt nur etwas Fingerspitzengefühl und Nerven, dann bekommt man das Ding ganz ohne Beschädigungen heraus. Fünf Minuten später nimmt er einen ersten Belohnungsschluck für seine Mühen und dann einen Beruhigungsschluck für seine Nerven.

Etwas unerwartet streckt sich eine Hand mit filigranen Fingern fordernd in seine Richtung. Stirnrunzelnd betrachtet er sie für eine Weile, wissend, dass ein gemeinsames Besäufnis mit Sicherheit nicht die beste Idee ist, doch irgendwann legt er behutsam die Flasche hinein. Schließlich war er noch nie geizig, und genau genommen gehört ihm das Zeug überhaupt nicht. Susan macht keine Anstalten, ihn anzusehen, doch sie genehmigt sich einen kräftigen Schluck und reicht sie ihm wieder.

Eine Weile herrscht beinahe einträchtiges Schweigen, in der die Flasche hin- und hergeht, bis Susan unvermittelt und deutlich überrascht auflacht. »Ich schätze, das *ist* überhaupt kein Zufall!«

»Was meinst du?« Der Alkohol hat wohl seine Zunge gelöst, denn die Worte sprudeln einfach so aus ihm heraus, während er sich in der Flasche stirnrunzelnd selbst beobachtet.

»Die verschlossene Tür, was sonst?«

»Ich kann dir nicht ganz folgen.«

»Sie haben uns eingesperrt, jetzt kapiert?«

»Wer?«

Verdrossen winkt Susan ab. »Vergiss es, warum solltest *du* das auch verstehen?«

»Warum betonst du das so komisch?«, will er wissen, wobei er bemerkt, dass er jetzt ein *bisschen* offensiv klingt. Aber hey, sie benimmt sich wirklich ein wenig kindisch, oder?

Sie hebt an, doch bevor sie ihren Gedanken auch aussprechen kann, winkt sie wieder ab. »Vergiss es!«

»Nein! Das hätte ich jetzt zu gern gewusst!«

»Vergiss es!«, wiederholt sie störrisch und hält sich an die Weinflasche.

Carlos wird zunehmend sauer. Er lässt sich ungern wie einen Idioten behandeln, außerdem geht ihm so langsam auf, dass Susan mit ihrer Vermutung wohl nicht ganz falschliegt. Irgendwer hat sich da mit ihnen einen Scherz erlaubt. Nun ja, *irgendwer* ist ziemlich schwammig formuliert, wenn man bedenkt, dass sich auf dieser Insel derzeit genau sieben Personen befinden. Zwei von ihnen schlafen bereits, zwei sind die Gefangenen und eine hat mit dem Mist garantiert nichts zu tun.

»Warum sollten sie das tun?«

Wieder antwortet sie nicht, sondern steht auf und beginnt selbst, an die Tür zu hämmern. »DAS REICHT! MACHT AUF, DIE IDEE IST ABSOLUT DÄMLICH! WIRKLICH! DAS IST NICHT NÖTIG! TONY! BITTE!«

Sie lauscht, doch als sich nichts hinter der Tür tut, hämmert sie weiter und steigert sich dabei, offenbar von ihr unbemerkt, in eine Art Klopfhysterie, die Carlos so gar nicht versteht und die ihn sogar verletzt, wie er erstaunt registriert. Ist seine Anwesenheit denn wirklich so unerträglich?

Offensichtlich, denn sie treibt ihr wunderliches Werk weiter, wirkt dabei mit jedem Schlag etwas verbissener und gleichsam verzweifelter, was auf jeden Fall schon mal seine Frage beantwortet:

Ja, es *ist* grausam, hier mit ihm allein zu sein …

Auch gut.

Plötzlich gibt sie einen schrillen Schrei von sich, hält sich mit schmerzverzerrtem Gesicht ihre Hammerhand und beginnt einen wundersamen Kriegstanz aufzuführen. Immer im Kreis und selbstverständlich in sicherer Entfernung zu Carlos.

»Autsch – Shit – Autsch – Shit – Autsch ...«

Carlos betrachtet das Theater eine Weile, doch bei Runde vierzehn oder fünfzehn steht er blitzschnell auf und fängt sie am gesunden Arm ein.

»Zeig her!«

Sie sieht ihn nicht mal an. »Vergiss es – Au!«

Er ignoriert den Einwand und untersucht die kleine Faust, an dessen Knöcheln ein Riss aufgetaucht ist. Sanft streicht er darüber, unterdrückt das Verlangen, dies auch mit den Lippen zu tun, und kurz darauf den nächsten Würgreiz, weil er so ein unverbesserliches Weichei ist. Wenigstens seine Stimmlage ist immer noch tief und nicht zwischenzeitlich in den Sopran übergewechselt. Gewundert hätte es ihn nicht. »Ist nicht schlimm!«

Anstatt erleichtert zu sein, fegt sie wütend ihre Hand aus seiner und schleudert ihm ein »Das sagte ich bereits!« entgegen. Dann setzt sie sich wieder, greift missmutig nach der Weinflasche und schüttet sich den nächsten großen Schluck in den unersättlichen Rachen.

Carlos hat keine Ahnung, wie er reagieren soll. Mit dieser neuen, immer schlecht aufgelegten Susan weiß er nichts anzufangen. Als er sich neben sie setzt, rückt sie auch noch demonstrativ von ihm ab. So geht das nicht weiter!

»Also ich schätze, wir sollen uns unterhalten«, beginnt Carlos nach einer Weile nachdenklich.

Sie schnaubt nur.

»Was denn jetzt wieder?«

»Blitzmerker«, murrt sie und verdreht die Augen.

»Hör mal, ich habe mit dem ganzen Theater nicht angefangen! Es ist nicht meine Schuld, wenn du dich von einer Sekunde zur nächsten aufführst, als hättest du einen akuten Anfall von PMS!« Hey, der Gedanke ist ihm noch gar nicht gekommen! Jetzt betrachtet er sie bedeutend interessierter. »Hast du?«

Dafür fängt er sich einen Faustschlag ein – von Susans unverletzter Hand, frontal auf seinen Oberarm –, was nicht wirklich wehtut. Er grinst. »War ja nur eine Frage.« Dann nimmt er die Flasche wieder an sich und trinkt.

»Hör auf zu lachen!«, faucht sie und wendet sich mit verschränkten Armen von ihm ab.

»Ich lache nicht, das ist eher ein breites Lächeln«, informiert er sie umgehend.

»Aha.« Damit fetzt sie ihm den Alkohol förmlich aus den Fingern.

»Ja.« Obwohl sie den Arm hochreißt, nimmt er ihr die Flasche wieder ab.

Während die Weinflasche nun alles andere als einträchtig zwischen ihnen hin und her geht (Carlos muss sie sich ständig erobern und sie macht keine Anstalten, den stummen Kampf mal einzustellen), schweigen sie sich aus.

Nach einiger Zeit grinst sie jedoch, verdreht die Augen und überlässt ihm freiwillig den blöden Wein. Prompt fühlt es sich nicht mehr so feindselig an, worüber Carlos froh ist. Zumindest dafür ist er Edward und Tony dankbar, auch wenn er immer noch nicht weiß, was genau sie hiermit beabsichtigen.

Es liegt nicht an ihm, dass sie neuerdings nicht mehr miteinander auskommen. Er hat nichts getan oder gesagt, was diese seltsame Reaktion rechtfertigt. Außerdem will er doch gar nicht mit ihr streiten! Ganz im Gegenteil. Er ist mit ihr allein in diesem dämmrigen Raum und es wird immer kälter, da hätte er gern etwas anderes getan, natürlich nur um sie zu wärmen.

Etwas ganz anderes!

Mit geschlossenen Lidern lehnt er seinen Kopf an das Regal hinter sich. Toll, also ist den beiden Flitterwöchnern nicht entgangen, dass es zwischen Carlos und Susan nicht rosig steht, ja? Und da haben sie beschlossen, die beiden einzuschließen, damit sie es aus der Welt schaffen?

Wirklich toll!

Es ist kindisch und dämlich! Woher soll er wissen, welche Probleme diese Frau wälzt? Neben seiner PMS-Theorie fällt ihm keine Alternative ein. Dieser Gedanke kommt ihm nun schon zum fünften Mal oder so ...

Sie führt sich auf, wie ...

Es ist naiv, anzunehmen, dass man sie hier eingesperrt hat, damit Susan endlich nicht mehr zickig ist. Verdammt, er ist kein Kleinkind und Susan nach allen gängigen Regeln auch nicht. Da muss man doch wohl eher damit rechnen, dass sie auf ihn losgeht, gemessen an ihrer derzeitigen Stimmung.

Kindisch!

Er hat ihr doch nichts getan!

In Wahrheit hat er *überhaupt* nichts getan!

* * *

Er hat wirklich nichts getan!

Und sie ist sauer auf ihn, wobei die Gründe immer noch im Dunkeln liegen. Sie führt sich wie ein schmollender Teenager auf, was ihm ehrlich gesagt auf die Nerven geht ...

Schmollender Teenager? Im Weinkeller eingesperrt? Kitsch, so weit das Auge reicht? Zufall? *Niemals!*

»Was glaubst du, wollen sie hiermit erreichen?«, erkundigt er sich ohne die geringste Einleitung.

Susan antwortet nicht gleich, und er glaubt bereits, dass sie es nie tun wird, als sie sich schließlich räuspert. »Es ist nicht so wichtig, vergiss es.«

»Erzähl mal!«, ermuntert er sie. »Sieht so aus, als wäre mir hier etwas Wichtiges entgangen.«

»Es interessiert dich nicht«, wiederholt sie bissig und fügt murrend hinzu: »Die ganze Idee ist dämlich. Aber wenigstens das wundert mich nicht, Edward hängt ja mit drin.«

Den letzten Satz ignoriert er, denn Edward ist nicht das Thema, das er im Moment diskutieren will. Das haben sie innerhalb der vergangenen Monate beinahe ununterbrochen getan. »Warum bist du sauer auf mich?«

»Bin ich nicht!«

Er lacht. »Falsche Formulierung, sorry. Stinkwütend? Tobsüchtig? Besser?«

Sie seufzt und schweigt in der Folge verbissen. Okay … das war´s wohl mit dem klärenden Gespräch …

»Es tut mir leid«, bemerkt sie leise, als er längst meint, sie hätte die Kommunikation endgültig eingestellt. »Ich habe mich albern benommen.«

»Ja, hast du«, pflichtet er ihr bei, diesmal ohne den Hauch eines Grinsens. »Warum sagst du nicht einfach, was dein Problem ist? Das würde die Dinge vereinfachen.«

Anstatt zu antworten, hält sie sich entschlossen an die Weinflasche.

Sie sieht so jung aus, so unschuldig, so rein, und gerade weil er mit einem Mal um so vieles schlauer ist, als noch vor wenigen Minuten, ist er plötzlich alles andere als froh. »Ich bin vierzig«, konstatiert er nach einer Weile leise.

Sie erstarrt und nimmt die Flasche von ihren Lippen. Ein winziger Seitenblick streift ihn interessiert. »Du siehst jünger aus.«

»Danke. Ändert nur nichts an der Tatsache.«

Als sie ihn nun ansieht, ist ihre Miene forschend und keineswegs feindselig … zickig übrigens auch nicht. Nein, der jetzige Blick lässt ein Feuerwerk in seiner Brust explodieren – unfreiwillig. Sein Herz rast mit einem Mal, behutsam nimmt er ihr die Weinflasche aus der Hand und stellt sie zur Seite. Er merkt, wie sie die Luft anhält, als er sich über den Boden zu ihr schiebt. Vorsichtig, beinahe zaghaft, streicht er über ihre jugendliche rosige Wange.

Die Intensität der Färbung verstärkt sich sofort, sie beißt sich auf die Unterlippe und er lächelt schwach. Sie reagiert auf ihn! Positiv! Und sie schiebt ihn nicht weg! Und sie schreit ihn nicht an!

Ein kleiner Triumph, der eine Wärme in seinen Bauch erzeugt, die er lange nicht erlebt hat. »Ich will damit nur sagen, dass ich alt bin, Susan. Mir ist das egal, aber du solltest es wissen.«

Sie schluckt und betrachtet ihn mit leerem Blick, das eben Gesagte hallt bedeutungsschwanger zwischen ihnen.

Als sie auch nach einer Minute nichts Negatives von sich gegeben haben, umfasst er sanft ihr Gesicht, streicht mit einem Daumen weiter über ihre Wange und betrachtet aufmerksam ihre vollen Lippen und die ausdrucksstarken Augen, die er in den vergangenen Monaten lieben gelernt hat. Dann küsst er sie flüchtig – einfach, weil er schon so lange darauf wartet, auch wenn er nicht wagt, die Zärtlichkeit zu vertiefen.

Noch nicht.

»Ich bin kein Trottel.« Damit legt er eine Hand in ihren zarten Nacken und zieht sie fester an sich. »Ich dachte nur, du ...«

»Aber ich war doch immer da«, haucht sie; ihre Arme legen sich zaghaft um seinen Hals, wo sie zärtlich mit den Fingerspitzen in seinem Haar spielt. »Ich habe dich pausenlos angemacht, das war eine echt miese Show!« Ihr Teint wird noch eine Nuance dunkler und sie senkt hastig den Kopf.

»Hast du?« Mit einem Finger hebt er ihr Kinn, lächelt, sobald sich ihre Blicke begegnen, und küsst sie wieder. Sanft, zart, aber erneut nur kurz. »Das muss mir echt entgangen sein.«

»Hmmm.« Sie schmilzt förmlich an seinen Lippen, beugt sich ihm weiter entgegen und schließt die Lider, will den Kuss ausweiten, doch er weicht ein wenig zurück.

»Ich dachte, du wärst nicht interessiert und deshalb ... Ich wollte dich nicht unter Druck setzen, aber ich will dich, Susan ... Das ist eine Tatsache ... wenn auch eine unangebrachte, ziemlich miese – aus meiner Sicht!«, erklärt er hastig, als sich ihre Miene verdüstert. »Ich hätte so etwas niemals in Betracht ziehen dürfen. Aber ...« Hilflos sieht er sie an, was soll er noch sagen, ohne sich mit jedem neuen Wort nur noch mehr in den Untergang zu faseln?

»Dafür, dass du neuerdings überhaupt nicht mehr mit mir sprichst, hast du derzeit erstaunlich viel Mitteilungsbedürfnis«, bemerkt sie trocken. Der Druck ihrer Hand in seinem Nacken verstärkt sich. »Im absolut falschen Moment. Küss mich jetzt, Idiot!«

Das ist ein Angebot, dem Carlos nicht widerstehen kann und außerdem würde er für sie im Moment wohl alles tun – okay, das *im Moment* kann man wohl getrost streichen. Er senkt seinen Kopf doch bevor er ihre Lippen berührt, fällt ihm noch etwas ein.

»Susan, ich ...«

»Ruhe, verdammt!«, murmelt sie und überbrückt die letzten Millimeter, die sie noch trennen, um seine überflüssige Beichte in einem epischen Kuss enden zu lassen.

* * *

Epilog

Im Raum ist es finster, durch das geöffnete Fenster dringen nur die nächtliche Stille und die leichte Brise, die am frühen Abend aufgekommen ist.

Tony schläft in seinen Armen, ihr Kopf ruht auf seiner Schulter, ihr Bein hat sich fest um seine gelegt. Edward ist gefangen, was sich verdammt gut anfühlt.

Er ist aufgewacht und der Schlaf will sich nicht wieder einstellen. Nun, das ist vielleicht ein zarter Hinweis, dass er sich wieder einmal mit dem IST-Zustand auseinandersetzen sollte. Neuerdings bedeutet das keine große Herausforderung mehr für ihn.

Auch das ist Teil seines neuen Lebens.

* * *

Ihre Flitterwochen liegen bereits über acht Wochen zurück.

Keinem von ihnen fiel es leicht, die kleine Insel zu verlassen und Edward trägt sich mit dem Gedanken, diesem Norton ein Tauschgeschäft vorzuschlagen. Das kleine Schmuckstück gegen die *Destino*.

Er ahnt, dass es nicht einfach werden wird, den Kerl davon zu überzeugen. Doch wenn er der knallharte Geschäftsmann ist, der ihm immer angedichtet wird, dann wird er sich dieses Angebot zweimal durch den Kopf gehen lassen, bevor er es ablehnt. Die *Destino* ist mindestens das Doppelte wert.

Diesen besonderen Plan hat Edward bisher nicht in die Tat umgesetzt, denn er feilt immer noch an den entscheidenden Argumenten, mit denen er Norton in die Knie zwingen wird.

Dafür kann er sich inzwischen als rechtmäßigen Vater von zwei Kindern bezeichnen. Bereits vor einer Woche ist die Adoption erfolgreich über die Bühne gegangen. Schneller als erwartet: Malone ist sein Geld wert, das muss Edward ihm lassen.

Seitdem Tony und er Mattys Eltern sind, wird sein Wunsch nach mehr Kindern immer größer, und ihn ärgert zunehmend die Tatsache, dass Tony sich gegen eine Schwangerschaft so vehement sträubt.

Bereits mehrere Male hat er versucht, sie umzustimmen. Zuletzt etwas früher an diesem Abend, um genau zu sein – nachdem ein weiterer heißer, sinnlicher Versuch ein Kind zu machen, an diesem verfluchten Gegenstand in ihrem Körper gescheitert ist. Der durchkreuzt seine Pläne nach wie vor, und zwar widerrechtlich!

Edward empfindet das nicht nur als kontraproduktiv, sondern auch als hochgradig unfair! Es ist eine Entscheidung, die sie beide angeht. Wie kommt Tony dazu, sie allein zu treffen? Für Edward ist dies ungefähr das Gleiche, als würde er sich heimlich einer Vasektomie unterziehen.

Früher an diesem Abend ...

Wie immer liegen sie danach atemlos nebeneinander.

Edward stellt sich die etwas beängstigende Frage, ob er jemals genug von ihr haben wird. Nein, nicht langfristig gesehen – das kann er abhaken. Er meint eher in einer Nacht. Jedes Mal, wenn es vorbei ist, könnte er sofort die nächste Runde einläuten. Selbst die obligatorischen fünf Minuten sind neuerdings kein Thema mehr. Diese Frau macht ihn unersättlich – so sehr, dass es ihm manchmal Angst bereitet.

Seit ihrer Hochzeit ist nicht eine Nacht ohne Sex vergangen und trotzdem ist Edward nicht zufrieden. Er kennt diese Seite nicht an sich und fragt sich immer häufiger, wie lange Tony das noch zulassen wird. Bereits zweimal hatte er das Gefühl – nur das –, dass sie den Abend lieber mit etwas anderem beschlossen hätte.

Sie wies ihn nie ab – noch nicht zumindest –, doch er befürchtet, dass er sie mit seiner Unersättlichkeit irgendwann überfordern wird. Das will – muss – er unbedingt vermeiden.

Jedes Mal, wenn er sich vornimmt, nichts in dieser Richtung zu unternehmen, durchkreuzt sie seine Pläne. Entweder ist es ihr Lächeln oder ihr zur Seite geneigter Kopf, ihr Haar, die Augen, oder ihr Körper, an dem er sich nicht sattsehen kann. Und schon versag er wieder auf ganzer Linie.

Ja, so wie es scheint, ist Anthonia Capwell, geborene Benett, wohl sein persönlicher Untergang.

Egal, das akzeptiert er, es ist nur fraglich, ob sie das auch ewig hinnehmen wird.

Nachdem er eine Weile darüber nachgegrübelt hat, beschließt er, diesen speziellen Punkt zu verschieben, bis es tatsächlich zu einem geworden ist.

Ein anderes wird dafür immer akuter, was sich nach dem entrückenden Sex vor ein paar Stunden wieder einmal bewies …

Zärtlich küsst Edward sich an ihrem Hals hinab bis zu ihrem Bauchnabel. Sie streichelt seine Wange.

»Ich will ein Kind«, murmelt er.

Tony seufzt. »Du hast bereits zwei.«

»Ich will mehr.«

»Später.«

»Jetzt.«

»Nein.«

»Doch.«

Sie richtet sich ein wenig auf und mustert ihn stirnrunzelnd. »Warum musst du genau jetzt noch ein Kind haben?«

»Warum nicht?«

Tony wirft sich zurück und atmet hörbar aus. Die streichelnde Hand hat ihre Arbeit zwischenzeitlich eingestellt. »Ich bin fünfundzwanzig, Edward! Verheiratet, zwei Kinder, und ziemlich gelangweilt.«

»Okay …« Er setzt sich auf und betrachtet sie aufmerksam. »Wo liegt das Problem?«

»Du würdest es nicht verstehen.«

»Versuch es!«

Lange schweigt sie. So lange, dass Edward schon wieder Schwierigkeiten mit seiner Geduld bekommt. Doch er hat gelernt, sich zu beherrschen. In langen Wochen und Monaten, die sich jetzt wieder einmal auszahlen.

»Ich will mein Studium beenden«, sagt sie schließlich, ohne den Blick von der Decke über sich zu nehmen.

Seine Miene verhärtet sich. »Nein!«

»Warum nicht? Susan ...«

»Susan ist nicht meine Frau!«

Tony stöhnt und sieht ihn doch an. »Musst du denn immer alles so kompliziert machen?«

»Das ist nicht kompliziert, sondern ganz einfach. Meine Frau wird nicht auf ein staatliches College gehen, fertig!«

»Schön, ich nehme auch eine Elite-Uni.«

»Nein!«

Auch sie setzt sich auf und zieht die Decke mit sich, womit sie den fantastischen Anblick nachhaltig verhunzt. Doch Edward entscheidet, dass es besser wäre, sie nicht darauf hinzuweisen, denn Tony wirkt alles andere als begeistert. Wütend starrt sie ihn an. »Warum nicht! Nenn mir einen vernünftigen Grund!«

Kein Problem. »Deine Sicherheit.«

»Ich akzeptiere zur Not acht Bodyguards!« Sie runzelt die Stirn. »Okay, zwei.«

Edward nickt. »Siehst du, da geht das schon los! Zwei werden nicht genügen! Und wen soll ich nehmen? Carlos? Der wird sich bei mir bedanken, wenn ich ihn von seiner Susan trenne.«

Er ignoriert ihren spöttischen Blick. Ja, ja, Susan würde sie natürlich begleiten, schon klar.

»Apropos Trennung«, fährt er eisig fort. »Du willst uns also hier zurücklassen, um irgendwo zu studieren?«

»Ich würde am Wochenende nach Hause kommen!«

Fassungslosigkeit macht sich auf seinem Gesicht breit. »Das ist dein voller Ernst, oder?«

Sie antwortet nicht und Edward kämpft zum ersten Mal, seit sie verheiratet sind, mit seiner Beherrschung. Es dauert lange, bevor er wieder sprechen kann, ohne dass es wie eine Kriegserklärung klingt. »Ich habe dich nicht geheiratet, damit wir voneinander getrennt sind. Davon hatte ich bereits genug, kein weiterer Bedarf vorhanden. Ich werde nicht zulassen, dass du uns verlässt! Mich und die Kinder!«

Ihr Kinn schiebt sich vor. »Gut, dann kommt mit!«

Das ist bisher ihr Bester. »Wie?« Edward schüttelt den Kopf. »Tony, die Firma! Matty muss in die Schule.«

»Schulen gibt es überall«, fährt sie dazwischen. »Und deine Firma hat doch in jeder beschissenen Stadt eine Niederlassung, oder?«

Hart beißt er sich auf die Lippen. Sehr hart. Er hasst es, wenn sie so tut, als könne sie nicht bis drei zählen. »Was du dir da denkst, wird nicht funktionieren«, sagt er schließlich knapp und endgültig. »Ich wünsche das Thema nicht weiter zu diskutieren!«

Sie schweigt und hat den Blick gesenkt und Edward begreift, dass er mit einem *Basta* nicht weit kommen wird. Er hat ebenso immer gewusst, dass diese Ehe nicht leicht werden würde, und seine These bewahrheitet sich hier wohl zum ersten Mal.

Verdammt noch mal!

Er nimmt ihre Hände und bemerkt begeistert, dass ihre Decke ohne Unterstützung den Abgang macht. Der Anblick stimmt ihn gleich ein wenig milder. »Tony«, beginnt er leise.

Es dauert eine Weile, doch irgendwann hebt sie den Blick. Er lächelt. »Du wusstest, dass es nicht einfach werden würde, oder?«

»Ja, aber ...«

»Du bist nicht mehr ungebunden, sondern eine Capwell. Das ist ein riesiger Unterschied zu einer Benett.«

»Ja!«, sagt sie und verdreht die Augen. »Aber ...«

Er kommt ihr zuvor. »Du sagst, du langweilst dich. Das verstehe ich. Gerade deshalb dachte ich, dass ein Baby ...«

Ihr Blick wird spöttisch. »Das kannst du vergessen, Edward!«

»Was?«

»Versuche nicht, mich zu manipulieren, das funktioniert nicht! Schon gar nicht mit der ›ein-süßes-Baby-Nummer‹. Du erinnerst dich? Ich hatte bereits das Vergnügen. Und neben all dem Putzigen sind die auch laut, schreien jede Nacht, kosten dich deinen Schlaf und deine Nerven!«

Gelassen zuckt Edward mit den Schultern. »Ich habe nicht vor, dich zu manipulieren, denn das ist mein voller Ernst. Dir ist langweilig, also warum bekommen wir dann nicht noch ein Baby?«

Ungläubig starrt sie ihn an. »Du willst aus mir eine Glucke machen, richtig?«

»Was?«

Heftig nickt sie. »Ja, eine Glucke! Die den ganzen Tag mit den Kinderchen zubringt, natürlich brütet sie immer gerade eins aus, so in etwa? An wie viele Küken dachtest du denn?«

»Tony, das ist keine Basis ...«

Sie beugt sich zu ihm vor und starrt ihn an. »WIE VIELE?«

Edward seufzt. »Darüber habe ich mir keine Gedanken gemacht. So viele, wie es eben werden.«

Eingehend betrachtet sie ihn, dann verschließt sich ihre Miene und sie lehnt sich zurück. »Das kannst du vergessen!«

»Was?«

»Dass ich für dich den Brutkasten spiele.«

»Oh nein, das lass stecken!« Langsam wird Edward wütend. »Du wusstest immer, dass ich viele Kinder will. Das hat nichts mit deiner verdammten Brutkasten-Theorie zu tun. Verschone mich mit dem Bullshit!«

Sie senkt den Kopf, doch diesmal wartet er, bis sie ihn wieder ansieht. Edward braucht Zeit, um sich selbst ein wenig zu beruhigen, denn er hasst es, wenn sie ihm mit seinen alten Verfehlungen kommt. Verdammt! Es tut ihm wirklich leid! Doch der Vorwurf, er würde sie als lebende Gebärmutter missbrauchen, ist *unfair!* Das war er bereits damals.

Irgendwann mustert sie ihn tatsächlich und klingt erstaunlich desillusioniert. »Das soll mein Leben sein? Kinder bekommen, sie aufziehen und Sex am Abend?«

Der letzte Teil alarmiert Edward tatsächlich. »Was hast du gegen den Sex einzuwenden?«

Sie seufzt. »Nichts, aber ...«

Edward entscheidet spontan, diese Diskussion zu verschieben. Er will nicht mehr streiten. Sie ist zu nah, zu süß, zu verlockend und viel, viel zu traurig. Das entwaffnet ihn und macht ihn wehrlos – keine guten Voraussetzungen, um sich zu behaupten. Eilig verschließen seine Lippen ihren Mund, stoppen das nächste sinnlose Argument, bevor es die Luft verpesten kann.

So lange Tony nichts gegen Sex vorzubringen hat, ist ihm alles andere so ziemlich egal.

Die Gegenwart ...

Vorerst zumindest.

Seufzend zieht Edward die schlafende Tony fester in seine Arme.

Das war ihre erste ernsthafte Auseinandersetzung, und er weiß, dass er sie nur verschoben, das Problem jedoch nicht geklärt hat. Sie langweilt sich, was ja nur verständlich ist.

Absichtlich hat er sie bisher von der Öffentlichkeit ferngehalten. Das Erdbeben, nachdem die Typen aus der PR-Abteilung mit tadelnden Mienen seine Hochzeit bekannt gegeben hatten, ist zwar vorbei, doch die Nachbeben immer noch beachtlich.

Tony wird sich früh genug gegen all die Frauen behaupten müssen, die jetzt wohl endlich einsehen, dass sie niemals Capwell heißen werden.

Die Einzige, die ihn in dieser Riege überhaupt interessiert, ist Aurora. Und so wie es scheint, verkraftet diese die Tatsache, dass Edward und Tony geheiratet haben, relativ gut. Ihre Telefonate haben sich vereinzelt, wenn überhaupt, sprechen sie noch einmal wöchentlich miteinander. Es war keine bewusste Entscheidung, weder seitens Aurora noch von ihm.

Eher ist es so, dass sie sich nichts mehr zu sagen haben. Was schade ist, denn Edward mag Aurora nach wie vor. Doch andererseits ist er froh, dass es ihr gut zu gehen scheint und dass sie ihn offensichtlich nicht mehr braucht. Er weiß es nicht einhundertprozentig, doch er glaubt, dass es einen neuen Mann in ihrem Leben gibt. Dr. Farsley – ihr Therapeut.

Es wäre nicht ganz so spektakulär, hätte sie seinen Namen nicht in jedem dritten Satz erwähnt. Edward fragte nicht nach, doch diese Seltsamkeit in Verbindung damit, dass Aurora nur noch so selten mit ihm telefoniert, lässt ihn hoffen.

Vielleicht hat sie wirklich jemanden gefunden, der sie glücklich macht.

Er wünscht es ihr von Herzen. Gerade, weil er selbst jetzt so glücklich sein darf.

Die Erwähnung Dr. Farsleys hat übrigens noch einen anderen unangenehmen Gedanken aufgebracht:

Rose und ihre Andeutung, dass Tonys Therapie nicht abgeschlossen sei.

Edward kann das nach ihrem Gespräch durchaus nachvollziehen. Er würde Tony diese Behandlung auch jederzeit ermöglichen; nur wie soll er das Thema erwähnen, ohne augenblicklich aufzufliegen? Tony darf nie erfahren, dass er Rose aufgesucht hat. Das würde nicht nur ihn in akute Schwierigkeiten bringen, sondern die Ärztin auch.

Selbst mit Susan hat er schon über dieses Problem gesprochen und sie versprach, Tony ins Gewissen zu reden. In der Zwischenzeit sind mehrere Briefe von Rose eingetroffen, in denen sie Tony bittet, wieder in ihre Sprechstunde zu kommen. Tony hat sie leider nur alle ignoriert.

Es ist nicht wichtig – nicht momentan, davon ist Edward überzeugt. Doch er hat Roses eindringliche Worte keineswegs vergessen. Und der Gedanke, dass es Tony schlecht geht, nur weil er damals – wie so oft – versagte, ist für ihn unerträglich.

Edward seufzt. Nein, mit Ruhm hat er sich nicht begossen, doch vermutlich kann er auch nicht mehr tun, als zu versuchen, die Punkte nacheinander aufzuarbeiten. Er rechnet mit der einen oder anderen Niederlage, denn es gibt nun einmal Dinge, die kann man nicht ungeschehen machen.

Auch wenn man es noch so sehr will.

Susan und Carlos.

Edward grinst. Oh ja, die beiden sind so eine Nummer für sich. Er hätte ja nie gedacht, dass Carlos derart verklemmt sein könnte, wenn es darum geht, die Frau, die er liebt, zu erobern. Nicht nach den Vorträgen, die der ihm gehalten hat.

Tonys Vorschlag auf der Insel war schlicht und ergreifend lächerlich und er hätte unter Garantie abgelehnt. Hätte sie nicht mit völlig unlauteren Methoden aufgewartet. Ihre Kupplungspläne unterbreitete sie ihm im Bett.

Ja, genau in jenem pinkfarbenen Bett, dass er zu lieben gelernt hat. Und dabei war sie nackt.

Vermutlich geschah es mit kühler Berechnung, denn wenn sie sich ihm so präsentiert und den Kopf zur Seite neigt, kann er ihr nichts abschlagen. Und deshalb, nur deshalb, spielte er bei der kleinen Scharade überhaupt mit.

Am Ende wurde es ganz lustig, das muss er zugeben.

Besonders der Anblick von Carlos und Susan, als sie die beiden nach zwei Stunden wieder aus ihrem Gefängnis entließen. Die schienen darüber nicht gerade erfreut. Edward hatte den Eindruck, dass sie auch die ganze Nacht in dem kühlen Weinkeller zugebracht hätten.

Es ist okay, auch wenn ein gehöriger Teil Schadenfreude mit von der Partie ist, denn Carlos wird mit Susan sein blaues Wunder erleben. Geschieht ihm ganz recht.

Der Gedanke an die Zukunft bereitet Edward dafür ein wenig Sorgen.

Dass Carlos so ein verdammt guter und unersetzlicher – Ja! Verdammt! – Mann ist, liegt sicher auch an seiner permanenten Anwesenheit. Er macht nie Urlaub, verabschiedet sich nicht, um familiären Verpflichtungen nachzugehen, besteht nie auf die gewerkschaftlich festgelegten Arbeits- und Pausenzeiten und muss nie schnell ›wohin‹ oder wohnt vielleicht noch außerhalb.

Was, wenn sich die beiden tatsächlich entscheiden, ihr Leben außerhalb des Capwell-Anwesens zu führen? Was, wenn sie sich ein Haus kaufen, ein Appartement nehmen; was, wenn Susan eigene Kinder bekommt? Was dann?

Der Abschied von Susan wird Tony und den Kindern mit Sicherheit schwerfallen. Denn auch Matty hat sich inzwischen an sie gewöhnt. Schmerzlich wird Edwards Abschied von Carlos nicht werden, dafür jedoch *schwierig!*

Edward seufzt. Er hasst es, sich von dem Idioten derart abhängig gemacht zu haben. Doch daran lässt sich wohl nichts mehr ändern. Wenigstens beruht zumindest das auf Gegenseitigkeit. Ohne Edward, kein Trauzeuge.

Das beruhigt ihn ein wenig und er beschließt widerwillig, mit Carlos zu sprechen. Das Gelände des Capwell-Anwesens ist verdammt groß; die meiste Fläche liegt brach, ist Teil des riesigen Parks, den seine Ahnen irgendwann anlegen ließen.

Was, wenn er den beiden zur Hochzeit – sofern diese stattfindet – ein kleines Haus schenken würde? Weit entfernt von seinem, damit sie voreinander ihre Ruhe haben, doch nah genug, dass Carlos ohne Unterbrechung seinen Job versehen könnte?

Ja, die Idee ist tatsächlich gut. Er wird sie zu gegebener Zeit wieder aufgreifen.

Allein die Vorstellung, dass seine Kinder mit denen von Carlos und Susan spielen, ist witzig.

Kinder ...

Womit er wieder beim Thema Nummer eins angelangt wäre. Zumindest was ihn betrifft.

Verdammt, er hätte so gern mehr Kinder, und er versteht nicht, weshalb Tony sich so sehr sträubt! Was ist denn dagegen einzuwenden? Er empfindet ihr Verhalten als hochgradig egoistisch, schon, weil sie Jade und Matty die Möglichkeit nimmt, Geschwister zu haben. Womit feststeht, dass er ihr ›Nein‹ nicht akzeptieren, sondern immer wieder nachhaken wird. Irgendwann muss sie einlenken, schon, weil es doch nun einmal ihre Aufgabe ist, Kinder zu bekommen.

So ist das doch, oder? Sicher will er sie nicht zwingen, aber gehören zu einer Ehe nicht auch Kinder?

Edward kann nicht nachvollziehen, weshalb Tony jetzt, wo sie seine Frau ist, immer noch auf einem Studium beharrt. Sie wird ihren Beruf niemals ausüben können; das ist Teil des Deals, was er ihr vorher unmissverständlich erklärt hat. Sie kann nicht behaupten, von den Konsequenzen nichts gewusst zu haben.

Allein die Vorstellung, sie könnte nicht zu Hause sein, ist lächerlich!

Sie gehört hierher!

Zu ihm!

Zu ihren Kindern!

Deshalb hat er geheiratet! Jedenfalls war das ein großer Teil seiner Gründe dafür. Er will eine Familie, zu der er abends heimkehrt. Eine Frau, die ihn erwartet, die er in den Arm nehmen kann, bei der er sich wohlfühlt.

So wie jetzt.

Mit gerunzelter Stirn starrt er in die Dunkelheit, lauscht ihren ruhigen Atemzügen und seufzt.

Es fällt ihm so schwer, ihr einen Wunsch abzuschlagen. Und selbst wenn es nur eine Spielerei ist, ihr scheint sie wichtig. Tony soll nicht unglücklich sein, denn er hat geschworen, alles zu geben, damit es anders ist.

Flüchtig grinst er. Schließlich wird Susan ihn sonst ›fertigmachen‹!

Doch genau hier ist die Grenze. Er kann ihr nicht nachgeben – nicht in diesem Fall. Es sei denn ...

Edward reißt die Augen ein Stück weiter auf. Verdammt! Warum ist er nicht früher auf die Idee gekommen?

Sie kann hier studieren! Hier im Haus! Es gibt Fernstudien; er könnte ihr einige Tutoren besorgen, die sie unterstützen, und dann hätte Tony auch keine Argumente mehr gegen eine erneute Schwangerschaft.

Langsam breitet sich ein zufriedenes Lächeln auf Edwards Gesicht aus.

Ja, das ist es!

Gleich morgen wird er den Vorschlag in einer ruhigen Minute zur Sprache bringen. Sie wird darauf eingehen, auch wenn er vielleicht ein wenig nachhelfen muss. Und wenn sie erst einmal zugestimmt hat, wird er zwei Termine machen.

Einen beim Gynäkologen, um endlich diese widerliche Kindbremse entfernen zu lassen, und einen bei irgendeinem Studienberater, um alles Erforderliche in die Wege zu leiten.

Voilá! Problem gelöst!

Eine Ehe besteht aus Kompromissen. Er kommt ihr ein Stück entgegen, sie kommt ihm ein Stück entgegen und beide Seiten sind glücklich.

Und sie *werden* glücklich sein!

ES GIBT EINEN WEG!

Oder er will nicht mehr Edward Capwell heißen.

* * Ende * *

Nachwort

›Ganz klar ... eindeutiger Fehler in der Matrix. Nimm das zweite ›D‹ weg, füge ein ›N‹ hinzu, dann passt es!‹

Diese kryptische Bemerkung stammt von *Frank Johnson*, der in dieser Geschichte einen Gastauftritt hat. Neben *Andrew Norton*, versteht sich, auf den er sich übrigens damit bezieht.

Hierbei handelt es sich um ein Anagram: Nimmt man aus dem Edward ein 'D' weg und ersetzt es durch ein 'N', dann ergibt sich nach kräftigem Schütteln ein Andrew. Was Frank zu der Vermutung veranlasste, dass er offenbar Opfer einer Verschwörung des Schicksals geworden ist.

Zum besseren Verständnis für all jene, die Andrews und Franks Geschicke in *Urteil Leben* verfolgen: *The Unforgivable Words* spielt weit in der Zukunft von *Urteil Leben*. Genau genommen handelt es sich um circa vier Jahre.

Dass Andrew, Frank und Edward sich überhaupt trafen, habe ich einer sehr lieben Leserin zu verdanken, die eines Tages, als ich gerade *The Unfogivable Words* schrieb, diesen Wunsch äußerte.

Ich baute die Szene mit ein und hatte unvorstellbar viel Freude daran. Ursprünglich sollten sich nur Frank und Edward im *Starbucks* treffen, was nebenbei bemerkt eine echte Herausforderung war, denn diese beiden Sturköpfe in ein Gespräch zu verwickeln, ist wirklich nicht einfach.

Inzwischen sind sie Bestandteil dieser Story, die mir nebenbei bemerkt sehr ans Herz gewachsen ist.

Dies ist das Ende von *The Unforgivable Words*, es lauert keine Fortsetzung in der Schublade, die ich bei Gelegenheit ans Tageslicht hole, am besten noch mit einem begeisterten *»Trara, ausgetrickst!«,* das ich triumphierend zum Besten gebe.

Allerdings behalte ich mir vor, vielleicht noch einmal in dieses spezielle Universum zurückzukehren. Denn immer, wenn ich die letzten Seiten lese, wispern Edward und Tony mir ins Ohr, dass sie noch einiges zu erzählen haben.

Sie sind vielleicht zusammen, doch damit haben sich all die Schwierigkeiten und Gegensätze, die sie so lange Zeit trennten, keineswegs in Luft aufgelöst.

Mir scheint, als hätte Tony noch nicht wirklich ihren Platz in Edwards Leben gefunden. Und wer weiß? Vielleicht kommt eines Tages der Moment, in dem sie mich auffordert, ihre Geschichte noch ein wenig weiterzuspinnen.

Möglicherweise kommt auch Edward des Weges und trägt mir auf seine unnachahmliche Art auf, endlich weiterzuschreiben.

»Das kann nicht dein Ernst sein! Setz dich gefälligst hin und schreib, was ich dir sage!«

... nun, so in etwa könnte ich ihn mir jedenfalls vorstellen.

Einstweilen jedoch verabschiede ich mich aus der Welt der Waffenkonzerne und gehobenen Gesellschaft, in der doch noch die wahre Liebe existiert.

Wenn man auch lange danach suchen muss.

Ich hoffe, Sie hatten Spaß.

Ihre

Kera Jung